如何阅读中国文学

如何阅读中国诗歌

诗歌文化

蔡宗齐 编

张楣楣、李皖蒙 译

生活·讀書·新知 三联书店

Simplified Chinese Copyright © 2023 by SDX Joint Publishing Company.
All Rights Reserved.
本作品简体中文版权由生活・读书・新知三联书店所有。
未经许可，不得翻印。

图书在版编目（CIP）数据

如何阅读中国诗歌・诗歌文化／（美）蔡宗齐编；张楣楣，李皖蒙译．—北京：生活・读书・新知三联书店，2023.3（2024.11重印）
（如何阅读中国文学）
ISBN 978-7-108-07469-0

Ⅰ．①如⋯　Ⅱ．①蔡⋯　②张⋯　③李⋯　Ⅲ．①古典诗歌-诗歌研究-中国　Ⅳ．① I207.22

中国版本图书馆 CIP 数据核字（2022）第 156964 号

责任编辑	钟　韵
装帧设计	鲁明静
责任印制	卢　岳
出版发行	生活・讀書・新知 三联书店
	（北京市东城区美术馆东街 22 号 100010）
网　　址	www.sdxjpc.com
图　　字	01-2023-0523
经　　销	新华书店
制　　作	北京金舵手世纪图文设计有限公司
印　　刷	河北松源印刷有限公司
版　　次	2023 年 3 月北京第 1 版
	2024 年 11 月北京第 2 次印刷
开　　本	635 毫米 × 965 毫米　1/16　印张 32
字　　数	426 千字
印　　数	5,001-7,000 册
定　　价	79.00 元

（印装查询：01064002715；邮购查询：01084010542）

"如何阅读中国文学"系列丛书总序

天下学问一家

蔡宗齐

在"如何阅读中国文学"系列丛书面世之际,借此总序,谨向广大读者介绍此套丛书的缘起、特色与愿景。

此套丛书缘起于2008年美国哥伦比亚大学出版社推出的 *How to Read Chinese Poetry: A Guided Anthology* 一书。此书突破了当时英语世界编写中国文学选集的体例,将英文译诗、中文原文、拼音注音、声律标注、诗体总述、146首名篇的细读分析融为一体,成功地跨越了一直阻碍英语世界中国诗歌教学发展的多重障碍,即将学术研究与教学、英文翻译与原文、文学与语言教学、诗歌意义与声音截然分开而造成的四道鸿沟。此书问世后,在美国学界和大众读者中获得良好反响,至今仍为读者所推崇。我们新近在国内外各大平台推出的"如何读中国诗歌"英文播客节目,就是在此书的基础上制作的。

2017年,在北京大学袁行霈教授的大力推动之下,国家汉办决定提供经费资助,支持袁先生与我携手为美国哥伦比亚大学出版社编撰"如何阅读中国文学"丛书,将涵盖范围从诗歌扩展到中国文学其他领域。丛书共有十部,其中包括六部文学导读集,另外四部是与之配套的中文导读教本,主要用于语言教学。十部书的命名则遵循"如何用中文阅读+文体名"的格式。英文文学导读集有幸邀请到国内外专家学者参与编写,而中文导读教本的编写则主要由国内著名学者主持。北京师范大学郭英德教授、北京大学刘玉才教授、北京大学潘建国教授分别担任戏剧、散文、小说三本的主编。

这套丛书的独特之处在于微观与宏观研究的创新,以及这两种研究的完美结合。从微观角度而言,各卷强调文本细读的重要性,而这正是在海外传播中国文学的关键切入点。面对缺乏背景知识的西方读者群体,中国文学故事讲述者必须从具体作品入手,结合字句音韵,引导读者细细咀嚼欣赏。宏观叙述对国外读者也同样重要,否则就见树而不见林了。诗歌卷两部导读集都采用作品细读与诗史结合的方式,勾勒出每种诗体的发展脉络,同时也注重诗歌的音韵格律,采用罗马拼音标出唐宋诗词中的入声字,向英语世界读者展现古典诗歌的音律之美。丛书其他几卷也运用了适合各自文体的细读方法,对大量作品进行了深入浅出的分析,同时又采用中西跨文化研究视角,梳理各自文体历史演变的脉络。

这套中文丛书虽脱胎于英文丛书,但又糅合了中西汉学界各家之言。其中五部以英文版的译文为主体,而文论一部将以中文版首发。丛书中文版编撰有幸得到国内十几位一流学者鼎力相助。例如,两部诗歌选集皆喜获国内同道赐稿,其中《如何阅读中国诗歌·作品导读》增加了葛晓音教授撰写的《唐代七言歌行》、蒋寅教授撰写的《清代七绝》两章,因而变得更加丰富多彩。另一部《如何阅读中国诗歌·诗歌文化》则依赖国内学者的支持,将历史朝代覆盖面从先秦到唐末一直扩展至民国初年,从而更加完整地展现了中国诗歌文化的全貌。此书先秦到唐部分包括有袁行霈先生《陶渊明:中国文化一个符号》和陈引驰教授《诗与佛教思想——王维与寒山》两章,而唐代以后部分共有九章,其中八章分别为沈松勤、周裕锴、钱志熙、张宏生、张健、左东岭、蒋寅、胡晓明教授所撰写。这部书堪称国内外学者真诚合作的硕果。国外汉学家和国内学者,使用不同的语言,面向不同的读者,在不同的文化语境中研究中国诗歌,他们的研究视角、议题选择，乃至行文风格，自然各有不少独特之处。大家之作收入一书，开展深度对话交流，实乃中西合璧，相映生辉，两全其美。

此套丛书得以问世，实乃海内外学者携手开拓中国文学文化研究新路径的可喜尝试。在当下全球新冠肺炎疫情阴霾笼罩，世界两极化的纷乱局面之中，所幸还有文学这座桥梁，能够拉近不同语言文化背景群体之间的心理与情感距离。我始终相信，只要每位学者、同道、读者齐心协力，求同存异，终能实现"天下学问一家"的美好愿景。北京三联书店为我们追求这一愿景提供了极好的平台。必须一提的是，三联书店资深编辑冯金红女士亲自为《如何阅读中国诗歌·诗歌文化》设计富有创意的编撰体例，而每一卷的编辑出版，无不饱含三联编辑们的辛勤付出。为此，我谨代表丛书的所有参与者对出版团队致以衷心的感谢。

2022年3月

目 录

前言：中国诗歌的文化创造力 / 蔡宗齐 / 1

先秦两汉

第1章　《诗》与《左传》中的外交传统 / 李惠仪 / 23

第2章　诗与作者：《楚辞》/ 宇文所安（Stephen Owen）/ 46

第3章　文本中的"帝国"：司马相如《子虚/上林赋》/ 郑毓瑜 / 67

第4章　诗与意识形态：《诗经》的经典化 / 蔡宗齐 / 83

第5章　《孔雀东南飞》：
　　　　一个汉代爱情与婚姻悲剧 / 罗然（Olga Lomová）/ 97

魏晋南北朝

第6章　乱世英雄：三曹 / 连心达 / 115

第7章　竹林七贤 / 钱南秀 / 134

第8章　隐逸诗——陶潜 / 柏士隐（Alan Berkowitz）/ 149

第9章　陶渊明：中国文化的一个符号 / 袁行霈 / 169

第10章　挣扎的佛心——沈约 / 吴妙慧（Meow Hui Goh）/ 185

唐 代

第 11 章　游侠与唐代边塞诗 / 林宗正 / 199

第 12 章　唐代科举考试 / 罗曼玲 / 215

第 13 章　内外之间的唐朝女性 / 钟梅嘉（Maija Bell Samei）/ 229

第 14 章　诗与佛教思想——王维与寒山 / 陈引驰 / 253

第 15 章　月下独酌：李白与饮酒诗 / 方葆珍（Paula Varsano）/ 274

第 16 章　杜甫——作为史家的诗人 / 陈威（Jack W. Chen）/ 289

第 17 章　诗与文人的友谊：白居易和元稹 / 王敖 / 303

第 18 章　李贺——为诗而痴 / 罗秉恕（Robert Ashmore）/ 317

宋 元

第 19 章　宋代朋党之争与诗歌创作 / 沈松勤 / 335

第 20 章　以战喻诗：宋诗中的"诗战"之喻及其创作心理 / 周裕锴 / 352

第 21 章　黄庭坚与禅宗 / 钱志熙 / 368

第 22 章　诗词之辨
　　　　——李清照、苏轼、欧阳修的诗词创作 /
　　　　艾朗诺（Ronald Egan）/ 381

第 23 章　游戏与娱乐——回文词概说 / 张宏生 / 407

第 24 章　诗艺与启蒙：宋元以降的对偶教育及读物 / 张健 / 427

明 清

第 25 章　王阳明的良知说与性灵诗学 / 左东岭 / 441

第 26 章　袁枚与女性诗歌批评 / 蒋寅 / 455

第 27 章　晚清民初士人的诗歌生活：以《石遗室诗话》为例 / 胡晓明 / 478

本书作者简介 / 497

前　言

中国诗歌的文化创造力*

蔡宗齐

几千年来，诗歌在中国文学文化史上，占据着独特的地位。一直以来，人们常常把诗歌和社会之间的关系想象成单向的，探究社会和文化如何决定诗歌的创作，或是诗歌如何反映或表达社会和文化的影响。但人们却很少考虑诗歌如何影响社会和文化的发展。从这个角度来说，中国的诗歌是非常独特的，因为它再现了社会和文化的境况，同时也反过来作用于生活世界的方方面面。通过诗歌和世界的互动，中国的诗人及其读者得以一起深度参与到国家的政治和个人的生活世界之中，这一点在其他的文化里是不常见的。在本书各章中，读者可以观察到中国诗歌产生时的社会和文化环境，同时也能了解在不同的历史时期中，诗歌如何形成一种文化，深刻地影响中国人的生活，并使之多姿多彩。读者若能如我们所期盼的那样，深切地感受诗歌与世界的复杂互动，领略中国诗歌独一无二的文化创造力，将是我们笔耕最美好的收获。

---

* 编者按：本书中文版在原英文版的基础上，增加了10章的内容，将涵盖面的下限从唐代扩展到了清代。两位译者负责翻译了原英文版的内容，以及新加入的艾朗诺教授撰写的第22章，而其余各章节都是直接用中文撰写的。译者的具体分工如下：张楣楣负责前言（主编蔡宗齐教授补上了对新增章节的介绍，并对译文予以修订润色），以及第1、5、6、11、12、17、22章，李皖蒙负责第2、4、7、8、10、13、14、16、18章，第15章由两位译者合作翻译。

诗歌与国家政治

在早期中国，诗歌就与国家政治密不可分，这种情况在其他文化中并不常见。这一点体现在人们选择《诗经》中的诗句并进行朗诵的"赋诗"传统上。《诗经》是中国最早的诗歌总集，共有三百零五首诗，创作时间可以追溯至周代早期。"赋诗"指的是周朝各国的官员用《诗经》中的诗句，在外交场合传达自己国家的政治理念和立场。具体来说，赋诗人通过把一首或数首诗想象为实际政治情境的类比，试图来影响当下政治的发展。这一传统需要所有参与者都通过朗诵表演《诗经》来进行交流，因此所有政治斡旋发展都围绕着《诗经》进行，政治对立的双方利用"赋诗"来发挥各自的优势。

在第1章中，李惠仪教授列举了孔子之前和孔子之时的著名"赋诗"之例。"赋诗"的发起者和回应者都希望能巧妙并有想象力地运用《诗经》，从而对现实中的政治状况作类比。典型的做法是，赋诗者运用诗人或者诗篇主人公的情感和思绪，表达政治往来中自己国家的态度和立场，这样《诗经》原文中的人际交往就和当时国与国之间的政治和外交往来形成了类比。据可信的历史文本显示，这些赋诗者身为外交使臣，发挥时有成败，因而"赋诗"之举对该国影响重大，或好或坏。

因为国家的命运有时取决于"赋诗"的结果，当时的朝廷官员不仅必须熟记《诗经》收录的三百多首诗，还必须有对它们加以利用的想象力。因此，对于如何学习《诗经》和运用《诗经》，孔子这样说道：

不学诗，无以言。(《论语·季氏》)
诵《诗》三百，授之以政，不达；使于四方，不能专对；虽多，亦奚以为？(《论语·子路》)

在第3章中，郑毓瑜教授讨论了司马相如的《子虚赋》和《上林赋》如何创造性地运用"赋诗"传统。此处，司马相如朗诵的主要听众是汉武帝。司马相如朗诵的目的在很大程度上与传统"赋诗"的目的一致，即用诗歌来进行讽喻。但从另一个方面来说，司马相如也想通过对蔬菜水果、花草山河、宫囿园林的描述以及一些亦真亦幻的场景，来给汉武帝留下深刻的印象。通过为此宏大宇宙中的万物命名，司马相如意在歌颂汉武帝所建立的伟大汉帝国，并希望把这个统治推广至"天下"。在朗诵过程中，司马相如也不忘自己讽谏的职责，比如对于奢侈的游猎，他的描绘带有批评色彩。当然，司马相如主要承袭了"赋诗"的传统，赞颂和讽喻都运用了《文心雕龙》中提出的"联类"（联结同类）手法，把文本、事物和汉帝国，以及所有文章中的虚拟人物、武帝和自己，都用类比方式联系在了一起。

汉代之后，很少有人像司马相如那样通过诗歌直接影响国家的统治者。然而，诗歌从其他方面继续影响着国家。在本书的第4章中，我探讨了《诗经》在汉代的教化功能。在这个时期，《诗经》逐渐成为儒家的经典，被人们阅读、教授，代表了统治者和臣子必须遵循的道德标准。公元前136年，汉武帝把《周易》《诗经》《尚书》《礼记》《春秋》这五部被孔子及其追随者尊崇的文本设立为"五经"，为精通这些经典的学者设立了官职。这些官职被统称为"博士"，代表朝廷认可的最高的学术资格和荣誉。

成为儒家经典之后，《诗经》主要有四个版本在汉代流传，其中只有《毛诗》被保存下来。《毛诗》的编纂者对诗歌原意并不特别关注，而更在意诗歌如何成为统治者和臣子在伦理和政治方面的行为指南。《毛诗》常会探究某首诗的起源，并把它追溯到周朝某时期某位著名的政治人物。如果某首诗与正面的历史人物相联系，会被认为表达了赞颂之情，但如果与负面人物相联系，则会被认为是讽喻之作。实际上，《毛诗序》在某种程度上沿袭了"赋诗"传统对诗歌的创意性阐释。和早期的赋诗者们类似，《毛诗》很少关注作者原意，而是把诗歌拆解之后为自己所用。正如赋诗者们的断章取义，《毛诗》常把一首原本表达强烈情感的诗作，解读成缺乏情感色彩的道德说教之作。

不管效果好坏，这种浮泛潦草的解读方法使《诗经》和诗歌的阐释变成简单的道德说教。这种解读方式从汉代到唐代都占据主流地位，持续地巩固了用政治譬喻来解读《诗经》和诗歌的传统。

到了宋代，诗歌与国家政治的关系又以一种完全不同的形式呈现出来。在沈松勤教授撰写的第19章中，我们可以清楚地看到，对国家政治产生影响的不是上古无名创作的"诗三百"，而是当时文坛领袖的诗作，而国家的政治生态亦截然不同。与春秋战国的封建分封、汉唐的绝对皇权不同，宋代统治者实施"与士大夫治天下"的国策，因而文人士大夫跃升为参政主体，不少名满天下的诗文巨擘兼为朝廷要臣，如王安石便官至宰相，可谓"一人之下，万人之上"。这种诗人与国家政权关系的质变，自然会导致诗歌"美"与"刺"两种基本政治功能的质变。深深卷入国家政治的诗人，往往不屑"诗可以兴、可以观、可以怨"的原则，很少热衷于主文谲谏、温柔敦厚的政治讽喻。他们拿起诗笔往往就要"指点江山，激扬文字"，直截了当地陈述政见、鞭挞时弊。苏轼的《钱塘集》便是一个显著的例子。同样，"诗可以群"则从追求"和而不流"的思想及情感共鸣，几乎演变为建立和巩固朋党的具体举动。以苏门四学士为例，诗人群体往往已经与朋党浑然一体了。诗歌"颂美"的方式也同样从含蓄转变为直接，但其功能变化却与"刺"针砭时弊的情况相反，显示出彻头彻尾的道德堕落。在徽宗、高宗时期，为昏君佞臣歌功颂德的谄谀诗篇风靡天下，达到登峰造极的地步。

诗歌"美刺"和国家政治如此结合，读诗方法的极端政治化也是必定无疑的。的确，"断章取义"往昔曾是读《诗经》人丰富的政治和艺术想象的呈现方式，而在朋党之争中，则沦为文字狱的实际操作方式。先有神宗朝旧党加罪苏轼、险些让他送命的"乌台诗案"，后有哲宗朝重掌政权的新党炮制的"车盖亭诗案"。诗歌与国家政治如此搅和在一起,按常理必定对诗歌创作产生负面影响。然而,凡事都有两面,卷入朋党之争的诗作虽然给诗人带来祸害,但谪居处穷的艰辛生活,却让宋代诗人开阔了人生视野,在"瘴疠之地"发现了足以"独乐"的自然风光,从穷愁生活的琐事中找到了别样的乐趣,久而久之,形成一种淡泊名利、超然旷达的姿态。这种洒脱的精神境界同时又在诗歌中升华为一种独特的淡泊简雅之美,使得宋诗有别于浓郁的唐诗,自成一格。苏轼独创的和陶诗,以及他首先大量写作的回文词,无不源于他娱悦自我、陶冶性情、化个人精神生活为诗歌境界的实践,进而演变为对今后诗歌创作影响甚大的新诗体、新诗风。张宏生教授在第23章中对咏物词的研究,就突出地讨论了苏轼对后代回文词发展的巨大影响。

诗和学

《诗经》在汉代被经典化后,诗歌写作越来越为人尊崇。681年,唐高宗下诏把诗歌写作纳入进士考试的重要组成部分。在本书第12章,罗曼玲教授探讨了唐人在考场内外对于诗歌创作的热情。在进士科的考试中,考生必须即兴创作一篇赋和一首律诗(八句、十二句或十六句)。要在考试中发挥出色,考生必须对整个诗歌传统有全面且细致的掌握。对考生而言,真正的竞技场有时也在考场之外,他们被允许,有时候甚至被要求,把自己的诗文作品上呈给当年的考官,即行卷。因此,考生们的竞争在考试之前就已经开始了,他们不遗余力地通过各种方法提升自己的知名度,希望考官能够关注到自己的才华。

尤为重要的是,诗歌不仅是考试科目,也是考生和考官之间联系的纽带。两者之间的沟通,常靠诗歌往来,而诗歌创作也并没有随着考试的结束而终止。考生们在诗作中表达各种情绪，金榜题名者抒欣悦狂喜，孙山落第者写羞愧绝望。考试结束，中举者忙着写诗感谢考官、推举人和家人，和其他成功的考生建立联系，表达希望担任官职的愿望；而落榜者则通过诗歌来控诉制度不公，表达愤懑情绪。无论是成功还是失败，考生都会出入于风月场所，在那里交换诗歌，与貌美才高的歌妓们分享自己的欢乐或悲伤，有些作品甚至具有色情意味。从一些记录了这类活动的故事中，读者会发现唐代的诗歌写作不仅是地方和中央科举考试的重要科目，也是几乎牵涉了社会各个阶层的文化活动，与诗歌有关的人，囊括了掌管科举考试的皇帝、整个士人阶层，以及身处社会底层的歌妓。

唐代建立以诗赋为中心的科举制度，不仅让诗歌创作从宫廷文人集团走向大众，为中下层文人开辟入仕的新途径，而且还催生了一种强有力的诗歌教育文化，从文人精英阶层不断地往下渗透，直至幼童的基本教育。在唐代，诗学一改六朝以来文坛泰斗高谈阔论、专事理论阐发或诗集系统编纂的风气，转为撰写诗格一类的、更具实用性的书籍，旨在为广大士人群体指点作诗的门路。这种诗艺教育发轫于唐代科举，但一旦形成便能独立存在发展。宋神宗熙宁四年（1071）废除诗赋科举，改以经义取士，然而这并没有改变学堂里的诗艺教育。在第24章里，张健教授勾勒了宋元时期学校和民间教授声律对偶的传统，并分析了《对类》《声律发蒙》两部最流行的学童教材体例及其重要启蒙功用。

诗性自我和永久名声

诗歌不仅能为诗人谋得一官半职，还能使其名留青史。要建立一个诗性自我，永铭后世，创造性至为关键。诗人可以将自己的亲身经历和情感融入传统诗歌的人物形象，也可以通过对传统主题、形象和比喻的独特使用，让作品带上个人的印记。诗性自我的成功塑造，亦有赖于读者的积极参与。读者不是仅仅被动地接受，而是根据可知作者信息，或是通过作品风格特征来考察作品，寻找和感受作者的存在。那些经久不衰、备受重视的作品，都能被读者反复体味，做出全新解读。事实上，正是读者参与的解读过程造就了中国最伟大的诗人形象，比如本书第2章探讨的爱国诗人屈原，第8、9章中的隐士陶潜，第14章中的"诗佛"王维，第15章中的"诗仙"李白，第16章中的"诗圣"杜甫，还有第18章里的"诗鬼"李贺，等等。

屈原是中国诗歌传统中第一位树立起伟大形象的诗人。在本书第2章中，宇文所安教授探讨了这一形象形成过程中各种独特趣事。后世人们无法确认，屈原作为忠诚的楚国大夫以及《离骚》的作者，在历史上是否真的存在。因此宇文所安认为，这个诗人形象实际上是由三位汉代的读者通过想象构建的，他们分别是贾谊、司马迁和王逸。正如宇文所安指出的，读者在塑造这一屈原形象时，受到了很多因素的影响，比如贾谊和司马迁自身的经历，他们都曾失宠于皇帝，而且认为儒家道德是最重要的。对于《楚辞》的编纂者王逸而言，屈原这一人物至为重要之处，在于他是《楚辞》大部分作品的作者。因此，一些不同主题风格的"楚辞"类作品，因为屈原而得以聚集成为一个有意义的整体。正如屈原把原本晦涩难懂的巫术歌谣转化为文学作品，王逸对《楚辞》的经典化也把屈原这一历史人物转换为一位文化偶像。从汉代开始，这种相互作用的过程就被富有想象力的读者接受，并一直延续下来。因此，《楚辞》在很多方面都被拿来和《诗经》相提并论，屈原也被构建成身怀诸多美德的文化偶像：他品行高洁、忠诚爱国。对屈原的持续崇拜也体现于中国人每年庆祝的端午节，人们吃粽子、赛龙舟，相信粽子可以代替屈原喂饱汨罗江中水怪，而龙舟上击鼓则可吓走水怪。

在屈原之后，也许是因为各种传记资料的盛行，纯粹源于读者想象的诗人形象变少了，他们的形象在更大程度上取决于作品与作者生平经历的种种关联。本书探讨的大部分诗人形象,在很大程度上是在他们实际生活经历的基础上塑造而成的。和屈原不同的是,大部分后世诗人不再热心于用诗歌表达政治隐喻,他们描述的主题也不再是作为象征而出现的仙鬼神祇,而更着重于实际的世界,比如战争、自然、农业生活、边境、娱乐场所和家庭。

诗人形象塑造与诗人群体互动也有密切关系。在第17章中,王敖教授讨论了白居易和元稹如何彼此帮助,建立深厚的友谊,通过描绘各自所处世界,合力扩大诗歌表现主题,不仅"创造"了不同以往的诗人形象,而且发展出崭新的诗歌体裁,即通称的"元白"体。入宋以后,诗人群体发展如火如荼,昔日诗人交往或因趣味相投,在宋代,诗人间的交往形式则一变而为具有明显地域性的、旨在建立诗派门户的正式结社。到了明清时期,印刷业蓬勃发展,印刻书籍日益普及,为诗人和学者创造出一种新的、带有虚拟性质的互动空间。时光再移至民国初年,现代铅字印刷业普及、全国报刊发行系统建立、诗话在杂志上连载出版等前所未见的文化现象,无不彻底改变了传统诗歌和诗学的书写方式,以及诗人群体交往和自我塑造的方式。在第27章中,胡晓明教授以晚清同光体诗人陈衍的《石遗室诗话》为切入点,对传统诗歌文化此种巨变做出详细分析。

游侠、战争和英雄理想

和西方文学传统类似,战争和游侠主题使中国诗人创造了一个不同的文学世界。但与西方古典或中世纪的史诗不同,在中国,相同主题的诗歌并不只着重赞颂特定的英雄人物。儒、释、道三教的思想中都包含着反战的情绪,使中国有关战争的诗歌表达情感更加复杂,包括崇拜英雄、渴望自由、厌弃游侠生活、厌倦战争、哀悼死者等范畴。中国有关战争的诗歌并不着重表现个人英雄主义,因而更为主观抒怀,想象丰富。

正如本书第6章和第11章讨论的,大部分有关战争的诗歌出现在乐府或古诗中。但最负盛名的诗篇却往往是那些超越了非个人化风格的限制,表达细微而真实的个人感受的作品。在第6章中,连心达教授讨论了身为军事领袖的曹操,如何在诗作中展现出独特的个人视野。曹操在行旅过程中所写的诗篇,并未赞颂战争光耀,反而着重描写战乱之苦。因此,他能够赋予四言诗新的抒情意味。曹操之子曹植也在乐府诗中加入个人声音,他并不直接表达自身情感,而是通过虚拟人物传递情绪,其中最引人注目的形象就是奋战在前线的英雄战士和放荡不羁的游侠少年。这种人物形象在之前的乐府诗中并不存在,很有可能象征了曹植一生中未曾实现的建功立业理想。

到了唐代,曹植想象中的两种人物类型重新发展为侠客形象。第11章中,林宗正教授讨论了唐代的游侠诗。唐代的游侠结合了曹植诗中的两种人物形象,他们先是都市里的游侠少年,之后加入前线军队作更大冒险。在初唐和盛唐的诗歌中,描写游侠及时行乐的冒险经历构成了一种新的流行题材,即边塞诗。唐代许多有名的诗人都曾在边疆任职,实现了中国文人长期被忽略的理想,即文采与武艺俱精。第11章中探讨的以边塞为题材的乐府诗,展示了诸多视角中的一部分。但以艺术造诣而言,这些作品则很难与当时描写同样题材的绝句相媲美,边塞诗人如王昌龄、王翰等,利用绝句这种新的诗体进行时空连接,把自身在当下战争中的经历和过往的战争糅合起来,创造出一种极富想象的全新世界,超越了历史性的时空。

与其他诗体相比,边塞诗却似乎更加受到具体历史时空的限制。汉朝制定了深入西域、屯兵戍边的国策,直接激发了班超"投笔从戎"、建功沙场的英雄梦,汉魏乐府中的游侠题材无疑是这种理想抱负的折射。到了唐朝,相似的强势边疆政策则激励了士人"从戎执笔",驰骋沙场与笔场,践行能文能武的理想。边塞诗之兴盛有赖于汉唐盛世拥抱世界的胸襟,而其衰亡也必定是国家地理和心理疆域的萎缩所致。宋代以降,辽、西夏、金诸国不断挑起战事,攻城略地,甚至夺取了宋朝半边江山,此时所谓边界只是自己昔日的领土,岂有什么"边塞"可言?同时,北宋王朝推行重文轻武的国策,无疑又挤压了士人追求文武双全英雄梦的心理空间。然而,这种美好的理想并没有完全泯灭,而是转化为对诗苑科场的战争想象。阅读周裕锴教授撰写的第20章,我们就可以了解这种独特的创作想象如何造就了宋诗独有的"以战喻诗"修辞系统。

自然、宇宙和道教的超越

对那些在政治上感到幻灭的诗人来说,诗歌提供了独特的机会。他们离开朝堂后,就可以退隐山林。他们在诗歌中描绘自然,把自然当成是情感上的避难所。他们运用想象力,把自然转化成一种精神上的超越之地。自然环境不仅指某一个具体的地方,同时也可能是与人类活动相联系的、充满宗教和道德意味的场所。

大多数文人都希望在朝廷中获得一官半职,而不仅仅靠诗才留名世间。然而在《离骚》之后,宫廷政治不再能给予诗人灵感,有时甚至会对其诗歌成就构成阻碍。只有当天才诗人从政治中撤离,回到个人空间之后,才能创作出伟大作品。欧阳修"诗穷而后工"的评论很好地概括了这一点。

当官员对政治感到失望,他们喜爱的退休之地就是自然,因为自然不仅远离政治世界,也有安慰人心的宁静力量。历史上最早的例子是伯夷和叔齐,他们反对当时政治,去首阳山隐居,最后宁可饿死也不愿失节,这样高洁的品性,获得孔子热情的歌颂。许多个世纪之后,竹林七贤则把自然当成舞台,更激进地反抗当时的政权。尽管后世人们无法证实这七位贤者是否真的在某个竹林中徜徉相伴,但不可否认的是,他们都在自然的环境中做出一些看似荒诞不经的举动，比如纵情饮酒、服食五石散、赤身裸体等，而实际上这些举动都是为了反抗当时高压的司马氏政权。在第7章中，钱南秀教授指出，竹林七贤更大的目标是把老庄哲学转变成一种绝对自由和超越的真实生活方式，他们对超越的理想既是肉体的，也是精神的。在一篇著名的文章中，嵇康提出服食丹药可以使肉体长生不老；而在诗作中，嵇康和阮籍都提到了《庄子》中的"至人"，在他们的笔下，"至人"成了宇宙之道在精神层面的化身和体现。

对于陶潜来说，自然有更加深刻的意义。在第8章中，柏士隐（Alan Berkowitz）教授指出，陶潜在诗歌中创建了一种对于自然的深刻情感精神连接。他《归园田居》组诗的第一首就是一个很动人的例子，在这首诗里他描绘了农家生活的各种细节，并在细节中融入自己对于这种生活的热爱。而回归田园，也象征了他回归到更好的自己，这种回归不仅安慰了疲倦的灵魂，更帮助陶潜实现了精神上的超越。陶潜运用与他同时代的向秀和郭象所提出的"自我转化"观念，他相信永恒的道和每个人的自性最终是一体的。这个观念使陶潜在农家生活中体会到了绝对的超越。这样的生活使他得以实现自我觉醒，最后与道合一。他的诗歌作品生动地捕捉到了这种与道合一的境界，赢得了后世文人的无限倾慕。

在第9章中，袁行霈教授接着探讨陶潜及其诗歌如何持续地理想化、偶像化，最终发展成为一种足可铸造人格、升华审美情趣的小文化，在中华文化的大传统中发扬光大。这个发展过程以齐梁时期钟嵘、萧统等人评选陶诗，鲍照和江淹模仿陶诗为肇始，随后唐代韦应物、白居易等人竞相书写拟陶诗，而到了宋代，苏轼独创追和古人之诗体，在谪居惠州和儋州期间写下大量的和陶诗。这些和陶诗，与其说是切磋诗艺的唱和，毋宁说是陶苏诗魂的完美结合。两位伟大诗人隐逸脱俗、回归自然的生活方式，以及固守穷困的节操、清宁纯真的人格、淡泊自适的心境，无不相映生辉、跃然纸上。经过如此的艺术升华，陶潜及其诗自然就成为一种震撼士人心灵的文化符号，召唤后代无数文人雅士，以诗歌、绘画、园林家具、茶道花道等方式去探索开拓此符号的空间，借以满足自己种种不同的精神需要，从砥砺气节、净化心灵、陶冶诗情直到精神超越之追求。甚至就连一些与陶潜形象截然对立、品行丑陋的士人也写起和陶诗，要么为了疗救自己心灵的缺憾，要么是要自我粉饰、故作风流。从宋到清，崇陶学陶的风潮遍及文人生活的方方面面，经久不衰，此文化现象无疑是诗歌创造文化的极佳例证。

李白被人们称为"诗仙"，是超脱诗人的典型。如果说陶潜超脱世俗的方式是投身于农耕和归隐生活，那么李白则诗意地展现了与仙人共游的天界之梦。在某些著名诗篇中，李白把自己描绘为"谪仙"，他蔑视世俗的束缚，沉醉于当下的享乐中。在第15章中，方葆珍教授提出，李白的饮酒诗体现了他如何戏剧性地利用诗歌传统并对之进行转化。因此，如果陶潜和曹操是在一边饮酒一边沉思人生的转瞬即逝，李白则会歌颂酒能销万古之愁，并邀明月与他共饮同舞。最终，李白的做法是否真正超脱了世俗的人类经验，都取决于读者的解读。但无论如何，李白超然地通过自己凡人的肉身和诗歌的传统引发了读者的想象，在后世和杜甫并称"李杜"，他无疑是中国诗歌史上最伟大的诗人之一。

自然、坐禅和佛家的开悟

当我们提到佛教徒精神世界的超脱与醒悟时，一般会用"开悟"这个词，这个词很准确地强调了心性上的超脱。佛教徒想要开悟，必须在思想上专注，而宁静的自然世界为佛教的精神追求提供了一个完美的背景。自然世界不仅为精神专注提供了静谧的助力，也是坐禅沉思的主要对象。和陶潜等有道家倾向的诗人不同，佛教诗人通过记录自己和自然的互动，创作出一种崭新的有关自然的诗歌。本书讨论了三位此类诗人：沈约、寒山和王维。

这三位诗人描绘自然的手法各有不同。在第10章中，吴妙慧教授探讨了沈约的诗作。沈约历经三朝，寿龄甚高，他晚年厌倦政治，搬到离京师不远的东园，并通过写作描绘自己在这里的生活。在沈约的《郊居赋》里，读者可以感受到他对自然的一种独特的哲学思考。和早期的山水诗人谢灵运一样，对沈约来说，自然是感官刺激的来源，能够带给人们欢乐或悲伤的沉思。在这篇赋中，沈约悲叹政治失意和人生短暂，但他并没有因此而想要及时行乐，或追求道家的生活方式，而是认为，世界本是虚幻的。他渴望佛教的超脱，希望能从生死轮回之苦中脱离出来。

在第14章中，陈引驰教授探讨了唐代诗人王维和寒山对自然和开悟的两种不同处理方式。许多学者怀疑寒山是否确有其人，也对"寒山诗"是否真为他所作抱有质疑。寒山在中国文学传统中原本颇不被重视，直到20世纪才获得读者的关注。加里·斯耐德（Gary Snyder）曾翻译寒山的诗歌，使之成为美国"垮掉一代"运动的灵感来源。但和沈约《郊居赋》相比，哪怕是寒山最精致的诗歌，也相对缺乏智性光辉和典雅文辞。沈约的赋作体现了成实宗佛教的影响，成实宗是一个印度佛教的宗派，以复杂繁琐的探讨和人性的分析而为人所知。沈约的作品体现了一位文学天才如何享受自然的风光和声音，并以文字描写记录自然之美。相较之下，寒山的诗作体现了不可磨灭的禅宗印记，而禅宗作为中国本土的佛教宗派，受到道教思想的影响，主要流行于受教育程度较低的大众之中。寒山的诗歌反映了一位贫穷隐士的视野，他忙碌于日常生活和劳作，所写的诗篇与其说体现了他对自然之美的欣赏，不如说记录了他如何从佛家比喻的角度来看待自然。

像沈约一样，王维也从政治生涯中引退，转而亲近自然。但王氏之辋川别业在规模和奢侈程度上，都无法媲美沈约之东园。同样，王维退隐之后心境亦有所不同。如果说沈约是在长期成功的政治生涯结束之后寻求平静的生活，王维则是通过对自然和佛教的亲近，来慰藉自己失去圣宠的落寞。王维诗中对自然和开悟的描写，结合了沈约和寒山二人的优点。尽管和沈约以及其他齐梁诗人存在着不同之处，但王维继承了他们诗歌的感受力以及他们在视觉和听觉上极强的敏锐性。沈约和他的追随者强调语句的对仗和音律的流畅，而王维所着眼的是更广阔的世界。他通过自己的山水诗和山水画表达佛教的宇宙观。在王维的时代，沈约提出的诗歌格式已经发展成了当时流行的近体诗。而王维也和寒山一样，受到禅宗极大的影响，把自然当成坐禅冥想的主要对象。然而他并不是抽象地表现自然或把自然仅当成佛教的譬喻，而是通过极其细致的观察，着重表现自然景象的不可捉摸和转瞬即逝。在王维最优秀的诗作中，他用细致的感受力打破了许多传统界限，比如声音和沉默、存在和空虚、自我和世界，创造出禅意的诗境。王维用看似简单的风格表达佛教的境界，是中国诗歌艺术的一个伟大成就，也使他获得了"诗佛"的称号。

在第21章中，钱志熙教授仔细描述了宋代诗人黄庭坚两类禅诗的艺术特点。这两类禅诗，一是禅理诗，其特点是直接援用佛典中常用的比喻、形象、名言，并与诗人自己采撷的自然物象交织为一体，借以表达自己在庄子"齐物论"、佛教不二思想熏陶下形成的超脱旷达的人生观；二是禅境诗，其特点是白描诗人日常生活中的所见所闻，并通过突然跳跃到与上文完全无关的陈述或景象，传达生活琐事所诱发的"顿悟"。在宋元禅宗的巨大影响之下，王阳明发展出以"良知"为核心的儒家心学系统，试图以之取代宋人格物之理学。在第25章中，左东岭教授勾勒了王阳明良知学说影响整个明代诗歌的轨迹，从徐渭、李贽、汤显祖到公安三袁，乃至明末竟陵派，无不崇尚主观性灵。如果说王学是这些文学思潮的近源，那么它们的远源则非禅宗自性说莫属了。

作为主人公和诗人的女性

到目前讨论到的时代为止,无论是作为诗歌的主人公,还是作为积极的创作者,女性还很少出现在中国诗歌的书写中。不可否认的是,《诗经》囊括的大量情诗展现了女性的各种情感,比如信任、深情、疏远、爱恨、对性的渴望等。但汉代的阐释者常把这些内容理解成政治或伦理的隐喻,而把真实的女性情感排除在外。在他们的解读下,女性在诗歌中的形象是简单平面的,通过描写女性,男性诗人实际上表达的是自己对君主或主顾(patron)的情感。

汉代阐释者对诗歌中女性的"去性别化",深远地影响了后世关于女性的诗歌书写。无论是男性还是女性、读者还是作者,其思维范畴都受到这种"去性别化"的影响,由此限制了诗歌对女性的表现。诗歌中这种把女性政治隐喻化的倾向,必须由后世的诗人或读者来突破。只有当诗人通过作品来表现真实的女性,或读者在诗歌中感知到真实女性的存在时,才能打破这一政治隐喻化的障碍。这种隐喻模式,导致汉代和六朝时期真正的女性诗歌的缺席。此处,我们可以看到阐释者的重要性,他们使诗歌得以在中国文化中建立自主的场域,但在对女性的表现上,阐释者的负面影响显然超过了正面作用。

当然,这个时期也有例外的情况,比如长篇叙事诗《古诗为焦仲卿妻作》(《孔雀东南飞》)。在本书的第5章中,罗然教授提出,这首诗和传统诗歌的不同之处,在于体现了女性对于政治隐喻化的反抗。当时其他的诗歌着重描绘不知姓名的弃妇,并借助弃妇的形象表达男性诗人不被赏识的悲伤。但这首诗则聚焦于一位名叫刘兰芝的女性,她是小吏焦仲卿的妻子。主人公具体的背景信息有明确功能,能减少政治隐喻化的倾向,也能替读者构建出一种描绘现实生活的感觉。诗序里提到的个人信息则更有意识地加强了这种效果。

对于现代读者来说,耐人寻味的一点在于《古诗为焦仲卿妻作》并没有引发更多同类型作品的创作。其原因也许在于它微妙地挑战了儒家思想,也或许在于长篇叙事诗并不是当时文坛的主流——那时主要流行的诗体是乐府诗,再或是因为,当时的文人对于在诗中表现真实的女性生活并不感兴趣。这些因素的叠加,导致类似作品并没有大量出现。

除了汉代《诗经》阐释传统带来的限制效果,儒家的道德训谕也禁止女性和家庭成员之外的男性接触,这意味着女性的诗歌作品和她们自身一样,无法进入公共领域。因此在汉代和六朝的诗歌作品中,只有极少数是女性作者写的。汉代有一些诗歌被认为是班婕妤的作品,班婕妤是汉成帝的妃子,她很有文才,但她的诗作本是呈给皇帝阅读的,而不是给大众的。这些诗作之所以得以超越宫墙的限制而广泛传播,甚至流芳百世,很大程度是因为班婕妤的帝妃身份。

到了唐代,女性终于出现在诗歌的场景以及公开的社交和文学聚会中,享受着前所未有的自由。这些改变,很多人认为是武则天带来的。武则天是中国第一位,也是唯一一位女皇帝。钟梅嘉在本书的第13章中提出,少数有违传统道德的女性,如嫔妃、道姑(有些是隐藏的歌妓)和歌妓会利用这种女性新获得的社会自由。然而儒家道德仍然根深蒂固,此时贵族女性依旧足不出户,并以此为德,她们极少参与诗歌创作。而那些不符合传统道德期待的女性进入男性的空间时,写诗的才能就是她们唯一能获得皇帝(包括武则天)、高官和文人名士(如白居易和元稹)欣赏的方法。

在唐代最成功的女诗人中,上官婉儿的人生可谓是跌宕起伏。她令人惊叹的诗歌才华获得了武则天和唐中宗的青睐,使她成为武则天之后最有影响力的女人。上官婉儿的才华超过了她身边的众多男性,使她成为当时文学品味的仲裁者。女道士李冶、鱼玄机,还有薛涛的人生经历也同样充满戏剧性,让人唏嘘不已。具有讽刺意味的是,这些以诗才闻名的女子,结局都很悲惨,上官婉儿、李冶和鱼玄机都因触犯政治和法律的规定而被处死。这也说明,对于唐代的女子来说,拥有诗名也意味着要付出巨大的代价。

宋代的女性写作永远与李清照的名字联系在一起。凭借着惊世诗才,她闯入诗坛中心,力压须眉,赢得了中国历史上最伟大的女性诗人之美名。在第22章中,艾朗诺教授讨论了李清照研究中较少被关注的作品,即她的论史诗和时政诗。这两类题材历来都为男性诗人所垄断,女性诗人甚少涉猎。但李清照不写则已,写则必定慷慨陈词、气宇非凡。例如,她以诗歌的形式与出使金国的使臣进行对话,告诫他们要态度强硬,不可再做过多的让步,并提醒对方警惕金国可能设下的陷阱。女性诗人如此直接地参与国家政治,毫无顾忌地谏言,在晚清之前大概是绝无仅有的。如果说宋代女性诗歌写作只有李清照一枝独秀,那么到明末以后则有一派争妍斗艳、万紫千红的景象。在第26章中,蒋寅教授认真梳理了袁枚《随园诗话》以及其他文献里有关女性诗歌创作的记载,展现出乾隆时期各种女性诗人群体蓬勃发展的情形,其中包括家族女诗人群组、区域性女性诗社,以及袁枚等著名文人网罗接收的、或可多达五六十人的女弟子群组。女性诗人以合集或个人专集的形式大量发表诗作,而袁枚又为之撰写序言,不遗余力地推介表彰,久而久之,竟形成一股足以对诗坛产生影响的力量。就连袁枚本人也想到利用她们来制造声势、巩固提高自己诗坛领袖的地位。女性诗人地位的这种飙升,似乎可以视为20世纪后女性作家崛起文坛的先兆。

家、国和历史

从上述各个不同的方面,我们可以看到中国诗歌如何构建自己的世界和场域,而这个世界不一定等同于诗人的个人世界。换句话说,诗歌和世界的关系常常是错综复杂的，而并非直接或是透明的。这一点在描写家庭生活的诗歌中表现得最为明显。游子对家的渴望，思妇对远行爱人的怀念，这些是中国诗歌永恒的主题。但文人们现实的家庭生活，他们对于家人深切的感情，特别是对父母和孩子的情感表达，实际上在中国的诗歌作品中并不十分常见。

与其描写自己现实中的家庭，诗人们更热衷于用第三人称的口吻来观察别人家庭的情况，比如在上文提到的《古诗为焦仲卿妻作》。在第16章中，陈威教授讨论了杜甫如何在"三吏"和"三别"中，以一位具有同情心的观察者的身份进行写作。和《古诗为焦仲卿妻作》那位不知名的作者不同，杜甫希望描绘在安史之乱中，下层家庭长期遭受的痛苦。因此读者在他的诗里目睹了一个家庭因为被迫征兵，只剩下一位男子，也读到一位老人半夜逃跑希望能躲避征兵，而他年迈的妻子则恳求代替丈夫去从军。这一切都传递了在家庭被毁之时，人们极度的悲伤和痛苦。

杜甫从个体的家庭出发，描绘了安史之乱给社会和国家带来的破坏。他把"三吏"和"三别"这六首诗放置于常年征战的社会背景之中，增添了紧迫的氛围，也使诗人的关怀更显深广。在20世纪，这两组诗成为中国大陆读者评价最高的杜甫作品之一，它们甚至被认为代表了杜甫诗歌艺术的顶峰。不过，当代读者更为称道的杜甫诗歌则转向了另外几首，在这些作品中，杜甫把他的个人经历、对历史的沉思和儒家世界观都融合在一处，呈现出一种崇高的诗歌境界。从其无与伦比的诗歌成就来看，"诗圣"这一头衔对杜甫而言，可谓实至名归。

* * *

以上讨论的，都是中国诗歌文化从远古到清代发展中的重要面向。对于读者即将开始的阅读之旅，编者建议与其一页一页地按顺序阅读，不如根据前言的总结，从自己最感兴趣的篇章入手。我们也推荐大家结合与本书配套的《如何阅读中国诗歌·作品导读》（三联书店即出）一起来阅读，尽可能地多读些诗歌原文。相信这两本书可以帮助大家更深入地体会到社会和诗歌之间的动态关系：一方面了解社会和政治环境如何影响诗歌的写作，另一方面去观察诗歌创作如何演变为种种中国特有的诗歌文化，并对中华文明发展的历史进程产生极为深远的影响。

先秦两汉

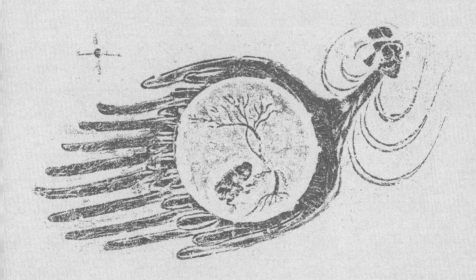

第1章

《诗》与《左传》中的外交传统

李惠仪

《诗经》共收录了三百零五首诗,是中国文化传统的奠基之作。它囊括的诗歌作品不仅年代古老,涵盖了范畴广阔的人类活动,而且反映了中国早期的思想、历史、礼仪和政治,因此意义深远。学者们常因《诗经》的具体创作时期和起源争论不休:它是何时、如何又为何产生的呢?《诗经》所收录的诗歌在当时也许均有类似表演的特定功能,这背后又有什么样的社会、礼仪乃至政治的背景呢?

孟子提出,对于《诗》(《诗经》是后起的称谓)而言,理想的阐释者应该"以意逆志"。咸丘蒙(或云是孟子弟子)向孟子提问:"《诗》云:'普天之下,莫非王土。率土之滨,莫非王臣。'而舜既为天子矣,敢问瞽叟之非臣,如何?"❶依照字面逻辑,咸丘蒙的理解是对的。舜既已君临天下,天下人莫不称臣,舜父瞽叟自然也不例外。孟子却认为舜为君仍能尽孝尊亲,绝不会视父为臣。咸丘蒙的观点是基于误读,而误读的根源是因为不能领会作诗者的用心:"是诗也,非是之谓也。劳于王事而不得养父母也。曰:'此莫非王事,我独贤劳也。'故说诗者,不以文害辞,不以辞

---

❶ 《孟子注疏》卷九,台北:艺文印书馆,2001年,第164页。

害志。以意逆志，是为得之。"孟子想象一位勤于王事的诗人，因为离家不能孝养父母而微露不怨：毕竟天下人"莫非王臣"，天下事"莫非王事"，何以只有我独自劳苦呢？孟子以孝为中心，进行了巧妙的解读，利用诗人的孝子形象推翻咸丘蒙关于帝舜可能乖违孝道的推测。姑且不论孟子的解释是否正确，他提出文辞表面意义可能与作者用心有差距，而作者之原意须细心揣摩体会，这看法对后世影响极大。人们常常溯源"作者的本意"，从而支持某种可信的解读方式，拒绝其他的阐释。《毛诗序》在历史上具有很大的影响力。虽然创作时间难以确定，但它很有可能是西汉初年即公元1世纪前后的作品。《毛诗序》认为诗歌是人们对于外界刺激而产生的情感回应和表达。在追究"在心为志，发言为诗"的过程中，"大序"作者描摹情感激越引发身体反应，诗人的"发声"不得不然："情动于中而形于言。言之不足，故嗟叹之。嗟叹之不足，故永歌之。永歌之不足，不知手之舞之，足之蹈之也。"❶然而，在读者思考诗歌如何体现作者的本意或是创作过程之前，一些更早期的文本证明《诗经》所收录的诗歌也可以被用于达成政治目的。通过追寻作者原意或重构创作过程来解诗，是战国中期以后伴随对人性内在意志与感情的关注而发展来的。此前有关诗的思考，重点在于诗的功能，尤其是在政治场域发生的效用。

现存最早的一些关于中国文学思想的文本，都提到了诗歌的政治功用。孔子曾说："不学《诗》，无以言。"❷此处"言"指的是政治上的沟通。又如接下来的这几句："诵《诗》三百，授之以政，不达；使于四方，不能专对；虽多，亦奚以为？"❸这些话都被认为是圣人之言，但很有可能是后来才出现的。这种说法也许受到了东周时期卿大夫用诗方式的影响，

---

❶《毛诗正义》，台北：艺文印书馆，2001年，第13页。
❷《论语注疏》，台北：艺文印书馆，2001年，第150页。
❸《论语注疏》，第116页。

因为他们常通过诗歌来传递政治理想，提出某项政策，或是表达外交辞令。这些例子大多出现在《左传》中。《左传》包含了大量的叙事和对话，历史跨度长达二百五十五年（公元前722—前468），历来被认为是对《春秋》的详细阐释。

《左传》所记录的是一个群雄争霸、各国寻求生存的时代，各个利益集团的纷争有时会从外交辞令中体现出来。熟练运用语言的能力，用孔子的话说就是"专对"，包括了在长篇言辞中适当地援引《诗》，以及"赋诗"的技巧，即朗诵、吟唱和表演诗歌。对此类表演的叙述常出现于一个公式化的句子"（某人）赋（某诗）"。这样的句子简洁地刻画出当时的场合和背景，也许是某次外交朝聘、跨国会盟，或是某次卿大夫之间半正式的集会。而赋诗的对象，常常也会赋诗回应。在极少情况下，"赋"也有创作之意，但在大部分例子中，"赋"指的是对现有诗歌的运用。许多出现于《左传》中的诗歌保存于《诗经》，有一些未曾出现于《诗经》的则被归为"轶诗"（或作"逸诗"）。除了极少数情况，大部分赋诗者都是男性（女子赋诗，《左传》只记载两次，即闵公二年许穆夫人赋《载驰》、襄公九年穆姜赋《绿衣》，而前者"赋诗"大概指"作诗"，在对话场合赋诗的只有后者❶）。在大多数时候，诗歌的正文并没有被引用，而只有诗名被简短地提及。这种简略的记录方式，表明赋诗的对象必须熟习《诗》，方能了解所提及诗歌的意蕴。

《左传》中外交场合下的赋诗首次出现在僖公二十三年❷，最后一则出现在定公四年❸。大部分例子集中在公元前6世纪，尤其是鲁襄公和鲁昭公年间。我们无从得知在公元前7世纪和前6世纪，政治家们是否真的在外交

---

❶ 许穆夫人赋《载驰》，见《春秋左传正义》，台北：艺文印书馆，2001年，闵公二年，第191页。穆姜赋《绿衣》，见《春秋左传正义》，成公九年，第448页。
❷ 《春秋左传正义》，僖公二十三年，第253页。
❸ 《春秋左传正义》，定公四年，第953页。

场合赋诗,但可以肯定的是,在《左传》成书的时期,能够运用共同的诗歌传统来表达政治诉求和进行交涉,已经被奉为一种文化理想。

汉代的历史学家班固把赋诗看成是诗歌和政治的理想结合。"古者诸侯卿大夫交接邻国,以微言相感,当揖让之时,必称《诗》以谕其志,盖以别贤不肖而观盛衰焉"❶,适当地赋诗可以通过"微言"进行有效的交流,强化诗歌的政治功能。这里的"微言"和人们通常所说的《春秋》的"微言大义",两者之间有很大的不同。班固暗示,"微言"是一种具有多义性的语言表达方式,有点类似象征性或是具有联想性的语言。这种表达方式给外交的交锋赋予了文明和礼仪的修饰,为权力关系披上了文明的面纱。

通过援引诗歌,利用其情感的背景,赋诗者可以间接地表达自己的期望、忧惧或目的。❷ 这也形成了一个评判的场域:在此,赋诗者对政治局势做出了评判,而他赋诗的才能也被观众(包括隐含的读者)评判。听者如果不能抓住诗歌的意蕴,就表示他德行有缺,或是文采不足(如鲁国叔孙豹曾在襄公二十七年及二十八年两次赋诗讥讽齐国作乱者庆封奢侈违礼,庆封竟懵然不觉❸)。而与此类似,如果赋诗者"不类",即没有按照应有的身份和场合赋诗,会招来批评和惩罚(如襄公十六年刚即位的晋平公宴诸侯于温,要求诸大夫"歌诗必类"。齐国高厚因为歌诗"不类",晋卿荀偃从而察知"诸侯有异志",而高厚亦惧祸逃归❹)。当时的礼仪规范了所赋之诗是否恰当,如所赋之诗代表了过为隆盛的礼待,明智的卿大夫会拒绝答赋(如文公四年鲁文公宴飨卫国宁武子,为赋《湛露》及《彤弓》,宁武子不答赋,因为二诗是天子宴诸侯之诗,非诸侯宴卿大夫所当

---

❶ 《汉书》,北京:中华书局,1962年,第1755—1756页。

❷ 此类型的"言志"并不是指通过诗歌来实现志向,而是用诗歌来作为自我表达和交流的手段。

❸ 《春秋左传正义》,襄公二十七年,第643页;襄公二十八年,第655页。

❹ 《春秋左传正义》,襄公十六年,第573页。

用❶）。但赋诗之所以会被严格地评判，也是因为当时的礼仪规定实际是有灵活性的。不然的话，能否"专对"亦不会成为衡量"使于四方"者学诗功力的标准。用诗歌来适当地回应当下的情势，与诗的"本意"并无关系，这种回应是否成功取决于能否有效地"断章取义"❷。然而，如果赋诗的理想是交流的畅通无阻，一些有趣的例子反而显示了赋诗引发的对不同意见的交涉和阐释的多样性，接下来举的例子即体现了这点。

华夷之辨和文化理想

在一次晋国召集诸侯谋伐楚国的盟会中，一位戎人的首领通过援引《诗经·小雅》中的《青蝇》，对华夏和戎领土的分界，以及华夏诸国把戎人定义为"他者"提出了质疑。事系《左传》襄公十四年。❸晋卿范宣子是此次会面的召集者，他指责戎子驹支不仅泄露了晋国的机密，而且传播谣言，致使诸侯对晋国怀有异心。他援引历史，指出晋国曾经帮助驹支统领的姜戎抵御秦国的侵略：

> 来！姜戎氏！昔秦人迫逐乃祖吾离于瓜州，乃祖吾离被苫盖，蒙荆棘，以来归我先君。我先君惠公有不腆之田，与女剖分而食之。今诸侯之事我寡君不如昔者，盖言语漏泄，则职女之由。诘朝之事，尔

---

❶ 《春秋左传正义》，文公四年，第306—307页；襄公四年，第503—505页。

❷ 《左传》中的齐人卢蒲癸嫁女不避同宗，面对别人的质疑时，他说道："赋诗断章，余取所求焉，恶识宗？"见《春秋左传正义》，襄公二十八年，第654页。此处，卢蒲癸把嫁娶不避同宗与赋诗时断章取义不顾原意相类比，说明当时人们对诗歌的不同用途已有所了解，以及诗歌"原意"和展演意义常有落差。

❸ 事见《春秋左传正义》，襄公十四年，第557—558页。

无与焉！与，将执女！

照范宣子的述说，昔日秦国曾逼迫驱逐姜戎，姜戎祖先吾离在狼狈艰困中依附晋惠公，晋惠公慷慨地把田地分给姜戎。但姜戎忘恩负义，竟然在这次盟会中泄露晋国机密，离间晋国与诸侯的关系。为了惩戒姜戎，范宣子不许驹支参与盟会。作为回应，驹支先表明了戎人对晋国的忠诚，但也指出自己的领土是独立于晋国的。他承认历史上戎曾受恩于晋国，但晋国给戎的土地原本都是蛮荒之地，一切都是在戎人自身的努力下才发展起来：

赐我南鄙之田，狐狸所居，豺狼所嗥。我诸戎除翦其荆棘，驱其狐狸豺狼，以为先君不侵不叛之臣，至于今不贰。

谓戎"不贰"，即是表明基本上忠于晋国。但所谓"不侵不叛之臣"，说得不亢不卑，即戎既不叛离晋国，也不会侵犯晋国（亦即戎有能力侵晋）。晋赐戎的土地狐狸豺狼遍野，戎人披荆斩棘，把"文明"带到蛮荒之地。这是《左传》中极少数的少数民族得以发声的场合。戎人在此并没有被描绘成"野人"，而是文明的代言者。

驹支没有强调晋国曾帮戎人抵御秦国的侵略，而是着重指出在秦晋的纷争中，戎人对晋国做出的贡献："譬如捕鹿，晋人角之，诸戎掎之，与晋蹠之。"❶他没有过分拘泥于过去，而是探究了是什么因素决定了华夏诸国和戎人之间或友好或仇恨的关系。他的论证主要分为两方面。一方面，驹支强调了华夷之间的巨大差异。戎族的文化，包括饮食、衣服、语言等，都和中原有天壤之别，所以无法参与调停中原各国之间的矛盾，更不用说离间晋国与诸侯之间的关系，所以范宣子的控诉不成立："我诸戎饮食衣服

---

❶《春秋左传正义》，襄公十四年，第558页。

不与华同，贽币不通，言语不达，何恶之能为？"同时他认为戎人的独特"异性"并没有什么不好，因而面对范宣子威胁将来不让戎参加中原的会盟，他表示无所谓，"'不与于会，亦无瞢焉'，赋《青蝇》而退"。

另一方面，驹支也坚持戎人和华夏诸国有共同的文化根基。他提出，昔日惠公之所以庇护戎人，赐之土地，是因为承认戎人是"四岳之裔胄"。在《尚书·尧典》中，"四岳"是尧和舜的辅佐。这就意味着晋国应该把戎当成平等的对象来对待。略有讽刺性的是，当驹支强调了双方文化的不同和交流的障碍之后，他吟诵了《青蝇》这首诗，事实上显示了自己虽然身为戎族，却熟稔双方共同的文化传统。《青蝇》原意是作者斥责谗人祸国，并悲叹自己被恶意诽谤：

> 营营青蝇，止于樊。
> 岂弟君子，无信谗言。
>
> 营营青蝇，止于棘。
> 谗人罔极，交乱四国。
>
> 营营青蝇，止于榛。
> 谗人罔极，构我二人。❶

后世的评论者郑玄、孔颖达和朱熹都把青蝇当成是起兴，痛斥谗人致乱，构陷忠良。因为青蝇有"颠倒黑白"的习性，这一意象和进谗的小人有直接的寓意联系。通过吟诵这一首诗，驹支把"他者"的身份转嫁到了那些挑拨离间的谗人身上。还有另一种解读是，驹支通过吟诵此诗，强调了和

---

❶ 《毛诗正义》，第489页。

晋国的共同价值，以及两者之间的友好关系，这样一来就抹去了戎人作为文化他者的处境。❶驹支的赋诗显然说服了范宣子，"宣子辞焉，使即事于会，成恺悌也"。范宣子不信中伤戎人的谗言，让戎人参与盟会，达成了《青蝇》歌颂的"岂弟君子"之楷模。《左传》的这一篇就此结束："自是晋人轻鲁币，而益敬其使。"自此，因为驹支的言论，范宣子减轻了对于周边小国（包括鲁国）的苛求。从这个角度看，驹支赋《青蝇》是极有功效、惠及诸小国的进谏。

赋诗争霸

驹支通过吟诵《青蝇》一诗，暗示了戎人和华夏各国有共同的文化基础，也强调了戎人作为文化"他者"所拥有的权利。在赋诗的背后，有一系列复杂的协商过程，比如要求者和反抗者之间的协商，自我定义和定义他人之间的协商，还有说话者和听众之间的协商。这种协商常发生于不同国家之间的权力斗争中，因为赋诗所处的正是群雄争霸的历史时期。事实上，关于赋诗的最早记载，是在晋文公重耳即将复国称霸的时候。重耳之父晋献公宠幸骊姬，以致晋国内乱。重耳被放逐，流亡在外十九年，终于在僖公二十四年归晋登位。流亡期间，重耳及其从者到了秦国，受到了秦穆公的礼遇。秦穆公设宴欢迎重耳，这个宴会成了一个双方各自表达政治理想和期待的场合。❷

重耳最重要的谋士之一狐偃，决定不参加这次的聚会，而让赵衰代替

---

❶ 其他有关夷狄民族对于中原礼仪和知识传统的熟习，参见《春秋左传正义》，僖公二十九年，第283—284页。

❷ 事见《春秋左传正义》，僖公二十三年，第252—253页。

自己前去，他的理由是："吾不如衰之文也，请使衰从。"赵衰之"文"，果然表现在他对赋诗的掌握上。在宴飨的过程中，重耳吟诵了《河水》一诗，秦穆公则吟诵了《六月》。而赵衰则不负众望，利用自己的文化素养主导了这次宴会。秦穆公赋《六月》，"赵衰曰：'重耳拜赐！'公子降，拜，稽首。公降一级而辞焉"。赵衰先让重耳降阶至堂下，再拜，然后跪拜而俯首以头碰地。穆公也降阶一级，表示辞让其再拜之礼。此时赵衰解释道："君称所以佐天子者命重耳，重耳敢不拜？"

狐偃是重耳最有才智的谋士之一，可是在这样的场合，他却让更具文采并熟知礼仪和典籍的赵衰参加，认为他更适合外交场合。根据杜预注，《河水》是一首逸诗，"义取河水朝宗于海。海喻秦"。此处的隐喻是把晋国比作黄河，而把秦国比作大海，黄河入海，比喻晋尊秦并期冀依附。《国语》对此事也有记述，根据韦昭的注解，"河当为沔，字相似误也。其诗曰：'沔彼流水，朝宗于海。'言已反国，当朝事秦"。《沔水》写诗人忧谗畏讥，念乱伤时，设想重耳赋《沔水》以表达自己处境栖遑，希冀感动秦穆公，望其送己归国，似乎是情理中事。不过，出土文献提到了《河水》这首诗，证明韦昭的猜测是错误的（这二十九支残简，被学者命名为《孔子诗论》，收入《上海博物馆藏战国楚竹书》第1册）❶。但无论如何，重耳赋诗是为了称颂设宴人秦穆公，希望得到秦穆公支持，返回晋国，争取治权，似无疑问。

秦穆公所吟诵的诗是《六月》，这首诗歌颂了在周宣王统治期间，周朝的将领尹吉甫北伐玁狁获得胜利：

六月栖栖，戎车既饬。

四牡骙骙，载是常服。

---

❶ 参见李零，《上博楚简三篇校读记》，北京：中国人民大学出版社，2007年，第21、148页。

> 狁狁孔炽，我是用急。
> 王于出征，以匡王国。

这是现存《六月》六章的第一章。正如《诗经》中其他很多的战争诗，此诗用很大篇幅描写了战争前的准备和胜利之后的庆祝，但战争过程则被一笔带过。❶狁狁历来被认为是夷狄❷，不过这首诗里并没有直接贬损狁狁的语句，只是把狁狁的军队比作燃烧的火焰（孔炽）。狁狁入侵中原，于是周人紧急出兵（我是用急）。诗里描写了狁狁力量的强大，以衬托周人之彪炳战绩。诗歌其他章节盛赞了周人反攻时的勇武威仪，尽管某些细节也暗示了周人军队所面对的紧张局势：

> 有严有翼，共武之服。
> 共武之服，以定王国。

诗歌中出现的一些地名暗示狁狁的军队已经深入侵略到周人领土。但《六月》并没有把此次战争描绘成防御性的军事行动，而只强调周朝的军力如何强大、军容如何美盛，这点也体现在整齐美观的佩章和旗帜上：

> 织文鸟章，白旆央央。
> 元戎十乘，以先启行。

---

❶ 对于这个现象，参见 David N. Keightley, "Clean Hands and Shining Helmets: Heroic Action in Early Chinese and Greek Culture," in Tobin Siebers ed., *Religion and the Authority of the Past*, Ann Arbor: University of Michigan Press, 1993, pp. 13-51。

❷ 司马迁认为狁狁是匈奴的祖先之一，参见《史记》，北京：中华书局，1982年，第2879页。班固也认为狁狁和匈奴属同一血缘，参见《汉书》，第3743页。

尽管诗里也暗示了暴力，但重点仍是周朝完美的军事训练，以及在此基础之上军队的秩序井然。这首诗的主角是军队的领导者尹吉甫："文武吉甫，万邦为宪。"

秦穆公赋《六月》的目的，是用尹吉甫北伐猃狁，比喻当时诸侯也应该同心合力尊王攘夷。这场赋诗的十二年前（僖公十一年），周襄王之弟王子带曾召戎人攻伐周京，入王城，焚东门。秦穆公、晋惠公（即重耳兄弟）伐戎以救周。赋诗前一年，周襄王召王子带回京师。王子带旋即与周襄王的狄后私通。赋诗后一年，王子带联合狄人攻周，周襄王逃亡。换句话说，秦穆公赋《六月》，隐然以周室不宁为忧。《六月》以宴会结尾："饮御诸友，炰鳖脍鲤。侯谁在矣，张仲孝友。"在宴会中与尹吉甫一起庆祝战争胜利者包括被颂赞为"孝友"的张仲。张仲有时也被称为南仲，是《诗经》中《出车》和《常武》二诗的主人公。秦穆公也许在暗示，自己像尹吉甫，而重耳则像是有德行的张仲。然而此时，赵衰抓住机会，把《六月》重新定义成秦穆公送给重耳的"礼物"，认可重耳是天子的辅佐，亦即表示（或故意误读）秦穆公推许重耳为尹吉甫。他援引的是《六月》第二章的最后两句，"王于出征，以佐天子"。此刻，重耳不再只是一位流亡的公子，苦心寻求秦国的帮助来登上晋国的宝位。当重耳下拜接受秦穆公的赋诗，即接受了这份"礼物"，把秦国对自己的支持和认可正式化了。赵衰富于文采，善于使用象征的手法。他把秦穆公对秦、晋共谋尊周抗狄的期许，甚或是秦穆公自比尹吉甫的隐然自誉，转化成一种对于重耳光辉未来的预言。

这个预言在两年之后实现了。宴会过后一年，王子带之乱倾动王室，周襄王出亡。❶ 同一年，重耳回到晋国成为君主，后人称其为晋文公。在稳固了自己在晋国的统治后，重耳勤王，打败了狄人，杀了王子带，把周

---

❶ 《春秋左传正义》，僖公二十四年，第258页。

天子迎回王城，恢复其王位。❶这成了晋文公称霸的政治资本。这些后续的发展似乎显示，之前秦穆公与重耳通过《六月》角逐争取比拟尹吉甫的合理性，是潜在的权力斗争。赵衰"曲解"秦穆公，认定《六月》是以尹吉甫比喻重耳，终于得到历史的证明。因为他和尹吉甫一样，都保卫周王室、抵御外族入侵。这也许正是这次赋诗会被记录下来（或塑造出来）的原因。

如果读得更加仔细，会发现一个更复杂的场景。秦国和晋国都争相成为周天子的护卫，而当周天子有难时，秦国的军队已经驻扎在黄河边随时待命，"将纳王"，但晋国却"辞秦师而下"，独力勤王。❷根据司马迁《史记》中的记载❸，晋文公和秦穆公联合了双方的军队，共同护卫周王，但《左传》的记叙却不同，指出了两者之间暗藏的竞争关系。从某些方面来看，秦晋之间的竞争在两年前宴会赋诗时就可窥一斑。

无论是在《六月》一诗中，还是《左传》的叙述里，对于秩序的恢复都建立在驱逐夷狄的基础之上。但华夷之间的边界和关系异常复杂，并非单纯的对立。周襄王出于对狄人的感恩，娶了狄女为妻，原因是狄人曾帮助周王平复郑国的叛乱。而郑国与周同为姬姓，属于周王室的"兄弟之国"。❹根据《国语》的记载，晋文公之所以能成功地辅佐周王室，是因为"行赂于草中之戎与丽土之狄，以启东道"❺。事实上，华夏居中、蛮夷戎狄处于周边的模型，并未真实地反映当时华夷杂处群居互动的情况。赋诗事件的一年前，"秦晋迁陆浑之戎于伊川"❻，戎人从秦晋领土的西北边，迁移到了周朝京师的周边，从"外"迁到了"内"。戎在地理上靠近周王

---

❶《春秋左传正义》，僖公二十五年，第262—263页。
❷《春秋左传正义》，僖公二十五年，第262—263页。
❸《史记》，第190页。
❹《春秋左传正义》，僖公二十四年，第255—257页。
❺徐元诰集解，《国语集解》，北京：中华书局，2002年，第351页。
❻《春秋左传正义》，僖公二十二年，第247页。

室,对周朝的统治构成了威胁。换句话说,赋诗事件后来作为暗示重耳伟大业绩的预言出现,提出了一个尊王攘夷的理想秩序图景,但这个图景掩饰并压抑了不同势力之间的纷争和妥协。

赵衰急切地赋予《六月》某种意义,戏剧性地表现了如何成功地操纵诗歌传达的信息,使它最终被接受。《左传》中也有与之相反的例子,在这些例子中,某一方赋诗传达的信息会被另一方的赋诗阻碍。比如,公元前541年,楚国的公子围和晋国的赵武在郑国的虢会面。在这次会面中,"令尹享赵孟,赋《大明》之首章,赵孟赋《小宛》之二章"❶。《大明》现在收录在《诗经·大雅》,是描述周朝兴起和克商的六首诗之一。然而,诗歌的首章描写的是王者所面临的挑战和商朝的衰落:

> 明明在下,赫赫在上。
> 天难忱斯,不易维王。
> 天位殷适,使不挟四方。❷

根据杜预的注释,公子围非常自满,把自己比作周文王,诗的起首二句表现了文王的威严和荣耀。因为此诗同时也提到了天命的不测和商纣的败亡,公子围也暗示了自己夺取楚国王位的野心,而事实上几个月后公子围的确篡位称王了。❸赵武在对公子围的回应中,并没有认同他利用商的衰落和周的兴起来张扬自己权力的意志。赵武赋《小宛》的第二章,把《大明》中天命不可捉摸的主题进一步推展,把商朝末造的危殆转化为对公子围的警诫:

---

❶ 《春秋左传正义》,昭公元年,第700页。
❷ 《毛诗正义》,第540页。
❸ 《春秋左传正义》,昭公元年,第710页。

> 人之齐圣，饮酒温克。
>
> 彼昏不知，壹醉日富。
>
> 各敬尔仪，天命不又。❶

据《毛诗序》，这首诗是大夫讥刺周幽王之作。朱熹认为此说穿凿破碎，提出"此大夫遭时之乱，而兄弟相戒以免祸之诗"。❷其中，学者们对"兄弟相戒"所指的实际历史背景仍有争论，但《小宛》一诗是针对动荡的局势所作，这一点是没有疑问的。《小宛》第二章描述了醉酒危害政权，赵武此时把醉酒放大为对一切享乐没有节制的比喻，从而警告公子围，不要自我陶醉于成为最终胜利者的美梦。某个利益集团政治地位的上升也意味着另一个集团势力的衰落，赵武劝说公子围，应该从自我陶醉转向自我怀疑。如果"天命靡常"，那么公子围的成败尚为未知之数。《小宛》是《小雅》中四首题目中带有"小"字的诗歌之一，另外三首分别是《小旻》《小弁》和《小明》。这四首诗所描写的都是在政治动荡或家庭不安的情况下，个人所经历的流离失所或苦难。《小宛》的结尾写道："温温恭人，如集于木。惴惴小心，如临于谷。战战兢兢，如履薄冰。"❸如果公子围吟诵《大明》是为了凸显自己和楚国的野心，赵武则用《小宛》来警告他要节制。

这次赋诗更深广的背景是晋国与楚国之间的权力斗争。尽管赵武回答得很机警，希望能克制公子围的野心，而事实上，在公元前6世纪中期，晋国对于楚国即将称霸的局面已经无能为力。这次盟会之后，赵武

---

❶ 《毛诗正义》，第419页。

❷ 朱熹，《诗集传》，北京：中华书局，2017年，第215页。

❸ 《毛诗正义》，第420页。《小旻》的结尾与之十分类似，在《左传》僖公二十二年和宣公十六年被引用。参见《春秋左传正义》，僖公二十二年，第247页；宣公十六年，第410页。

与晋国的另一位大臣叔向分析了当时的局势。叔向预测，在短时间内强势的公子围会获得胜利，楚国的势力也会超过晋国。但他同时指出，公子围最终一定会失败："不义而强，其毙必速。《诗》曰：'赫赫宗周，褒姒灭之。'"❶

叔向此时援引的是《诗经·小雅》的《正月》，揭示不义之君必将灭亡的命运。妖后褒姒使周王室衰微，周幽王被她引诱而陷入无节制的享乐，后来被迫退位。❷《正月》的情感聚焦于主人公被误解和中伤的经历，悲叹自己无力改变周朝衰落的命运。但叔向摘选的诗句从更客观的角度宣告了周朝的衰微。叔向为此提供了一个十分有力的道德解释，但同时也掩饰了此时晋国日益衰弱、已无力与楚争霸的事实，唯有坐待公子围（后来的楚灵王）积恶自取灭亡。这也是诸多暗示公子围最终会失败的预言之一，十二年后，这成了事实。❸

这两个相隔了近一百年的赋诗事件中，赋诗者都通过诗歌表达各自的政治理想，描绘了当时权力斗争的情况。虽然《左传》中关于赋诗的故事大都强调人们的共同目标和相互理解，但是本文所举的例子大多属于"创造性的误读"。赵衰和他的曾孙赵武都刻意地误读了原作者的本意，从而遏制他们的意图。对这两位晋国的政治家来说，赋诗是对于现实处于弱势的一种修辞性的补偿。两个事件背景的差别在于，前者发生于晋国即将强大之前，而后者则发生于晋国走向衰落的时候。赵衰为自己的主人重耳抓住了时机，把《六月》这首诗转化为重耳即将成功的预言，虽然在秦穆公赋诗的当下，这一光辉的未来仍是难以预测的。赵武则通过《小宛》，给当时权势熏天的公子围以道德的警告，从而通过自己的文才为当时国力衰弱

---

❶《春秋左传正义》，昭公元年，第701页。
❷《国语集解》，第474—475页；《史记》，第147—149页。
❸《春秋左传正义》，昭公十三年，第805—807页。

的晋国保存了颜面。对于这一立场的政治暗示,将会在下一节进行详细的讨论。

合礼与否及政治实效

在以上的例子中,能否驾驭赋诗是争取霸权或抵御强权的关键因素。但在另一些场景中,赋诗与解诗的能力表面看上去似乎使沟通顺畅,实际上却是对辜负盟友或政策失误的掩饰。之前提到,赵武在和公子围会面后不久,又和鲁国的大夫叔孙豹、郑国的大夫罕虎会面。在这个由郑国主办的宴会中,赵武希望不要办得过于铺张,于是赋《瓠叶》,郑国和鲁国的大夫会意,应允了赵武的要求。接着,这两位大夫都通过赋诗来争取各自的诉求:

> 穆叔赋《鹊巢》。赵孟曰:"武不堪也。"又赋《采蘩》,曰:"小国为蘩,大国省穑而用之,其何实非命?"子皮赋《野有死麇》之卒章。赵孟赋《常棣》,且曰:"吾兄弟比以安,尨也可使无吠。"穆叔、子皮及曹大夫兴,拜,举兕爵,曰:"小国赖子,知免于戾矣。"饮酒乐。赵孟出,曰:"吾不复此矣。"❶

《瓠叶》记叙的是一场简朴的宴会。诗首章描摹了主人采摘和烹煮瓠叶的过程,接着三章写炙烤兔肉。每章末二句写宾主和乐饮酒,由"尝之"到"献之"、"酢之"、"酬之"。诗歌所描绘的斟酒和饮酒的和谐节奏,表明飨宴虽然简俭,但薄不伤礼,宾主融洽,参与宴会者应该是低级贵族

---

❶ 《春秋左传正义》,昭公元年,第701页。

或"在野君子"。据《周礼·秋官司寇》，上公之飨礼九献，侯伯七献，子男五献（所谓"献"即主人向宾客进酒）。对于不同阶层的客人，献礼需要有不同的规范和次数。杜预注释云，"朝聘之制，大国之卿五献"。身为晋国正卿，赵武理应接受五献。赵武赋《瓠叶》，郑、鲁卿大夫由是明白赵武"欲一献"，但还是不敢怠慢，"具五献之笾豆于幕下"。赵武坚持献礼仪节从简，可以解读成他希望表示谦逊。但从政治层面上说，赵武的这一要求也可以被理解成，随着晋国国力的衰落，晋国已不再对其他小国提出繁琐的要求，这点符合赵武所推行的政策。❶尽管小国如郑国和鲁国，都害怕晋国的强大和诛求无厌，但它们同时也担心若晋国衰落不振，它就无法帮助自己抵抗其他大国——如楚国——的侵略。对在场听众而言，赵武吟诵《瓠叶》，也许表明的就是这样一个足以让郑国和鲁国不安的态度，即晋国将不再承担保护它们的责任。

在这样的背景之下，鲁国的大夫叔孙豹吟诵了《鹊巢》，恳求晋国履行作为保护者的责任。❷现代的评论者多认为这是一首祝婚诗：

维鹊有巢，维鸠居之。
之子于归，百两御之。

维鹊有巢，维鸠方之。
之子于归，百两将之。

---

❶ 《春秋左传正义》，襄公二十五年，第621页。

❷ 在这次会面之前不久，楚国因反对鲁国侵略小国莒而逮捕了叔孙豹，赵武因此跟楚国说情，楚国便释放了叔孙豹。参见《春秋左传正义》，昭公元年，第699—700页。叔孙豹此处赋诗很有可能是出于对赵武的感激。但在这个调停的过程中，赵武放低了姿态，在会盟中视楚国为领导者，虽然释放了叔孙豹，但使晋国居于了下风。

> 维鹊有巢，维鸠盈之。
> 之子于归，百两成之。❶

后世的成语"鸠占鹊巢"，把这首诗中鸠鹊的寓意转变为强占或是入侵别人的地盘，但原文只是以鸠鹊起兴，用鸠居鹊巢比喻新妇归夫室，没有任何负面的含义。叔孙豹把郑国和鲁国比作需要容身之处的斑鸠，而赵武和晋国则是好客的喜鹊。对此，赵武回应说"武不堪也"，因为诗中对婚姻关系的指涉会把晋国放在一个较高的位置，正如丈夫必须为妻子提供一个家。在此我们可以看出，诗歌中的喻意从婚恋延展到政治关系的斡旋，在外交场合中起到了关键的作用。事实上，相似的例子在《左传》中很常见。

为了坚持自己的观点，叔孙豹吟诵了《采蘩》，并做出了自己的诠释：

> 于以采蘩，于沼于沚。
> 于以用之，公侯之事。
>
> 于以采蘩，于涧之中。
> 于以用之，公侯之宫。
>
> 被之僮僮，夙夜在公。
> 被之祁祁，薄言还归。❷

大部分的注释者都认为此诗首章第四句所指的"事"是祭祀（亦有异议者，如朱熹遵旧解，谓"事"即"祭事"，但又说："或曰：蘩所以生蚕。

---

❶《毛诗正义》，第46页。
❷《毛诗正义》，第47页。

盖古者后夫人有亲蚕之礼。"方玉润《诗经原始》径直说"事，蚕事也"）。诗中女子为了即将在祖庙中进行的威严祭祀做准备，采摘蘩草。她的举动显得庄重而勤勉。在《左传》中，这首诗会被怎么理解呢？

如果我们像《鹊巢》中用性别进行类比，那么这首诗也可以解读成身为小国的鲁国，愿意尽礼效忠于身为大国的晋国，正如采蘩女子竭力完成"公侯之事"。然而此处，叔孙豹给出了另一种独特且纠正此简单比喻的解读："小国为蘩，大国省穑而用之。"这句话表示叔孙豹认为鲁国不应该单方面死心塌地效忠晋国，而晋国也必须节制地"用之"，即谨慎以礼对待其他小国。如果能够做到这点，那么晋国的盟国则会服从它的命令。杨伯峻指出，这是《左传》中唯一的赋诗人"自赋自解"的例子。[1] 相对于其他的解读方式，只简单地把鲁国比作采蘩的女子而必须对晋国无条件忠诚，叔孙豹的解读显得自占地步。

郑国的大夫罕虎延续了《鹊巢》和《采蘩》二诗中女子的角色和视角，赋《野有死麕》卒章：

野有死麕，白茅包之。
有女怀春，吉士诱之。

林有朴樕，野有死鹿。
白茅纯束，有女如玉。

舒而脱脱兮！
无感我帨兮！

---

[1] 杨伯峻，《春秋左传注》，北京：中华书局，2009年，第1209页。

> 无使尨也吠！[1]

这首诗一般被解读为恋情诗。我们可以想象"吉士"对"怀春"女子的挑诱、追求，或是求婚。根据这一背景，用白茅包裹的死麕或死鹿也许指男子送的礼物，也有可能是掩饰女子失节的比喻。可以确定的是，卒章是以女子的口吻写的。她的警告究竟是严肃峻拒、令人生畏的，还是调侃戏谑、娇羞胆怯的，或是惊惧焦虑的呢？杜预这样解读罕虎的意图：

> 义取君子徐以礼来，无使我失节，而使狗惊吠；喻赵孟以义抚诸侯，无以非礼相加陵。[2]

照杜预的理解，罕虎希望晋国礼待郑国，不要如诗中男子急色动悗、鲁莽灭裂。不过，此处男女恋情的比喻也有可能不仅指郑国和晋国，也指郑国和楚国。因为终春秋之世，郑国一直处于晋和楚这两个大国之间，常在两国相争时成为它们之间的斡旋者。

赵武似乎也是这么理解的。他赋《常棣》，这首诗是歌颂兄弟之情的。诗歌描述了危难如何使兄弟团结在一起，"死丧之威，兄弟孔怀"，"原隰裒矣，兄弟求矣"，"兄弟阋于墙，外御其务"。兄弟之情也通过宴会的形式被表达："傧尔笾豆，饮酒之饫。"[3]这里所强调的是"兄弟之国"，因为晋、鲁、郑、曹均为姬姓国，都是周王室的亲属，所以有外来侵略的时候，各国应该联合起来："吾兄弟比以安，尨也可使无吠。"[4]如果晋国与这些小国结为联盟，则能抗拒楚国这只猛犬，使之无所施其技（尨也可使无吠）。

---

[1] 《毛诗正义》，第65—66页。
[2] 《春秋左传正义》，第701页。
[3] 《毛诗正义》的注解认为"饫"是相对轻松、不那么正式的宴会。《毛诗正义》，第322页。
[4] 《春秋左传正义》，昭公元年，第701页。

这次宴会显然以双方的相互理解和完美协定而结束，然而结尾处又再一次预示了未来。赵武说，他之后再也不会经历这样欢乐的聚会了。这是诸多关于他即将去世的预言之一，事实上他的确在聚会的八个月后去世了。❶《左传》与赵武有关的篇章中，描写他对礼仪的熟习和政治上的软弱是相互交织的。从公元前548年到前541年，作为晋国的正卿，赵武最重要的任务就是保证晋国和楚国之间的和平局面。尽管赵武通过有技巧地赋诗，用高超的外交手段影响了这个和平的进程，但与此同时，晋国也在日益衰落，以至于无法保护自己的盟国。赵武对文学和礼仪传统都十分精通，也许这正是他死后的谥号是"文子"的原因。如上文所提到的，"文"指的是修养和文化，暗示了他对于礼仪和典籍传统的掌握。

　　除了以上提到的事件，赵武擅长赋诗这一点也在他和七位郑国大夫见面时有所体现。在这次见面中，他希望这些大夫都赋诗一首，从而"观七子之志"。❷针对他们所赋之诗，赵武子以自己的洞察力破译了他们的政治野心，并准确地预测未来，这些预测都在之后成为了事实。这次赋诗的背景是在宋国举行的盟会，目的是弭兵，即协商终止晋国和楚国之间的纷争。赵武对和平的愿望，与其对文字能体现文化和礼仪的信仰，有不可分割的关系："若敬行其礼，道之以文辞，以靖诸侯，兵可以弭。"❸

　　不过从一开始，参加这次和平协议的双方就各自为营，对另一方有所提防。楚国的咄咄逼人，说明晋国的和平诉求表面上冠冕堂皇，实际上是国力衰落的结果。晋国把盟主之位让给了楚国，双方力量的消长在上文提到的虢之盟被更明显地表现出来。❹孔子描述宋之盟，"以为多文辞"❺，认为这次外

---

❶ 《春秋左传正义》，昭公元年，第711页。
❷ 《春秋左传正义》，襄公二十七年，第647页。
❸ 《春秋左传正义》，襄公二十五年，第622页。
❹ 《春秋左传正义》，昭公元年，第696—697页。
❺ 《春秋左传正义》，襄公二十七年，第645页。

交礼仪的文辞繁富，但实际的历史背景则是晋国和楚国之间的相互猜忌。

对于孔子的态度到底是赞扬还是批评，后世的评论者有不同的意见。如果考虑到事实上这次会盟没有带来持续的和平，缺乏实际的效果，那么孔子很有可能是间接地表示批评。宋国会盟实际上增加了小国朝聘和进贡的负担，因为它们之后不仅要派使臣参加保护国的会议，还要去参加其保护国的竞争对手的会议。宋国作为会盟的主办者，地位似乎提高了。但三年后宋国火灾，其他与盟之国虚应故事，"谋归宋财"，但终于"无归于宋"，并未提供实际援助。❶晋国的衰落体现于正卿赵武的形象，因为尽管他具有文化才能，但他的言语仍被认为是"偷"，即毫无远虑，苟且偷安。❷上文提到的例子中，赋诗者的自我阐释和对诗义的商定，表明了是否合礼与政治实效之间存在着张力。或者更准确地说，如果没有政治实效，合礼言行终究是徒然。

* * *

班固提出，赋诗风气的结束意味着新诗学的开始：

> 春秋之后，周道寖坏，聘问歌咏不行于列国，学诗之士逸在布衣，而贤人失志之赋作矣。大儒孙卿及楚臣屈原离谗忧国，皆作赋以风，咸有恻隐古诗之义。其后宋玉、唐勒，汉兴枚乘、司马相如，下及扬子云，竞为侈丽闳衍之词，没其风谕之义。❸

春秋之后，赋诗销声匿迹，荀子、屈原等用忧谗畏讥、失志愤怼的辞赋感怆家国、俯仰身世。此后，代之而起的是文学侍从之臣以繁复富丽

---

❶《春秋左传正义》，襄公三十年，第683页。
❷《春秋左传正义》，襄公三十一年，第685页。
❸《汉书》，第1756页。

的修辞媚主。从战国晚期到汉朝，宫廷诗人名为讽喻谲谏，但极有可能是"劝百讽一"。❶

不管班固的说法是否准确地还原了历史，他提出了一个有力的模型，即赋诗将诗歌和政治无缝连接了起来。这一连接之所以存在，也许是因为赋诗强调的是现实的功用而非诗人原本的意图。然而一旦这个或真实或仅存在于想象中的最理想的平衡消失，诗歌和政治之间的距离则会变得太近或太远。这样一来，读者会认为诗歌创作的原动力是权力的缺失和疏远，这也是到目前为止最有影响力的模式。或者，读者会认为，诗歌是如此深刻地植根于权力结构之中，以至于任何对这一权力结构的批判或不满都会被压抑，或者只能被间接地表达。

推荐阅读

- 杨伯峻编著，《春秋左传注》，北京：中华书局，2009年。
- 傅道彬，《诗可以观：礼乐文化与周代诗学精神》，北京：中华书局，2010年。
- 毛振华，《〈左传〉赋诗研究》，上海：上海古籍出版社，2011年。
- 张素卿，《左传称诗研究》，台北：台湾大学出版社，1991年。
- 李惠仪，《〈左传〉的书写与解读》，南京：江苏人民出版社，2016年。

- Schaberg, David, *A Patterned Past: Form and Thought in Early Chinese Historiography*, Cambridge, MA: Harvard University Asia Center, 2001.
- Van Zoeren, Steven, *Poetry and Personality: Reading, Exegesis, and Hermeneutics in Traditional China*, Stanford, CA: Stanford University Press, 1991.

---

❶ 即"扬雄以为靡丽之赋，劝百而风一"，见《汉书》，第2609页。

第 2 章

诗与作者
《楚辞》

宇文所安（Stephen Owen）

《楚辞》是一部诗歌文集。其传世本由王逸在2世纪前后集结并注释整理而成。文集的内容涵盖了下至王逸自己的创作，上至大概公元前4世纪左右的作品。在尝试重新检视文献证据时，一些当代学者会难以确定某些诗歌的性质、创作年代及其"含义"。然而，对于公元前1世纪到现今的大部分东亚学者而言，这些诗歌的创作者及诗作的内在含义，都已经是完全确定的了。虽然存在一些对于诗歌作者和年代的局部争议，但是这些争议是在有共同前提的基础之上产生的。若要探讨这些诗歌在文学文化中的定位，汉代可能是最佳的检视对象，因为许多今天的固化观念都是在汉代形成的。

很多早期的诗歌以及一些明确断代为汉代的作品会涉及汉帝国的南部地区，也就是旧时楚地的宗教习俗。尽管汉代朝廷参与此类宗教活动，但是汉朝的精英阶层往往不能完全理解这些活动，甚至经常产生鄙夷的情绪。换言之，在进入一个截然不同的思想环境的过程中，楚地宗教需要一个全新的文化语境来使其变得易于理解。基于这样的背景，《楚辞》应运而生。

正如《诗经》中诗歌的"含义"取决于其假定的编者孔子的意志一样，这些南方诗歌最终也依托于一位作者——屈原。诗集中的作品或归属于屈原，或归属于传说中屈原的"弟子"，例如宋玉，再或是归属于汉代的模仿者。人们似乎无法在作者缺席的情况下阐释这些诗歌。作为一个历史人物，屈原在楚国朝堂上的遭遇构成了他创作这些诗文的动因，而这一点对于汉代的阐释至关重要。这种阐释需求促成了屈原故事的逐步构建。与此同时，屈原的故事也塑造了对诗歌的全新阐释。

屈原的故事在汉代逐渐成形，可事实上关于他生平的很多核心细节的争论至今仍甚嚣尘上。公元前1世纪间新的作者归属迫使人们对其传记进行修正，同时其传记也进一步塑造了诗歌的阐释。

笔者不会对屈原的生卒年月多加猜测，谨在此说明他大约生活于公元前4世纪后半叶至公元前3世纪前半叶。直到屈原去世约一个世纪后，关于他的记载才出现在现存的历史文献中。大约在公元前1世纪，司马迁著成《史记》一书。在这部经典的叙述中，屈原的故事与一位聪慧的年轻文人——贾谊的故事息息相关。贾谊曾因汉武帝的垂青而平步青云，但不久便遭到了来自朝廷要员以御前控诉等方式提出的强烈反对。他的失势正如其得势一般迅速：他被贬为长沙王太傅。其时，长沙位于汉朝的南部边境，正是汉文明和南蛮之地接壤的最前哨（广东直到公元前111年才被平定）。大概于公元前174年，贾谊听说了先秦楚国的贵族屈原（从姓氏"屈"字推测而知）被毁谤后投汨罗江自尽的故事。

贾谊的《吊屈原赋》并没有提及屈原自尽的时间以及导致他自尽的背景，甚至没有提到他被贬的原因。屈原仅仅被描绘成一个在恶人当道之时被诽谤和排斥的善人。显然，贾谊在讲述屈原故事的同时，也在间接地诉说自身的遭遇。然而问题在于，作为原型的屈原故事是以屈原自尽为结。时值壮年的贾谊在这一点上则需要另寻他策。《吊屈原赋》的后半段就提供了这样一种可能：远离人境，避世独居。此后的几个世纪，凡是屈原被提及之处，关于屈原自尽的棘手问题总会相伴相生。

贾谊虽然提及了屈原的故事，却没有谈到任何他创作的文学作品。他曾经引用过某一现存版本的《离骚》结尾"乱"中的一句。此处引用表明他曾听说过某个版本的《离骚》，然而他并没有在文中注明诗名。《离骚》其诗其名真正在历史上出现是在四十年之后，也就是公元前130年。这一年，年轻的汉武帝命令其叔淮南王刘安为《离骚》作传。《离骚》写本基本可以确定就是在这个时间点被收入秘府馆舍的。确信为刘安所作的文字仅有一段存世，而这段文字并没有提到流放。

屈原曾是先秦时期楚国的贵族。楚国位于今天的湖北地区，其属地不断扩张并占领了长江中下游地区。由于政治和军事的失策，楚国的山河逐渐失给了秦国，而后者日后建立了首个大一统帝国。当秦占领旧时的楚都郢都（今湖北境内）之时，楚国东迁并最终在寿春建都。此地便是日后汉朝刘安治地淮南的国都。换言之，刘安统治的这片土地保留着关于楚文化的最后记忆。《离骚》可能是经由刘安的进献传入汉朝宫廷的，大概率是通过背诵口传的方式，伴以一个被收入秘府保存的书面文本。在汉武帝执政晚期，司马迁就曾读过秘府中的《离骚》存本。此时的司马迁继承了父亲遗志，正在撰写自上古至武帝时期的中国历史。

贾谊的《吊屈原赋》反映了他自身被毁谤，直至最终失去圣宠的经历。然而，我们之所以能看到贾谊的故事、《吊屈原赋》，以及屈原的故事，完全是由于司马迁以合传的形式将之载入史册。两个故事都和司马迁失去帝王青睐后险些自杀的个人经历产生了特殊的共鸣。司马迁也深受武帝不公对待之苦。由于他为战败的前线将领辩护，武帝震怒并下令将其处以腐刑，其实质是暗示司马迁自裁。不过为了完成他的史书，司马迁接受了这一刑罚。在这样的背景下，司马迁所著的历史不单纯是枯燥无味的叙述，而是倾注了他个人对于历史人物的判断与回应。

事实上，司马迁是一个全新意义上的"作者"。他的写作事业持续多年，而且为了完成作品，不惜忍辱负重。背负着对这项事业的巨大投入，他将自己定义为一个作者。除了这本书以外，他的一生并没有留下什么特别值得被铭记的成就。毫不意外的是，司马迁在书中不断地回顾论述那些在浩瀚的早期政治史长河中无足轻重却饱受不公的人物,并为他们所受的苦难书写难忘的篇章。在这个过程中,屈原亦成为一个"作者"。他因他所作的诗篇而被世人铭记,而反之,他的诗作也因其经历流传千古。

问题在于,从我们所掌握的司马迁之前的有限材料来看,屈原的个人经历极其模糊。事实上,在阅读司马迁所写的"屈原传"时,我们同样可以察觉到司马迁为细节所困的痕迹。司马迁坚信历史能赋予个体生命含义,因此他需要在历史记录中发现屈原。暂且不论复杂的学术问题,我们可以简单地说,司马迁认为屈原是楚国一位名为屈平的侍臣。而屈平似乎曾在一个关于当时著名的纵横家张仪的故事里扮演过一个次要的角色,也曾如屈原《离骚》所述,因触及楚王逆鳞而受苦。

在此我们可以稍作停顿。《离骚》的叙述者没有提供任何细节,虽然他的确提到了两个由屈原先父所取的名字——正则和灵均,但是诗中并没有提及"原"或者"平"。尽管经学家对此及其他明显不合理的现象有标准的阐释,但还有不少问题需要注释介入才能解决。《离骚》的叙述者基本是一个神话人物,贾谊的《吊屈原赋》也大致保存了他的神话形象。而在司马迁的一些宏大历史叙述中,中国过去所有的神话传说都被放置于一个有具体历史背景的统一历史场域里。用现代术语来讲,就是将它们由"神话"转译成"历史"。如果在《离骚》创作之时对其进行解读,我们可能会得到截然不同的文本阐释。然而司马迁选择将诗歌与一位处于楚国关键历史时刻的历史作者捆绑在一起。不论真假与否,司马迁笔下历史化的屈原都重塑了其后对于这一文本的解读。随着署名屈原的诗歌数量不断增加,这位"作者"也被增添了许多经历。这些经历又反过来进一步成为理解这些诗歌的一部分。

司马迁告诉我们,屈原在朝堂的斗争中失势,我们通过《离骚》知晓了此事。除此之外,其余全部都是背景信息。屈原故事的新变体不断出现,因此把背景信息作为一个单一的故事讲述便十分困难。而楚怀王政治上的愚蠢举措——尽管可能性不高——却借由张仪弄权诱使君王（显然是楚怀王）乱政以谋私利这个不太可信的故事大量流传下来。不论是何种原因导致了当时的政治决策，作为屈原故事背景的众多大事件都在常规历史知识的范畴之内：秦国正在扩张；楚国进攻秦国后惨败，随后调集全国军队发动总攻；秦国表面承诺协议，实则诱骗并俘虏了怀王；最终，怀王客死咸阳。此后，唯一有足够资源可以有效遏制秦国扩张的楚国逐渐分崩离析。在司马迁的传记中，屈原的声音是对怀王错失合乎情理的异议。传记将屈原之死安排在他于怀王之嗣顷襄王在位时期的流放途中，但文本也对他的死亡时间做了调整，使之符合屈原名下其他诗歌的内容和阐释。

《离骚》正文包含九十二个四行诗节，并以一篇"乱"作结。类似的文本此前并不存在，而所有相似文本均是后世在其影响下创作的。作者以述说祖先、身世和秉性起首。这在中国文学史中前所未有。我们可以视为一位历史人物对自己形象化、传奇化的叙述，但我们也可以将其理解为陈述者自己的声音，以一个已淡入神话、可能存在过的历史人物的口吻来介绍自己。尽管有姓名和生辰，诗中并没有明确提及与公元前4世纪的楚国相关的信息：

> 帝高阳之苗裔兮，朕皇考曰伯庸。
> 摄提贞于孟陬兮，惟庚寅吾以降。
> 皇览揆余初度兮，肇锡余以嘉名：
> 名余曰正则兮，字余曰灵均。
> 纷吾既有此内美兮，又重之以修能。
> 扈江离与辟芷兮，纫秋兰以为佩。❶

---

❶ 崔富章、李大明主编，《楚辞集校集释》，武汉：湖北教育出版社，2003年，第42—82页。本章所引的部分文字会根据不同版本进行调整。

在分析汉代定型的屈原形象之前，我们需要说明几件事情。所有上古的帝王和显族都自称他们是两大血脉的传人（之所以有两族是因为有异族通婚的需要），而传说中的统治者高阳氏也来自其中一支。屈原的自述纯粹是贵族式的，尽管这与屈原故事发展环境的任人唯贤文化格格不入。也就是说，对于汉代文人以及所有后世读者而言，这种自述是陌生的。屈原之"善"并非因为某些具体的道德品质，而是因为他的血脉以及其生辰之得时。即使司马迁赋予了屈原从历史眼光来看政治正确的判断力，这也是源于司马迁本人的，而非基于《离骚》。屈原完全是一个缺乏具体美德的人；他是绝对的"善"，而这种"善"纯粹源于他的世系以及其出生时的吉象。

他的内在美与他佩戴的芬芳植物相配，但是这一切迅速化为光阴的转瞬即逝与花草的枯萎凋零。而后，他从自己的衰老转而担忧起美人迟暮，"美人"正是楚王的象征。接下来，情节变为他为王指出正途，然而王/美人却听信谗言背叛了屈原。中文往往不注明性别，而这就是一个极好的由故事塑造理解的例子。尽管接下来这个段落中的一部分明显把王作为指代对象，其他部分则毫无疑问是在暗指向神女（"灵修"）求爱以及她的难以捉摸；屈原的故事则把这些统一在了一个人物身上，由此来诠释屈原对怀王的忠诚。

> 汨余若将不及兮，恐年岁之不吾与。
> 朝搴阰之木兰兮，夕揽洲之宿莽。
> 日月忽其不淹兮，春与秋其代序。
> 惟草木之零落兮，恐美人之迟暮。
> 不抚壮而弃秽兮，何不改此度？
> 乘骐骥以驰骋兮，来吾道夫先路！
> 昔三后之纯粹兮，固众芳之所在。
> 杂申椒与菌桂兮，岂惟纫夫蕙茞？

> 彼尧舜之耿介兮，既遵道而得路。
> 何桀纣之猖披兮，夫唯捷径以窘步！
> 惟夫党人之偷乐兮，路幽昧以险隘。
> 岂余身之惮殃兮，恐皇舆之败绩！
> 忽奔走以先后兮，及前王之踵武。
> 荃不察余之中情兮，反信谗而齌怒。
> 余固知謇謇之为患兮，忍而不能舍也。
> 指九天以为正兮，夫唯灵修之故也。❶
> 初既与余成言兮，后悔遁而有他。
> 余既不难夫离别兮，伤灵修之数化。❷

而后，屈原退缩了。我们知道宗庙旁会种植香草来吸引神仙降临，神巫也会使用这些芳香的花草。与上节一样，这一节的宗教主题与政治主题也是相互交替的，而这里的政治主题是对时代的谴责。如果屈原因其出身而"善"，也就是说在一个想象的政体内其地位的保障取决于"他是谁"，那么他最憎恶的理应是一个人们竞相通过恩宠或功绩来争先的世界。而后者正是战国后期时的样子，汉代时也大致如此。

> 余既滋兰之九畹兮，又树蕙之百亩。
> 畦留夷与揭车兮，杂杜衡与芳芷。
> 冀枝叶之峻茂兮，愿俟时乎吾将刈。
> 虽萎绝其亦何伤兮，哀众芳之芜秽。
> 众皆竞进以贪婪兮，凭不厌乎求索。

---

❶ 此句后有"曰黄昏以为期兮，羌中道而改路"，疑为后人所增。
❷ 《楚辞集校集释》，第94—171页。

> 羌内恕己以量人兮，各兴心而嫉妒。
> 忽驰骛以追逐兮，非余心之所急。
> 老冉冉其将至兮，恐修名之不立。
> 朝饮木兰之坠露兮，夕餐秋菊之落英。
> 苟余情其信姱以练要兮，长顑颔亦何伤？❶

在一一次悲叹自己的命运并拒绝做出改变之后，他决心启程远游。这时他遇到了一位女性，她很早便被理解为屈原的姐妹（"女媭"），尽管我们并不知晓这是字面意义还是形象意义上的称呼。

> 女媭之婵媛兮，申申其詈予。
> 曰：鲧婞直以亡身兮，终然夭乎羽之野。
> 汝何博謇而好修兮，纷独有此姱节。
> 薋菉葹以盈室兮，判独离而不服。
> 众不可户说兮，孰云察余之中情。
> 世并举而好朋兮，夫何茕独而不予听。❷

就是在这里，在《离骚》之中，出现了最早的、对于屈原宁折不屈性情的批评，由此开启了这一历史悠久的批评传统。屈原去往南楚的舜之葬地，向这位被神化的圣王另求别策。他列举了一系列历史上的例子来证明善有善报、恶有恶报。而后他驾上云辇腾空而去，周游六合，试图寻找一位伴侣——始终是女性伴侣。这一段往往被诠释成屈原在寻找一位赏识他的君主。

---

❶《楚辞集校集释》，第172—210页。
❷《楚辞集校集释》，第299—326页。

朝发轫于苍梧兮，夕余至乎县圃；
欲少留此灵琐兮，日忽忽其将暮。
吾令羲和弭节兮，望崦嵫而勿迫。
路曼曼其修远兮，吾将上下而求索。
饮余马于咸池兮，总余辔乎扶桑。
折若木以拂日兮，聊逍遥以相羊。
前望舒使先驱兮，后飞廉使奔属。
鸾皇为余先戒兮，雷师告余以未具。
吾令凤鸟飞腾兮，继之以日夜。
飘风屯其相离兮，帅云霓而来御。
纷总总其离合兮，斑陆离其上下。
吾令帝阍开关兮，倚阊阖而望予。
时暧暧其将罢兮，结幽兰而延伫。
世溷浊而不分兮，好蔽美而嫉妒。
朝吾将济于白水兮，登阆风而绁马。
忽反顾以流涕兮，哀高丘之无女。
溘吾游此春宫兮，折琼枝以继佩。
及荣华之未落兮，相下女之可诒。❶

　　他在时空中遨游。一连串对"下女"的求爱均以失败告终。每次的对象都是传说中的上古女子，其中一位还是与其同源的高阳氏祖先。屡次挫败后，他满心疑惑地向神巫灵氛请教。灵氛让他继续去追寻。于是他又向另一位神巫巫咸问询。巫咸从天而降，也告诉他要继续寻找，同时还给他列举了一些找到贤相的君王。即使在《离骚》的文本中，我们也能看出这

---

❶ 《楚辞集校集释》，第411—475页。

是把追求女性伴侣与君王寻求贤相进行类比。接下来的段落较为黑暗，那些代表美德的芳草也发生了变化。

> 何琼佩之偃蹇兮，众薆然而蔽之。
> 惟此党人之不谅兮，恐嫉妒而折之。
> 时缤纷其变易兮，又何可以淹留？
> 兰芷变而不芳兮，荃蕙化而为茅。
> 何昔日之芳草兮，今直为此萧艾也！
> 岂其有他故兮，莫好修之害也。
> 余以兰为可恃兮，羌无实而容长。
> 委厥美以从俗兮，苟得列乎众芳！
> 椒专佞以慢慆兮，樧又欲充夫佩帏。
> 既干进而务入兮，又何芳之能祗！
> 固时俗之流从兮，又孰能无变化？
> 览椒兰其若兹兮，又况揭车与江离？❶

屈原此时与其仙从再次升天。但是正当要升起之时，他回望了一眼，便再也无法前行。全诗以"乱"作结：他最终决定"将从彭咸之所居"。汉代形成的"屈原故事"似乎也塑造了一个先贤彭咸投水而亡的传说。这样一来，彭咸就预示着屈原的自杀。然而彭咸也可能是两个神巫"彭"与"咸"，其中一位是在前面诗中从天而降的巫咸。如若这样，屈原就应是决心升天，而非意图投江了。

> 屯余车其千乘兮，齐玉轪而并驰。

---

❶《楚辞集校集释》，第612—638页。

驾八龙之婉婉兮，载云旗之委蛇。
抑志而弭节兮，神高驰之邈邈。
奏《九歌》而舞《韶》兮，聊假日以偷乐。
陟升皇之赫戏兮，忽临睨夫旧乡。
仆夫悲余马怀兮，蜷局顾而不行。
乱曰：已矣哉！
国无人莫我知兮，又何怀乎故都？
既莫足与为美政兮，吾将从彭咸之所居！❶

这是一首奇异且情感强烈的诗，混杂了宗教神话与当时的政治道德观念评判。司马迁的屈原故事构建在一个不稳固的基础上，可一旦有人信以为真，那么这个故事就成了理解诗歌的背景。这样一来，所有的宗教维度都可以被视为经修辞处理过的参照物——用以解释屈原政治上的不幸。在汉代的大背景下，它的冲击是显而易见的：对喜好无常的专制君主的绝对依赖，以及对失宠的致命恐惧，都因其切身相关而足以让人们在屈原的故事中代入自己。

其实用司马迁提供的屈原故事来诠释《离骚》实属勉为其难。然而为了承载越来越多后世被归于屈原的诗歌，这个故事就不得不发展下去。在《屈原列传》的评论部分，司马迁谈到他曾亲自阅读过四首屈原的诗作：《离骚》《天问》《招魂》《哀郢》；他还在传记正文里引用了整首《怀沙》，并将《渔父》中发生在屈原和一位道家渔夫之间的诗意对话融为叙述的一部分。

司马迁曾在秘府工作。我们就此可以推测他阅读了所有早在公元前1世纪之时由皇家图书馆收藏的屈原作品。在那一个世纪，屈原引发了相当

---

❶ 《楚辞集校集释》，第681—708页。

广泛的关注。人们竞相模仿,甚至有一位长者因能"为楚辞"而受邀入宫。如果某一类作品在朝廷中大受欢迎,拥有相关书籍的人就会将藏书呈给秘府以博取皇宠。这种事情似乎确曾发生。公元1世纪末,刘向在清点秘府库存时整理出二十五种屈原作品,而非仅仅六种。他并没有在书目中列出这些作品,但是这些作品的确成为他编纂的《楚辞》的核心内容。这其中就包含了屈原与其传说中的弟子宋玉的作品,以及刘向自己诗作在内的汉代仿作。此后,王逸为这部文集作注并添加了一组他自己的诗文,也就形成了现今传世的《楚辞》版本。

一些当代学者质疑部分甚至全部署名屈原的作品的作者之身份。然而在20世纪之前,这些作品全部被当作真迹,并且当今大多数学者和读者依旧以此为真。王逸或他的前辈需要在屈原的生平中为所有这些作品寻找一个位置。贾谊曾听到一个好人被诬陷后离开朝堂并在绝望中自杀的故事。司马迁梳理了他的文本,并将这个故事插入到楚国衰亡这个更大的历史背景中。至此,所有其他的文本都必须根据屈原一生中的这些新的时间点进行阐释。王逸或者他所传承的注释传统的创造性着实不同凡响。

《天问》是对于宇宙或者神话的一系列提问,也可以说是对历史的考问(当时"历史"或"神话"这类概念的边界比较模糊)。开篇写道:

> 曰:遂古之初,谁传道之?
> 上下未形,何由考之?❶

鸿蒙之始,便有了关于神话和历史的问题。这些问题没有一个明确的顺序,但大致是按照时间顺序排布的。《天问》于公元1世纪早期被藏于秘府。根据传统或推测,司马迁认定这部作品出自屈原之手。然而本诗与那位被毁

---

❶《楚辞集校集释》,第1008—1011页。

谤的好人有何种关联？王逸就此做了以下阐释，甚至为混乱的问题顺序提供了解释：

> 屈原放逐，忧心愁悴，彷徨山泽，经历陵陆，嗟号昊旻，仰天叹息。见楚有先王之庙及公卿祠堂，图画天地、山川神灵，琦玮僪佹，及古贤圣、怪物行事。周流罢倦，休息其下，仰见图画，因书其壁，何而问之，以渫愤懑，舒泻愁思。楚人哀惜屈原，因共论述，故其文义不次序云尔。❶

司马迁在屈原的作品中也提到了《哀郢》。《哀郢》作为《九章》的一部分，描述了楚国旧都的灾难性溃败与大撤离。哪怕没有"屈原"作为作者署名，任何一个读者都会将这首诗看成一曲为楚都于公元前278年被秦攻陷后朝廷东迁而谱写的悲歌。实际上，这也是为数不多能佐证汉秘府所藏的早期文本源自旧楚最后一片独立领土淮南的证据。由于这首诗中的叙事者称此事件发生于九年之前，这一时间点对于屈原来讲已经太晚了，为了协调诗歌文本与屈原的作者身份，注释家们展现出了极大的创造力。

"九歌"并不是《离骚》结尾部分所提到的仪式流程，不过却是从那里借用而来以作为这十一首曲子的题目。其中十首是歌颂神明，一首是仪式终曲。因为与《诗经》的用韵相近，这些诗歌的产生时期要么特别早，要么特别晚，且被汉代经学家整理过。第一位神明是东皇太一。汉代之前"太一"是思想的法则；而将太一作为神明进行崇拜最早是在汉武帝执政时期，将其作为武帝中央集权的神学对应。假使这一组诗歌是通过考古获得并且缺少作者信息，学者们必然会将其年代定位在汉武帝一朝。但是，由于在王逸的版本中，这套组诗作为屈原的作品出现在《离骚》之后，它的

---

❶ 《楚辞集校集释》，第1003页。

年代便无人质疑了。诚然,《九歌》代表了一种古老的风俗,也与《离骚》紧密相关,但我们并不知道这些具体的文本是何时所作。正如《天问》一样,为了把这些有明显宗教内涵的文本植入屈原的生平事迹中,故事是必不可少的。由于这些诗歌带有一些明显的文本问题,王逸便在此处充分发挥了他的创造力:

> 昔楚国南郢之邑,沅、湘之间,其俗信鬼而好祠。其祠,必作歌乐鼓舞以乐诸神。屈原放逐,窜伏其域,怀忧苦毒,愁思沸郁。出见俗人祭祀之礼,歌舞之乐,其词鄙陋,因为作《九歌》之曲。上陈事神之敬,下见己之冤结,托之以风谏。故其文意不同,章句杂错,而广异义焉。❶

哪怕是王逸这样的才子都无法把这些文本完全寓言化,于是他赋予它们双重意义:歌颂神明,同时表达对怀王之怨。虽然王逸是一位出身于南方的东汉文人,当地的宗庙往往供奉单一的神灵或是彼此有深厚渊源的神祇,但这一点却没有令他困扰。在人们的想象中,唯一可以让众神汇聚一堂的地方应该是政治中心——可能楚国都城会符合这样的条件(尽管并没有证据),不过汉武帝的长安一定是这样一处神明汇聚之所。

下面这首诗是《山鬼》:

> 若有人兮山之阿,被薜荔兮带女罗。
> 既含睇兮又宜笑,子慕予兮善窈窕。
> 乘赤豹兮从文狸,辛夷车兮结桂旗。
> 被石兰兮带杜衡,折芳馨兮遗所思。

---

❶《楚辞集校集释》,第713页。

余处幽篁兮终不见天,路险难兮独后来。
表独立兮山之上,云容容兮而在下。
杳冥冥兮羌昼晦,东风飘兮神灵雨。
留灵修兮憺忘归,岁既晏兮孰华予。
采三秀兮于山间,石磊磊兮葛蔓蔓。
怨公子兮怅忘归,君思我兮不得闲。
山中人兮芳杜若,饮石泉兮荫松柏。
□□□□□□,君思我兮然疑作。
雷填填兮雨冥冥,猨啾啾兮狖夜鸣。
风飒飒兮木萧萧,思公子兮徒离忧。❶

在这首诗中,王逸很难找到屈原的痕迹。可是诗中有类似《离骚》里反复出现的衣芷佩兰,王逸便把"被石兰兮带杜衡,折芳馨兮遗所思"的主角与屈原联系在了一起。从这句以及其他几句诗中,他发现屈原在讲述他自己,并且表达了对重获怀王恩宠的期待。但王逸难以提供一个全面的形象性阐释——而接下来他告诉我们,《九歌》之所以令人困惑在于每一首诗都暗含两个不相称的目的。

王逸将《天问》与《九歌》整合到屈原故事中。他提供了一个大致说得通的故事,他的说法也因此广为人知。然而《远游》无论如何也不可能是屈原所作,哪怕仍然有一些学者认为其作者就是屈原。这不单单是因为诗中提及了一个大约活跃在屈原之后一个世纪的人物,并且使用了前代未曾出现过的汉代道教词汇,也因为其诗明确摒弃了屈原所处的远古世界,反而倾向于汉代风行一时的神仙信仰。《离骚》开首宣称自己为高阳氏后裔,而《远游》的叙述者则如是说:

---

❶《楚辞集校集释》,第952—973页。

> 高阳邈以远兮，余将焉所程。❶

对于这个问题，他的答案是要追随王子乔——一位在汉代才开始流行的神仙。整首诗充斥着与道教修炼有关的术语。而且与《离骚》截然相反的是，这首诗大体上十分积极。虽然它基本取用了《离骚》的仙游结构，但是这首诗中，天庭的大门为主人公敞开，而非像《离骚》中那样紧闭，这一细节便凸显了二者的差异。尽管《远游》的叙述者曾短暂地遥思旧乡并垂泪掩涕，但他却欣然继续升天并最终得以成仙。在这个过程中，屈原的祖先高阳氏以颛顼之名，作为叙述者的侍从再次出现。全诗以道教的飞升作为结尾：

> 下峥嵘而无地兮，上寥廓而无天。
> 视倏忽而无见兮，听惝恍而无闻。
> 超无为以至清兮，与泰初而为邻。❷

王逸显然不知道如何处理这样一首与他所塑造的屈原形象如此相悖的积极向上的诗歌。在序言里，他按照自己的版本再次描绘了屈原的形象，并简短地论及这首诗。不过在末尾处，他干脆直接无视了这首诗的内容。

> 屈原履方直之行，不容于世。上为谗佞所谮毁，下为俗人所困极，章皇山泽，无所告诉。乃深惟元一，修执恬漠。思欲济世，则意中愤然，文采铺发，遂叙妙思，托配仙人，与俱游戏，周历天地，无所不到。然犹怀念楚国，思慕旧故，忠信之笃，仁义之厚也。是以君

---

❶ 《楚辞集校集释》，第1923—1924页。
❷ 《楚辞集校集释》，第1983—1987页。

子珍重其志，而玮其辞焉。❶

屈原的故事容易让人产生共鸣，但却也很难与历史上诸多署名屈原的文本相契合。那些可以完美融合的文本，很可能是基于《离骚》和屈原故事的相关知识创作的。

那么，在《楚辞》编纂成集并大受瞩目的汉代，文学文化环境到底是怎样的呢？考虑到我们对文字书写资料的严重依赖，我们很难确切地了解当时的情况。文字书写在那时不单单是一种技艺；就像古时其他地区的情况一样，书写是在与文本的接触过程中习得的，而文本中则充斥着现今大多被我们称为"儒家"的特定价值观。书写者并不喜欢地方宗教和神秘的古代神话。正如我们从屈原故事的发展中所看到的那样，他们会根据自己的价值观念整合从各地搜集来的历史材料。

并不是所有汉代朝廷中的人都像这样，很多人只是曾经听闻过这些文本的一些内容。虽然他们不一定能完全理解，但仍然会与之产生极大的共鸣。汉武帝最宠爱的李夫人去世后，武帝曾（或是命他人）创作过一篇悼辞。这篇悼辞的第一部分讲述了痛失爱妃的帝王追寻爱人消逝的芳魂，正如爱慕者追随神女一般，其本质上就是《楚辞》的变体。我们之所以能看到这个文本，也仅仅是因为公元1世纪的史学家班固将其作为昏庸的武帝宠溺平民出身的女子的例子，才保留了下来。

《楚辞》中有很多地方暗示着（这种暗示也出现在宫廷诗人司马相如所作的《大人赋》中，后者与《远游》有重合之处），一个非儒家传统意义上的统治者可能会潜心于某种精神力量，希冀飞往天涯海角去寻找一位隐遁的女性。这样一个古老文化的记忆在西汉保留了下来，然而我们也只能通过新一代更理性的文人用他们的方式所保留和解释的文字来回看那个远古

---

❶《楚辞集校集释》，第1895页。

的世界。不管关于《楚辞》的阐释何等牵强,屈原的故事确实将这些文本带入到一个文人可以理解的世界中。

但是,有一件事是那些新文人无论如何也没法接受的——自杀。他们并没有虑及古时中国大量的投水自尽(或死后被沉)成仙的故事。屈原可能代表了被误解的有德之人,然而在汉代的想象中,他却是一位被自身完美所累的贤人。当与政界意见相左时,合理的应对策略应该是远离人世,然后静候世道轮转。另一个稍有不同的策略是,"归隐者"可以假装入世随波逐流,实则超然于世。从这个角度而言,屈原宁死不屈于浊世的决心就成了一种必然导致其自杀的迂腐。

这样的批评声音在《离骚》里就已经出现了。女嬃就提到了屈原不知变通的先祖鲧,后者因其执拗而丧命。贾谊也曾温和地回应过这则批评:

> 历九州而相其君兮,何必怀此都也?❶

在多国分治的局面下,他本可以投奔另一个赏识他才能的君主。可是贾谊不能理解为什么屈原——一个愤恨钻营的高位者、一个持有坚定出身论信仰的人——不能做出这样的选择。在《离骚》中,屈原游仙是为了寻求一个合适的伴侣,"寻求位职"基本上是对此的标准解读。可是,持这一解读态度的注释者们却也称颂屈原对昏庸无道的怀王那坚定不移的忠诚。简言之,任何美德在极端的情况下都会变成缺陷,而屈原即深受其苦。

这个批评在《渔父》道教式的重复演绎中甚至具有了讽刺意味。奇怪的是,司马迁将其当作一个历史事件而非诗歌加以征引。更奇怪的是,它是作为屈原自己的作品被保存下来的。在邂逅道家式的人物渔父时,屈原道出了标准的屈氏怨言:

---

❶ 龚克昌,《全汉赋评注》,石家庄:华山文艺出版社,2003年,第6页。

> 举世皆浊，我独清，众人皆醉，我独醒，是以见放。

渔父并未被打动：

> 圣人不凝滞于物，而能与世推移。
> 世人皆浊，何不淈其泥而扬其波？
> 众人皆醉，何不哺其糟而歠其醨？❶

但是屈原坚持他不屈的道德，最终渔父轻轻一哂便离开了。

  随着儒家的价值观在公元前1世纪末到公元1世纪间变得愈加常规化，针对屈原的批评也愈发激烈。著名的儒者扬雄曾写下《反离骚》，历数诗中的关键片段，并对屈原应该如何做提出相应的建议。尽管历史学家班固在某些情况下表达了对屈原的同情，但他仍创作了《离骚序》，激烈地批评了屈原的自夸与褊狭，当然还有他的自杀。一开始汉人将屈原从一个虚构的人物塑造成了一个有血有肉的历史人物；随着时间推移，人们却发现他们并不能完全认同这个由他们一手打造的人物形象。

  后来，批评的声音渐渐消失了，而屈原也维持住了他作为一个道德偶像的地位。"道德偶像们"往往是寡然无趣的，但是屈原却一直引人注目。这恰恰是因为他的德行太过极端，以至于所有文明的主流价值观都不能与之完美地融合。可能更重要的原因是，作为历史人物的屈原无法完全承担起《离骚》的主角。

  在《离骚》的最后一段，屈原以"屯余车其千乘"起始。这并不是一个简单的夸张。"千乘"曾是一方之主的代称。高阳氏或高辛的祖先一定是一位君王。相比之下，用寻找一个女性伴侣来比喻一位君王寻找忠诚的大

---

❶ 《楚辞集校集释》，第2022—2027页。

臣，比以之代指一位大臣找寻赏识他的君主要恰当得多。

《离骚》的一部分可以与屈原故事很好地匹配，而其他的地方则并不相称。当司马相如称颂汉武帝时，诗赋中的武帝并不是作为儒家君主，而是作为天神出现。这个天神是以《远游》中的征人为蓝本，而此征人则是在效仿《离骚》。正如早前提到的，《离骚》中包含的远古信息过于丰富，以至于它并不能被简简单单地整合进屈原故事里。我们不是非常清楚它的含义，不过它却如绕梁余音一般，至西汉时仍在回响，而且很可能会一直回响下去。他口中由其父所取的名字，"灵均"，并不是一个普通的名字：第一个字"灵"是专属于巫者的，或者更准确地说，属于那些像屈原一样，具有在天界与人间往来能力的人。

司马迁希望可以使屈原成为一个像他一样的"作者"。他成功了。然而一个可能影响过却超越了人类历史的神界始终存在在那里。我们仍然可以在阅读《离骚》时听到来自那个时代的回响。

至此，我描述了文本围绕"屈原"这个名字汇集的过程；也描述了为了将这些文本囊括到其时更大的中国历史叙事中，而建构屈原之生平的过程。当这个过程完成，也就是《楚辞》最终成形时，这些作品便全部收归于它们假定作者的囊中。屈原则成为众多理念的象征符号：不屈的德行，对王朝的忠贞，甚至，用现今的话来说，"爱国主义"。

大约在公元2世纪，王逸使用释经的策略，将《楚辞》文本中激情的情色成分与神圣的气场氛围嫁接到君主与臣子这一核心关系之上。自此之后，关于"美人（特别是美丽的女人）香草"的引用都会引起对王逸《楚辞》阐释的联想。香草代表美德，而美人则可能代表着求贤的君主或是被冷落的臣子。这种表现形式逐渐化为一种模式。不过，在一些特殊的、诸如《楚辞》一般的奇幻背景下，这种模式也会被打破，甚至生发出别样的意蕴来。

推荐阅读

- 崔富章总主编，"楚辞学文库"，武汉：湖北教育出版社，2002—2003年。
- 林庚，《诗人屈原及其作品研究》，上海：上海古籍出版社，1981年。
- 闻一多，《楚辞校补》，李定凯编校，成都：巴蜀书社，2002年。

- Hawkes, David, "The Quest of the Goddess," *Asia Major* 13, no. 1-2 (1967), Reprinted in Cyril Birch, ed., *Studies in Chinese Literary Genres*, Berkeley: University of California Press, 1974.
- Walker, Galal LeRoy, "Toward a Formal History of the 'Chuci'," PhD diss., Cornell University, 1982.

第3章

文本中的"帝国"
司马相如《子虚/上林赋》

郑毓瑜

如何读/写"汉"赋?

中国历史上朝代名称大大小小加起来超过六十个,可是如今通称华语及其文字为"汉语""汉字",中国人主要为"汉人""汉族",可见西汉、东汉相加总共四百多年的历史,很大程度决定了中国政治、社会与文化的基础以及发展走向。继秦而兴的汉,是中国政治上统一之后,统治时间最长久的朝代。在汉武帝鼎盛时期,府库充实、人才辈出,向内削弱藩国、实施郡县制,又向外伐匈奴、通西域,不断开疆辟地,如何维持一统"天下"的局势,成为汉武帝终生最重要的议题。

活在21世纪的现代人,有电脑网络、智能手机,在资讯流通与权利施行上都极为方便,而在公元前141年汉武帝即位时,还是以竹简布帛与毛笔刻刀为信息记载与传递的主要工具。在那种传播并不快速、简便、普及的情况下,既没有随时在手的可用纸张,也没有人手一篇的文章抄本,写作者很难边写边改,阅读者也无法反复翻阅。在这样的局限下,西汉朝廷中竟然出现动辄数千言的大赋,这的确很让人惊叹称奇;同时也让我们不禁想象,汉大赋的作者在下笔前的思考、记忆与字句斟酌,他如何在心中一次又一次地编织与重整,而阅读者似乎也必须事先具备某种程度的共识,否则难以在阅听的瞬间做出预期与理解。

接下来,我们要阅读汉代大赋最重要的作家司马相如的名篇——总字数超过3500字的《子虚/上林赋》❶,除了长篇大论,最让人印象深刻的是其中充满典故、骈俪华词,以及许多悦耳的重言叠字与复音词,查询相关字词就要花一番功夫,让人不禁好奇当时宫廷中的君王、大臣们,是如何理解并欣赏这类大赋作品的。一定需要懂得每个字词的意思吗?一定要逐次把握每一段的意旨吗?如果不是每人手上都有一篇文章,那么是否更需要加强诵读与听闻?甚至我们可以假设,大赋是否应该召唤更多共同记忆,更多大家熟记在心的文字段落?而我们因此是否就可以设想当时的君臣是多么博学多闻,而大赋又如何契合于一种当时的博学眼光?这样博学雕藻的大赋兴盛于大一统的汉代,这种文体究竟与当时的"天下"观有什么样的关联呢?

在王侯身边说故事的人

任何文体的形成都需要长期的酝酿,也可以说一种被认可与理解的表达模式,其实须历经社会文化的长期准备。在那个还没有经、史、子、集四部分类,还没有出现总集、别集的区分,也不在体裁上分别"诗"与"文"或"骚"(或称"辞")与"赋"的时代,书写大赋自然不需要有文体上的自我设限,也不需要像后代将"赋"归属于"文学",而与经学、史学或诸子思想分别开来。换句话说,以《子虚/上林赋》闻名的司马相如,

---

❶ 《史记》卷一一七称司马相如为汉武帝作《天子游猎赋》,《文选》则将之切分为《子虚赋》《上林赋》两篇。

其实不是以我们现在认定的"赋"体来写作,而是优游在还没有严格限制的书写形态(而不是严格划分的"文体")中。当然也可以说,司马相如的书写其实不加分别地承接了先秦各种各样的口说或书写形态与题材。康达维(David Knechtges)教授就认为汉大赋的源头,可能是屈原、宋玉的《楚辞》类作品,也可能源自于战国时代游说之士(Warring States traveling persuaders)的修辞技术。❶

公元前179年出生于蜀地的司马相如,从小就读书学剑,文武兼备,更因为仰慕战国时蔺相如的智勇双全、凭借辞令与秦国周旋而保全赵国,于是将小名"犬子"改为"相如"。那时候还没有确立分科选才的完备制度,人才大别为治国与用兵,前者尤其看重文采辩才,像司马相如所仰慕的蔺相如,是一个能够周旋于大国之间,以机智的言辞化解纷争危难的著名人物。先秦这类人物不胜枚举,如子产、晏婴、苏秦、张仪等。而从《周礼》《国语》《左传》中的记载,我们发现王侯身边聚集着大夫、士、史官、乐(工)这些人,"他们都具备文学才能,而且有很丰富的人文知识,举凡帝王世系、四方风物、自然现象、历史事迹等等,无一不备",王侯们喜欢听他们讲多姿多彩的历史传说或他方异地的奇闻怪谈;"他们懂得吟诗、诵赋,偶尔也会说出一段机警的讽谏",王侯们便也因此可能会接受劝谏。❷

君王喜欢听故事,但更重要的是,这些企图劝谏君王的臣子,要说什么样的故事,或采取什么样的说法,君王才愿意听?司马相如是梁孝王门下,与当时也是赋家的枚乘、邹阳、庄忌等游士有机会相往来;他不但可以身处梁王华丽的府院,也能反复接触相关赋篇,尤其是枚乘的《七发》,因而有了观摩与练习的契机。乍看之下,《七发》似乎是一篇医生与病人的问

---

❶ 参见 David Knechtges and Taiping Chang ed., *Ancient and Early Medieval Chinese Literature: A Reference Guide, Part One*, "Han Fu", Leiden: Brill, 2010, pp.317-319.

❷ 此处参考施淑[施淑女]的说法,详见氏著《九歌天问二招的成立背景与楚辞文学精神的探讨》第二章,台湾大学"文史丛刊"31,1969年,所引文字见第50—52页。

答，借着吴客先进行问诊，然后逐步提出不同的药方，包括从事听乐、饮食、驰骋车马、游宴、田猎、观涛等活动，以此来观察楚太子的反应。然而，只有末尾提出的各家道术学说，才终于能让楚太子痊愈。很明显，这是希望楚太子不要沉溺于享乐，应该剪除种种嗜欲，寻求身体的平衡有节。这个道理并不深奥，反而很简单明了，楚太子不可能不懂，那么，吴客为什么还需要不厌其烦地一次又一次提出各种感官享乐来进行测试呢？

召唤联想的嗜欲体验

其实《七发》这种通过描写嗜欲来唤引君王关注的修辞策略，商朝的伊尹早就运用过。《吕氏春秋》的《本味》篇❶记载，伊尹正是通过描摹天下的美味来打动商汤的，其中包括"肉之美者""鱼之美者""菜之美者""和（调味）之美者""饭之美者""水之美者""果之美者"。《七发》中论饮食的部分，可以说是浓缩了《本味》篇，枚乘也提到"使伊尹煎熬，易牙调和"，显然这种类聚众物的方式，也几乎可以视为后来大赋结构的蓝本。在伊尹夸饰的描述中，充满了各种各样的奇珍异物，比如"鳐"，形状像鲤鱼，但是加上了翅膀，"常从西海夜飞，游于东海"；又如吃了之后可以解除疲劳、成仙不死的昆仑之蘋、寿木之花、赤木与玄木之叶，甚至还杜撰人所不知的"甘栌"等。❷我们很难相信，当时只是通过伊尹口述，商

---

❶ 见陈奇猷校释，《吕氏春秋新校释》卷十四，上海：上海古籍出版社，2002年，第744—746页。所述众味原有"马之美者"，但陈奇猷从俞樾的说法，认为"马之美"三字当为衍文，见《本味》篇校释〔84〕，第770页。

❷ 《本味》篇于"果之美者"部分云："箕山之东，青岛之所，有甘栌焉。"陈奇猷认为后人因果中无"甘栌"，故改"甘栌"作《山海经》中曾出现的"甘櫨"，其实甘櫨不过寻常果品，如何吸引商汤，"其杜撰以人所不知之甘栌，实为当然之事"，详见《吕氏春秋新校释》卷十四《本味》篇校释〔81〕，第767—769页。

汤就可以完全懂得其中的每一个字词,或认得所述及的每一件物品。那么,究竟如何让并不完全懂得字词或认得物品的君王,当下就如此感兴趣?

新奇感或坐拥一切(即使不能确指每一物)的满足感,应该是吸引商汤的第一步;其次,伊尹讲到的"煎熬之术"也值得注意。在描述天下美味之前,其实伊尹先是这样描述烹煮调和之术:

> 凡味之本,水最为始。五味三材,九沸九变,火为之纪。时疾时徐,灭腥去臊除膻,必以其胜,无失其理。调和之事,必以甘酸苦辛咸,先后多少,其齐甚微,皆有自起。鼎中之变,精妙微纤,口弗能言,志不能喻。若射御之微,阴阳之化,四时之数。故久而不弊,熟而不烂,甘而不哝,酸而不酷,咸而不减,辛而不烈,澹而不薄,肥而不腴。❶

如果只是分析各种品类(如肉、鱼、菜、果等),强调的是物品本身的珍奇,但是从烹调的讲究入手,每一项物品不再只是个别地平行陈列,而是历经灭除腥膻、沸腾融合的过程。这一方面使得"味"不只出自"物"本身,还牵涉烹煮必需的水、火、木(所谓三材);另一方面,所以成为"美味",也不只是每一物所固有的单一质性(如甘、酸、辛、肥、澹等),而须通过水、火、木与物共同作用后的微妙变化。当伊尹触及这不可"言喻"的、仿如阴阳万化的"鼎中之变"时,他已经不仅是在展露一种烹煮的神妙技术,也是在诱导听者神往于一种调和之后的精妙"品味"。而这正是"连类"的技巧,串联起由肉、鱼到菜的物类之间,以及物与水、火之间那种跨越类别的相互作用,才让各种物性由个别的偏重(如酸、辣)至于中和之美,如所谓"甘而不哝""辛而不烈";也才让口头表述下的"平面"陈列物,提炼出品味的"深度",可以臻于"至味"。

---

❶ 《吕氏春秋新校释》卷十四,第745页。

伊尹在这番"滋味"说当中,并未明确指出希望商汤理解的"道",究竟是"仁义"之道,还是道家的"自然"之道。但是这些却都可以借由滋味的"中和"来体验,暗示一种天地万物之间彼此相成就、彼此成全所获得的美妙,就如同君王的治理之道,也就是融合天地、万物与众人而达到和谐状态。这似乎正说明了,的确有一种不必选定学说派别、不必标举道德规范,而通过巧妙的连类、联想体验,就可以打动君王而使之有可能反省自身作为的讽谏方式。❶

"凭音达意"的气氛状态

这当然是迂回的说话方式,臣子既不是直接讲道理、提原则,君王更不可能像现在的阅读者,拼命翻查字典或注释。换言之,状态或情态的领会可能比单独的字义或词意的理解更重要。"美味"被分成肉、鱼、菜、和(调味)、饭、水、果几个段落,或者《七发》将"嗜欲"分成听乐、饮食、驰骋车马、游宴、田猎、观涛等不同面向,到司马相如的《子虚/上林赋》,则分水泽、山陵、宫观、动植物、校猎驰射、宴饮舞乐,以及最后节俭的反思等,这些都是由相关联的单元组合而成。我们可以合理推测,这些单元存在于由传授过程中逐渐累积的记忆资料库,而在那样一个书写不方便的年代,这些段落很可能是通过反复背诵而记忆的。这个记忆资料库可以根据同一主题而多方面铺展,一方面,它让记忆循主线铺展,方便讲诵者当场串讲,例如以美味为主题,就从肉、鱼、菜联系到饭、果等素材;另一方面,当这种平行推衍的单元组合为聆听者所熟悉,听者被期待成为一个"知情者",比较容易进入逐层推衍中的反复暗示,例如从烹煮的素材

---

❶ 关于《本味》篇这段文字的详细分析,参见郑毓瑜,《讽诵与嗜欲体验的传译》,收入拙著《引譬连类:文学研究的关键词》,北京:生活·读书·新知三联书店,2017年,第62—93页。

到提炼中和的品味，让听者可以忽略过程里不完全能听懂、认得的一字、一物，而顺利掌握各单元组合后的整体主题。

除了这些可供连串的故事单元是彼此都熟悉的，像赋一样的长篇论述之所以能在君臣间通过口耳诵听即相互理解，另一个重要的缘由，也许可以从双声叠韵的复音词（或称联绵词）的大量运用来说明。联绵词在先秦典籍中极为常见，尤其在口耳传播为主的时代。西汉表达讽诵的大赋，更需要适合听觉欣赏的口头语言。这些联绵词基本上是"凭音达意"，在口语赋诵时，常常是有音无字，只好各凭其声、各制其字，字形也许不同，但是借助语音所提供的讯息，却可以从上下文理解联绵词所要表示的状态。当然，对这个状态的理解很难要求像对个别字义或事物的定义那般准确，它是一种烘托而成的缭绕气氛。这因此可以呼应前文所述，君王不见得完全认得所有奇字异物，也能充分享受连类而成的体验。

以司马相如的《子虚/上林赋》看来，其明显袭用了《诗经》《楚辞》中已有的烘托状态的重言或联绵词，比如"煌煌""参差""猗傩""瀺灂""沉沉（湛湛）""澹淡""菲菲""葡萏（檽橵）""偃蹇""崔嵬""纡余""逶迤"等，这些形容都不是刻意划出范围、标示方位、精准度量或固定形态，同一个词如"崔嵬"，可以适用于任何高峻的状态，可以形容山势、云状，甚或高长的冠帽，而如"纡余""逶迤"，可以同时用来形容水势的弯曲、衣饰的飘摇与旗帜的随风蜿蜒。不同物类，却可能因为都散发着耀眼光彩，都弥漫着四散的芳香，或都在沉浮不定的波动中、窈然萧森的场域里，而形成一种相类却无法划定维度的身体经验。换言之，当听闻的王侯并非从固定确切的定义来看待外在事物，其实也是让自己处身在一个不断跨越类别的联想与体验的状态中。❶

---

❶ 关于赋与连类、讽诵的关系，尤其是"凭音达意"的部分，请参考郑毓瑜《讽诵与嗜欲体验的传译》一文。

统一帝国的"天下"论述

司马相如当然非常清楚他要面对的是汉武帝,一个汉代开国以来最具雄图远略的君王。与司马相如在朝时间前后相去不远的名臣大将,有提出"独尊儒术"的董仲舒,出使西域的张骞,北伐匈奴的李广、卫青、霍去病等,而我们别忘了,司马相如自己也曾出使西南夷,为汉武帝安定巴蜀地区。在这样一个欣欣向荣的时代,司马相如不可能只当自己是一个文人,我们只从"文学侍从"看待司马相如,也不够全面,反而应该进一步提问:司马相如会如何以"赋"去参与这个盛世?

秦始皇在公元前221年完成中国政治上的大一统,最明显的措施是将封建制改为郡县制,而这个措施最重大的意义是使战国时代的"国家"进入了"天下"态势;也就是由战国时代并列的各个国家(如齐、韩、楚、秦等)进入一个只有"秦"这个国家所统治的"天下"。春秋战国时已经有"天下"的概念,甚至可以上推夏商周三代,一方面"天子"作为上帝的代理人,掌管"(普)天之下"的人、事、物,这是个具有宗教意味的"天下";另一方面则是"中国(中心)—四方"的方位、空间与华夏/夷狄之别的文化使命,交织而成的"天下"❶。春秋战国时期列强并立,周天子是由各国共同推立的,而后,秦汉一统天下,"天下"走向完全没有差异的"独家"正统,朝廷最急迫的事,自然是寻求"一家(之)天下"的论述。这个划时代的改变,除了需要相应的各种律法制度,更不能没有一套与时俱变的说法。

---

❶ 以上关于先秦以来"天下"观的简说,分别从以下两篇论文归纳,甘怀真,《秦汉的"天下"政体:以郊祀礼改革为中心》,《新史学》第16卷第4期,2005年,第13—56页;邢义田,《从古代天下观看秦汉长城的象征意义》,《燕京学报》新13期,2002年,第15—64页。

汉初以来郡县制与侯国制并行，外戚、功臣与同姓诸王势力都很庞大，汉武帝大力扫除外戚势力，削弱王国权柄，除此之外，最让人印象深刻的应该是董仲舒回应汉武帝策问时，提出的"独尊儒术"❶。根据《春秋》发挥"大一统"思想，董仲舒以此应对当世之务：

> 今师异道，人异论，百家殊方，指意不同，是以上亡以持一统；法制数变，下不知所守。臣愚以为诸不在六艺之科孔子之术者，皆绝其道，勿使并进。邪辟之说灭息，然后统纪可一而法度可明，民知所从矣。❷

这段话明显是在回应武帝关于治乱的分际与要道，这不全是学术思想的讨论，更重要的是"树立一种统一帝国的正规思想（orthodoxy）"❸，"独尊儒术"为巩固汉代一统政权，提供了经典依据与论述基础。

《上林赋》作为中央政权的"声明书"

于是，"以经术润饰吏事"❹成为汉武帝一朝施政的准则，当然"自此以来，则公卿大夫士吏斌斌多文学之士矣"❺。所谓"文学"人才当然是广义的，学习、实践儒家经典思想，以及具备对经典论述、阐释的能力，都成为朝廷

---

❶ 关于汉武帝如何确立绝对君权，请参考逯耀东，《"通古今之变"的"今"之开端》，收入氏著《抑郁与超越——司马迁与汉武帝时代》，北京：生活·读书·新知三联书店，2008年，第91—139页。

❷ 《汉书》卷五十六《董仲舒传》，北京：中华书局，1962年，第2523页。

❸ 黄仁宇，《司马迁和班固》，收入氏著《赫逊河畔谈中国历史》，台北：时报文化出版公司，1989年，第39页。

❹ 《汉书》卷八十九《循吏传》对于董仲舒、公孙弘、倪宽的评价，第3623—3624页。

❺ 《史记》卷一二一《儒林列传》，第3119—3120页。

荐举人才的标准。从这个角度来看，司马相如获得汉武帝的赏爱，就不能仅由后代狭义的"文学"书写去衡量。当时朝臣为大一统的正当性所提出的论述，可以说是各出奇招，而司马相如在《子虚/上林赋》中，就采用人物对答的方式，通过诸侯国与中央政权代表间的较量，来显示君主不容挑战的权威。

在《子虚/上林赋》中出现三个虚拟人物，前半篇（即《文选》分出的《子虚赋》）里，先是作为楚国使者的"子虚"出使齐国，参加了齐王为炫耀齐地广大富饶而举行的游猎。之后，他告诉代表齐国的"乌有先生"，楚国七泽中最小的"云梦泽"，就足以超越齐国。赋文中并没有描述齐国苑囿，等于是以楚之"云梦泽"来作为诸侯国苑囿的代表，而在展开让人眼花缭乱的游猎与宴乐之前，先有一个关于楚国云梦的总说。这总说竟然植入了一个"中央—四方"的"天下"架构，描述中央有山，土石如何珍奇，接着是东、南、西、北四方，述说其间的平原、江泽、香草花树与兽物。我们知道，秦汉以来，"天下一家"，这时候的"天下"只应属于"刘家"或汉武，楚国所代表的诸侯苑囿不但不能够也不应该与天子的"上林"匹敌。于是，另一个人物——"亡是公"（亦作"无是公"），在后半篇（即《文选》分出的《上林赋》）开始模拟天子的立场发言。

亡是公一开口就批评齐、楚两国根本不该互相夸炫国力，因为：

> 夫使诸侯纳贡者，非为财币，所以述职也；封疆画界者，非为守御，所以禁淫也。今齐列为东藩，而外私肃慎，捐国逾限，越海而田，其于义故未可也。且二君之论，不务明君臣之义而正诸侯之礼，徒事争游猎之乐，苑囿之大，欲以奢侈相胜，荒淫相越，此不可以扬名发誉，而适足以贬君自损也。❶

---

❶《史记》卷一一七《司马相如列传》，第3016—3043页。以下所引《上林赋》文本皆出自《史记·司马相如列传》，不再加注。

我们知道，先秦以来对于王侯的游说、劝谏，"嗜欲"一直是一个论述的重点，是君臣彼此都熟悉，而且很容易打动王侯的题材。在《子虚赋》与《上林赋》这两篇赋的富丽描写中，基本模式没有改变，依旧汇聚了一组一组关于山形、水势、动植物、宫苑、游猎、乐舞宴飨的描述，以及最后的节俭之道。但是在《上林赋》中，享受者的权限改变了，因此相关于"嗜欲"的种种山川风物，也有了不一样的象征意义。首先，就拥有的空间而言，分封侯国以领土，向内是为了保卫王室，向外是为了区分夷夏，如今齐国不但私自与东北蛮夷（"肃慎"）相往来，而且越过疆界到"青丘"去打猎，这不但没有尽到诸侯的责任，反而暴露了侵犯君权的扩张野心。其次，诸侯都应该向朝廷纳贡，所以诸侯领地上的所有珍稀物产，所有权都属于君王，而不是诸侯可以任意享受与挥霍的。最后，这些疆域、苑囿与物产不仅事关享乐与炫耀，"亡是公"针对其所有权做出的判定，形同将这些先秦以来就存在的"嗜欲"论述，提升成为一个中央政府的主权"声明书"。《上林赋》中描述的游猎宴乐之所以比《子虚赋》更具有合法性，完全是因为其奠基在"君臣之义""诸侯之礼"的阶级分别上。换言之，"嗜欲"论述正足以规范君臣间伦理关系的先后主从。"巨丽"之"上林"苑，正是"汉（刘）家天下"的权力缩影，是司马相如为汉武帝描绘的"大一统"的欲望版图。

"从君所欲"的书写模式

司马相如面对的挑战，不仅是描述君王所拥有的，而是更进一步，要描绘出君王所"意欲"的，那几乎可以说是没有任何界限的"从君所欲"的书写工程。司马相如不可能全无依傍地创造，先秦时在王侯身边说故事的那些人或游说之士，他们留下来的种种论述，都成了绘制这个欲望版图的档案柜。

前文我们谈到传统中国知识分子在说/写时最根本的一种修辞策略，就是运用"连类"的手法，将相关的事物用一条主线串联起来（比如用"美味"串联起鱼、肉、果等），并且想办法跨越类别，融会出道理（如"美味"的构成，需要"中和"的烹调之道）。司马相如将这个模式放到"从君所欲"的工程中，一方面，在各项组合元素上，进行无尽的增添，综合这些添加的元素，虽然最后可以说出道理，但元素彼此间却不见得有严谨的因果关系。比如天子"游猎"的奢华，最后归之于"节俭"的自我反省，但是游猎过程中，一定要讲到"宫苑"建筑吗？而搏杀兽物的活动，又似乎看不出与水中的鱼鳖珠玉、山上的香草花树有什么前后的因果关系。另一方面，无尽的添加，既然没有必然的因果关系，那么赋文中屡屡出现的段落间的连接词——"于是"——的空间性便大过时间性与因果性。如果以现代的叙事文学为例，小说情节发展过程中，在描述事件场景时，时间仿佛是暂停的，这种状态差不多就是大赋中每段"景物"出现的状态。

时间暂停了，就没有了因为时间变化而带来的得失起伏的情绪，也就不会老是感叹昨日不可留、明日不可期，一切都在目前，也都围绕在旁，随手可得。司马相如为《上林赋》中的天子，提供了一个可任意抓取、缩放以及重新制造的虚拟实境。

"物"的命名与所有权

我们可以设想君王对于一成不变的故事，会有多么不耐烦，因此司马相如需要推陈出新，单单是"上林"苑到底有多大，就历经过两次焦距调整。《上林赋》一开头说是：

> 左苍梧，右西极，丹水更其南，紫渊径其北。

"西极"如果指周朝始祖周太王所居的"豳"，则位于长安西北，但是"左苍梧"，不论是指虞舜埋葬之处的九嶷山（在今湖南）还是汉代苍梧郡（在今广西），都不可能是位于长安的东方（"左"），更不可能与"西极"以及流经长安附近的"丹水""紫渊"构成一个合理的四方疆界。❶这样无法实证而扭曲的四方，赋文中段又对之进行了一次更超现实的想象：

> 于是乎周览泛观，瞋盼轧沕，芒芒恍忽，视之无端，察之无崖。日出东沼，入于西陂。其南则隆冬生长，踊水跃波；兽则㺎旄獏牦，沈牛麈麋，赤首圜题，穷奇象犀。其北则盛夏含冻裂地，涉冰揭河；兽则麒麟角䚦，騊駼橐驼，蛩蛩驒騱，駃騠驴骡。

"东沼""西陂"可以指长安城或上林苑的池沼，但是"东沼"也可以指神话中太阳出来的"旸谷"；而南、北两处则完全没有地名，说上林苑的南边，即便严冬也不会结冻或凋萎，北边则盛夏也依然冰封千里，这是巧妙地用极地的寒暑，反衬上林苑南北相隔之绝远。

不论是"旸谷"还是极地，都像是搭建好的布景或舞台，一场超时空的演出才正要开始。汉武帝以秦朝旧宫苑为基础，修筑上林苑，号称"离宫别馆七十所"，但他一定没有见过连流星、霓虹、仙人、神兽都来盘桓的宫苑：

> 俯杳眇而无见，仰攀橑而扪天，奔星更于闺闼，宛虹拖于楯轩。青虬蚴蟉于东箱，象舆婉蝉于西清，灵圄燕于闲观，偓佺之伦暴于南荣。

---

❶ 关于这些地点的解说，参见金国永校注，《司马相如集校注》，上海：上海古籍出版社，1993年，《上林赋》注释〔8〕，第33—34页。

天子的宫苑与神仙天庭相互交通，真让人眼界大开、虚实莫辨，但是更引人注目的是，《上林赋》中以艰僻字词列出的、成串的、非寻常的"物"类，如种种奇异的鱼、鸟、香草、玉石、果物等，就像是翻查不尽的物种名录，永远增加不完。比如讲到上林苑南方与北方的兽物，如传说中的"麒麟"，是天下出现圣人时才会现身的瑞兽；还有所谓的"貘"，很可能就是现今四川珍贵的大熊猫。至于珍果异木，除了橘、枣、桃、梨，还有张骞通西域之前已经有的葡萄。至于可染色、可药用、可制器具的树种，更是不计其数。

随着简册的展开，充斥着部首为"马"、为"鱼"、为"木"的众"物"，后代认为司马相如是文字或语言学家，所以善于运用这些生僻的字词并熟悉其所指称的物类。但是我们必须注意，司马相如创作《上林赋》这类大赋作品，并不是为了炫耀自己的博学多闻或者追求深奥的学理；司马相如的确是发话者、叙事者，但这幕后却另有主人，准确来说，司马相如是为了唯一的观看者——汉武帝来服务，他让天子像是检视所有权一般地逐一为万物"命名"，或至少是"称名"，正是在给予名称的那一刻，这些"物"才进入天子眼光所及的广阔幅员，像是因此而被发现、被分类，仿佛栩栩然地、非常充实地被掌握着、触摸着；正是这个仿如造物者的"天子"，在"名物"的同时，正式宣告了一个前所未有的"巨丽"世界的成形。❶

博物知识所建构的巨大"帝国"

我们因此可以重新检讨"文学"与"天下"的关系，或者说是"汉赋"与"汉帝国"的关系。如果《上林赋》提供给汉武帝一个宣示"天下"主

---

❶ 关于《上林赋》的解析，请参考郑毓瑜，《归返的回音——地理论述与家国想象》，收入《性别与家国：汉晋辞赋的楚骚论述》，上海：上海三联书店，2006年，第55—113页。

权,以及检视万"物"所有权的场域,那么大赋就不仅仅是司马相如这个作者的主观想象与个人创作,反而应该说,是大赋的说/写模式、字与词,一个拉起另一个,连绵不绝地导引穿织,在空白上逐渐交错出具有立体维度的上下四方与山水众物。这时候阅读者,尤其是两千多年后的我们,眼前才出现一个所谓"汉帝国"的"巨大文本"。《上林赋》不但揣摩或反映了汉武帝的欲望,也可以说是以文本空间,反过来塑造或建构了永恒的汉帝国。

在这个相互作用的关系里,汉大赋不只是一种夸饰的"文类",或是一种可能不太有效的"劝谏"方式,它开始具有文化史的实质意义。因为大赋的说/写模式,发动了一种"建构"的可能性,不只是建构汉"帝国",更重要的是它在建构帝国的同时,也建构了一个历代传诵不息的知识体系。

早有学者指出,"辞赋正是'类书'的前身"[1],"类书"不分经、史、子、集,采集众书并按照类别来汇编,最常见的编辑架构是依据"天—地—人—事—物"的顺序。在每一类项下,不但有关于这个主题(如天部中的"日")的种种解释与衍生说法,还辑录与此主题相关的诗文作品,可以说是西方百科全书来到东方之前,东亚汉字文化圈中,影响深远的人文知识大宝库。可以想见,编辑类书必须有朝廷庞大的权力、人力、物力的支持,也必须在简易普遍的书写工具出现之后。果然,当纸张取代了竹简,曹丕才组织人编辑了中国第一部类书——《皇览》。此后,从唐代的《艺文类聚》、宋代的《太平御览》,至于明成祖主持编成的《永乐大典》、清雍正时完成的《古今图书集成》,仿佛汉代以下,中国重要的大一统王朝,就是通过这些大部头类书的辑成,见证政治文化的兴衰起落。

我们想象,原近2.2万卷、3.7亿汉字构成的《永乐大典》(首次成书于1404年,现仅存约800卷),以及现今完整留存的1万卷、1.7亿汉字构成的

---

[1] 此为方师铎所言,引自氏著《传统文学与类书之关系》,台中:私立东海大学,1971年,第64页。

《古今图书集成》（1728年印成，而西方《大英百科全书》第一卷的出版要迟至1768年），里面关于天文、地理、博物、制度、学术、技艺的各类记载，几乎是包括宇宙、统合古今，多么类似我们今日的各种百科全书，尤其是线上百科。如果现代人是通过网络知识来建立世界观，或借以重新编造崭新的生活秩序，那么，如同隐隐然跨越地域的网络帝国，这些大一统王朝的君臣，也是通过汇整古来群书打造当时的知识体系，并且在编辑、传述过去的同时，也将跨越时空的帝国或天下想象，巧妙铭刻入这个知识系谱。正是这片握在手上的知识瀚海，体现了"坐拥天下"的无尽欲望。

司马相如不必意识到《子虚/上林赋》的书写模式，正在为后世的帝国规模勾勒蓝图。汉武帝朝中仍时时传来远方战争的消息，或是哪里又进贡了哪些奇珍异宝、哪个使者又说着奇闻轶事。司马相如看起来一派闲散，不随着世事起伏，一下子像是睡着了，一下子又突然回神，如同正编织着一个"控引天地，错综古今"❶的大梦，而这也正是汉武帝与董仲舒、张骞、李广、卫青……都想望的美丽梦境。

推荐阅读

- 郑毓瑜，《引譬连类：文学研究的关键词》，北京：生活·读书·新知三联书店，2017年。
- 方师铎，《传统文学与类书之关系》，台中：私立东海大学，1971年。
- 施淑［施淑女］，《九歌天问二招的成立背景与楚辞文学精神的探讨》，台湾大学"文史丛刊"31，1969年。
- 金国永校注，《司马相如集校注》，上海：上海古籍出版社，1993年。
- 朱晓海，《汉赋史略新证》，西安：陕西人民出版社，2004年。

---

❶ 据考订，东晋葛洪抄录野史而成的《西京杂记》有"百日成赋"一则，曰："司马相如为《上林》《子虚》赋，意思萧散，不复与外事相关，控引天地，错综古今，忽然如睡，焕然而兴，几百日而后成。"见《西京杂记校注》，上海：上海古籍出版社，1991年，第91页。

第4章

诗与意识形态
《诗经》的经典化

蔡宗齐

《诗经》在汉代的儒家经典化历程十分有趣。如今我们都很清楚《诗经》以及它在汉代之前的功用。春秋时期，诸侯会盟，对《诗经》的咏诵和表演是诸侯国之间开展各种外交活动的主要方式，本书第1章对这种"赋诗"活动已做过详细的论述。接下来我要讲的故事却大异其趣，即汉代经学家如何把《诗经》中那些关于男女之情的作品重塑成一种道德说教，而他们在编造沉闷寓言的过程中，也展开了丰富的文学想象。从某种意义上说，他们天马行空般的文学想象，较之唐代诗人利用晦涩的语言和物象来创造诗歌意境的实践，并无二致。

我们先看看汉代评注者如何重塑《诗经》的开篇之作，即三百零五首作品中最受关注的《关雎》：

> 风之始也，所以风天下而正夫妇也。……是以《关雎》乐得淑女以配君子，爱在进贤，不淫其色。哀窈窕，思贤才，而无伤善之心焉，是《关雎》之义也。

> 关关雎鸠，在河之洲。窈窕淑女，君子好逑。

参差荇菜，左右流之。窈窕淑女，寤寐求之。
求之不得，寤寐思服。悠哉悠哉，辗转反侧。
参差荇菜，左右采之。窈窕淑女，琴瑟友之。
参差荇菜，左右芼之。窈窕淑女，钟鼓乐之。❶

  这首诗以及其序言都出自《毛诗》，是《诗经》在汉代流传的一个版本，一般认为是汉初一位毛姓人士编纂并作传（即《毛传》），根据《汉书·儒林传》和郑玄《诗谱》等文献，此人可能是鲁国的毛亨，或是赵国的"小毛公"毛苌。《毛诗》有两个紧密相联的部分：三百零五首诗及《诗序》。《关雎》这篇的诗序又称"大序"，因为它篇幅最长，从整体上陈述了《诗》的起源、创作过程以及作用。其余三百零四首的诗序则称作"小序"。"大序"和"小序"共同组成了《诗序》，《诗序》还有另一种称法，即《毛序》，尽管它不一定是毛氏所作的。有些学者认为，《诗序》原本作为独立且完备的文本，是附在《诗经》上的，后来是毛氏把《诗序》拆分开来，将之分别放到了三百零五首诗的相应位置。而《诗序》的真正撰写者们，很有可能前后相差了几百年：从孔子的弟子子夏，到西汉毛亨或毛苌，再到东汉的卫宏。由于《诗序》的撰写者多属卓有声名的儒家学者，汉代之后不久，《诗序》便成了儒家经典，几乎享有与《诗经》同等的地位。

  并读《关雎》和《诗序》，两者之间显然存在着脱节，令人讶异。《关雎》描绘了一位男性叙述者对一位淑女求爱的过程。第一节写沙渚上的雎鸠朝着淑女歌唱，下面四节写叙述者夜以继日地渴望得到淑女，尝试用琴瑟钟鼓与之交好，并反复出现采收荇菜的场景。然而《诗序》作者却彻底忽略了求爱的细节，将夫妻关系（而非求爱）当作诗歌的主题。此外，他将叙述者的性别变成女性，将诗解读成后妃为君王寻找侧妃的故事。

---

❶ 《毛诗正义》，第12—22页。

为什么《诗序》的作者对诗中实际描述的场景视而不见,反而改变叙述者的性别呢?我们或许可以从第一段找到答案:

> 《关雎》,后妃之德也,风之始也,所以风天下而正夫妇也。故用之乡人焉,用之邦国焉。风,风也、教也。风以动之,教以化之。❶

毫无疑问,《诗序》作者阐释《诗经》时最在意的就是伦理及社会政治。诗所述之事固然有趣,但相较而言,他对改造诗更感兴趣,他要把诗改造成对统治者和平民的伦理和社会政治具有指导意义的文本。他接着解释,整部《诗经》就是要准确地告诉统治者,什么样的统治是好的,什么样的是坏的,并记录和呈现人民对统治政权的赞美和批判。作者认为,《诗经》中的"风"在统治者与平民之间创造了极其有效的沟通渠道。"风"有着委婉含蓄的表达效果,平民以其表达民间疾苦,便不会受到统治者的迫害;与此同时,统治者闻之自戒也不至于失去颜面。

《诗序》作者在评注《关雎》以及其他"风"诗的过程中,不遗余力地揭示文本隐藏的伦理及社会政治话语。他试图追溯诗的出处,并将它和周代某个时期的政治领袖联系起来,如是理解诗的意图,这是他比较具有代表性的方法。他明确提出"是以一国之事,系一人之本,谓之风",还指出前两组"风",即《周南》和《召南》,是与周公和召公等熠熠生辉的人物相关的。若一首诗所对应的政治人物广受称颂,他就倾向于将诗解读成对其德行的歌颂。反之,若此人声名卑劣,他往往会将诗解读成对此人之劣行的谴责。依此策略,《诗序》作者便无视了《关雎》中关于求爱的描写,并理所当然地对其进行一种纯粹的伦理及社会政治解读。

《诗序》作者通常如何解读诗呢?要回答这个问题,我们需要重构他分

---

❶ 《毛诗正义》,第12页。

析《关雎》的过程。在我看来,《诗序》作者在得出结论之前,经历了三个主要的阶段。首先,他要将《周南》与《召南》的出处确定为周朝早期诸王的采邑,然后借此推测《关雎》和这两"风"的所有诗都在赞颂早期周王室成员的美德和成就。

之后,他进一步将《关雎》与周文王联系起来。在儒生眼中,周文王的为王之道就是周朝的道德基础,作者由此便认为,《关雎》的解读只有一种可能,即赞颂周文王最重要的美德——夫妻关系的和谐。尽管现代人认为夫妻关系是私事,但在古代儒生看来,夫妻关系恰好处于人际关系同心圆的正中心,因此将之看作是有德政府的基础,"大序"中"先王以是经夫妇,成孝敬,厚人伦,美教化,移风俗"❶一句,便是这一点的完美说明。

最后,作者试图论证《关雎》为理想的夫妻关系提供了典范,可这并不容易。诗中关于婚前求爱的描述,显然不符合当时人们对于婚姻的认知。即使求爱双方可以代表夫妇,要将备受尊崇的儒家圣王周文王与一个贪恋女色的青年画上等号,肯定是困难重重。无论如何,"大序"作者还是想出了一个极有创意的办法——将叙述者解读成君王的后妃,她要征召淑女来做君王的侧妃。如此重新塑造两者的身份,有助于作者将男女之情的求爱转化为一个道德故事:无私忠诚的后妃"忧在进贤,不淫其色"。当然,称颂后妃实际上就是称颂周文王,后妃的美德总是被归功于君主的道德影响和教化。尽管"大序"作者没有明说,但后世的评注者都会把这位品德高尚的后妃认作太姒——周文王的正妃。

现代的读者也许会认为,"大序"对《关雎》及其他"风"诗的解读是极其牵强的,但汉代的读者则不然,他们反而可以不假思索地接受"大序"的解读。他们觉得《诗序》富有启发性,无论"大序"还是"小序"都极其深刻,且具有强大的说服力。的确,汉代经学家对《诗序》与《诗经》

---

❶ 《毛诗正义》,第15页。

中的诗进行了精妙的结合，《诗经》因此被奉为儒家的经典。在汉代，传授《诗经》的共有四家，每家都有一个主要的传本。除《毛诗》外，还有《齐诗》《鲁诗》《韩诗》，这三家诗曾得到汉朝廷的认可，列于学官，《毛诗》却不然。尽管如此，汉代之后，《毛诗》对于《诗经》的解读却远比三家诗更有影响力，三家诗汉代以后便相继亡佚，只有《毛诗》流传了下来，个中原因或许就在于《毛诗》赋予了《诗经》儒家经典的地位。

汉武帝时期独尊儒术，儒家思想成为一种国家意识形态，《诗经》四个传本的兴起，无疑对此进行了回应。公元前136年，汉武帝用长久以来为儒生所推崇的"五经"（《诗经》《尚书》《礼记》《周易》《春秋》）对儒家学说进行规范，为每一经设立主讲人。这些主讲人被称为"博士"，是朝廷授予的最高学位或荣誉。

《诗经》的经典化使孔子及其后世的儒家学者，得以在一个令人信服且包罗万象的诠释框架内，整理和汇编大量散碎的解读。相比另外三个传本，《毛诗》更加适合用来进行这项任务。它的"大序"构建了一个伦理及社会政治诠释框架，而"小序"则在这个框架内阐释每一首诗，并一致地将其解读为赞颂或谴责某具体政治人物。相比之下，"三家诗"也许根本没有"大序"，遑论如《毛诗》中完整的"小序"网络了。

有证据显示，《诗序》在汉代已具备一定的经典地位。《毛诗故训传》（一般认为是毛亨的作品）甚少偏离《诗序》构建的叙事，另一本同等重要的注本，郑玄注编的《毛诗郑笺》亦是如此。两者在很多方面全力替《毛诗》牵强的伦理及社会政治阐释进行辩护，因此它们都被视作《诗序》的脚注。

《诗序》的作者大胆为三百零五首诗做出牵强附会的阐释，这种做法虽然缺少可信的文本证据，但毛亨与郑玄仍然想方设法地支撑《毛诗》的论断。为了重构《诗序》的阐释过程，让我们仔细检视毛氏和郑玄的三种合理化《诗序》的解读策略。

第一种策略是自然意象寓言化。毛亨注释《关雎》时,把对雎鸠的描写归类为"兴"。"兴"的字面意思是"激发"或"唤起"。虽然孔子曾说"诗可以兴",但是毛亨可能是第一个把"兴"用作名词的人,以之指代《诗经》某诗中第一节的自然意象。"兴"往往与紧随其后的情感陈述并置,尽管有时两者之间可以建立起模糊的类比关系,但读者还是很难发觉两者间的逻辑联系。

汉代以降的批评家倾向于探索"兴"的美学效果,毛亨感兴趣的也只是"兴"与其后的道德政治内容之间的类比关系。他注释《关雎》的第一诗节时,把后面两句对雎鸠的描写理解为对后妃的赞美,此后妃即周文王假定的正妻。他的解释如下:

> 雎鸠,王雎也,鸟挚而有别……后妃说乐君子之德,无不和谐,又不淫其色,慎固幽深,若关雎之有别焉,然后可以风化天下。❶

通过把雎鸠与后妃的生活方式进行类比,毛亨设法将雎鸠幻化为后妃道德的寓言式象征,并以此支撑《诗序》的伦理及社会政治解读。

第二个策略是改良的断章取义。这是一种传统的手法,即从《诗经》中抽取诗句用于外交场合,来表达邦国或大臣的意图。诗句在这种场合单独呈现时,就会产生与原文无关的新含义,而且必须在即时的外交对话的新语境下进行解读。郑玄对《将仲子》作笺注时,就是通过这个传统手法对《诗经》的诗句进行解构和改编的。

> 《将仲子》,刺庄公也。不胜其母,以害其弟。弟叔失道而公弗

---

❶ 《毛诗正义》,第20页。

制,祭仲谏而公弗听,小不忍以致大乱焉。

> 将仲子兮,无逾我里,无折我树杞。
> 岂敢爱之? 畏我父母。
> 仲可怀也,父母之言,亦可畏也。

> 将仲子兮,无逾我墙,无折我树桑。
> 岂敢爱之? 畏我诸兄。
> 仲可怀也,诸兄之言,亦可畏也。

> 将仲子兮,无逾我园,无折我树檀。
> 岂敢爱之? 畏人之多言。
> 仲可怀也,人之多言,亦可畏也。❶

并读原诗与诗序,后者比《关雎》的诗序与原诗更不相干。我们不禁好奇,这首爱情诗与谴责郑庄公赦免其弟共叔段的恶行究竟有何关系。

这首诗呈现了一名年轻女子对爱人所说的心里话。她在想象或现实中看到爱人正在跨越层层阻碍,渐渐向她靠近。她的言语充满乞求与警示("将仲子兮"及"无……无……"),反问与解释("岂敢爱之?"及"畏我……"),爱慕与忧惧("仲可怀也"及"……亦可畏也")。如果这些语句表达了恐惧、渴望和焦虑的心情,那么渐变反复(incremental repetitions)则进一步戏剧化地放大了这些情感。三个诗节的空间变化,从村庄到厅堂再到花园,生动描写了她的爱人从外向内跨越障碍来到她身边的过程。

此外,诗中有多处对女子惧怕的描绘,这种惧怕是自内向外的心理活

---

❶ 《毛诗正义》,第161—162页。

动,从父母到兄长,再到居里乡民。《将仲子》以渐强的手法反复吟咏,既呈现了身体和精神在方向上一退一让的双重渐进活动,又达到了扣人心弦的效果。《诗经》中有许多不同时期和地方的民歌,却极少像《将仲子》这样使用渐变重复的例子,因此《将仲子》是《诗经》中最令人难忘的"风"诗之一。

《诗序》的作者完全忽视了诗中对幽会前夕极富张力的描写,把《将仲子》处理成一则讽喻庄公听信谗言、拒绝祭仲谏言的寓言。为了合理化这个牵强的阐释,郑玄大胆改变了叙述者的性别。他将爱恋中的少女改成了庄公,把少女言说的对象从爱人改成了祭仲。

郑玄改换叙述者和叙述对象之后,便开始了他的"断章取义"。首先,他把"无逾我里,无折我树杞"嫁接到庄公与祭仲争执的一幕上,如此他便能将这两句理解成庄公对祭仲断然的回绝,"喻言无干我亲戚也"以及"喻言无伤害我兄弟也"。而后,郑玄以同样的手法重塑第4—8句的语境,并以其解释庄公为何赦免劣迹斑斑的弟弟:"段将为害,我岂敢爱之而不诛与?以父母之故,故不为也。"通过剪接《将仲子》的诗句,并将之与两个历史人物的言行进行配对,郑玄有效地把整首诗改编成了一则真正的政治寓言。❶

第三个策略是将一首诗或其中的某个部分内化,也就是把诗解读为叙述者想象的碎片,而不是对真实场景或事件的描述。郑玄对《野有死麕》的笺注就是极好的例子:

《野有死麕》,恶无礼也。天下大乱,强暴相陵,遂成淫风。被文王之化,虽当乱世,犹恶无礼也。

---

❶ 《毛诗正义》,第162页。

野有死麇，白茅包之。
有女怀春，吉士诱之。

林有朴樕，野有死鹿。
白茅纯束，有女如玉。

舒而脱脱兮！
无感我帨兮！
无使尨也吠！ ❶

此诗序言与内容的脱节较前两首更明显，序言所说与诗中所写恰好相反。《将仲子》描写幽会前夕，而《野有死麇》则描写幽会之时，后者在女孩半推半就的嗔怪声中达到高潮，但是序言却认为此诗表达了对放纵行为的厌恶。这种违反直觉的解读显然受到了《诗序》作者历史地理决定论的影响。由于这首诗出自《召南》——召公的辖地，他判断这首诗必定在歌颂当地良好的社会风俗，即"被文王之化，虽当乱世，犹恶无礼也"。但一如既往地，他并不屑于对此做出进一步的解释。

这项解释的任务便留给了汉代的两位杰出的解经家毛亨与郑玄。为了合理化这段牵强的序言，毛亨迈出了第一步，他认为此诗在暗讽违背礼仪的行为，"无礼者，为不由媒妁，雁币不至，劫胁以成昏，谓纣之世"。他还观察到："凶荒则杀礼，犹有以将之。野有死麇，群田之获而分其肉。白茅，取洁清也。" ❷

依照毛亨的注解，郑玄进一步将每一句诗解释成对某种礼仪的违反或

---

❶ 《毛诗正义》，第65—66页。
❷ 《毛诗正义》，第65页。

遵守。诗的最后两句表面上是在描写对爱抚的嗔斥，但为了承接毛亨谈到的逼婚，郑玄把这两句解读为对男性绑架和欺压女性的暴行的谴责。然而，按照同样的思路来解读这首诗的其他句子却非常困难。叙述者在前一句诗中明显在用温柔和爱慕的语气进行劝说。在第4句中，她称呼这位年轻的求爱者为"吉士"，我们很难想象她会用这样的称呼来指代绑架女性的歹徒。

那么如何完全消除这些矛盾，从而让诗可以契合《诗序》的内容呢？郑玄想到了一个极其聪明的解决办法：除了最后两句，把这首诗其余的诗句都看作某人对理想婚姻礼仪的想象。根据郑玄的解读，第1、2句和第5、6句体现了他内心的情景："贞女之情，欲令人以白茅裹束野中田者所分麇肉，为礼而来"，第3、4句和第7、8句也一样："有贞女思仲春以礼与男会，吉士使媒人道成之。"为了强调这些情景是出自想象而非现实，郑玄还提到"疾时无礼而言然"。❶也就是说，这些想象的场景不单是满足某种不能达成的愿望，而且是在控诉暴力肆虐的社会。《诗序》的阐释是牵强的，郑玄对这些诗句的"内化"处理，恐怕是对它所能做出的最好解读了。

至此，我们看到三首爱情诗如何被改造成称颂或贬抑个人行为和政权统治的说教范本。据此，我们更深入地了解了汉代学者雄心勃勃的对《诗经》儒家化的尝试，以及他们为此而采用的一系列阐释策略。自汉代以来，《诗经》的经典地位从未受到挑战，可见汉代学者的显赫成就毋庸置疑。然而，《诗经》本身也是一部独立的文学作品，《诗序》、《毛传》和《郑笺》则是文学批评，从审美和鉴赏的角度讲，这三部文学批评都不尽如人意。一直以来，它们都把生动自然的爱情诗，无情地简化为乏味单调的道德标尺。由于对作品美感的忽视，它们自然就成了众矢之的。不论是古代还是近现代，批评这三部作品的大有人在，然而鲜有人会静心思考，它们会不会仍有尚未被发现的文学价值？

---

❶《毛诗正义》，第65页。

诚然，这三家对《诗经》爱情诗的伦理及社会政治解读，不受欢迎、枯燥，且不易辩护，但是这些阐释都隐含了一个颇具讽刺意味且被忽视的事实。它们的解读过程本身就是值得钦佩的文学想象。这种文学想象之所以富有艺术性，是因为它是有意识地对语义和句法做模糊性处理，而在今天，对诗歌文本而言，语义和句法的模糊性被普遍认为是作品"文学性"的重要表现。

我们回想一下，《诗序》作者和郑玄如何利用人称代词的缺位来改变叙述者的性别，如将《关雎》中苦恋的青年变为后妃，再如把《将仲子》里热恋中的少女化为庄公。假若不利用因人称代词缺失而产生的模糊性，《诗序》作者和郑玄就不可能用他们的方式将诗转化成寓言。假如《诗序》作者和郑玄使用的是诸如英语那样的屈折性语言，缺失了主语便组不成句子（可以省略主语的祈使句除外），他们还能任意改变诗歌叙述者的性别、将诗转化成寓言吗？这当然是不可能的。

这就让我们必须面对一个中国文学研究的重要学术问题，即无屈折变化且充满模糊性的汉语与中国诗歌艺术之间的内在联系。在西方的中国诗歌研究中，讨论较多的是唐代以后高度浓缩且格律严谨的近体诗，尤其是其省略主语而产生的美学效果。伟大的诗人，如杜甫，会有意识地发掘精简且无主语诗句的潜力，让诗句引申出多种读法，而且每种读法都可以从不同角度拔高诗歌主题。但是大家都忽视了一点，这种对语言模糊性的发掘利用，早在汉代和汉代以前的《诗经》评注中就已经出现了，五个世纪后的唐代诗人并不是首创者。

毛亨和郑玄常常利用的另一种模糊性，与自然意象不确定的指示物有关。一般来说，《诗经》"风"诗的自然意象既不会组合起来呈现一片自然景象，也不会与叙事紧密交织在一起。它们通常会出现在一个诗节的前两个诗句中，后面则是几句情感陈述。并置两种明显不相关的部分会产生各种各样的模糊效果，诗人并置自然意象和情感陈述，到底想表达什么呢？

显然《诗序》作者并不关心这个问题。在他看来，自然意象无关《诗》的宏旨，所以对此基本上会忽略不谈。然而，《毛传》在《诗序》所定的框架中对具体诗篇进行伦理及社会政治诠释之时，却极其重视自然意象，并且把它们归类为"兴"，还试图展示"兴"如何引发《诗序》所关注的伦理及社会政治意义的视觉类比，他对《关雎》的注释就是一个很好的例子。

当然，并不是所有自然意象都恰好符合类比分析的条件。比方说，可不可以把"死麕"比作做媒时的聘礼呢？这大概是不合适的，所以毛氏没有附会。然而，虽然郑玄认为这个意象没法类比，或者说从概念上无法阐释，但是他却觉得它十分有启发性：这个意象令人联想到一个有关相思少女的情景。郑玄对于"死麕"的阐释，预示了后世批评家会如何处理"不可类比"的意象：不对它们做概念化的回应，而是做情感或想象方面的处理。就在毛亨和郑玄之后不久，评论家就开始区分"可类比"与"不可类比"的意象，他们称前者为"比"，后者为"兴"，两者之间的意象为"比兴"。

从一个更加理论化的层面来看，汉代学者对三首爱情诗的类比处理表明，在汉代诗歌文化中，伦理及社会政治与文学构成了一种充满活力且有机共生的关系。我们注意到，朝廷驱动下的《诗经》经典化很大程度上得益于人们对文本内部的文学特质，尤其是其所包含的句法和结构的模糊性的巧妙探索。《诗序》提出的"主文谲谏"，似乎便是承认了间接与模糊表达的绝对重要性，而毛亨和郑玄对于这种模糊性的探索一以贯之，几乎成为一种纯粹的想象练习。

在《诗序》、《毛传》和《郑笺》中，伦理及社会政治与文学之间存在着象征关系，我们会好奇《诗经》评注如何进入儒家经典。实际上，孔颖达在其巨著《毛诗正义》中对《诗序》做了同样的处理，他为《诗经》文本和《诗序》写了大量详尽的注释，无疑是《诗序》、《毛传》和《郑笺》获得经典地位的最好佐证。除此之外，这三种汉代解经典籍被广泛认为是缺乏文学价值的。但是，考虑到前面提及的政治寓言与文学想象的共生关系，我们需要重新审视这种固有的认知。在我看来，它们为诗歌、批评和审美理论带来了积极的影响，值得我们谨慎地做出重新评价。

在诗学方面，我们不难看出，汉代学者在注释中对文本模糊性的利用，与杜甫那样的唐代诗人在诗中使用的语言策略，二者之间存在着一种关联。无论如何，这些诗人都是从《毛诗》及这三个注本中汲取养分而成长起来的。对《诗经》评注的反复阅读，一定会给这些富有创造力的诗人留下难以磨灭的印象。通过对汉代经学家的学习，他们对汉语模糊性的表达潜力更有感受，并可以将这种潜力发挥到极致。无论如何，从很多角度讲，他们的诗歌创作都再现了汉代学者富有创造力的阐释过程。

在诗歌批评领域，郑玄将诸如"死麇"之类的自然意象内化，标志着中国古代诗人开始关注"兴"。从汉代起，"兴"和"比"的区别，以及"兴"无可比拟的美学效果，在文艺理论的发展史中呈现出强大的生命力，并一直影响至今。在近现代中国文学研究中，"兴"经常被称为中国诗学艺术的标志性特征，并且被拿来与西方现代诗学中兴起的并列结构进行深入的对比。然而，中国诗人对于"兴"的兴趣历经千年，汉儒首创将"兴"发展为内心意象，居功甚伟，但这一事实至今仍没有得到应有的重视。

在美学理论这个更加精妙高深的领域，我们注意到一个引人深思的讽刺。《诗序》《毛传》《郑笺》对《诗经》牵强且表面上没有审美意味的解读，实际上为中国审美理想中的"言外之意"提供了一个别样的或者补充性的版本。这个审美理想几乎能够一直上溯至老子和庄子对道之存在以及言外之终极存在的讨论，但是汉代学者在阐释实践中却遵循儒家思想去追求"言外之意"。相比于道家，儒家少了一分形而上，而多了一分实际，在文本之外成功建构和投射了伦理及社会政治意图。值得注意的是，后世许多儒家诗人不仅在诗歌创作中追随着汉代经学家的脚步，在创造政治寓言的过程中也孜孜不倦地追求"言外之意"，这似乎可以看作是与主流的道家

"言外之意"进行的一种竞争。

推荐阅读

- 孔祥军点校,《毛诗传笺》,北京:中华书局,2018年。
- 陈子展,《诗经直解》,上海:复旦大学出版社,1983年。
- 周振甫译注,《诗经译注》,北京:中华书局,2002年。
- 程俊英、蒋见元,《诗经注析》,北京:中华书局,2017年。
- 夏传才,《诗经研究史概要》,北京:清华大学出版社,2007年。
- 向熹编著,《诗经词典》,北京:商务印书馆,2014年。

第5章

《孔雀东南飞》
一个汉代爱情与婚姻悲剧

罗然（Olga Lomová）

《古诗为焦仲卿妻作》是一首五言叙事长诗，作者不详，创作时间可追溯到汉朝最后几年。这首诗现存最早的版本收录在编于6世纪初期的《玉台新咏》中。《玉台新咏》是一部诗歌总集，收录了许多正统之外的诗作，尤其是一些跟女性和爱情有关的诗。《玉台新咏》的编者为《古诗为焦仲卿妻作》撰写了序言，称其改编自发生在"汉末建安中庐江府"的真实事件。然而，这种说法很可能是虚构的，而这首诗真实的创作时间无法确定。

关于这首诗的断代，很久以来学界一直争论不休。最近，语言学方面的资料如词汇、韵律等，证明了它可能创作于汉末或者魏朝初期。如果这种说法属实，那么这首诗应该在被书面记录之前，就已经以口头的形式传播了很长时间。这种猜测的可能性很大，因为在其他文化传统中也有类似的情况，最有名的例子就是《荷马史诗》。因为《古诗为焦仲卿妻作》可能源于口头诗歌的传统，人们大都认为它是一首乐府诗。最新的一些研究则认为，这首诗最早源于节日时贵族家庭表演用的文本，创作者和表演者都是专业的倡优。❶

---

❶ 关于汉代专业歌者和说书人的研究，参见高莉芬，《绝唱：汉代歌诗人类学》，台北：里仁书局，2007年。在书中作者也讨论了《古诗为焦仲卿妻作》。

《古诗为焦仲卿妻作》的主题是地方小吏焦仲卿和妻子刘兰芝之间的爱情悲剧。刘兰芝貌美且有才华,但和婆婆的关系不佳。在婆婆的逼迫下,她不得不与丈夫分居。她先被遣回娘家,又在兄弟的威逼下被迫答应再婚。当她和焦仲卿意识到二人无法破镜重圆时,他们决定一同赴死。

诗歌的开头以飞翔的孔雀起兴,这使它同时拥有另一个广为人知的题目——《孔雀东南飞》。"兴"这一诗歌手法起源于《诗经》,开头的孔雀为整首诗确立了基调。孔雀的含义并不清晰,它使诗歌的主题带上了一丝犹豫且模糊的色彩,暗示了决定的艰难或是离别的痛苦,奠定了一种悲伤的整体氛围。在诗歌的结尾有另一个鸟类的意象,引发了更复杂的跟鸟有关的隐含意义。

刘兰芝和焦仲卿的故事是中国文学史上最有名的爱情悲剧之一。在历史长河中,尤其是明清以来,这个爱情悲剧通过戏曲的形式被广泛传播。在民国时期,年轻一代向往婚姻和爱情的自由,他们对这个故事喜爱有加,好几次用西方戏剧的形式把它搬上舞台。最近,它又被改编成了电视剧。[1] 如今对于这个爱情悲剧,最主流的解读是它深刻批判了以儒家思想为主流的旧社会对自由恋爱的禁锢。傅汉思(Hans Frankel)在一篇论文中提出,这首诗是对"封建家长在婚姻家庭上的绝对权威的抗议",他甚至认为这首诗可能拥有"弗洛伊德倾向"。[2]

然而,如果读者细读这首诗,并仔细考虑它的起源和社会历史背景,会发现除了这种解读方式以外,还有其他不同阐释的可能性。下文将对这首诗的主题和形式进行详细的讨论。诗歌的正文如下:

孔雀东南飞,五里一徘徊。十三能织素,十四学裁衣,

---

[1] 北京中视2009年出品了由王文杰执导的三十六集古装电视剧《孔雀东南飞》,参见 https://list.youku.com/show/id_zcbffb7e6962411de83b1.html。

[2] Hans Frankel, "The Chinese Ballad 'Southeast Fly the Peacocks,'" *Harvard Journal of Asiatic Studies* 34 (1974), p. 266.

十五弹箜篌，十六诵诗书。十七为君妇，心中常苦悲。
君既为府吏，守节情不移。贱妾留空房，相见常日稀。❶
鸡鸣入机织，夜夜不得息。三日断五匹，大人故嫌迟。
非为织作迟，君家妇难为！妾不堪驱使，徒留无所施，
便可白公姥，及时相遣归。府吏得闻之，堂上启阿母：
儿已薄禄相，幸复得此妇，结发同枕席，黄泉共为友。
共事二三年，始尔未为久，女行无偏斜，何意致不厚？
阿母谓府吏：何乃太区区！此妇无礼节，举动自专由。
吾意久怀忿，汝岂得自由！东家有贤女，自名秦罗敷，
可怜体无比，阿母为汝求。便可速遣之，遣去慎莫留！
府吏长跪告：伏惟启阿母，今若遣此妇，终老不复取！
阿母得闻之，槌床便大怒：小子无所畏，何敢助妇语！
吾已失恩义，会不相从许！府吏默无声，再拜还入户，
举言谓新妇，哽咽不能语：我自不驱卿，逼迫有阿母。
卿但暂还家，吾今且报府。不久当归还，还必相迎取。
以此下心意，慎勿违吾语。新妇谓府吏：勿复重纷纭。
往昔初阳岁，谢家来贵门。奉事循公姥，进止敢自专？
昼夜勤作息，伶俜萦苦辛。谓言无罪过，供养卒大恩；
仍更被驱遣，何言复来还！妾有绣腰襦，葳蕤自生光；
红罗复斗帐，四角垂香囊；箱帘六七十，绿碧青丝绳，
物物各自异，种种在其中。人贱物亦鄙，不足迎后人，
留待作遣施，于今无会因。时时为安慰，久久莫相忘！
鸡鸣外欲曙，新妇起严妆。着我绣夹裙，事事四五通。

---

❶ 在一些流传的版本中没有"贱妾留空房，相见常日稀"两句，因此这两句有可能是后人加上的。

足下蹑丝履，头上玳瑁光。腰若流纨素，耳着明月珰。
指如削葱根，口如含朱丹。纤纤作细步，精妙世无双。
上堂拜阿母，阿母怒不止。昔作女儿时，生小出野里。
本自无教训，兼愧贵家子。受母钱帛多，不堪母驱使。
今日还家去，念母劳家里。却与小姑别，泪落连珠子。
新妇初来时，小姑始扶床；今日被驱遣，小姑如我长。❶
勤心养公姥，好自相扶将。初七及下九，嬉戏莫相忘。❷
出门登车去，涕落百余行。府吏马在前，新妇车在后。
隐隐何甸甸，俱会大道口。下马入车中，低头共耳语：
誓不相隔卿，且暂还家去；吾今且赴府，不久当还归。
誓天不相负！新妇谓府吏：感君区区怀！君既若见录，
不久望君来。君当作磐石，妾当作蒲苇，蒲苇纫如丝，
磐石无转移。我有亲父兄，性行暴如雷，恐不任我意，
逆以煎我怀。举手长劳劳，二情同依依。入门上家堂，
进退无颜仪。阿母大拊掌，不图子自归：十三教汝织，
十四能裁衣，十五弹箜篌，十六知礼仪，十七遣汝嫁，
谓言无誓违。汝今何罪过，不迎而自归？兰芝惭阿母：
儿实无罪过。阿母大悲摧。还家十余日，县令遣媒来。
云有第三郎，窈窕世无双。年始十八九，便言多令才。
阿母谓阿女：汝可去应之。阿女含泪答：兰芝初还时，
府吏见丁宁，结誓不别离。今日违情义，恐此事非奇。

---

❶ 刘兰芝的这一说法和诗里提到她嫁给焦仲卿时间不久有矛盾。对于这一矛盾，学者常认为是文本本身的时间线有误，或将之理解成刘兰芝对时间流逝的一种夸张说法。

❷ "初七"指七夕，是发源于周朝的一个传统节日，相传七夕节的形成与民间流传的牛郎织女故事有关。七夕也是年轻女子的节日，每年七夕时，少女们会聚集并参与一系列活动。"下九"指每月的十九日，也是妇女们欢聚的日子。

自可断来信，徐徐更谓之。阿母白媒人：贫贱有此女，
始适还家门。不堪吏人妇，岂合令郎君？幸可广问讯，
不得便相许。媒人去数日，寻遣丞请还，说有兰家女，
承籍有宦官。云有第五郎，娇逸未有婚。遣丞为媒人，
主簿通语言。直说太守家，有此令郎君，既欲结大义，
故遣来贵门。阿母谢媒人：女子先有誓，老姥岂敢言！
阿兄得闻之，怅然心中烦。举言谓阿妹：作计何不量！
先嫁得府吏，后嫁得郎君，否泰如天地，足以荣汝身。
不嫁义郎体，其往欲何云？兰芝仰头答：理实如兄言。
谢家事夫婿，中道还兄门。处分适兄意，那得自任专！
虽与府吏要，渠会永无缘。登即相许和，便可作婚姻。
媒人下床去，诺诺复尔尔。还部白府君：下官奉使命，
言谈大有缘。府君得闻之，心中大欢喜。视历复开书，
便利此月内，六合正相应。良吉三十日，今已二十七，
卿可去成婚。交语速装束，络绎如浮云。青雀白鹄舫，
四角龙子幡。婀娜随风转，金车玉作轮。踯躅青骢马，
流苏金镂鞍。赍钱三百万，皆用青丝穿。杂彩三百匹，
交广市鲑珍。从人四五百，郁郁登郡门。阿母谓阿女：
适得府君书，明日来迎汝。何不作衣裳？莫令事不举！
阿女默无声，手巾掩口啼，泪落便如泻。移我琉璃榻，
出置前窗下。左手持刀尺，右手执绫罗。朝成绣夹裙，
晚成单罗衫。晻晻日欲暝，愁思出门啼。府吏闻此变，
因求假暂归。未至二三里，摧藏马悲哀。新妇识马声，
蹑履相逢迎。怅然遥相望，知是故人来。举手拍马鞍，
嗟叹使心伤：自君别我后，人事不可量。果不如先愿，
又非君所详。我有亲父母，逼迫兼弟兄。以我应他人，

君还何所望！府吏谓新妇：贺卿得高迁！磐石方且厚，
可以卒千年；蒲苇一时纫，便作旦夕间。卿当日胜贵，
吾独向黄泉！新妇谓府吏：何意出此言！同是被逼迫，
君尔妾亦然。黄泉下相见，勿违今日言！执手分道去，
各各还家门。生人作死别，恨恨那可论？念与世间辞，
千万不复全！府吏还家去，上堂拜阿母：今日大风寒，
寒风摧树木，严霜结庭兰。儿今日冥冥，令母在后单。
故作不良计，勿复怨鬼神！命如南山石，四体康且直！
阿母得闻之，零泪应声落：汝是大家子，仕宦于台阁。
慎勿为妇死，贵贱情何薄！东家有贤女，窈窕艳城郭，
阿母为汝求，便复在旦夕。府吏再拜还，长叹空房中，
作计乃尔立。转头向户里，渐见愁煎迫。其日牛马嘶，
新妇入青庐。奄奄黄昏后，寂寂人定初。我命绝今日，
魂去尸长留！揽裙脱丝履，举身赴清池。府吏闻此事，
心知长别离。徘徊庭树下，自挂东南枝。两家求合葬，
合葬华山傍。东西植松柏，左右种梧桐。枝枝相覆盖，
叶叶相交通。中有双飞鸟，自名为鸳鸯。仰头相向鸣，
夜夜达五更。行人驻足听，寡妇起彷徨。多谢后世人，
戒之慎勿忘。❶

感性和理性之间——年轻妻子的形象塑造

《古诗为焦仲卿妻作》以对读者的警告作为结尾，因而把诗歌转变为一

---

❶ 郭茂倩编，《乐府诗集》卷七十三，北京：中华书局，1979年，第1034—1039页。

个具有说教性的故事。尽管诗歌表述清晰，但道德说教所传递的信息却有些模糊。一首在汉代信奉儒家思想的贵族家庭里表演的歌曲，真的能够警告长辈不要干涉年轻人的婚姻吗？还是这首诗确实批判了封建道德？但这种说法并不让人信服，因而读者必须探索其他阐释的可能性。

解读《古诗为焦仲卿妻作》的意义，关键在于揭示女主人公的个性。通过她与其他人物互动时的语言和行动，读者可以勾勒出一个复杂的形象。这是一位美丽且有才华的年轻女性，出身高贵，先是在对丈夫的爱和对婆婆的怨恨中进退两难，之后又在爱情和对家庭的责任感之间犹豫不决。尽管身处这些斗争和矛盾间，刘兰芝仍显示了良好的教养，并知道如何独立做出决定，如何现实地面对生活。独立的思想使刘兰芝与传统道德相悖，无法无条件地顺从婆婆，使她最终"不堪母驱使"。刘兰芝也略显冲动，比如当她遭受了婆婆的不公对待后，尽管心里仍爱着丈夫，但她立即负气提出要回娘家。实际上，这些未经深思熟虑而做出的决定引发了之后的一系列事件。

诗歌的一些场景显示了刘兰芝情绪的骤变。她时而濒于情绪的爆发，时而又处于对现实冷静和客观的分析中。丈夫告诉她，婆婆要遣她回娘家，但自己则希望有朝一日能把她再接回来。相比焦仲卿难以自抑的悲伤，此时刘兰芝控制住了情绪，实事求是地回答道：一旦回了娘家，自己就无法再回到他身边了。第二天，刘兰芝准备离开焦家，一开始她非常焦虑。在完成梳妆前，她把每一件衣饰都试了"四五通"。但很快，当刘兰芝去和婆婆辞别的时候，她重新完美地控制住了自己。她以一个谦卑顺从的儿媳口吻，得体地和婆婆道别，而与小姑辞别时则再次流露出真实的情绪。

回娘家之后，兰芝复杂的情绪和冲动的决定又一次推动了事态的发展，最后导致了她的自杀。面对兄长逼迫自己再嫁的压力，兰芝一开始坚决地反抗，但后来又突然顺从了。这一突然的转变，也许是因为思想的急剧变化，或是家族责任感的突然觉醒。清代学者张玉古对诗中的一个细节——刘兰芝回答兄长时抬起了头——进行了特别的阐释。根据张的说法，一开始刘兰芝和兄长说话时是低着头的，表面谦卑但内心带着蔑视。当她抬起头时，便是决定不再抵抗兄长的命令，同时也坚定了自己赴死的决心，因为她知道自己将"永无缘"见到深爱的丈夫。无论读者是否接受这一解读，张玉古的阐释都是一个很有趣的范例，显示了传统的中国读者对于举止等细节的注意，也展示了解读这一文本的不同角度。

与刘兰芝相联系的各种物件，间接地体现了刘兰芝的个性和社会地位，特别是丝绸、钱币和珠宝。这些物件体现了她的美貌和高贵。诗歌旁白者详细地描摹了刘兰芝的装扮。她用昂贵的丝绸来体现自己出身的高贵，无论是穿的、盖在床上的，还是用来束胸和打包箱笼的"绿碧青丝绳"，都是"物物各自异，种种在其中"。当刘兰芝把这些珍贵的丝绸留在夫家，她强调了自己的尊严，坚定地表示不会再回到焦家了。丝绸也显示了她对丈夫的爱，包含了一丝想象丈夫再娶的嫉妒心情。诗的结尾在刘兰芝即将赴死的时候也短暂地提到了丝绸，此时她脱下了自己丝质的鞋子，揽起了丝绸的衣裙。

兰芝即将再嫁的丈夫是一位地方官，他送来众多的随仆、良马、画船、丰厚的聘礼和各种各样的珍宝。这些送给兰芝极其铺张的礼物，显示了未婚夫的富有，以及对她特别的珍视。这一切与兰芝宁死也不愿再嫁的决心构成了对比，间接表明了兰芝对焦仲卿矢志不渝的爱。

在诗歌的结尾，兰芝坚决且有尊严地奔赴死亡。正如她对焦仲卿承诺的，她毫不犹豫地结束了自己的生命，这一点和焦仲卿十分不同。焦仲卿先是"长叹空房中"，煎熬于即将和母亲永别的悲伤。听到兰芝的死讯后，他"徘徊庭树下"。"徘徊"这一动词，字面的意思是"来回地踱步"，此处的寓意则是"犹疑"，在焦仲卿的踯躅与刘兰芝的坚决构成了一种对比。

对现代的读者来说，刘兰芝和焦仲卿赴死时的差异是模糊不清的。尽管《玉台新咏》的诗序中已经明确表达了对这对夫妇悲惨命运的同情，但读者是否会觉得，刘兰芝其实比她的丈夫更勇敢和果决？或者，刘兰芝是否过于冲动且缺乏责任感，而她的丈夫则是一个孝子，在生命的最后时刻仍在思索对于年迈母亲的责任？读者必须考虑到，从东汉到六朝，孝行都被认为是上层社会最重要的德行之一，同时也是本诗的一个重要主题。

中国社会中的女性和婚姻

  刘兰芝和焦仲卿的故事体现了当时年轻夫妇对爱情的追求，与长辈试图强加在他们身上的权力和既有价值之间的矛盾，并把矛盾生动地用戏剧化手段呈现出来。这个故事有普世的吸引力，能超越时代和文化的界限。但这个故事的某些方面又与中国古代的传统密切关联着，所牵涉到的一些深远意义和面向，是现代读者并不熟悉的。考虑到这首诗歌传播的社会环境，诗歌结尾的感叹几乎不可能是对既有社会秩序的挑战。要对最后两句和全诗意义进行解读，必须考虑到与当时社会价值和习俗息息相关的儒家社会道德。

  刘兰芝的故事是在贵族家庭背景中展开的，这些家庭的男性成员在不同层级上和官僚制度有所关联，而制度的最高层级就是作为中央政府的朝廷。通过世世代代培养和输出的官吏，这些家庭获得了高贵的社会地位和巨大的权力。而在官员的职业生涯中，接受全面的儒家经典教育是不可或缺的，而且还要按照儒家经典中的礼仪规范自己的行为举止。人们在社会中必须展现德行，而孝道是德行中的重要部分，而且自东汉以来，它的重要性与日俱增。

  在当时的婚姻里，结婚的双方需要门第相当。这一点从《古诗为焦仲卿妻作》中媒人所说的话里就可窥一斑。媒人提到，刘兰芝完全配得上地方官的儿子，因为她的家庭出身高贵，"承籍有宦官"。而当焦母安慰焦仲卿,并承诺帮他再娶一位更好的妻子时,也提到焦仲卿的家庭高贵,说他是"大家子",表示焦家有成员曾在朝廷任职过。

汉魏六朝时期,中国上层社会女性的地位和行为都被父系的规范和价值约束着,《礼记》总结了这些规范和行为。另一个重要文本是《女诫》,它规训女性要以男性为主导,其作者是东汉著名的女学者班昭。❶《女诫》要求女性对男性"三从"——"幼从父兄、嫁从夫、夫死从子"。❷ 这样的传统观念把女性的位置限制在家庭里,并认为女性不需要和男性一样接受教育。

不过,《礼记》和《女诫》常被认为是理想化的行为准则,而不是对实际情况的真实描述。其他的文本,譬如被认为是刘向所作的《列女传》,或者史书中女性的传记,还有近期出土的法律档案,都显示上层社会的妇女在汉朝以及之后不仅顺从于父母和夫婿,忙于针线活计和其他家务,也必须接受儒家的教育。女性还有一项与男性角色有关的重要工作,即教育男性继承人,培养他们成为未来的官吏。她们还有劝谏丈夫的责任,当丈夫所做的决定与道德相悖时,她们必须给予劝止,并为家庭的大小事务做决定。❸《女诫》的作者班昭就接受了和家族中男性相同的教育,才得以成为重要的史家与"大家"。❹ 颜之推是6世纪晚期的一位保守学者和儒家正统的支持者,他活跃于《孔雀东南飞》被首次收录的数十年之后,也证实了

---

❶ 对班昭著作的翻译和相关讨论,参见 Nancy Lee Swann, *Pan Chao*: *Foremost Woman Scholar of China, First Century AD*, New York: Century, 1932 以及 Lisa Raphals, *Sharing the Light*: *Representations of Women and Virtue in Early China*, Albany: State University of New York Press, 1998, pp. 236-246。

❷ 《礼记注疏》卷二十六,台北:艺文印书馆,2001年,第506页。关于《礼记》对女性行为的约束,参见 Robin Wang, *Images of Women in Chinese Thought and Culture*: *Writings from the Pre-Qin Period through the Song Dynasty*, Indianapolis, IN: Hackett, 2003, pp. 48-60。

❸ 关于早期文本体现的女性责任和行为规范,参见 Lisa Raphals, *Sharing the Light: Representations of Women and Virtue in Early China*。

❹ 见《后汉书·列女传》卷八十四,北京:中华书局,2000年,第2784—2785页。

现实家庭和社会中的女性地位与经典里所描述的并不一致。他对那些常在公共场合出现，并参与丈夫或儿子事务的女性进行评论。作为一位正统的儒家学者，他并不赞成女性这样的行为，不过他承认这是一种普遍现象，在邺城以及中国的北方尤为常见。

当代对于汉代结婚和离婚的研究，往往基于法律材料，证明当时妇女的实际地位和经典规定的有所差异，而且不同地区之间情况大不相同。❶少女们结婚的年龄很早，很多都不到二十岁，她们的婚姻由父母或其他长辈安排，有时候也有媒人的协助。尽管年轻的夫妇不能自主地选择未来的伴侣，但他们仍有机会表达自己的意愿。总的来说，父母在决定儿女的婚姻以前也必须获得他们的许可。《古诗为焦仲卿妻作》里的情况也是如此，当兰芝的母亲了解到自己的女儿并不想再嫁时，她随即顺从了女儿的意愿，婉拒了媒人的求亲。

婚姻礼仪中不可或缺的部分，是男方聘礼和女方嫁妆的交换。两方交换的财礼往往经济成本很高，因此结婚对于双方家庭都有重要的影响。双方家庭所提供的财产常以契约的方式被详细说明，就像商业合同一样。因此结婚在某种意义上就是对新娘的购买。嫁妆是新娘自身的财产，如果离婚她可以把嫁妆带走。因此，《古诗为焦仲卿妻作》里刘兰芝把嫁妆留给夫家的情况是很少见的，可以看成是刘兰芝绝望和愤怒的体现，也证实了她对丈夫深深的依恋。她不愿意保留任何与这段婚姻有关的物品，以免引起内心的痛苦。

从当时的礼仪规范看，离婚是一种巨大的耻辱。《礼记》中列有丈夫可以休妻的七种情况，第一种情况是妻子对公婆不尊敬，还有一种情况是妻

---

❶ 参见 Jack Dull, "Marriage and Divorce in Han China: A Glimpse at 'Pre-Confucian' Society," in David C. Buxbaum ed., *Chinese Family Law and Social Change in Historical and Comparative Perspective*, Seattle: University of Washington Press, 1978, pp. 23-74。

子失去了公婆的欢心。这也是刘兰芝的婆婆坚持要休掉刘兰芝的原因。然而汉代的历史资料再次体现了正统规定和实际情况之间的差异。离婚和女子再婚在汉代都是常见的现象，并且和后代不同的是，这对女性的名声没有什么不好的影响。刘兰芝的故事也体现了这一点，她虽然被焦母遣回娘家，但仍是高门子弟争相迎娶的对象。

刘兰芝的例子也许证明了早期中国社会中贵族家庭妇女的独立性，这与儒家经典的规定并不一致。在《古诗为焦仲卿妻作》中有两个主题反复出现，被用来形容女主人公所受到的良好教育和她独立的思想。除了传统女性所有的技能，比如织布、缝纫、奏乐，兰芝所受的教育与男子相似。她学习《尚书》、《诗经》以及得体的行为规范，和当时的男子一样谙熟礼仪。

儒家的教育方式要求年轻的妻子必须谦卑、顺从丈夫，对公公婆婆则更需礼敬有加，这一点从兰芝在婆婆面前谦逊地自称"妾"可以看出。在一些场合里，兰芝显示了完美符合儒家规范的行为举止，这一点特别体现在她和婆婆告别时沉着的举止和礼貌的措辞。尽管之前她曾抱怨婆婆，此时却谦卑地感谢了婆婆的大度，并表达了自己的担忧，因为，没有儿媳帮忙，婆婆之后必须独自操劳家务。面对婆婆，兰芝表现得非常卑微，说自己"生小出野里"和"本自无教训"，虽然她明显出生于一个高贵家庭。她也感谢了婆婆提供给自己的钱财和丝帛。

如果读者把此处刘兰芝的谦卑和顺从与诗的其他部分对比，尤其是诗歌的开头刘兰芝自豪地描述自己的出身和教养，那么此处的谦卑可以解读为刘兰芝在向外人展现自己堪称模范的行为举止。如果再把此处兰芝的谦卑和她舍弃丰厚嫁妆的一幕对比，她礼貌的言行形成了一种讽刺。同时，她也显示了一种面对年迈婆婆的优越感。总的来说，兰芝给人留下了自信的印象，因为她可以自己做决定。诗歌的开头刘兰芝夸耀自己的才能和所受的教育，抱怨婆婆对自己不够尊重，表明她想和丈夫离婚，便是一种对她独立人格的强调。

诗歌的某些地方表明，刘兰芝坚决的态度也许源于她的家庭背景。她的家族比丈夫家族的地位更高，或者说，刘家更富足且社会地位处于上升中，而焦家则是日渐没落。对于这种状况最明显的表达是全诗始终称焦仲卿为"府吏"，意指地方上的小吏。这也意味着焦仲卿在地方的官僚系统中身处一个附属的位置，平时必须待在工作的处所，不能随意离开。他相对较低的社会地位与兰芝再嫁未婚夫的社会地位形成对比。新夫婿的父亲是当地最高的行政长官，很有可能是焦仲卿的上级。诗里还有其他迹象表明刘兰芝高贵的身份，比如诗中两次提到她所受到的良好教育，还有她拒绝听从婆婆的命令，自主决定回归娘家。刘兰芝和焦仲卿分手后留给夫家的丰厚嫁妆也暗示了她富裕的家境。

考虑到汉代后期和六朝早期保存下来的关于上层社会女性的信息并不多，刘兰芝则为读者了解当时贵族女性的社会地位提供了范例。《古诗为焦仲卿妻作》很好地证明了儒家经典的规定和实际的女性生活之间存在着落差和张力，需要读者一字一句地仔细斟酌。

诗歌类型和形式

相比大部分五言古诗，《古诗为焦仲卿妻作》的篇幅特别长，而它的作者究竟为谁、属于什么诗歌体裁，一直以来都未有定论。首次被收录时，它被归类为"古诗"。到了宋代，这首诗被收录在郭茂倩编纂的《乐府诗集》中。文学史和诗集常把这首诗和其他的汉乐府归在一起，有时称它为"乐府民歌"。

这首诗有很鲜明的乐府诗歌的特征，开头即用起兴，中间部分对话十分夸张、生动，还有许多感叹句和疑问句。诗歌也运用了其他典型的乐府诗的技巧，最重要的就是公式化的表达和传统惯用的词汇，包括诗中出现

的秦罗敷,她是乐府诗《陌上桑》里著名的美人。诗中还运用连续的数字和重复来加强效果。❶

不过,《古诗为焦仲卿妻作》中对奢华之物的罗列,和赋这一东汉流行的文学体裁也有相似之处。这种铺陈有助于加强诗歌之美,在诗歌被表演的时候可以吸引观众的注意。演唱诗歌时,歌者可以基于这样的罗列和描述做更进一步的演绎,根据自身的想象和表演的场合做出一些变化。比如刘兰芝离开夫家前,她决定放弃自己丰厚的嫁妆,开始罗列自己的丝绸衣裙和床罩,或是她辞别婆婆前,仔细装扮自己。这两个场合都是歌者能够加以敷演的。在这两段中,丝绸和其他珍贵的物件塑造了刘兰芝的形象,描绘了她和其他人物的关系,也让读者沉溺于奢侈美好的感官享受中。对物的迷恋在"青雀白鹄舫,四角龙子幡。婀娜随风转,金车玉作轮。踯躅青骢马,流苏金镂鞍。赍钱三百万,皆用青丝穿。杂彩三百匹,交广市鲑珍。从人四五百,郁郁登郡门"一段中表现得最为详尽,这几句诗生动地描绘了地方官之子源源不断送来的聘礼。

和其他的乐府诗相比,《古诗为焦仲卿妻作》的叙述简洁明了,没有突兀的转折,也没有显著的抒情。整首诗以一位无所不在的旁白者的口吻叙述,以简单的时间顺序展开,一共勾画了约十一个场景,每一个场景都由生动的对话组成,有时候也夹杂着对人物行动的简单描述。诗歌制造了相当紧张的气氛,最终爱侣的死亡使全诗达到高潮。此时旁白者停止了戏剧化的呈现,简短地描述焦仲卿夫妇的坟墓以及象征夫妇之爱的连理枝和鸳鸯,最后以说教的方式结尾。

这首诗对主人公复杂心理状态的处理十分与众不同。诗里运用直接的

---

❶ 此诗诗体和所体现的乐府风格特征的研究,参见 Hans Frankel, "The Chinese Ballad 'Southeast Fly the Peacocks,'" *Harvard Journal of Asiatic Studies* 34 (1974), pp. 248-271; Jui-lung Su, "*Shi* Poetry: Music Bureau Poems (*Yuefu*)," in Zong-qi Cai ed., *How to Read Chinese Poetry: A Guided Anthology*, New York: Columbia University Press, 2008, pp. 84-102.

对话推进行动的发展，展现人物间的关系、人物的情绪和复杂心理，塑造了人物的形象，体现了他们做决定前错综复杂的过程。尽管语言较为程式化，修辞相对夸张，但细腻的心理刻画使它带有强烈的现实主义色彩。因此，这首诗很容易被形象化，读者的阅读体验也较类似于观看舞台表演或者电影。

《古诗为焦仲卿妻作》体现了复杂的人物性格，以及性格对于人物决策和后续事件发展的影响。诗里也展现了个人情感和社会规范、家族利益之间的矛盾，这些都使这首诗的主题与汉代史书的书写有些类似。汉代儒家士人对于个人决策如何影响重要历史事件很有兴趣，这种兴趣也被投射到家庭生活的私密空间中。

在中国文学史中，"民间"这个词往往被认为是早期诗歌的一个重要特点，尤其是汉代乐府诗，强调诗歌源于普通百姓。然而，与这样的期待相反，《古诗为焦仲卿妻作》的故事实际上反映的并非老百姓，而是贵族家庭的生活和道德关怀。这些家庭的男性成员在官僚体系的各个层级工作，信奉儒家道德。这首诗的语言和风格、五言的形式，和一些表现手法，都显示它是由不知名的倡优创作，并在上层社会的家庭宴会上表演的。这一背景赋予了这首诗与纯文人作品不尽相同的民间特质。

推荐阅读

- 余冠英选注，《乐府诗选》，北京：人民文学出版社，1997年。
- 曹道衡选注，《乐府诗选》，北京：人民文学出版社，2000年。
- 王运熙，《乐府诗述论》，上海：上海古籍出版社，2006年。
- 赵敏俐，《汉代乐府制度与歌诗研究》，北京：商务印书馆，2009年。
- 宇文所安，《中国早期古典诗歌的生成》，北京：生活·读书·新知三联书店，2014年。
- 高莉芬，《绝唱：汉代歌诗人类学》，台北：里仁书局，2007年。

- 柯庆明，《苦难与叙事诗的两型——论蔡琰〈悲愤诗〉与〈古诗为焦仲卿妻作〉》，载氏著《文学美综论》，沈阳：春风文艺出版社，1988年。

- Cai, Zong-qi, *The Matrix of Lyric Transformation: Poetic Modes and Self-Presentation in Early Chinese Pentasyllabic Poetry*, Ann Arbor: University of Michigan Center for Chinese Studies, 1996.
- Dull, Jack, "Marriage and Divorce in Han China: A Glimpse at 'Pre-Confucian' Society," in David C. Buxbaum ed., *Chinese Family Law and Social Change in Historical and Comparative Perspective*, Seattle: University of Washington Press, 1978.
- Frankel, Hans, "The Chinese Ballad 'Southeast Fly the Peacocks,'" in *Harvard Journal of Asiatic Studies* 34 (1974).
- Raphals, Lisa, *Sharing the Light: Representations of Women and Virtue in Early China*, Albany: State University of New York Press, 1998.
- Wang, Robin, *Images of Women in Chinese Thought and Culture: Writings from the Pre-Qin Period through the Song Dynasty*, Indianapolis, IN: Hackett, 2003.

魏晋南北朝

第6章

乱世英雄
三曹

连心达

在中国，当人们想表达"说起某人，某人就来了"时，常常会说"说曹操，曹操就到"。而英文中相对应的说法则是"说起魔鬼，魔鬼就来了"。那么，曹操这个人物究竟有何等魔力，以至于其"魔"名如此昭彰？

历史上的曹操是一位英明的军事领袖、眼光独到的政治家和战略家，也是一位睿智的君主。他的功绩不仅造就了当时的历史，也对后世产生了巨大的影响。曹操还是一位伟大的诗人，他的两个儿子曹丕和曹植也都以诗才闻名于世。父子三人被后人称为"三曹"，为汉末建安时期（196—220）的文学定下了基调，也开启了中国诗歌发展的新阶段。

尽管曹操是中国历史上最有争议的人物之一，但他的仰慕者或是毁谤者都认同一点，就是无论人们是否喜爱曹操，都无法忽视他个性中展示出的强大力量。有一个故事曾提到，当时曹操作为北方的统治者，需要接见匈奴的使节。他自认为形貌丑陋，不足以威慑远国的来使，就让一位外表威武英俊的随从代替他接见，而自己则握刀站在坐榻边伪装侍从。接待完毕后，曹操令一人去打探匈奴使节："魏王何如？"匈奴使节评价说："魏王雅望非常；然床头捉刀人，此乃英雄也。"曹操听后，就派人去追杀这个

使节。❶

通俗文学对曹操形象的塑造以负面为主,其中的典型包括著名小说《三国演义》对曹操的性格刻画,以及京剧中专门为其定制的白色奸臣脸谱。但《世说新语》中的这个故事却有意揭示曹操这一人物的复杂性。曹操形象中被标签化的老奸巨猾,以及故事结尾所暗示的源自其过度狐疑的残暴,在背景中逐渐淡化,从而凸显出曹操那种即使精心设计都无法掩饰的英雄气概。

正如其他关于曹操的故事一样,《世说新语》中这则故事的可靠性存疑。但即便是最严谨的史学家也难以抵抗此类奇闻轶事的吸引力,曹操在历史中的真实面目(如果真有所谓"真实面目"的话)也因而变得模糊不清。幸运的是,作为后解构时代的读者,我们可以借助合理的怀疑精神,透过这些故事尽可能地接近一个"真实的"曹操。

155年,曹操出生于谯县(今安徽亳州)。其父曹嵩是朝廷中一位有权势的宦官曹腾的养子。据载,曹操年轻时是个放荡不羁的小混混,他一个好管闲事的叔叔因此常在曹嵩面前告他的状,曹操不胜其扰,决定设计解决此事。有一天在路上遇见叔叔,曹操就假装口面歪斜,作痛苦不堪状。叔叔大惊,问他原因,曹操说大概是突然面瘫了。叔叔把此事告诉了曹嵩,曹嵩即刻叫曹操前来,结果却发现他根本什么事都没有。曹嵩问:"叔父言汝中风,已差乎?"曹操回答道:"初不中风,但失爱于叔父,故见罔耳。"从此曹嵩不再相信曹操叔叔的话,而曹操则得以继续放肆无度。❷

可另有一些记载则展现了一个完全不同的曹操,他被塑造成一位勤奋好学,尤其是沉迷于兵书的年轻人。曹操的注释至今仍为《孙子兵法》的经典注释之一,可证此言不虚。阅读是曹操一生的习惯,据其子与长期随

---

❶ 徐震堮,《世说新语校笺》,北京:中华书局,1984年,第333页。
❷ 《三国志》卷一,北京:中华书局,1982年,第2页。

其征战者的回忆,即便有兵马之务,曹操亦手不释卷,"昼则讲武策,夜则思经传"❶。

当时的一些名人觉察到曹操的才能,认为他之后定会有所发展。其中一位是朝中掌军事的大臣,他让曹操去见见以识人知名的许劭,以预测其将来的发展。许劭鄙视曹操为人,拒绝见他,怎奈曹操不肯放弃,纠缠不已,最后许劭只好给他做了个品鉴,说曹操将是"清平之奸贼,乱世之英雄"❷。

曹操在二十岁时被任命为洛阳北部尉。他一到职,就申明禁令、严肃法纪,造五色大棒,悬于衙门左右。当时某位权倾一时的宦官有一叔父视这位新官如无物,故意违反宵禁的规定。曹操即刻棒杀了这位犯法者,其反应快速而决绝。❸

作为一名资历尚浅的治安官员,少年曹操的行事风格更像是"乱世之英雄",而不是"清平之奸贼"。当时确实是一个动乱的时代:外有北部游牧民族的侵扰,内有不停息的社会动乱和朝廷内部的倾轧,汉王朝开始逐渐失去对政权的有效控制。184年,也就是曹操二十九岁时,黄巾起义爆发。与此同时,在朝廷内部,宦官和外戚的权力斗争也发展到了危急关头。各派军阀利用局势之便,不断扩大自身的权力和影响力,使国家陷于无休止的战乱之中。

曹操的时机终于来了。他先是被朝廷征召,参与镇压黄巾军和稳定形势的军事行动。紧接着,在190年,势力庞大的军阀董卓图谋篡位,曹操又参加了反董军事联盟,进一步投身于最终使汉王朝解体的军事角力之中。曹操机智地在各个互相对抗的军阀之间生存和发展,通过累积军事上的小胜利来逐渐扩大自身势力,并通过明智的施政方针,尤其是发展农业生产,

---

❶《三国志》卷一,第54页。
❷《后汉书》卷六十八,北京:中华书局,1965年,第2234页。
❸《三国志》卷一,第3页。

来夯实自己的军事和政治基础。这样一来，曹操不仅可以称雄一方，甚而有觊觎大位的势头。196年，曹操说服汉献帝迁都到他的领地，把汉朝的皇室控制在自己手中。在接下来的十年中，他将对手一个个击败，在207年成为中国北部的实际统治者。

令人讶异的是，曹操从未忘记写诗。他把自己长年征战的经验记录在好几首诗中，比如这首也许作于197年之后的《蒿里行》：

> 关东有义士，兴兵讨群凶。
> 初期会盟津，乃心在咸阳。
> 军合力不齐，踌躇而雁行。
> 势利使人争，嗣还自相戕。
> 淮南弟称号，刻玺于北方。
> 铠甲生虮虱，万姓以死亡。
> 白骨露于野，千里无鸡鸣。
> 生民百遗一，念之断人肠！❶

为了记叙"义士"和董卓率领的"群凶"之间的战争，曹操用了两个典故。第三句指的是一千三百年前的、周武王和商代最后一位暴君纣王之间的战争。第四句则提到了秦朝末年颠覆秦的战争。此处善恶之间的类比不言自明。然而诗歌接下来所描述的，却不涉及战争的正义性。如果说诗歌第五句到第八句还只是泛泛地提到反董联军中混乱的内斗，第九句和第十句则毫无疑问记录了当时实际发生的背叛和阴谋。因其对史实的深刻反映，这首诗如今已成为"诗史"的一个典型例子。正因为这位记录的"史官"本身在历史事件中扮演了重要的角色，所以他对人民苦难的悲叹便更

---

❶ 余冠英选注，《汉魏六朝诗选》，北京：人民文学出版社，1978年，第93页。

带有历史的凝重，诗中所流露的同情也丝毫不显矫揉造作。

有别于真实的历史记载，曹操的这种以诗纪事并不是对史实的客观记录，而是"虚拟"地还原了心绪、情感和感受各方面的生动经验。传统史书对206年最寒冷的前几个月，也许只会用不夹杂任何情绪的口吻，简单地记录曹操的一次军事征讨。征讨的对象是某位高姓将军，曹操一位主要对手的侄子。但曹操的诗则不同，他详细描写了极其苦寒的天气，以及普通士卒在军队行旅中的艰难，这些经历有时比战场上的流血厮杀更让人难以忍受。诗歌的主人公直接用"微叙事"来呈现这些经历，使战争带来的痛苦变得更加具象和易于感知：

苦寒行

北上太行山，艰哉何巍巍！
羊肠坂诘屈，车轮为之摧。
树木何萧瑟，北风声正悲！
熊罴对我蹲，虎豹夹路啼。
溪谷少人民，雪落何霏霏！
延颈长叹息，远行多所怀。
我心何怫郁，思欲一东归。
水深桥梁绝，中路正徘徊。
迷惑失故路，薄暮无宿栖。
行行日已远，人马同时饥。
担囊行取薪，斧冰持作糜。
悲彼东山诗，悠悠使我哀！❶

---

❶ 《汉魏六朝诗选》，第96页。

这首诗以第一人称的口吻叙述,作为主人公的"我"在诗中前后出现了三次。"我"在诗歌结尾处援引《诗经》,也在第六句感受北风的呼啸,在第七和第八句面对熊罴和虎豹的威胁,在第十一句长叹,并在第十三句感到悲伤。作为将领的曹操对下属所遭受的痛苦感同身受。这种与士卒融为一体的共情,体现在著名的关于望梅止渴的故事中,尽管这个故事常被有意地误读。在这个故事里,曹操告诉口渴难当的士兵们,不远处就有一大片梅林,树上结了许多汁水充盈的梅子。士兵们听了口水直流,渴意全消,于是打起精神继续行军。❶设使曹操是一位只有谋略而缺乏同情心的统帅,他便无法如此准确地把握将士们的心理。

这首诗结尾的部分用了《诗经》中《东山》的典故,值得仔细研究。《东山》是《诗经·豳风》的诗,内容大抵是周公带领将士东征以巩固周朝统治,并描写了在此期间所经历的艰难。此处曹操暗示当下自己所领导的征战与周公的东征相似,而自己和周公之间也可以做类比。然而让读者更感兴趣的是曹操对于经典文本的重新解读。他之所以援引《诗经》,并不是想用被汉代官方意识形态认可的《诗经》所诠释的道德说教传统来虚应故事,而是试图越过汉朝,直接追溯到《诗经》被经典化之前的时代,从而发掘原始诗歌创作情境所展现的生命力和艺术神韵,并让这些原始的生命力和艺术精神在自己此时此地的诗意感受中复活。曹操有意识地打破传统,显示了他试图把诗歌从已经制度化的儒家意识形态中解放出来。

曹操在另一首诗《短歌行》中也用到了《诗经》的典故。这首诗有可能是他和宾客们宴饮时所作的。在援引《诗经·小雅》之《鹿鸣》时,曹操打破了对诗中宴饮礼仪所进行的传统道德性诠释和过于牵强附会的经学阐释。诗歌的第十一句到第十四句再次借用了《鹿鸣》中所描绘的宴饮场

---

❶ 《世说新语校笺》,第455页。

景，并引出了作者自己的感受：

短歌行

对酒当歌，人生几何？譬如朝露，去日苦多。
慨当以慷，忧思难忘。何以解忧？惟有杜康。
青青子衿，悠悠我心。但为君故，沉吟至今。
呦呦鹿鸣，食野之苹。我有嘉宾，鼓瑟吹笙。
明明如月，何时可掇？忧从中来，不可断绝。
越陌度阡，枉用相存。契阔谈䜩，心念旧恩。
月明星稀，乌鹊南飞。绕树三匝，何枝可依？
山不厌高，海不厌深。周公吐哺，天下归心。❶

虽然这首诗的前六句以及第十七到第二十句带着些许《古诗十九首》中人生苦短、须及时行乐的淡淡忧伤，但曹操拒绝对时间俯首称臣。对他来说，人生苦短并不意味着就要绝望地追逐流逝的时间，而应该使自己有限的生命变得充实，建立只有高山和深海才可以匹配的伟大功业。个体生命的长度和广度都是有限的，但如果能够集合众多有才华的生命，则可以共同超越时间和空间的限制。因此，曹操号召天下的有识之士都加入自己的队伍，来成就伟大的事业。在此，《诗经》中表现鲜活的人类经验再次为曹操所用。在第九和第十句中，《诗经·郑风》之《子衿》中所表达的对爱人或朋友的急切盼望，成为曹操求才若渴心情的最佳写照。

在这首诗的最后，曹操以周公作为自己效仿的榜样。事实上，面对那些建议自己登基称帝的人，曹操曾表示，即便是天命真的青睐于他，他

---

❶ 《汉魏六朝诗选》，第94—95页。

也只想像周公那样辅佐君王而无意称帝。❶曹操的手中掌握着实际的权力,不需要帝王的名分。他只希望自己能像周公般让天下的贤能之士都聚集到身边。他还宣称,只要是有用之才,哪怕名声不好或曾经犯过罪,甚至缺乏孝行,也应该被举荐担任公职。❷曹操甚至不要求这些才士必须忠心。他爱惜陈琳的文学才能,尽管陈琳曾替袁绍撰写讨曹檄文并痛骂曹操为"赘阉遗丑",曹操却仍不计前嫌地把他收入麾下。❸正因为曹操堪比周公的博大胸怀,才让各路贤能都聚集到他身边,其中包括当时著名的文学人才,最有名的就是在文学史上常与"三曹"并论的"建安七子"。

207年的初秋,曹操在北征乌桓的途中,经过渤海边的碣石。当他站在陆地和大海相连的山脊之上,远眺天水相接之处,内心不由得激荡起来,于是写下了以下诗句:

观沧海

东临碣石,以观沧海。
水何澹澹,山岛竦峙。
树木丛生,百草丰茂。
秋风萧瑟,洪波涌起。
日月之行,若出其中;
星汉灿烂,若出其里。
幸甚至哉,歌以咏志。❹

曹操不可能不知道,秦始皇和汉高祖都曾到过碣石,并站在他当时所

---

❶ 《三国志》卷一,第53页。
❷ 《曹操集》,北京:中华书局,1959年,第48页。
❸ 《三国志》卷六,第197页;卷二十一,第600页。
❹ 《汉魏六朝诗选》,第97页。

处的位置。但在诗里，曹操完全没有提到这些开国皇帝，因为这是属于他自己的时刻。许多年前，当曹操被迫辞官回老家暂居，并对未来茫然之时，他的梦想不过是临终时可以在自己的墓碑刻上"汉故征西将军曹侯之墓"的字样。❶ 而此时，当年的美梦已然成真，曹操成了强大的军事领袖，可以自豪地声称"设使国家无有孤，不知当几人称帝，几人称王"❷，大有并非"时势造英雄"，而是"英雄救时代"之意。

因此，与其说是曹操通过"写"诗来抒发强烈的英雄主义情感，还不如说是他任由自我和个性以诗的形式喷薄而出。眼前的风景和远处自然的变化，一直到天上日月星辰的升降出没以及宇宙的律动，都引发了他的情感和思绪，然后将之统统化为诗句。曹操营造的诗歌氛围宏大而肃穆，但语言却很简易，主要是运用了四言诗本身带有的庄严节奏。曹操诗歌技法的高超之处似乎就在于没有技法。

曹操庄重威严，又和蔼谦卑，这位高大上的英雄也让凡夫俗子们着迷。以下这首诗就是一个典型的例子：

龟虽寿

神龟虽寿，犹有竟时。
腾蛇乘雾，终为土灰。
老骥伏枥，志在千里。
烈士暮年，壮心不已。
盈缩之期，不但在天；
养怡之福，可得永年。
幸甚至哉，歌以咏志。❸

---

❶ 《曹操集》，第41页。
❷ 《曹操集》，第42页。
❸ 《汉魏六朝诗选》，第98页。

这是一位知道生命的局限所在，但仍用勇气面对命运的英雄。正如一匹坚定的老马，垂暮之年的曹操仍凭借不懈的奋斗精神和谦卑的情怀来感动读者。在当时人们的集体记忆中，《古诗十九首》中悲叹人生易逝的主题仍然鲜明，但曹操却能以其振奋人心的悲剧性英雄气概来激昂诗坛。

曹操几乎改变了历史的进程。他率领艨艟千艘，想横渡长江统一南方。可是在208年末的某个下午，曹操的舰队在长江边的赤壁被孙权和刘备的联军烧得所剩无几，那时，他意识到自己失去了人生中最后一次能够统一中国的机会。在接下来的几年里，他重新调整了自己的目标，把时间和精力集中在巩固北方的统治上。220年，曹操去世，他的继任者曹丕逼迫汉献帝退位，登基成为魏文帝，追封曹操为魏高祖。至此，北方的魏国、南方的吴国和西南的蜀国三分天下，开启了历史上的三国时代。

曹操本人相信精英制度，相信能者应为领袖，所以考虑自己的继任问题时，他并不严格遵循长子继承制。最有才能的孩子有时候不一定是长子。在曹操的儿子中，最聪明的碰巧是最年轻的，即幼子曹冲。据说曾有人送给曹操一头大象，他想知道大象有多重，但不知如何称象。当时年仅五六岁的曹冲想出一法：把大象拉到一条船上，在船帮的水位线画了个记号。之后牵出大象，将石块往船上装，直到水位到达先前记录的位置。然后分批称出石块的重量，叠加得出总重量即是大象的重量。❶

可惜的是，曹冲英年早逝，而曹操的长子也在战争中去世，因此曹操必须在二儿子曹丕和相对更有才华的儿子曹植之间做出选择。为此，曹操反复思量了十年之久，在这段时间里，曹丕和曹植两兄弟之间也发生了不少明争暗斗。在较量中，曹丕更能得助于"宫人左右"及党羽，其中不乏曹操倚重之人。曹操有一次出征前，两兄弟都去给父亲送别，文采斐然的曹植写了一篇热情且奉承的文章献给父亲，赢得了曹操的嘉许。曹丕对此

---

❶《三国志》卷二十，第580页。

很忧虑，他的一位手下让他不要担心，并献计说，在这种场合，一个好儿子不需要说什么，而是应该表现自己至诚的孝心。曹丕接受了这一建议，于是瞅准了大军车马将行的那一刻，当着众人的面伤心地涕泗横流。这种情感的流露感动了在场的每个人，相形之下，曹植的华丽文辞也显得虚有其表、不够真诚了。❶

这个故事显然有贬低曹丕的意思。实际上，不少传记资料、逸闻野史，以及曹丕和别人的往来文字，都显示出他随和且平易近人的个性。譬如建安七子中的王粲去世时，曹丕跟前去吊唁的其他朋友说："王好驴鸣，可各作一声以送之。"❷ 随即，墓地周围响起此起彼伏的驴叫声。这一轶事还发生于曹丕成为太子之后，和他的身份地位极不匹配。另外，也有记载说曹丕和曹植兄弟常一起在邺城举办文学聚会，两人相处甚欢。

父亲曹操各方面的能力都很出众，而弟弟曹植则才华横溢，这似乎使曹丕相较之下显得黯然失色。但曹丕在中国文学发展史上仍做出了自己的贡献，《典论·论文》便是其贡献中之荦荦大者。在这篇文章中曹丕提出了"文以气为主"的论断，认为正是作者的"气"，亦即其自然禀赋与独特的个性，赋予了文学作品丰富性和生命力。同时，曹丕也提出文章的重要地位堪比经国之大业，通过留下的文字，作者也可以达到不朽："不假良史之辞，不托飞驰之势，而声名自传于后。"❸

曹丕以自己的作品证明了这一理论，比如以下这首诗：

燕歌行

秋风萧瑟天气凉，草木摇落露为霜，

---

❶ 《三国志》卷二十一，第609页。
❷ 《世说新语校笺》，第347页。
❸ 郭绍虞主编，《中国历代文论选》，上海：上海古籍出版社，1979年，第158—159页。

> 群燕辞归鹄南翔，念君客游多思肠。
>
> 慊慊思归恋故乡，君何淹留寄他方！
>
> 贱妾茕茕守空房，忧来思君不敢忘，不觉泪下沾衣裳。
>
> 援琴鸣弦发清商，短歌微吟不能长。
>
> 明月皎皎照我床，星汉西流夜未央。
>
> 牵牛织女遥相望，尔独何辜限河梁？❶

即便曹丕不是魏国的君主，或者就算他从未留下其他任何文学作品，仅凭这一首诗，也足以让他的声名流传千古。《燕歌行》是现存最早的完整的七言诗，可证明曹丕对中国诗体的发展做出了具有开创性的贡献。

在《典论·论文》中，为了点出诗赋有别于其他更"实用"的文体——奏议、书论、铭诔——的特质，曹丕提出了"诗赋欲丽"的说法。❷此处"丽"的意思并不清晰，但如果读者能仔细品味他的《燕歌行》，对"丽"就会有更清晰的理解。在曹丕以前，乐府和古诗传统中都有许多作品描写女子对远行丈夫的思念。与之前那些思妇不同，曹丕诗中的这位女性并没有把内心的情感直接地表达出来。诗歌的开头展示了密集的与季节变迁有关的意象，不仅有视觉的，也有听觉和触觉的。这些意象意欲说明，在这样的季节里，女主人公无法不思念自己的爱人，尽管身在"此地"，她的思绪和情感却远在丈夫所处的"他方"。这也使她更加无法面对空房的孤寂。她不知该如何自处，甚至音乐和歌声也无法减轻她的痛楚。明月的意象在此有多重功用：月光在床上投射出女子孤单的影子，透露了她一夜无眠，也显示了她希望通过月亮和远在他乡的爱人互诉衷肠。而明月之侧的银河，则隐喻了牛郎织女的传说。

---

❶《汉魏六朝诗选》，第99页。
❷《中国历代文论选》，第158页。

曹丕善于塑造思妇的形象，同样也善于描摹孤独的游子：

杂诗　　其一

漫漫秋夜长，烈烈北风凉。
展转不能寐，披衣起彷徨。
彷徨忽已久，白露沾我裳。
俯视清水波，仰看明月光。
天汉回西流，三五正纵横。
草虫鸣何悲，孤雁独南翔。
郁郁多悲思，绵绵思故乡。
愿飞安得翼，欲济河无梁。
向风长叹息，断绝我中肠。❶

对于人物的刻画，曹丕手上并没有太多的"道具"可用。这首诗里的很多意象都和《燕歌行》中的一样：凄冷的秋风、白露、迁徙的候鸟、空床，以及具有多重意义的皎洁月光。诗歌中提到的"欲济河无梁"，也同样是对于银河的暗示。实际上，这些都是乐府或古诗传统中常出现的程式化意象。由于曹丕营造了一个具体而独特的抒情叙述，于是在重新启用这些意象时，它们原本沉寂的隐含意义居然再次生动起来，老套顿时焕然一新。主人公的口吻和乐府诗中描绘的无数游子一样坦率而真挚，但不同的是，这首诗的表现方法不再那么直接和简明。游子的情感起伏，通过鲜活的细节被曹丕生动地描摹出来。这就是他所谓的"丽"，一种动人心魄的美。

正如上文提到的，曹操不需要有意识地创作，他的诗歌是自然为之。曹操的人格魅力成就了他具有强烈个人风格的诗歌。相比之下，曹丕的诗

---

❶ 《汉魏六朝诗选》，第101页。

歌艺术十分不同。他最善于描摹别人的经验，从而有意识地进行创作。从这个意义上说，曹丕是一位"专业"的文人。曹丕的高贵血统已经保证了他在历史长河中的位置，但为了证明自己能凭一己之力被历史铭记，而不需要仰赖史官的书写，曹丕开始写诗。他身为世子，后来又成为一国之君，却十分热衷于写思妇和游子的幽情，这几乎是人们难以想象的。希望后世的读者之所以能记住自己，不是因为君王之身，而是因为自己所创作的诗歌，庶几是曹丕最大的心愿。

具有讽刺意味的是，毁坏曹丕身后名声的，也正是诗歌或与诗歌有关的传说。据说曹丕成为魏国的皇帝之后，为了发泄在"争储"过程中累积的怨恨，做了一些报复弟弟曹植的事。一个家喻户晓的故事写到，曹丕曾下令让曹植七步成诗，否则就处死他，曹植迫于情势，写下了《七步诗》："煮豆燃豆萁，豆在釜中泣。本是同根生，相煎何太急？"❶

除此之外，另一个关于诗歌的传说也损害了曹丕的名声。这个传说讲述了曹植和甄宓间的浪漫爱情故事。聪慧美丽的甄宓是曹丕的妻子，也就是曹植的嫂嫂。尽管这个传说被证明是唐人捏造的，是对曹植《洛神赋》中主人公和洛神邂逅的有意曲解，但后世的读者却津津乐道于这个浪漫且带有乱伦色彩的故事。

曹植之所以能在通俗文学和野史中收获同情，是因为大多数人觉得他是被阴险哥哥戕害的可怜人。但事实上，曹植的失败并不能完全归咎于曹丕，某种程度上也是他自己造成的。根据正史的记载，曹植早年因才思敏捷、个性率直很受曹操的喜爱。曹操因而属意曹植来做自己的继承人，并创造各种机会来铸其心志，锻其筋骨，为将来的重任做准备。曹操不仅在征战中带着曹植，在曹植二十岁以后，还委以军中的重要职位，而这类职

---

❶ 逯钦立辑校，《先秦汉魏晋南北朝诗·魏诗》卷七，北京：中华书局，1983年，第460页。

位原本是训练有素的指挥官才能担任的。❶然而曹植莽撞与放浪的天性并不符合曹操对于未来领袖的期待。曹植的秉性常常会让他做出一些不应该做的事情，明知不可为，却仍任性为之，譬如饮酒。曹操发布禁酒令之后，曹植即作《酒赋》来响应父亲的命令，斥酒为"淫淫之源"，但在生活中他却仍然饮酒无度。❷

经过多年的摇摆不定，曹操终于决定让曹丕担任世子。如果曹操的选择是曹植而非曹丕，那么，几个月之后，当曹植鲁莽无比地驱车在专供皇帝行车的御道上疾驰，径直从司马门出宫时，史官们一定会好奇，曹操会作何反应？曹植对父亲权威的公然冒犯可不是小事。司马门事件之后，曹操感叹道："始者谓子建，儿中最可定大事。"但"自临菑侯植私出，开司马门至金门，令吾异目视此儿矣"！❸

曹丕在诗歌中很少表现自己，但曹植不同。他的许多诗作可以当成自传式写作来阅读，比如以下这首：

白马篇

白马饰金羁，连翩西北驰。借问谁家子，幽并游侠儿。
少小去乡邑，扬声沙漠垂。宿昔秉良弓，楛矢何参差。
控弦破左的，右发摧月支。仰手接飞猱，俯身散马蹄。
狡捷过猴猿，勇剽若豹螭。边城多警急，胡虏数迁移。
羽檄从北来，厉马登高堤。长驱蹈匈奴，左顾陵鲜卑。
弃身锋刃端，性命安可怀？父母且不顾，何言子与妻？
名编壮士籍，不得中顾私。捐躯赴国难，视死忽如归。❹

---

❶ 《三国志》卷十九，第557页。
❷ 赵幼文校注，《曹植集校注》，北京：人民文学出版社，1998年，第124—125页。
❸ 《三国志》卷十九，第558页。
❹ 《汉魏六朝诗选》，第117页。

这样一位身手不凡,又有为国捐躯、视死如归勇气的将才,何处可得?不过,如果曹植同时也是接下来这首诗中的主人公,读者又作何感想呢?

名都篇

名都多妖女,京洛出少年。宝剑直千金,被服丽且鲜。
斗鸡东郊道,走马长楸间。驰骋未能半,双兔过我前。
揽弓捷鸣镝,长驱上南山。左挽因右发,一纵两禽连。
余巧未及展,仰手接飞鸢。观者咸称善,众工归我妍。
归来宴平乐,美酒斗十千。脍鲤臇胎鰕,炮鳖炙熊蹯。
鸣俦啸匹侣,列坐竟长筵。连翩击鞠壤,巧捷惟万端。
白日西南驰,光景不可攀。云散还城邑,清晨复来还。❶

许多传统评家和当今学者不愿意相信第二首诗也展示了曹植的自我形象,认为他只是想通过此诗来讥讽当时的纨绔子弟,企图以此说来维护曹植的美好形象。但如果细读《白马篇》和《名都篇》,比较两诗中的少年形象,读者会惊奇地发现,他们其实非常相似。《白马篇》中少年的爱国热情和《名都篇》中少年的放荡不羁,无论是诚心而为还是故作姿态,皆是有意识的表态或明白的显示;相比之下,在两首诗中细致入微地展示出来的、这个年轻人的身体运动技巧,却属于无意识或潜意识的范畴。如此看来,两位少年的一个共同特点就在于他们都有极为敏捷的技艺。善恶不论,两者的身体动作都是无意识的,其对外界的反应完全是因势而动且不假思索的。只要稍加联想,读者不难把两位少年在马背上俯身仰手、左挽右发的随意和迅捷,与曹植惊为天人的敏捷才思联系起来。据传说,铜雀台新成时,曹操和诸子登台,让他们各自为赋。曹植援笔立就,写下了《登台

---

❶ 《汉魏六朝诗选》,第113—114页。

赋》，传为美谈。《白马篇》和《名都篇》中美少年的不凡身手，正是曹植之直觉和敏捷的形象印证。

无论是幽并游侠儿，还是京城的游侠少年，都对读者具有很强的吸引力。但曹操面对的是对继任者的艰难选择，这个继任者要承担家国的重任。这就解释了曹操最终为什么选择了看上去并不出众的曹丕。当时，犹豫不决的曹操曾就此事征求一位正直公允的官员的意见，他毫不犹豫地推荐了曹丕，而此人正是曹植妻子的叔父——崔琰。❶

219年，也就是曹丕被立为世子的两年之后，曹操又给了曹植一次机会，也是最后一次机会。为了应对一次军事危机，曹操任命曹植为指挥，带领军队前去解救自己被围攻的同族曹仁。结果曹植再一次让众人失望。出行前父亲召其前来面授机宜，他却因酗酒大醉而不能领命。❷一年之后，曹操去世，曹植从此无人可以倚赖。

233年，曹植和他的同母之兄任城王曹彰，以及异母之弟白马王曹彪一道来京师洛阳参加"会节气"的活动。之前，他们都被曹丕勒令不能离开自己的封地。在京城期间，任城王曹彰很可疑地暴死。活动结束，曹植和曹彪在返回各自封地的途中，内心非常悲痛，不料朝廷此时还派人监视，不许曹植和曹彪在回程中相互陪伴，于是曹植被迫与弟弟告别。在不知道未来是否还能再见的情形下，曹植写下了组诗《赠白马王彪》，来抒发自己的痛苦和愤懑。❸ 这组诗一共七首，其中第四首如下：

踟蹰亦何留？相思无终极。
秋风发微凉，寒蝉鸣我侧。

---

❶ 《三国志》卷十二，第368—369页。
❷ 《三国志》卷十九，第558页。
❸ 《三国志》卷十九，第564—565页。

> 原野何萧条，白日忽西匿。
> 归鸟赴乔林，翩翩厉羽翼。
> 孤兽走索群，衔草不遑食。
> 感物伤我怀，抚心长太息。❶

具有讽刺意味的是，曹植的诗歌艺术，倒与上文提到的曹丕描绘思妇和游子的手法有几分相似。正如自己的兄长一样，曹植也善于创造一个属于其个人的具体诗歌情境，使乐府和古诗传统中的程式化意象为自己所用，变得鲜活生动。他不遗余力地渲染细节，把老套的意象融入崭新的上下文背景中。比如，在第三句中，搅乱了诗人敏锐感官的，不是泛泛的"冷"风，而是十分具体的"微凉"，一个极细微的季节变化。而第四句里秋蝉的鸣叫则被描绘成"寒"，这一通感手法生动地体现了听觉对触觉的影响。但更生动的是"鸣我侧"，不可捉摸的蝉鸣究竟是近在身旁，还是远在天边？这一切都引发了失意旅人己身何属的实际感受。接下来第六句中的"忽"用得恰到好处，"白日"不只是静止的空间存在，更是流动的时间过程，诗人情感的起伏也因此可以用日光的移动来度量。这种生动的即时性，可使读者体会到诗歌主人公的内心感受。曹植创造性地运用细节，对中国诗歌史的发展产生了极大的影响。这些细节不仅给全诗的叙述带来了生命力，也参与构建了曹植诗作细腻且深具张力的氛围，这是之前的乐府诗所没有的，在后来新的诗歌形式中才逐渐得到进一步发扬。

据说山水诗人的鼻祖谢灵运非常推崇曹植，他说："天下有才一石，曹子建独占八斗，我得一斗，天下共分一斗。"但如果要更公允地进行评价，"三曹"应该并提，并在父子三人所处的特殊历史背景中去进行考量。曹操、曹丕和曹植都是文学史上的重要人物，有各自的特点。如果把"三曹"

---

❶ 《汉魏六朝诗选》，第128页。

和当时的建安七子合起来看,他们伟大的文学成就几乎难以估量。他们发展了五言诗体,建立了豪迈的诗歌风格。这一夹杂着些许悲剧性的建安风骨,使整个时代变得不朽。他们同时也拓展了诗歌表现题材。让人惊异赞叹的是,通过他们的诗歌作品,读者居然有可能准确指出历史上的某个时刻——建安前后的"乱世"岁月,精确地定位一个历史转折的瞬间。就是在那个瞬间,一个诗学转向带来了中国诗歌的新发展,开启了无限的可能性。

推荐阅读

- 《曹操集》,北京:中华书局,1959年。
- 赵幼文校注,《曹植集校注》,北京:人民文学出版社,1998年。
- 余冠英选注,《三曹诗选》,北京:中华书局,2012年。
- 郭绍虞主编,《中国历代文论选》,上海:上海古籍出版社,1979年。
- 孙明君,《三曹与中国诗史》,北京:清华大学出版社,1999年。
- 吴怀东,《三曹与魏晋文学研究》,合肥:安徽文艺出版社,2011年。
- 田晓菲,《赤壁之戟:建安与三国》,北京:生活·读书·新知三联书店,2022年。
- Besio, Kimberly, and Constantine Tung, eds., *Three Kingdoms and Chinese Culture*, Albany: State University of New York Press, 2007.
- De Crespigny, Rafe, *Imperial Warlord: A Biography of Cao Cao 155-220 AD*, Leiden: Brill, 2010.
- Dunn, Hugh, *Cao Zhi: The Life of a Princely Chinese Poet*, Beijing: New World Press, 1983.

第7章

竹林七贤

钱南秀

"竹林七贤"是否曾作为一个群体存在,一直有争议;不过,他们的确是魏晋时期自由精神的标志。这个群体由魏晋名士组成,成员包括嵇康、阮籍、刘伶、向秀、山涛、王戎以及阮咸。他们的生平及对后世的影响,无论是史实还是传言,均留在了其时文人史家的记述中。刘宋宗室临川王刘义庆及其门客在430年前后编纂的《世说新语》也保留并改编了他们的一些故事。其后刘峻(字孝标)旁征博引为《世说新语》作注,为后世保存了丰富的资料,其中就包括与七贤相关的内容。

竹林七贤的盛名因魏晋玄学的兴起而为世所知。玄学兴起于汉末今文经学失势之后。作为汉末建安时期实际统治者,曹操以法家治世,而其后嗣所创立的魏朝迅速让位于司马氏之晋朝。在此过程中,儒家今文经学逐渐为新兴玄学取代。司马氏启用儒家礼教迫害政敌,竹林七贤身处曹魏与司马氏的权力斗争之中,选择归隐以自保,同时属心玄学,以寻求精神寄托。玄学主要的学术资源为《易经》《老子》《庄子》。竹林玄学专注《庄子》,尤其关注书中提到的理想化人格。《逍遥游》中的至人、神人、圣人,

《秋水》中的大人。这些人格,"其实一也"。❶《逍遥游》描述至人"乘天地之正,而御六气之辩,以游无穷"❷,俨然是道的本体呈现,精神自由的化身。对这一理想人格而言,"礼者,世俗之所为也",而"圣人法天贵真,不拘于俗"。❸《庄子》中的理想人格从形而上学以及实际生活体验层面启发了竹林七贤。从形而上学角度,这种人格衍生出精神层面上随心而为的自我意识。借由这种自我意识,竹林七贤得以抵抗儒家礼教的压迫,并坚持一种自由且具有审美趣味的生活方式。这种生活方式也滋养了艺术与诗意之美。

本章以七贤中的嵇康、阮籍、刘伶与向秀为主要讨论对象,来阐释庄子的理想人格如何呈现于七贤的生活与作品之中。这四人在七贤中与庄子的思想联系较为紧密,也比七贤中其他成员更富文学创造力。下文将分为四节,每节一人,以其一生中最有特色的瞬间开头,并参照每人的诗作来分析这个瞬间。希望通过这样的分析,来探讨七贤如何借由魏晋玄学来塑造他们的诗意人格、主题及视野。

嵇 康

嵇康一生中最特别的时刻,在其生命即将终结之时。《世说新语》载:"嵇中散临刑东市,神气不变,索琴弹之,奏《广陵散》。"❹ 嵇康因反抗司马氏而被处决。他为达到至人之人格修炼一生,而这一努力恰在此时臻于极致。其精神力量之强大,恰如《庄子·田子方》所述至人:"上窥青天,

---

❶ 郭庆藩,《庄子集释》,北京:中华书局,2012年,第22页。
❷ 《庄子集释》,第17页。
❸ 《庄子集释》,第1032页。
❹ 余嘉锡笺疏,《世说新语笺疏》,北京:中华书局,2007年,第407页。

下潜黄泉,挥斥八极,神气不变。"❶

确实,嵇康在诗作中常常表达出对《庄子》中至人的钦慕之情。如他早年所作《兄秀才公穆入军赠诗》所咏:

> 流俗难悟,逐物不还。至人远鉴,归之自然。
> 万物为一,四海同宅。与彼共之,予何所惜。
> 生若浮寄,暂见忽终。世故纷纭,弃之八戎。
> 泽雉虽饥,不愿园林。安能服御,劳形苦心。
> 身贵名贱,荣辱何在。贵得肆志,纵心无悔。❷

通过大量引用《庄子》,嵇康将至人描绘为一种超脱世俗羁绊的自然象征。以认同至人人格理想为其抱负,嵇康在此哲思的基础上建立起自己潇洒出尘的生活方式。

嵇康从早年开始,便期待那种顺应自己意志的生活,但这种想法受到了来自现实政治的压力和阻碍。司马氏为篡夺曹魏皇权,努力招揽文士加入他们的阵营。作为魏晋交替时期杰出的玄学思想家、诗人、音乐家,嵇康以其学术艺术成就和修养人品为世景仰,这也使他成为司马氏的争取对象。然而,嵇康的耿直为人及他与魏室的联姻,使他并未屈从于司马氏。他与司马氏及其党羽的对峙,在《世说新语》中多有记载。

其中一例,发生于嵇康与钟会之间。钟会为当时权臣司马昭(后来的晋文帝)的亲信,与一群风雅之士一起造访嵇康,企图与之结交。嵇康正在树下打铁,对钟会不予理会。钟会无奈离开之时,嵇康问道:"何所闻而

---

❶ 《庄子集释》,第725页。
❷ 戴明扬校注,《嵇康集校注》,北京:中华书局,2014年,第31—32页。

来?何所见而去?"钟会答道:"闻所闻而来,见所见而去。"❶钟会重复嵇康句式的结构,暗示他对嵇康的仰慕模仿之情。然而通过将嵇康原话中的两个"何"分别替换为"闻"和"见",钟会也改变了句子的语气。嵇康原话高傲且颇有讥讽之意,钟会之答语则充满憎恨与威胁的意味,表现出钟会凶残、睚眦必报的性格特点,最终也是钟会置嵇康于死地的。

除了抵御来自司马氏的威逼利诱,嵇康还需要面对友人招致的世俗纷扰。《世说新语》载,262年山涛将离开选曹郎职位,举嵇康自代,而嵇康却"与书告绝"。❷他本可私下回绝山涛,却选择公开投书绝交,并在书信中讲到自己不堪礼教束缚,"非汤武而薄周孔",将矛头直指正欲重立儒家礼教为执政基础,以排除异己、篡夺曹魏皇权的司马势力。与其说嵇康是要与山涛绝交,倒不如说他是在利用这个机会揭露司马氏虚伪的道德政治体系,以表达自己坚定不移的立场。

嵇康拒绝屈从于当时标准的道德与社会规范,源自他对至人理想的哲学信仰。他"越名教而任自然",去拥抱一种遵循自己内心真实感受的生活,以此为人性内在的需求:❸

> 六经以抑引为主,人性以从欲为欢。抑引则违其愿,从欲则得自然。然则自然之得,不由抑引之六经;全性之本,不须犯情之礼律。❹

面对来自司马阵营的威逼利诱,嵇康坚持他的至人理想。他坚信这一理想能保全他的正直,避免被危险的俗世侵扰。正如他在《答二郭诗》其三所写的:

---

❶ 《世说新语笺疏》,第901页。
❷ 《世说新语笺疏》,第767页。
❸ 《嵇康集校注》,第402页。
❹ 《嵇康集校注》,第447页。

> 详观凌世务，屯险多忧虞。施报更相市，大道匿不舒。
> 夷路值枳棘，安步将焉如。权智相倾夺，名位不可居。
> 鸾凤避罻罗，远托昆仑墟。庄周悼灵龟，越稷（搜）嗟王舆。
> 至人存诸己，隐璞乐玄虚。功名何足殉，乃欲列简书。
> 所好亮若兹，杨氏叹交衢。去去从所志，敢谢道不俱。❶

嵇康试图远离政治，潜心归隐，然其性格激昂不屈，使他最终不得"存诸己"。嵇康与吕安是朋友，吕安之妻为吕巽强奸，吕巽是吕安的兄长，也是司马昭的党羽。事发后，吕巽为封口，诬告吕安殴打母亲，致其下狱。当嵇康赴庭为吕安辩白时，钟会借机污蔑嵇康"害时乱教"，力谏司马昭将嵇康与吕安一同处决，"以清洁王道"。❷

在狱中，嵇康作《幽愤诗》❸回顾一生。他回想起自己是如何养成道家的生活方式的：

> 爰及冠带，冯宠自放。
> 抗心希古，任其所尚。
> 托好老庄，贱物贵身。
> 志在守朴，养素全真。

尽管超然物外、守朴全真，嵇康最终还是锒铛入狱。他意识到了自己的淳朴天真——"曰余不敏，好善暗人"（第17—18句），未曾料到人性邪恶如吕巽。嵇康措手不及，既无法保护吕安，更无法保护自己。他也承认

---

❶ 《嵇康集校注》，第109页。
❷ 《世说新语笺疏》，第407页。
❸ 《嵇康集校注》，第41—43页。

"惟此褊心，显明臧否"（第25—26句），于是：

> 欲寡其过，谤议沸腾。
> 性不伤物，频致怨憎。
> 昔惭柳惠，今愧孙登。
> 内负宿心，外恧良朋。

柳下惠三次被罢士师（掌管监狱的官）之职，仍坚持"直道"，拒绝"枉道"。❶ 而隐居汲郡山中的道士孙登曾劝嵇康"全其年"。❷ 无法同时遵从这两种对立的处世原则，嵇康十分为难。未能预料到司马昭与钟会要将他处死（再次证明他过于轻信敌人，以致难以预见他们的邪恶），嵇康给自己许下了这样的承诺：

> 庶勖将来，无馨无臭。
> 采薇山阿，散发岩岫。
> 永啸长吟，颐性养寿。

司马昭或许无意处死嵇康。但当三千太学生为嵇康请命，并请其去太学执教时，司马昭必定感到了威胁。因忌惮嵇康的影响力会颠覆自己的统治，司马昭下令处决嵇康，但在执行后却又追悔莫及。❸ 于嵇康而言，他从至人理想中发掘出了一份沉着冷静，使他得以在人生的最后时刻静心抚琴。他早先曾写过一篇《琴赋》，提出琴是由荣启期与绮季这样的"遁世"

---

❶ 《论语注疏》，第164页。
❷ 《世说新语笺疏》，第764页。
❸ 《世说新语笺疏》，第407页。

至人创造的。"悟时俗之多累,仰箕山之余辉",而箕山正是古之贤者许由在拒绝尧帝授命后的隐居之所。这些至人斫取梧桐新枝,准量而制"雅琴"以"抒思"。❶

有了这层铺垫,嵇康《琴赋》结尾之"乱"辞似已预示了他自身的终结:

> 愔愔琴德,不可测兮;体清心远,邈难极兮;良质美手,遇今世兮;纷纶翕响,冠众艺兮;识音者希,孰能珍兮;能尽雅琴,唯至人兮!❷

尘世中既鲜有知音者,何不弃之而去?愔愔琴德伴随着嵇康,将其精神融入不朽自然,与至人合而为一。至此,嵇康终于可以"体清心远",超离尘嚣。

阮 籍

竹林七贤多嗜酒,阮籍最甚。司马昭曾想为其子司马炎求娶阮籍之女,阮籍竟连续醉酒六十余日,致使司马昭无法提亲。钟会"数以时事问之,欲因其可否而致之罪,皆以酣醉获免"❸。阮籍对就任公职没有兴趣:他请求出任步兵校尉一职,仅是因为听说校尉衙中存有大量好酒。

阮籍"本有济世志",然而"魏晋之际,名士少有全者",遂远离政

---

❶ 《嵇康集校注》,第141页。
❷ 《文选》,上海:上海古籍出版社,1986年,第848—849页;《嵇康集校注》,第145页。
❸ 《晋书》,北京:中华书局,1974年,第1360页。

事,"博览群籍,尤好《庄》《老》"。❶ 阮籍嗜酒,可能是模仿《庄子》中的理想人格。《庄子·达生》将醉者与圣人联系在一起:前者全神于酒,后者全神于天,"故莫之能伤也"。❷

为保全自己,阮籍"发言玄远,口不臧否人物"。❸ 但他仍公开召唤《庄子》中的另一理想人格——"大人",以指斥司马氏设立的儒家名教典范之"君子"。其所著《大人先生传》斥责君子"坐制礼法,束缚下民",而礼法"诚天下残贼、乱危、死亡之术耳"。❹ 与之相对,大人"与造物同体,天地并生,逍遥浮世,与道俱成"。❺ 阮籍批判君子,并非针对孔子之教诲(对其核心道德,阮籍是坚信的),而是针对司马氏对儒家礼法的操纵和曲解。他对《庄子》理想人格的阐释,甚至包含了一定的儒家价值理念,如谓"至人者……神贵之道存乎内,而万物运于天外矣","故天下被其泽而万物所以炽也"。❻ 其说本于《庄子·逍遥游》,但也涵括了儒家经典《礼记·中庸》所言的儒家圣贤"可以赞天地之化育"。❼

阮籍融合道家自然与儒家礼教而归之于"真"。《庄子·渔父》载孔子路遇圣人,请问"何谓真?"圣人答曰:

> 真者,精诚之至也。不精不诚,不能动人。故强哭者虽悲不哀,强怒者虽严不威,强亲者虽笑不和。真悲无声而哀,真怒未发而威,真亲未笑而和。真在内者,神动于外,是所以贵真也。其用于人理

---

❶ 《晋书》,第1359—1360页。
❷ 《庄子集释》,第636页。
❸ 《晋书》,第1361页。
❹ 陈伯君校注,《阮籍集校注》,北京:中华书局,2012年,第170—171页。
❺ 《阮籍集校注》,第165页。
❻ 《阮籍集校注》,第173页。
❼ 《礼记注疏》,第895页。

也,事亲则慈孝,事君则忠贞,饮酒则欢乐,处丧则悲哀。❶

阮籍的种种"任诞"行止,正是秉持《庄子》之"真"的结果。如《世说新语》载,阮籍遭母丧,却仍公然饮酒食肉,不尊儒家丧葬之礼,招致司马党羽的斥责,要求司马昭将阮籍"流之海外,以正风教"。然而,当阮籍葬母之时,他却哀恸至于呕血。❷于阮籍而言,悼念至亲之死应是真情流露,而非死板的恪守礼教。

嵇康服食以求升仙,如此才可抛却尘世;阮籍则饮酒以自醉,以免直面人世。清醒的嵇康,作为权贵眼中的威胁,最终难逃一死。而阮籍则用酒掩饰其反抗之意,以避开权势之辈,免遭灭顶之灾。但他一年后仍随嵇康而去,是不是压抑的焦虑与痛苦导致了他的死亡?《咏怀诗》之三十三反映了他强烈的情感:

> 一日复一夕,一夕复一朝。
> 颜色改平常,精神自损消。
> 胸中怀汤火,变化故相招。
> 万事无穷极,知谋苦不饶。
> 但恐须臾间,魂气随风飘。
> 终身履薄冰,谁知我心焦!❸

世路艰难,令阮籍终身如履薄冰;万事纠缠,而智谋有限,也让他难以应对。阮籍内心的煎熬,如汤火相并,折磨吞噬着他的灵魂。《咏怀诗》

---

❶《庄子集释》,第1032页。
❷《世说新语笺疏》,第854—855、859页。
❸《阮籍集校注》,第312页。

之三十四的首四句与三十三相似，主旨是表达阮籍对友人的思念："临觞多哀楚，思我故时人。"而这位"高行伤微身"的老友，显然是指嵇康。两人的友谊基础，是他们对《庄子》中理想人格的推崇。故而阮籍哀叹，失去嵇康，"谁与守其真"！❶

刘　伶

阮籍借酒掩饰愤怒、回避虚伪"君子"，刘伶酣醉时则会直接挑衅世俗规范。《世说新语》载：刘伶大醉，尝脱衣裸坐屋内。人见讥之，刘伶反驳道："我以天地为栋宇，屋室为裈衣，诸君何为入我裈中？"❷

刘伶的怪诞，源自对《庄子》理想人格"大人"的仿效。其《酒德颂》如此描写大人：

> 以天地为一朝，万期为须臾，日月为扃牖，八荒为庭衢。行无辙迹，居无室庐，幕天席地，纵意所如。行则操卮执瓢，动则挈榼提壶，唯酒是务，焉知其余？❸

显然，刘伶笔下的大人就是他自己。为了像大人一样，刘伶超越凡世并进入了精神的虚空，使自己的心神可以畅游无阻。只有在这样自由自在的状态下，他的"自我"才能恣意生长。

刘伶也因此激怒了那些恪守礼法之人："怒目切齿，陈说礼法，是非锋

---

❶ 《阮籍集校注》，第313页。
❷ 《世说新语笺疏》，第858页。
❸ 《世说新语笺疏》，第296页。

起。"面对这种情形,刘伶——

> 静听不闻雷霆之声,熟视不见太山之形,不觉寒暑之切肌,利欲之感情。❶

刘伶认同大人,遂与自然合一,故能脱离世间纷扰,无视"君子"们的攻击。

向　秀

向秀与嵇康相交甚厚,嵇康锻铁,"秀为之佐,相对欣然,傍若无人"。他还曾与嵇康讨论《庄子》,"欲发康高致也"。❷ 嵇康被处死后,向秀被迫效力司马氏。在去都城洛阳的路上,他途经嵇康旧居,写下了著名的《思旧赋》,是对挚友最后时刻的深切哀悼:

> 悼嵇生之永辞兮,顾日影而弹琴。
> 托运遇于领会兮,寄余命于寸阴。❸

向秀明白,嵇康是以其至人理想来面对即将到来的死亡,故能保持尊严,至死"神气不变"。然而,向秀并未同嵇康一样,效法至人。当向秀抵达洛阳后,司马昭问他:"闻有箕山之志,何以在此?"向秀答道:"以为

---

❶ 《世说新语笺疏》,第296页。
❷ 《晋书》,第1374页。
❸ 《文选》,第722页。

巢许狷介之士，未达尧心，岂足多慕。"❶ 或以为向秀之答，是鉴于嵇康菲薄汤、武，追慕许由，而为司马氏所杀。然而正如余嘉锡指出的，此话未必全是违心之言。向秀最终出仕，是因他与嵇康的哲学态度并不相同。❷

一如嵇康，向秀"雅好《老》《庄》之学"。因"庄周著内外数十篇，历世才士虽有观者，莫适论其旨统也，秀乃为之隐解，发明奇趣，振起玄风，读之者超然心悟，莫不自足一时也"。❸ 但向秀的注解与嵇康对于《庄子》的解读大相径庭。就《庄子》主要篇目《逍遥游》而言，嵇康以至人为庄子自然之道的具体体现，游身物外、纵心肆志，此为逍遥。向秀则将"逍遥"定义为"自足"，如此，无论仕于庙堂还是归隐箕山，只要自身适性，便为逍遥。正是基于这样的哲学信仰，向秀对司马政权做出了让步，与自己所处的社会政治环境达成了和解。

嵇康、阮籍、刘伶等竹林玄学家对于"至人"的兴趣，获得了东晋学者如支遁等的追随。❹ 支遁之说结合了玄学与大乘佛学，并对二者都有长足发展，尤其表现在他对《庄子》与《般若经》的诠释。针对向秀阐释《庄子》"逍遥义"为"各适性以为逍遥"，支遁提出异议，曰："不然。夫桀跖以残害为性，若适性为得者，彼亦逍遥矣。"❺ 盖因此说"明显有悖于宇宙受制于道德法律的佛学图景"。❻ 支遁于是借由至人表达他的"逍遥义"：

---

❶《晋书》，第1375页。
❷《世说新语笺疏》，第94—95页。
❸《晋书》，第1374页。
❹ 释慧皎，《高僧传》，汤用彤校注，北京：中华书局，1992年，第160页。如章启群便认为，"支遁'逍遥义'与嵇康的养生说之间，有着非常内在的联系"（见其文《支遁"逍遥义"与嵇康养生说》，《华林》第一卷，北京：中华书局，2001年，第75—81页）。
❺ 见《高僧传》，第160页；参阅刘梁剑，《〈逍遥游〉向郭义与支遁义勘会》，《华东师范大学学报》（哲学社会科学版）2010年第3期，第27页。
❻ Erik Zürcher, The Buddhist Conquest of China, Vol 1, Leiden: Brill, 1959, pp. 128-129.

> 夫逍遥者，明至人之心也。……至人乘天正而高兴，游无穷于放浪，物物而不物于物，则遥然不我得。玄感不为，不疾而速，则逍然靡不适，此所以为逍遥也。若夫有欲当其所足，足于所足，快然有似天真，犹饥者一饱，渴者一盈，岂忘烝尝于糗粮，绝觞爵于醪醴哉？苟非至足，岂所以逍遥乎？❶

支遁提出"至足"，以取代向秀"逍遥义"中的"自足"概念。"自足"依赖外界条件以满足个人欲望，如此并不能真正逍遥。❷"至足"则超越世俗欲念羁绊，与自然之道合体，如此方能逍遥，恰如《庄子·逍遥游》中对于另一理想人格神人之描述：❸

> 肌肤若冰雪，绰约若处子。不食五谷，吸风饮露。乘云气，御飞龙，而游乎四海之外。其神凝，使物不疵疠而年谷熟。❹

由此观之，支遁坚持"逍遥义"具有道德法律，符合《庄子》原旨。神人汲取自然精华，因而具备化育天下的精神能力。

论者以为，支遁对于"逍遥义"的诠释较向秀的更为形而上，乃出于其佛学背景❺，诚然，但他将至人作为"至足"的代表，无疑也吸收了嵇

---

❶ 《世说新语笺疏》，第260页。
❷ 参阅《世说新语》刘孝标《注》引向秀、郭象"逍遥义"，《世说新语笺疏》，第260页。
❸ 有关向秀"自足"论与支遁"至足"论的辨析，参阅刘梁剑，《〈逍遥游〉向郭义与支遁义勘会》，第26—28页。
❹ 《庄子集释》，第28页。
❺ 见汤用彤，《汉魏两晋南北朝佛教史》，北京：中华书局，1955年，第262—263页；陈寅恪，《〈逍遥游〉向郭义及支遁义探源》，《金明馆丛稿二编》，北京：生活·读书·新知三联书店，2015年，第91—98页；Erik Zürcher, *The Buddhist Conquest of China*, Vol 1, pp. 128-129；刘梁剑，《〈逍遥游〉向郭义与支遁义勘会》，第26—28页。

康、阮籍与刘伶的诗意阐释，以及他们各自体行《庄子》中理想人格的努力。通过竹林七贤，《庄子》对东晋玄学产生了深刻的影响，如作为玄学核心实践的"人伦鉴识"，便是以这些理想人格作为考察人物性格的标准，并通过从自然中借鉴的意象，来表述那些更加抽象内在的特质。"人伦鉴识"也因此推动了东晋山水诗的形成。

竹林七贤代表了魏晋最高的学术、思想、文学艺术成就。七贤对于《庄子》"至人"自由精神的认同，形成其独特的"林下风气"。经由竹林玄学的阐释与东晋学者引入般若佛学的演绎，"至人"遂成有晋一代之人格理想。同时，《庄子·逍遥游》中对神人的描述，呈现了一个美丽绰约如处子的阴柔形象，这一超性别特征，显示了精神能力的完至，男女皆可获得，《庄子》理想人格的影响，因此及于闺阁。《世说新语》"贤媛"门所载魏晋妇女言行，全面体现了长育万物、为而不恃的"至人/神人"理念，其精神自由、人格独立、才学深化、鉴识高瞻、道德坚韧，百代之下，犹为后世表率，并通过《世说新语》的流传，影响了整个东亚汉文化圈。"林下风气"亦因此成为贤媛风范的特殊表述。综上所述，竹林七贤对于庄子理想人格的诗意阐释，为后世提供了丰富的精神遗产与研究论题，其本身亦因此而永葆魅力。

推荐阅读

- 陈寅恪，《逍遥游向郭义及支遁义探源》，载《金明馆丛稿二编》，北京：生活·读书·新知三联书店，2015年。
- 何启民，《竹林七贤研究》，台北：学生书局，2020年。
- 刘梁剑，《〈逍遥游〉向郭义与支遁义勘会》，《华东师范大学学报》（哲学社会科学版）2010年第3期。
- 鲁迅，《魏晋风度及文章与药及酒之关系》，《鲁迅全集》第18册，北京：人民文学出版社，

2005年。

- 汤用彤,《魏晋玄学论稿》,北京:人民文学出版社,1957年。

- Holzman, Donald, *Poetry and Politics: The Life and Works of Juan Chi (A.D. 210-263)*, Cambridge: Cambridge University Press, 1976.
- Qian, Nanxiu, *Spirit and Self in Medieval China: The Shi-shuo hsin-yü and Its Legacy*, Honolulu: University of Hawai'i Press, 2001.

第8章

隐逸诗
陶潜

柏士隐(Alan Berkowitz)

陶潜几乎无处不在。从唐代开始,他的意志便逐渐成为文人文化不可分割的一部分。这种意志在宋代愈发为人推崇,并形成了特定的范式。在接下来的几个世纪里,与他有关的一些特质慢慢融入到中国人的思维方式中,以至于现代很多典型中华文化特质,实际都源自陶潜和他的作品。陶潜或许不是中国历史上最伟大的诗人。这样荣耀的称号通常会授予杜甫或李白,以及其后的白居易与苏轼(尽管苏轼将陶渊明排在李白和杜甫之前)。不过,陶潜的经历和作品在描绘令人向往的隐居生活,尤其是隐居环境和个人生活品质方面,具有不可磨灭的奠基价值。就这点而言,陶潜给所谓的中式意识带来的影响是极其深远且具有普遍性的。他选择了一条极具个人色彩的道路。他过着极其朴素的生活,田园耕垦中却也充满了文人所珍爱的那份人文价值。他的作品,尤其是诗作,描述了一种别样生活方式的乐与忧,其中不仅讲述了自决与内省所带来的甘苦,更展示了他对自然生命过程的深刻哲思。

大概是因为同一时期的著名文人留下了太多关于他的优雅文字,人们往往会误以为还原出陶渊明的生平和时代是件很轻易的事。这些文字资料包括陶潜博学的友人颜延之所作的内容详实的墓志铭,杰出的士大夫沈约在《宋书》中为其创作的传记,《文选》的编纂者梁太子萧统所撰的一篇传记以及他为包含九首诗作的"陶潜选集"所写的序言。但是实际上,这些资料涉及的内容并没有比陶潜的几篇自叙更有新意。在接下来的几个世纪里,除了几则广为人知的史料之外,陶渊明自己的作品,尤其是他的诗歌,便成为构想其人物形象的首选参考材料。

事实上,这些早期的传记与陶潜最著名的虚拟自传《五柳先生传》几乎没有差异。脱离了传记实体并架构于意象拼接之上,陶渊明塑造了一个与中国人能产生情感共鸣的人物形象。这一形象也在陶潜的其他作品中得到反复关照,并且逐渐丰满起来。下面这一段落就反复提到诸如世人普遍追求的泰然自若与遗世独立的观念,以及具有丰富意涵的贫穷、书籍、友情、美酒等主题:

先生不知何许人也,亦不详其姓字。宅边有五柳树,因以为号焉。闲静少言,不慕荣利。好读书,不求甚解,每有会意,便欣然忘食。性嗜酒,家贫不能常得,亲旧知其如此,或置酒而招之。造饮辄尽,期在必醉,既醉而退,曾不吝情去留。环堵萧然,不蔽风日,短褐穿结,箪瓢屡空,晏如也。常著文章自娱,颇示己志。忘怀得失,以此自终。❶

尽管这段自嘲的文字极富想象力,但是接下来几个世纪的读者总会不约而同地认为陶潜的作品拥有"真实"的特质。在评价汉晋齐梁诗人的专著《诗品》中,钟嵘就曾强调过人品与文品的高度一致性:"每观其文,想其人德。"❷ 钟嵘还认为陶潜是"古今隐逸诗人之宗",且他的大部

---

❶ 袁行霈,《陶渊明集笺注》,北京:中华书局,2003年,第502页。
❷ 北京大学北京师范大学中文系、北京大学中文系文学教研室编,《陶渊明资料汇编》,北京:中华书局,1962年,第9页。

分诗作反映了他个人的隐居生活。尽管难免有一些意象是出自既有的文学传统，陶渊明却能为之注入新的活力，并增添一种那个时代所未有的个人风格。

一般来讲，我们不应粗略地根据某人姓名所反映的特质来判断这个人的性格。不过，陶渊明这一个例却显示出一定的相关性。"渊明"意指"深邃且明察秋毫"，而"潜"则意为"隐藏的"；此外，他的谥号为"靖节先生"。东晋时期，陶渊明的祖父曾为太守，陶渊明在而立之年只出任过几个相对不重要的官职。义熙元年（405）季冬，陶渊明彻底辞官归隐，开始田园牧歌的生活。是年，陶渊明四十岁。

自6世纪《宋书》所载的陶渊明传始，相当一部分人曾力证陶渊明效忠过没落的晋朝。表面看来，这种观点似乎符合史实：陶渊明在早期曾为刘裕效力，后刘裕罢黜东晋皇帝，自立宋朝，但是陶渊明却拒绝了刘裕的征召，他也因此常被称为"陶征君"。一些人认为陶渊明是在这件事前后更名为"潜"的，意在以此拒绝为新王朝效力，选择归隐。但是最需要注意的一点是，420年刘宋王朝建立之时，陶渊明已经离开官场十五年之久。在他的众多作品，尤其是广为人知并备受推崇的《归去来兮辞》中，他也已经写明了离开的原因。因《归去来兮辞》有着极为深刻的意象性，13世纪后的人们常将其比作绘于长卷之上的叙事画。其后的岁月里，这篇文章作为一种艺术主题流传下来，并成为书写"琴"的佳作中不可或缺的篇章。

这篇赋作是陶渊明辞去彭泽令后归家的自述。彭泽曾是江西的首府，距陶潜在乡下的老家不远。上任仅仅八十天，他便对官场产生了厌恶的情绪，并在赋中写到"以心为形役"。在赋的序言中，他提到赴任微职一方面是为了贴补家用，另一方面是因为"公田之利，足以为酒"。据史料记载，当地督邮来巡察时发生的事情是导致陶渊明罢官的直接原因。这位督邮要求陶渊明束带迎接以示敬意，而陶渊明则回应："我不能为五斗米，折腰向

乡里小儿！"❶陶渊明在序言里也提道："质性自然，非矫励所得。饥冻虽切，违己交病。尝从人事，皆口腹自役。"❷

在这篇赋中，陶渊明充满感情地对家乡之乐进行了描绘：有稚子、有书册、有古琴、有酒盈樽，也有适意的出游；他不单拥有田园之趣，更重要的是，他可以与四季和自然相伴。身处这样的世界，他不禁陷入对生命的流逝以及人生意义的沉思："曷不委心任去留"，并"聊乘化以归尽"。陶渊明的诗赋可谓捕捉到了真挚且可敬的隐居生活的精髓。戴维斯（A. R. Davis）在他的著作中也写道："在这一点上，似乎他（陶潜）最关心的是树立自身作为隐者的形象。从后世的中国文学作品来看，他完全成功了。"❸

陶渊明选择在这个时间点开始隐居生涯，是因为他不想违背自己的个人理想和内心本质。"隐"的字面义是"躲避"，它表达了远离主流士大夫群体和不就官职、韬光养晦这两重含义。通常，归隐田园与以士大夫身份出仕，这二者是截然相反的选择。同时，隐居传达出远离官场的政治寓意。士人的出世甚至很有可能充满对抗意味：他们拒绝辅佐无能的君主或失道的政权。因此，很多人认为陶潜归隐是因为不愿效忠继任的朝廷或霸主。不过，问题的关键恐怕更关乎陶潜在生活中不愿牺牲个人原则而做出妥协的个人主义倾向。隐者因凌驾于"尘世"间的俗事之上，有时也会被称为"高士"。

或因哲思与宗教信仰，或因醉心于教学治学，抑或仅仅是希望远离市井、投身山水之间结庐而居，进入平静充实的"退休"状态，在陶渊明的时代，有相当一部分文人选择远离庙堂，转而投身到个人生活中去。陶渊明在史书中的三篇自叙作品全部出自"隐逸列传"。由于浔阳是陶潜的

---

❶ 《陶渊明资料汇编》，第3页。亦参第7、9、12页。
❷ 《陶渊明集笺注》，第460页。
❸ A. R. Davis trans., *T'ao Yüan-ming (A.D. 365-427)*: *His Works and Their Meaning*, Cambridge: Cambridge University Press, 1983, p.194.

故乡，有一些文章还认为他是"浔阳三隐"之一。特别需要指出的是，在中国语境里，隐者在归隐时不一定会主动保持独身禁欲的状态，因此，尽管英文中"hermit"一词常用来对应中国的隐者，但并不是所有隐者都是"hermit"（这个词特指出于宗教因素独居的修道士）。事实上，绝大多数中国隐者都不能用这个词来指代。同理，陶潜的归隐生活也不能被称作"eremitism"。

其实早在彻底归隐田园之前，陶潜就已经描写过他对田园生活的殷切期盼之情。401年，他曾在《辛丑岁七月赴假还江陵夜行涂中》中写下这样的诗句：

> 商歌非吾事，依依在耦耕。
> 投冠旋旧墟，不为好爵萦。
> 养真衡茅下，庶以善自名。❶

陶渊明归家后养生耕园，与亲人乡邻同乐。他用诗歌书写自己的追求和思虑，一字一句间饱含同情。这在后世引起很大的共鸣，他也成为人们竞相模仿的对象。作为田园生活的直接参与者和善于深思的学者，陶渊明对田园生活进行了多角度的描写。尽管只能通过诗歌体会，这些描述却足以让许多士大夫心有戚戚。

陶渊明的另一伟大作品是由五首诗组成的《归园田居》组诗。这组诗完成于406年。是年夏天，陶渊明刚刚归乡隐居。他在诗歌中描写了外在日常生活与内在心灵世界。组诗中的第一首着重刻画他的心境：

> 少无适俗韵，性本爱丘山。误落尘网中，一去三十年。

---

❶ 《陶渊明集笺注》，第194页。

> 羁鸟恋旧林，池鱼思故渊。开荒南野际，守拙归园田。
> 方宅十余亩，草屋八九间。榆柳荫后园，桃李罗堂前。
> 暧暧远人村，依依墟里烟。狗吠深巷中，鸡鸣桑树巅。
> 户庭无尘杂，虚室有余闲。久在樊笼里，复得返自然。❶

陶渊明描写了他在耕作过程中获得的成就感，但是他对躬耕之苦和收入微薄这些困扰却避而不谈。在这些诗作中，他难免也同样要思考诸如人生与个人价值这类的大问题。他曾写道："田家岂不苦，弗获辞此难。"❷不过，他并没有因此自苦。因为正如他在《癸卯岁始春怀古田舍》的第二首中提到的，他正是从"即事"中获得了一种自我实现：

> 虽未量岁功，即事多所欣。❸

在他眼中，有许多可以长久带来成就感的人生追求和乐事。一些乐事在他的诗歌里反复出现，《答庞参军》里就有一个很好的例子：

> 衡门之下，有琴有书。载弹载咏，爰得我娱。
> 岂无他好，乐是幽居。朝为灌园，夕偃蓬庐。❹

而在由十三首诗组成的《读山海经》的第一首诗里，他则把阅读放置在了归隐生涯的大背景中：

---

❶ 《陶渊明集笺注》，第76页。
❷ 《陶渊明集笺注》，第227页。
❸ 《陶渊明集笺注》，第203页。
❹ 《陶渊明集笺注》，第26—27页。

> 孟夏草木长，绕屋树扶疏。
>
> 众鸟欣有托，吾亦爱吾庐。
>
> 既耕亦已种，时还读我书。❶

可能陶渊明在消遣时最难以忘怀的，还是他口中的"杯中物"❷和"忘忧物"❸。确实，关于陶渊明的描写里要是没有酒，则会是一件十分令人难以想象的事情。不过在中国的文学书写中，除了个别造作的故事以外，很少有人会对描写饮酒一事提出异议。正如陶渊明自己所讲的"酒中有深味"❹一样，嗜酒这种个人特质反而会因其能给人物增添深度而广受推崇。

对于陶渊明来说，酒是尘世间的欢愉，亦是启发深思的源泉。在407年前后所作的《连雨独饮》中，他这样写道：

> 故老赠余酒，乃言饮得仙。
>
> 试酌百情远，重觞忽忘天。❺

在《饮酒》二十首中，陶潜针对诸如成败、是非、道德、个体和归隐等人生课题向某位内省深思之人发问。他也欢快地歌颂挚友和醇酒的相伴。他为这组诗创作的序言令人十分难忘，因为序言展示了陶潜被后世所喜爱的一个不同侧面。序言大概完成于417年，时年五十三岁的陶潜已经隐居至少十五年了：

---

❶ 《陶渊明集笺注》，第393页。
❷ 《陶渊明集笺注》，第304页。
❸ 《陶渊明集笺注》，第252页。
❹ 《陶渊明集笺注》，第268页。
❺ 《陶渊明集笺注》，第125页。

余闲居寡欢，兼比夜已长。偶有名酒，无夕不饮。顾影独尽，忽焉复醉。既醉之后，辄题数句自娱。纸墨遂多，辞无诠次。聊命故人书之，以为欢笑尔。❶

陶渊明与友共饮时是快乐的，而孤影独饮时又是充满诗兴的。尽管组诗中诗歌的主题十分繁杂，但其中两首却尤其令人回味。在第十四首中，他将酒视作与友人，甚至是与万物沟通的载体：

故人赏我趣，挈壶相与至。
班荆坐松下，数斟已复醉。
父老杂乱言，觞酌失行次。
不觉知有我，安知物为贵。
悠悠迷所留，酒中有深味。❷

除却对饮酒进行正面描述，陶渊明还写过《述酒》。令人意外的是，这首诗的内容和宴饮毫无关联。❸海陶玮（James Robert Hightower）曾写道："众所周知，在中文诗歌中，这首诗是最难解读的一首。"❹很多研究试图将这首诗解释为借致命的毒药——不是五柳先生杯中之酒，而是毒酒——而作的政治隐喻。这首诗无疑是极其出色且另类的，而另一首诗《止酒》却是将饮酒戏谑到极致的杰作。❺《止酒》的诗歌创意非常出彩。诗中每一行都出现了"止"这个字，但是这个字却有多重含义，比如"终止"或者

---

❶ 《陶渊明集笺注》，第235页。
❷ 《陶渊明集笺注》，第268页。
❸ 《陶渊明集笺注》，第290页。
❹ James Robert Hightower trans., *The Poetry of T'ao Ch'ien*, Oxford: Clarendon Press, 1970, p.159.
❺ 《陶渊明集笺注》，第286—287页。

"安守"等。讽刺的是,哪怕他写到"今朝真止矣",实则在结尾处,他也完全没有任何停下来的意思。

陶渊明长久以来的嗜酒形象在他自己的作品和早期对他的描写中都得到了大量的直接印证。两篇6世纪的传记都提到,当他暂为彭泽令之时,曾希望把封地全部用来种高粱以酿酒,但后来不得不在其妻儿的要求下分出田地耕种稻米。传记里还有一则陶渊明的密友与酒友——士大夫颜延之——的掌故。颜延之曾在赴任之前给陶渊明留下两万钱,而陶渊明则立刻将之悉数送予酒家存放。❶

可是,如若说陶渊明是无忧无虑的,这样的解读未免太过简单化,甚至可以说是不公平的。陶渊明的诗作也表明,他十分关心如何言行妥当,也对如何在危如朝露的人世间生存下去等问题进行过思考。这一点在《归去来兮辞》之后的作品中体现得尤其真切。他的多数作品都为晚年所作,因而这些作品大多都有一定的哲学上的探索。他所描绘之人往往能使人心生向往,而这点对理解陶渊明诗作之"真"这一特点至关重要。陶渊明的文字呈现了这笔下之人丰富且饱满的真情实感,使他不仅可以将人们心中的所思所想化为文字与意象,而且至少在文学描绘中,为人们提供了冲破各自樊笼的别样选择。

生命将尽,陶潜又创作了一篇才华横溢的自叙。在这篇作品中,他不仅肯定了自己的人生道路选择,也清楚地阐明了他的人生哲学。他在体裁选择上也别具匠心,将心中所想编为一曲为自己而作的挽歌——《自祭文》。这篇文章与《归去来兮辞》都是陶潜对"陶渊明"这个形象所做的比喻性叙事书写。大约在去世前两个月,陶潜在文中写道:"陶子将辞逆旅之馆,永归于本宅。"❷ 而"本宅"指的就是他将要长眠的土地。"呜呼哀

---

❶《陶渊明集笺注》,第607—608、611—612页。
❷《陶渊明集笺注》,第555页。

哉！"他这样悲叹道。不过，尽管他在现实中为缺衣少食的贫苦生活所困扰，但是他却"含欢谷汲，行歌负薪"。在隐居的生活中，他继续这样写道：

> 春秋代谢，有务中园。
> 载耘载耔，乃育乃繁。
> 欣以素牍，和以七弦。……
> 乐天委分，以至百年。❶

正如他所说的一样，所有人都惧怕一事无成的人生，也会哀叹白驹过隙的岁月，但他却并不介意他人的褒扬或指摘，而是选择走上一条只属于他的别样道路：

> 捽兀穷庐，酣饮赋诗。……
> 余今斯化，可以无恨。
> 寿涉百龄，身慕肥遁，
> 从老得终，奚所复恋！❷

因为生命独属于生者，而死亡则为逝者所有，所以他决定潇洒余生。活着的时候，他从不在意别人的赞美；离世后，他又怎会在意别人的颂歌呢？他如是作结：

> 人生实难，死如之何！呜呼哀哉！❸

---

❶ 《陶渊明集笺注》，第556页。
❷ 《陶渊明集笺注》，第556页。
❸ 《陶渊明集笺注》，第556页。

陶潜在不少诗作里书写过生与死的话题。这些大多是他晚年的作品，且都清晰地呈现出他接受自己生死的坦然。在模仿旧时挽歌风格而作的组诗《拟挽歌辞》中，陶潜富有创意地以第一人称进行书写。于是，他的个人角色（尽管是刚刚去世的"陶潜"这一角色）又一次出现在大家眼前，我们也借此获取了些许关于他的信息。一些线索似乎表明这些挽歌与《自祭文》很类似，可能是陶潜想象中自己的送葬队伍所吟之曲。但这完全是推测，因为对这种悼歌的模仿十分普遍。不过无论是哪种情况，这个角色都很合适。下面是从第一首诗中节选出的诗句：

> 有生必有死，早终非命促。……
> 千秋万岁后，谁知荣与辱？
> 但恨在世时，饮酒不得足。❶

接下来是第二首诗中的选句：

> 在昔无酒饮，今但湛空觞。……
> 欲语口无音，欲视眼无光。……
> 一朝出门去，归来良未央。❷

在陶潜的诗作中，《形影神》大概是最明显关注哲理的作品。同陶潜的其他作品一样，这首诗从开头部分起便极为引人入胜。诗中包含了三个"陶潜"之间的内心对话。序言中提到，作品探讨的主题是世人对"惜生"的关注，但作者却觉得这种关注毫无意义。因此，在"极陈形影之苦"后，

---

❶ 《陶渊明集笺注》，第420页。
❷ 《陶渊明集笺注》，第423页。

"神辨自然以释之"。在第一首《形赠影》中,"形"从人类肉体的主观视角出发对"影"说,因为人不能避免最终被死亡所毁灭,所以:

  愿君取吾言,得酒莫苟辞。❶

在下一首《影答形》中,"影"作为人无形却切实的反射对"形"做出回应——他人是如何看待自我,以及自我是如何成为千百年积淀的光辉人类社会文明的缩影。你我本为同体,"黯尔俱时灭",所以与其借酒浇愁,不如:

  立善有遗爱,胡可不自竭?❷

最后一首《神释》中,"神"作为三个人格之一,不仅与生命相联结,更与天地相连,从而纾解了这一问题。他说:"老少同一死,贤愚无复数。日醉或能忘,将非促龄具?立善常所欣,谁当为汝誉?"于是便决心:

  甚念伤吾生,正宜委运去。
  纵浪大化中,不喜亦不惧。
  应尽便须尽,无复独多虑。❸

陶潜最受欢迎的哲理诗之一,《饮酒》组诗的第五首是史上最出色且最值得铭记的一首诗。它体现了陶渊明的内在思维与其时的外界思潮这两个

---

❶ 《陶渊明集笺注》,第59页。
❷ 《陶渊明集笺注》,第64页。
❸ 《陶渊明集笺注》,第67页。

重要方面。尽管看似平淡无奇，这首诗却流露出极为深刻的见解，显然是在酒意正酣时写就的。不过，尽管酒可能激起了诗人的诗兴，但诗中所描述的却不是醉酒后的情形。诗的起首这样写道：

> 结庐在人境，而无车马喧。
> 问君何能尔，心远地自偏。

一句"心远地自偏"已然道出了许多人眼中出世归隐的最高境界：归隐的精髓在于自身，而非身外的事物；关乎内在心灵，而非空间与时间。一个人不需要远居山林，也可以获取山野中的出世感。

诗的结尾意味悠长。他对东篱采菊、远望南山以及夕阳山气、归巢飞鸟进行了一系列描写，最后得出了一个非凡的结论：

> 此中有真意，欲辩已忘言。❶

无疑，这句话典出《庄子》中的名句："言者所以在意，得意而忘言。"❷

人们可能会以为陶潜的话不言自明，但是对于这首诗的阐释却千差万别。他是想表达自然世界本身就是非常美好的，继而认为"得意"便可以静心欣赏自然；还是他的"归"就像归雁的"归"一般自然，是人世间再平凡不过的事情，于是他便不会为凡世所烦扰；抑或又是什么其他的意思？我想，这个问题还是让读者自己把酒冥思吧。

《饮酒》其五的前几句诗告诉我们，最重要的是本质，而非物质环境。此外，陶潜早期的一些自传作品还曾提到下面这则关于他的轶事。这一故

---

❶ 《陶渊明集笺注》，第247页。
❷ 《陶渊明集笺注》，第249页。

事取自《晋书》所载的陶潜传记：

> 性不解音，而畜素琴一张，弦徽不具，每朋酒之会，则抚而和之，曰："但识琴中趣，何劳弦上声！"❶

陶潜的作品给出了很多调和理解人生与自然进程之间矛盾的办法，并对如何在这个世界里度过一生给予了非常密切的关注。他认为自己遵从了本性，并努力依照万物自然之意而生活。然而，他似乎并没能完全欣然地与自己或这个世界和解。除了担忧不断迫近的死亡并与之抗争外，他的相当一部分作品还流露出对于辞官而去这一决定的不安，另一些则在担忧能否做好生前事、赢得身后名，还有一些则在忧虑田园归隐生活在物质上可能带来的后果。

在许多诗作中，陶渊明试图从历史中寻找意志坚韧的人作为榜样。这大概是因为他在他所处的时代是特立独行的。而在另一些诗歌中，他也会悲叹古时的美好在他的时代并不可追寻。在大概是中国文学史上最著名的作品之一《桃花源记》中，陶渊明构想出一个存在于他那个世事纷扰的时代，却封存了过往的乌托邦。《桃花源记》其实是《桃花源诗》之前的序言，但影响力却远超诗作。之后，这篇文章成为无数作品竞相吟咏、引用的对象，并成为艺术创作的传统主题。事实上，只要提到"桃花源"，人们就很难不联想到陶潜。

《桃花源记》的开篇描述一位4世纪晚期（陶潜的时代）的无名渔夫逐溪而上，误入一片盛开的桃林，而后在山脚下觅得水源的场景。故事中讲道：

---

❶ 《晋书》卷九十四，北京：中华书局，1996年，第2463页。亦参《陶渊明资料汇编》，第10—11页。

山有小口，仿佛若有光。便舍船从口入。初极狭，才通人，复行数十步，豁然开朗。土地平旷，屋舍俨然。有良田、美池、桑竹之属。阡陌交通，鸡犬相闻。其中往来种作，男女衣着，悉如外人。黄发垂髫，并怡然自乐。见渔人，乃大惊，问所从来，具答之。便要还家，为设酒杀鸡作食。村中闻有此人，咸来问讯。自云先世避秦时乱，率妻子邑人来此绝境，不复出焉，遂与外人间隔。❶

　　渔夫将桃花源外五百年来的世事变迁讲给桃源村民听，桃花源的居民热情款待了他一些时日。当渔夫准备离开的时候，桃源人叮嘱他："不足为外人道也。"他随后沿溪而返，并一路小心留下标记。当然，他也将此事汇报给了太守。但是，正如读者所知，之后追寻桃源之人全部无功而返，而这片乐土也永远消失在桃源迷雾中。

　　我们似乎很难不联想到"大道无形"这类的隐喻，不过这样便是对陶潜的过度解读了。陶潜可能只是借用了当时的一个传说，但是他进行了一些调整，把重心放在了一种与他的时代截然不同的现实中。他并不期许世间有任何人与他持有相同的想法。或许只有透过归隐田园这层滤镜来审视，他的理想主义与任性的个人主义才会更加清晰。

　　陶潜的作品有许多道德与哲学的面向。在阅读陶潜的过程中，很多人可能会有这样的疑问：他是一个道士，还是一位儒士？又或者……？由于他作品中表达的观点和价值与其复杂的时代背景以及影响深远的中古文化广泛呼应，粗浅的回答未免太过简单且不公允。陶潜在作品中探讨生与死、历史与人类等话题，且他在诗歌中也书写过大量的道德榜样。他或许很挑剔，但这种挑剔也为他成为范式打下了基础，并为其自我辩白预留了空间。不过，给他带来启示的前人都绝非无名之辈，而是广为士大夫阶层所知。

---

❶ 《陶渊明集笺注》，第479页。

我们应该意识到，正如许多人一样，陶潜的写作和行为根植于士大夫的文学文化光谱，而当诗人受到触动或感到共鸣时，这套谱系便会显现出与之对应的色彩。一些作品或行为并不总是与其他作品及行为相协调，甚至可能完全冲突，但是一个人的丰满人格恰恰可以在这种复杂状态中凸显出来。于是，呈现在我们面前的，便是一个复杂的个体在这一复杂的历史文化阶段中，所经历的复杂人生。

在很长一段时间里，陶潜被看作一位沉浸于经典中，并且至仁至义地背负那个时代的疾苦的典型儒家文化代表。这种风尚体现在他的归隐中，而归隐则是针对世间伦理问题所做出的富有人文与道德感的反击；这种风尚也表现在他对贫苦的接受中，而贫苦便成为一种高尚的变通（他甚至写过七首《咏贫士》❶）；这种风尚亦显露在他隐喻故人，或将之化作诗歌主题并进行赞美之时；这种风尚更在这位高士追求风雅，或诵读古籍，或弹奏古琴时展现得淋漓尽致。此外，颜延之的《靖节征士诔》还提到陶潜为其母的扶养尽孝，以及对幼子的悉心照料。❷

在8世纪早期，文人中兴起了一种融会儒、释、道三教的传统。这种传统将陶潜描绘成一位以儒家为本，同时与著名僧人慧远和道士陆修静交好的文人。尽管这个故事明显是虚构且与史实相悖的，但问题的核心在于，陶潜作为一位受召却不仕的士大夫，为什么能化身为三教中的儒士，进而成为儒家行为和价值的代言人。人们可能会不假思索地认为，既然陶潜被认作儒家的代表，那么士大夫们便可以更容易地接受陶潜的文化遗产，并以之为他们共同效仿的对象。然而，我们更应意识到的是，陶潜这一范式还为士大夫形象提供了一个恰当且出色的替代选项：在醉心于文学创作这一生活方式的同时，也可以选择庙堂之外的生活，进而追求"即事"的善

---

❶ 《陶渊明集笺注》，第364—379页。

❷ 《陶渊明集笺注》，第605页。

与高雅的趣味。

相较于以上的观点,更多讨论会将陶潜定位为一个道士。哪怕对于"道教"是什么并没有达成共识,人们也仍然认为他的大部分作品与人生一定程度上代表并展现了某些道教特质。他的作品总或多或少与《庄子》有一些共通之处,而他也将自己刻画成一位在田园中独居,参与农民四时劳作并与之相邻相处,时不时拨弄古琴、读书写作,时而饮酒酩酊、笑谈大道而淡泊生死的隐士。这当然也是陶渊明,而且一些最典型的陶潜画像以及与此相关的最广为传诵的诗句亦如此描写。道教还将陶潜的传记编录入高道圣传之中。在唐代末期,由于五柳先生贴合某种理想化的道教人格,他甚至还被纳入了道教神谱,哪怕《五柳先生传》本身是完全虚构的,且与道教没有任何联系。其成仙之地则是道教福地之一的虎溪山,而这座山恰好位于陶潜的家乡彭泽县。

人们常总结陶潜的风格为文辞不加修饰、阐述直截了当且不受其时盛行的冗繁文风之绊。这种风格可以让读者更贴近作者,而不为黏连繁饰的骈偶文风所掣肘。陶潜对他这些年生活方式的坦诚叙述,也一样促使读者去探索他作品中真诚的一面,并让他们产生代入感。至于这是否是陶潜所期待的,颜延之在《靖节征士诔》中曾引用陶潜的这一句:

身才非实,荣声有歇。❶

陶潜的一生和其作品刻画了一个尝试对己坦诚,进而对他的同代及后代人真诚相待的个体。同时,这些作品也呈现了一个多少与自己时代脱节的人。陶潜的长赋《感士不遇赋》探讨的恰恰就是这个话题。❷但是,正

---

❶ 《陶渊明集笺注》,第606页。
❷ 《陶渊明集笺注》,第431—433页。

如他的传记与诗作中提到的那样,他仍然有一群同时代的钦慕者。在《陶渊明文集序》中,萧统就曾写下他对陶潜发自肺腑的敬仰之情:"余爱嗜其文,不能释手,尚想其德,恨不同时。"❶

尽管如此,人们普遍认识到陶潜的伟大也是他去世几个世纪后的事情了。直到那时,陶潜才遇到了一群与他心有戚戚焉的读者。他们还从他的作品中发掘出一种与当时文化相契合的范式。一定程度上,这些读者可能是受到了陶潜作品编纂修订的过程的影响。自6世纪始,人们便发现陶潜文集的各种版本(萧统本不在此列)杂乱无章,且相互之间出入很多。他们担心这会导致陶潜的诗文最终散佚。❷到了苏轼的年代,也就是大约五百年后,陶潜的作品成了争论与编纂决策的焦点。人们争相选择不同的角度对其诗歌进行解读,以期可以最大限度地匹配诗人的形象。

陶潜无疑是不同凡响的。他的文化形象之所以能流传千载,其中也倾注了后代推崇者的心血。在这一过程中,那个真实的陶潜形象出现了一些"错位",然而他的遗产依旧保持了其深意与活力。他的人生和话语中流露出的真诚触动着后世读者的心,也时而为公众所效仿,并逐渐成为一种与文学文化契合的模范。陶渊明选择隐居生活并远离人世,但是他却时不时被看作积极入世的典范。尤其是当直面世间时,他的做法与以往那些只会悲叹自己怀才不遇的道德模范是那样的不同。事实上,陶渊明永远都在"此地"(此地与他如磐石般的正直人格和对家的个人体悟同始同终)与"此时"(他随心而为,并与他在自己生命之流中的瞬间完全合一)。

陶渊明被视作"古今隐逸诗人之宗"❸,而且他很多诗作的关注点都是他

---

❶ 《陶渊明集笺注》,第614页。
❷ 《陶渊明集笺注》,第614页。
❸ 《陶渊明集笺注》,第615页。

的归隐之乐。他书写故土与家人、乡野与田园、友邻欢聚、吟咏菊桑、读书作诗、饮酒鼓琴，以及安静隐秘、远离市井尘嚣与官场繁务的方方面面。陶渊明的诗句意象与归隐生活这一文学主题相呼应，为后世学者贡献了大量的参考文本。

在内容和措辞方面，江淹可能是第一位对当时看来已经别具一格的"陶潜"风格，也就是田园风格进行模仿的人。❶因为陶渊明表达的情感非常真挚，所以当模仿者试图贴近他时——不论是为了寻求安慰还是快乐，抑或是一个诗意的瞬间——很容易就可以进入陶渊明的角色。在接下来的几个世纪里，很多著名的诗人甚至还创作了许多和陶诗，以表达他们与陶渊明的惺惺相惜。

其中最出色、最完整，也是最为人称颂的例子当属苏轼的和陶诗。苏轼曾创作过一百多首和陶诗。他的弟弟苏辙也曾作过很多和陶诗。苏轼曾就这些作品写信给苏辙，云："岂独好其诗也哉？如其为人，实有感焉。"❷

侯思孟（Donald Holzman）认为，陶渊明与他在作品中塑造的生活方式标志着中国文化心态的一大变化。这种变化为文人提供了一种新颖且持久的榜样，让追随者可以合理地追求个人生活以及"即事"。❸正是由于这一榜样长久以来植根在中华文化的情感与全貌中，人们才会误以为它一直存在。正如颜延之在《靖节征士诔》中为他的朋友陶渊明所发出的慨叹："呜呼淑贞！"❹

---

❶ 《陶渊明资料汇编》，第6页。
❷ 《陶渊明资料汇编》，第35页。
❸ 引自 Alan Berkowitz, *Patterns of Disengagement: The Practice and Portrayal of Reclusion in Early Medieval China*, Stanford, CA: Stanford University Press, 2000, p. 222。
❹ 《陶渊明集笺注》，第605页。

推荐阅读

- 袁行霈,《陶渊明集笺注》,北京:中华书局,2003年。
- 逯钦立校注,《陶渊明集》,北京:中华书局,1979年。
- 王瑶编注,《陶渊明集》,北京:人民文学出版社,1962年。
- 王叔岷,《陶渊明诗笺证稿》,北京:中华书局,2007年。
- 杨勇校笺,《陶渊明集校笺》,上海:上海古籍出版社,2007年。
- 北京大学北京师范大学中文系、北京大学中文系文学教研室编,《陶渊明资料汇编》,北京:中华书局,1962年。
- 王质等,《陶渊明年谱》,北京:中华书局,1986年。
- 蔡瑜,《陶渊明的人境诗学》,台北:联经出版事业股份有限公司,2012年。
- 田晓菲,《尘几录:陶渊明与手抄本文化研究》,北京:生活·读书·新知三联书店,2022年。

- Berkowitz, Alan, *Patterns of Disengagement: The Practice and Portrayal of Reclusion in Early Medieval China*, Standford, CA: Standford University Press, 2000.
- Swartz, Wendy, *Reading Tao Yuanming: Shifting Paradigms of Historical Reception (427-1900)*, Cambridge, MA: Harvard University Asian Center, 2008.
- Ashmore, Robert, *The Transport of Reading: Text and Understanding in the World of Tao Qian (365-427)*, Cambridge, MA: Harvard University Asian Center, 2010.

第9章

陶渊明
中国文化的一个符号

袁行霈

陶渊明，又名潜，字元亮，号五柳先生，是生活于东晋与刘宋之际（相当于4、5世纪之间）的一位诗人。他的曾祖父是赫赫有名的东晋开国功臣、大司马陶侃，外祖父孟嘉曾担任权臣江州刺史桓温的长史。在这种家庭背景的影响之下，陶渊明亦曾出仕，先后在桓玄、刘裕等重臣的幕府中任职，但在此期间，他心情很矛盾，不断在出仕与归隐之间转换，在政治理想和田园梦想之间犹豫。晋安帝义熙元年（405），陶渊明出任彭泽县令，相传到任八十多天后，浔阳郡的督邮要来彭泽巡察，县衙中的小吏根据当时的惯例提醒陶渊明："应束带见之。"就是要穿戴整齐、恭恭敬敬地去拜见督邮。陶渊明叹道："我岂能为五斗米，折腰向乡里小儿。"意思是我怎能为了一点小利就低声下气去向这些小人献媚呢！于是当天即解印绶而去。此后，他一面读书为文，一面躬耕陇亩，彻底过上了田园隐居生活。陶渊明性好酒，相传有一次，浔阳郡的一位将领去造访他，适逢他酿的米酒熟了，古代的米酒在饮用之前需要过滤，于是陶渊明便率性地将自己的头巾取下，滤完酒后，又径自戴上，完全不在乎旁人的眼光。宋文帝元嘉年间，江州刺史檀道济到陶渊明家中拜望，当时渊明因为饥馁已经卧床多日，檀道济劝他出来做官，说："贤者处世，天下无道则隐，有道则至。今子生文明之世,奈何自苦如此!"渊明答曰:"潜也何敢望贤?志不及也。"檀道济离别时赠之以粱肉,陶渊明"麾而去之",以倨傲的态度表明自己甘于清贫,不愿出仕的立场。

陶渊明一生创作了一百多首(据《陶渊明集笺注》,共一百二十五首)诗歌,同时也留下了《桃花源记》《归去来兮辞》等脍炙人口的散文,这使得他成为魏晋南北朝时期一个重要的文学家。然而,当时他并没有得到足够的重视,钟嵘的《诗品》只把他列入中品。甚至到了唐代,杜甫在诗中提及陶渊明时,仍带有某种揶揄的色彩,认为"陶潜避俗翁,未必能达道"。然而,自北宋以后他的影响逐渐扩大,他的文集多次刊刻,注家迭出,流传广泛,不仅诗名远盖魏晋诸家,而且其个性、品格、生平,甚至是遗闻轶事,都深为士人所熟悉,并广泛、深刻地影响了士人群体的精神追求和价值观念。陶渊明在海外也产生了很大影响,9世纪时日本人藤原佐世的《日本见在书目录》中就有《陶潜集》十卷,可见陶集在那时已经传至日本。日本读者很喜欢他,翻译和研究他的学者也不少。韩国也有很好的译本和研究著作。他的作品还受到西方学者的关注,布茂林(Charles Budd)、亚瑟·威利(Arthur Waley)、艾米·洛威尔(Amy Lowell)、阿格(William Acker)、海陶玮(James Robert Hightower)等先后将陶渊明的诗歌译成英文、法文、德文,乃至捷克文等多种文字,陶渊明已经走出国门,成为一位"国际诗人"。

长久以来,中国的士大夫诵读陶集、追和陶诗,创作以陶渊明为素材的绘画,在对陶渊明的反复言说和描绘中,他不再仅仅是一个单纯的诗人,而逐渐成为士大夫抒发人生理想、寄托生命情怀的一个载体;出现在和陶诗或者绘画中的陶渊明,已经不再是那个出生于柴桑、一度奔走于长江中下游的官吏,而是一个清高、自然、潇洒,摆脱了世俗羁绊的高士,当士人们在现实生活中遇到种种困境时,他们往往会回到陶渊明,从他那里汲取清新的空气和自然的养分。后代的士大夫参与了对陶渊明的塑造,把自己从他作品中读出的人生体悟置入其中。不妨说,"陶渊明"是一座被后人不断耕耘的美丽园林,这个园林有一个来自陶渊明原型的基本架构,但是因为它有可塑性和不确定性,所以后人可以按照自己的理想、理解和期望来栽种各式各样的花木。这座园林没有脱离陶渊明原来的形态,保留了他的要素,但是变得更加丰富,更适合士大夫自身的需要,这样它就具有了文化符号的意义。既是陶渊明,又不完全是原本的陶渊明,而是士大夫所希望的"陶渊明"。把握"陶渊明"的文化符号性,不仅可以深入地了解陶渊明其人,更可以此为切入点,对中国文化,特别是士大夫文化的特点获得深刻的认识。

下面,就从"和陶诗"和"绘画中的陶渊明"这两个角度,分别展示陶渊明是如何由一个具有鲜明个性的诗人演变为一个富于象征性的文化符号。

和陶诗及其文化意蕴

南朝宋鲍照有《学陶潜体》诗一首,是模拟仿效陶渊明诗歌的发轫之作。此后梁江淹,唐代韦应物、白居易等都有拟效陶诗之作。不过,这些学陶、拟陶之作,并不在我们讨论的范围之内。苏辙在《追和陶渊明诗引》中引用苏轼的话说:"古之诗人有拟古之作矣,未有追和古人者也,追和古人则始于东坡。"❶苏轼这段话将模拟与追和区别开来,可见他追和陶诗是一种自觉的文学创作活动,而且是一种新的尝试。的确,追和与拟古不完全相同。拟古是学生对老师的态度,追和则多了一些以古人为知己的亲切之感。

---

❶ 拙著《陶渊明集笺注》附录二"苏辙《追和陶渊明诗引》"(据宋刊施元之、施宿、顾禧注《东坡先生诗》残本),第662页;又见《四部丛刊》影明蜀府活字本《栾城后集》卷二十一。

拟古好像临帖，追和则在临习之外多了一些自由挥洒、表现个性的空间。

苏轼和陶诗共一百零九首，始于哲宗元祐七年（1092）五十七岁，时知扬州，有《和饮酒二十首》❶，其余则是在惠州和儋州谪居期间所作。除和陶诗外，苏轼还有《归去来集字十首并序》《问陶渊明》等，亦可见其对陶渊明的喜爱。关于苏轼的和陶诗，这里举一例。陶渊明《归园田居》其一云：

> 少无适俗愿，性本爱丘山。误落尘网中，一去三十年。
> 羁鸟恋旧林，池鱼思故渊。开荒南野际，守拙归园田。
> 方宅十余亩，草屋八九间。榆柳荫后园，桃李罗堂前。
> 暧暧远人村，依依墟里烟。狗吠深巷中，鸡鸣桑树巅。
> 户庭无尘杂，虚室有余闲。久在樊笼里，复得返自然。

"园田居"是他的一处居所。"少无适俗愿"一句，汲古阁本作"适俗韵"，校曰："一作韵"。"韵"本指和谐之声，引申为情趣、风度、气韵等，为六朝习语，但多用于褒义，《世说新语》言语篇称赞向秀等人有"拔俗之韵"，"拔俗"可称为"韵"，"适俗"则不可称韵。应作"愿"。"愿"乃主观之希望，"适"是主观的态度，"适"与"愿"恰好匹配。而且，"愿"字与下句"性"字，一是主观愿望，一是自己的本性，分别从态度与本性两方面落笔，错落有致。这也与《归园田居》其三中"衣沾不足惜，但使愿无违"的"愿"字相呼应。故从校文用"愿"字。

这首诗描写作者田园生活中的情趣与理趣。作者从小即无适应世俗之意愿，性情本爱此丘山。然而，在年轻时，却误落于世间俗事俗欲之中，离开园田居已三十年矣。这里用"尘网"一词，意谓尘世之俗事俗欲如网之缚人。陶渊明指出，我既有思恋故园之意，又有向往自由之情，因此乃

---

❶《集注分类东坡先生诗》附《东坡纪年录》一卷，《四部丛刊》影南海潘氏藏宋刊本。

决意开荒南野之际,归于园田居。"守拙"意谓保持自身纯朴之本性,而不与世俗之"机巧"同流合污。接着,陶渊明描述他的园田居,宅屋周围之园有十余亩,宅屋则有八九间,榆树、柳树种于后园,桃树、李树植于堂前。远处,村庄依稀;近处,炊烟依依。狗吠于深巷之中,鸡鸣于桑树之巅。家中门庭洁净,亦无尘俗杂事,心中宽阔而无忧虑。陶渊明感叹:我虽曾久处于尘网牢笼之中,但终于复得脱离樊笼,而回归自己本来之天性,亦复得以自由也。这里的"自然",并非大自然、自然界,而是一种自在之状态,即非人为者、本来如此者、自然而然者。"返自然"是陶渊明哲学思考之核心。

这首诗娓娓道来,率真之情贯穿全篇,其浑厚朴茂,少有及者。自"方宅十余亩"以下八句,画出一幅田园景色,仿佛在带领读者参观,一一指点,一一说明,言谈指顾之间自有一种乍释重负的愉悦。结尾二句画龙点睛,饱含丰富的人生经验。

苏轼对此诗十分欣赏,曾作有此诗的和诗:

> 环州多白水,际海皆苍山。以彼无尽景,寓我有限年。
> 东家著孔丘,西家著颜渊。市为不二价,农为不争田。
> 周公与管蔡,恨不茅三间。我饱一饭足,薇蕨补食前。
> 门生馈薪米,救我厨无烟。斗酒与只鸡,酣歌饯华颠。
> 禽鱼岂知道,我适物自闲。悠悠未必尔,聊乐我所然。

所谓和诗,即用渊明原诗之韵,重新写作此诗。这首和诗是苏轼遭贬官后谪居海南时所作,诗歌描写了儋州优美的自然风光,以及淳朴的民风民俗。作者虽然谪居在此,却体会到了陶渊明"斗酒聚比邻""只鸡招近局"的田园之乐。这首和诗虽然描写的内容与陶诗并不相同,但其表达的对于"自然"的热爱与追求,却是一致的。而考虑到陶诗描写的是真实的田园隐居生活，而苏轼描写的实际是贬官谪居的生活，则苏轼和诗所传达出的这种对"自然"、对田园的热爱，又染上了一些悲凉和深沉的意味。

苏轼早年在政治上奋发进取，勇于建言，四十四岁遭"乌台诗案"，晚年更历尽坎坷。但他始终坦然处之，以固穷的态度和旷达的精神消解个人的不幸。晚年他写和陶诗，既表现了对陶渊明特有的崇敬，也是以陶渊明为自己贬谪生活中的精神支柱和朝夕相伴的知音。❶苏轼在和陶诗中提到陶渊明时，称其为"江左风流人，醉中亦求名。渊明独清真，谈笑得此生"（《和陶饮酒》），可见其对陶渊明的摆脱世事、保持清真，充满向往之情。在《和陶归去来兮辞》中，苏轼更说自己就是陶渊明的后身："师渊明之雅放，和百篇之新诗。赋《归来》之清引，我其后身盖无疑。"苏轼的和陶诗善于将深邃的人生思考贯穿在日常生活细节的铺叙之中，用议论的笔调统摄全篇，既不失陶诗的本色，也保持了苏轼自己的风格。

苏轼和陶诗在当时就引起了广泛的注意，苏辙以及晁补之、张耒、秦观等苏门诗人各有继和之作。此后南宋、金、元、明、清，各代和陶者大有人在。而明代和陶的人特别多，这与明代士大夫的追求和标榜有关，他们推崇清高的人格，注重生活的情趣，这在书法绘画、园林家具、茶道花道等方面都有所表现。和陶与这种人生的追求及艺术的趣味是相一致的。

在这里有必要对和陶诗作者的情况进行一番考察。

首先我们会注意那些隐士的和陶之作。例如元代著名诗人刘因，至元十九年（1282）应召入朝，为承德郎、右赞善大夫，不久辞官归隐。元世祖再遣使召之，辞不赴。刘因出生于一个世代以儒学为业的家庭，他本人也是当时著名的理学家。他之辞官不仕，一方面是忠于金朝，坚守气节，另一方面也是因为看不惯仕途上种种趋炎附势的行径。他的性格及处世之

---

❶ 苏轼与朋友唱和的诗作不少，但唱和古人的诗除了和陶诗之外，还有《和李太白并叙》。见《全宋诗》卷八〇六，北京：北京大学出版社，1993年，第14册，第9342页。

道与陶渊明很相似。其和陶诗见《四部丛刊》影元至顺间刊本《静修先生文集》卷三,共七十六首,包括《和归田园居》五首、《和乞食》等。这些诗大都描写自己隐居的贫穷生活,其中不乏生活的实际体验,如《和有会而作》序曰:"今岁旱,米贵而枣价独贱。贫者少济以枣食之,其费可减粒食之半……因有所感而和此诗。"也许因为刘因是理学家,他的和陶诗发展了陶诗说理的成分,诗中常有人生的感慨。如《和杂诗》其二:"天人互偿贷,千年如响影。廓哉神道远,瞬息苦驰骋。平生远游心,观物有深静。"

还有一些易代之际的遗民,忠于旧朝,向慕渊明耻事二姓,写下一些感情深挚的作品。例如南宋遗民家铉翁《则堂集》卷六有《和归去来辞》,其小序曰:"东坡、颖滨、元诚、了翁在迁谪时,皆尝和渊明此辞,久之皆得生还故郡。余羁留北方十有一年矣,客有持诸老和辞见示者,读之感慨不能已。因亦和成一篇,以见其引领南望之意。"此外,元末明初的戴良、黄淳耀,明末清初的方以智等,都以遗民之身而追和陶诗,如方以智的和陶诗,其中有一种孤独之感流露于字里行间,其《和饮酒》其一云:"举世无可语,曳杖将安之?残生不能饿,乞食今何时。"

这些隐士、遗民的性格多有与陶渊明相近的地方,他们都坚守自己的人生准则,不肯同流合污,也不肯屈己干人,十分倔强。他们的诗便是这种性格的真实体现。

有趣的是一些高官并没有隐逸的生活经历,他们的处境同陶渊明相去甚远,却也写了不少和陶诗。例如宋朝的李纲,他是两宋间主战派的代表人物。其性格刚正不阿、正气凛然。他写和陶诗,也正是因为欣赏和崇敬陶渊明的为人。其《梁溪先生文集》有《和陶渊明归田园六首》等四十多首和陶诗,大多表现向往归隐之意,其《次韵和归去来集字十首》(卷十三)之十曰:"处世若大梦,吾生感行休。何须缚轩冕,且复傲林丘。云木千岩秀,烟波万壑流。忘机齐物我,鱼鸟与君游。"可见其心中的感慨是很深的。一位抗金的著名人物，竟然引陶渊明为知音，一再写作和陶诗，说明陶渊明的意义已经远远超出隐士或隐逸诗人的范围了。

此外，南宋龙图阁学士吴芾、金朝礼部尚书赵秉文、元朝翰林侍读学士郝经、清朝礼部侍郎齐召南等官员都曾作有和陶诗。这些高官之所以能与陶渊明产生共鸣，是因为他们所具有的气节，这并不奇怪。但有人并没有气节可言，却也写作和陶诗，例如南宋周紫芝，谄事秦桧父子，深为四库馆臣所诟病，然而其《太仓稊米集》❶中亦有《和陶彭泽归去来词》。他的人品与陶渊明大相径庭，这样一个人也会和陶，就不能不说他是故作标榜了。

特别有趣的是清帝乾隆，他居然也有和陶诗，《御制诗》三集卷七十二载《和陶二首用其韵兼效其体》，其中一首竟然是《咏贫士》，另一首是《读山海经》，描述其读书的环境，乃是"精庐敞以庨，插架有古书。牙签分四部，芸帙富五车。是时颇望雨，园人送新蔬"。❷身为皇帝居然也咏起贫士来了，他哪里能够体会贫士的生活和心情呢！他所写的读书生活，和陶渊明相比更是大异其趣。

如上所述，隐士、遗民和那些有气节的士人，他们心仪渊明，追和陶诗，是寻找同调并有借以自励的意味。而那些并无节操的人追和陶诗，在一定程度上则是弥补和疗救自己心灵的缺憾，或者借以粉饰自己。这两种情况恰好从正反两个方面显示出陶渊明巨大的影响。从这个意义上说，陶渊明好像是一面镜子，映照出那些追和者各自的精神面目、人格情趣和生命的价值。

平心而论，和陶并不是一种很能表现创作才能的文学活动，在众多的和陶诗中，称得上佳作的并不多。它们的价值主要不在于这些作品本身，而在于这种文学活动所包含的文化意蕴。"和陶"所标示的是对清高人格的

---

❶ 北京大学图书馆藏清抄本《太仓稊米集》七十卷，共十六册，徐时栋及李木斋跋，有抄补。
❷ 《御制诗》三集卷七十二，文渊阁《四库全书》本。

向往和追求，对节操的坚守，以及保持人之自然性情和真率生活的愿望。真实的陶渊明也许并不很单一，后人对他的认识有理想化的成分。但是不可否认，因为有了大量的和陶诗，陶渊明作为一种文化符号的意义更加鲜明了。陶渊明不断地被追和，即这个符号在中国文化中不断地重复，不断地强化。从这个角度研究和陶诗，将它们作为对"陶渊明"这个文化符号不断认同的一种宣示，我们可以获得对陶渊明以及中国士大夫文化的更深一层认识。

绘画中的陶渊明

除了在诗歌中不断被后人追和，陶渊明以及他的诗歌还是古代绘画中常见的素材。考察这些绘画，可以看到陶渊明在画家心目中的影像，进而亦有助于我们探讨陶渊明作为中国文化的一个符号所体现的人生追求和美学理想，及其所产生的广泛影响。

台北故宫博物院藏有传为南朝宋陆探微的《归去来兮辞图》，绢本设色，无款印，显然是传本。我们从文学史的角度来看，陶渊明在刘宋时并不为人所重视，到了梁朝，萧统将他的作品编集，并选入《文选》，陶渊明才为更多的人注意。这样看来，宋明帝时常在侍从的陆探微作此画的可能性是很小的。若论画风，则可能是13世纪以后的作品了。

今知较早而且比较著名的陶渊明画像，当推唐代郑虔所绘《陶潜像》。《宣和画谱》卷五载："画陶潜风气高逸，前所未见。非醉卧北窗下、自谓羲皇上人，同有是况者，何足知若人哉！此宜见画于郑虔也。"郑虔所绘《陶潜像》今已不存，从上引《宣和画谱》的记载中可以想见，此画着重表现陶渊明高逸隐士的风貌，颇有引陶渊明为知己之意。这与《历代名画记》卷九"郑虔，高士也"的记载是一致的。

从文献记载来看，宋代已有许多陶渊明画像。现在可考的北宋曾画过陶渊明像的有李公麟，他字伯时，号龙眠居士。据《宣和画谱》卷七载，公麟"仕宦居京师十年，不游权贵门。得休沐，遇佳时，则载酒出城，拉同志二三人访名园荫林，坐石临水，翛然终日。当时富贵人欲得其笔迹者，往往执礼愿交，而公麟靳固不答。至名人胜士，则虽昧平生，相与追逐不厌，乘兴落笔，了无难色"。可见其性格颇有接近陶渊明之处，堪称陶渊明的同调，他作陶渊明画像显然寄托了自己的志趣。

关于他所绘《归去来兮图》，《宣和画谱》卷七载："公麟画陶潜《归去来兮图》，不在于田园松菊，乃在于临清流处。"陶渊明《归去来兮辞》有句曰"临清流而赋诗"，这幅画就是以此为背景。美国弗利尔美术馆藏有题为宋李龙眠的《渊明归隐图》，绢本，或为北宋人摹本。此图将《归去来兮辞》分为七段，分别配七幅图，如其第一段，自开头至"三径就荒，松菊犹存"，画陶渊明乘船归来，图中陶渊明衣袂褒博，站立于船头，凸显"风飘飘而吹衣"的情形。岸边有童仆欢迎，一人用篙杆搭在船头。稍远则是陶渊明的屋舍及家人等候在门边的情形，院子里一只小犬奔跑着，似乎也在欢迎主人。

其第七段自"登东皋以舒啸"至篇末"乐夫天命复奚疑"，表现陶渊明"登东皋以舒啸"的情形，他手持藜杖，面容怡然。坡下又绘陶渊明坐于悬崖边，身着鹿皮，身旁一童子背着酒壶。

进入元代以后，各家陶渊明画像有一种趋同的现象，大体上是头戴葛巾，身着宽袍，衣带飘然，微胖、细目、长髯、持杖，而且大多是面左。这种定型化的陶渊明形象，很可能是源自李公麟。元代张叔厚绘有《陶渊明小像》，大痴道人跋曰："千古渊明避俗翁，后人貌得将无同。杖藜醉态浑如此，困来那得北窗风。"这首诗中"后人貌得将无同"一句，便指出了这种情况。关于这一点，下面还会提及。

宋元之际钱选所绘陶渊明像，是必须重点介绍的。钱选的《柴桑翁像》，纸本，设色。陶渊明面左，着葛巾、木屐，曳杖而行。此画以比较浓的曲线强调了巾带、衣领和广袖，线条很流畅，飘飘然，有很强的动感，生动地衬托了陶渊明的洒脱性格。陶渊明的面庞呈椭圆形，有须，显然一副怡然自得的表情。一童仆背负酒瓶，跟随其后，以表现陶渊明好饮酒。此图与台北故宫博物院所藏题李龙眠（即李公麟）绘《归去来兮图》陶渊明行走像十分相似。明代的王世懋认为钱选所绘陶渊明图有公麟笔意，或许他曾见过公麟真迹。清人卞永誉《书画考》亦认为钱选所绘人物师从李公麟。现存陶渊明传记及其作品中并没有童子携酒相随的记载，画中的情节乃出自想象。钱选是南宋的遗民，元初时与赵孟𫖯齐名，但他对元朝的态度与赵不同，更不肯借着与赵孟𫖯的关系而取宦达，这跟陶渊明颇有相似之处。钱选在该画题记中称画陶渊明以"自况"，可见他对陶渊明有深切的认同感。

  明代时，关于陶渊明的绘画发生了显著的变化，简要地说就是更明显地带上了画家个人的色彩，往往以画家当时的生活状况作为陶渊明的生活背景，艺术表现更趋于细腻而且更多样化。如陆治所绘《彭泽高踪》，今藏台北故宫博物院，纸本水墨，图绘一山坡自左下向右上伸展，两棵老松占据画面上方，陶渊明坐于松树之下，露顶，面左，左手持菊花，神情怡然。由钤印可知，此图作于陆治二十八岁，不知是否因为是少作，就连所画陶渊明的形象和神气在寂寞之中也多了几分俊秀之气，这与其他画家笔下的陶渊明那种饱经沧桑的神气颇不相同。画家在画陶渊明的时候，往往自觉或不自觉地将自己的志趣性格甚至面貌投射在陶渊明身上，陆治这幅画或许可以作为一个很好的例子。

  清代绘画中关于陶渊明的题材依然很多，其中最值得注意的是明末清初遗民画家的作品。张风《渊明嗅菊图》是一幅肖像画，纸本墨笔，今藏故宫博物院。渊明弯腰侧身，捧菊花一朵作嗅闻状，表情专注，几近陶醉。他头戴风帽，宽袍大袖。此画纯用白描手法，整幅画的线条包括衣褶都极其简练,与传为梁楷减笔画法的《李白行吟图》有异曲同工之妙。渊明爱菊,人所共知,"采菊东篱下,悠然见南山",菊花是渊明高洁人格的象征。但是,无论是陶渊明的诗文,还是他的传记,都未提到"嗅菊"二字。古人虽有诗中写到嗅菊的,如宋范纯仁、王十朋、谢翱等,已在渊明之后。张风所绘渊明嗅菊,乃出于他本人的想象,或者说是把别人的雅事融入到渊明的身上了。张风是明遗民,绝意仕进,可知这幅画寄托遥深,不仅融入了他自己的感情,或许还融入了他自己的形象。

　　明末清初大画家陈洪绶不止一次画陶渊明像,以寄托自己的向往之情,其中《博古叶子》中的《空汤瓶》是很有独创性的一幅。上文讲到,今存画像中的陶渊明形象多为同一类型,让我想起今人的标准像,在人们的心目中,似乎陶渊明也有一幅标准像,一直沿袭下来。而陈洪绶的《空汤瓶》则与"标准像"颇不一致。首先,这是坐像,陶渊明斜倚在一片石边,箕踞而坐,他的藜杖放在左前方的地上,这与我们常见的杖藜而行的陶渊明不同。石上置酒瓶一、酒勺一、酒盏一。既然题曰"空汤瓶",画中的酒瓶应当是空的。陶渊明面目清秀,首略颔,目微闭,身子有一点前倾。整个画面透露着一种闲适、从容的气氛。画家所要强调的是陶渊明的精神世界,虽然无酒可饮,但神情怡然。别的画像大都画陶渊明饮酒,甚至行走中也有童仆为他背着酒坛。这里陈洪绶偏画他无酒可饮,这也与众不同。陶渊明《五柳先生传》载:"性嗜酒,家贫不能恒得。"沈约《宋书·陶潜传》载:"尝九月九日无酒,出宅边菊丛中坐久,值弘送酒至,即便就酌,醉而后归。"陈洪绶显然是取材于此。在他的笔下,陶渊明不但无酒可饮,而且在无酒的情况下仍然很快乐,一副无所谓的样子,这就更能表现他的潇洒与高雅。

　　陈洪绶九岁丧父,一生在功名上无所成就,又经历了明朝的覆亡,一度逃入山中为僧,后来回到城市中卖画为生,衣食不能自给,但不肯阿附于权贵。他的这种遭遇和性格,必然会对陶渊明表现出格外地认同,他的这幅陶渊明画像就是一个很好的例证。

此外，历代以《桃花源记》为题材的作品也很多，这些画中并没有陶渊明的形象，但因为这篇作品表现了陶渊明的理想，而这理想反映了一种带有普世性的愿望，深受历代读者喜爱，所以也成为画家常用的题材，南宋赵伯驹，元代赵孟𬱖，明代仇英、文徵明、吴伟业等都有画作。以清初王翚的《桃花渔艇图》为例，该图藏于台北故宫博物院，纸本设色。此图重心偏在左侧，一条山溪自左上方斜流而下，愈下愈宽。溪中波纹极富动态，与天空之浮云相呼应，笔法也相同。设色以青绿为主，溪岸点缀以桃花、松树、芳草。一渔艇自上顺流而下，艇上坐一渔人。右侧上方云烟浩渺。王翚此图与此前诸家相比极具特色，其左侧由几个巨大的色块组成，十分醒目，而右侧则仅施以淡彩，几近空白，给人留下许多想象的空间，堪称历代桃花源图中的上上之作。

作为文化符号的陶渊明

通过对于和陶诗以及绘画中的陶渊明形象的回顾，我们可以将陶渊明作为中国文化的一个符号这一问题归结为以下几点：

第一，作为文化符号的陶渊明，是在历史的长期积淀中逐渐形成的，与不同历史时期士人风尚的转移有着密切的关联。陶渊明生前及去世以后相当长的一段时间内并没有得到足够的重视，到了梁代，萧统为他编集作序写传，陶渊明才开始引起社会更大的关注。到宋代经苏轼、朱熹的大力推崇，陶渊明的地位才崇高起来，在士大夫中间逐渐成为崇拜的对象，并成为一种具有象征意义的文化符号。陶渊明之所以在宋代受到重视，乃是与宋代的士人文化密切相关的。宋代士人特别崇尚自身道德人格的修养，无论是出还是处，都要安顿好自己的心灵。陶渊明不为五斗米折腰，归隐田园，高蹈远举，寄情琴酒，以及被人片面强调的忠于晋室、耻事二姓，很自然地成为他们的精神寄托。而随着时代、士人风气的变化，作为文化符号的陶渊明也在发生变化，例如明代士大夫推崇清高的人格，注重个性张扬以及生活的情趣，而明代和陶诗以及明人画笔下的陶渊明便显示出明代士人的审美特点。

第二，作为文化符号的陶渊明，他的特质可以归结为清高、真淳、气节高尚，代表着回归自然的人生追求，以及对自然美的追求，是一个完全摆脱世俗羁绊的高士形象。而我们知道，真实的陶渊明并非如此单一，他曾经在出处之间反复抉择，他面临贫困的压力，也会有孤独的感受，这些矛盾和苦闷，在他的作品中有所体现。但作为文化符号的陶渊明，则是被理想化了的，这正是其符号性的体现。我曾将陶诗中具有创新性的主题分为五类，其中四类是后人追和较多的，分别是回归主题、饮酒主题、固穷安贫主题和生死主题。而描绘陶渊明的绘画，也以表现桃花源、田园归隐生活为主，画家笔下的陶渊明，无论是李公麟影响下的"标准像"，还是带有画家个性色彩的画像，大多清雅闲适、飘逸脱俗，可见作为文化符号的陶渊明，已经不完全是晋宋之际的那个陶渊明，而是根据后人的喜好和理想、不断被塑造出来的具有象征性的人物形象。我们甚至可以说，在我们的视野中，存在着"两个陶渊明"，一个是真实存在于晋宋之际的陶渊明，另一个，则是由历代士大夫不断塑造而成的、作为文化符号的陶渊明。我们研究陶渊明，不仅要研究那个真实的陶渊明，同样也要研究作为文化符号的陶渊明，甚至从某种程度上说，后者的研究对于我们深入理解中国文化具有更为重要的意义。

第三，作为文化符号的陶渊明，主要反映的是士大夫群体的精神追求。陶渊明以及他的诗文、事迹代表着清高、自然、萧散、隐逸、脱俗，最符合士大夫的生活习气，因此其影响主要是在士大夫中间。这跟八仙、关公等题材明显不同，八仙和关公是更平民化的，无论是在文学作品中还是画家笔下,他们都受到更多平民的喜爱甚至崇拜。就以饮酒而言,陶渊明的影响还不如李白普及,李白作为一位"饮者",在民间广泛留有自己的姓名,以致到处都有酒店挂出"太白遗风"的匾额。作为文化符号的陶渊明,主要是属于士大夫的,陶渊明的身上,凝结了他们对于政治现实、人生困境的无奈;凝结了他们对于崇高人格、田园生活、内心自由的向往;陶渊明是士大夫的精神家园,是他们借以表示其理想人格的一种符号。当然,对于一些品行不端、节操有污的士人而言,陶渊明也成为他们自我救赎、自我粉饰的工具。可以说,陶渊明作为中国文化符号的意义,已经超出他作为诗人的意义。放到文学史上,陶渊明不过是一位诗人,而放到文化史上,他就成为一种人格、情操的象征,代表中国士大夫的一种精神追求,也可以弥补士大夫心理的某些缺憾。在传统社会里,士大夫所面临的一个核心问题,就是出处的选择,出仕固然以良臣贤相作为追求目标,而作为文化符号的陶渊明则代表了士人退隐后对于个人理想人格的追求。

第四,在中国文学史上,成为文化符号的诗人并不只有陶渊明一人,我们还可以举出独立不迁的屈原、狂放不羁的李白,小说戏曲中还有象征忠义的关羽、象征智慧的诸葛亮、象征公正清廉的包公等,他们各自以其符号性的特征,彰显中国文化在某一层面上的特点,体现中国文化的多样性。对这些文化符号的研究,有助于我们深入了解中国文化的各种特质得以形成、深化的过程和原因,对于我们从不同层面了解中国文化具有重要的启示。

第五,作为文化符号的陶渊明,不仅在中国古代社会具有重要的文化意义,同时具有当代性和世界性的价值。当代中国,人们的生活、居住环境日益远离自然。在这种背景下,我们需要回到陶渊明,他的"自然",或许正是疗救现代文明种种积弊的良药。同样,即使是在纽约、东京,人们对于田园风光的热爱,对于大自然的向往,并不因经济的发达而有所不同。美国19世纪著名作家梭罗(Henry David Thoreau)曾在马萨诸塞州康科德城（Concord）瓦尔登（Walden）湖畔自筑的木屋生活了两年，自给自足，以表示对过分追求物质享受的现代社会的不屑。他将自己的经历写成一部书《瓦尔登湖》，其中流露出的对于自然的向往，与陶渊明暗合。我曾在美国哈佛大学、哥伦比亚大学、华盛顿大学先后讲演陶渊明，发现陶诗的野趣和它的自然美，很容易为美国人所理解。而在日本，自9世纪以来，便有陶集的流传，日本士人既有拟陶的诗作，也有描绘陶渊明的绘画，这些都显示出作为文化符号的陶渊明，不仅影响了中国，也影响了世界。

我搜集过历代的和陶诗，并对和陶诗做过初步研究；也搜集过关于陶渊明的绘画，写了一部《陶渊明影像——文学史与绘画史之交叉研究》。和陶诗是一种特殊的现象，还可以进一步研究。文学史与绘画史的交叉研究，是一个新的领域，值得进一步开拓。学术的发展，不仅要注意某一课题的深入，也要注意新领域的开拓。做编辑工作，同样需要这种跨学科的眼光。

推荐阅读

- 袁行霈，《陶渊明影像——文学史与绘画史之交叉研究》，北京：中华书局，2009年。
- 袁行霈，《陶渊明研究》，北京：北京大学出版社，2009年。
- 苏轼，《东坡先生和陶渊明诗》，杭州：浙江人民美术出版社，2017年。
- 葛晓音，《山水田园诗派研究》，沈阳：辽宁大学出版社，1993年。

第10章

挣扎的佛心
沈约

吴妙慧（Meow Hui Goh）

以"一代词宗"闻名的沈约，是南朝精英文化的代表。他在世七十二年，而当时他的同僚多未活过四十岁。作为三朝（宋、齐、梁）元老，沈约可谓是那个时代所有社会政治、思潮、宗教以及文化风云变幻的"化身"。人们可能会想象，这样的一生必定异常跌宕起伏，然而在这里，我们将探索沈约复杂人生的另一个面向：他充满挣扎的佛心。通过他最知名的作品之一——一首总共四百五十二句的赋，我们不仅可以倾听他个人的故事，更可以进一步了解那个佛教开始融入精英文化，并最终影响诗歌创作的时代。

沈约晚年的一个插曲，或许可以作为这个长篇故事的引子。晚年的沈约已经达到了他仕途生涯的顶峰。他多数时间都在私人园林中度过。也就是在这一时期，身为诗人的他完成了代表作《郊居赋》。在这篇作品上，沈约明显花费了大量的时间和心血。他曾将作品的草稿送给王筠——一位被他赏识并受他荫护的年轻诗人——品鉴。《梁书》是这样记载的：

> 约制《郊居赋》，构思积时，犹未都毕，乃要筠示其草，筠读至"雌霓（五激反）连蜷"，约抚掌欣抃曰："仆尝恐人呼为霓（五鸡反）。"次至"坠石碨磊"，及"冰悬坎而带坻"，筠皆击节称赞。约

曰:"知音者希,真赏殆绝,所以相要,政在此数句耳。"❶

两人间的相互钦慕可见一斑。然而,如此之长的作品,为何沈约会特别在意"此数句"?要想彻底理解在这个故事中二人间到底产生了怎样的共鸣,我们需要仔细解读一下这篇作品。

郊野冥思

沈约的私家庄园名曰"东田",可能由于其位于都城东北翼而得名。507年,当六十七岁的沈约已经接近生命的尽头时,这个园子就是他的庇护所,给他的思考与写作提供了清净的空间。他的《郊居赋》便是与这个庄园紧密联系在一起的;这篇赋不单单是在这里写成的,更是为这里而写的。作为一部半自传半史评式的作品,这首赋整体采用了沉思式的基调,展示了引导作者建造东田并闲居于此的想法与情感,作品的核心则落在昔日时光上。赋的开头,沈约首先回忆了自己的家族史:

> 昔西汉之标季,余播迁之云始。
> 违利建于海昏,❷创惟桑于江汜。❸
> 同河济之重世,逾班生之十纪。

---

❶《梁书》卷三十三,北京:中华书局,1997年,第485页。

❷ "利建"源自《易经》屯卦中的"利建侯"。其意指万事之始难,宜任用贤人为助。根据这一卦的内容,沈约诗句的含义大体可以解读为:他家族的先辈迁居海昏之初曾遭遇困难,于是决定不于此久居。

❸ 此句典出自《诗经·小弁》"惟桑与梓,必恭敬止",句中的"桑梓"指先祖手植以福荫后人的桑树与梓树。后取延伸义,代指先祖旧居之所。

或辞禄而反耕，或弹冠而来仕。❶

"海昏"地处今天的江西，"江汜"泛指长江东南一带地区。沈约讲述了西汉时他先祖的经历，也就是差不多五百年前或者十五代人以前的事情。沈约追溯了他们的迁徙和事业，在他的回溯中，沈氏家族是源自南方、拥有长期农耕和仕宦历史的家族。他笔下的沈氏，坚韧得就好比黄河和济河，千百年来奔腾不息，甚至远胜汉代最显赫的史官家族之一的班氏（沈约本身是一位史官，他编纂了刘宋的官方史书《宋书》）。在接下来的二十句诗中，诗人简述了家族的起起伏伏，略过了他父亲因刘宋皇帝遇刺而受牵连遭到处决一事，直接跳到了他这一代。优雅的诗句里充斥着一种骄傲感以及一种传承家族遗产的使命感。不过最重要的是，他的这首赋作反映了一个看到人生尽头之人的深刻反思。

在这首赋过半之处，诗人的追忆扩展开为更宏大的历史叙述。随着他的目光由内向外转移、从屋内延展到园林，他开始回忆不同的历史人物和事件。向南望，他看到了"方阜"。那是秦始皇称霸天下并驶向大海的地方：

聊迁情而徙睇，识方阜于归津。
带修汀于桂渚，肇举锸于强秦。
路萦吴而款越，涂被海而通闽。❷

他还记起东汉的军事铁腕人物曹操举办的酒宴：

谬参贤于昔代，亟徒游于兹所。

---

❶《梁书》卷十三，第236页。
❷《梁书》卷十三，第239页。

> 侍彩旄而齐辔，陪龙舟而遵渚。
> 或列席而赋诗，或班舫而宴语。
> 穗帷一朝冥漠，西陵忽其葱楚。❶

"西陵"代指曹操之墓。据传曹操的遗愿是将他的灵床放置在铜雀台之上，并用薄纱覆盖灵柩，使人每天供奉食物，并令舞者每逢十五在台前起舞。

沈约的历史追忆关注的核心是死亡、丧失与毁灭。随着对私家园林景色的欣赏，他开始思考正在慢慢迫近却无法回避的死亡。凝视着商飙馆，也就是他与诗友廿载前共同庆祝重阳节之所，他不禁吟咏出下面的两句诗：

> 莫不共霜雾而歇灭，与风云而消散。❷

然而，最让诗人心惊的，还是他曾在479—486年间辅佐过的文惠太子的花园残景：

> 睇东岘以流目，心凄怆而不怡。
> 盖昔储之旧苑，实博望之余基。
> 修林则表以桂树，列草则冠以芳芝。
> 风台累翼，月榭重枅。
> 千栌捷嶪，百栱相持。
> 皂辕林驾，兰枻水嬉。
> 逾三龄而事往，忽二纪以历兹。

---

❶《梁书》卷十三，第240页。
❷《梁书》卷十三，第240页。

咸夷漫以荡涤，非古今之异时。❶

文惠太子以其对华美物品与雕栏画栋的痴迷而闻名。很明显，沈约在其描写中也对此有所强调。相传文惠太子薨逝后，他的父皇武帝对其奢靡大为震怒，下旨毁掉他所有的"玩物"；故事的另一个版本是，武帝最终变卖了太子的私家园林。值得注意的是，太子因体弱早逝，与他的奢靡完全无关。但是在沈约看来，太子逝后失去花园这件事，与历史上所有的毁灭别无二致。

不管是诗人对于个人历史的回忆，还是对于共同历史的回忆，都指向了一个问题：一个人如何让自己避免毁灭？沈约在整首赋里一遍又一遍地审视自己，而他的答案总是落在对自己佛教信仰的再三确认上，比如下面这几句就是很好的例子：

敬惟空路邈远，神踪遐阔。
念甚惊飙，生犹聚沫。
归妙轸于一乘，启玄扉于三达。❷
欲息心以遣累，必违人而后豁。❸

"空"这一教义相信，由于世间万物都依赖大量外部因素而存在，所以万物皆为虚幻。掌握了这一教义的真谛便可谓彻悟。而领悟这一真谛的机窍在于"三达"，即"知宿世为宿命明，知未来为天眼明，断尽烦恼为漏尽明"。❹

---

❶ 《梁书》卷十三，第240页。
❷ "妙轸"与"玄扉"均指佛门信仰。"一乘"的教义再次确认了佛乘的唯一性，即佛陀本身。
❸ 《梁书》卷十三，第241页。
❹ 详见 Richard B. Mather, *The Poet Shen Yüeh (441-513): The Reticent Marquis*, Princeton, NJ: Princeton University Press, 1988, p. 208 n. 134。

具备三达的心智可以超然物外而不受世间烦扰牵绊。在赋的末尾，诗人给自己找到的出路就是超脱豁然，这也是他归隐东田背后的动机。

沈约是这样述说他自己移居郊野的过程的：

> 伊吾人之褊志，无经世之大方。
> 思依林而羽戢，愿托水而鳞藏。
> 固无情于轮奂，非有欲于康庄。
> 披东郊之寥廓，入蓬藋之荒茫。❶

原来"东郊"所指并非只是一个地名。作为沈约挂冠而去的象征，"东郊"不单代表了他身离官场，更点明他的精神已然远别都城。在这种情境下，他希望"违人"。需要注意的是，沈约超脱豁然的心路历程是亦佛亦道的，正如他自己在下面这几句提到的：

> 不慕权于城市，岂邀名于屠肆。
> 咏希微以考室，幸风霜之可庇。❷

此处，他显然在心念《道德经》的那句："大音希声，大象无形。"当诗人的佛教信仰与道教信念并存，二者间似乎也并没有产生冲突。这是沈约那个时代的特质，这种特质与之前时代的归隐理想有相异之处。《道德经》中提道："听之不闻，名曰希；搏之不得，名曰微。"运用这些概念与词句来描写他的私宅，沈约将其宅院简化到仅存最基本的功能：一座使人免遭风霜的宅子。然而，正如我们从他赋中读到的那样，他新花园的外形

---

❶ 《梁书》卷十三，第236页。
❷ 《梁书》卷十三，第238页。

比"希微"可要复杂许多,他回归乡野的意图也并不简单。在赋的另一段,他再一次解释自己移居的动机,但是却与早先的解释有所冲突:

> 排阳鸟而命邑,方河山而启基。
> 翼储光于三善,❶长王职于百司。❷

沈约辞官不就,并非意欲彻底远离官场。"阳鸟"是隐士的象征,这里沈约自言"排阳鸟",不但排拒了归隐的观念,还暗示了他之所以选择移居都城的郊野,恰恰是因为这个位置临近都城建康。这番表白,是赋中意念自相冲突之一例,显然也揭示了诗人内心的挣扎。

园野之秀

沈约的东田占地大约四百三十亩。我们只能大概想象建造园子耗费的时间、资源以及劳力。在这篇赋里,沈约用了不少篇幅描写他为征服荒郊付出的心血:刊树剪巢、蓺枳树杨、决渟塞井、渐汩周陌、迁甋同墙、开室辟轩。他还将草木鱼鸟分而治之:有水草陆卉,有林鸟水禽,有赤鲤青魴,还有东南秀竹。诗人写道,他的目的与以往那些满心炫耀的园主不同:

> 李衡则橘林千树,石崇则杂果万株。❸

---

❶ "三善"指父子之道、君臣之义、长幼之节。
❷《梁书》卷十三,第238页。
❸ 李衡曾种甘橘千株。临死前,敕儿曰:"汝母恶我治家,故穷如是。然吾州里有千头木奴,不责汝衣食,岁上一匹绢,亦可足用耳。"石崇以富得名,曾在诗文中夸耀自己的园林。

并豪情之所侈，非俭志之所娱。❶

哪怕是透过诗歌这层滤镜，他的"俭志"所带来的美感依旧是最引人入胜的。接下来是他整首赋中最动人心魄的一段。在这一段中，他展示了花园在四季变换中所呈现的盛景：

> 晚树开花，初英落蕊。
> 或异林而分丹青，乍因风而杂红紫。
> 紫莲夜发，红荷晓舒。
> 轻风微动，其芳袭余。
> 风骚屑于园树，月笼连于池竹。
> 蔓长柯于檐桂，发黄华于庭菊。
> 冰悬坎而带坻，雪萦松而被野。
> 鸭屯飞而不散，雁高翔而欲下。❷

从佛教的角度来解读，这些四季之事无论如何之美，却也都是虚幻的。但是在建造这一切后，花园的主人却难以视之若虚无。对他而言，尽管有西天极乐阿弥陀佛所许诺的净土，尽管那里有菩提宝树落花四尺，并时时为天风吹散的乐景，但要将自己一手经营起来的人间花园视为虚空，仍是一种极度困难的个人挣扎。赋的结尾处，沈约坦诚地直面了他对世间之美的眷恋：

> 并时物之可怀，虽外来而非假。

---

❶ 《梁书》卷十三，第238页。
❷ 《梁书》卷十三，第241—242页。

寔情性之所留滞，亦志之而不能舍也。❶

佛陀之心

沈约以自白来为赋作结。末尾两句完全展露了他的愧疚之情：

长太息其何言，羌愧心之非一。❷

这两句所指，必定包括他的佛教信仰。这里，沈约自责缺乏佛教修炼所需的心念专一。然而，他却为我们提供了一种对"念"这一佛教核心概念最好的诠释。"念"作为佛教术语有"不断念"与"刹那"双重含义，理解并做到在心中控制"念"，是迈向彻悟的标志。在一篇论证"神不灭"的佛教理论文章中，沈约解释了"念"这一层的疑惑心境：

一念而兼，无由可至。既不能兼，纷纠递袭，一念未成，他端互起。互起众端，复同前矣。❸

内心充满冲突的"念"与沈约在修行之路上所追求的"一念"失之千里。尽管他没有明确点出，但他的参悟与其时佛教成实宗渐悟成佛的教义不谋而合。成实宗强调参透万事万物从而"破"掉一切的必要性。换句话

---

❶ 《梁书》卷十三，第242页。
❷ 《梁书》卷十三，第242页。
❸ 见沈约，《神不灭论》，载严可均辑，《全上古三代秦汉三国六朝文·全梁文》卷二十九，北京：中华书局，1958年，第3120页。有关"神不灭"，亦参慧远，《形尽神不灭论》，《大正新修大藏经》（以下均简称《大正藏》）第52册。

说，就是一个人需要先看破眼前之物的缘起，才能意识到它的虚幻。这样一来，成实宗所构建的机制也就必然会训练人们以一种系统且细微的方式来思考辨别万事万物。

成实宗的影响力在接下来的一个世纪内逐渐消亡，沈约对"念"的分析却不单是中国历史上对"心念"的认知的一个里程碑，还标志着对认知本身的理解的转折。明晓了如何对"心念"进行细微的锻炼，以及对从一念化为下一念进行控制的需要，一个人在观察与聆听世界上的各种事物与现象时，感官上又会产生什么变化呢？这个问题将我们带回了这一章开始时所讲的那个小插曲。

精雕细琢

根据沈约的看法，万世永存的"圣人"与湮没在红尘中的"凡人"的区别在于"精"。他在此处指的是佛教意义上对于心神的精炼：只有"圣人"拥有这种精炼的能力，所以他能够体会到物象中最极致的微妙之处。这里的沈约是以一个佛教徒的身份在谈论此事。作为新诗学的倡导者，他一样提倡精炼。在这一方面，他讲求"精炼"的声律。

很明显，沈约是一个才华横溢的人。他强调用音韵格律来创造诗歌中铿锵悦耳之音声，并且是推动这一声律运动的领导者之一。对非汉语使用者而言，汉语听起来可能是极富"音乐性"的。的确，正如沈约以及他的同僚们所发现的，他们所用语言的"音乐"特质，主要依赖于声调，而声调影响了音节的形态、音调甚至长度（需要注意的是，沈约的时代使用的是中古音。中古音与现代汉语语音区别甚大，中古音的声调自然也与现代汉语的声调非常不同）。他们基于对声音的观察，总结出四种声调，分别为平声、上声、去声和入声。沈约认为，当四声成功地化为诗歌的一部分时，四声的互动听起来应该是这样的：先扬后抑，抑而后扬。在他一篇著名的作品中，沈约建议诗人们应该在同一句诗或者一联诗里使用有不同声调的音节，而不是声调统一的音节。这一原则保证了音韵的"变换"，从而在诗句展开的过程中带来一种不断变化的美感。沈约表示，这样创作的诗歌声律就是"精炼"的音韵。

虽然大家如今都知道，汉语是一种"声调语言"，"声调"在沈约的时代却是一种全新的概念。能够分辨四声，并且有意识地在措辞与诗歌创作中利用四声的组合，对于很多人来说，是非常有挑战性的。像沈约这样能驾驭这一挑战的士人，也因此站在了引领文学革新与文化创新潮流的前沿。

就像早先讨论的那样，在王筠读至"雌霓连蜷"，将"霓"读为"ye"（五激反）而不是"ni"（五鸡反）时，沈约欣喜若狂。两种发音所代表的意思是一致的，但是"ni"是平声，而"ye"是入声。如果读为"ni"，这四字的声律组合就是"平平平上"；如果读为"ye"，就是"平入平上"。显然，后一种组合在声律上显得更多变，也就更符合沈约在同句内使用不同声调的想法。由于王筠能够意识到变调的原则，且能捕捉到单字正确的读音，便被沈约这一诗歌音韵大师称为"知音"。而对于另外两句，王筠"击节称赞"的反应也表明，他能完全理解并欣赏到这些句子的声韵美。

有限于篇幅，我们在此无法完整地描绘沈约《郊居赋》中的音韵组合，以及其他别出心裁的声律格式。不过在这一章里，需要点明《郊居赋》的匠心不单单在于意象与辞藻，更在于声律与押韵。在提出调配"精"的声律的原则时，沈约将领悟并实践这一原则的能力归结为"思"的能力。换言之，精炼音韵的背后有一个思力或锻炼心念的过程在起作用。沈约坚持分辨四百五十二句赋中每个音节的不同的态度，直接地呼应了他在《神不灭论》中对心念刹那接着刹那来把握的描写。思力或心念所及之处，便成了作为佛教徒的沈约与作为诗人的沈约合二为一的地方。

在沈约之后的时代里，佛教经历了很多的变化。由沈约和他同时代的诗人所领导的新诗学也不断演化，并从根本上影响了中国诗学的发展进程。就如本书第14章中介绍的，在之后的历史中，佛教与诗歌继续相伴相生，不断充实着中国文人阶层的生活与作品。从这个层面讲，沈约的故事只不过是冰山一角，它预示着一种复杂的文化背景正在浮出水面。在这个文化视域下，宗教与诗歌，以及仕途、学术等其他追求全部错综地交织在一起。沈约试图保持"一心"的挣扎，无非是对于中古中国精英文化的复杂性——以及与之交涉的艰难——的隐喻罢了。

推荐阅读

- 萧子显，《南齐书》，北京：中华书局，1972年。
- 陈庆元校笺，《沈约集校笺》，杭州：浙江古籍出版社，1995年。
- 林家骊，《沈约研究》，杭州：杭州大学出版社，1999年。
- 田晓菲，《烽火与流星：萧梁王朝的文学与文化》，北京：生活·读书·新知三联书店，2022年。
- 吴妙慧，《声色：永明时代的宫廷文学与文化》，南京：江苏人民出版社，2022年。

- Lin, Shuen-fu, "A Good Place Need Not Be a Nowhere: The Garden and Utopian Thought in the Six Dynasties," in Zong-qi Cai ed., *Chinese Aesthetics: The Ordering of Literature, the Arts, and the Universe in the Six Dynasties*, Honolulu: University of Hawai'i Press, 2004.
- Mather, Richard B., *The Poet Shen Yüeh (441-513): The Reticent Marquis*, Princeton, NJ: Princeton University Press, 1988.

唐代

第 11 章

游侠与唐代边塞诗

林宗正

边塞诗是唐代最主要的诗歌类型之一。正如其名，这类诗主要讲述诗人在边塞的生活和经历。然而唐代诗人描述的边塞究竟在何处？若是你曾到过河北、山西，或是陕西的北部，那么你已然踏上了唐代边塞诗人游历的地方。如果你继续往西，穿过宁夏、甘肃和青海，最后到达新疆，那么你就重新还原了一千三百年前唐代诗人骆宾王的旅程。

那么，为什么边塞在唐代的诗歌书写中变得如此显著，乃至成为一个重要的唐诗主题呢？我们可以把边塞诗与 19、20 世纪的美国西部文学进行比较，西部生活这种题材在 20 世纪的美国电影中十分盛行，极力刻画自然环境的严酷是其最主要的风格特征，其中多描述主人公如何征服荒野、如何同印第安人抢夺领土、如何同当地土著或是其他人打仗。此类题材还描绘主人公对冒险生活的向往、他们的孤独和复仇，强调一种浪漫化的英雄主义，也常描写独立奋斗的浪子最后如何成为自我牺牲的英雄。在西方的社会想象中，当时的法律制度并不是坚如磐石的，而传统的社会秩序也偏离了轨道。而此时，个人的荣耀和正义感则是被认同与歌颂的对象。

从非传统的角度来看，唐代边塞诗的盛行和美国西部文学的流行十分相像。唐代的边塞诗也关注战争和冒险，充满了英雄主义和爱国精神，常见的主题有主人公的复仇、与外来文化的相遇，以及边塞生活和风光所触发的情感。

边塞常常暗示着和异域的冲突。7—9世纪，唐代的边塞居住着许多游牧民族，主要包括北部的回鹘和东突厥，东北部的契丹，还有西南的吐蕃。唐代时，疆域不断扩张，从甘肃走廊一直延伸至中亚。唐人与上述民族，以及其他周边民族，长期有军事上的纷争。

然而，如果唐代的诗人也曾冒险西行，这些向来以感性与脆弱示人的书生，如何能在这样险恶的环境中生存下来？南朝时期，诗歌中边塞的形象多是虚构的，诗人们完全凭借想象才建构出这一从未到达的远方。相比之下，唐代许多边塞诗人却真的涉险进入了边疆，他们住在边疆附近，或是在边境的军队中服役。那么，究竟是什么促使唐代的诗人来到边塞的呢？

本文另一个重要的议题是游侠和边塞诗之间的紧密关联。在早期中国，"侠"或者"游侠"原指分封的蕃王或是有权势的贵族所豢养的家臣死士（这类人被称为"私剑"）。汉初，中央政权试图削弱地方权力，地方上的武士家族或因故获罪，或被重新安置，游侠和私剑的区别开始出现。因此，早期的游侠群体渐趋没落，而私剑们开始以"游侠"自居。❶

曾经的私剑变成了游侠，在长安、洛阳、邯郸这样的繁华都市找到了"工作机会"。这些城市都有许多仰慕游侠风气的意气少年。游侠和这些人的互动进一步促成了年轻都市游侠传统的形成。他们自恋、自负，好打扮且挥金如土，同时又十分珍视与朋友间兄弟般的情谊，对忠诚的信仰胜过了对生命和金钱的重视。他们甚至可以为了赏识自己的人而奉

---

❶ 钱穆，《释侠》，载氏著《中国学术思想史论丛（二）》，北京：生活·读书·新知三联书店，2009年，第130—135页。陈广宏，《关于中国早期历史上游侠身份的重新检讨》，《复旦学报》（社会科学版）2001年第6期，第119—126页；以及汪涌豪、陈广宏，《侠的人格与世界》，上海：复旦大学出版社，2005年，第12—48页。

献出生命。这些年轻的都市游侠,杂糅了早期私剑或刺客和出身富家的叛逆少年这两种传统形象,对于塑造唐代边塞诗中年轻的游侠形象起到了至关重要的作用。

这些游侠,包括叛逆少年、刺客和专业武士。他们在复仇后,常常逃至边塞。西北边陲,特别是燕、赵、幽、陇地区,武装冲突频发。当地人也以骁勇善战而闻名。流浪剑客、逃亡武士和叛逆少年的大量涌入,更增强了当地尚武的名声,因而这些地区被认为是孕育古代中国侠客和将领的摇篮。❶

诗歌中的游侠传统最早出现在3—6世纪,这也是一个战争频繁的时期。早期的代表性作品是曹植的《白马篇》,描述了西北边陲一位年轻武士的勇敢无畏,以及他强烈的爱国情怀。这首诗开创了中国诗歌的游侠传统,对唐代诗歌游侠形象的书写和塑造影响深远。

然而,诗人们为什么会把自己想象成勇士?又是如何将之付诸文字的呢?唐代边塞诗除了描写游侠的爱国精神和英雄主义之外,是否还触及了其他话题?为什么在这类诗中,也充斥着对复仇、战争的厌倦情绪?这些问题也是本文希望能够一并探讨的。

投身前线军队的游侠们

唐代诗人对于参军的勇士表现出特殊的兴趣。早期诗歌也有这样的形

---

❶ 这些地区指中国的北方地区,特别是京郊、山西、内蒙古和陕甘地区。"燕"和"赵"特指北京、天津、山西、河南的北部和内蒙古的南部。"幽"特指河北的东北部和辽宁的西部,"陇"指的是甘肃的东部和陕西西部一带。史念海先生对游侠的研究非常重要,见史念海,《唐代前期关东地区尚武风气的溯源》,载氏著《唐代历史地理研究》,北京:中国社会科学出版社,1998年,第468—495页。

象出现,但唐诗对这个话题的热衷反映了当时,特别是7—8世纪之间,大量勇士从军的历史现状。此时的唐王朝急于建立一支专业的军队,从而助力其在中亚的战争。这种紧迫感来自政府的扩张政策,也源于前线战事的日益激烈。之前,唐朝主要通过"府兵"政策进行征兵,即征召边境要塞的当地农民来充当士兵,但这种政策已无法满足唐王朝的需要。因而当时实施了一种新的募兵政策,政府开始征募大量更能胜任的士兵,而那些精通武艺的年轻勇士就成为政府主要的募兵对象。❶

唐代边塞诗中的勇士形象常是雄心勃勃且意气昂扬的年轻人,他们会寻找机会来展示自己的能力。这种勇士形象有时是急于冒险的都市少年,有时是寻求机会的流亡武士。无论哪一种类型,当他们知道国家处于危难之时,爱国主义就成为他们从军的主要精神动力。王维的《少年行》就是一个典型的例子:

新丰美酒斗十千,咸阳游侠多少年。
相逢意气为君饮,系马高楼垂柳边。

出身仕汉羽林郎,初随骠骑战渔阳。
孰知不向边庭苦,纵死犹闻侠骨香。

一身能擘两雕弧,虏骑千重只似无。
偏坐金鞍调白羽,纷纷射杀五单于。❷

---

❶ Charles O. Hucker, *A Dictionary of Official Titles in Imperial China*, Stanford, CA: Stanford University Press, 1985, pp. 219, 337.
❷ 《全唐诗》卷一二八,北京:中华书局,1960年,第1306页。

这里所引的是组诗中的三首，相较剩下的一首更能表现游侠的形象。每一首都是绝句，而第一首表现了少年游侠对酒的热爱。值得注意的是，在这首诗中，饮酒的行为被特别地强调，从而表现勇士们的英雄气概。尽管在先唐文学作品之中，饮酒已经成为一种重要的诗歌主题，但它很少跟游侠的生活习惯相联系。在唐代，饮酒则成了勇士的一个重要表征。

关于游侠和饮酒的问题值得更深入的讨论，从而厘清两者之间的关系。从《诗经》的时代到六朝，饮酒一直被用来彰显友情、表现诗人的气质，甚至描绘诗人的人生。但根据本人的研究，在唐代以前，无论是历史记述还是诗歌创作，很少有文本通过饮酒来强调游侠勇敢且不受拘束的气质。比如，战国时代的四公子没有饮酒的习惯，《史记·游侠列传》中无论出身贵族还是平民的勇士们，例如朱家、田仲、剧孟和郭解，都不以饮酒闻名。尤其是郭解，他甚至不喜饮酒。《史记》记载，郭解的外甥曾仗着他的威望，逼别人饮酒，而此人因此被激怒，杀了郭解的外甥。郭解的姐姐逼迫他给外甥报仇，他却把这次悲剧归咎于外甥，最后谅解了这个杀人者。郭解的公正和大度赢得了人们的尊敬。

除此之外，《史记·刺客列传》记载了五位刺客的生平：曹沫、专诸、豫让、聂政和荆轲，而这五人之中，只有荆轲有好饮酒的习惯，其他四人都没有对酒的特别嗜好。

到了魏晋南北朝时期，在有关游侠的诗歌中，侠客和饮酒之间的联系开始建立，饮酒这一嗜好逐渐赋予了游侠与众不同的气质。然而，此类诗歌数量并不多。一直到唐代，读者才能看到一种确定的书写模式——把嗜酒的习惯和游侠的英雄气概结合起来。值得补充的是，这一模式对明清时期，乃至现当代中国的武侠文学产生了深远的影响，尤其是金庸的武侠小说。

回到王维的《少年行》。第一首绝句所强调的另一个主题就是友情。通过饮酒和闲谈，年轻的勇士们很快成了好友。诗里特别强调了他们对彼此的欣赏。一旦成为莫逆之交，他们就十分推重彼此之间的忠诚和手足之情，有时甚至认为友情比生命更重要。饮酒和友情这两个主题一直延续，在明清和现当代的武侠小说中仍然被书写和赞颂。

第二首绝句描绘了武士们不畏艰险，毅然从军的决心，以及他们如何成为皇家的护卫，跟随将领在边疆出生入死。这一切都是为了理想和荣耀。前两首绝句描述了武士们的英雄气概、日常生活和爱国精神。第三和第四首绝句则转而描写他们的骁勇善战，夸张地表现他们的丰功伟绩，描写他们如何通过高超的武艺，轻易地斩杀敌方的部落将领。

第三首绝句的每一句都体现了勇士的某种特质：第一句夸张地表现了其高超的箭术，一人能同时拉开两张弓，尽管这在现实中是不可能的。接下来的两句分别描写勇士面对众多敌人却旁若无人的胆量，以及他既为骑手又为弓箭手的自信和优雅。最后，诗歌描写了勇士无与伦比的高超武艺，可以连续快速地射杀五位单于。这些特质都在后世的文学中延续下去，被用来界定和描绘勇士。

本文没有引用这组诗的第四首。它是这组诗的终曲，讲述勇士们的英雄事迹赢得了朝廷的嘉奖，他们赢得了永恒的名声和荣耀。这种游侠精神和军事成就的结合——通过参军显示游侠的英雄气概和爱国精神，从而获得荣耀和赞许——成为唐代边塞诗最重要的主题。

前线将士对于知遇者的报答

唐代边塞诗中关于游侠的另一个重要主题，是游侠报答赏识自己的恩人，有时候甚至会为之献出生命。唐代边塞诗人高适在《登陇》一诗中即表现了这一主题。年轻时，高适游历边塞，希望能加入军队，为国效力。但他早年的事业不尽如人意，才华也没有被人重视。他先是在北部边陲的地方政府出任一个小官，花了很长时间在当地游历，想象自己正追随着古代勇士的足迹。在另一首诗《邯郸少年行》中，高适写到了在某次游历中曾遇到的一群年轻的勇士。高适加入了他们的游猎，成就了一次自己所向往的游侠之旅。❶

尽管长期以来高适对于自己事业的发展不甚满意，但他最终得到了哥舒翰的赏识。哥舒翰任命高适为自己幕下的掌书记，这是一个官阶颇高的职位。高适在《登陇》一诗中记述自己接受了这一职位，并开始了长期且危险的西行之旅，以此作为对哥舒翰的报答：

> 陇头远行客，陇上分流水。
> 流水无尽期，行人未云已。
> 浅才登一命，孤剑通千里。
> 岂不思故乡？从来感知己。❷

中国古典诗歌的一个重要主题是诗人登高望远，并回望故土。此处，高适运用了这一传统主题，并把它与自己的边疆之旅相融合。诗歌的开头两句中，高适把自己塑造成一位身处高山之巅的行旅者，将自己旅程所牵涉的历史和情感情境，融入了诗歌传统之中。

接下来的两句则描写了旅程的无穷无尽。第五和第六句显示了高适的坚定决心，希望完成任务，报答哥舒翰的知遇之恩。最后一联，高适表达了对哥舒翰的感激，这种感情之浓烈，甚至超越了思乡之情。在这首诗里，个人对国家的责任、对赏识者的忠诚和报恩，与私人情感以及诗歌传统之间形成了强烈的戏剧张力。

---

❶ 《全唐诗》卷二一三，第2217页。
❷ 《全唐诗》卷二一二，第2215页。

边塞勇士的复仇

中国游侠文学的另一个显著特点是常出现复仇的主题，这在相关的诗歌和小说中都很常见。复仇的欲望可能来自个人、家庭或者国家，当受害者无法亲手复仇的时候，他们往往会找人来替他们采取行动。因此，那些精通武艺的勇士便接受委托而成了刺客。上文提到，界定侠客的一个重要特点是他们会对赏识者进行报恩。把刺杀的任务委托给某位勇士，并支付报酬，这个行为本身被认为是一种赏识，是委托者对勇士才能和价值的肯定。刺杀行动则是勇士对于知遇者的报答。而且，成功地完成刺杀任务满足了勇士对公义的追求。为困顿中的人复仇，或是为朋友、为自己而复仇，成为侠客的一个重要德行。

勇士为国家而复仇，更会被认为是爱国之举。中国的勇士大多爱国而忠诚，这种不可撼动的忠诚体现于传统和现代的武侠文学中，特别是唐代的边塞诗里。在这些作品中，勇士们为不义行为而进行复仇，并从军报国。陈子昂的《感遇》（第三十四首）就是一个很好的例子：

> 朔风吹海树，萧条边已秋。
> 亭上谁家子，哀哀明月楼。
> 自言幽燕客，结发事远游。❶
> 赤丸杀公吏❷，白刃报私仇。

---

❶ "结发"是中国古代男子十五岁时的初成年礼，二十岁时则会行"弱冠"礼，表示进入成人阶段。

❷ 此处指刺客们通过抓阄决定杀文官还是武将。抓阄时，杯中放置三个不同颜色的丸，每种代表不同的谋杀对象。"赤丸"代表谋杀对象是武将，"黑丸"代表文官，"白丸"代表刺客必须负责为刺杀行动中死去的同伴收尸和处理后事。见《汉书·尹赏传》。

避仇至海上，被役此边州。
故乡三千里，辽水复悠悠。
每愤胡兵入，常为汉国羞。
何知七十战，白首未封侯。❶

  这首诗写于697年，这一年陈子昂加入了渤海海滨的军队，抵御入侵东北的契丹人。诗歌的前四句交代了陈子昂与士兵相遇的时间、地点和场景。他接着讲述这位士兵的故事，这部分是诗歌的主体。第五句到第十句描述了士兵成年之后，和自己的勇士朋友们一起，杀公吏，为不义行为复仇，最后逃至遥远的东北边陲来躲避刑罚。第十一和第十二句讲述了士兵刚至边疆时的怀旧思绪，第十三、十四句则交代他之所以离家从军是源于强烈的爱国情绪。诗歌的最后，也就是第十五和第十六句提到，尽管这位勇士已经身经百战，却仍只是前线一名普通的士兵，此处批判了当时军队的赏罚不公。

  这首诗的第七和第八句十分引人注目，"赤丸杀公吏，白刃报私仇"，使读者得以窥见热血少年们是如何成长为理想的侠客的。白天他们四处游荡，寻找机会来扬善除恶，譬如帮助困顿的人免受恶霸、帮派和贪官污吏的欺侮。他们也许会花时间来收集目标人物的信息，了解其住处或官邸所在。诗歌提到，在实施刺杀的前一天，他们会抽签来决定第二天要杀的是文官还是武将。也许这一晚他们会辗转反侧，怒火难抑。随即他们在黑暗中苏醒，取来磨刀石，在月光下打磨自己的武器。他们努力保持复仇的最佳状态，以确保自己在行动前做好万全的准备。读者可以想象，在日出后不久他们就将出现在街上，寻找并埋伏等待着自己的目标。幸运的话，他们就能成功地完成使命。

---

❶《全唐诗》卷八十三，第894页。

边疆的诗侠

早期的边塞诗人（譬如南朝时期）书写的边地生活常是基于传说或想象，而非切身的经历。到了唐代，许多诗人除了继续想象和描写边关将士的生活以外，也描写自身在边疆的生活经历。

唐代，从军的文人大幅度增加。他们有的是为了谋生，有的是想实现儒家出仕的理想。科举考试作为选拔人才最主要的方法，不仅竞争激烈，而且每年提供的官职很少。❶ 唐朝的政府需要遴选更多称职的官员，组建一支更优秀且更专业的军队，从而进行在中亚的扩张。因此，参军的诗人数量大幅增加，他们常以文官的身份加入军队。

不过，除了一小部分诗人，如李白是有名的剑客和武士，大部分中国诗人的形象都相对文弱。拥有这样的性格和气质，他们是如何把自己想象成有英雄气概的勇士的呢？而他们——无论是否在现实中从过军——又为什么倾向于把自己塑造成侠客的形象呢？

刘若愚和马幼垣指出，侠客是一种行为方式，而不是一种职业。只要一个人拥有勇气和骑士精神，公正、爱国，对于朋友和知遇者无限忠诚，他就可以被称为侠客。❷ 换言之，勇敢的秉性比精通武艺更为重要。唐代的诗人们知道，很多关于剑术和箭术的传奇都是夸张的描述，在现实中他们不可能拥有这样的武艺，正如观众都明白电影《卧虎藏龙》里的武打场面不都是真实的。然而，在军中，诗人们可以通过爱国、忠诚、勇气和正

---

❶ 在科举发轫的两百年之后，9世纪时，唐朝每年录取的进士只有三十人左右。见 Linda Rui Feng, "Chang'an and Narratives of Experience in Tang Tales," *Harvard Journal of Asiatic Studies* 71, no. 1 (June 2011), pp. 35-68。

❷ 见 James J. Y. Liu, *The Chinese Knight-Errant*, Chicago: University of Chicago Press, 1967, pp.1-13, 55-80；以及 Yau-Woon Ma, "The Knight-Errant in Hua-pen Stories," *T'oung Pao* 61, no. 4-5 (1975), pp. 266-300。

义感来展现侠客精神，以及和同袍共患难的情谊。尽管有些诗人从未参军，譬如杜甫，他们仍然可以用侠客的精神来进行自我认同。有时候，参与某些侠客的活动，比如放鹰狩猎，也可以给予诗人们灵感。总之，侠客的思维方式赋予了这些诗人"诗侠"的美称。

唐代早期一位重要的边塞诗人骆宾王，在年轻时就表现出了对游侠的倾慕。他的诗作《畴昔篇》描述了他对古代侠客为理想放弃高官厚禄的倾慕。实际上，骆宾王担任文官多年，直到五十一岁才真正从军。他在中国西部和西北部的游历中获得了丰富的经验，也写下了许多诗篇来记录自己艰辛的旅程。其诗《边夜有怀》描述了自己到达河西走廊一个废弃要塞后，看见周围的荒凉之景所产生的沉思；而《边城日落》则记述了他到达今吐鲁番地区后的所见所闻。❶

在骆宾王以边境战士为主题的诗歌作品中，《从军行》特别值得注意。这首诗记录了他跟随裴行俭西行时漫长且艰险的旅程，反映了他的侠客精神、勇气、不负使命的坚定决心和爱国精神。诗歌也体现了骆宾王对裴行俭知遇之恩的感激之情：

> 平生一顾重，❷意气溢三军。
> 野日分戈影，天星合剑文。
> 弓弦抱汉月，马足践胡尘。
> 不求生入塞，唯当死报君。❸

杜甫历来被认为是一位性格温和、文辞精练的诗人，很少有人会把他

---

❶ 河西走廊也称甘肃走廊，位于今甘肃省，是历史上连接中国北部和中亚的重要咽喉之地。吐鲁番位处中亚，古时候被称为西域，位于今天的新疆。

❷ 此句的隐含意义是，只要有知遇者的"一顾"，侠客平生所付出的努力便值得了。

❸《全唐诗》卷七十八，第840页。

跟侠客联系在一起。然而事实上，杜甫在年轻时就显示出侠客的气质。在著名的《壮游》一诗中，第四十一到第四十八句记述了杜甫在科举失利后去山东、河北、河南游历，他十分享受旅途中打猎、骑马、放鹰等活动，甚至觉得自己如同一位侠客。

> 放荡齐赵间，裘马颇清狂。
> 春歌丛台上，冬猎青丘旁。
> 呼鹰皂枥林，逐兽云雪冈。
> 射飞曾纵鞚，引臂落鹙鸧。❶

这个例子也表明，对于政治失意的诗人们来说，游侠的生活可以赋予他们灵感。在历史长河中，有些诗人在科举中落第，有些诗人由于政敌或丑闻被流放远方。他们纷纷在游侠生活中寻找慰藉，试图抚平心灵的伤痛。

从这些诗歌中，可以看出初唐和盛唐时期，诗人们一种全新且真实的、对于英雄气概的追求，他们不再局囿于六朝时期雕琢华美的文学书写。这些诗歌中体现的诗人形象和传统的文弱形象产生了背离。唐以前乐府诗对侠客的书写和想象，此时让位于对边境生活和战争的现实描绘。

对战争的厌倦和反战的弦外之音

很多唐代边塞诗叙述的是勇士们如何通过战争来表现勇气和爱国情

---

❶ 《全唐诗》卷二二二，第2358页。"丛台"可能指今位处河北邯郸或河南商丘的建筑，建造于战国时期。"青丘""皂枥林""云雪冈"都处于现在山东省境内。

怀，从而获得官职和奖励。然而，许多勇士也流露出对战争的厌倦，甚至是反战的弦外之音。从3世纪到9世纪，中国经历了长久的政治和军事动荡，普通老百姓、士兵和诗人都对无休止的战争感到厌倦。中国早期的一些诗歌已经显示出反战的倾向，经过了几百年的战争之后，唐代，尤其是晚唐的诗人，常鼓励士兵放弃打仗，通过通婚、投降、赔偿或进贡来寻求和平。

李颀是一位在作品中表达反战思想的诗人。他的《古从军行》表达了对战争强烈的批判。

> 白日登山望烽火，黄昏饮马傍交河。❶
> 行人刁斗风沙暗，公主琵琶幽怨多。❷
> 野云万里无城郭，雨雪纷纷连大漠。
> 胡雁哀鸣夜夜飞，胡儿眼泪双双落。
> 闻道玉门犹被遮，应将性命逐轻车。
> 年年战骨埋荒外，空见蒲桃入汉家。❸

诗的前四句描述了一名士兵无止尽的艰难和困苦，因为他从早到晚都在工作，白天在山顶观察烽火，黄昏时则在河边饮马。每个夜晚，他都感到不安和忧愁，耳边听到的只有风沙和琵琶声。接下来的四句描述了西部边疆严酷的环境，连当地的胡雁和胡儿都难以忍受。接下来的一联援引汉武帝时的故事，关闭的玉门关阻隔了回家的路，因此尽管士兵们都希望退

---

❶ "交河"位于吐鲁番的西部，是唐代重要的军事要塞。

❷ "刁斗"是一种铜制的器具，军中白天可供烧饭，夜间敲击以巡更。"公主琵琶"指的是汉代皇室之女刘细君。汉武帝以刘细君为和亲公主，让她嫁给乌孙国王，大汉得以和乌孙结为兄弟之邦，共制匈奴。世称刘细君为乌孙公主。

❸ 《全唐诗》卷一三三，第1348页。

役或停战，却无法离开。除了继续战斗以外，他们别无选择。诗歌的最后两句讽刺了无意义的连年征战，指出战争所牺牲的生命不过只是为皇家换来了葡萄（蒲桃）。❶这首诗不仅传达了对战争的厌倦，也体现了强烈的反战情绪。

李贺是唐代一位早夭但极具才华的诗人。他曾在山西的边疆地区住过几年（约813—815），目睹了驻守此地士兵们的苦难。他的《平城下》描写一名士兵无法忍受孤独，极度思念家乡，因而决定或当逃兵，或倒戈敌方，无论如何也不愿战死疆场。这首诗中充斥着反战的情绪：

> 饥寒平城下，夜夜守明月。
> 别剑无玉花，海风断鬓发。
> 塞长连白空，遥见汉旗红。
> 青帐吹短笛，烟雾湿昼龙。
> 日晚在城上，依稀望城下。
> 风吹枯蓬起，城中嘶瘦马。
> 借问筑城吏，去关几千里。❷
> 惟愁裹尸归，不惜倒戈死。❸

这首诗展示了一系列的意象：饥饿、月亮、家人临别时赠送的宝剑、沙漠上的风❹、延伸到天际的城墙、红旗、夜间的短笛、湿润的雾气、嘶鸣

---

❶ 诗中的葡萄（蒲桃）很有可能来自吐鲁番，当时曾备受皇家的青睐。吐鲁番至今仍盛产高品质的葡萄。
❷ 此处"关"指函谷关，位于今河南省灵宝市的东北部，是一个重要的关口。这句诗暗示了士兵逃离战场的愿望。
❸ 《全唐诗》卷三九三，第4427页。
❹ 即诗中的"海风"，古诗中常用"瀚海"指称沙漠戈壁，故有此说。

的马匹。这一切都是边关士兵们年复一年所看到、听到和感受到的。这种萧瑟不变的景象，就像西部电影里的场景，表现了士兵在连年征战中不断加深的痛苦，最后绝望之情到达了顶峰。士兵在诗歌结尾所表达的强烈情绪，谴责了战争的无意义。

＊　　＊　　＊

以上的唐代边塞诗，呈现了游侠文化的多面性。游侠包括那些追求正义的少年，希望建功立业和被赏识的人，还有复仇者、爱国者、诗侠，以及对战争感到幻灭的士兵。诗人们对于异族异域、军事战争、个人成长，特别是游侠精神的不同态度和想法，在这些作品中都有呈现。而且，唐代的边塞诗还包括了一些前所未有的素材，比如虽萧瑟但无比壮阔的自然景观、异域文化的珍贵细节，还有异国的语言和音乐。这些多样的文化和素材大大地丰富了这一类型的诗歌题材，对中国诗歌发展产生了重要的影响。此外，边塞诗也展现了比之于其他文学形式更复杂的侠客形象。阅读并且理解唐代边塞诗所包含的多重形象和文化特征，能使人们更好地理解和评价中国传统文学中的侠客文化。

推荐阅读

- 汪涌豪、陈广宏，《侠的人格与世界》，上海：复旦大学出版社，2005年。
- 陈平原，《千古文人侠客梦》，北京：北京大学出版社，2010年。
- 林保淳，《从游侠、少侠、剑侠到义侠：中国古代侠义观念的演变》，载淡江大学中文系主编，《侠与中国文化》，台北：学生书局，1993年。
- 林香伶，《以诗为剑：唐代游侠诗歌研究》，台北：文津出版社，1999年。
- 余英时，《侠与中国文化》，收入氏著《文化评论与中国情怀》，桂林：广西师范大学出版社,2006年。

- Altenburger, Roland, *The Sword or the Needle: The Female Knight-Errant (xia) in Traditional Chinese Narrative*, Bern: Peter Lang, 2009.
- Liu, James J. Y., *The Chinese Knight-Errant*, Chicago: University of Chicago Press, 1967.
- Ma, Yau-Woon, "The Knight-Errant in Hua-pen Stories," *T'oung Pao* 61, no. 4-5 (1975).

第12章

唐代科举考试

罗曼玲

725年,一位名叫祖咏的文人通过了进士考试,得以跻身仕途。他之所以能够金榜题名,主要是因为下边这首诗:

终南望余雪

终南阴岭秀,积雪浮云端。
林表明霁色,城中增暮寒。❶

对于东周时期的文人来说,能背诵并表演《诗经》里的篇章是重要的文化资本,而在汉代,阐释《诗经》的隐含意义对文人来说则十分关键。从汉代开始,诗歌的创作成为文人自我表达的主要媒介。7世纪以降,诗歌创作更成为唐代科举考试一个重要的组成部分。一个受过教育的人,即便他不出生于名门望族,理论上仍有可能凭借诗歌创作的才华来获得官职。诗歌不仅在个人事业的发展上起到至关重要的作用,也是科举士子们相互

---

❶ 《全唐诗》卷一三一,第1337页。

交流，加深友谊并扩大交际圈的主要媒介。

创作诗歌的才能成为选拔官吏的重要标准，源自中国固有的、关于"文"的传统观念。"文"具有多重含义，而这些含义是相互联系的。"文"既是宇宙的运行模式，也是一种内在的道德规范。这种道德规范是写作的来源，也是人类文明的基石。如果说文官代表了人类文明的政治面向，儒家经典代表了规范性的礼仪和伦理面向，文学书写作为一种精巧的写作方式，则代表了人类文明的文学面向。诗歌被认为是文学中最受尊崇的表现形式，诗人们因为接受过深厚的人文教育，并拥有创作的才华，所以被认为无论是在文化、道德还是政治上都具有进入官场的资格。他们理解并且掌握了"文"的精髓，而这一精髓体现在很多方面。

尽管选拔并且录用才士的原则主要基于儒家经典，但科举制度的源头可以一直追源至汉代。太学中熟悉"五经"的学生，有可能会被口头考察并授予官职，尽管这种情况并不经常发生。从132年开始，地方官员必须负责对当地才士进行品德和才能的考核，并推举他们入朝。汉代的皇帝也常常用政论题来口头考察这些候选人。到了隋代，科举制确立后，全国各个郡县每年都必须推荐三个候选人入朝。

在隋朝的基础上，唐朝把科举制度扩大为三种考试。第一种是制科，皇帝可以不定期地在皇宫里举行此类考试，而成功通过的候选人则可以绕开常规的官僚程序，被破格聘用。第二种是吏部每年的考试，主要考察候选人是否胜任（或再次担任）六品及以下的官职。因为空缺的职位很少，所以申请再次担任某职位的候选人常常需要等上好几年。吏部同时还会举行一些特别的考试，譬如书判拔萃和博学鸿词，从而在众多的候选人中快速挑选出最优秀的成员。

第三种是每年都有的常举考试，先是由各个地方官主持，之后再由朝廷的礼部主持。❶ 这些考试根据不同的才能来授予头衔，譬如明法、明字、明算、一史、三史、开元礼、道举等。在所有的头衔之中，进士和明经是最具吸引力的，每年都有上千名士子参加这两科的考试。明经一科考察候选人对于儒家经典的掌握，在唐代初期极受重视。虽然进士的通过率极低，大约只有百分之二到百分之五，但到了8世纪时，报考进士科的考生开始超过明经。热衷于进士考试的人们甚至会编纂并传阅登科者的名录。

进士科的头衔之所以备受尊崇，是因为这场官方的考试实际上是一场文学的竞技，会遴选出全国最具文学才能的人。尽管在制举或是户部举行的特殊考试中，也包括了诗歌创作的内容，但是参加考试的候选人往往已经具有进士的头衔。他们通过进士科已然建立了声望，而其他的考试只是帮他们缩短就职前需要等待的时间，因为进士科只是让他们具有成为官员的资格。换句话说，对于士子们而言，其他的考试就像是锦上添花，而真正关键的乃是进士科。进士是精英阶层中的名人，通往官僚制度上层阶级的道路向他们敞开。事实上，中晚唐最主要的文化和政治人物常常是进士出身。

唐高宗在618年发布了一道诏令，宣布科举的内容将包括文学创作，自此之后，诗歌创作成为进士考试最主要的组成部分。从750年开始，常规的考试包括了三个部分：帖经、杂文、策。在文学创作方面，每个考生必须撰写一篇赋和一首律诗。虽然考官对创作的韵律有所规定，但一般也会允许考生们携带韵书进入考场。某些考官允许考生在此基础上多写一两首诗，以弥补他们在帖经考试中无法默写出儒家经典的失误。对于最后上交作品的考察也有很大的灵活性。比如本章开篇引用祖咏的诗作，实际上

---

❶ 这些考试原本是由户部考功员外郎主持的，但因为736年发生了一起考生和考官的冲突，主考官改由礼部侍郎担任。全国范围的考试大多在首都长安举行，但有时也会在东都洛阳进行。到了唐代末年，随着朝廷的迁移，考试地点也跟随着朝廷所在地而变化。

只有考试规定长度的一半。祖咏把这首没达到规定长度的诗作交给了考官,解释说它已完整表达了规定的主题。因为这首诗呈现的文采让考官着实惊艳,祖咏便通过了考试。

进士考试对于诗赋的看重并不是没有争议的。763年,杨绾上疏批评当时只重视浮华的文学技巧而不重视经史的社会风气,他甚至提出要废除进士考试。杨绾的建议并没有被采纳,因为朝廷担心此举会让广大努力多年的考生大失所望。在此之后,尽管仍有一些言臣陆续提出要改革科举,废除考试中的诗赋创作,但民间对此热情依旧,对诗歌创作的看重随着时间的推移甚至有增无减。当时有一个流行的说法,就是"三十老明经,五十少进士"。这句话说明了当时进士科考试竞争之激烈,以及考生们所付出的心血。例如,901年的科举考试中有五位年老的进士,其中两位的年龄超过了七十岁,另外三位在六十岁以上。这个例子表明,许多考生是穷尽毕生之力来考进士的,而第一次就考上进士的可能性微乎其微。

在地方和全国范围的考试中,对于诗歌创作的形式和标准,要求大抵相同。诗歌的主题常由考官根据个人的喜好来决定,范围很广,可以是自然界的各种事物,如日月星辰、山河湖海、草木鸟兽,也可以是当时政治和文化的议题,或是从传统文学中选取句子。科举考试中的赋比平时在其他场合创作的赋要短,诗则是八句、十二句,或者十六句的五言律诗,和唐代最流行的律诗格式相同。比如著名的诗人白居易,在799年凭借《射中正鹄赋》和《窗中列远岫诗》成功地通过宣州(今在安徽)的地方考试。在接下来的一年,他又凭借创作《性习相近远赋》和《玉水记方流诗》,成为当年登科的十七位进士中的第四名。这些文学作品和白居易的政论文一起,成为之后其他考生参考的模板。士子们十分羡慕白居易能在人生的第一次科举考试就金榜题名。

除了祖咏、白居易和其他几位诗人的创作以外,一般认为大多数的应制诗都是平庸之作。考生们必须在限定的时间内,顶着压力完成创作,常常无法发挥出最佳的水平。唐代的科举不像后来的考试，考生的名字并不会被遮盖，考官也不是仅凭考生一时的发挥来做选择。实际上，进士考试的竞技场并不只在考场之中，也在考场之外。考生成功的几率仰赖于考试前为自己建立的作为诗人的声望。

建立作为诗人的声望，最重要的方法就是温卷或是行卷，即把自己的作品呈献给预期的读者，譬如考官或其他推举人。从8世纪中叶开始，考官都会按照常规，让考生在考试前上呈他们的作品，从而了解考生们的诗才。然而，因为考生的人数众多，考官无法对每个人上呈的作品给予同样的关注。在很大程度上，考官必须仰仗同事、朋友、亲戚的意见来做出最后的决定。这些重要的人物因而成为考生们递呈行卷的主要对象，为的就是获得他们的赞赏和支持。

唐代的笔记中随处可见富有戏剧性的故事和片段，记载了考生们如何想方设法获得考官的青睐，从而在考试中胜出。王维就是一个有名的例子，他因文学和音乐上的才华得到岐王李范的器重。王维想先通过京兆府解试入围进士考试，但岐王极有权势的姐姐玉真公主已经选定要推举另外一人入京参加考试。因此，岐王让王维抄录自己写得最好的十首诗，并以乐工的身份带着琵琶和他一起去拜访玉真公主。当公主被王维英俊的外表和高超的音乐才能惊艳时，岐王便告诉她，王维其实也是一位有才华的诗人，并让王维把诗作呈给公主。巧合的是，公主早就熟读过王维的作品，而且还十分喜爱他的诗作。王维这十首最好的作品，在此次会面之前便已广为流传。于是公主决定不再推举之前自己选定的候选人，转而推举王维。这个故事并没有交代在接下来的考试中公主是否继续支持王维，但无论如何，京城地区推举的考生常比其他地区的成功率更高。历史上王维是否真的得到了皇室的支持已不可知，人们可以知晓的是，王维在721年通过了进士考试。

这则王维的故事并没有提到玉真公主是如何帮助王维的，但另一个关于杜牧的故事则详细地记录了考场背后的操作。根据记载，崔郾被任命为当年的科举考官，他出发去洛阳主持考试前，同僚们为他举办宴会饯行。当时任太学博士的吴武陵到了之后便告诉崔郾，他偶尔听到学生诵读杜牧所写的《阿房宫赋》，并为崔郾从头到尾诵读了这篇赋，要求崔郾在考试中将杜牧列为第一。崔郾拒绝了，推辞说状元之位已有所属。吴武陵却继续坚持，希望杜牧以第五名进士及第，崔郾无奈只能答应了。尽管后来崔郾了解到杜牧的个性不无瑕疵，但仍然信守了承诺。这个故事非常值得注意，因为它显示了科举的成绩和名次可能在考试前就被协商和决定了。

但并没有人认为推举者影响考试结果是不公平的行为，因为推举本身就是唐代任命官员制度的核心，官员必须对自己所推举的人负责。如果被推举者后来被发现名不副实，推举人则会相应地受到惩罚。另外，就像这些故事所强调的，王维和杜牧的成功是理所当然的，因为他们在考试前已然拥有很高的文学声望。不过他们仍需要推举者来为自己游说，并证明他们的才能。

实际上，大众的看法在唐代的科举文化中起着十分重要的作用。当考官录取了一些出身权势之家但并无真才实学的士子时，公众会不止一次地对朝廷施加压力，要求重新考察并淘汰其中的某些人。很显然，那些出生于名门望族并有着良好社会关系的考生，如王维和杜牧，常常更容易找到支持他们的人，并累积名望。杜牧曾经回忆，当他在828年参加进士考试的时候，已有接近二十个人抢着当他的推举人。

对于那些没那么幸运的考生而言，要提高成功的几率主要就靠他们自身的勤奋，以及如何有策略地递呈行卷了。尽管行卷囊括很多文体，比如奏折、碑文、颂、史论等，但用韵文写作的诗和赋最为重要。举例来说，白居易为了得到陈京的支持而呈上的行卷中，就包括了他一百首诗和二十篇其他文体的作品。

在准备这些行卷的时候，考生必须仔细斟酌需要放哪些内容，如何最好地展现自己的书法水平，并为不同的推举人量身定制不同的内容。唐代的礼仪规定，说话写文章时都要避讳，读者的双亲或祖先的名字都不能直接说出或写出，以表示尊重。除此之外，递呈行卷必须合时宜，不能打扰推举人忙碌的行程，递呈之后的拜访既不能太频繁也不能太过稀少。考生也要考虑到读者的品味。晚唐诗人杜荀鹤据说就特意选择了多首通俗易懂的诗来迎合有权势的大将军朱温的诗歌品味。朱温最后终结了唐代的统治，并建立了一个短暂的朝代——后梁。

递呈行卷对于考生来说相当重要，有时甚至会成为他们焦虑的来源。唐代的笔记记录了考生们或悲或喜、具有戏剧性的片段，反映了他们应试的压力。这些片段想必在当时定能引起考生们的共鸣。比如，有一则故事描述某考生从表兄那里偷来行卷，从而通过了进士考试。这位表兄是一位有名的诗人和隐士，为了追踪窃贼，他离开了隐居的山林来到京城，最终自己也通过了进士考试。另一则故事记录了某考生在长安的书市买到了一本行卷，把它当成自己的作品来呈递流传，但误打误撞之下，他把这本行卷呈到了其真正的作者手中。另一个考生不小心调换了给不同推举人的两本行卷，因而也得罪了第一位推举人，因为错递的行卷诗文冒犯了对方的家讳。还有一位考生，为了显示他的高产，不像普通考生只选择作品的一部分来编纂行卷，而是上呈了整整四十卷的作品。另外两位考生登门拜访推举人，却发现找错了人，但这最后变成了一个美好的错误，因为后来这两位考生惊喜地发现，他们找的人被任命为当年的考官，这误打误撞的友谊使这两个考生得到了很好的回报，考官履行了承诺，让他俩都通过了考试。

尽管有时考生已经得到了所呈行卷阅读者的支持，他们仍然会对未来感到不安。比如朱庆馀曾在考前给自己的推举者张籍寄了一首诗，想得到对方进一步的确认：

近试上张籍水部

洞房昨夜停红烛，待晓堂前拜舅姑。

妆罢低声问夫婿，画眉深浅入时无。❶

这首诗以新娘的口吻，表达了即将第一次面对公婆的紧张和焦虑。她问自己的丈夫，自己新画的眉毛是否美丽入时。通过这样的描写，朱庆馀表达了自己对于即将进行的考试的忧虑。这首诗把考生、推举人和考官的关系投射到家庭关系上，强调了三者间的权力关系，特别是考生和推举人间坚固且亲密的关系。

据说张籍的回诗如下：

酬朱庆馀

越女新妆出镜心，自知明艳更沈吟。

齐纨未是人间贵，一曲菱歌敌万金。❷

朱庆馀把自己喻为一个女子，张籍则以一个自信男子的口吻回应，诗中不吝对于这位女子的赞美，从而让朱庆馀安心。越女的秀外慧中成为朱庆馀才华的隐喻，她千金难买的歌声也体现了张籍对朱庆馀的激赏，表明自己看好他未来的发展。在性别化的展演中，推举者和考生之间的诗歌交流再次证明了他们紧密的关系，以及阶级地位的差异。

诗歌不仅在考试前或考试时对考生的成功起了关键的作用，在考试结束以后，也成为庆祝成功和加强联系的重要手段。比如诗人孟郊连续多年考场失意，最终在796年通过了科举考试。以下这首诗显示了他及第之后

---

❶《全唐诗》卷五一五，第5892页。

❷《全唐诗》卷三八六，第4362页。

的欣喜若狂：

登科后

昔日龌龊不足夸，今朝放荡思无涯。
春风得意马蹄疾，一日看尽长安花。❶

这首诗呈现了现在与过去的强烈对比，昔日落魄的孟郊如今成了长安城的明日之星，他对此感到无比得意。他在马背上欣赏长安的繁花，成为公众羡慕的对象。进士登科给考生的人生带来巨大的转变，这一点在庆贺及第的诗歌中被反复地提及，常出现的一个比喻是凡人登仙界和鲤鱼跃龙门。

通过考试的进士们必须在公共场合完成一系列的"礼仪"。尽管这些"礼仪"的细节会随着时间而变化，但最主要的是表达对于朝廷的感恩，并在京城各地参加一些公众聚会。进士的榜单公布后，新科进士们就要相聚一堂来感谢考官。一些更个人化的仪式则会在私人的住宅中进行，这些仪式会把考生对考官的情感依恋以及政治上的忠诚正式化。但这些仪式也容易促成党派的形成，因而在宋代被废止。从9世纪中叶开始，新科进士们会在中书省里列队过堂，表达对宰相和其他高官（也包括皇帝）的感恩之情。

除了这些有关政治权力的仪式外，新科进士们也会参加一些宴会和庆祝聚会。这些场合既能加强他们之间的联系，又是一种面对公众的展演。每位参与者都必须出一定的金钱，来支付人力物力的花费，包括乐工、歌妓和食物等各项支出。他们也会一起赏花，在慈恩寺的墙上题上各自的名字，玩击鞠，参加其他各种各样的活动。庆祝活动还包括了曲江边伴随着游行和音乐的盛宴。这些活动会吸引大量的民众，据说这也是豪门望族从官场新贵中选择女婿的绝佳时机。

---

❶ 华忱之校订，《孟东野诗集》，北京：人民文学出版社，1959年，第55页。

诗歌在考试之后的庆祝活动中也不可或缺，因为它是以文才取胜的进士们进行庆祝最适宜的媒介。尽管在文人集会中群体创作诗歌是很常见的，但对于金榜题名的进士们来说，这种群体创作的意义更加非凡。进士之间的诗歌酬唱定义了他们同为当年胜出者的身份。这些诗歌不仅是标记也是纽带，将伴随这些进士的一生。作为把考生聚集在一起的人，考官则享受着考生们真诚的赞美，也期待他们之后的光明未来。这种诗歌的交流也延伸到了和考官、考生有联系的其他人。

844年，王起在首次担任考官的二十年之后，第三次担任科举考试的考官，并选出了二十二名进士。曾经被王起选出的进士周墀时任华州刺史，他写诗祝贺恩师以及其他新科进士。在这首诗里，周墀先是称赞王起第三次担任考官的无上恩荣，并回忆起自己事业的成功，以及这些年来二人之间的友谊。在诗里，他也表达了对新科进士的羡慕，并礼貌性地表示了自己因公职无法到场的遗憾。这种修辞性的礼貌表达，凸显了周墀如今高官的身份。新科进士们热情地给予周墀回应，他们纷纷赞美考官王起，并表达了对成功者周墀的倾慕。

诗歌对于成功的进士们至关重要，对于落第的考生来说，也是种必要的发泄途径。这些并未被命运垂青的考生，常常通过写作和交换诗歌来批评考官，抒发内心的愤懑。在一则故事里，当时的考官以为考生颜标是忠烈之臣颜真卿的后代，便擢他为状元。但颜标与颜真卿其实并无亲属关系，考官因此变成大众嘲讽的对象。有首无名打油诗就表达了这种不满的情绪："主司头脑太冬烘，错认颜标作鲁公。"在另外一则故事中，某位落第的学子并不像其他人那样批评考官，而是给考官寄了一首诗，表达失意之情。考官读完诗后深受感动，之后再次担任考官时，便选了这位考生为进士。

许多考生落第后会开始下一轮的努力，再一次递呈行卷一直到下一轮科场考试。考完之后，考生也常会踏上旅程，或是回家探亲，或是再次寻找推举人。金榜题名的进士们为衣锦还乡而兴奋不已，落第学子的心中则

充满了失望和悲伤。孟郊在796年考取进士之前,曾因落第而写下一首极其悲伤的诗:

落　第

晓月难为光,愁人难为肠。
谁言春物荣,岂见叶上霜。
雕鹗失势病,鹪鹩假翼翔。
弃置复弃置,情如刀刃伤。❶

　　除此之外,孟郊还写过其他几首落第诗,分别是《再下第》《下第东归留别长安知己》《失意归吴因寄东台刘复侍御》《下第东南行》。这类诗也能在其他文人的作品中见到。显然,考试的失败也是一个重要的诗歌主题。

　　这些失意考生的朋友也常通过诗歌来鼓励和安慰他们。比如孟郊的好朋友韩愈,孟郊落第后打算去投靠徐州刺史张建封,这时韩愈写了一首《孟生诗》来送别孟郊。在这首诗里,韩愈表达了对于孟郊的赞赏,相信他一定会获得张建封的支持。孟郊自己也写过类似的诗来鼓励其他落第的考生,如《送别崔寅亮下第》《送温初下第》。诗歌的酬唱也加强了考生之间的相互联系,白居易和元稹便是典型的例子(见本书第17章)。这一类诗歌,也给予了失意的考生们同情、支持和希望。

　　尽管考生最关心的往往是推举人和其他考生,但家庭也仍在他们心头萦绕。中唐时期的文人刘得仁传为公主之子,他在经历多次科举失利后,写下了这样的诗句:"回看骨肉须堪耻,一著麻衣便白头。"很不幸地,刘得仁还未成功就撒手人寰,去世后他受到了同时代文人的哀悼。他是时运不济的考生的代表,尽管才华满腹、孜孜不倦,却仍然无法金榜题名,以

---

❶《孟东野诗集》,第50页。

至于一辈子都郁郁不得志。

尽管在文学作品中,考生的妻子大多都被边缘化,甚至是隐而不见,但在当时的笔记中,也有某些受过教育的女性发出了自己的声音。比如杜羔的妻子,在得知丈夫落第之后十分失望,写了一首诗寄给他:

> 良人的的有奇才,何事年年被放回?
> 如今妾面羞君面,君到来时近夜来。❶

据记载,读到妻子的诗后,杜羔很快返回了京城,最终通过了考试。这个故事还有另一个较晚的版本,记叙了妻子在得知丈夫金榜题名后,又写了一首诗给他。这一次,她祝贺丈夫的成功,并表达了对他不回家的焦虑,怕他会在京城里流连风月。

杜羔妻子的这种焦虑并不是空穴来风,因为考生往往是烟花之地的常客。当时的妓女有不少是精通音律、歌舞和诗歌的。薛涛是唐代名妓,她颇有诗才,因跟当时一些重要官员和文人的酬唱而闻名。在同时代的诗歌和文学叙述中,歌妓文化和考场文化有十分紧密的联系。考生们常常在平康坊——唐代长安的红灯区(又称"北里")——与妓女还有其他文人交游,诗歌成了考生和妓女之间联系的纽带,尽管背后也隐藏着经济上的交易。诗人孙棨曾回忆自己早年在北里的经历,那时他写诗送给妓女王福娘,福娘对他青眼有加,让他再写三首并题到墙上,她对孙棨有情,后来也写了一首诗相赠,希望孙棨能为她赎身:

> 日日悲伤未有图,懒将心事话凡夫。

---

❶ 《玉泉子 金华子》,北京:中华书局,1958年,第10页。

非同覆水应收得，只问仙郎有意无。❶

孙棨写诗次韵相和：

韶妙如何有远图，未能相为信非夫。
泥中莲子虽无染，移入家园未得无。❷

　　孙棨礼貌地拒绝了福娘，解释说自己无力帮她赎身。二人最终分道扬镳，孙棨后来在撰写《北里志》时，脑海中未尝不会浮现福娘的形象。除了浪漫的爱情，妓女和考生间的诗歌酬唱也体现了其他个人化的联系，比如相互间的同情或戏谑。风月场所成为考生非正式的诗歌竞技场，他们通过自己的机智、品味和个性来获得妓女的青睐和欣赏。

　　诗歌也是唐代科举文化留下的生命力最持久的传统。科举考试是唐代文人跻身仕途的众多途径之一，考中进士的人极尽尊荣，但他们仍然只是这个庞大官场的一小部分。然而，唐代这种层级竞争的机制、考试的周期和各种礼节，为宋代及之后的科举制度奠定了基础。唐以后，诗歌仍是考试的重要组成部分，一直到14世纪，理学占据主流，对经学和道德操守的重视才使诗歌被剔除出科举。不过，到了18世纪中期，诗歌的重要性又再次被强调，这一直延续到19世纪后期，即科举制度于1905年被废除的前几年。尽管诗歌在科举中的地位有所起伏，但其在唐之后仍占据了极其重要的地位。作为人际关系的沟通媒介，诗歌把参与科举的群体紧密地联系了起来。

---

❶ 孙棨，《北里志》，上海：古典文学出版社，1957年，第33页。
❷ 孙棨，《北里志》，第34页。

推荐阅读

- 王定保，《唐摭言》，上海：上海古籍出版社，1978年。
- 程千帆，《唐代进士行卷与文学》，上海：上海古籍出版社，1980年。
- 傅璇琮，《唐代科举与文学》，北京：中华书局，2020年。
- 郑晓霞，《唐代科举诗研究》，上海：复旦大学出版社，2006年。
- 徐晓峰，《唐代科举与应试诗研究》，北京：北京大学出版社，2015年。

- Mair, Victor H., "Scroll Presentation in the T'ang Dynasty," *Harvard Journal of Asiatic Studies* 38, no. 1 (1978).

- Moore, Oliver, *Rituals of Recruitment in Tang China: Reading an Annual Programme in the Collected Statements by Wang Dingbao (870-940)*, Leiden: Brill, 2004.

- Twichett, Denis C., *The Birth of the Chinese Meritocracy: Bureaucrats and Examinations in T'ang China*, London: China Society, 1976.

第13章

内外之间的唐朝女性

钟梅嘉（Maija Bell Samei）

写作，尤其是诗歌创作，在唐代是一项充满互动的活动。唐朝及与之相邻的时期留存下来的诗歌，其中一部分是为回应其他诗文而写的应答诗，另一些则是作于雅集酬唱之时，而后者通常会以命题竞赛的形式进行创作。大体而言，写作并非如弗吉尼亚·伍尔夫所说的那样，是在"一间自己的房间"里完成的。从这个意义上来讲，相较于私密的活动，写作的公众性更强。

写作的这一特性给女性文学表达带来了一定的挑战。尽管中国女性并非一贯与社会隔绝，但是隐逸在唐代则已成为令人崇敬的上层社会的代表符号。以此推想，女性创作不应当是大众消费的对象。原因在于，在中国传统中，诗歌是用来言志的，而诗人往往借由诗歌来表达自己。❶通过交换与传阅作品，女性作者事实上是在传播自己——她的情绪与想法、内在的自我以及那些本应由她的丈夫和家庭所独享的知识。一些女性可能会因其诗作的广为流传而面临道德层面的质疑。人们会认为她们的做法无异于

---

❶ "诗言志"出自《尚书》，是对诗歌做出的类词源式的早期定义。同时，《尚书》还对"诗"这一主要文体进行了表述性的阐释。可详见本书第1章中关于"以意逆志"的讨论。

在大庭广众之下展示自己的美貌。考虑到这样的背景，当我们看到许多这一时期流传下来的女性诗作，其作者往往是雅妓或身陷红尘的女冠，或许也就不会感到太过讶异了。

内外之间

公共/私人之分是西方读者非常熟悉的概念，在汉语的语境中，与这组概念相呼应的，则是"内外"之别。"内外"概念根植于中国传统文化，是礼教分化的一个侧面。对这种分化区隔的崇敬，构成了中国文明的根基。❶女性所处的空间被称为"内"闱，而房子或居所的"外"部则是属于男性的领域。这一区隔在礼教推行的过程中被不断强化，使得内外、男女之别统统为礼教所统摄。宋代的司马光在《涑水家仪》中如此总结这种规范：

> 凡为宫室，必辨内外，深宫固门，内外不共井，不共浴室，不共厕。男治外事，女治内事。男子昼无故不处私室，妇人无故不窥中门。……男子夜行以烛，……（妇人）有故出中门，亦必拥蔽其面。铃下苍头但主通内外之言，传致内外之物……
> 《礼》女子十年不出，恒居内也。

这些礼教规范出自先秦经典《礼记》。女性之礼教与道德责任的相关文化曾在唐代经历过一次复兴。唐朝时，汉代班昭的《女诫》和其他诸如《女论语》之类有关女性道德的书籍开始流传开来，而在此前，这些文本并

---

❶ 相关讨论，参见 Lisa Raphals, *Sharing the Light: Representations of Women and Virtue in Early China*, p.195.

未曾引起过重视。比如《女论语》反复强调礼法中对于分离的要求："内外各处，男女异群。莫窥外壁，莫出外庭。""出必掩面，窥必藏形。"

这种文化上的边界是如此根深蒂固，以至于长久以来，无数诗人曾借此发挥，以实现诗歌的创作效果。"弃妇"之言便是女性所发出的声音里最常见的一种。这类作品中的女主角往往不是在守候远游或参军的丈夫，就是在哀叹自己为不忠的爱人所弃。无论是在门廊内、窗帘后还是庭院里，内与外的边界作为一种题材在被称为"闺怨"的传统中无处不在。女性的哀思被藏匿在窗帘之内，而窗帘也暗示着闺房与女性的空床，以及女性主体在门廊——内与外的边界——旁边的位置。也正因如此，这些元素充斥着情色的意味。在下面这首出自汉代《古诗十九首》的作品中，这种暗示便十分明显：

青青河畔草

青青河畔草，郁郁园中柳。
盈盈楼上女，皎皎当窗牖。
娥娥红粉妆，纤纤出素手。
昔为倡家女，今为荡子妇。
荡子行不归，空床难独守。❶

值得注意的是，这种分隔一般并不会严格到迫使女性完全深藏闺中。很多女性还是会参与商业活动，也会在家族中占有一席之地。唐代女子会参加诸如庙会甚至踢蹴鞠一类的公共活动。不过，一个家族对礼仪的遵守程度确实是反映这个家族社会地位的重要因素。如伊沛霞（Patricia Ebrey）所写："上层阶级用以表示自己特殊性的……一种途径是把自家的女人藏起

---

❶ 《先秦汉魏晋南北朝诗·汉诗》卷十二，第329页。

来。"❶反之,一位出身卑微却才华横溢的女性则更可能委身花街柳巷或成为宫妓,从而拥有一定的自由(或者经济上的责任)去跨越内外之间的门槛。相比之下,一个没落的世家更倾向于努力让家族中饱读诗书的女孩们成为乐妓或者妃嫔。薛涛便是一个很好的例子。之后我们会谈到她的故事。

一些家世衰败或为夫君主顾所弃的女子会选择出家,这是另一个可以让她们免受穷困之苦的办法。唐朝时,佛教已经建立起庞大且完善的寺院体系,这一现象促使道教的教众也去努力修建道观与道庵。无论久居与否,女子在踏入道庵后便会被认作女冠。李冶(字季兰)与鱼玄机便是这样的例子。

因其身份的特性,女冠与乐妓自然而然会跨越内外间的界限。传统的中国女性角色是由她与父亲、夫君或儿子的关系而定义的;女冠和乐妓在离开家庭并脱离婚姻与子女的羁绊之后,便游离于这些传统的社会关系之外。然而这并不代表这些女子能够拥有现代意义上的自由。乐妓的一言一行尤其受限于她身处的乐坊的规矩,而由"鸨母"管理的乐坊则成为家庭的替代品。乐妓的活动范围基本被限制在大城市的花柳巷间,而不能涉足其他区域。如若能有幸攀附一位主顾,乐妓方能蒙他所荫得以脱身。无论如何,乐妓的生活方式让她们得以与家人以外的男性广泛交往,并且成为这些男性公共世界外延的一部分。

乐妓有不同的类别。下至普通的娼妓,上至专司文乐的高级宫妓,其社会阶层跨度很大。唐代的官府掌管着官办教坊与花街柳巷,身处其中的乐妓会被登记在册,并依照级别进行分类,从而禁止她们越级行事。❷达

---

❶ Patricia Ebrey, *The Inner Quarters: Marriage and the Lives of Chinese Women in the Sung Period*, Berkeley: University of California Press, 1993, p. 25.

❷ Marsha Wagner, *The Lotus Boat: The Origins of Chinese Tz'u Poetry in T'ang Popular Culture*, New York: Columbia University Press, 1984, p. 83. 另见Victor Xiong, "*Ji*-entertainers in Tang Chang'an," in Sherry J. Mou ed., *Presence and Presentation: Women in the Chinese Literati Tradition*, London: Macmillan, 1999, pp. 149-169。

官显贵以及文人墨客频繁出入这类场所也并非奇闻异事。相较于性事而言，乐妓生活的主要内容还是充当社交与文艺活动的招待。从这个角度来说，她们更像日本的艺伎。出身优越的女子一般受过一定教育。她们在学习的过程中获得良好的教养，从而得以参与到家庭组织的诗文雅集中。与之相较，出身卑微的女子可能很小便被卖入乐坊，接受为训练宫妓而设计的文学与音乐教育。❶

如此一来，宫妓便十分容易遭到质疑与攻击。原因在于她们在家族的范围之外展露自己的文才（在围墙之外，即便性是次要的，她们也享有相当多的自由），同时也为她们的文人主顾所赏识，甚至在许多层面上与他们分庭抗礼。诚然，精通文墨的女冠与乐妓可以凭借其诗文天赋、音乐造诣以及兰心蕙质来获取她们那个时代大众的欣赏。然而她们所选择的生活方式也注定让她们难逃骂名，任何一个家庭都不会希望自家的女儿误入这样的歧途。

超群的文学天赋与问题重重的阶层背景，这两者之间的复杂联系或许也解释了为何一些备受尊重的唐朝女性会在婚前焚烧自己的诗稿。据史料记载，一些女性甚至会借焚诗来表明自己将专心妇人之事的决心。诗稿的存在本身似乎对她能否胜任新妇之职构成了巨大的威胁：

> 唐乐安孙氏，进士孟昌期之内子，善为诗。一旦并焚其集，以为才思非妇人之事。自是专以妇道内治。❷

这种联系过于密切，以至于人们难以将文学才华与不检点的生活方式分开来看待。一些关于李冶与薛涛的轶事，就是通过这种负面的联系来诠

---

❶ Marsha Wagner, *The Lotus Boat: The Origins of Chinese Tz'u Poetry in T'ang Popular Culture*, p. 84.
❷ 周勋初主编，《唐人轶事汇编》，上海：上海古籍出版社，1995年，第2214页。

释她们少时不凡的诗歌天赋的：

> 李季兰以女子有才名。初，五六岁时，其父抱于庭，作诗咏蔷薇，其末句云："经时未架却，心绪乱纵横。"父恚曰："此女子将来富有文章，然必为失行妇人矣。"❶

另一则逸闻记载了薛涛儿时的天赋异禀：

> 其父一日坐庭中，指井梧而示之曰："庭除一古桐，耸干入云中。"令涛续之，应声曰："枝迎南北鸟，叶送往来风。"父愀然久之。❷

薛涛在这首绝句中引用了借指宫妓生活的典故，她的父亲为此十分伤心。

这两则典故是围绕两位著名女诗人衍生出来的传奇故事，但它们的真实性却令人生疑。不过，这些故事也的确反映了两件事：其一，大户人家的年轻女子是如何在家接受诗歌创作教育的；其二，在多大程度上超凡的诗才会被看作不堪人生的先兆。发生这种事情几乎是顺理成章的：家世显赫的唐代男子有资格参加科举考试，而这样的机会却不为同样出身的女子所有。文采非凡的大户人家小姐所写的作品，往往没有正当途径可以传到闺门之外，并在社会中广为传诵。

这种维护内外分界的需求影响深远，并一直延伸至宫墙之内。对于皇帝来说，为"内部"的情爱所掣肘是十分危险的，因为外戚的势力很有可能会对皇权产生牵制，甚至控制一国之君（杨贵妃就是一个典型的例子）。这件事也确实在武后武曌（即武则天）身上发生了。早期卑为宫女的她，

---

❶ 《唐人轶事汇编》，第841页。
❷ 《唐人轶事汇编》，第1128页。

后来一度权倾天下，成为一代女帝。尽管后人常将武后视作负面典型，用来批判其他意欲效仿她夺权的女性，但是作为一位英明的帝王，武后也的确因此而为人所铭记。她最广为人知的政绩莫过于对科举考试的改革与推广。她培养文士，并将诗歌写作纳入科举考试范围内。这些政策对诗歌在唐朝地位的提升有着十分深远的影响。

著名的女官上官婉儿曾受到武则天的重用。在武后的支持下，她不仅代表朝廷品评天下诗文，而且还曾充当武后与其子（也就是之后的唐中宗）的代笔。可以说在武则天时期，不论在朝政还是文学生活方面，女性在公共领域的权势都达到了一个前所未有的高度。

黥面之女：上官婉儿

640年，十四岁的武则天以才人的品阶入宫，成为唐太宗众多嫔妃中的一位。太宗驾崩后，武则天便被立为高宗之妃。665年，高宗立其为后。这一年，武则天已开始掌管祭祖之职——她也是中国历史上唯一一位代替皇帝主持如此重要仪式的女性。武后于690年称帝，并宣布建立周朝——这一事件也让她成为中国历史上唯一一位登上天子之位的女性。周朝一直维持到705年武则天崩逝。此后政权归还到她的儿子唐中宗手中。

武则天当权时，曾给诗人和儒家及佛教的学者提供重要的支持。她对政敌的冷酷无情也广为人知。在赢得高宗宠爱并取代王皇后之后，她便"令人杖庶人（王皇后）及萧氏各一百，截去手足，投于酒瓮中"。❶尽管如此，她在死后还是获得了"则天"这一尊号，意指她"以天为法"。

对于武后的无情，上官婉儿恐怕是了然于心。其祖父与父亲曾因意图

---

❶ 具体记载参见《旧唐书》卷五十一，北京：中华书局，1975年，第2170页。

谋反而被武后诛杀,她也因此受累,自小便与家族中的其他女性一起被贬至掖庭为官婢。不久,上官婉儿便展露出她过人的才华,并很快为武后所重用。武后于705年崩逝后,上官婉儿继续效忠于中宗朝。有意思的是,以韦皇后和她两个女儿为首的女性势力依旧掌控着朝政。人们普遍认为武后与中宗的很多作品实际都出自上官婉儿之手。710年,上官婉儿被处决,而后朝廷发生政变,玄宗借此上位。即便在这一系列剧变后,玄宗依旧命令诗人张说为上官婉儿编纂文集。上官婉儿又被称为"上官昭容",这个称号是中宗所赐,意为"明亮的面容"。张说用焕奕的文字描写她的文采:

> 明淑挺生,才华绝代,敏识聪听,探微镜理。开卷海纳,宛若前闻;摇笔云飞,咸同宿构。❶

张说在这篇序中将女性对于皇帝的影响描写得非常正面:

> 贵而势大者疑,贱而礼绝者隔,近而言轻者忽,远而意忠者忤。惟窈窕柔曼,诱掖善心,忘味九德之衢,倾情六艺之囿。

张说认为,在男性主宰的朝堂之上,女性往往游离于那些复杂的忠佞之争之外,因此女性可以给帝王带来某种特殊的正面影响。考虑到一直以来对女性干政的忌惮,他的这个想法在当时可谓是非常特殊的。

上官婉儿也是诗文的评判官。序文中,张说提到了这样一则故事:

> 初沛国夫人之方娠也,梦巨人俾之大秤,曰:"以是秤量天下。"

---

❶《唐昭容上官氏文集序》,《全唐文》卷二二五,北京:中华书局,1983年,第2274—2275页。下引此篇,出处皆同。

既而昭容生。弥月，夫人弄之曰："秤量天下，岂在子乎？"孩遂哑哑应之曰："是。"生而能言，盖为灵也。越在襁褓，入于掖庭，天实启之，故毁家而资国；运将兴也，故成德而受任。

"受任"在此处应指她成为评判官。不过从另外一些流传下来的记录判断，她参与诗歌创作品评的形式似乎并没有那么正式：

> 中宗正月晦日幸昆明池，赋诗，群臣应制百余篇。帐殿前结彩楼，命昭容选一首为新翻御制曲。从臣悉集其下。❶

上官婉儿似乎也曾在朝堂上顶撞武后（没有相关细节的记载保留下来），但是武后并没有处决她，而是将她处以黥面之刑——墨刑，这曾是一种用来标记犯人的手段。但不久后她又重新获宠，并且逐渐成为武后朝堂之上影响力极大的人物。696—709年间，她甚至"恒掌宸翰。其军国谋猷，杀生大柄，多其决"❷。

或多或少是因为黥面之难，上官婉儿不可能拥有倾国之貌。这反倒让她免于遭受以美色惑上的质疑与非难，并顺理成章地获得了前所未有的权势。或许是因为她的势力基本建立在才智而非美色之上，武后也并不觉得她会威胁到自己。不过之后她获得了中宗的盛宠并成为中宗的妃子，也曾一度被情爱绯闻缠身。

她最知名的作品莫过于710年，也就是她被处决前不久创作的组诗二十五首。诗歌记述了她与中宗一同到府上探访长宁公主的事情。

---

❶ 计有功，《唐诗纪事》，北京：中华书局，1965年，第28页。
❷ 武平一，《景龙文馆记》，陶敏辑校，《景龙文馆记 集贤注记》，北京：中华书局，2015年，第149页。

游长宁公主流杯池　　其十七

岩壑恣登临，莹目复怡心。
风篁类长笛，流水当鸣琴。❶

　　这首诗展现出来的是上官婉儿在自然中独处的心境。她不仅从感官，更从情感上对周围的环境做出反应。穿梭于嶙峋的山岩间，自然之音代替了宫廷宴饮这类场合所奏的乐曲。诗人在自然中所觅得的满足与欣喜，甚至超越了宫廷之乐所能带来的感官享受。在她离世后，中唐诗人常常会试着将诗中的自己刻画为隐士，哪怕现实生活中他们极少有机会涉足山水间。❷从这个角度讲，上官婉儿可谓是盛唐时代（特指玄宗一朝，这一时期也是中国诗歌发展的黄金时代）标志性的隐士之风的先驱者之一了。

　　除武后之外，上官婉儿恐怕也是历朝历代最具影响力的宫廷女性之一。宫中女子千千万万，不论是从政治才能还是文学造诣来评判，极少有人可以企及她所达到的高度、拥有她曾拥有的权力与影响力。或许是因为她恰好身处那样一个女性掌权的特殊时代，所以可以涉足传统为男性所占有的领域。接下来关于李冶的故事，应该更能代表宫廷女性的普遍状态。

叛国之女：李冶

　　李冶的诗才最初为人所认可是在她出家为女冠的时期。而后在暮年时，她又曾两次奉命入宫。对李冶而言，应诏入宫可以说是对她已然成名

---

❶ 《全唐诗》卷五，第63页。

❷ Stephen Owen, "The Formation of the Tang Estate Poem," *Harvard Journal of Asiatic Studies* 55, no.1 (June 1995), pp. 39-59.

的才华的进一步认可。宫中富有文才的女性一方面可以参与到"公开的"艺术活动中，以取悦皇帝；同时，成为宫廷的一员也可以使她们完全"隐匿"于公众视野之外。如此一来，即便为帝王与朝廷服务，李冶的名声与才华也不会脱离家庭与皇家的掌控。

才女参与政事的历史可以上溯到汉朝。班昭曾经是邓太后的老师，她把自己对女子的教导方式加以编纂，著成《女诫》一书，并在其中细致讲解了有德女子的德行标准。班昭也曾对由其父始编，后由其兄班固完成的《汉书》贡献颇丰。不过，班昭在道德教化上的贡献更为人所熟知。《女诫》虽然原本是班昭为两个女儿所写的，却在唐朝风靡一时，甚至启发了《女孝经》和《女论语》等一系列模仿班昭体例与儒家经典内容的仿作。

到了唐代，朝堂的风气出现了一些变化。唐朝的帝王相较汉帝更具国际视野，他们十分欣赏西域传来的音乐与舞蹈。此外，他们也普遍会积极参与并支持诗歌的创作与传诵。这也让唐代成为诗歌发展的黄金时期。玄宗对从西域传入的新式音乐抱有极大的热情，并为此专门设立了一种名为"教坊"的官方音乐机构，由才华出众的乐妓主理音乐的教导事宜。同时，他还遴选出最出色的乐部伎子弟，成立了"梨园"，以服务官方以及皇室需求。

在这样积极的文化氛围下，李冶受邀入宫一展才华。尽管她当时所领之职并不为人所知，但我们却知道，这一切是如何结束的。783年，她在德宗朝的第二个任期内，叛将朱泚自立为帝并短暂控制了长安。在这段时期，李冶曾上诗朱泚，诗中的语气相当的积极。当年轻的德宗重新占领都城后，李冶也因诗获罪，成为叛国者。她被革去一切官职，并被杖刑处死。她的诗作成为对上不忠的证据。遗憾的是，由于诗歌的内容太过忤逆，当时的史官并不屑于将之保留下来，我们也因此无法对其进行考证。不过她的死却也反映了在朝为官、伴君如伴虎的状态；如果想对德宗忠贞不渝，她就不得不在朱泚当政时直面生死考验。

下面这首李冶最著名的诗作可以反映出她的文学造诣。这首诗还描写了一些有关诗歌写作过程的细节。

从萧叔子听弹琴赋得三峡流泉歌

妾家本住巫山云，巫山流泉常自闻。
玉琴弹出转寥夐，直是当时梦里听。
三峡迢迢几千里，一时流入幽闺里。
巨石崩崖指下生，飞泉走浪弦中起。
初疑愤怒含雷风，又似呜咽流不通。
回湍曲濑势将尽，时复滴沥平沙中。
忆昔阮公为此曲，能令仲容听不足。
一弹既罢复一弹，愿作流泉镇相续。❶

我们首先注意到的便是诗题中多层次的细节信息，这些信息暗示着诗人所处的社会背景。❷ 题目非常自然地揭示了诗歌写作的社会功能：诗歌是一些人因某事在某地所见的某情某景的留声机。诗题告诉我们，李冶是作为一位男性的随从出现的。他们正一同听琴赏乐，并且宴会的嘉宾们很可能都在就题赋诗。李冶奉命根据他们所欣赏的琴曲来作诗。诗中，李冶将阮籍当成了琴曲的作者，而实际上，这首曲子的真正作者却是作为听众出现的阮籍之侄——传奇乐师阮咸（也就是诗中第14行提到的"仲容"）。

作为一名古琴弹奏者，李冶自身出色的琴艺使她在应对这样充满挑战的诗题时能够游刃有余。对早期诗歌的熟稔自不必说，如果想成为一个出色的诗人，李冶还需要细致地处理这个题目，并且在诗中展现她自己的巧

---

❶ 陈文华校注，《唐女诗人集三种》，上海：上海古籍出版社，1984年，第8页。
❷ 关于这点，参考 Billy Collins, "Reading an Anthology of Chinese Poems of the Sung Dynasty, I Pause to Admire the Length and Clarity of Their Titles," in *Sailing Along Around the Room*, New York: Random House, 2001, pp. 138-139。

思。她的笔锋不仅捕捉到了琴声的悦动,更让自然之力跃然纸上。此外,诗中提及巫山,似乎暗暗地将李冶与巫山神女联系在一起。在长篇汉赋《神女赋》中,巫山神女在楚王梦中与他幽会,并留下一段风流佳话。这也说明,李冶其实在诗中多多少少有意识地点明了自己的官妓身份。同时,李冶在诗中也表达了她与仲容的惺惺相惜:和仲容一样,她也是一位技艺颇高且因这首琴曲沉醉不已、意犹未尽的演奏家,所以她便以"愿作流泉镇相续"来为这首诗收尾。

诸如此类诗歌的存在也表明,像李冶一样的唐代文学才女参与文学雅集的方式几乎与男性无异。下面这则故事更加戏剧化地反映了这一情况:

> 尝与诸贤集乌程开元寺,河间刘长卿有阴重之疾,乃诮之曰:"山气日夕佳。"长卿对曰:"众鸟欣有托。"举坐大笑,论者两美之。❶

李冶所引的诗句源自陶潜,她巧妙地用这句诗造了一个双关,用"山气"来暗指刘长卿的疝气。刘长卿则应之以陶潜的另一句带有"鸟"的诗句,用以代指阳物。在这种情景下,诗歌成了一种雅致的戏谑。李冶这类女子可以与男伴们开如此下流的玩笑,也就足见她们与文人雅士的交往是多么的自由。

同时期的评论家高仲武用李冶的男子气来解释她的诗才:"形气既雄,诗意亦荡。"❷ 为了完全融入男性的诗歌世界并获得些许赞誉,李冶在一定程度上选择以一种男性的姿态来接触这个世界。这种姿态使得她可以尽情展露自身的诗歌与情色魅力,而不用将这种魅力掩盖在女性的恭谨谦卑之下。高仲武甚至进一步以"罕有其伦"来评价李冶的五言诗。这对于女诗

---

❶ 《唐女诗人集三种》,第21页。
❷ 《唐女诗人集三种》,第21页。

人来说不可不谓是极高的肯定。

乐坊之女：薛涛

尽管李冶诗名远播，但唐代最负盛名的女诗人恐怕非薛涛莫属。身为乐妓，她的盛名要拜她与元稹和白居易这些著名诗人的友谊所赐。众所周知，薛涛是成都的一名乐妓，不过一些文献也称她为营妓。

薛涛的身世很好地向我们展示了一名女子堕入乐籍的过程。薛涛的父亲是一位官阶卑微的官员。儿时，她住在都城长安，家境尚数殷实。后来，薛父被迁至地处中国西南蜀地的成都。父亲去世后，母亲守寡，薛涛则在此时接到了西南节度使韦皋的召令，命其到帅府侍宴赋诗。由于尚未出嫁，而且失去了原先由其父带来的收入与保障，薛涛会选择接受这样的召令也便不是一件难以理解的事情了。她服侍韦皋近二十年，韦皋也曾一度上表朝廷，为她奏请"校书"一职。尽管文献记载表明这一请求最终未获批准，薛涛却因此获得了"薛校书"之称，而"校书"一词后来也变成了对妓女委婉的称呼。晚年，薛涛离开韦府，并独自在成都的家中过着深居简出的生活。

薛涛的一生与许多著名的诗人都有交集，这其中就包括元稹。她与元稹交往的故事发生在809年。从下面这段文字我们也能看出，薛涛的诗名在成都之外亦为人传诵：

> 安人（仁）元相国，应制科之选，历天禄、畿尉，则闻西蜀乐籍有薛涛者，能篇咏，饶词辩，常悒悒于怀抱也。及为监察，求使剑门，以御史推鞫，难得见焉。及就除拾遗，府公严司空绶，知微之之

欲，每遣薛氏往焉。临途诀别，不敢挈行。❶

人们普遍认为薛涛的《十离诗》是为元稹而作。而从诗中不断反复的模式化段落判断，这一系列诗应该是在某种诗歌写作游戏中完成的。这种重复的模式在下面两个例子里显而易见：

笔离手

越管宣毫始称情，红笺纸上撒花琼。
都缘用久锋头尽，不得羲之手里擎。❷

用来制作毛笔笔管的最佳材料产自中国东南部的越管（近越南）。而最佳的笔毫（狼毫或兔毫）装嵌技术则在宣城（今在安徽）。尾联的"羲之"指六朝著名书法家王羲之。时人认为薛涛的书法造诣极高，甚至可以媲美王羲之。从这两点我们不难看出，尽管薛涛在嗔怪自己因为色衰而被弃置一旁，但她其实还是对自己的才能十分自信。诗中提到的"红笺"也确有所指。她曾创制一种用来题诗的笺纸，这种笺纸被后人称为"薛涛笺"。

上面这首诗是关于一支无辜被弃的毛笔，接下来的这首讲述的则是叙述者因失礼而失宠的悲剧：

鱼离池

戏跃莲池四五秋，常摇朱尾弄纶钩。
无端摆断芙蓉朵，不得清波更一游。❸

---

❶ 《唐女诗人集三种》，第86—87页。
❷ 《唐女诗人集三种》，第74页。
❸ 《唐女诗人集三种》，第75页。

从首联的"莲"与"恋"恰好同音这点可以看出，这首诗是在讲述一对爱侣之间的关系。

薛涛这首诗可能是为她的某位主顾所写。韦皋以及她后来的另一位熟客武元衡都曾在不同时期将她贬至边疆。前面提过，有些文献称薛涛为"营妓"，这一称呼很可能是在她被贬之时产生的。她在这一时期应当也曾写下不少诗作，但只有为数不多的作品得以流传至今。唐诗中十分常见的一大主题是以受尽苦难、思乡心切为主要内容的边塞诗。在漫长的几个世纪中，中国绵长的西北边陲不断遭受西戎北狄的侵扰，无数将领被派往前线戍边守关，而这类诗作的创作与流传正与这样的边疆史密切相关。从下面几首诗的诗题来判断，薛涛应该也曾被贬往边疆营地。对于男性官员而言，领命戍边是贬谪的一种形式。而薛涛的命运，与那些遭贬戍边的将领并无二致。

罚赴边有怀上韦令公　　其一

闻道边城苦，而今到始知。
羞将门下曲，唱与陇头儿。❶

薛涛受罚的时间并不长。她生命的最后时光是在成都的家中孤独地度过的。此时的她，又一次变得孑然一身。然而，薛涛的罪责应该并不严重，与之相比，李冶以及接下来我们将提到的鱼玄机则是付出了生命的代价。

行凶之女：鱼玄机

薛涛离世几十年后，一位名为鱼玄机的女冠在家中组织了一场宴会。

---

❶《唐女诗人集三种》，第30页。

席间，一位男宾去后院解手，他注意到庭中某处聚集了许多苍蝇。当他凑近查看时，发现那里隐约有血迹，而且散发出腐败的气味。他离开后与下人提起这件事，下人便委托身为地方衙役的兄长查明此事。这位衙役恰与鱼玄机有积怨，于是带人闯入鱼玄机府，拿铲子挖开院里的土地，竟发现一具尸体。鱼玄机随即被拘，并承认自己亲手杀死了侍婢绿翘，之后把她埋在后院中。几个月后，二十多岁的鱼玄机被处死。

如果鱼玄机不是著名的女诗人，或者不是唐代著名诗人温庭筠的忘年交，那么这个故事恐怕也不会激起这样大的波澜。鱼玄机年少时曾是补阙李亿之妾。但因为李亿之妻的嫉恨，这段关系非常短暂。下面这首诗《赠邻女》，又名《寄李亿员外》，就是她对自己这段经历哀愤的写照：

> 羞日遮罗袖，愁春懒起妆。
> 易求无价宝，难得有心郎。
> 枕上潜垂泪，花间暗断肠。
> 自能窥宋玉，何必恨王昌？❶

宋玉是先秦《登徒子好色赋》中的主人公。邻家的绝色美女曾登墙窥视宋玉三年，而他却一直对其敬而远之。能让这样一位美女沉沦的必定是绝世美男。王昌也一样是美男子的代表人物之一。诗歌想表达的意思是，自己的姿色足以与宋玉之流交往，又何必为普通男子暗自垂泪。鱼玄机借这样的隐喻贬损了李员外，并告诫自己和无名的"邻家女"，不要为不值得的人枉费青春。

被李亿抛弃后，桃李年华的鱼玄机入道为女冠。道观是为数不多可以让唐代的女子独立生活的地方。如果不入道观，曾为他人之妾的她就只能

---

❶《唐女诗人集三种》，第96页。

选择去找另一个大户人家做地位极低的小妾，或是成为乐妓。其实，很多男人都会将女冠当作乐妓来对待。他们会与女冠吟诗作赋，把她们当成寻欢作乐的对象。尽管女冠们能因此享有一定程度上的社交与性爱自由，但她们显然也给不少人留下了道德不检点的印象。晚唐的皇甫枚曾为鱼玄机作传，他如此描述鱼玄机的日常：

> 而风月赏玩之佳句，往往播于士林。然蕙兰弱质，不能自持，复为豪侠所调，乃从游处焉。于是风流之士，争修饰以求狎，或载酒诣之者，必鸣琴赋诗。❶

鱼玄机的另一首作品还提到她参与球戏的经历。球戏的出现也反映了唐朝的国际化，这种游戏是从波斯以及中亚地区传来的。到太宗时期，球戏风靡一时，并成为皇城贵族十分喜爱的消遣方式之一。唐代墓葬就曾出土一尊反映唐代女性球戏形象的塑像。不过这首诗中，鱼玄机并没有参与比赛，而是作为一个球迷出现：

打球作

坚圆净滑一星流，月杖争敲未拟休。
无滞碍时从拨弄，有遮栏处任钩留。
不辞宛转长随手，却恐相将不到头。
毕竟入门应始了，愿君争取最前筹。❷

我们并不知道唐代的贵族女子可以在多大程度上参与这类赛事，但是

---

❶ 皇甫枚，《三水小牍·鱼玄机笞毙绿翘致戮》，《唐女诗人集三种》，第139—140页。
❷ 《唐女诗人集三种》，第106页。

鱼玄机的这首诗明显采用了第一人称对比赛进行描写。

有了对鱼玄机生活常态的些许了解，我们再回过头来细读上面那则让她留下恶名的故事。故事从她被捕前的几月讲起。一日，鱼玄机受邀出门参加一个聚会。临行前，她吩咐绿翘留在家中，如有来客，便告知她的去向，她应该是想让绿翘告诉她的情人去她所在之处相会。然而，当鱼玄机回到家中时，绿翘却告诉她，她的情人来过，但是听说她不在，便匆匆离去了。鱼玄机疑心绿翘与自己的情人幽会，于是厉声拷问绿翘，并且将绿翘的衣服扒光，拷打致死。根据皇甫枚的记述，绿翘死前曾顶撞鱼玄机，并诅咒绝不会轻易让她逃脱罪责：

> "炼师欲求三清长生之道，而未能忘解佩荐枕之欢。反以沈猜，厚诬贞正，翘今必毙于毒手矣。无天则无所诉；若有，谁能抑我强魂？誓不蠢蠢于冥冥之中，纵尔淫佚！"言讫，绝于地。机恐，乃坎后庭，瘗之，自谓人无知者。时咸通戊子春正月也。有问翘者，则曰："春雨霁，逃矣。"❶

后来，绿翘的尸首被挖出来时，她的容貌竟如生时一般，似乎印证了她的冤屈。

有意思的是，哪怕是作为一名杀人犯，故事的一些细节表明，不管是鱼玄机同时期的人，还是后世人，都对她抱有一些同情。比如，叙述者暗示衙役其实与鱼玄机有私仇（因为鱼玄机曾拒绝借钱给他），这就使案件的判决变得似乎没那么公平。另外，故事还提到"朝士多为言者。府乃表列上。至秋，竟戮之"。❷ 这段话可以有两种解读方式：一种是叙述者在暗示

---

❶ 皇甫枚，《三水小牍·鱼玄机笞毙绿翘致戮》，见《唐女诗人集三种》，第140页。
❷ 皇甫枚，《三水小牍·鱼玄机笞毙绿翘致戮》，见《唐女诗人集三种》，第140页。

针对鱼玄机的指控是凭空捏造的；另一种则是叙述者考虑到她的才华与名气，认为她理应得到一些宽恕。

对鱼玄机的同情反映出，当时对才女存在某种暧昧态度。前一刻众星捧月的她，在下一刻就能变成阶下囚。哪怕广受钦慕，出色的文才与公众曝光率还是会让如鱼玄机一样的才女更容易成为公众审查的对象。然而，她的才能却又可以为她赢得些许不同的评价。鱼玄机并不是不明白才女身份给她带来的禁锢。她曾在她最知名的一首作品中描写自己路过新及第题名处的经历。值得注意的是，写诗是当时科举考试至关重要的一个环节。

游崇真观南楼睹新及第题名处
云峰满目放春晴，历历银钩指下生。
自恨罗衣掩诗句，举头空羡榜中名。❶

鱼玄机显然明白，如果不是因为自己是女儿身，她本可以与同时代的男子一样金榜题名。

宫妓与词

唐代流传下来的大量词作为我们提供了一个重要的窗口。通过这个窗口，我们可以一窥唐代教坊女子与文人宾客的生活。这些新词是为源自中亚的新式流行乐曲而赋。《教坊记》中收录了玄宗时期的宫廷曲牌，其中大约三分之二的乐曲也出现在20世纪初期出土的敦煌文书中，里面记载的乐

---

❶《唐女诗人集三种》，第111页。

曲大多是当时流行的无名乐曲。❶这表明，皇城内外的乐妓都会表演这些根据新曲而谱的歌。不单单是乐妓会为新曲谱词并进行演唱，她们的文人宾客也会参与其中。这些歌词便渐渐形成了"词"这一新式文体。虽然早期的词大多拘泥于情爱或阴柔之美这类题材，但是后来词的主题也渐渐有所扩展，变得丰富多彩起来。

也正因为这种新兴的文体与乐妓的联系太过紧密，以至于欧阳炯在为第一部文人词集《花间集》作序时，不得不煞费苦心地将词从这种联系中剥离出来。就主题而言，在最初的几百年间，词所关照的主要是女性的声音与视角。直到宋代，词的主题才更加多样化起来。

下面这首顾敻的词就采取了女性的视角，描写一位乐妓在对她的情人倾诉爱意。这一作品反映了以词为形式的唱和活动：

荷叶杯

我忆君诗最苦，知否？

字字尽关心，红笺写寄表情深。

吟么吟，吟么吟？ ❷

词中的叙述者明显是一位女性，因为她在第一句中称对话之人为"君"。这位女子在思念意中人为她所作的诗，同时（在类似"薛涛笺"的笺纸上）写下这首词以作为回赠之物，希望他可以浅浅吟唱。词的题目是一个典型的词牌。除此之外，还有上百个不同的词牌，各自代表不同的伴曲。词人需要根据曲子的特定格式，附之以长短不一、格律各异的歌词。

---

❶ Marsha Wagner, *The Lotus Boat: The Origins of Chinese Tz'u Poetry in T'ang Popular Culture*, p. 5. 参考其中对于任二北与程石泉研究的讨论。

❷ 曾昭岷等编撰，《全唐五代词》，北京：中华书局，1999年，第565页。

似乎许多词描写的女性形象的灵感都源自乐妓，而最经典的主题之一便是闺中女子。这样的作品往往会描绘一位或在盥洗梳妆，或在弹奏乐器，或是静守琴畔、沉默不语的女子。下面这首敦煌的无名词描写的则是花柳巷中的情景（另一份文献认为词作者应为欧阳炯）。

菩萨蛮

红炉暖阁佳人睡，隔帘飞雪添寒气。
小院奏笙歌，香风簇绮罗。
酒倾金盏满，兰烛重开宴。
公子醉如泥，天街闻马嘶。❶

词中的情形很可能发生在东都洛阳的一处大宅。宅中，几位乐妓正共享宴席。尽管其中一位已然酩酊，宴会却依旧在小院中继续着。词中的"公子"显然身在酒席已久，因为在街边等待他的坐骑已不堪严寒，嘶鸣起来。这首词不单单描绘了贵族奢靡享乐的画面，还刻画了宴会中人们和乐妓共同赏玩词与乐的过程。

* * *

以上这些故事让我们看到，尽管女子在文学与社会中扮演着重要的角色，但是唐代才女的生活依旧充满艰难困阻。诚然，那些成功跨越内外之间的隔膜，并且展露才华的女子确实获得了一定程度的社交自由，甚至影响到了内闱传统女性无法触及的那个世界。社会底层的女性委身于秦楼楚馆后，便可获得远超她们原本出身所能带来的生活水平和社会影响。乐妓

---

❶ 《全唐五代词》，第466页。

不仅仅是装点文人雅客聚会宴饮的陪衬，她们也会积极参与到诗词的创作与唱和中。然而，乐妓往往也只能依靠别人的恩惠，即使她曾得到某位位高权重的主顾的欣赏，这位主顾也很可能轻易地将她抛弃（这种事情并不少见，比如在这位主顾接到任命，需要去别的城市上任的情况下）。此外，这些女子参与社会活动的能力更让她们成为某种威胁，人们甚至担心她们会对朝政的稳定和社稷的安康造成威胁。这种担心往往会让人们对她们产生怀疑，甚至最后会致使她们香消玉殒。德才如上官婉儿，或者至少像李冶这样出色的女子，尽管可以位极人臣，却永远无法掌控自己的命运。

不过，也正是因为她们曾拥有如此程度的自由，今天的我们才得以看到这些为数不多流传至今的女性作品。这些作品为我们打开了一扇窗，让我们可以一窥这些风华绝代的女子的人生与抱负。当她们的时代落幕，直到几个世纪以后，才又有出身体面的女性开始创作，她们对这些前辈的作品进行收集与传抄，而且不用担心这样做会让自己背上骂名。无论如何，她们终究是站在这些前辈的肩膀上。她们的前辈在与那个时代最杰出的文人墨客交往吟诗的过程中，逐渐为后世在更广泛的文化范围内接受女性的文艺才能打下了基础。

推荐阅读

- 陈文华校注，《唐女诗人集三种》，上海：上海古籍出版社，1984年。
- 陈忠涛、李彦祥，《难得有心郎：鱼玄机的诗与情》，北京：中国言实出版社，2014年。
- 陈东原，《中国妇女生活史》，北京：商务印书馆，1998年。
- 胡文楷编著，《历代妇女著作考》，上海：上海古籍出版社，1985年。
- 谢天开，《大唐薛涛》，北京：中国文史出版社，2015年。
- 谢无量，《中国妇女文学史》，北京：中国人民大学出版社，2011年。

- Wagner, Marsha, *The Lotus Boat: The Origins of Chinese Tz'u Poetry in T'ang Popular Culture*, New York: Columbia University Press, 1984.
- Mou, Sherry, ed., *Presence and Presentation: Women in the Chinese Literati Tradition*, London: Macmillan, 1999.
- Chang, Kang-i Sun, and Haun Saussy, eds., *Women Writers of Traditional China: An Anthology of Poetry and Criticism*, Stanford: Stanford University Press, 2000.
- Idema, Wilt, and Beata Grant, *The Red Brush: Writing Women of Imperial China*, Cambridge, MA: Harvard University Asian Center, 2004.
- McMahon, Keith, *Women Shall Not Rule: Imperial Wives and Concubines in China from Han to Liao*, Lanham: Rowman & Littlefield, 2013.

第14章

诗与佛教思想
王维与寒山

陈引驰

王维[1]和寒山是两位与佛教有着千丝万缕联系的诗人。二人的作品，反映了佛教禅宗在唐代曾对诗歌创作产生过深远的影响。我们可以清晰地从流传至今的文本中读到佛教在二人生命中留下的烙印。现今的读者也因此能够参照禅宗在唐代兴盛的背景，进而读懂他们的诗歌。反之，通过这些诗歌，我们又得以以一种独特的视角，领略盛唐与中唐时期鼎盛的禅宗之新气象。

王维在唐代诗人中，或许是最为杰出的之一，他擅诗能画，精通音乐；他大概也是受佛教影响最深的一位，故而被后世目为"诗佛"。王维字摩诘，他的名"维"与字"摩诘"合起来，便是那位印度毗舍离（Vaishali）城中鼎鼎大名的居士"维摩诘"。维摩诘是一位道行高深、了悟佛法但又生活在世俗之中，甚至不舍弃人间乐事的人，《维摩诘经》卷二《方便品》这样形容他：

> 虽为白衣，奉持沙门，清净律行；虽处居家，不著三界；示有妻

---

[1] 王维之生卒年，参赵殿成《右丞年谱》之考订，见《王右丞集笺注》，上海：上海古籍出版社，1984年，第548页；又参陈铁民，《王维生年新探》，载《王维新论》，北京：北京师范学院出版社，1990年。

子，常修梵行；现有眷属，常乐远离；虽服宝饰，而以相好严身；虽复饮食，而以禅悦为味。❶

像维摩诘一样，王维以在世为官的方式维持着在俗世的活动。尽管如此，人到暮年的他却与一般佛教居士几乎无异，过着极简的生活：

居常蔬食，不茹荤血，晚年长斋，不衣文彩。……在京师日饭十数名僧，以玄谈为乐。斋中无所有，唯茶铛、药臼、经案、绳床而已。退朝之后，焚香独坐，以禅诵为事。❷

生活环境至为简单，自己则长期持斋，衣着朴素，供养僧人，以谈论玄理为乐事，常常坐禅：看这段文字，完全就是对一位佛门居士的写照，《旧唐书》这里描写的，是王维晚年的生活。这应该是一种写实，此一日常生活状态，在王维自己的诗歌文字中亦有表现，《饭覆釜山僧》便详细描写了诗人供养僧人的一幕：

晚知清净理，日与人群疏。
将候远山僧，先期扫敝庐。
果从云峰里，顾我蓬蒿居。
藉草饭松屑，焚香看道书。
燃灯昼欲尽，鸣磬夜方初。
已悟寂为乐，此生闲有余。
思归何必深，身世犹空虚。❸

---

❶ 僧肇等注，《注维摩诘所说经》，上海：上海古籍出版社，1990年，第28—29页。
❷ 《旧唐书·王维传》，北京：中华书局，1975年，第5052页。
❸ 《王右丞集笺注》，第39页。

全诗写的是与覆釜山僧一同修道习禅的情形：僧人们远道而来，诗人为迎接他们，先洒扫园庐，待众僧到后，先是一起坐在草地上吃松子，而后是念"道书"，也就是佛经，一直到黄昏时分；由此，诗人所悟的是什么呢？诗歌最后交代，那是万法的虚寂和人生的空虚。

王维的生平行事与维摩诘居士确有相似之处，他将朝廷官员的身份与生活至简的居士身份合为一体。这其间自然有他的心路历程。

王维早年聪明绝顶，尤其受到当时王公贵戚的赏爱；后来又得名臣张九龄的提携，曾一度颇有政治热情。开元二十五年（737）张九龄罢相，这是唐代政治的一个转折，也是王维个人生活道路的一大转变。稍后他在辋川别业中悠游度日，过起了半官半隐的生活。而接着的安史之乱，王维身陷叛军之中，被迫接受了伪职；事后虽然由于种种原因而免于处分，但心境之颓唐可以想见，"焚香独坐，以禅诵为事"，实在是非常自然的事。他的弟弟、同样热心于佛教的王缙的说法可以作为另一份证词："至于晚年，弥加进道，端坐虚室，念兹无生。"❶ 直到临终之时，王维的绝笔依然在劝人向佛，《旧唐书》本传云：

> 临终之际，以缙在凤翔，忽索笔作别缙书，又与平生亲故作别书数幅，多敦厉朋友奉佛修心之旨，舍笔而绝。❷

在经历了那许多的波折之后，王维自觉地对佛教产生认同。他的《叹白发》中有名句曰：

> 宿昔朱颜成暮齿，须臾白发变垂髫。

---

❶ 王缙，《进王右丞集表》，《全唐文》卷三七〇，第3757页。
❷ 《旧唐书·王维传》，第5053页。

一生几许伤心事，不向空门何处销。❶

或许有人会疑惑：就王维的生活道路而言，虽然也有些挫折，但似乎谈不上有太了不起的伤心之事。然而，未必要遍尝世间的一切苦辛而后方能悟道，一叶落而知秋，王维之所以转向空门，或许真由于他天生的敏感、悟性或佛家所谓之慧根；此外，还有其家庭的原因。

王维的母亲崔氏，是一位虔诚的佛教信徒，"师事大照禅师三十余岁，褐衣蔬食，持戒安禅，乐住山林，志求寂静"。❷ 大照禅师，是禅宗北宗神秀的大弟子，即后来北宗的七祖普寂。王维的弟弟王缙也"学于大照，又与广德（普寂弟子）素为知友"。❸ 又王维诗中有《谒璇上人》一首，璇上人是普寂门下，❹ 璇上人有弟子曰元崇，与王维亦有交往，他曾到辋川访问诗人，"松生石上，水流松下，王公焚香静室，与崇相遇"。❺

这里提到的诸位名僧，大抵属唐代禅宗中的北宗一脉。❻ 中土禅宗的传承，自南朝菩提达摩由印度来华，历经数代之传，到五祖弘忍时渐渐兴盛，其门下支脉甚多，而历史声望与影响最大的，当推神秀和惠能。惠能在修禅观念和方式上提出了革命性的变化，且因其主要在南方活动，故称"南宗"。神秀所代表的一脉，则被视为"北宗"。大略而言，南宗和北宗之不同在于南宗更强调修禅者自我心性之清净，主张明心见性是学佛的关键，而非北宗更关注的修心治性及相关的种种法门。

---

❶ 《王右丞集笺注》，第267页。
❷ 王维，《请施庄为寺表》，《王右丞集笺注》，第320页。
❸ 王缙，《东京大敬爱寺大证禅师碑》，《全唐文》卷三七〇，第3758页。
❹ 《景德传灯录》卷四，《大正藏》第51册。璇上人简历另参顾宏义译注，《景德传灯录译注》，上海：上海书店出版社，2009年，第268页。
❺ 《宋高僧传·元崇传》，北京：中华书局，1987年，第418页。
❻ 陈允吉教授《王维与南北宗禅僧关系考略》一文，考察了璇上人的宗派倾向，以为他后来转向了南宗禅，因将其与弟子元崇归入南宗禅僧之列，参氏著《唐音佛教辨思录》，上海：上海古籍出版社，1988年，第61—64页。

禅宗史上，神秀被北宗僧人推尊为六祖，与王维家多有来往的普寂，作为神秀的弟子，曾被推为七祖。与普寂同辈，神秀的另一位大弟子义福，与王维的接触或许更早，王维在十八岁前隐居终南山时，或就有了向义福请谒的机会。王氏集中《过福禅师兰若》一诗虽不能确定撰年，但诗中所描绘的周边景色"岩壑转微径，云林隐法堂""竹外峰偏曙，藤阴水更凉"❶，与严挺之《大智禅师碑铭》中的形容非常相似："神龙岁，自嵩山岳寺为群公所请，邀至京师，游于终南化感寺，栖置法堂，滨际林水，外示离俗，内得安神，宴居寥廓廿年所。"❷尤其诗中说福禅师因为长久坐禅致使门外路径春草蓬生："欲知禅坐久，行路长春芳。"❸这正是对于北宗禅僧坐禅功深的刻画，与义福的风格也非常契合。

除了禅宗北宗的僧人，王维还师事华严宗僧人道光十年，这对他的影响也相当之大："维十年座下，俯伏受教，欲以毫末，度量虚空，无有是处，志其舍利所在而已。"❹

当然，王维与神会的相会，或许是诗人平生与禅宗相关的最大事件，此事我们以往了解得并不多，在敦煌文献中有关神会的材料公布之后，人们才得悉其间始末。这次相会的时间，学者们有不同的意见，或以为在开元之末（740），❺或以为在天宝之初（745）。❻神会是南宗惠能的门下，对

---

❶ 《王右丞集笺注》，第127页。

❷ 《全唐文》卷二八〇，第2842页。

❸ 《王右丞集笺注》，第127页。

❹ 王维，《大荐福寺大德道光禅师塔铭》，《王右丞集笺注》，第460页。

❺ 陈允吉教授以为，在从边塞回朝后不久的开元二十八年（740），王维以"殿中侍御史知南选"（《哭孟浩然》诗题下注），大约于知南选的返途中在南阳遇到了神会（《王维与南北宗禅僧关系考略》，《唐音佛教辨思录》，第58—59页）。谢思炜同意陈说，但以为此事应发生在知南选的往途（《禅宗与中国文学》，北京：中国社会科学出版社，1993年，第19页）。

❻ 陈铁民《王维年谱》（《王维新论》，第1—38页）以为在天宝四载（745），因为那时王维担任的才是"侍御史"一职。又，敦煌文献中言及此事的发生地在南阳郡，而南阳郡改州为郡是天宝初年的事；而在其他文献的佐证下也可得到证实，据郁贤皓《唐刺史考》（转下页）

南宗禅的流行做出了重要的贡献。王维在南阳的临湍驿，参与过神会与当地北宗大德惠澄的佛学义理聚谈：

> 侍御史王维，在临湍驿中……问和上（即神会）言："若为修道解脱？"答曰："众生本自心净。若更欲起心有修，即是妄心，不可得解脱。"

在这之前王维所实践的大抵是重修习的一路，由于与神会的相遇，王维才听闻南宗禅的见解，觉得"大奇，曾闻大德皆未有作如此说"，以为神会这位"好大德"的"佛法甚不可思议"。❶ 他们接下来的谈话一定也给神会留下了深刻的印象，所以后来王维说："神会……谓余知道，以颂见托。"于是有了王维为神会之师南宗禅六祖惠能所撰的《能禅师碑》❷，这是早期南宗的重要文献，其中的主要思想应该是得自神会。

为什么王维会为神会的答案所震动？这一对于自身修持的新鲜解释点破了南北宗之间最鲜明的差异。整体上讲，二者的区别在于他们领悟佛理的方法。具体来说，北宗禅注重通过冥想等法门来修炼心与性，而南宗则强调修禅者本性之清净，主张明心见性是学佛的关键。这样就不难理解王维作为一位早年与北宗禅师相熟的文人，为何会对神会的修持理解感到如此讶异了。

王维的转变让他的诗歌得以包罗南宗与北宗的佛教理想。如果通观王维的全部诗作，南宗禅观念的痕迹固然显著，北宗禅的影响或许更加不容

（接上页）（南京：江苏古籍出版社，1987年）卷一九〇引录《千唐志·唐故广平郡太守恒王府长史上谷寇府君墓志铭并序》，当是"历吉、舒二州刺史，南阳、广平二郡太守"的寇洋，他"以天宝七载六月十五日薨于外馆，春秋八十有四"。

❶ 《南阳和尚问答杂征义》，杨曾文编校，《神会和尚禅话录》，北京：中华书局，1996年，第85页。

❷ 王维，《能禅师碑》，《王右丞集笺注》，第446—449页。

小觑。

与王维不同，寒山的生平充满谜团。王维的例子所展示的，是文人精英在诗歌书写中对禅宗理想的追寻。与之相较，寒山名下的诗集，则让我们得以一窥唐朝社会中独立于宗派纷争之外的民间禅宗面貌。

有趣的是，虽然在美国闻名遐迩，寒山却曾经在中国名不见经传。20世纪50年代，美国的加里·斯耐德（Gary Snyder）翻译了寒山的二十四首诗，并且在著名的"六画廊"朗读会上朗诵了一部分译作。而他的友人杰克·凯鲁亚克（Jack Kerouac）在听过"寒山诗"后，以他的畅销小说《达摩流浪者》向寒山致敬，从而使寒山成为"垮掉一代"心目中举足轻重的人物。斯耐德接触寒山，是出于他个人对禅宗的兴趣。与此同时，"寒山诗"中潜在的禅宗美学也影响了斯耐德诗歌的风格。通过"垮掉一代"，寒山因此成为美国嬉皮士的精神领袖之一。

与王维相较，寒山的另一大不同在于，王维的人生轨迹可以清晰地根据现有材料构建出来，而寒山是否是一个真实的历史人物却充满争议。一些学者认为确实存在这一人物，但另一些人则认为"寒山"不过是一位创作了所谓"寒山诗"的传奇人物罢了。

如果假设曾有一位名为寒山的诗人存世，他的一生就好比一幅由模糊与传奇拼凑而成的拼图。首先，他的生卒年月不明。以往多认为寒山是初唐时期的人物，然而当今学者却认为他是晚唐时期的人物。前者的依据是署名为寒山的宋刻本诗集中闾丘胤所作的序，序言记载寒山为初唐人。闾丘胤在文中讲述其在台州任刺史时，造访天台国清寺拜谒寒山的事迹：

> 详夫寒山子者，不知何许人也。自古老见之，皆谓贫人风狂之士。隐居天台唐兴县西七十里，号为寒岩。每于兹地，时还国清寺。寺有拾得，知食堂，寻常收贮余残菜滓于竹筒内，寒山若来，即负而去……且状如贫子，形貌枯悴，一言一气，理合其意，沉而思之……

乃桦皮为冠，布裘破弊，木屐履地……胤乃进途，至任台州……到国清寺……乃令僧道翘寻其往日行状，唯于竹木石壁书诗，并村墅人家厅壁上所书文句三百余首……并纂集成卷。❶

虽然这篇序言并没写明此次造访的确切日期，不过一份地方志提到闾丘胤曾于642—646年间出任台州刺史。此时为贞观年间，也的确是在初唐时期。

然而，根据同一篇序言，这三百篇诗歌也完全可能归属于9世纪的另一位寒山。闾丘胤的序写道，寒山是"风狂之士"，其"形貌枯悴……桦皮为冠，布裘破弊，木屐履地"，且他"状如贫子"。这些特征与诗中的形象相吻合，并且令人联想到唐时期典型的禅师形象。也就是说，这段话可能是指一位于9世纪才出现的禅僧寒山。

许多现代学者通过细致的文献考证对这篇序言提出了质疑，并且指出寒山可能是8世纪的人物。他们主要的依据是集录于《太平广记》中的、由杜光庭在10世纪初编纂的《仙传拾遗》。这一文本写道：

> 寒山子者，不知其名氏。大历中隐居天台翠屏山，其山深邃，当暑有雪，亦名寒岩，因自号寒山子。好为诗，每得一篇一句，辄题于树间石上，有好事者随而录之，凡三百余首。多述山林幽隐之兴，或讥讽时态，能警励流俗。桐柏徵君徐灵府序而集之，分为三卷，行于人间。❷

由于寒山的这篇传记非常详实地记录了诗歌是如何写成、传诵以及刊

---

❶ 项楚，《寒山诗注》，北京：中华书局，2000年，第931—932页。
❷ 《寒山诗注》，第936页。

刻的，还总结了与现存"寒山诗"相匹配的两种主题，很多当代学者因此将这篇文献视作可靠材料。所以，将寒山视为中唐时期的人物应当更加合理，这也就将寒山置于与王维大致相同的时期中了。

然而，当学者们基于诗集有唯一作者的假设，试图根据诗歌重构诗人背景时，却遇到了麻烦。某一版本的寒山是长安贵少，曾参加科举落而不第，于是与家人分别，漫游天下。另一个版本的寒山似乎在历经戎马后，于安史乱世间避隐天台。此外，还有一位弃儒从道的寒山，作为一位道教居士，他在隐居的生活中寻求飞仙之道。最后，这位寒山皈依佛门，在世大约一百年。他写下了一系列诗作，留下了个人世俗生活乃至道、佛宗教体验的记录。这些诗歌合在一起组成了我们今天读到的"寒山诗"。

"寒山诗"分为两组，为原有的谜团又平添了一层迷雾。由于这两组诗展现出不同层次的文学修养，它们的共存在很长一段时间内给当代学者带来很大困扰。正如杜光庭所言，集子中有两个并行的主题——多数诗篇"述山林幽隐之兴"，但一些也"讥讽时态，能警励流俗"。❶不单主题大相径庭，语言风格也是有差异的。第一组描写隐居生活的诗歌展示了一个富有学识的寒山，而第二组却流露出乡野流俗之气，暗示着诗人低下的身世背景。后一组诗歌极少提到佛经以外的其他文本，前一组诗歌的用典范围却不仅涵盖了佛教经典，还涉及儒家经典、道藏以及诸如《诗经》、《庄子》、《战国策》、《古诗十九首》、《世说新语》、《列子》、陶潜与谢灵运的诗作。一些作品甚至借用了《楚辞》的写作风格——后代传统诗评夸张地对作者的这种创作进行了赞颂，认为哪怕是传说中"楚辞"体的创造者屈原与宋玉也无法与寒山相媲美。

考虑到以上存在于诗人传说中的人生历程与诗歌的语言风格之间的矛盾，我们是不是应该将"寒山诗"的作者看作一群诗人，而不是一位诗

---

❶ 《寒山诗注》，第936页。

人？如果这个假设成立，那么可能天台地区曾有至少一位隐士及禅僧与一些俗家人士共同书写了如今署名"寒山"的诗歌。

尽管王维与寒山有着不同的人生，但毋庸置疑的是，南宗禅的影响在二人的诗中随处可见。以王维来讲，南宗的教义流淌在他诗歌中流露出的人生态度里。在南宗看来，禅坐并无必要，他们强调的是对于自性清净的顿悟，定慧等学，发慧也即发定。对南宗的追随者们而言，现实生活中个人对待生命的态度应"随缘任运"。这一点在王维的人生与诗歌中尤其突出。

王维中年之后常在终南山的别业中盘桓❶，过着半隐的生活。《终南别业》一诗是其名作，在后代的解读里，南宗禅的味道很是显著：

> 中岁颇好道，晚家南山陲。
> 兴来每独往，胜事空自知。
> 行到水穷处，坐看云起时。
> 偶然值林叟，谈笑无还期。❷

其中"好道"二字，后人解为"学佛"：

> 右丞中岁学佛，故云好道……随己之意，只管行去。行到水穷去不得处，我亦便止；倘有云起，我即坐而看云之起。坐久当还，偶遇林叟，便与谈论山间水边之事，相与流连，则便不能以定还期矣。于佛法看来，总是个无我，行无所事。行到，是大死；坐看，是得活；

---

❶ 王维文字之中有"终南别业"和"辋川别业"之不同，或以为是两处，而陈允吉教授则以为两者名异实同，见其文《王维"终南别业"即"辋川别业"考》，《唐音佛教辨思录》，第67—84页。

❷ 《王右丞集笺注》，第35页。

偶朕，是任运。❶

"行到水穷处，坐看云起时"，是历来称赏的名句，而其中正蕴含着禅家深意。❷真正能以闲静的生活态度对待世事沧桑，对待生活中的种种况味，便是得禅之精神了。《酬张少府》一诗，其中境界与此亦相近，而同样不着痕迹：

> 晚年惟好静，万事不关心。
> 自顾无长策，空知返旧林。
> 松风吹解带，山月照弹琴。
> 君问穷通理，渔歌入浦深。❸

这时诗人已经完全沉浸在虚静的生活之中，即《饭覆釜山僧》中所谓"晚知清净理，日与人群疏"是也。

与王维的诗歌类似，寒山诗作中体现的佛家理想也属于南宗禅，因为许多诗都描绘了心性的纯净，并认为心净是个人在佛道修行中的重中之重。寒山的诗歌在描写心净时，往往会着重刻画个人的心性，而非超越个人的自我修炼。其中一首诗甚至强调出家的前提是心灵纯净、了无牵挂。一个人如果可以保持心性洁净而不受污染，他就可以了悟世间万物；心性纯粹而远离"烦恼"，这个人便可以做到无碍，并真切地体味幸福与快乐：

> 寒山栖隐处，绝得杂人过。

---

❶ 《而庵说唐诗》卷十五，《四库全书存目丛书》"集部"第396册，第724页。
❷ 合观永嘉大师《证道歌》"行亦禅，坐亦禅，语默动静体安然"一句，或可对了解王维诗中行坐随缘的禅意有所助益。
❸ 《王右丞集笺注》，第120页。

> 时逢林内鸟，相共唱山歌。
> 瑞草联溪谷，老松枕岩峨。
> 可观无事客，憩歇在岩阿。❶

在文体风格与所呈现的理想方面，寒山的这首诗与王维的诗作非常相似。无事，于是与山鸟同声歌吟；悠闲，于是眼观松草而休憩。这抖落一切凡世牵绊而与自然达成的完美协调，无疑显示了南宗禅"随缘任运"的佛教理想。这也恰是王维所追求的理想。

通过诗歌，我们看到南宗核心教旨是如何体现在王维与寒山的生活与作品中的。而王维其他的一些诗作则展示了北宗禅的影响。王维早年与许多北宗禅僧相交好，在他的作品中关于北宗佛教理想的表述也无处不在。诗中最常描述的佛教修行恐怕就是北宗传统的参禅入定了。《过香积寺》就可以作为一个很好的例子：

> 不知香积寺，数里入云峰。
> 古木无人径，深山何处钟。
> 泉声咽危石，日色冷青松。
> 薄暮空潭曲，安禅制毒龙。❷

考虑到南北宗之间最主要的区别在于对参禅与开悟的理解不同，在这首著名的诗中，最后一联的"安禅制毒龙"应该是在暗指禅定以及王维对北宗禅、对参禅的执着与偏爱。

北宗对于禅定始终持肯定的态度。道宣的《续高僧传》卷十六记菩

---

❶ 《寒山诗注》，第676页。
❷ 《王右丞集笺注》，第131页。

提达摩的禅法是"凝住壁观",吕澂以为:"壁观就应该以壁为所观。"他认为,达摩实践的是印度南方的禅法,修习的是"地遍处定","在墙壁上用中庸的土色涂成圆形的图样,以为观想的对象"。❶道信则教导弟子:"努力勤坐,坐为根本。"❷弘忍传道信之学,"夜便坐摄至晓,未常懈倦,三十年不离信大师左右"。❸神秀继承的是道信、弘忍的东山法门,照神会的说法就是:"凝心入定,住心看净。"❹神秀的弟子一辈基本也持守着如此修行法门,李邕《嵩岳寺碑》就记载神秀、普寂等"宴坐林间,福润寓内"❺,与神会论辩的崇远也说:"嵩岳普寂禅师、东岳降魔藏禅师(亦神秀弟子),此二大德皆教人坐禅。"❻

而在南宗看来,禅坐并无必要。他们强调的是对于自性清净的顿悟,定慧等学,发慧也即发定。这样对于定学,在逻辑上就不是那么的吃紧了。敦煌本《坛经》记载了惠能对于"坐禅""禅定"的解释:

> 此法门中何名坐禅?此法门中一切无碍,外于一切境界上,念不起为坐,见本性不乱为禅。何名为禅定?外离相曰禅,内不乱曰定。外若着相,内心即乱;外若离相,内性不乱。本性自净自定,只缘境触,触则乱,离相不乱即定。❼

---

❶ 参吕澂《中国佛学源流略讲》附录《谈谈有关初期禅宗思想的几个问题》,北京:中华书局,1979年,第308页。

❷ 《传法宝记》,载杨曾文校写《敦煌新本六祖坛经》附编,上海:上海古籍出版社,1993年,第166页。

❸ 《历代法宝记》,《大正藏》第51册。

❹ 独孤沛,《菩提达摩南宗定是非论》,《神会和尚禅话录》,第29页。

❺ 《全唐文》卷二六三,第2674—2675页。

❻ 《菩提达摩南宗定是非论》,《神会和尚禅话录》,第30页。

❼ 《敦煌新本六祖坛经》,第19—20页。

与北宗禅不同，惠能阐释的是一种颇具新意的参禅理论。这自然也就影响了早期的一些理念。对惠能以及其他一些南宗禅师而言，参禅并不意味着坐在那里无所事事，而是指一种"内不乱"且摆脱了思绪的精神境界。这种境界可以使人达到本性的内省："内见自性不动，名为禅。"

这样看来，王维诗歌中表现得最为突出的佛教经验是坐禅，而这应该仍然主要属于传统的北宗禅法。其实，唐代大多数诗人在诗歌中表现的多是这样比较传统的坐禅。这基本上是要修行者通过坐禅，摒除外在的喧嚣，获得心灵的宁静；因而，在诗歌之中，呈现的主要还是静态的美；这从上面引及的王维诗作中用到的"静""幽""寂"等字眼可以清楚地看出来。

王维诗所表现的静坐，境界幽远深长，而修禅之悟正在此独自一人的静坐中。《秋夜独坐》云：

> 独坐悲双鬓，空堂欲二更。
> 雨中山果落，灯下草虫鸣。
> 白发终难变，黄金不可成。
> 欲知除老病，唯有学无生。❶

在静坐中，诗人的心灵并非完全处于寂灭的状态，它实是开放的，在空静中反而能更好地容纳外界的动静消息。静坐中的诗人的心观照着自然的生息，"虫鸣"甚至"果落"都能听见，其心境之开张和体微可以想见。用苏轼的诗来形容便是："静故了群动，空故纳万境。"❷ 在澄明的心境中所映现出的种种，也便成为诗人笔下的审美对象，就王维而言，山水景物的表现属最突出的；而正是在这些诗歌中，他对佛教精微义理的表现也达到了

---

❶《王右丞集笺注》，第158页。
❷《送参寥师》，见孔凡礼点校，《苏轼诗集》，北京：中华书局，1982年，第906页。

很高的成就。他在有无、动静之间体会着、印证着佛教对世界的观照。

世间诸相的虚空大约是王维诗中最常见的佛教主题了。王维诗歌的境界，虽然也有高华工丽的一面，但在诗史上，究竟是以表现幽静、空澄为特色的。案查王维的诗歌中，"空"字用得尤其多。在一部分诗歌中，"空"是对于佛教义理的直接表达。另外一些诗歌，则对于景色屡屡用"空"作形容，写其空静澄明。结合上面说到的佛教义理之"空"，这些形容景色的"空"显然有着非同一般的意味，它既是对于景色的描摹，在某种意义上，更是诗人内心感受的刻画；我们在不少的诗句中可以看到，诗人往往将"空"与"寂"联用。显然，"空""寂"既是对景色的描写，也是由于景色而生发的主观感受。这样的"空""寂"，与诗人的禅心是一脉相通的。尤其我们看《过香积寺》中"薄暮空潭曲，安禅制毒龙"，此处的"空"，显然不是一般的景色写照，而与禅心宁静有着紧密的联系。

由缘起论出发，佛教以为世间万物都是因缘聚合而成，因而空无自性；王维对此有深透的了解："缘合妄相有，性空无所亲。"❶之所以称为"妄"，就是因为世间诸相是因缘会合而成的。然而在般若学的中道观念看来，此"空"并非是一味的"无"，"空"并不是绝对地排斥"有"，只是这种"有"是因缘聚合、无自性的"假有"而已。执着于"有"固然是错误的，而执着于"空"也是谬见。王维对此也有清晰的认识，《夏日过青龙寺谒操禅师》有"欲问义心义，遥知空病空"❷一句，执着于"空"，佛教称为"顽空"，亦是一"病"。真空不妨色相的暂存，寂灭的本性并不是完全的死寂。由此来说，王维诗歌中往往出现的以声色之音响、色彩来表现空寂的手法，其实与佛教的观念有潜在的一脉相通之处。

作为画家，王维尤其敏感于景物的光色变幻中体现的世相的空幻无

---

❶ 《王右丞集笺注》，第211页。
❷ 《王右丞集笺注》，第129页。

常。王维在他的诗中细致描写声、色的对比与变化，留下不少名句。如《鹿柴》就将空蒙变幻、似有若无的境界表现得极为传神：

> 空山不见人，但闻人语响。
> 返景入深林，复照青苔上。❶

在那个幽静的所在，有人声而不见人形，有光影但经返照而略显依稀，给人一种似有若无的印象。依据易彻理（Charles Egan）的解读，由于"空山"在此处"确实是开悟之人眼中的山"，而"开悟并不是将某种现实超脱为另一种现实，而是在本有的现实中发觉法身的过程"，这首诗应在暗指此岸与彼岸的不可分割性。光与苔这类意象因而成为"开悟的重要象征，以及绝对真理的象征"。

这种渺然不定的印象，在同一系列的第二首诗《木兰柴》中成为强烈无常的变幻感：

> 秋山敛余照，飞鸟逐前侣。
> 彩翠时分明，夕岚无处所。❷

黄昏时分，倦鸟知归，日色渐暗，山影迷蒙，岚气隐形：曾有形迹的一切即将归于虚无。就如前一首诗一般，这首诗可以被看作是禅宗开悟之心性的完美体现。

王维后期富有禅趣的诗歌，如王士祯所谓"字字入禅"的"辋川绝

---

❶ 《王右丞集笺注》，第243页。
❷ 《王右丞集笺注》，第244页。

句"❶，其中描绘的景物，仔细玩味，未必是现实的写照。考察这些景物的刻画，多少有些抽象，而不够具体、明晰；究其缘故，乃在于诗人不过是借景物叙写自己的内心而已，也就是说，这一切只是通过了诗人主观心境的过滤、契合诗人内心意趣的景物而已。在王维诗中所看到的空寂、静谧的境界固然是自然界的呈现，更是诗人内心的呈现：景物是符合心境的选择和抽象，而心境由契合于它的景物而传达出来。诗中似乎没有出现主体的痕迹，但很难说这就是客观；而如果说这就是主体的心意，那么字面上倒真是"无我"的。我们读这些诗，似乎完全是物象的本然显现。

"寒山诗"中对于山水景色，尤其对于幽居隐逸生活的环境有细致的刻画。由于诗人将他的言语刻在林中之石上——杜光庭是这样记叙的，我们自然会在寒山诗集中看到大量有关山林等自然意象的文学表述。

诗中写到的隐居之所，清幽而罕有人迹，或者说人迹难至，乃至隔绝人世：

> 人问寒山道，寒山路不通。
> 夏天冰未释，日出雾朦胧。
> 似我何由届，与君心不同。
> 君心若似我，还得到其中。❷

在这样的地方，风光往往有幽凄的氛围：

> 以我栖迟处，幽深难可论。
> 无风萝自动，不雾竹长昏。

---

❶ 王士禛，《带经堂诗话》卷三，北京：人民文学出版社，1963年，第83页。
❷ 《寒山诗注》，第40页。

> 涧水缘谁咽，山云忽自屯。
> 午时庵内坐，始觉日头暾。❶

正如此处诗句所述，很多寒山的隐士诗都会描写山石流水、花丛青草、松林清风与白云冰轮。这并非仅是对隐居生活和山林风景作描绘，其内在的精神是当时的禅学新潮。王维与寒山的诗作既将新禅学思潮展示出来，又与具体的隐居生活圆融地结合，从而使禅学新观念在诗歌中得到艺术地呈现。

所以比如在描写一个人内心或心性的纯净时，寒山的诗歌常常将心性的洁净与诸如云、月或天空一类的自然意象进行类比——这也是南宗禅僧们常会运用到的象喻。南宗祖师惠能言曰：

> 自性常清净，日月常明，只为云覆盖，上明下暗，不能了见日月星辰，忽遇惠风吹散，卷尽云雾，万象森罗，一时皆现。世人性净，犹如清天。慧如日，智如月，智慧常明。❷

惠能选择日月以及碧空作为智慧、知识以及清净心性的象征。如此这般对于自然意象的运用也常出现在寒山的诗作中：

> 今日岩前坐，坐久烟霞收。
> 一道清溪冷，千寻碧嶂头。
> 白云朝影静，明月夜光浮。

---

❶ 《寒山诗注》，第467页。
❷ 《敦煌新本六祖坛经》，第21—22页。

> 身上无尘垢，心中那更忧。❶

隐居的修道者静坐于月下岩上，身无尘垢，远离尘世。前六句中譬如"清溪""白云""明月"这类的意象暗示着后几句的禅学寓意，而尾联不单描述了一位有清净之心的隐者，更点出南宗禅有关开悟的观念：身体须"无尘"而心思无须"更忧"。整首诗展示了隐居的生活方式，也体现了隐士的禅思。

与前面这类的隐士诗不同，另一组可能出自一位或多位禅师之手的"寒山诗"则关注另一类内容。作者直截了当地针对民间佛教教义或生活方式热忱地进行劝诫。这些诗歌的语言风格非常口语化，甚至有些粗俗。诗人或力劝人们遵循素食的饮食习惯，或细说轮回之苦与人生之短。下面这个例子选自组诗的末尾一段：

> 玉堂挂珠帘，中有婵娟子。
> 其貌胜神仙，容华若桃李。
> 东家春雾合，西舍秋风起。
> 更过三十年，还成苷蔗滓。❷

在以"其貌胜神仙，容华若桃李"来描述女子的美貌后，诗歌陡然转向干净利落的俗语白话：那不过是一时的假象，再过三十年，美女也便成了甘蔗滓一般的白发老太婆了。

以甘蔗滓喻老丑，源自佛典，大乘佛经《大般涅槃经》有："譬如甘蔗，既被压已，滓无复味；壮年盛色亦复如是，既被老压，无三种

---

❶ 《寒山诗注》，第744页。
❷ 《寒山诗注》，第45页。

味。"❶ 寒山诗中涵盖了非常丰富的、得益于佛教启发的新颖词句,很多这类词句虽低俗却引人深思,虽怪异却深刻——不管是何种情况,它们都表达了佛教的思想。

因此,暂且不论作者身份的模糊性与"寒山诗"中多变的语言风格,不可否认的是这些诗歌均反映出佛教对于诗歌创作产生过的深远影响。归隐主题的诗作让我们可以得见盛唐和中唐时期对于清净心性的重视,以及倡导不经修习而明心见性这类南宗禅新理想的一隅。与之相对,其他类别的诗歌则更笼统地展示了一种专注于素食及生命与美之短暂的禅修理想。

* * *

王维与寒山所作的诗歌虽然不同,却也有许多相似之处。二者都反映了盛唐与中唐时期禅宗如何给诗歌创作注入新的表达、主题与风格。相对而言,王维的诗歌显示的是上层文化精英进行禅宗修习,并将其理念付诸写作的细节。而以寒山为作者的诗集则展现了民间禅宗影响下衍生的诸多写作风格。由王维与寒山所作的两部诗集都通过描述佛教修炼者的归隐生活表现了禅宗理想,并且揭示了唐代社会对佛教开悟概念的通俗理解。二者通过引入新的模式,将禅宗思维注入唐诗之中,也因此成为中国文学史上熠熠生辉的大家。

推荐阅读

- 赵殿成笺注,《王右丞集笺注》,上海:上海古籍出版社,1984年。
- 项楚,《寒山诗注》,北京:中华书局,2000年。

---

❶ 《大正藏》第12册。

- 陈铁民，《王维新论》，北京：北京师范学院出版社，1990年。
- 陈允吉，《佛教与中国文学论稿》，上海：上海古籍出版社，2010年。
- 吕澂，《中国佛学源流略讲》，北京：中华书局，1979年。
- 陈引驰，《中古文学与佛教》，北京：商务印书馆，2017年。

- Chung, Ling, "Han Shan, Dharma Bums, and Charles Frazier's *Cold Mountain*," *Comparative Literature Studies* 48, no. 4 (2011).

第 15 章

月下独酌
李白与饮酒诗

方葆珍（Paula Varsano）

> 李白一斗诗百篇，长安市上酒家眠。
> 天子呼来不上船，自称臣是酒中仙。
>
> ——杜甫《饮中八仙歌》

恣意纵情于心爱的佳酿带来的释放与催眠效果，在忘情挥毫洒下惊鸿诗篇后瘫躺昏睡在都城的街头——李白这种嗜酒如命的诗人形象让人难忘，也充满了争议。其后几个世纪读者也因此得以读到无数关于李白爱酒成痴的奇谈杂说。有些传说极其引人钦慕，有些则让人啼笑皆非，甚至产生误会——更有为数不少的故事曾激起人们愤怒的争执与否定。❶

且不谈那些因道德评判而扭曲的反对声音，李白作品本身以及诗人人格构成中存在的美酒与醉酒意象意义非凡，这本就是不可轻易忽视的。如以适当方式理解，美酒与饮醉作为复杂且时而矛盾的诗歌符号，可以为我

---

❶ 比如李白的族叔李阳冰曾在李白早期诗集的序言里提到，诗人是在被诬陷贬谪后才开始借酒浇愁的。其后，沈光在《李白酒楼记》中甚至哀叹，李白"凭酒而作者，强非真勇"，而酒才是"筑其聪，翳其明"的"罪魁祸首"。参见瞿蜕园、朱金城校注，《李白集校注》，上海：上海古籍出版社，1980年，第1910页。

们打开一扇窥视当时理想中的社会行为、个人表达与审美取向的窗户。李白毫不迟疑地接受了这两个符号,并以他的天资与细腻对之进行加工。这样的处理让李白得以基于二者纷繁复杂的内涵进行进一步创作发挥。

李白并非第一位将饮酒意象用于诗歌中的诗人。类似的例子大致可以追溯到公元前10世纪,也就是公认的《诗经》中最早的几篇作品成形的年代。根据迈克·菲什伦(Michael Fishlen)的阐释,在《诗经》中"酒常常用来正式确立兄弟之谊、政治联谊,或更广义而言的族群情谊这一类的关系",但它也可以"反映一种幸福的感受,或者作为社会的润滑剂,虽然在极端的情况下也可能会导致道德的沦丧"。❶ 这一观察基于《诗经》而形成,并把《诗经》看作可选的最可靠的社会实践参考资料。这种做法比较合理地避开了《诗经》的纪实与文学价值间潜在的分歧所带来的猜测。不过,直到相当晚的时候,也就是六朝伊始之时,将酒作为引人回味的文学修辞加以运用才真正广泛地普及开来。

这是一个文化上百花齐放的辉煌时代。这一时代从汉代灭亡前夜的220年始,一直延伸至581年隋朝建立并重新实现大一统,可谓是见证了统一王朝瓦解成诸多相互独立抗衡的国家的过程。在不同君主与其宗族的争权夺利中,这些国家相互承接,时而分庭抗礼。与此同时,文人们也在为一个目标而奔走:寻找一种与统摄汉代朝廷的正统儒教不同的教义。道教、新传入的佛教教义,以及在边疆兴起的非汉族文化开始慢慢被重视起来。"清谈"作为一种艰深的哲学辩论也开始兴起。

我们可以从多个角度着手来解读饮酒传统在这一时期文学作品中的兴起,比如抗争意识与逃离主义,及对摆脱既有社会道德枷锁的道教式自由的高涨兴趣等诸多方面。那时的人们面对政治社会的极度不稳定,内心的

---

❶ Michael Fishlen, "Wine, Poetry and History: Du Mu's 'Pouring Alone in the Prefectural Residence'," *T'oung-pao* 80, no. 4-5 (1994), pp. 262-263.

无助日益增长直至成为主旋律，于是诗歌便逐渐成为抒发沮丧、遗失与无力感的一大媒介。汉朝陷落之际产生、流传时间最久的一批诗歌中，关于珍惜当下——"为乐当及时"——这样的劝诫变得愈发寻常。❶ 而这种苦中作乐的欢愉往往以宴会中的饮酒为形式展现。

如此而言，宴饮应该是一个重要的主题。顺着这条脉络，我们确实也会看到几百年后的李白也拥抱了这一话题。然而另一种兴起于汉末，与饮酒的联系相对不那么明显的趋势也在文人群体，特别是魏晋文士中发展开来。这一发展中的趋势便是人物品鉴的艺术与实践。其实，人们长久以来便一直在讨论准确评判人物最核心的价值准绳，以及捉摸不定的人性给评判者带来的沮丧与困扰。早在公元前6世纪，孔子就曾思虑过这个问题；二百年后，孟子曾夸耀自己"知言"（从而知彼用言之人）的才能；而伟大的诗人屈原则在《离骚》中哀叹自己怀才不遇的悲剧。人们相信政府的平稳运行与其治下人民的安乐生活取决于统治者知人善任的能力，而这种能力的缺失则必将导致帝国的衰落。魏晋之士对于人物品鉴意义的认知则有些不同。正确辨别品性的能力在古人眼中往往具有极高的政治重要性，而魏晋名士不仅将其视为一种心理精神层面的事物，更宽泛地讲，它还关乎到审美的完整性。

如何识别与定义人物品性中特质与癖好的品类范围？受到这一问题或多或少的启发，刘宋临川王刘义庆与门客合编了文人轶事集《世说新语》。书中记载的千人千面不单单是人们用来参照以识破社交伪装（social veneer）的行为模板，书中描述的行为片段也不应被看作严格的传记式书写，我们更应当注意的是这些典故极具表演性的一面。在描述的过程中，这些典故也成为一些学者眼中的成功对"自我塑造"进行尝试的典型例

---

❶ 具体参见《古诗十九首》其四、七、十一、十三、十五，以及曹植的作品，如《箜篌引》。

子。❶ 他们借此精确地阐释了一些魏晋之士特别崇尚的精英特质：真实直率、自然风流的言行。

如此一来，也就难怪会有如此之多的关于魏晋风尚之士的描绘都不约而同地提及饮酒这一行为。故事中提到的酒所带来的解脱释放效果，常以一种并非总是微妙（却最具说服力）的形式，与人物的自我实现而非失态相联系。描述中，最真实的人往往是醺醉的。故事中随性而为的名士们，似乎更加善于自觉地选择是否要，并在多大程度上服从他们性情的驱使——以及在多大程度上遵从社会标准与规则。

《世说新语》"任诞"这一章有一段对看似酒后失态、实则有意为之的醉酒状态的精练文字描述。竹林七贤之一、常与饮酒相联系的刘伶在故事中酩酊大醉，其醉态触发了其最纯真的（也是最具挑衅意味的）自我展露的一瞬：

> 刘伶恒纵酒放达，或脱衣裸形在屋中，人见讥之。伶曰："我以天地为栋宇，屋室为裈衣，诸君何为入我裈中！"❷

即便是作为现代读者的我们，读到这些段落时，也会禁不住嘴角微扬，或许还会有一丝嫉妒，甚至会为故事中的角色感到尴尬。无疑，这种反馈恰好是故事意义的机窍所在。"任诞"这一章将怪诞不羁行为的事例汇聚在一起。这些行为太过脱离社会传统，以至于我们不得不将其归因于主角们未经打磨的内在天性。这一章中五分之三的故事都将这种值得称赞的无忌言行归功于饮酒，一些更加直白的篇目甚至直截了当地把酒当作某种

---

❶ Nanxiu Qian, *Spirit and Self in Medieval China: The Shih-shuo hsin-yü and Its Legacy*, Honolulu: University of Hawai'i Press, 2001, p. 37.

❷ 《世说新语笺疏》，第858页。

能量的源泉。这种能量不仅能使人超脱，还能帮助人保持身体与精神之间紧密且真实的必要联结。类似的说法在这章中俯拾皆是。❶

身心合一、知行合一的理想可以直接导向语言与情感无缝相连的诗歌理想。传统意义上，古人相信内心的波澜可以直接转化为文学的表述。但即便我们将这种信仰弃置一旁，依然可以看到理想的真实性（authenticity）是魏晋时期的主旋律，而这种真实性暗示着万事万物的完美统一，语言表达也不例外。正因如此，当我们将视线从怪诞自觉的名士世界移至同时期的诗歌领域时，陶渊明便赫然出现在我们眼前。尽管直到他去世几个世纪后，他的诗歌才赢得人们的赏识，但他却是最早被理想化为任真自得之士的代表。顺理成章，他的名字也经常密切地与酒联系在一起（参见本书第8—9章）。

从流传至今累积下来的正史传记、陶渊明自己的文字以及稗官野史所构建的"陶渊明"来看，他大致是这样一个人：原本是一名小吏，因不堪为官宦生涯的杂制俗务缠身，他决定将这一切负担抛诸身后，并自由地顺应内心本性的需求，"归园田居"。在勉强奋衣野田之余，他便沉浸在阅读古籍、清言赋诗的生活中，并时不时与乡邻田友（或独自一人）把酒共欢。

著名的《五柳先生传》是众多反映这种生活美德的篇目之一：

> 先生不知何许人也，亦不详其姓字。宅边有五柳树，因以为号焉。闲静少言，不慕荣利。好读书，不求甚解，每有会意，便欣然忘食。性嗜酒，家贫不能常得，亲旧知其如此，或置酒而招之。造饮辄尽，期在必醉，既醉而退，曾不吝情去留。环堵萧然，不蔽风日，短褐穿结，箪瓢屡空，晏如也。常著文章自娱，颇示己志。忘怀得失，

---

❶ Nanxiu Qian, *Spirit and Self in Medieval China: The* Shih-shuo hsin-yü *and Its Legacy*, pp. 135-136.

以此自终。❶

通读这篇常被引用的"自传",我们发现,在其叙述过程中,饮酒成为构建五柳先生这一生动形象不可或缺的一部分。五柳先生则是一位特别能够听从内心需求的人。确实,他不需要编造任何借口,因为他仅仅是在全心全意地爱其所爱。而正如他的亲友们所熟知的,他纯粹就是"性嗜酒"。饮醉不过让他得以——或许应该说——更加无意识地去关照这一天性。脱胎于庄子所述的典型的"至人"形象,五柳先生成了一位趣味化的"至人"。尽管得以置身世外,他却也察觉到些许生活上的不自在以及来自社会的某种期待。❷

人们很容易接受一个表面上谦逊安静、对敬仰祖先和崇尚政治荣誉等固有的价值观漠不关心的五柳先生形象。而他乐于承受生活上的不适等代价只会让他的立场显得更加高尚。然而,当我们(从四种关于陶渊明的传记材料中)得知,"五柳先生"实则是由陶渊明亲手打造的一个高度文学化的博学诗人陶渊明的形象时,事情便变得复杂起来。

这是一个非常有趣的现象:这篇显而易见是虚构的自传,尽管希望读者能够慧眼识人,却也同时给读者制造了理解障碍(本着竹林七贤的精神)。作为又一个传神的表演式自我塑造的例子,这篇作品在看似描述他人他事的过程中,让陶渊明得以表述自己。当然,没有人上当,而且他大概也没想愚弄谁;所有熟知他作品的人大概轻易就从字里行间认出了他。❸

---

❶ 《陶渊明集笺注》,第502页。
❷ 《庄子·齐物论》中,"至人"被描述为一位不知得失利害,且无惧寒暑之人。见《庄子集释》,第96页。
❸ 这里有必要说明,我们讨论的重点不在于这一自我刻画的真实价值。如今明晰的表述与自发的真实性之间的矛盾已是老生常谈,不单如此,已有学者论述过,执着于其自传真实与否的危害。见 Robert Ashmore, *The Transport of Reading: Text and Understanding in the World of Tao Qian (365-427)*, pp. 11-16。

参照《世说新语》的魏晋时代背景，这篇文章以及其他陶渊明大方无畏地进行自我塑造的例子，便与欣赏以诚示人这样的人物品鉴偏好巧妙地呼应起来。虽然他醉意缠绵的笔触折射出率真与单纯，但与竹林七贤截然不同的是，他给自己塑造的形象难以被归入某一类别。若想用一个短语来描述，他的这一形象应是一个"诗意的自我"，而这个自我藏匿于那些看起来不起眼的简单言语与姿态之间。同样，他诗中的饮酒代表着一种从《诗经》和《世说新语》的象征性表述向诗意表述的转变：从一种表述清晰的、仪式性且有共识的符号（不论是社会性的还是非社会性的）变成一种更加微妙的、对情之所动的诗意比喻——这也就是一个人面对变化莫测的世界，给出的多变的回应。

三百多年之后，在盛唐之时，诗人李白大概也乐于饮酒。他对酒的喜爱推动了一系列与之相关的典故的流传。随着时间推移，这些掌故慢慢描画出一个浮夸炫耀的诗人形象，而这位诗人对酒是诗意运用却又是精妙绝伦且含义万千的。《世说新语》中竹林栖居者们的意趣被原原本本地照搬过来，打造成这些故事中"放达"的诗意人格。《旧唐书》与《新唐书》中就载有不少著名的相似片段。❶一则故事讲述了李白曾于一日大醉之时接到传召觐见唐玄宗，他在落座之后将脚抬起，令宦官高力士为其脱靴。这是极端无礼的，然而，由于《旧唐书》和《新唐书》的历史叙述注重因果性的说教式价值观，而不重视关于品性鉴识的独立轶事，因此他们将这种行为与其导致的后果进行绑定：在这一事件后，李白被朝廷贬谪，而后他不羁地——也就不一定是不愉快地——游逸于"江湖之上"。

可以想见，时光流逝，随着对诗人的描述逐渐增多，这一行为的影响也逐渐扩大。此后不久，描述者们便在讲述这个故事时附会以对话，来叙述高力士如何在这种莫大的羞辱下，在玄宗最受宠，也是权势最大的贵妃

---

❶《李白集校注》，第1784—1786页。

杨玉环面前构陷李白，称她所喜爱的李白的《清平调》并不是在暗许其美貌，而实则是在谴责其对玄宗的过度影响。雪上加霜的是，一些版本甚至将李白的《清平调》写成是醉中受命而作。尽管故事中，李白只是"以水沃之"稍作清醒，但作起诗来却可以文不加点、挥毫而就。他并没有回头做任何修改润饰，而这些作品也似乎并不需要更改哪怕一句一读。

故事的精彩程度很好地解释了其经久不衰的原因。一方面，我们读到了李白豪放不羁的精神。他当众教训了傲慢的宦官，而后者委实罪有应得。令人意外的是，李白竟被不公地诬陷——甚至最终被流放，只因其无意中对当权者道出了实情。另一方面，我们也看到一个酩酊大醉的艺术家李白，他愚蠢且任性地羞辱了位高权重的宦官，最终意料之外也是情理之中地背负莫须有的罪名被放逐，而他大概在流放之地会更加自得。不论哪种情况，对李白的刻画都恰如其分地描绘了"放达"的他，在帝国的心脏，也是想象中最强调繁文缛节的地方——长安皇城——短暂停留时纯真的形象。

人们可能也会好奇，饮醉与以上这些到底有什么样的关系？或者说，这些正史与野史中记叙的诗人故事期待读者从醉酒意象的运用中读出些什么？具体而言，问题可能在于，我们是否应认为饮酒对他的诗歌创作有助益，还是正相反，他太过才华横溢以至于大醉的状态也不会影响他发挥诗歌创作的才能。最好的答案可能是极简单的：与对李白非黑即白的掌故式描述相反，饮酒这一面向在李白的自我描绘中主要起的是象征性作用，暗指一种同质的真实性，也就是知与行、语言与情感的完美协作。这种饮酒所触发的真实性，我们不仅曾在魏晋文化中看到过，其他围绕李白这一角色写就的故事，比如他的剑客生涯、他曾经出家为道的经历（这件事就像饮酒一样被一些人"诠释"成是他对朝廷不赏识的回应），以及他如何对出生地讳莫如深，也体现了这种真实感。

当我们回头再看李白的诗作时，事情就变得愈发有趣，也愈发复杂起来。以他精彩绮丽的《将进酒》为例，这首诗以乐府的形式，❶ 作为及时行乐的典型，经受住了时间的考验而流传至今：

> 君不见黄河之水天上来，奔流到海不复回！
> 君不见高堂明镜悲白发，朝如青丝暮成雪！
> 人生得意须尽欢，莫使金樽空对月。
> 天生我材必有用，千金散尽还复来。
> 烹羊宰牛且为乐，会须一饮三百杯。
> 岑夫子，丹丘生。将进酒，杯莫停。
> 与君歌一曲，请君为我侧耳听。
> 钟鼓馔玉不足贵，但愿长醉不愿醒。
> 古来圣贤皆寂寞，惟有饮者留其名。
> 陈王昔时宴平乐，斗酒十千恣欢谑。
> 主人何为言少钱？径须沽取对君酌。
> 五花马，千金裘。呼儿将出换美酒，与尔同销万古愁。❷

这首诗一开篇便颇为开门见山。即便是在今天，读者似乎依然可以听到李白的引吭高歌之声在耳边回响，看到他恣意地打着各种手势。而这一生动的酒会邀请，虽使我们的烦忧随风而逝，实际上却比看起来更为复杂。李白采用乐府这一古老的形式，也就意味着他要采用一种特定的诗意流通元素—— 一种对诗意角色扮演进行运用的元素。相较于其他类型的传统中国诗歌，早期的乐府常常包含为时人所熟知的故事人物。

具体而言，在这首诗中，夸张的语言风格与语气，以及了无拘束延展

---

❶ 在李白的时代，"乐府"用来指代诗题或叙事内容与早期乐府相关的诗歌作品。
❷《李白集校注》，第225—229页。

开来的韵律,都清晰地暗示着一种"真实的"自我表达。叙述者与读者的直接对话也衬托了这种效果,而且将酒既作为主体又作为促成放浪形骸之表达的动因来运用,恰好进一步强化了某种我们所读所想就是真实不朽的李白的感觉。不过,这是一首乐府,且是一首后世的作品,而这一体裁的选择不免会导致模仿扮演的出现——这个作品中出现的应是一种自我模仿扮演。一位敏锐的读者想象中的李白,很可能会戴着一副画着他自己面容的面具。到了盛唐,作诗往往免不了对传统诗格题材进行某些继承和变更。李白这首诗的读者会意识到,这些模仿扮演并不仅仅是为了取乐,更不是简简单单地复制,而是诗人在当代诗歌的语境中探索最有真实性的自我表现方法的一种尝试。作为那个时代的人,李白比绝大多数人更了解那时的诗人所继承的纷繁复杂的文学主题、传统以及符号背后的价值含义,而酒这一元素也并不会是例外。确实,李白诗歌的标志性特征不仅在于他对丰富文学遗产别具匠心的铺陈,更在于他能够引导读者去关注作为一个诗人的他对这些元素运用的能力。他也从而重新定义了他那个时代所谓真实自我表述的含义。

因此,当他把当时酒所累积的魔力作为一种诗意真实性的标志来加以施展时,似乎这种真实性的标准也在驱使他去承认,他也的的确确是这样看待酒的。在《九日》一诗中,李白以他自己的方式参与到重阳节的庆典当中:

> 今日云景好,水绿秋山明。
> 携壶酌流霞,搴菊泛寒荣。
> 地远松石古,风扬弦管清。❶

正如人们所料想的,李白以一种飞升高处、杯中泛菊、擎杯而饮、举

---

❶ 此诗引自《李白集校注》,第1206—1207页。后不再出注。

头望月、遥思故人的视角来写这首诗。开篇两句极简的遣词，以及其对诗人极为流畅地融入节日氛围的描写，共同传达出一种并不矫揉造作的新鲜感。通过诗人在这一特定的时间点体会到的特别经历，这种新鲜感让仪式中那亘古不变的安适感重新鲜活起来。

李白通过诗篇开头的一个词委婉却决断地将读者的视线汇聚在他超凡的视角上：他在第三句中以"流霞"代指一种只应天上有的仙酒。人们常认为这种酒饮后可令人不饥达数月。如果对照李白的诗风来理解，这首作品就不单单是一段精致的狂想曲了；它更像一种对他自己"谪仙"❶身份的提醒，也和许多他对与仙同乐、畅游仙境的其他诗意描绘相呼应。回到重阳节的背景下，这首诗也把承载仪式记忆的公众祭奠之酒，转化为表达自我不同凡响的琼浆玉露。

接下来，富有诗意又符合传统的第三联承接了这些暗示，也印证了诗人确实身处高堂，同时也点明诗人并没有与凡人共享他们的节庆。因为节日，更因为这样的孤寂感，诗人产生了创作接下来这一联的冲动：

窥觞照欢颜，独笑还自倾。

这种嬉乐与孤寂并存的姿态，其实是在暗暗致敬先前那位与酒牵绊颇深的诗人——陶渊明。在与重阳节相关的《饮酒》（其七）中，陶渊明有以下两句：

一觞虽独进，杯尽壶自倾。❷

---

❶ "谪仙"这一别称普遍认为源自时任秘书外监的贺知章在赏读李白诗时的称颂。这一别称暗示李白可以自由地创作，并且无视那些"有德"诗人需要遵循的规矩。
❷ 《陶渊明集笺注》，第252页。

如果说李白提及陶渊明，只是希望比肩那位诗人富有表现力的真实性，就未免把事情想得太过简单，甚至不得要领了。通过大肆运用陶渊明的"自倾"一词，并将之解读为自酌，李白无中生有地制造了歧义。在此过程中，他直言不讳地将陶渊明从一位前辈转变为一种"修辞手法"，同时将陶渊明在禁欲克己中的无酒独处，化为他自己真切的无拘无束（也因此更明明白白是真实的）、自娱自乐的衬托。

李白自我反思、继而饮醉的姿态让人联想到他创作的另一首著名的诗篇《月下独酌》。在这首诗中，酒让他得以将自己化为三人（他自身、月亮与他的影子），只为在他饮至酩酊之时，可以摆脱这些"陪伴"。这首诗值得我们在讨论《九日》的结论前额外花点时间来阅读：

> 花间一壶酒，独酌无相亲。
> 举杯邀明月，对影成三人。
> 月既不解饮，影徒随我身。
> 暂伴月将影，行乐须及春。
> 我歌月徘徊，我舞影零乱。
> 醒时同交欢，醉后各分散。
> 永结无情游，相期邈云汉。❶

这首诗中，李白灵活地将因酒而兴的"放达"体验拓展至其本身的传统界限之外。读者会惊讶地发现，醉酒诗人的面具背后是李白苦中作乐的沉思。他认为，人不可能总是毫无动摇地坚信着人生如白驹过隙般短暂这一观点。他似乎想说，对于生死无常的这一认知本身也是转瞬即逝的，而明白他在说什么的读者——那些识破了他故作轻松语气的人——也只好与

---

❶ 《李白集校注》，第1331页。

他一道去思考对及时行乐的传统的判断,而这首诗显然也是这一传统的体现。正如他在《九日》中重构陶渊明的"自倾",并将之化为一种为己欲而为的、古雅有趣的尝试一样,他暗暗重构了珍惜当下这一庄严号召,将之诠释为对一个不同的时代天真又热切的诗意化处理。

在《九日》末尾,谪仙将他高傲的目光从作为他同伴的诗人陶渊明身上移了开来:

落帽醉山月,空歌怀友生。

落帽使人联想到孟嘉。孟嘉是东晋时期名士,曾在桓温幕府任职。《晋书》记载了一则关于孟嘉的轶事。据传某年重阳,孟嘉出席了桓温召集的宴席。席间孟嘉大醉,自己的帽子掉落都浑然不觉。在座的宾客无不暗自发笑,因为孟嘉很久都没有意识到自己已头顶空空,仪态失礼。桓温好奇孟嘉会如何应对,于是让手下不动声色。过了一会儿,孟嘉离席如厕。桓温命人将帽子放回孟嘉的座位,并请一位宾客作文揶揄孟嘉。孟嘉回席后看到此文,随即挥笔应答,其文甚美,给所有宾客留下了极深的印象。

此类旁人创作诗文揶揄醉客的典故并不鲜见(如《世说新语》中山简的故事就很类似)。不过,引用孟嘉的典故又让李白的诗句多了一层巧思。同孟嘉一样,"谪仙"在醉中也能创作精妙的诗篇;不同的是,在这首诗中,李白并没有宾客相陪。孟嘉拿回了他的帽子,而李白的帽子却还掉落在那里。孟嘉和山简的宾客目睹了他们的失态,甚至借此作诗,但李白却没有同席者来见识他的醉态,更不用说同他人打趣了。如今,他只能独自醉吟,并在孤寂中思念昔日重阳登高同行的友人。

某种意义上,李白对这些酒痴典故刻意地对比引用,或许能被解读为一种他留给未来读者和传记作者的狡黠的暗示。他似乎想说,并不是饮酒本身让他变得"放达"。这些对醉酒的描述才是关键。它引导读者透过这些表演思考是什么促成了这样的行为,是什么启发诗人去如此刻画自己。然而,即便看似如此真诚,他对被理解追求也并不是从一而终。在其他诗作中,李白虽邀请读者接近,实际却是为了撤销这份邀请,从而向读者暗示,任何试图透彻理解他所表现出来的人格的尝试都是徒劳。他另一篇著名的诗作甚至没有提到酒,也可能是因为这并无必要。这首作品只是简单提到了陶渊明:

山中问答

问余何意栖碧山,笑而不答心自闲。
桃花流水窅然去,别有天地非人间。❶

这首诗中,李白提到了陶渊明的《桃花源记》,其中描绘了一个超然世外的失落世界。诚然,比起这位饮酒先师本人,李白更倾向于回忆他的文字。但在这以语言作为理解作者主要途径的世界里,考虑到陶渊明业已建立的清净与真实之间的联系,《桃花源记》也就自然会把它的作者带到大家的视线里。此诗中,酒也并非被用作真实的代表;相反,真实——就是那种完美无言的身心协作——委婉地暗示着酒的精神。或者可能更准确地讲,这首诗表达了一种酒,如语言一样——也就如庄子之筌一般❷——再也没有使用价值的状态。它再也不是催化剂,更不是诗意的符号。如此一来,尽管看起来非常自相矛盾,但诗人实则是在要求我们明白,他再也没有被理解的需求。不过,有一件事情是显而易见的,如若没有他之前那几千载中诞生的酒香萦绕的作品,也没有他与我们对于那些作品的了解,被遗忘的琼浆也许就不会如此滔滔不绝地向我们展示它的精彩之处了。

---

❶ 《李白集校注》,第1095页。
❷ 著名的"得鱼忘筌"之典出自《庄子》第二十六篇《外物》。见《庄子集释》,第944页。

推荐阅读

- 瞿蜕园、朱金城校注,《李白集校注》,上海:上海古籍出版社,1980年。
- 郁贤皓、张启超,《谪仙诗豪李白》,南京:凤凰出版社,2021年。
- 葛景春,《李白与唐代酒文化》,《河北大学学报》(哲学社会科学版)1994年第3期。
- 黄永健,《从李白的觞咏看唐代的酒文化》,《中国文化研究》2002年第2期。
- 柯贵文,《〈将进酒〉:矛盾成就的诗篇》,《文史知识》2003年第12期。

- Fishlen, Michael, "Wine, Poetry and History: Du Mu's 'Pouring Alone in the Prefectural Residence', " *T'oung-pao* 80, no. 4-5 (1994).
- Knechtges, David, "Gradually Entering the Realm of Delight: Food and Drink in Early Medieval China, " *Journal of the American Oriental Society* 117, no. 2 (1997).
- Qian, Nanxiu, *Spirit and Self in Medieval China: The Shih-shuo hsin-yü and Its Legacy*, Honolulu: University of Hawai'i Press, 2001.
- Varsano, Paula, *Tracking the Banished Immortal: The Poetry of Li Bo and Its Critical Reception*, Honolulu: University of Hawai'i Press, 2003.

第16章

杜甫
作为史家的诗人

陈威（Jack W. Chen）

唐朝以其灿烂的政治、经济和文化成就闻名于世。它的辉煌既可与汉代的发展高度相比肩，又为后世提供了可效仿的范本。与此同时，发生在755—763年间的安史之乱也是唐朝无法磨灭的一段历史记忆。这场浩劫剥夺了数以百万人的生命，并险些让王朝走向灭亡。传统的历史学者认为，处在这场风暴核心的关键人物包括唐玄宗、资质丰艳的杨玉环（世人多称其为"杨贵妃"）、拥有突厥和粟特背景的节度使安禄山和他的同乡史思明，以及遭人唾骂的宰辅杨国忠。这道因玄宗对杨贵妃的盲目专宠，以及安禄山与杨国忠之间的极端对立所造成的历史创伤，标志着接下来一个半世纪中大唐的政治衰落。

尽管诸多文学和历史作品记录了这场叛乱，但是没有任何一位作者可以如杜甫一般与这个历史节点如此紧密地联系在一起。杜甫出生于长安一个显赫的官宦世家。他早年的科举仕途不顺，通过向玄宗进献三篇《大礼赋》才谋得一个官职。然而就在杜甫上任之前，安史之乱爆发，玄宗出逃四川，杜甫也开始了时而为官、时而流离的人生。

杜甫一生留下了许多诗作。虽然很多作品或关注家庭生活的私密层面，或着墨于个人的喜悦瞬间，但是对杜甫的评价与接受往往会着重强调他作为时代见证者的角色，并着力塑造他"诗史"的形象。"诗史"这个称号最早见于唐朝的后半叶。轶事收集家孟棨曾写道："杜逢禄山之难，流离陇蜀，毕陈于诗，推见至隐，殆无遗事，故当时号为'诗史'。"而"诗史"这个称号也被《新唐书》中的《杜甫传》及后世无数学者在接下来的几个世纪中反复使用。

需要注意的是，杜甫作为见证者所做的绝非仅仅是简单的报道。其创作是综合了历史参照、个人经历和文学创新的产物。后世读者从杜甫诗歌中感知到的历史现实主义，不仅反映中国传统文学文化的阐释学期待，更是他卓越的诗意想象和令人叹服的生动笔墨的成果。杜甫通过诗歌重新想象了他在战时的所见所闻。虽然看似矛盾，但是他的文学再现的忠实性，并不在于还原历史的真实，而是通过文学形式的虚构手段接近事实。

这种历史经验与文学呈现之间的创造性张力，在"三吏""三别"组诗中得到了很好的体现。组诗中的每一首都采取了片段（vignette）的形式——一种短小、有感染力、轶事性的叙述。由于其复杂性，安史之乱很难被简单地以线性叙述方式呈现。通过这种形式，杜甫得以在一个可控的典型个人经历范畴内讲述安史之乱的广阔影响。而他的片段式叙述呈现了令人信服的细节、个人经历的戏剧性以及人际间的利害关系。这使他能够通过选取历史片段或其个人遭遇来展现这一事件所带来的巨大余波。

"三　吏"

本文先从"三吏"开始讨论。这组诗的第一首诗《新安吏》附有一则小注："收京后作。虽收两京，贼犹充斥。"基于这个细节以及诗中涉及的其他历史信息，传统和现代的学者认为这组诗创作于759年。这一年，尽管战争还远未结束，但重新收复京城无疑是整场叛乱的转折点。

了解一些历史背景会帮助我们理解这几首诗。此时在位的皇帝是唐肃宗，他于756年玄宗出逃四川后不久登上帝位。安禄山于757年被其子安庆绪刺死。安庆绪唆使宦官李猪儿以大刀斩杀卧病在床的安禄山，致使安禄山死前"腹肠已数斗流在床上"。757年末，唐军成功夺回长安和洛阳，同时进一步对叛军施压，导致叛军分裂成两派。其中一派由安庆绪领导，另一派由史思明领导。759年，安庆绪陷入被唐军俘虏的危局，史思明赶来营救，并在邺城以少胜多，击退了由郭子仪率领的唐军。接下来，安庆绪因弑父之罪，被史思明处决。

然而，杜甫关切的并不是唐朝这个大戏台上演的宏大悲剧，而是发生在普通人生活中的微缩困境。毕竟无论在朝代层面上谁是胜者，老百姓的苦难都将延续。叛乱带来的不间断的折磨，也因此成为映衬杜甫真正创作焦点的幕布：在人的层面上、在普通人的场域里，他们是如何体验战争环境的。

我会打乱顺序，从组诗的第二首《潼关吏》❶开始分析。这首相较于其他两首在主题和历史背景方面都有很大的不同。诗中，杜甫遇到了一位掌管重建潼关关防的军官，潼关此前曾由唐朝将领哥舒翰镇守。尽管哥舒翰曾建议应小心谨慎地防守，并坚信最好的策略是与安禄山展开消耗战，使叛军内部产生分歧，但是宰辅杨国忠执意要求哥舒翰从战略要地里出来，与叛军在开放战场上进行对抗。别无他法，哥舒翰只得出兵与叛军作战。这场战役给唐军带来了灾难性的后果。叛军不仅攻占了潼关，还俘虏了哥舒翰（其被己方士兵交给叛军）。

在这首诗中，杜甫以描述喧闹的建造场景和高耸的城墙起首。之后他向军官询问防御工事是否足以抵挡野蛮的入侵者。军官如此作答：

---

❶ 此诗引自仇兆鳌注，《杜诗详注》，北京：中华书局，1979年，第526—528页；《全唐诗》卷二一七，第2283页。之后不再出注。

连云列战格，飞鸟不能逾。
胡来但自守，岂复忧西都。
丈人视要处，窄狭容单车。
艰难奋长戟，万古用一夫。

这位军官的自信源于建设防御工事所利用的技艺和智慧。至于边关士兵的部署则基本是对于工事建成后的设想：仅需一人持长戟防守便足矣。然而杜甫在回复中指出：

哀哉桃林战，百万化为鱼。❶
请嘱防关将，慎勿学哥舒。

正如杜甫所提到的，主要的症结在于，哪怕是设计再精巧的防御工事也可能毁于愚蠢的将领之手。他对军官的反驳在沉思和直接对话间转换，最后以哥舒翰也曾同样认为他的边关非常坚固作为提醒来收尾。杜甫是一位人道主义者，也正因如此，人命对他来说是重中之重，甚于任何奇巧的战术和精妙的技艺。比另外两首诗更加直截了当地讲道理，《潼关吏》读起来更像是一场比喻式的说教。

在组诗的第一首诗《新安吏》❷中，主题和音韵的不同并没有在起首几句直接显现出来。此诗以杜甫与主管征兵的官吏相遇开始：

客行新安道，喧呼闻点兵。❸

---

❶ "桃林"是潼关所处的地区。
❷ 此诗引自《杜诗详注》，第523—526页；《全唐诗》卷二一七，第2282—2283页。后不再出注。
❸ 新安位于洛阳的西边，即今日河南的西北部。

> 借问新安吏：县小更无丁？
> 府帖昨夜下，次选中男行。

诗人在第一个问题中表达了他对官吏只征用少年的惊讶。作为回答，官吏麻木地复述了他正在执行的命令。杜甫紧接着对官吏发问，同时也为从相遇到接下来的沉思提供了过渡：

> 中男绝短小，何以守王城？
> 肥男有母送，瘦男独伶俜。
> 白水暮东流，青山犹哭声。

尽管征兵是面向整个新安地区的，但是杜甫察觉到了特权群体和贫困群体间的不平等："肥男"仍有其母，"瘦男"则无人照拂。当然，所有少年都失去了他们的父亲。父辈们早已远赴战场，再没有归来。从这一幕起，诗人的目光追随着流水东去，但他仍然无法逃脱分别之痛。哪怕他转换话题，这哭声仍旧不绝于耳。回到诗中的场景，面对所有悲恸不已、因为伤痛而融合成一个整体的母子，杜甫这样说：

> 莫自使眼枯，收汝泪纵横。
> 眼枯即见骨，天地终无情。

杜甫给不了这些应征的士兵和他们的母亲安慰。于他而言，这首诗的目的不是要抚平他们的伤痛，而是单纯地为他们所受的苦难作证。毕竟他的只言片语不能带来任何改变。天地本不仁，诗意的想象对改变这一点无能为力。

杜甫再次转换话题，这一次他针对导致这种征兵现象产生的历史现状进行了评论。他这样写道：

> 我军取相州，日夕望其平。
> 岂意贼难料，归军星散营。

我们发现这两句诗提到了邺城之战（诗中被称为"相州"）。虽然郭子仪也许是"攻下"了邺城并包围了安庆绪，但是他并没能成功平定相州。杜甫通过称呼唐军为"归军"，弱化了对其战败的描述，然而叛军打得唐军"归军星散营"也是了然可见的事实。回想起这段近在眼前的挫败，杜甫尝试着为这些应征兵提供些许的安慰，告诉他们军旅生活也未必就那么糟。他写道：

> 就粮近故垒，练卒依旧京。❶
> 掘壕不到水，牧马役亦轻。
> 况乃王师顺，抚养甚分明。
> 送行勿泣血，仆射如父兄。❷

杜甫是否真的心口如一，我们不得而知。也许在恸哭的妇女和孩子们面前，他觉得有必要说一些善意的谎言来给他们一丝希望，不然他们会在绝望中"泣血"。他早先曾断言天地不仁，这里他却反而试着说服他的听众，皇帝心系百姓，而副元帅郭子仪如兄如父。当然，令人痛苦的真相是，皇帝根本不了解这些母亲和孩子所受的苦难，也不知道应征兵们的亲生父兄可能早已在邺城之战的大溃败中战死沙场。就算郭子仪还能带领军队取得胜利，他也不过是为之前的失败亡羊补牢罢了。

"三吏"组诗中的最后一首《石壕吏》❸与第一首同样关注征兵的主

---

❶ "旧京"指今洛阳。
❷ "仆射"指郭子仪，757年因为之前的军事失败，他被贬为仆射。
❸ 引自《杜诗详注》，第528—530页；《全唐诗》卷二一七，第2283页。后不再出注。

题。在最后这首诗中，杜甫描写了官吏到石壕村抓壮丁的故事。❶他看到一个老翁翻墙逃跑，之后目睹了他年老的妻子哀求愤怒的官吏的过程。老妪的独白构成了这首诗的主要内容：

> 听妇前致词，三男邺城戍。
> 一男附书至，二男新战死。
> 存者且偷生，死者长已矣！
> 室中更无人，惟有乳下孙。
> 有孙母未去，出入无完裙。
> 老妪力虽衰，请从吏夜归。
> 急应河阳役，犹得备晨炊。❷

这段哀告没有得到任何回应，尽管官吏似乎默许了老妪的请求。全诗以一片萧瑟的景象收场：

> 夜久语声绝，如闻泣幽咽。
> 天明登前途，独与老翁别。

看来老妪还是被官吏带走了。尽管她救了老翁一命，但是他在村里也变得无依无靠。这一次诗人再也没有说出任何慰藉的话语，也没有给留在荒凉的村庄里孑然一身的老翁任何建议。当战时的危况迫使朝廷把无论老少的所有人都悉数投入战场时，诗歌再也无法提供任何心灵上的补偿。诗人所能做的全部，仅仅是默默地见证这对老夫妇的无能为力，以及面对这

---

❶ 对于石壕的所在，传统的文学评论家说法不一。
❷ 邺城大败后，郭子仪帅军退守河阳。

样的苦难时他本人的无所适从。

"三 别"

"三吏"是杜甫以第一人称的口吻写的,而与之形成对比,"三别"则是以不同类型人物的口吻来创作的:丈夫被征的新婚妻子,离家从军的老翁,以及一位回到家乡,发现整个村落都消失不见的士兵。视角的转变是显著的,诗人不再以见证者的角度来观察别人的苦难,而是直接从另一个人的视角出发来呈现事实。因此诗歌可供阐释的基础也发生了改变:从假定是自传的事实转向更戏剧化的模式。尽管如此,尽管这组诗并不声称具有抒情的非虚构性,但是因为它们和安史之乱相联系,读者仍会对这些诗存在某种历史期望。

"三别"的第一首《新婚别》❶,以一个传统的比喻形象开篇:"兔丝附蓬麻,引蔓故不长。""兔丝"常常代指妻子,因为妻子需要仰赖于丈夫的支持。然而在这首诗里,丈夫被征入军,即将奔赴战场。妻子因而悲叹道:

> 嫁女与征夫,不如弃路旁。
> 结发为妻子,席不暖君床。
> 暮婚晨告别,无乃太匆忙。

尽管他们已经成婚,但从未享受到婚姻的快乐。她嫁给他的时候仍是少女,而他即刻被强征入伍,连丈夫的义务都还没完成。

然而局势的讽刺之处在接下来的一联诗中得到了表达:"君行虽不远,

---

❶ 《杜诗详注》,第530—534页;《全唐诗》卷二一七,第2284页。

守边赴河阳。"河阳指的是当时东京洛阳的东北边、控制河桥的城市。这座桥在755年末被当时镇守的将军封常清截断，为的是阻止安禄山叛军从这里渡河，从而进攻洛阳。妻子被遗弃的悲哀在于丈夫并不是像早期唐代边塞诗所写的那样，被迫戍守在遥远的地方，而是在东京洛阳的附近：这已经成为当时新的"边塞"。

诗歌剩下的部分详细地表现了在叛乱的现实下，妻子认命的态度。但她现在的人生充满不确定性："妾身未分明，何以拜姑嫜？"因为还没有机会与丈夫同床，她不能诞下子嗣，给公婆希望。在她的新家庭里，她缺乏一个安全的位置。她表示，如果可以的话，她愿意跟随着丈夫一同参军，哪怕她意识到妻子们不被允许参军，因为这样会影响士兵们的斗志。在诗歌的结尾，她再次勇敢地表达了自己保持坚贞的意愿。尽管她知道希望渺茫，但她愿意褪下自己的华服，不再涂脂抹粉，一直等待丈夫归来。

处于婚姻年龄跨度另一端的是《垂老别》❶的主人公，一位即将离开自己老迈的妻子去参军的老翁。然而，和"三别"的第一首不同，这首诗的开头更加直接："四郊未宁静，垂老不得安。"这两句诗可以让读者联想到《新安吏》的序，作者同样强调了普天之下无处安宁的现状，但这首诗里，叛乱更深刻地影响了老翁的个人世界。诗中老翁说道："子孙阵亡尽，焉用身独完？"已经没有子孙可以延续家族的香火，老翁自愿地接受了入伍的征召。他不像《石壕吏》里的老人，面对征兵的命令离家逃跑，让妻子代替自己入军。老翁知道，这一次与妻子分开便是永别，因为自己垂老的年纪以及战事的残酷，再见已无可能。

从这里开始，诗歌转而对战争及其后果展开描述，从而把原本传统的叙述安置于一个确定的历史和地理的空间之内：

---

❶ 《杜诗详注》，第534—537页；《全唐诗》卷二一七，第2284页。

土门壁甚坚,杏园度亦难。❶
势异邺城下,纵死时犹宽。❷
人生有离合,岂择衰老端。
忆昔少壮日,迟回竟长叹。
万国尽征戍,烽火被冈峦。
积尸草木腥,流血川原丹。
何乡为乐土,安敢尚盘桓。❸

土门是安禄山叛军在755年南进长安的路程中所攻陷的要塞之一。一年之后,它又被唐代的官员和著名书法家颜真卿重新收复。杏园是758年郭子仪率军横渡黄河并大败安庆绪军队的要塞。尽管有这些胜利,唐军仍然遭受了许多挫败,例如被史思明军队大败于邺城。对布满战火与鲜血的山河的描绘强调了一个事实:战争仍未结束,人们苦难的生活仍没有尽头。当老翁试着安慰自己的妻子,告诉她死亡仍然遥远,而且人生本就充满聚散离合时,他意识到,世间并无"乐土",没有地方可以免受叛乱的影响。诗歌的结束,老翁离开了自己简陋的家,无力并衰弱:"弃绝蓬室居,塌然摧肺肝。"

"三别"的最后一首诗《无家别》❹,给这组诗的叙述加上了一个不典型的结尾。此处的叙述者是被征召的士兵,当他退伍回家的时候,发现自己已变成了一个陌生人。曾经的村庄已经面目全非,没有一点痕迹是他熟

---

❶ 土门关是太行山脉八个重要关卡的第五个,位处今河北石家庄的西边。杏园是一个关塞,位于今河南卫辉。
❷ 这里指郭子仪759年邺城的溃败。
❸ "乐土"出自《诗经·硕鼠》:"乐土乐土,爰得我所。"
❹ 此诗引自《杜诗详注》,第537—539页;《全唐诗》卷二一七,第2284—2285页。后不再出注。

悉的。诗歌的一开始，他先援引当时的历史背景："寂寞天宝后，园庐但蒿藜。"接着他审视战争的影响，这些影响并不局限于血腥的战场，也发生在那些凋敝的、曾经"出产"士兵的村庄里，而且在世世代代地延续：

> 我里百余家，世乱各东西。
> 存者无消息，死者为尘泥。
> 贱子因阵败，归来寻旧蹊。
> 久行见空巷，日瘦气惨凄。
> 但对狐与狸，竖毛怒我啼。
> 四邻何所有，一二老寡妻。

这一场景对了解早期中国诗歌的读者来说是很熟悉的。归来的游子发现自己曾经的家园已不复存在。大自然重新占领了这片故土，野生动物代替了曾经的主人和邻居，在人类建筑上筑造自己的巢穴。只有一两位寡妇仍在，而她们正如《新婚别》里的妻子一样，也曾是新嫁娘。

尽管如此，这个士兵必须喂饱自己，所以他再次回归农耕生活，以确保自己能活下来。然而，这一重建生活的尝试也很短暂，因为战争还远没有结束：

> 县吏知我至，召令习鼓鞞。
> 虽从本州役，内顾无所携。
> 近行止一身，远去终转迷。
> 家乡既荡尽，远近理亦齐。

在某种意义上，他是否再次被迫从军已经没有那么重要了，因为他已经无家可回，也无人可以道别。不管他最后会在哪里，都同样让人绝望，因为所有的土地都遭遇了一样悲惨的命运。不过，对他来说，有一种伤痛让他尤其无法忘怀：

> 永痛长病母，五年委沟溪。
> 生我不得力，终身两酸嘶。
> 人生无家别，何以为蒸黎。

此处提到"五年"，为这首诗作于759年，也就是安史之乱的第五年，提供了佐证。更重要的是，也正是在此处，"三吏"和"三别"这一系列诗形成了一个完满的圆。如果说《新安吏》中见证的是年轻人和母亲的分别，这一首《无家别》就表达了离开母亲从军，如今已长大成人的士兵内心的愧疚。对于叙述者来说，任何的伤痛都比不上离开母亲的悲哀，因为没有了母亲，也就是没有了家。

*　　*　　*

杜甫的"诗史"之称暗示了他如何以自己的诗歌见证安史之乱。然而，正如我们所见的，杜甫并不仅仅致力于把整个叛乱中的各种事件作为一个完整的故事记录下来。他期望通过自身的经历来表现战争，同时也为那些原本无法记录自己经历的人发声。他所构建的一些小片段，无论是自己的还是别人的，都构成了"微历史"，也就是说，这些对于日常的微型叙述都暗示了它们所处的宏大历史背景。因为并没有任何历史学家会书写普通人的而不是君王和官员的历史，所以这些故事并不是现成的。因此这一些小片段都是由诗歌所创造的。

当然，所有传统历史写作都一定有虚构的成分。这样才可以利用各种轶事、对话和语言重构，或其他片段等手法，使叙述变得有趣。对于历史学家来说，轶事和其他手段的目的都是为那些原本只基于现实的宏大叙事提供生动的现实主义色彩。为了这种现实主义，任何转向虚构的创作都是可以被原谅或被忽视的。即使传统认为诗歌具有抒情的非虚构性，诗歌也并不是基于历史学家的"事实"概念，而是基于一个可被称为"再现的适切性"的类似东西而创作的。杜甫也许没有遇见过任何一位他在"三吏""三别"中描绘如生的人物，他们极有可能完全是虚构的创造，然而他再现这些人物的技巧完全超越了他们可能具有的历史虚构性。这种历史的虚构性不是诗歌需要关注的，至少不是杜甫写作诗歌时需要关注的。更重要的是，这些片段式叙述对他来说是真实的，因为它们都捕捉到了安史之乱带来的经验，而这些经验不存在于其他任何写作形式中。诗人所见证的，是历史的另一种意义，这种意义比当时任何的历史作品更具有同情心，也更慷慨宏阔。

推荐阅读

- 仇兆鳌注，《杜诗详注》，北京：中华书局，1979年。
- 傅庚生，《杜甫诗论》，上海：上海古籍出版社，1985年。
- 萧光乾整理，《萧涤非杜甫研究全集》，哈尔滨：黑龙江教育出版社，2006年。
- 陈贻焮，《杜甫评传》，北京：生活·读书·新知三联书店，2022年。
- 王辉斌，《杜甫研究新探》，合肥：黄山书社，2011年。
- 吕正惠，《诗圣杜甫》，北京：生活·读书·新知三联书店，2015年。
- 冯至，《杜甫传》，北京：人民文学出版社，2014年。
- 宇文所安，《盛唐诗》，北京：生活·读书·新知三联书店，2014年。
- 洪业，《杜甫：中国最伟大的诗人》，上海：上海古籍出版社，2014年。
- Hawkes, David, *A Little Primer of Tu Fu*, Oxford: Clarendon, 1967.

- Davis, A. R., *Tu Fu*, New York: Twayne, 1971.
- Chou, Eva Shan, *Reconsidering Tu Fu: Literary Greatness and Cultural Context*, Cambridge: Cambridge University Press, 1995.

第17章

诗与文人的友谊
白居易和元稹

王 敖

稹聪警绝人，年少有才名，与太原白居易友善。工为诗，善状咏风态物色，当时言诗者称元白焉。自衣冠士子，至闾阎下俚，悉传讽之，号为"元和体"。❶

然而二十年间，禁省、观寺、邮候墙壁之上无不书，王公妾妇、牛童马走之口无不道。至于缮写模勒，炫卖于市井，或持之以交酒茗者，处处皆是。其甚者，有至于盗窃名姓，苟求自售，杂乱间厕，无可奈何！予于平水市中，见村校诸童竞习诗，召而问之，皆对曰："先生教我乐天、微之诗。"固亦不知予之为微之也。又鸡林贾人求市颇切，自云："本国宰相每以百金换一篇。其甚伪者，宰相辄能辨别之。"自篇章已来，未有如是流传之广者。❷

9世纪初期，白居易和元稹两位诗人称雄于唐代文坛。他们的作品流

---

❶ 《旧唐书·元稹传》，北京：中华书局，1975年，第4331页。
❷ 元稹，《白氏长庆集序》，冀勤点校，《元稹集》卷五十一，北京：中华书局，2010年，第642页。

传深广,甚至超越了唐帝国的疆域,影响了整个东亚文学的发展。白居易和元稹的文学创作经历了一系列的发展,其创作题材广泛,体裁和风格也很多样,受众囊括了受教育程度不同的各个社会阶层。为了使自己的诗作被更广泛地接受,白居易和元稹参与了各种有关文学的活动,从而来满足大众的需要。他们之间的轶事和传奇广为流传,是人们津津乐道的话题。

大约在802年,白居易和元稹相识于长安。当时他们很年轻,前途一片光明,都活跃地和当时的社会精英们互动,进而拓展自己的事业。白居易和元稹有相同的文学兴趣,并且都希望唐王朝能从安史之乱的打击中恢复,于是两人很快就成了好朋友。他们欣然地接受了当时人们给予他们的称号——"元白"。这一称号不仅象征了两位诗人的合作无间,也代表了一种新的文学特征,以及当时社会所称许的、诗人之间的惺惺相惜之情。这一名号持续使用了三十多年。在这段时间里,白居易和元稹一起创作了数百首诗,深厚友谊也激励了彼此的诗歌创新。他们早期多写直接讽刺时事的叙事诗,到后期则发展出风格更加多变的长篇律诗。

白居易和元稹最重要的文学创新基于两者长期以来的诗歌交流。因此,如若把他们分开讨论的话,各自的成就可能会被低估。对于同时代的人们来说,谈起白居易就无法不提元稹。多年来他们不断加深相互之间的联系,通过合作来加强二人诗歌作品的影响力,有时还有意创作一些关于他们自己的轶事和传奇。

一个早期的例子是元稹在809年的一次"心灵感应"故事。这篇传奇的主要情节记载于宋代文人计有功的《唐诗纪事》中。❶ 这个文本体现了元白二人如何有意识地浪漫化他们之间的友谊,并把友谊结合到相应的诗

---

❶ 计有功,《唐诗纪事》,上海:上海古籍出版社,1987年。这个故事也见于白行简所作的《三梦记》,以及晚唐孟棨的《本事诗》。本文采用计有功的版本,是因为白行简所记述的故事与元白的诗作所描述的略有不同,而孟棨的版本则过于简略。

作当中：

> 稹元和四年为御史，鞫狱梓潼，乐天昆仲送至城西而别。后旬日，昆仲与李侍郎建闲游曲江及慈恩寺，饮酣作诗曰：花时同醉破春愁，醉折花枝作酒筹。忽忆故人天际去，计程今日到梁州。后旬日，得元书，果以是日至褒，仍寄诗曰：梦君兄弟曲江头，也到慈恩院院游。驿吏唤人排马去，忽惊身在古梁州。千里魂交，合若符契。白有《感梦记》备叙其事。❶

以上故事展示了两位诗人如何通过诗歌的互动，反复进行真和幻的变化，从而吸引读者。梦境为故事提供了一个戏剧性的框架，使释梦的传统能够作用于其中。从《周礼》到唐诗，梦被认为不仅反映了做梦者的想法，而且能预示未来。这个故事不仅承袭了这种释梦的传统，也在此基础上对这个传统有所发展。

元稹的梦发生在曲江附近。曲江是长安最有名的景点之一，也是他和同伴们平时聚会的地方。但现实中的元稹却身处一个偏远的驿站，这一点从白居易同时创作的诗里可以得知。元稹之所以做梦，是因为他急切地想和白居易重逢。但《唐诗纪事》中的故事并没有直接指出这点，为的是创造更具有戏剧性的意外效果。元稹的梦并没有预示未来，但之后实际发生的事情证明了它的真实性。这样一来，梦、地点和人物、诗歌、叙述、信件，这一系列元素一起作用，加深了朋友间的连接，营造出具有戏剧张力的共时性。朋友之间的地理距离被赋予新的意义，因为遥远的距离更显示了二人之间的心意相通和深厚友谊。元稹在旅途中渐行渐远，但他仍然一直寄诗给身处长安的白居易，而白居易也写了一系列诗歌回赠。因此，两

---

❶《唐诗纪事》卷三十七，第563页。

位诗人的这些唱和之作在主题和体裁上都是相互呼应的。

正如读者从这个故事以及元白的许多诗歌作品中看到的,驿站作为诗人旅程中的文化空间,常具有特殊的意义。唐代的驿站是邮政系统的一部分,不仅用于传递信息,也为行旅中的官员提供住宿和交通服务。以驿站作为线索的诗歌书写、交换和收集,体现了新的文学律动,产生了行旅文学中独特的诗歌之美。

在元稹做梦之前,他曾在一个驿站逗留,发现驿站东墙上有政治家李逢吉和崔韶的名字,应该是他们在去云南的路途中题写的。在驿站北边的墙上有白居易的诗,还有白居易的道士朋友王质夫的和诗。在孤单的旅程中,元稹读到了这些诗,感觉自己好像在和新朋旧友交谈一般。于是元稹也把自己的经历写入诗中,并把《骆口驿二首》题在了驿站的墙上。其中的第一首诗如下:

邮亭壁上数行字,崔李题名王白诗。
尽日无人共言语,不离墙下至行时。❶

驿站题有诗歌的墙壁是一个可供外人进入的专属领域。尽管人们来到这里的时间不同,但他们可以通过诗歌唱和的方式来加入对话,并为之添加一些即兴创作的色彩。

元稹的诗歌表面上看起来平淡,但寥寥数笔间勾勒出一个瞬间,在这个瞬间他和白居易通过诗歌而得以重逢。元稹的诗延续了白居易和王质夫的对话,也把这个对话与墙上的另外两个名字联系起来。诗作把不同诗人的旅程连接到了一起,提醒读者这些人物间有重合的时间和地点。但这种不同诗人群体间的融合被第二首诗所打断。在这首诗中,元稹通过当下的

---

❶ 《元稹集》卷十七,第222页。

时间和地点重新进行想象：

> 二星徼外通蛮服，五夜灯前草御文。
> 我到东川恰相半，向南看月北看云。❶

此处，根据官职的高低，时间和地点被重置了。"二星"代表的是被派往西南边陲的两位使臣，李逢吉和崔韶。同时，元稹也想象当时身为翰林学士的白居易，正在为皇帝起草诏书。元稹接着想到自己正处于去往四川的旅途中，而驿站则位于长安和西南边陲中间的某个位置。当往南方眺望的时候，他想象月亮正照耀着两位使臣，而向北望，他则看见云朵盘旋在白居易头上的天空。而他自己则身处南北之间，即兴地创作着这首诗。因此，元稹用诗来探索复杂的政治空间，并用象征性的手法把自己和同侪连接起来。

从更广阔的社会层面来说，围绕驿站所发生的故事和诗歌也反映了当时因科举成功而新兴精英阶层的态度和价值观。科举制度在隋代建立，在唐代得到了全面发展，成为政府招揽人才的重要机制。文学才能是科举的重要标准之一，考生们在考试中必须严格地根据声律规定创作一首律诗。

当出身寒门的考生准备进京考试时，他们会抓住机会跟当时的社会精英接触，从而拓展人脉，发展自己的事业。中唐最主要的诗人，比如韩愈、柳宗元、刘禹锡、元稹和白居易等，都属于这个群体。尽管他们的政治和文学主张各不相同，但都希望能够改变社会的不公，让日益衰弱的国家繁荣昌盛。

8、9世纪之交时，元稹和白居易都还是科举的应试考生，他们分别在考试的一些科目中取得了好成绩。元稹十四岁就快速地通过了明经的考试，而白居易则在许多年的努力后，取得了更受尊崇的进士头衔。这两位志趣

---

❶《元稹集》卷十七，第222页。

相投的年轻人很快成了好朋友。他们一起学习，一起准备制举考试，对如何进行政治和社会改革进行激烈的探讨和辩论。空闲的时候，他们共同沉浸在曲江附近的文化生活中，徜徉于宫闱、园林和寺庙之间。

对于盛唐的诗人来说，比如李白和杜甫，政治并非那么重要。但元稹和白居易则在政坛摸爬滚打多年，曾卷入不少重大的甚至危及生命的政治角力和派系斗争中。他们都曾被放逐多年，承受过贬谪的痛苦和羞辱，遭受过诽谤和阴谋。他们也都曾染上严重的疾病，有过无法和亲友联系的心酸，经历过短暂失去官职和家人去世的痛楚。

在被放逐的时候，白居易和元稹诗歌的某个保留项目是把生活中的偶然和巧合戏剧化，从而和对方互动。以下这首诗描述有一次元稹意外地发现了白居易的诗，从而使困顿的自己重拾信心：

见乐天诗

通州到日日平西，江馆无人虎印泥。
忽向破檐残漏处，见君诗在柱心题。❶

815年，被贬谪的元稹到达了通州（今在四川）的临时居所。他即将出任司马，一个并没有实权的小官。在此之前，他从长安出发，拖着病体在旅途中颠簸了三个月之久。未来渺茫，元稹不知道自己能否活着回去长安。黄昏时分，他到达了这个破旧的居所，发现了某种动物留下的痕迹，以为是老虎的爪印。他害怕有猛兽在附近，于是仔细地勘查了整个住宅，却意外在柱子上找到了白居易十五年前所作的一首诗，诗里赞颂了长安城的繁华和声色犬马。

通过一个快速的过渡，元稹把自己的绝句和白居易的诗相连接，并展

---

❶《元稹集》卷二十，第257页。

示了发生在帝国边缘的诗歌阅读、书写和传播的意义。尽管朝廷中元稹和白居易都有同盟存在，但他们也都有政敌，而且他们之所以被贬谪都跟这些政敌有关。柱子上白居易的诗并没有提到自己，但在元稹眼中，这足以成为鼓舞的力量，从而使他得以面对京城中严酷的政治形势和目前艰难的环境。

至此，白居易和元稹在相互的诗歌唱和中，把寻找和阅读对方的诗歌作为一个共同的主题。同一年，白居易也被贬谪。在去江州（今江西）的路上，他这样写道："每到驿亭先下马，循墙绕柱觅君诗。"❶

在这两句诗中，白居易假想自己在每一个驿亭都能找到元稹的诗作，不管是元稹自己写上的，还是仰慕他的人所题。两位诗人都常常看见彼此的诗歌在公共空间被展示和流传，而他们对彼此的称举和发扬更进一步扩大了二人在读者中的影响力。

也是在同一年，元稹写了一首绝句，记录自己曾把白居易的诗题在了佛寺的墙上：

阆州开元寺壁题乐天诗

忆君无计写君诗，写尽千行说向谁。
题在阆州东寺壁，几时知是见君时？❷

作为回应，白居易把元稹的诗题到了屏风上，并写诗相和：

答微之

君写我诗盈寺壁，我题君句满屏风。

---

❶ 谢思炜校注，《白居易诗集校注》，北京：中华书局，2006年，第1212页。
❷ 《元稹集》卷二十，第260页。

与君相遇知何处，两叶浮萍大海中。❶

《答微之》的中心意象是浮萍，在佛教经典中寓意着生命的无常。正如诗歌的前两句所写的，白居易和元稹亲手抄录对方的诗歌，期待并想象和好友的重逢。通过这种方式，他们创造出另一种自我形象，即知己的理想读者。在公共或者私人空间抄录对方的诗作，是一种具有象征性意义的同步，把二人不同的人生连接起来。在这样的脉络下，两个诗人得以在不脱离自己生活轨迹的前提下，和对方在精神世界里重逢。

白居易和元稹还有另一种用诗歌交流的方法，即通过回应彼此以前的唱和之作，来讨论当下的情境。804年，白居易写了一首诗给元稹：

曲江忆元九

春来无伴闲游少，行乐三分减二分。
何况今朝杏园里，闲人逢尽不逢君。❷

这首绝句想必给元稹留下了深刻的印象，字里行间都透露出白居易身处人群熙攘的杏园时，对元稹的思念。十三年后，元稹在对白居易《梦微之》的和诗中提到了这首《曲江忆元九》。《梦微之》一诗如下：

梦微之

晨起临风一惆怅，通川溢水断相闻。
不知忆我因何事，昨夜三回梦见君。❸

---

❶ 《白居易诗集校注》，第1375页。
❷ 《白居易诗集校注》，第1014页。
❸ 《白居易诗集校注》，第1357页。

收到这首诗时，元稹正因身染疟疾而卧病在床。此时，他极其渴望老朋友的安慰。元稹的和诗不仅回应了这首《梦微之》，也和白居易十三年前的旧作《曲江忆元九》有所共鸣：

酬乐天频梦微之

山水万重书断绝，念君怜我梦相闻。
我今因病魂颠倒，唯梦闲人不梦君。❶

这首诗展现了元稹强烈的焦虑。想到白居易对自己的思念，他十分伤感，这点被描绘得感人肺腑。白居易梦到了元稹，但元稹却无法相应地梦到对方，他因此黯然神伤，转而描写自己神魂颠倒的精神状态，加强了情感上的张力。此处，元稹再次构建了一个超越时空的对话。他在诗里暗指并回应了白居易许多年前所写的《曲江忆元九》，因此当下的对话指向了过去，使过去的对话得以再次进行。两次对话彼此交融，就像两道记忆和情感的河流彼此交汇，它们都基于时间，却又超越了时间。

831年元稹去世以后，元稹和白居易的对话依然在延续，不过只存在于白居易的记忆之中：

梦微之

君埋泉下泥销骨，我寄人间雪满头。
阿卫韩郎相次去，夜台茫昧得知不？❷

阿卫和韩郎都是元稹的下一辈，他们都已过世。白居易质疑人死之后是否

---

❶ 《元稹集》卷二十，第267页。
❷ 《白居易诗集校注》，第2668页。

还有灵魂存在,渲染了自己身为哀悼者的形象。他甚至有些自相矛盾地声称,元稹的去世也许意味着自己诗歌生涯的终结:

哭微之
今生岂有相逢日,未死应无暂忘时。
从此三篇收泪后,终身无复更吟诗。❶

事实上,白居易在接下来的十年里仍然继续写诗。但他的确认为,元稹是他诗歌事业最重要的搭档,一旦元稹不在了,他的诗作也大不如从前。

尽管去世之后,元稹的诗名有所下滑,但白居易一直是中国最受推崇的诗人之一,他的诗歌对于整个东亚文化圈都有重要的影响。如今,元稹常只因为是白居易的搭档而为人所知。如果白居易可以预见这一切,他一定会为自己的好朋友辩护。对元稹的忽视也意味着白居易自身的损失,因为元白之间的唱和也体现了二人之间最有价值也最复杂的互动。一旦元稹被忽视,这一互动也将被世人遗忘。

如果要证明元稹的诗歌艺术可以与白居易平起平坐,我们可以选取一个例子来做对比。在这个例子中,白居易和元稹的诗处理了相同的主题,即杨玉环和唐玄宗的爱情故事。关于这一主题,白居易的代表作是《长恨歌》,这是一首共有一百二十句的七言长诗,而元稹的代表作则是绝句《行宫》。

《长恨歌》创作于806年,即安史之乱后半个世纪,写作时白居易并不在长安。一个月之后当白居易回到长安时,他听说了一个故事,得知自己写的这首诗已广为流传。白居易在一封写给元稹的信里提到了这个故事:"又闻有军使高霞寓者欲聘倡妓,妓大夸曰:'我诵得白学士《长恨歌》,岂

---

❶《白居易诗集校注》,第2874页。

同他妓哉？'由是增价。"❶ 白居易曾仔细研究过不同读者对自己诗作的反应，他在信里说，这首诗得到了大众的认可，其中包括不通文墨的将军和社会底层的乐妓。《长恨歌》事实上也成为白居易最广为传诵的作品之一。

  《长恨歌》以说书人的口吻进行叙事。诗歌的开头先写唐玄宗极力寻找帝国中最美丽的女子，从而把读者带入了另一个时空。在这个时空中，美是最无上的价值，而爱情则可以超越生死和世俗的障碍。如白居易所描写的，女主角杨玉环的美貌举世无双："回眸一笑百媚生，六宫粉黛无颜色。"他小心地避开了一些有关杨玉环和唐玄宗的真实历史，比如杨玉环曾是唐玄宗的儿媳，二人的结合是有违伦理的。但诗歌的叙述者并没有因为曲解历史而感到不安，相反地，在精心的修辞中，他的语气显得那么真实，从而成功地把这个爱情故事从历史的真实中剥离出来。杨玉环和唐玄宗的初见被描绘成一个具有情色意味的场景，读者的目光和玄宗一样，聚焦在杨玉环美丽的身体上："春寒赐浴华清池，温泉水暖洗凝脂。侍儿扶起娇无力，始是新承恩泽时。"这是这首诗里最具感官刺激的瞬间，也被许多后世的小说、戏曲和绘画延续，用来强调杨玉环的美貌。她脱下了衣衫沐浴，出浴后又被侍儿轻轻地扶起。她的身体成为展示的对象，一个夺目的中心。尽管没有直接对于鱼水之欢的描写，但这几句诗触碰了色情文学的精髓，因为它展现的情色极具视觉冲击力，引发读者偷窥的想象。

  除了描摹情色，《长恨歌》也广泛地运用了对音乐的描写，从而对宫廷内苑的生活进行想象："骊宫高处入青云，仙乐飘飘处处闻。"宫殿作为一个特殊的空间，在此被生动地呈现出来：它高耸入云，充斥着无处不在的音乐和感官享乐。不久之后的安史之乱使贵妃的歌舞被迫终止，给玄宗所构建的浪漫世界带来了巨大的破坏："渔阳鼙鼓动地来，惊破霓裳羽衣曲。"全诗只有这两句直接提到安史之乱带来的历史变革，唐代从此由盛转衰。

---

❶ 谢思炜校注，《白居易文集校注》，北京：中华书局，2011年，第325页。

在诗里，这场巨大的叛乱只用一个简单的提喻"渔阳鼙鼓"来表现，着重表现乱局的音乐性，暗示了叛乱的战鼓声与杨玉环的歌舞音乐之间的冲突。尽管鼙鼓之声动地而来，但不像其他盛唐诗人如杜甫笔下那样，《长恨歌》并未表现叛乱带来的深远灾难。这场叛乱快速地闪过，就像是长篇故事中的过渡和一系列场景中的停顿。白居易也明智地避免提到杨玉环和安禄山偷情的传闻。在诗歌的空间里，杨玉环彻底属于唐玄宗，即使在身死后仍然对他忠贞不渝。

诗歌剩下的部分讲述了玄宗在不得已处决杨玉环之后，对她深刻的思念。尽管他日思夜想，但却从未梦到过她。从象征意义上来说，这说明玄宗无法通过想象来和爱人重逢："悠悠生死别经年，魂魄不曾来入梦。"在诗里，一位道士最终帮助玄宗，使他得以在仙岛上找到杨玉环的魂魄。此时，诗歌到达了戏剧性的高潮，杨玉环以金钗相赠玄宗，作为爱情的信物。诗歌随即闪回至过去的场景，接着杨玉环对道士讲述她对玄宗的一往情深，并透露了自己隐藏的身份："七月七日长生殿，夜半无人私语时。在天愿作比翼鸟，在地愿为连理枝。"在诗歌的结尾处，过去和现在、个人和超现实都融为一体，玄宗和杨玉环的爱情得以永恒，"天长地久有时尽，此恨绵绵无绝期"。❶

无论从艺术成就还是读者的接受来说，《长恨歌》都是白居易最具代表性的作品之一，直到今天仍然被大众所喜爱。这首诗也给予了元稹灵感，使他创作了《连昌宫词》。在这首诗里，元稹叙述了唐代的盛衰，而玄宗和杨玉环在这个过程中起了重要的作用。尽管《连昌宫词》也是一首优秀的诗作，但无法与《长恨歌》相媲美。

不过，元稹的另一首绝句《行宫》却脱颖而出，甚至可以和《长恨歌》平分秋色。正如明代的文学批评家瞿佑所说："乐天《长恨歌》凡

---

❶ 以上引《长恨歌》见《白居易诗集校注》，第943—944页。

一百二十句，读者不厌其长；元微之《行宫》诗才四句，读者不觉其短，文章之妙也。"

行　宫

寥落古行宫，宫花寂寞红。
白头宫女在，闲坐说玄宗。❶

诗歌的首联用细腻的笔触描绘了行宫的惨淡现状，接着又想象一位白头宫女作为历史的见证者在讲述盛唐的故事，使诗歌充满张力。宫女孤独而闲适，在多年后似乎已经习惯重复往昔的故事，甚至显得有些漠然。这更引起了读者对于盛世不再的惆怅，以及对历史中无意识的受害者的同情。

不过，这位宫女究竟讲了什么故事？诗歌在此处戛然而止，留下未解的谜。这位白头宫女并不像《长恨歌》的叙述者那样善于表达，或是热切地想要讲述。除了玄宗的名字以外，她什么都没有述说。在《行宫》这首诗中，这位孤独的叙述者的声音被抑制了，她所诉说的故事渐渐消逝在背景中，最后产生了一个有力的、袅袅回荡的弦外之音。读者因此得以放慢节奏，进入一种出神的状态。《行宫》所引发的想象，不亚于《长恨歌》。

《长恨歌》和《行宫》的对比，让读者得以窥探到白居易和元稹在长期的诗歌创作生涯中是如何相互影响，又彼此竞争的。正如本文所指出的，白居易并不是完全不仰赖别人的，反之，他的创作很大程度上来源于和元稹的互动。在这种关系中，他得到了支持和竞争的动力。如果没有元稹以及"元白"这一长期的共同体，白居易就不再是人们所知的白居易，甚至有可能无法达到他如今所拥有的成就。而对于元稹来说，白居易的诗歌天才赋予了他源源不断的灵感，通过回应白居易诗歌中的个人经历和历史内

---

❶ 《元稹集》卷十五，第194页。

涵，元稹也不断地进行诗歌的创作。

从繁华的都市长安到偏远的驿亭，从海外的仙岛到行宫，元稹和白居易的诗歌拓展出了更广阔的文化空间。作为中唐日益壮大的进士群体的核心人物，他们的诗作呈现了这个群体的风貌。元稹和白居易也通过各自不同的声音，以政治和文学的发展动向作为主要的写作范畴，和国家进行互动。当时的政治和文学动向，就像两位诗人的人生一样，有时平行，有时背道而驰，有时互相交织。尽管元稹常被文学史所忽视，但不可否认的是，"元白"这一共同体在中国文学中留下了无法磨灭的印记。

推荐阅读

- 计有功，《唐诗纪事》，上海：上海古籍出版社，1987年。
- 谢思炜校注，《白居易诗集校注》，北京：中华书局，2006年。
- 谢思炜校注，《白居易文集校注》，北京：中华书局，2011年。
- 冀勤点校，《元稹集》，北京：中华书局，2010年。
- 杨军笺注，《元稹集编年笺注》，西安：三秦出版社，2002年。
- 陈寅恪，《元白诗笺证稿》，北京：生活·读书·新知三联书店，2015年。

- Shield, Anna M., "Remembering When: The Uses of Nostalgia in the Poetry of Bai Juyi and Yuan Zhen," *Harvard Journal of Asiatic Studies* 66, no. 2 (2006).
- Wu, Shuling, "The Development of Poetry Helped by Ancient Postal Service in the Tang Dynasty," *Frontiers of Literary Studies in China* 4, no. 4 (2010).

第18章

李贺
为诗而痴

罗秉恕（Robert Ashmore）

夜中异响

太和五年十月中，半夜时，舍外有疾呼传缄书者。某曰："必有异。"❶

文章开篇的这几句充满神秘意味的描写，即便放在鬼故事集中，大概也不会显得突兀。然而，引起这深夜骚动的原因，却并非是孤魂野鬼的造访，而是一组曾经遗失的诗歌重见天日。晚唐大诗人杜牧在李贺（字长吉）逝世十五年后曾为李贺编纂诗集，而这段文字便出自其为诗集所撰的序言。这篇序言，充斥着一种"怪诞"，甚至可以说"鬼魅"的气息：

"亟取火来！"及发之，果集贤学士沈公子明书一通，曰："吾亡友李贺，元和中，义爱甚厚，日夕相与起居饮食。贺且死，尝授我平

---

❶ 杜牧，《太常寺奉礼郎李贺歌诗集序》，见《全唐文》卷七五三，第7806—7807页。

生所著歌诗，杂为四编，凡若干首。数年来东西南北，良为已失去。今夕醉解，不复得寐，即阅理箧帙，忽得贺诗前所授我者。思理往事，凡与贺话言、嬉游，一处所，一物候，一日夕，一觞，一饭，显显焉无有忘弃者，不觉出涕。贺复无家室子弟，得以给养恤问，常恨想其人，咏其言，止矣。子厚于我，与我为贺集序，尽道其所由来，亦少解我意。"某其夕不果以书道其不可，明日，就公谢，且曰："世为贺才绝出于前。"让。居数日，某深惟公曰："公于诗为深妙奇博，且复尽知贺之得失短长。"今实叙贺不让，必不能当公意，如何？复就谢，极道所不敢叙贺，公曰："子固若是，是当慢我。"某因不敢复辞，勉为贺序，终甚惭。❶

在中国传统中，若人死后无在世的后人为之缅怀泣涕、供奉香火，以安抚其魂魄，那么他们的灵魂就会化作孤魂野鬼。这些鬼魂常常会迷惑陌路人以获取同情与帮助。因此，尽管在文中李贺并没有以文学意义上的鬼的形式出现，但是他的命运——一位于二十六岁英年早逝、亲朋零落、近乎为密友所遗忘的青年诗人——却依旧将他塑造成鬼魅一般的角色。如上文中所叙述的那一幕，当那一叠满载李贺记忆的纸笺出人意料地重现时，关于故人的所有记忆霎时间涌上沈述师的心头，使他难以入眠、满心惆怅。不需花费太多额外的笔墨，这一切便可以轻易被改写成一篇鬼故事。

李贺成为一位典型的"被诅咒的诗人"。他的文字能逃脱遗失这一劫，仅仅是因为杜牧序言里所提到的那个偶然事件。❷ 与之类似，他的诗歌中充斥着他自身与过去的文学文化遗产间关联的缺失与脆弱感。同时，他的

---

❶ 杜牧，《太常寺奉礼郎李贺歌诗集序》，见《全唐文》卷七五三，第7806—7807页。
❷ 根据另一则故事（可靠性不可考），李贺表兄曾借走某部更加完整的李贺诗文集，但"恨其傲忽，常思报之。所得兼旧有者，一时投于溷中矣"。见张固，《幽闲鼓吹》，载上海古籍出版社编，《唐五代笔记小说大观》，上海：上海古籍出版社，2000年，第1450页。

文字也满载对遥远历史长河中许多原本举足轻重、强大美妙的事物的遗失的敏锐认知。他的诗歌常常令人非常困惑，因其内容主要是一些非常个人化的想象。分析理解这些内容，对其同辈而言可以说是极具挑战性的，更遑论后世的鉴赏者。在李贺的个人命运及其诗歌的字里行间中，悲观地穿插着对于记忆永久性的怀疑，而这一悲观基调往往衍生为一种因自身存亡是命中注定而导致的绝望感。这种命定感，同他英年早逝的事实一起被呈现在后世读者面前。于是，人们眼中的李贺诗作，便幻化成一幅对这位永远无法至臻成熟的诗歌天才粗略且破碎的草绘。

未竟事业

李贺时常提及，自己是唐朝宗室的一个远支后裔。尽管他的父亲李晋肃地位卑微且远离中央，但他至少曾两度为官。❶ 凭借这样的背景和教养，青年李贺理应在科举考试中金榜题名，而后在唐帝国的朝堂之上担任要职。李贺也确实曾经踏上这条道路。除却他的家世背景外，影响李贺短暂且不出彩的仕途生涯的最主要因素，应是他与韩愈圈内文人的关系。韩愈当时是名满天下的文体学大家，更是最主要的文化及政治势力的核心操控者。

《唐摭言》是一部记录唐代辩才荟萃功过得失的轶事小说集，其中有一则有关李贺儿时天赋异禀的故事："贺年七岁，以长短之制，名动京华。时韩文公与皇甫湜览贺所业，奇之，而未知其人。因相谓曰：'若是古人，吾

---

❶ 具体而言，他的家族可上溯至唐朝宗室大郑王李亮，也就是唐高祖的舅氏。见傅璇琮主编，《唐才子传校笺》，北京：中华书局，1989年，第282—295页。李晋肃也是杜甫的远方亲戚兼友人，见《杜诗详注》，第1934页。

曹不知者；若是今人，岂有不知之理！'会有以瑨肃行止言者，二公因连骑造门，请见其子。既而总角荷衣而出，二公不之信，贺就试一篇，承命欣然，操觚染翰，旁若无人。仍目曰《高轩过》。"

> 华裾织翠青如葱，金环压辔摇玲珑。
> 马蹄隐耳声隆隆，入门下马气如虹。
> 云是东京才子，文章钜公。
> 二十八宿罗心胸，元精耿耿贯当中。
> 殿前作赋声摩空，笔补造化天无功。
> 庞眉书客感秋蓬，谁知死草生华风。
> 我今垂翅附冥鸿，他日不羞蛇作龙。❶

故事接下来讲到，韩愈与皇甫湜对李贺的表现大为惊叹，随即与他们这位新的门生同驾回府。❷

然而，这则关于文学奇才的轶事却是漏洞百出，因为史实与此不符。尽管李贺与韩愈、皇甫湜以及韩愈圈内其他人的关系的确是他个人传记中重要的一部分，但是他们的相遇不可能发生得如此之早。❸ 不过，这些虚构的故事还是能反映李贺早期的读者对他的想象，这也可以为我们深入理解他的作品提供一些思路。

这首诗本身十分诚恳，但是其过于直白的阿谀奉承和乞求赏识的文风难免会让人感到颇为不适。诗人本人以"庞眉书客"的形象在诗中第十一句出现。这一点十分惊人，因为它恰好与李商隐所写的《李贺小传》中对

---

❶ 吴企明笺注，《李长吉歌诗编年笺注》，北京：中华书局，2012年，第87页。
❷ 《唐五代笔记小说大观》，第1669页。
❸ 关于韩愈慧眼识李贺，另一则较为可靠的故事记载：李贺曾寄给韩愈数首诗作，以期得到韩愈举荐。此事发生的时间约在808年，其时李贺十九岁。见张固，《幽闲鼓吹》。

李贺"长吉细瘦,通眉,长指爪,能苦吟疾书"的描述相一致。❶不过,让这首作品不朽的却是那句"笔补造化天无功",把作者看作造物主,这个想法吸引了韩愈。而将这个理想如此生动地演绎出来,李贺似乎在暗示,他也是这种力量的受益者。通过重构韩愈赏识李贺的这一幕,这则故事让早期的读者切实感受到李贺异于常人的天赋,同时也暗示了这种异能将要招致的后果。❷

在另一则细节更加丰满的故事中,李贺被刻画为一位出身不幸的青年。他因文才在都城声名鹊起后,便准备参加进士考试——对于文人而言,这是最重要也是最具声望的、唯一可以通向仕途成功的途径。不料心怀嫉妒的对手却制造流言蜚语来中伤他。对方宣称李贺的父亲名为晋肃,当避父讳,不得举进士,李贺便因此受害。韩愈作为李贺的举荐者以《讳辩》一文为李贺鸣不平,其中辛辣地诘问道:"若父名'仁',子不得为人乎?"❸关于这场争斗的细节以及其后果我们不得而知,但是显然,李贺参加了进士考试,可最终名落孙山。不论名讳之争在其中施加了什么样的影响,李贺都觉得自己被怠慢了。考虑到他一生的短暂,他大概的确是心存恨意地看待这段挫折的。

李贺最终倒是通过父荫谋得一职,成为"奉礼郎"。这是一个几乎处于官阶最底层的职位,也是他一生唯一任职过的职位。奉礼郎的职责是掌管朝廷典礼仪式,负责祭祀时的陈设布置与器具摆放,同时需要安排参与者的站位以及仪式流程等杂务。在一首写与陈商(814年进士)——另一位有抱负且与韩愈交好的诗人——的诗中,李贺直截了当地表述了自己屈才的感受:

---

❶ 《全唐文》卷七八〇,第8149页。
❷ 关于天赋为李贺与其他诗人带来的影响,见陆龟蒙,《书李贺小传后》,《全唐文》卷八〇一,第8418页。
❸ 见《全唐文》卷五五八,第5644页。

> 风雪直斋坛，墨组贯铜绶。
> 臣妾气态间，唯欲承箕帚。
> 天眼何时开，古剑庸一吼。❶

在这首诗中，李贺深深地为祭祀仪式与皇家威仪所触动。然而，让李贺感到痛苦且讽刺的事情是，他发现他在仪式中所扮演的角色是那样的卑微，甚至连他自己都鄙夷。最后一句中的古剑之吼出自六朝时期的一则佚名故事。故事讲渤海一冢墓主得道尸解而去，墓中唯留古剑一柄，当盗墓者试图掘坟探宝之时，宝剑突然铮铮作响，吓得盗墓者魂飞魄散，而后古剑缓缓升入凌霄之中。❷ 一件古物，承载着残留的上古力量被掩埋并遗忘，但仍能够爆发出神秘的力量——诸如此类的意象常与李贺的诗作相连，也常常如这首诗中的典故一样，作为诗人及其诗艺的象征。

遗失之乐

在《唐摭言》中，关于李贺少有奇才的故事，与其他一个世纪之前有关时运不济的才子的故事合为一编。韦庄曾在900年将这些人物列于奏章之上呈至御前，他奏请圣上追授这些才子进士的头衔以及官阶，以此为他们的命运平反。❸ 尽管没有任何关于韦庄奏折的文献流传下来，但是李贺的确得到了某种非正式却也持久的追授，也恰是这一追授让许多读者记住了他。根据某一对后世影响深远的传言，李贺的诗歌曾被纳入宫廷乐师的

---

❶ 《李长吉歌诗编年笺注》，第233页。
❷ 更多讨论，见吴企明的《唐音质疑录》（上海：上海古籍出版社，1985年）与《李长吉歌诗编年笺注》，第238页注19。
❸ 《乞追赐李贺皇甫松等进士及第奏》，见《全唐文》卷八八九，第9287—9288页。

曲目中，李贺也因此得到了有名无实的"协律郎"，也就是服务于朝廷的音乐专家这一职衔，而这一职位要比他实际就任的奉礼郎高了整整一个职阶。实际上，自宋朝以降，李贺被称为"李协律"差不多与"李奉礼"一样频繁，甚至某一版本的李贺诗集也以这个虚构的名号来称呼他。

虽然没有事实依据，但这一死后追加的晋升，不仅反映了李贺在早期读者心目中的形象，更反映了时人对他的诗歌及其作用的认识。沈述师在李贺去世十五年后重新找到的诗集初稿题名是《李长吉歌诗集》，"歌诗"这一重要字眼凸显了早期读者在描述李贺作品时所乐道的一个方面：他大胆且富于创意地给汉魏六朝时期流传下来的古乐府曲牌赋上了新词。

李贺任职协律郎这一事件无疑是虚构的。如果谈到他的词就是为音乐与表演而作这一老生常谈的说法，事情就会变得更加复杂，况且我们也并没有证据证明，他最有个人特色的那些幻影般的诗作是依照某种歌诗体裁而作，并体现了音乐与表演。李贺的一位密友在其死后为其悼念时，特别写到李贺的古体乐府并不能被配以音乐。❶李贺借古体创作的动机，大概并不在于它们有可能会被歌咏唱诵，而在于他认为诗可以作为重塑遗失的古代音乐的载体。通过下面这首奇特的诗，我们可以一窥这种幻想与他对自己诗歌创作的见解是如何融为一体的：

苦篁调啸引

请说轩辕在时事，伶伦采竹二十四。

伶伦采之自昆邱，轩辕诏遣中分作十二。

伶伦以之正音律，轩辕以之调元气。

当时黄帝上天时，二十三管咸相随，唯留一管人间吹。

---

❶ 见沈亚之，《送李胶秀才诗序》，《全唐文》卷七三五，第7593—7594页。

无德不能得此管,此管沉埋虞舜祠。❶

　　传说中的黄帝,也就是远古时期的圣主(诗中也出现了他的另一个称号"轩辕"),以及他的乐官伶伦理应属于幻想的世界。而在现实世界中,二十四管却仍作为天人合律的标志,在维护后世帝国合法性的象征与礼仪语言中扮演着真实的角色。李贺对这一传统进行了个性化的改变。他提出真正的伶伦之管大都回归天界,而那里才是它们应去之地。世间的音乐只能借由一段流落人间的吹管来努力接近古时圣乐的曲调。作为遗失的万物之乐的碎片,这只被深埋的失落之管的意象充满了动人与隐秘的气息。

　　处理遗失的古乐这一主题时,李贺试图穷尽听觉与想象极限,以一窥古时遗响。这种欲望成为下面这首作品的基调。这首作品并不是遵循传统乐府诗题而作的,而是基于中世纪早期收集而来的诡谲故事主题而作:

金铜仙人辞汉歌

　　魏明帝青龙元年八月,诏宫官牵车西取汉孝武捧露盘仙人,欲立置前殿。宫官既拆盘,仙人临载乃潸然泪下。唐诸王孙李长吉遂作《金铜仙人辞汉歌》。

　　　　茂陵刘郎秋风客,夜闻马嘶晓无迹。
　　　　画栏桂树悬秋香,三十六宫土花碧。
　　　　魏官牵车指千里,东关酸风射眸子。
　　　　空将汉月出宫门,忆君清泪如铅水。
　　　　衰兰送客咸阳道,天若有情天亦老。
　　　　携盘独出月荒凉,渭城已远波声小。❷

---

❶《李长吉歌诗编年笺注》,第327页。
❷《李长吉歌诗编年笺注》,第159—160页。

这首诗呼应了怀古这一文学传统。人生功名的短暂易逝与自然万物的无情长存，二者之间形成的反差成为诗中的必要元素。比如在第二联中，桂花依旧随风传香，而汉朝千宫万阙的断壁残垣却化为齑粉。但是此类作品惯用的古今对立，却在此诗中变得复杂起来：对于汉代皇家风范的回忆并不是在诗人的现实中构建的，而是建构于3世纪的一则不知名的故事之上。李贺对道德说教并无兴趣，他关心的是在想象中完成某种令人炫目的飞跃，将个人化为故事的主角——一位伟大的帝王。作为帝王与诗人的主角徒劳地追求长生不死而无果，最终化为残存而孤寂的古铜像。

诗中的第十句令人极为震撼，甚至发展成了一句格言流传下来。单独品读这句，我们读到了一种与现实相悖的、对于传统情感的生动表达：无情的自然对于有情众生难以摆脱的世事苦短是免疫的。整首诗围绕着金铜仙人神秘地在有情与无情的边界间穿梭这一核心展开，而这句诗真正的奇诡之处，以及李贺与众不同的地方也正是基于这个设定来展开的。全诗在渐弱的波声中收尾。这种意境若是出现在远征或离别诗的末尾则非常自然，但是因为我们必须从金铜仙人的视角来想象消逝的水声，这种在其他诗中显得温暖而传统的收笔之法，在此处就显得尤其诡异。

古时的音乐话语往往着重音乐的品味与统治者的德行。这是因为二者对于普世利益有着极强的暗示，且只有统治者天然拥有对音乐的资源的尽享权，所以需要合理地引导与控制有关音乐的话语。在令人窒息的狂热氛围中，李贺另一首著名的歌诗探讨了统治者这一层面的问题：

秦王饮酒

秦王骑虎游八极，剑光照空天自碧。
羲和敲日玻璃声，劫灰飞尽古今平。
龙头泻酒邀酒星，金槽琵琶夜枨枨。
洞庭雨脚来吹笙，酒酣喝月使倒行。

银云栉栉瑶殿明,宫门掌事报一更。
花楼玉凤声娇狞,海绡红文香浅清,黄鹅跌舞千年觥。
仙人烛树蜡烟轻,清琴醉眼泪泓泓。❶

诗歌第三句中的声音意象,作为李贺独特风格的出众例证,以及塑造诗歌人物方法的范例而为人所知。我们可以将李贺与杜甫对于"日车"的运用进行对比。杜甫在《瞿塘两崖》的末尾这样写道:

羲和冬驭近,愁畏日车翻。❷

羲和乘坐在实实在在的马车上,而马车可能因"天界之地"上的障碍物而被绊倒翻车。虽然这个人物是奇异的,可在杜甫对两岸的凝视中,她化作一种对两崖巍峨的夸张描写。与之相反,李贺的羲和形象不是一种为描写而添加的点缀,而是一种抛弃固有隐喻的束缚、创造陌生化效果的工具。羲和作为日车的驾车人这一设定,暗示她是鞭打太阳之人;而作为被鞭打的对象的太阳,则在诗中化作一个巨大的玻璃球。在鞭打太阳发出的铿锵声中,李贺作品所特有的产物跃然纸上:那是一种异常生动的印象,几乎可以挣脱任何凡人视角的束缚。李贺的歌诗唤起某种乐音,但这绝不是尘世的凡响。

锦缎之囊

在给李贺诗集所写的序言里,杜牧提到他发现李贺许多著名的作品都

---

❶《李长吉歌诗编年笺注》,第311—312页。
❷《杜诗详注》,第1557页。

"求取情状,离绝远去,笔墨畦径间,亦殊不能知之"。❶ 这种畅游于"畦径"之外的意境与李商隐的《李贺小传》形成了非常直接的呼应:

> 恒从小奚奴骑距驴,背一古破锦囊,遇有所得,即书投囊中。及暮归,太夫人使婢受囊出之,见所书多,辄曰:"是儿要当呕出心始已耳。"上灯与食,长吉从婢取书,研墨叠纸足成之,投他囊中。非大醉及吊丧日,率如此,过亦不复省。❷

我们常在描述中将陶潜置于菊花之畔,或给李白配以盈酒之樽;而从《李贺小传》来看,后世读者在提及李贺时,更倾向于将他想象成一位"奚奴骑距驴"、常常漫无目的地到处游走、时而纵情著诗的诗人。他的很多诗篇,诸如一些在路上或者在长安或洛阳的借宿之处写下的作品的确反映了这样一种漂泊生活,而诗中提到最多的,则是他的家乡昌谷与东都洛阳之间的这段路。长达百余行的《昌谷诗》就是一例。因为篇幅过长,此处只截取诗前部的一段(第十一至第五十六句)❸。这段可以给我们提供一些关于李贺游历以及写作方法的信息:

> 层围烂洞曲,芳径老红醉。
> 攒虫锼古柳,蝉子鸣高邃。
> 大带委黄葛,紫蒲交狭涘。
> 石钱差复籍,厚叶皆蟠腻。
> 汰沙好平白,立马印青字。

---

❶ 《全唐文》卷七五三,第7807页。
❷ 《全唐文》卷七八〇,第8149页。
❸ 《昌谷诗》见《李长吉歌诗编年笺注》,第474—475页。下引此诗,不再出注。

> 晚鳞自遨游，瘦鹊暝单峙。
> 嘹嘹湿蛄声，咽源惊溅起。

批评者们常指摘这首诗与韩愈和孟郊的联句在写作形制上的类似。❶ 在联句的创作中，两个或以上的参与者以一句诗开头，联句者先续写一句押韵的偶数句，再写一句不押韵的奇数句，下一位联句者承接奇数句重复上述流程，交替共同完成一首诗。因此联句不仅是创作形式，更是一种社交的方式。在创作中，友人相竞着力争在新意与魄力上超越前句。

《李贺小传》描述中的李贺是对诗歌竞赛或命题诗歌不屑一顾的，而他的《昌谷诗》并非严格意义上由多人合力创作的联句，而是在独自消遣时创作的一连串引人入胜的诗行。与其说这篇作品像一幅山水长卷，倒不如说它是一幅窄窄的手卷。手卷呈现出的连绵而光怪陆离的小幅景象令我们惊叹不已，而对全景则避而不绘。《昌谷诗》无论是不是真的在描写李贺传说中身负锦囊的长途跋涉，这些引人注目的诗句都会让我们联想起它们所描写的李贺作诗时的状态。

从这一系列惊人的意象与诗意狂想中，我们无疑看到一些更宏大的景象。在关于祭祀和历史的两处遗迹的段落中，其中一段讲述了一则传说。相传，祠庙所供奉的兰香神女于一山上得道飞升而去。之后，这座山便被称为"女几"。另一段关注的是武则天福昌宫的废墟。虽然部分诗歌段落关注了这些遗址，但是作品中绝对没有明显的痕迹表明，诗歌是基于某种宏大构架而创作的。在对于与神仙神女相遇的描绘中，崇敬之感常因神仙不

---

❶ 可参见清代文学批评家吴汝纶评注，《李长吉诗评注》，台北：新文丰出版公司，1979年。近期的相关讨论见宇文所安，《中国"中世纪"的终结：中唐文学文化论集》，北京：生活·读书·新知三联书店，2014年，第31—48页。日本学者原田宪雄进一步发展了这一观点，认为这首诗与长诗《恼公》(《李长吉诗歌编年笺注》，第341—342页) 被李贺想象成发生在两个人物间的对话，参见原田宪雄译注，《李贺歌诗编》，东京：平凡社，1999年，第2册，第9—73、290—378页。

期而至的显灵变得愈发强烈：神迹即将显现的预兆往往不易捕捉，或者只能事后才察觉。《昌谷诗》中描述女几山周围景色的段落融合在一起，让这些景物本身更加不可思议的一面在此处层层展现出来，并将叙述推至高潮，而这一切却似乎并非是诗人刻意安排的：

纡缓玉真路，神娥蕙花里。
苔絮萦涧砾，山实垂颓紫。
小柏俨重扇，肥松突丹髓。
鸣流走响韵，垄秋拖光绥。
莺唱闵女歌，瀑悬楚练帔。
风露满笑眼，骈岩杂舒坠。
乱筱迸石岭，细颈喧岛駊。
日脚扫昏翳，新云启华闳。
谥谥厌夏光，商风道清气。
高眠服玉容，烧桂祀天几。
雾衣夜披拂，眠坛梦真粹。

祠庙与废墟给李贺提供了探索拟像与虚幻现实效果的机会。类似第四十五句中的"雾衣"这一词，在其他地方可能被解读成一个直接的比喻，但是在女神的场域内，比喻与现实之间的界限是模糊的。同样，在描写福昌宫废墟的这段诗中，虽往事如过眼云烟，却也好似正在发生般地历历在目：

待驾栖鸾老，故宫椒壁圮。
鸿珑数铃响，羁臣发凉思。
阴藤束朱键，龙帐著魑魅。
碧锦帖花椸，香衾事残贵。

歌尘蠹木在，舞彩长云似。

在纵情游历于山水之时，李贺的"求取情状"并非是为了努力通过描述做到逼真。"羁臣"游憩于福昌"行宫"时，宫殿的流光溢彩使得我们很难分辨这一人物所指到底是李贺本人，还是一些曾效忠于武后、后被削去官职的臣子。在此处，诗歌也不是提醒道德反思的媒介，它并非在强调荣光易逝或批判过度骄傲。恰恰相反，在诗歌所创造的空间里，那原本近乎消弭的荣光似乎神奇地再次浮现在人们面前。

传　召

本章源于对杜牧笔下诡异生动故事的思考。这一深夜故事讲述了一连串偶然的事件，使得为数不多的李贺诗作重见天日。李商隐所作的《李贺小传》记载了另一则关于李贺英年早逝的故事，这一悲剧更显诡谲。李贺的一位长姊嫁入王家，而王家恰是李商隐的亲家。李贺之死的故事，便出自这位长姊之口：

> 长吉将死时，忽昼见一绯衣人，驾赤虬，持一版，书若太古篆，或霹雳石文者，云当召长吉。长吉了不能读，欻下榻叩头，言："阿㜷老且病，贺不愿去。"绯衣人笑曰："帝成白玉楼，立召君为记，天上差乐，不苦也。"长吉独泣，边人尽见之。少之，长吉气绝。尝所居窗中勃勃有烟气，闻行车嘒管之声，太夫人急止人哭，待之，如炊五斗黍许时，长吉竟死。王氏姊非能造作谓长吉者，实所见如此。❶

---

❶《全唐文》卷七八〇，第8149页。

李贺的诗歌中已经提及与他的仕途有关的故事及相关的核心问题。而长姊口中的李贺之死，则以他的飞升天庭作为收尾。随着李贺的飞升，那神秘空灵的嘒管之声也一同缥缈渐消。这一切无疑是十分不寻常的。无论天庭传召的故事是诗人的虚构，还是亲友们的同情或想象，抑或是某种神秘力量，这则故事都说明传记与诗歌的力量在此融为了一体。

推荐阅读

- 吴汝纶评注，《李长吉诗评注》，台北：新文丰出版公司，1979年。
- 吴企明、沈惠乐，《李贺及其作品选》，上海：上海古籍出版社，1999年。
- 吴企明，《唐音质疑录》，上海：上海古籍出版社，1985年。
- 吴企明笺注，《李长吉歌诗编年笺注》，北京：中华书局，2012年，
- 宇文所安，《中国"中世纪"的终结：中唐文学文化论集》，北京：生活·读书·新知三联书店，2014年。
- 薛爱华，《神女：唐代文学中的龙女与雨女》，北京：生活·读书·新知三联书店，2014年。

宋元

第19章

宋代朋党之争与诗歌创作

沈松勤

在中国古代,作为统治集团内部的一种政治斗争,朋党之争代皆有之,生生不息,尤其是在宋代。在宋代,朋党之争成了宋廷政治运作的常见方式;因党同伐异、相互排斥而遭贬被谪,也是宋代官员政治生涯中习以为常的现象。由于宋代官员同时又是诗人,所以朋党之争与诗歌创作发生了诸多联系,成了认识宋诗不可或缺的一个窗口。

一

综观宋代的历史,不难发现,朋党之争几乎伴随了宋廷政治运作的始终,而最为著名的则是北宋仁宗年间的"庆历党议"、神宗至徽宗三朝的"新旧党争"、南宋高宗朝的"绍兴党禁"、理宗朝的"庆元党禁"。就激烈程度而言,哲宗、徽宗、高宗三朝为最。这从被贬官员的人数可见一斑。在宋代319年里,有姓名、贬地可考者共3979人次,平均每年贬谪数为12.5人次,而哲宗朝为870人次,年均30.4人次;徽宗朝为782人次,年均30.4人次；高宗为754人次，年均21.5人次。❶这些被贬人次绝大部分源自朋党之争。

与汉唐不同，宋代最高统治者实施"与士大夫治天下"的国策。在此国策下，文人士大夫成了参政主体，朋党之争也主要是在文人士大夫之间展开，而且公然张扬"君子有党论"。在太宗淳化年间（990—994），王禹偁在其《朋党论》中就提出了"君子之党"与"小人之党"的观念，主张用"君子之党"退"小人之党"。此后，欧阳修、司马光、苏轼、秦观等人相继作《朋党论》，明确强调君子结党的合理性，并具有很强的针对性。譬如，庆历八年（1048），因不少官员反对范仲淹推行"庆历新政"，"党议"四起。据《续资治通鉴长编》，同年四月，仁宗皇帝问大臣："自昔小人多为朋党，亦有君子之党乎？"这明显是针对以范仲淹为首的新政人员自称的"君子之党"，体现了最高统治者对臣僚结党的不满与戒心；而范仲淹却在回答"有"的同时又说："苟朋而为善，于国家何害也？"为了从理论上具体阐释这一点，欧阳修进《朋党论》，大胆提出"君子之党"是真朋党，"小人之党"乃"伪朋党"，因为君子"所守者道义，所行者忠信，所惜者名节，以之修身，则同道而相益，以之事国，则同心而共济，终始如一，此君子之朋也"。小人的本性是唯利是图，"当其同利之时，暂相党引以为朋者，伪也"，所以"为人君者，但当退小人之伪朋，用君子之真朋，则天下治矣"。❷可以说，这一崭新的"朋党论"为北宋儒学的社会政治理想和价值意识的全面形成，建构了最初的理论框架，同时也为后来持续不断的朋党之争提供了理论武器。事实上，此后宋代的每一次朋党之争，双方均以"君子"自居而指斥对方为"小人"。

自孔子以来，"君子喻于义，小人喻于利"，主要属于道德评价，至宋

---

❶ 赵忠敏，《宋代谪官与文学研究》，浙江大学2012年博士学位论文，第15—16页。
❷ 《续资治通鉴长编》卷一四八，北京：中华书局，2004年，第3580—3581页。

代却被融入了朋党之争。在宋代的官僚队伍中，虽不乏真正的小人，但因政治观点相左而形成的朋党之争，很难判断其中一方就是"小人"，何况"三不朽"中的"立德"是作为参政主体的宋代文人士大夫的共同追求。因此，"君子""小人"之辨，往往会导致朋党之争的意气化；与此同时，正如唐代李绛在《对宪宗论朋党》中所说："自古及今，帝王最恶者是朋党。"在欧阳修上《朋党论》的前一个月，仁宗于迩英阁向大臣展示御书十三轴，凡论三十五事，其中之一就是"辨朋比"，要求杜绝朋党现象。总之，强调君子结党虽不乏理论意义，但于事不利。"庆历新政"不到半年就宣告破产，范仲淹、欧阳修等人被贬，原因固然是多方面的，新政官员张扬"君子有党论"，却不失为一个重要原因。

综观宋代朋党之争的缘起，不少出于不同政见。神宗熙宁初年开始的"新旧党争"，就是由王安石以理财为核心的"熙宁变法"引起的。在当时，变革长年以来在财政上累积的弊端，是包括司马光在内的大批官僚共同的愿望，也就是朱熹所说的："熙宁更法，亦是势当如此。""只当是时非独荆公（王安石）要如此，诸贤都有变更意。"❶ 但王安石的新法并没有在官僚队伍中形成共识，还遭到了以司马光为首的老臣的竭力反对。于是，形成了坚持新法和反对新法两股势力之间的相互斗争，即所谓"新旧党争"。相争的当初，旧党官员就扛起"君子小人之辨"武器，向王安石发起了猛烈的攻击。老臣富弼《上神宗论内外大小臣不和由君子小人并处》，就将王安石等人一概视作"不耻不仁，不畏不义，不见利不劝"的十足"小人"。并成了旧党人员众口一词的声浪，一时间喧嚣尘上，也成了他们反对新法的一个重要依据。史实表明，在制定新法或实施新法之初，后来成为旧党人员的程颢、苏辙等也曾参与其中，王安石为了完善新法，不时听取他们的意见，但在旧党的这种攻击下，原本的政见之争很快成了意气之争。

---

❶ 黎靖德编，《朱子语类》卷一三〇，北京：中华书局，1986年，第3101、3111页。

熙宁新法由王安石具体策划，得到了神宗的倾力支持，而且王安石对内变法，神宗对外用兵，互为倚重，是神宗一朝新政的两个重要侧翼。至元丰八年（1085），随着神宗的去世，新政终止了前进的脚步。

神宗去世后，改元"元祐"，由于神宗之子哲宗年仅八岁，由高太后垂帘听政，启用司马光等旧党人员，实施"元祐更化"。司马光执政后，不论实施了近二十年的新法得失与否，一概废除；同时本着他在《资治通鉴》中强调的"夫君子小人之不相容，犹冰炭之不可同器而处也。故君子得位，则斥小人；小人得势，则排君子。此自然之理也"的理念，将熙宁、元丰年间的新党官员一概视作"小人"，予以贬斥。废除新法与贬斥"小人"成了实施"元祐更化"的两大任务。司马光执政不久便去世了，但其制定的这两大任务为元祐党人所完成，而且在贬斥"小人"的过程中，完全失去了应有的理性。

元祐元年（1086），被定为"小人"的元丰朝宰相蔡确贬知陈州，次年谪知安州。在安州，蔡确写了《夏日登车盖亭》十绝句，元祐党人指控诗中污蔑高太后，炮制了"车盖亭诗案"。元丰二年（1079），新党为了打击旧党，曾据苏轼的诗歌制造了"乌台诗案"。不过苏诗确有批评新法弊端、讥刺时政的地方，据《续资治通鉴长编》，结案后，神宗依然"怜"之，以黄州团练副使安置，不久后有意复用他。❶"车盖亭诗案"则纯系曲解附会，结案后，将蔡确贬往当时的"必死"之地岭南新州。一年后，蔡确死于贬所。朱熹说，元祐诸公治蔡确，"遂起大祸，后治元祐诸公，皆为蔡报怨也"。❷

哲宗亲政，改元"绍圣"，重新启用熙宁与元丰新党后，便掀起了排斥元祐党人的运动，大批元祐党人被贬往岭南瘴疠之地。至徽宗继位，以蔡京为相，将党同伐异推至极点，崇宁年间，蔡京视"小人党"为"奸人

---

❶ 《续资治通鉴长编》卷三四二，第8228—8229页。
❷ 《朱子语类》卷一三〇，第3107页。

党"，实施残酷的"崇宁党禁"，将绝大部分属于元祐党人的三百零九位官员姓名刻石立碑，名为"元祐奸党碑"，立于各郡州，昭告天下：奸党及其子弟永不叙录。与此同时，禁毁元祐党人的文集，司马光《资治通鉴》也被列入禁毁之列，因书前有神宗的序文，才逃过一劫。

北宋的朋党之争深深影响了宋廷南渡以后的政坛。一方面南渡以后文人士大夫长期反思北宋灭亡，新旧党争成了重要的反思对象，站在旧党立场的士大夫往往将北宋灭亡的根源归结为王安石变法，以及"小人党"执政当道，形成了"后新旧党争"；另一方面，朋党之争作为政治运作的一种模式，在南宋政坛时隐时现，时烈时缓，其中最为惨烈的当推"绍兴党禁"。

绍兴十一年（1141），在秦桧的斡旋下，宋廷签订与金和议的协定，遭致赵鼎、胡铨等人的强烈反对，秦桧则力排不附和议之士九十余人，其中赵鼎、王庶、李光、郑刚中、曾开、李弥逊、魏矼、高登、吴元美、杨辉、吴师古等皆被贬死于岭南与海南，或死于其他贬所。吕中《宋大事记讲义》说："甚矣桧之忍也！不惟王庶、胡铨、赵鼎、张浚、李光、张九成、洪皓、李显忠、辛企宗之徒，相继贬窜，而吕颐浩之子摭，赵鼎之子汾，王庶之子荀、之奇，皆不免焉……末年欲杀张浚、胡寅等五十三人，而桧已病不能书。可畏哉！"

无论惨烈，抑或平缓，两宋朋党之争都成了一种难以消除的政治生态。这一生态阻碍了政治文明的步伐，也对宋代的多个文化层面产生了深远的影响，诗歌就是其中之一。

二

在宋代的朋党之争中，诗歌成了一个重要的载体；而纵观不同时期的朋党之争，用于论争的诗歌在创作取向和具体内容上，则具有两种不同的形态。

（一）忠言谠论、直陈时弊

《续资治通鉴长编》载，仁宗嘉祐六年（1061）八月，为了选拔宰辅后备人才，朝廷进行了一场由仁宗主持、大臣参与的，对苏轼、苏辙和王介福三人的制科策试。苏辙策对时，力陈仁宗在治理国家中的诸多重大过失：对于西夏连年侵犯我宋西北边境，却"弃置忧惧之心二十年矣"；对内实施"养士""养兵"之策，造成"冗官""冗兵""冗费"三大弊政，对外则有"北狄、西戎之奉"，因而导致了"海内穷困"的局面。听完这一切直的策对，在场的大臣形成了两种意见，一是如胡宿认为苏辙太放肆，"力请黜之"，一是如司马光认为苏辙"有爱君忧国之心，不可不收"，而仁宗则明确表示："求直言而以直弃之，天下其谓我何？"于是，苏辙为制科四等。❶ 从中不难想见最高统治者的胸怀与气度，但其意义并非仅仅作为个体胸怀与气度而存在，而是由此极大地激励了士人群体"开口揽时事，论议争煌煌"的直言风气与淑世精神；"文者，务为有补于世"，"言必中当世之过"，也随之成为诗文创作的一种价值取向。熙宁初，揭开变法序幕的王安石《本朝百年无事札子》，高屋建瓴，直陈时弊，就是对这种直言士风与淑世精神的继承和发扬。在熙宁变法引起的新旧党争中，旧党官员力持异议，与新党相抗衡的众多名臣之奏议与诗文，多数同样是忠言谠论，劲气直节。这是宋代文学史，乃至整个宋代文化史上精彩的一幕。其中具有代表性的是苏轼《钱塘集》。

《钱塘集》二卷是苏轼通判杭州时期所作的诗集。熙宁四年（1071），新法的各项条例全面实施。时任殿中丞直史馆判官的苏轼进洋洋万言的《上神宗皇帝书》，对新法和主张实施新法的神宗与王安石做了尖锐的批评；

---

❶ 《续资治通鉴长编》卷一九四，第4710—4712页。

同年年底，苏轼被任命为杭州通判，由朝官转变成了地方官。作为地方官员，苏轼在观念上虽然反对新法，在行动上却又必须执行新法，所以内心十分苦恼，但又难以抑制对新法的议论与对新法实施过程中出现的弊端的批判。因此议论新法、揭露新法实施中的诸多弊端，成了《钱塘集》的主要内容。这从《戏子由》一诗中，可见一斑。该诗批判了朝廷在推行新法时用人不当，揭露了推行过程中的害民之弊，其中"平生所惭今不耻，坐对疲氓更鞭棰"二句，说的就是新的盐法实施后的状况。盐是重要的食品，新法实施前，主要是自产自销，新法实施后，则由官方统购统销，造成诸多不便；而当时杭州有白沙堤，堤滩多既细又白的沙，销售食盐的官员为了牟利，将大量的白沙掺到盐中，销售给消费者，消费者发现后，自然要抵制。官方便将抵制者视为"盐犯"，拘捕关押。苏轼到通判任上的政务之一，就是按照新法条例，审判这些抵制新法的"盐犯"。据王文诰考证："是时犯盐者，例皆徒配，得罪者岁万七千人，公执笔为之流涕。"❶元丰二年（1079）二月，新党弹劾苏轼作诗讥谤朝政，炮制了"乌台诗案"，其罪证就是苏轼的《钱塘集》。通常认为，政敌以这些诗歌为罪证，纯属穿凿附会。实际上，《钱塘集》中的诗歌所论新法之弊，多切中要害，查有实据，故引起政敌的不满，据以立案勘治。这也正是苏轼诗歌的价值所在。再看苏轼《陈季常所蓄〈朱陈村嫁娶图〉》其二：

  我是朱陈旧使君，劝农曾入杏花村。
  而今风物那堪画，县吏催钱夜打门。❷

在政敌勘治的"乌台诗案"中，苏轼被关押了整整一百三十天。出狱

---

❶《苏轼诗集》，第324—326页。
❷《苏轼诗集》，第1029—1031页。

后，责授黄州团练副使本州安置。上列诗歌作于元丰三年（1080）他初到黄州时。苏轼被捕入狱时，其家人怪他作诗惹祸，将家中的书烧了不少，反对他再作诗著书，但苏轼似乎并不后悔，到黄州不久，又写起了关怀民生、批评时政的诗歌，而且"而今风物那堪画，县吏催钱夜打门"二句，在某种程度上比《钱塘集》中的诗写得还要明白些、激烈些。绍圣二年（1095），苏轼远贬惠州，也写了《荔支叹》之类批评时政、讥刺当时政坛人物的诗歌。

绍圣四年（1097），黄庭坚在《答洪驹父书》中说："东坡文章妙天下，其短处在好骂，慎勿袭其轨也。"所谓"好骂"就是指苏轼诗歌直陈时弊，无所忌讳；黄庭坚希望洪驹父"慎勿袭其轨"，则有鉴于像苏轼那样因直陈时弊而"引颈以承戈，披襟而受矢"❶的教训。然而，这并非意味黄庭坚逃避现实，在熙宁、元丰年间，黄庭坚也以尖锐的笔调，作有《按田》《和谢公定河朔漫成八首》等不少批评时政、揭露新法弊端的诗歌。

（二）阿谀奉承、美化时政

作为朋党之争的一种载体，诗文具有重要的作用。朋党双方无不以诗文发声，批评对方；占据统治地位的一方，又往往通过诗文造势，粉饰和美化其朋党政治。这在徽宗时期的"崇宁党禁"和高宗时期的"绍兴党禁"中，表现得淋漓尽致。

蔡京为了美化时政，以"丰亨豫大"为幌子，收割民意。"丰亨豫大"出自《周易》。孔颖达"丰"卦疏曰："财多德大，故谓之为丰。德大则无所不容，财多则无所不齐，无所拥碍，谓之为亨。"而《周易》"豫"卦象辞则曰："豫，豫顺以动……圣人以顺动，则刑罚清而民服。豫之时义大矣

---

❶ 黄庭坚，《书王知载朐山杂咏后》，《全宋文》，第106册，上海：上海辞书出版社，2006年，第188页。

哉。"❶ 这为蔡京发动歌功颂德的运动提供了经典依据，得到了广大士人的响应，成了主导文坛乃至整个意识形态的一股强劲的思潮，导致谄谀之作源源不断，汗牛充栋。

据载："蔡京当国，倡为丰亨豫大之说，以肆蛊惑。其生日，天下郡国皆有馈献，号'太师生辰纲'，富侈可知也。文士锦囊玉轴，竞进诗词。"❷ 从贺"天瑞祥符"到节序欢庆，再到贺徽宗、蔡京生日等诸多活动中，士人竞进文字，争相贡谀。在谄谀者的心目中，"宅心唐虞，比肩文武"的徽宗是"丰亨豫大"之世的缔造者，蔡京是徽宗的圣相贤辅。如毛滂《上时相书》三篇、《绛都春·太师生日》、《清平乐·太师相公生日》，许景衡《贺时相生辰启》、《上时相寿》诗五首，韩驹《上蔡太师生辰》诗四首、《上太师公相生辰》诗十首等诗词与文章，不胜枚举。这些谄谀之作均以徽宗开创"丰亨豫大"的不世之功和蔡京的辅助之业为主题，赞之为"成汤之相""尧舜之辅"；或以周公、吕尚相许，认为其功泽披当世，名在千秋。值得注意的是，当时不少忠直之士也加盟到了贡谀的行列。如因不屈于蔡京淫威而被誉为"忠直之臣"的傅察，在他的《忠肃集》中，却收有十数首（篇）贡谀诗文；李纲以忠直称著，在他的《梁溪集》中，也不乏歌功颂德的谄谀之作；同为忠直之士的赵鼎臣也写有《拟和元夕御诗》《拟和元夕御词》等数量可观的谄诗谀词。

高宗、秦桧继承了徽宗、蔡京的这份政治遗产，在"绍兴党禁"期间也发起了声势浩大的歌功颂德的政治文化运动，也像徽宗、蔡京那样利用手中的政治资源，对谄谀者进行奖励。如徽宗宣和六年（1124），"以献颂上书为名而官之多至百余人"❸。"献颂"就是指为"丰亨豫大"制造舆论

---

❶ 《周易正义》卷六，台北：艺文印书馆，2001年，第126页；卷二，第48页。
❷ 瞿佑，《归田诗话》卷中，载丁福保辑，《历代诗话续编》，北京：中华书局，1983年，第1258—1259页。
❸ 《续资治通鉴长编拾补》卷四十八，北京：中华书局，2004年，第1476页。

的谄诗谀文;"官之"就是以官位作为奖品,奖励一百多名创作谄诗谀文的士人,让他们出仕为官。高宗绍兴十二年(1142),也就是与金和议的第二年,靖康之乱中被金人俘虏的高宗生母韦氏自金还朝。因此,朝廷发布公告:"令词臣作为歌诗,勒之金石,奏之郊庙,扬厉伟绩,垂之无穷。"朝野士人纷纷响应,颂诗纷至沓来,朝廷成立评审组,依照"文理可采"的标准,在一千余人的颂诗中,评出四百首为优等,其中吴槃为第一,张昌次之,范成大的诗歌被列入优等。❶ 对优等颂诗的作者奖励是:有官人进一官,进士免文解一次。

与徽宗、蔡京不同的是,在绍兴期间的歌功颂德运动中,被歌颂的高宗与秦桧有了新的内涵。秦桧为了神化高宗,不仅强调其政统地位,而且宣扬他是继孔子、孟子等先圣先贤后的又一位圣贤,是儒家道统在宋代的传承者;秦桧还为高宗刻石立碑,树立其道统传承者的形象,在中国历史上,首次将政统与道统、君与师合而为一❷,高宗成了政统中的一位君主,又是道统中的一位导师。高宗为了美化秦桧,颁布《赐太师秦桧生日诏》,以"拨乱图兴"的周宣王自称,以"成绩格天"的"师臣"称许秦桧,并赐书秦桧"一德格天之阁"牌。高宗与秦桧君臣间的相互美化,为谄谀者进贡颂诗奠定了基调,设定了主题;秦桧的生日也随之与高宗的生辰一样,成了国定的节日。

周紫芝的组诗《时宰生日乐府》序文指出:"岁十有二月二十有五日,太师魏国公之寿日也。凡缙绅大夫之在有位者,莫不相与作为歌诗,以纪盛德而归成功。篇什之富,烂然如云,至于汗牛充宇,不可纪极。"记录了当时谄谀者在秦桧生日时进贡颂诗的盛况。周紫芝于绍兴十二年以廷对第

---

❶ 徐梦莘,《三朝北盟会编》卷二二三,上海:上海古籍出版社,1987年,第1612页。

❷ 详见 Cho-ying Li, Charles Hartman, "A Newly Discovered Inscription by Qin Gui: Its Implications for the History of 'Song Daoxue'," *Harvard Journal of Asiatic Studies* 70, no. 2 (2010), pp. 387-448。

三释褐后，一直在朝任官，至绍兴二十一年（1151），出知兴国军，在朝时间恰好九年。他的《太仓稊米集》收有九组五十九首为秦桧生日而作的颂诗，《时宰生日乐府》属于第一组。这表明他的九组诗歌分别作于在朝期间一年一度的举国庆贺秦桧生日之时；所谓"纪盛德而归成功"，就是歌颂秦桧辅助高宗与金和议，"共图中兴"之功德。

其实，徽宗、高宗两朝的社会政治并非像谄谀者所歌颂的那样。《续资治通鉴长编拾补》载有宣和七年十二月徽宗的一份诏书，其中说："言路壅蔽，导谀日闻；恩幸持权，贪饕得志。搢绅贤能，陷于党籍；政事兴废，拘于纪年。"❶据周必大《亲征录》，高宗在退位之前也向臣僚说："朕在位，失德甚多。"对于徽宗、高宗失德误国的事实，谄谀者并非茫然无所知，他们之所以改变仁宗以来盛行的忠言谠论、直陈时弊的风气，热衷于阿谀奉承、美化时政、充当御用文人，主要原因应在于专制集权下严厉的"党禁"异化了士人的人格。

三

宋代朋党之争对诗歌创作的影响，还体现在因党同伐异而被贬的官员以谪居生活及其情感为内容的创作上。这部分诗歌又呈现了宋代文人士大夫的另一精神世界，形成了与唐诗不尽相同的审美特征。

欧阳修《与尹师鲁（尹洙）第一书》指出："前世有名人，当论事时，感激不避诛死，真若知义者，及到贬所，则戚戚怨嗟，有不堪之穷愁，形于文字，其心欢戚，无异庸人，虽韩文公（愈）不免此累。"❷蔡居厚评柳

---

❶ 《续资治通鉴长编拾补》卷五十一，第1568页。
❷ 李逸安点校，《欧阳修全集》卷六十九，北京：中华书局，2001年，第998页。

宗元诗歌时也说:"子厚之贬,其忧悲憔悴之叹,发于诗者,特为酸楚。闵己伤志,固君子所不免,然亦何至是,卒以愤死,未为达理也。"❶ 这与欧阳修视韩愈为"庸人"同出一辙。实际上,表现患得患失、悲喜随物等欢戚无常的情感内容是唐诗的普遍现象,为宋人所不取。

  刘子健先生认为宋代文化发展到了南宋,出现了明显的转向,他说:北宋文化"是外向的",到了南宋,则"许多原本趋向洪阔的外向的进步,却转向了一连串混杂交织的、内向的自我完善和自我强化"。❷ 其实,北宋文人士大夫在"外向"的同时,已开启"内向的自我完善和自我强化"之旅。仁宗时期,欧阳修因言事遭政敌攻击,被贬夷陵,至贬所,写信给尹洙说:"路中来,颇有人以罪出不测见吊者,此皆不知修心也。"并勉励被贬的同党"慎勿作戚戚之文"❸。据余靖《曾太傅临川十二诗序》,与欧阳修同时被贬的曾必疑,在贬所作的诗歌"皆讽咏前贤遗懿,当代绝境,未尝一言及于身世",没有戚戚怨嗟,原因就在于他"不以时之用舍累其心"。神宗以后,随着朋党之争日趋激烈,党同伐异日趋残酷,将士人群体不断推向了遭贬处穷甚至忧生的凄凉境地,给士人原本经世济民的"洪阔的外向"人生造成了巨大的落差。如何适应这一落差?在落差中又如何"自我完善和自我强化"以不被贬谪之悲所击垮?是每一个被贬者无法回避的问题。被贬者处理这一问题的方式尽管不尽一致,然不以物喜、不以己悲,不为忧患所累,修炼内在心性,镇定心志,安之若命,养就浩然之气,则是他们共同的努力。事实上,这一努力获得了成功,并在诗歌中有形象的展示。如黄庭坚《雨中登岳阳楼望君山》:

---

❶ 郭绍虞辑,《宋诗话辑佚·蔡宽夫诗话》,北京:中华书局,1980年,第393页。
❷ 刘子健,《中国转向内在——两宋之际的文化内向》,南京:江苏人民出版社,2002年,第6—7页。
❸ 《与尹师鲁第一书》,《欧阳修全集》卷六十九,第998—999页。

> 投荒万死鬓毛斑，生出瞿塘滟滪关。
> 未到江南先一笑，岳阳楼上对君山。❶

建中靖国元年（1101），作为"元祐党人"的黄庭坚谪居黔州、戎州六年之后，遇赦东归，留荆南待命。"投荒万死"，无疑是人生之大悲；在表现这大悲时，他却无韩愈作于贬所之诗那样的"戚戚怨嗟，有不堪之穷愁"，而是在叙述令人悲愁的贬谪事实后，坦然置之。遇赦生还，起死回生，自然是人生之大喜，在表现这大喜时，黄庭坚却也无杜甫《闻官军收河南河北》"却看妻子愁何在，漫卷诗书喜欲狂"那种狂喜，而是对生死转折的命运，仅报之一笑，随即转眼于滔滔无言、永恒不变的大自然中。全诗表现的是大悲大喜交集之情，却格外冷静平和，深婉不迫。又如苏轼《次韵子由所居六咏》其一：

> 堂前种山丹，错落马脑盘。
> 堂后种秋菊，碎金收辟寒。
> 草木如有情，慰此芳岁阑。
> 幽人正独乐，不知行路难。❷

这是苏轼在被贬惠州时所作。苏轼一生因朋党之争三次被贬：黄州之贬、惠州之贬与儋州之贬，地点越来越远，环境越来越恶劣，年纪也越来越老大。与黄州相比，惠州在岭南，不仅属于边远之地，而且如苏轼《赠岭上老人》所说，"问翁大庾岭头住，曾见南迁几个回"，大庾岭以南即岭南，那里环境恶劣，为瘴疠交攻之地，自宋初寇准以来，被贬岭南的官员，

---

❶ 见《山谷内集诗注》卷十六，光绪广雅书局刻本。
❷ 《苏轼诗集》，第 2206—2207 页。

十有八九死于斯，葬于斯。然而，苏轼在诗中却有另一番表现：谪居惠州却似身处江南秀色可餐之境，"独乐"融融！从中不难看出，苏轼身处遭贬处穷的凄凉境地中，泯灭了穷与达、荣与辱、得与失之间的差别，内心豁然无所执滞，一派"独乐"心态。黄州之贬，苏轼已将这一心态全面付诸人生实践，并转化成其诗歌的意境，至惠州与儋州，这一心态和诗歌意境得到了进一步发扬光大。如在儋州所作《谪居三适三首》，以旦起理发、午窗坐睡和夜卧濯足三件卑琐俗事为题材，吟咏"谁能书此乐"的人生三适三乐。诸如此类，不胜枚举。这种"以乐为言"创作而成的诗歌意境，成了苏轼贬谪时期诗歌创作的一种价值取向和审美趋向，也为不少被贬者所效法。南渡后的李纲与李光就是两位具有代表性的人物。

在朋党之争中，李纲五次被贬，高宗建炎年间谪居海南琼州。在琼州期间，李纲作有多首和苏诗，其中《次东坡韵二首》有"远游不作乘桴计，虚号男儿过此生"句，将谪居海南视为男儿幸事。这种身处困境而超然旷达的襟怀与苏轼相似。据李纲《与向伯恭龙图书》说："幼年，术者谓命似东坡，虽文采声名不足以望之，然得谤誉于意外，渡海得归，皆略相似。"李纲官历两朝，钦宗时曾"功高盖主"，高宗时又被启用为相，他的性格虽与苏轼不同，但"得谤誉于意外"，以及在谪居中吟咏性情，却与苏轼相似。值得注意的是他的和陶诗，现存李纲《梁溪集》收和陶诗八十二首，均作于谪居沙阳与琼州间，为南渡之际创作和陶诗数量最多的一位诗人。宋代和陶诗始于苏轼。苏轼《答程全父推官》说，谪居岭南以后，"随行有《陶渊明》集，陶写伊郁，正赖此耳"。意即借陶诗中的"淡泊"排遣内心的郁闷，这也是苏轼化悲哀为闲暇之吟，营造"独乐"意境的资源之一。自苏轼以后，和陶诗逐渐演变成一股文学思潮。在这个演变过程中，李纲起到了推波助澜的作用，其和陶诗亦时有苏轼的影子。李纲作于琼州的《读东坡和渊明〈贫士〉诗……》：

> 佳晨迫九日，旅食寓江干。
> 颇同谪仙人，漂泊来铜官。
> 樽俎可萧条，菊蕊渐可餐。
> 回风吹青松，惨惨岁将寒。
> 但有杯中物，不愧箪瓢颜。
> 一觞复一咏，明月窥禅关。❶

苏轼原韵《和陶〈贫士〉》为："芙蓉杂金菊，枝叶长阑干。遥怜退朝人，糗酒出太官。岂知江海上，落英亦可餐。典衣作重九，徂岁惨将寒。无衣粟我肤，无酒嚬我颜。贫居真可叹，二事长相关。"两诗均借陶诗"淡泊"之意，表达超然心境，但李纲诗中的"贫士"，显然是在经过苏轼重构后的陶渊明的基础上，寄托了自我"内向"的精神与品格。

在"绍兴党禁"中，李光被先后贬至藤州、琼州、儋州等瘴疠之地。与李纲相同，李光在迁谪中的闲暇之吟，明显表露出追踪苏轼的心迹。李光所追踪的，一是苏轼在海南的陈迹旧痕，也就是他在《绍圣中，苏公内翰谪居儋耳，尝与军使张中游黎氏园……予始至儋，与琼士魏安石杖策访之，退作二诗》所说："缅怀东坡老，陈迹记旧痕。"而且每到一处，又往往"杖藜乘兴访遗像，遐想英风伫立久"（李光《载酒堂》）；一是苏轼的"内向"之道，李光用之以强化身心，"虽无南国爱，正以东坡免"（《东坡载酒堂二诗……因追和其韵》），便道出了他"遐想英风伫立久"的用意所在。相同的贬谪经历和相似的性格，促使李光效法苏轼及其闲暇之吟。现存李光《庄简集》所收诗文，主要作于贬谪期间，其中大部分像苏轼那样"以乐为言"，其文"醇实和平"，其诗"志谐音雅"，而且不少或和苏轼诗韵，或用苏轼诗意。如其《海南气候与中州异，群花皆早发，至春时已尽，

---

❶ 李纲，《梁溪集》卷二十，文渊阁《四库全书》本。

独荷花自三四月开,至穷腊与梅菊相接,虽花头小而香色可爱。顷岁苏端明(苏轼)谪居此郡,尝和渊明诗,其略云:"城南有荒池,琐细谁复采。幽姿小芙蕖,香色独未改。"即此池也。今五十余年,池益增广。临川陈使君复结屋其上,名"宾燕堂"。今夏得雨迟,七月末,花方盛开,因成此诗,约胜日为采莲之集云》:

> 秋来雨足溢方塘,华屋临流四面凉。
> 风飐圆荷翻翠盖,水涵芳蕊艳红妆。
> 淡烟难掩天真色,薄日时烘自在香。
> 诗老未须讥琐细,解陪梅菊到冰霜。❶

李光在贬谪期间所作诗歌,其题往往很长,犹如一篇篇优美的散文。该诗用苏轼的诗意,将海南这块瘴疠之地描绘成秀丽可人的江南,在充满"独乐"的诗意中,呈现出作者超然的心境和梅菊一般的品格。

像上述苏轼、黄庭坚、李纲、李光那样,在谪居中修炼心性、超越悲哀、镇定心志、安之若命,获取精神自由,保持浩然气概,是广大被贬者在谪居中普遍具有的"内向"活动,体现了"自我完善和自我强化"的功夫。这一功夫被具体转化成一个实在的生命意境,从而抑制了仕途上的处穷之悲与生命上的生死之忧,呈现出道义与生命的双重价值和意义;当主体的这一生命意境作用于诗歌创作时,便形成了与唐诗迥然有异的审美特质。

推荐阅读

- 刘子健,《欧阳修的治学与从政》,台北:新文丰出版公司,1984年。

---

❶ 李光,《庄简集》卷五,文渊阁《四库全书》本。

- 刘子健，《中国转向内在——两宋之际的文化内向》，南京：江苏人民出版社，2002年。
- 沈松勤，《宋代政治与文学研究》，北京：商务印书馆，2010年。
- 赵忠敏，《宋代谪官与文学研究》，浙江大学2012年博士学位论文。
- 萧庆伟，《北宋新旧党争与文学》，北京：人民文学出版社，2001年。
- 包弼德，《斯文——唐宋思想的转型》，南京：江苏人民出版社，2017年。

- Li, Cho-ying and Charles Hartman, "A Newly Discovered Inscription by Qin Gui: Its Implications for the History of 'Song Daoxue'," *Harvard Journal of Asiatic Studies* 70, no. 2 (2010).

第 20 章

以 战 喻 诗
宋诗中的"诗战"之喻及其创作心理

周裕锴

我们可能已经习惯，同一个诗世界，有时被称作"诗苑"，有时被称作"诗坛"。然而，稍微琢磨一下就会发现，当人们称"诗苑"的时候，倾向于把诗界比作一个大花园，园中百花盛开，争奇斗艳。而当人们称"诗坛"的时候，则倾向于把诗界比作一个大战场，坛上拜将受降，号令先锋。前一个比喻基于对诗歌审美本质的认识，而后一个比喻则是对诗歌语言艺术本质的间接揭示。

诗歌是一种语言艺术，其本质乃是对语言的驾驭。诗人有如战士，优秀的战士除了勇敢之外，还必须武艺高强，而优秀的诗人则需要有超强的语言能力。诗人写诗的动力之一源于一种对语言的征服欲，由此而附带产生一种与其他诗人进行语言艺术竞技的意识。诗人之间的比拼，不单靠诗歌思想内容的高明与否，这方面诗人往往不如思想家、政治家、哲学家甚至史学家；诗人靠的是语言艺术，靠的是一支笔如何能玩出十八般武艺来。

正因如此，诗人常把作诗当作战斗，把诗苑当作沙场，谋篇犹如布阵，遣词犹如派兵，用事犹如破敌，唱酬犹如交锋。本章将采用文本细读的方法，讨论宋诗中"以战喻诗"修辞系统的生成，以及其中包蕴的主要创作心态，并试图揭示"诗战"之喻流行的文化心理。

从笔阵到诗坛：唐人的肇端与宋人的演绎

杜甫诗作为宋人推崇的典范，其影响和启示是全方位的。杜诗中出现的某些平常的句子，往往经宋人的经典阐释、演绎和仿效，而蔚为一代大观。宋人的"诗战"比喻，也大抵以杜诗为滥觞。

杜诗中至少有三处较明显地把写诗比成作战的。一是《醉歌行》："词源倒流三峡水，笔阵独扫千人军。"二是《壮游》："气劘屈贾垒，目短曹刘墙。"三是《敬赠郑谏议十韵》："破的由来事，先锋孰敢争。"这三处论诗的句子，使用了四个与战争相关的意象："笔阵""劘垒""破的""先锋"。

宋人注杜已注意到"以诗为战"的比喻，关于"笔阵独扫千人军"，《九家集注杜诗》引《杜补遗》："王羲之《笔阵图》云：'纸者，阵也；笔者，刀稍也；墨者，鍪甲也；砚者，城池也。本领者，将军也；心意者，副将也。'扫千人军，谓用笔之快利也。"关于"气劘屈贾垒"，《九家集注杜诗》卷十二："垒，喻战垒……赵云：以文章有战胜之事，比之战垒。"关于"破的由来事，先锋孰敢争"，《九家集注杜诗》卷十七注："言诗句中理，如射破的……赵云：破的，如射之中；先锋，如战之勇。"《集千家注杜工部诗集》卷一："梦弼曰：破的、先锋，皆以比谏议之诗笔也。"

基于杜诗的经典性，这四个与战争相关的意象，理当为宋人所熟悉。事实上，宋人诗集中随处可见使用这四个意象的痕迹：

（1）"笔阵"——以排兵布阵比喻操笔作诗。如苏辙《次韵柳子玉郎中见寄》："久闻笔阵无前敌，更拟诗坛托后车。"惠洪《赠汪十四》："词锋堂堂无笔阵。"

（2）"劘垒"——以迫近敌垒比喻作诗水平接近，可主动挑战。如张守《谢孙仲益察院借示诗卷》："气劘诸彦垒。"刘敞《和赵友竹呈求仁使君》:"骚坛突兀谁劘垒。"

（3）"破的"——以射箭中靶比喻诗语精准绝妙。如黄庭坚《再作答徐天隐》:"破的千古下，乃可泣曹刘。"吕本中《答朱成伯见赠四首》之一:"新诗入要妙，如射已破的。"

（4）"先锋"——比喻诗界开拓先导之诗人。如惠洪《王表臣忘机堂次蔡德符韵》:"酒阑耳热题诗处，豪放超逸先锋车。"杨万里《进退格寄张功父姜尧章》:"更推白石作先锋。"

在杜甫之后，中晚唐人更爱以战喻诗，其中一些比喻，也成为宋人修辞的意象资源。如《新唐书·秦系传》曰:"(系)与刘长卿善，以诗相赠答。权德舆曰:'长卿自以为五言长城，系用偏师攻之，虽老益壮。'"韩愈《送灵师》:"战诗谁与敌，浩汗横戈鋋。"孙樵《与王霖秀才书》曰:"诚谓足下怪于文，方举降旗，将大夸朋从间，且疑子云复生。"又如《唐摭言》卷七《知己》记杜牧赠赵嘏诗:"今代风骚将，谁登李杜坛。"此外，元稹、白居易、刘禹锡、皮日休等人也曾有类似的比喻。

这种种以战喻诗的词语，在宋人手里又变化出更多的花样来：由"笔阵"而生出"文阵""诗阵"，由"劘垒"而生出"摩垒""诗垒""坚垒"，由"破的"而生出"破镞""中的""破镝"，由"长城"而生出"坚城""诗城"，由"先锋""偏师"而生出"致师""挑战"，由"战诗"生出"诗战"，由"风骚将""李杜坛"而生出"诗将""诗坛""诗坛老将"。"降旗"所衍生出的词语最多，除了与之相近的"降旌""降幡"之外，还有"偃旗""卧鼓""仆旌麾""倒戈"之类，甚至生出"纳降"、"受降"或"筑受降（城）"之喻。

概而言之，以诗为战的意识在唐代已大体成形，而到了宋代，以战争意象比喻诗文创作则成为一种现成思路。在唐人比喻的基础上，宋诗人进一步踵事增华，变本加厉，尤其是唱酬诗，从以文会友的"诗可以群"一变而为犯垒撄锋的"诗可以战"。当宋人接受了唐人"诗战"观念后，进一步将"以战喻诗"建构成一个全方位的战争意象系统。这个系统包括：

（1）帅坛的构筑——"筑诗坛"；（2）将军的任命——"更向诗坛擅将权"；（3）军械的准备——"武库森戈矛"；（4）武器的使用——"文章翻出铁林枪"；（5）檄文的传达——"羽檄交飞势未闲"；（6）两军的对垒——"对垒每欲相剧挨"；（7）兵阵的排列——"堂堂兵阵列如山"；（8）城池的守护——"坚壁不闻刁斗鸣"；（9）堡垒的攻打——"摩垒致师仰余勇"；（10）偏师的挑战——"歌诗互挑战"；（11）先锋的陷阵——"故令偏帅作先登"；（12）勇士的冲锋——"锐气鼓争西"；（13）号令的指挥——"诗律严号令"；（14）旌旗的建树——"旗帜还因对垒新"；（15）鼙鼓的喧击——"文声鼓万鼙"；（16）射术的发挥——"字字皆中的"；（17）临阵的倒戈——"倒戈为之却"；（18）溃败的逃遁——"我师欲遁无归路"；（19）战败的认输——"坚城受我降"；（20）战胜的受降——"诗如老将纳降军"。

宋代关于"诗战"的比喻，已由个别句子衍伸到数句诗或整首诗，乃至形成一个相对完整的"诗战"叙事。他们已不满足于诗与战之间"阵""垒""长城""偏师"这样单纯的一对一比喻关系，而试图在确立诗与战比喻的基础上，直接描写整个战争场面或参战者的复杂心理。这种现象或许可以称为"叙事性比喻"，或者说"以战喻诗"已由修辞性比喻发展为诗歌叙事主题，这类诗歌中最精彩的当数北宋状元诗人郑獬的《戏酬正夫》：

汪子怪我不作诗，意欲窘我荒唐辞。自顾拙兵苦顿弱，安敢犯子之鼓鼙。子之文章既劲敏，屡从大敌相摩治。左立风后右立牧，黄帝秉钺来指麾。蚩尤跳梁从风雨，电师雷鬼相奔驰。项之截首挂大旆，两肩冢葬高峨危。如何韬伏不自发，欲用古术先致师。遗之巾帼武侯策，司马岂是寻常儿。应须敌气已衰竭，然后铁骑来相追。回戈坐致穷庞伏，得非欲学韩退之。嗟我岂敢与子校，唯图自守坚城陴。况兹忧窘久废绝，空余衰老扶疮痍。开卷旧守或不识，岂能有意争雄雌。朝来据鞍试矍铄，是翁独足相撑支。检勒稍稍就部伍，亦欲一望将军旗。曹公东壁不羞走，周郎未得相凌欺。便须持此邀一战，非我无以发子奇。❶

这首描写诗坛大战的长歌在宋诗中颇具标志性，它不仅场面浩大，情节曲折，而且借用了神话、史传中的诸多战争故事和军事人物，如黄帝与蚩尤涿鹿之战，诸葛亮与司马懿渭南对垒，孙膑与庞涓马陵道之战，周瑜与曹操赤壁之战，以及老当益壮的矍铄翁马援，此外还有与张籍以"诗战"相调的韩愈（韩愈《病中赠张十八》"回军与角逐，斫树收穷庞"）。而诗中的战争意象如"拙兵""鼓鼙""大敌""秉钺""指麾""大旆""韬伏""致师""敌气""铁骑""回戈""城陴""据鞍""部伍""将军旗""邀战"等，更是令人目不暇接，眼花缭乱。

事实上，宋代还出现了专门以"诗战"内容为题之诗，如林逋的《诗将》："风骚推上将，千古耸威名。子美尝登拜，昌龄合按行。笼纱疑旆影，击钵认金声。唱和知谁敌，长驱势已成。""诗战"的内容俨然作为咏物诗（"着题"）甚至省题诗的对象进入诗人的创作视野。

诗阵笔专征：以战喻诗的多维创作心理

"以战喻诗"是宋代诗人的修辞惯例、写作传统和流行话语，这一点毫无疑问。接下来我们要追问的是，这种惯例里究竟蕴藏了宋代诗人的哪些

---

❶ 郑獬，《郧溪集》卷二十六，文渊阁《四库全书》本，第4—5页。

创作心理?

通过对宋诗中"诗战"之喻的统计和解读,可发现其作战对象大致可分三个维度:一是诗人之间的战争,主要出现在唱和诗中,这是"以战喻诗"最主要的内容,是宋人诗歌竞技心态最突出的表现。二是诗人与语言之间的战争,诗人意欲通过对语言的征服来准确新奇地表达观念世界与现象世界。三是诗人争夺诗界话语权的战争,意欲通过建立诗界同盟、确立诗坛领袖、建构诗坛秩序来推行自己的创作主张,这是宋人师友渊源意识的一种间接体现。

(一)挑战勍敌:出奇争胜的竞技心态

我们注意到,"以诗为战"的比喻大多出自唱和诗,尤其以次韵诗最为常见。这个传统亦源于唐代,如中唐时白居易与元稹、刘禹锡的唱酬。他在《与刘苏州书》中写道:"微之先我去矣,诗敌之勍者,非梦得而谁?前后相答,彼此非一。彼虽无虚可击,此亦非利不行。但止交绥,未尝失律。"在他们之间长达数十韵乃至百韵的次韵诗中,能发现一些"以战喻诗"的句子,如元稹《酬翰林白学士代书一百韵》:"胜概争先到,篇章竞出奇。输赢尽破的,点窜肯容丝。"极力描写了诗人唱和时为争胜负输赢而出奇制胜、精益求精的写作态度。刘禹锡则在与白居易等人联句时表示"重为联句,疲兵再战,勍敌难降",直接将联句看作诗人之间的挑战和应战。

在宋人的诗集里,我们可看到一些唱和诗的题目就直接出现"诗战"之喻,如徐积《答倪令挑战之句》,诗人把朋友倪令的赠诗视为一种挑战,而作此诗以应战。张扩《诗社近日稍稍复振,而顾子美坚壁既久,伯初以诗致师,请于老仆,无语,但乞解严尔》,诗社唱和,诗友顾子美拒不参加,另一诗友伯初作诗挑战,而诗人自己则作诗劝子美解严,开关应战。赵鼎臣《伯顺以歙砚饷我,因用前韵谢之,并简亨老,以助致师之请》,诗人得歙砚,作诗谢友人伯顺,附带挑战,并寄诗与另一友人亨老,希望对方和诗相助。

很多宋诗并未出现这样的题目,而实际情况仍与之大体一致。总之,先作诗者为挑战一方,和答由此形成了"诗战"的两大类别——"挑战之诗"和"应战之诗"。上述徐积、张扩、赵鼎臣的三首诗正代表了这两种类型,徐诗是应战之诗,赵诗是挑战之诗,而张诗对于顾子美而言是挑战,对于伯初而言却是应战。

但无论是挑战之诗还是应战之诗,宋人总是称赞对手如何拥有强兵、坚城、严阵,总是惭愧自己是如何羸弱衰疲、不堪一击,以至于诗中充斥着"降旗""受降""奔北""遁逃""偃旗""卧鼓"等词语。其中绝大多数是信手拈来的现成恭维话、是儒家谦谦君子群居切磋的外交辞令,甚至有不少是朋友间的调侃戏谑之语。而诗人在表达自己甘愿受降时,其骨子里往往会有一种与对手一决高低的潜意识;否则,诗人就不会在表示"降幡欲挂"之时,搜肠刮肚写出一大堆次韵的句子来。

怎样才能决出诗战的胜负呢?宋诗中最常见的做法,是战争双方共同遵守两个竞技规则:一是在相同的韵脚下进行较量,这是针对互赠互寄、来回往返的唱酬诗而言;二是在特定的内容和时间的限制下来进行较量,这是针对诗社文会上同场竞技的唱酬诗而言。

最难的"诗战"是诗人之间的反复次韵,若是长篇且又押险韵的话,战争的对抗性会更为激烈,更能分出高低。欧阳修在与杜衍唱和的《依韵答杜相公宠示之作》中写道:"平生未省降诗敌。"自注:"近数和难韵,甚觉牵强。"鉴于所和之韵的艰难,欧氏已感到力不从心。王安石则在《和王微之登高斋三首》之三中赞扬对方"新篇韵险绝",感叹自己"愁惫气已竭"。

至于在规定时间和条件下的同场竞技诗,李复的一首诗和诗题对此有明确的描述,即《上巳,成季召会于西溪。会上赋诗,须多韵,仍用故事或旧诗十事已上,未终席而成,违者浮以三大白,罚者四人,予与成季免焉》,这个规定是相当严格的,对用韵、用事、用时都有限制,正如诗中描写的:"诗坛誓众军令严,立表下漏不容刻。神意惨淡喧谑寂,叠简摇毫辞举白。"未能完成者自然是罚酒,换算成"诗战"的话,就相当于"树降旗"了。

但勇敢的诗人总会竭尽全力求胜,如欧阳修尽管"数和难韵甚觉牵强",但也表示"平生未省降诗敌",不甘认输。王安石尽管承认"愁怠",但也表示"挥毫更想能一战,数窘乃见诗人才"。也就是说,正是韵险的窘迫激起了诗人挥毫一战的欲望。王安石与苏轼兄弟之间的"尖叉"诗唱和,即基于此心态。

(二)白战与破镞:对语言表现力的征服欲望

诗人之间的比拼,其实是一种诗人与语言之间的战争,即看谁能更好地驾驭语言,做到"意新语工""写物之功",更准确地表现观念世界和现象世界。

苏轼在《聚星堂雪》中有一个著名的"诗战"之喻:"当时号令君听取,白战不许持寸铁。"关于这个比喻,这首诗的序言说得很清楚:

> 元祐六年十一月一日,祷雨张龙公,得小雪,与客会饮聚星堂。忽忆欧阳文忠公作守时,雪中约客赋诗,禁体物语,于艰难中特出奇丽。尔来四十余年,莫有继者。仆以老门生继公后,虽不足追配先生,而宾客之美,殆不减当时。公之二子,又适在郡,故辄举前令,各赋一篇。❶

这里所举"前令",指皇祐二年知颍州的欧阳修在聚星堂会客时所作《雪》

---

❶ 《苏轼诗集》,第1813页。

诗序里的规定："玉、月、梨、梅、练、絮、白、舞、鹤、鹅、银等字，皆请勿用。"苏轼所谓"白战不许持寸铁"就是指赤手空拳的肉搏战，连短兵器也不能用。战斗不许使用兵器，用以比喻写"体物诗"不能用"体物语"，也就是比喻咏雪诗不能用那些常用来咏雪的字眼。换句话说，如果你在诗中用上述玉、月、梨、梅等字中的任何一个，手中就有了兵器，这就算犯规，违反了军令。

苏轼所说的"白战"，即"禁体物语"，其目的乃在"于艰难中特出奇丽"。可见，"白战"的规则是不能使用前人咏物诗中常见而成套话的诗歌语言，诗人必须在无所凭依的艰难情况下，自选奇字、生字、难字，创造出奇丽的境界。归根到底，"白战"是一场诗人用全新的语言抗击陈旧的语言的战争。当然，"白战"也包含了诗人之战的成分，即参战的诗人必须遵守规则，在"禁体物语"的共同前提下来比试诗歌语言的自创功夫。会客的酒令在此也变为"诗战"的号令，犯令者将按"军法从事"。顺便说，苏轼之后"白战"成了咏雪诗的重要传统，形成了专门的"白战体"，而"白战"一词也作为"诗战"之喻为后人所反复演绎。

如果说苏轼的"白战"是要求咏雪诗回避一切陈词滥调的话，那么，黄庭坚的"破镞"之说则倾向于对陈言俗语的改造翻新。他在《再次韵（杨明叔）》序中说：

> 庭坚老懒衰惰，多年不作诗，已忘其体律。因明叔有意于斯文，试举一纲而张万目。盖以俗为雅，以故为新，百战百胜，如孙吴之兵；棘端可以破镞，如甘蝇飞卫之射。此诗人之奇也。明叔当自得之。公眉人，乡先生之妙语，震耀一世，我昔从公得之为多，故今以此事相付。❶

---

❶ 任渊等注，刘尚荣点校，《黄庭坚诗集注》，北京：中华书局，2003年，第441页。

黄庭坚教给蜀人杨明叔作诗的纲领是"以俗为雅,以故为新",并告诫说,这是自己得之于"眉人乡先生"——苏轼的作诗秘诀,今天以传付给明叔。苏轼《题柳子厚诗》曰:"诗须要有为而作,用事当以故为新,以俗为雅。好奇务新,乃诗之病。"关于这个纲领,学界论述已多。我们感兴趣的是,黄庭坚竟用战事的典故来比喻如此重要的诗歌纲领。"棘端可以破镞"的故事出自《列子·汤问》,甘蝇是古之善射者,飞卫是其弟子,纪昌又学射于飞卫。纪昌尽得飞卫之术,乃欲谋杀其师:"相遇于野,二人交射;中路矢锋相触,而坠于地,而尘不扬。飞卫之矢先穷。纪昌遗一矢;既发,飞卫以棘刺之端扞之,而无差焉。"黄庭坚的意思是,只要坚持"以俗为雅,以故为新"的创作纲领,那么,无论是俗语方言,还是陈言故事,便都如百战百胜的孙吴手中之兵,如百发百中的甘蝇、飞卫手中之箭,能够随心所欲地调遣使用,而精严准确,毫发无遗憾。这不是对陈言俗语的回避,而是对其作为语言资源的表现力的征服。

与此相联系,宋人还常用"破的""中的"等术语来比喻语言描写的精确和艺术形式的完美。如前所述,"破的"一词来自杜甫的《敬赠郑谏议十韵》,宋人的理解为"言诗句中理,如射破的"。所谓"中理"之"理",在宋诗学的话语体系里包括天理、事理、物理、文理等。正如薛田在《东观集序》中用"破的"来比喻魏野之诗那样:"苦于诗笔,每叙事感发,见景立言,非规方体圆,弗为中的。故人之美恶,物之形态,时之兴替,事之持变,视其激发,则可千里之外而应之。""中的"的意思等同于"破的",亦指语言的精妙,如惠洪《次韵》:"吐句如善射,字字皆中的。"

在宋人的诗话笔记中,"破的""中的"是很常见的术语,用来比喻用事的准确、对偶的工整、描写的精妙:

> 作诗贵雕琢,又畏有斧凿痕;贵破的,又畏粘皮骨。此所以为难。(葛立方《韵语阳秋》卷三)

>   永叔言:《苦吟》句云:"一句坐中得,片心天外来。"兹所谓苦吟破的之句。(阮阅《诗话总龟》卷十一引《青琐集》)

>   "萧萧马鸣,悠悠旆旌",以萧萧、悠悠字,而出师整暇之情状,宛在目前。此语非惟创始之为难,乃中的之为工也。荆轲云:"风萧萧兮易水寒,壮士一去兮不复还。"自常人观之,语既不多,又无新巧,然而此二语遂能写出天地愁惨之状,极壮士赴死如归之情,此亦所谓中的也。(张戒《岁寒堂诗话》卷上)

>   熙宁中,荆公有句云"天末海门横北固,烟中沙岸似西兴"尤为中的。(胡仔《苕溪渔隐丛话前集》卷三十四引《遁斋闲览》)

使事、造语、命字的精妙就如同射箭正中靶心一样精彩,显然,"破的""中的"的比喻,凝结了诗人对于征服诗歌语言艺术形式的期待和欲望。

(三)登坛拜将:争夺话语权的结盟意识

在"以战喻诗"的意象系统里,还潜藏着一条争夺诗界话语权的线索。宋人试图通过登坛拜将、推戴盟主的比喻,来暗示诗界阵营的建立、诗歌风格的传承以及诗人地位的确认。正如韦骧《和叔康首夏书怀五首》之五所云:"诗坛老将气桓桓,招集同盟歃未干。"这种诗坛的军事同盟被简称为"诗盟",也属于以战喻诗,正如韦骧《凌晨马上得惠诗再次元韵》的描写:"自今酬唱不宜稀,所恨诗盟结已迟。两阵辞锋漫交战,一坛将钺敢争持。"在一般的诗人那里,"风骚将""李杜坛""诗坛""诗盟"之类的词语,只是用来应接"诗战"的恭维性套话,但对于力图开拓诗坛风气、创立宋诗自身面貌的诗人来说,这些词语却具有相互标榜推举、建立诗界同盟的自觉意识。

庆历诗坛领袖欧阳修和梅尧臣就具有这样的自觉意识。欧氏在《读蟠桃诗寄子美》一诗中，以"韩孟于文词，两雄力相当"开头，用中唐元和两位诗坛巨匠相匹敌之事，来暗示自己和梅尧臣在宋诗坛的地位，后又用"诗战"之喻，称自己与梅氏唱和是"不战先自却，虽奔未甘降"，接着又求苏舜钦前来对敌，"气力诚当对，胜败可交相。安得二子接，挥锋两交铓。我亦愿助勇，鼓旗噪其旁"。欧阳修这首诗有两个寓意：一是暗示自己和苏、梅是唐代韩、孟诗风的继承者，二是暗示自己和苏、梅在宋代诗坛的地位如唐代韩、孟"两雄"。而欧氏的《答梅圣俞寺丞见寄》诗曰："文会忝予盟，诗坛推子将。"表示很荣幸与梅尧臣结盟，并愿推举梅氏为诗坛大将。与此同时，梅尧臣也在《次韵答黄介夫七十韵》诗中表示："欲扫李杜坛，未审谁主盟。"唤人来主盟诗坛，继承李杜传统，俨然有结盟意识，而隐然有自许之意。

苏轼知颍州时，作诗挑战欧阳棐、欧阳辩兄弟，希望二人能继承父亲欧阳修的传统，参与唱和，其诗曰：

> 君家文律冠西京，旋筑诗坛按酒兵。袖手莫轻真将种，致师须得老门生。明朝郑伯降谁受，昨夜条侯壁已惊。从此醉翁天下乐，还应一举百觞倾。❶

这首诗虽带着戏谑的成分，但流露出维护欧阳修"文律"的自觉意识。苏轼欲与欧氏之子"真将种"一道，在欧氏构筑的"诗坛"上，以"老门生"的身份去"致师"攻敌，战胜纳降。苏轼诗集中，一共有五处使用"诗坛"一词，很能体现他重视诗界盟会的意识。

---

❶ 《景贶、履常屡有诗，督叔弼、季默倡和，已许诺矣，复以此句挑之》，《苏轼诗集》，第1801—1802页。

苏门弟子仍然保持了这个传统。张耒和黄庭坚以"既见君子云胡不喜"为韵的两组唱和诗，互通声气，互相勉励。张耒称赞黄庭坚："诗坛李杜后，黄子擅奇勋……安知握奇律，一字有风云。"黄庭坚则勉励张耒、晁补之："晁张班马手，崔蔡不足云。当令横笔阵，一战静楚氛。"无论是"握奇律"的黄庭坚"擅奇勋"，还是"横笔阵"的晁张"静楚氛"，其实都是在捍卫元祐文人集团从欧阳修到苏轼的写作传统，也就是被后人视为与唐诗相并峙的宋诗传统。张耒在《次韵智叔三首》中说得更明白："诗坛李杜谁为将，尽扫欃枪正国刑。"以李杜为诗坛主帅，愿当大将扫除诗界的邪恶风气。黄庭坚诗风虽与苏轼有差异，但他一直以苏的学生自居。他反复强调自己伏膺于苏诗的"句法"："句法提一律，坚城受我降。""传得黄州新句法，老夫端欲把降幡。"如果说苏黄之间有"诗战"的话，那么黄庭坚始终甘做一个投降者，拜倒在苏轼的"坚城"之下。

在宋诗中，我们可发现不同时期、不同地域、不同规模的"诗坛"和"诗盟"的存在，军事的"坛"与"盟"往往是诗社的隐喻，大者如江西诗社，所谓"江西盟社里，它日续弦胶"；小者如三五诗人的临时唱和，所谓"冰溪雪岭赴诗盟，我愧难先二子鸣"。

杨万里是南宋中兴诗人中最具结盟意识的，其《进退格寄张功父姜尧章》曰："尤萧范陆四诗翁，此后谁当第一功。新拜南湖为上将，更推白石作先锋。"又《谢张功父送近诗集》曰："近代风骚四诗将，非君摩垒更何人。"自注："四人，范石湖、尤梁溪、萧千岩、陆放翁。"两首诗均为登台点将的口吻，俨然为中兴诗坛排座次，而隐然以诗坛盟主自居。杨万里的朋友周必大在《跋杨廷秀赠族人复字道卿诗》中说："江西诗社，山谷实主夏盟，四方人才如林，今以数计未为多也。诚斋家吉水之涺塘，执诗坛之牛耳。始自宗族，延及郡邑，孰非闯李杜之门，希欧苏之踪者。"这段话不仅肯定了杨氏主盟诗坛的地位，而且勾勒出这个"诗盟"的统绪——李白、杜甫、欧阳修、苏轼、黄庭坚到杨万里的传承关系。而这代代相传的"诗盟"显然和宋人师友传承的"渊源"意识分不开。

策勋翰墨场：书斋英雄的心理补偿

"以战喻诗"在宋诗中的泛滥，似乎已超出修辞策略的范畴，而上升为一种公共认知的流行话语。有趣的是，"诗苑"一词在宋代极为罕见，而"诗坛"及"诗盟"、"诗城"、"诗阵"、"诗垒"等与战争相关的词却比比皆是。那么，该如何解释这种现象产生的原因呢？窃以为，这与宋王朝推行的科举制度和文官政策有相当大的关系。

前文所举杜甫《醉时歌》，原注："别从侄勤落第归。"该诗在"笔阵独扫千人军"之后，又有"射策君门期第一，旧穿杨叶真自知"这样以百步穿杨的射术比喻射策的句子。可见，被宋人仿效演绎的"笔阵""扫千人军"，最早是作为科举较艺的比喻而使用的。而这一义项，在宋代诗文里仍被保存下来。如：

> 词场较艺一战捷，笔阵独扫千人强。（道潜《参寥子诗集》卷五《酬周元翁推官见赠》）

> 少年翰墨场，自诧穿杨箭。谁论第一功，不数曹参战……孰能扫千人，期君当八面。（陈渊《默堂集》卷五《次韵酬邓天启》）

> 笔阵独扫千人军，两魁槐花再荐名。（杨万里《诚斋集》卷四十二《送左元规三诣太常》）

科举考试的程序颇具战争或比武的性质，所以常被称为"较艺"，不同之处在于，战争是"较"武艺，而考试"较"的是文艺。这样一来，射策应试犹如射箭中靶，操翰执笔犹如披坚执锐，考场胜出犹如扫千人军，及第登科犹如立功报捷。

宋王朝重科举、用文官的制度，使得宋人的兴趣从沙场建功转向科举成名，从军中马上转向翰墨书斋。这种转向，其实在中唐便已悄然开始。元稹的自白颇有代表性："一自低心翰墨场，箭靫抛尽负书囊。"这一倾向，在北宋王朝推行重文轻武的国策后得以进一步强化。

然而，在宋王朝外患频仍的时代背景下，投笔从戎、建功沙场始终是士大夫的抱负之一。苏轼《次韵和子由闻予善射》："共怪书生能破的，亦如骁将解论文。"兼有"书生""骁将"双重身份，既能破的，又会论文，乃是宋人内心深处潜藏的愿望。苏轼《祭常山小猎回》诗曰："圣明若用西凉簿，白羽犹能效一挥。"查慎行《苏诗补注》卷十三引《乌台诗案》："意取西凉州主簿谢艾事。艾本书生也，善能用兵，故以此自比。若用轼为将，亦不减谢艾也。"

一旦这种能文能武的愿望为科举出仕的现实利益所压抑，那么，宋人便只有在文闱场屋来舞弄词锋笔箭，实现自己冲锋陷阵的英雄之梦了。由此，战场立功的理想被科场策勋的理想所覆盖遮蔽，如郑獬所得意的"文闱数战夺先锋"。而当科场策勋的理想成为宋人的心理定式且融入日常的书斋生活之后，便进一步转向非功利的诗歌创作活动，诚如王庭珪所言："老去无才可致君，强从诗社立奇勋。""诗社立奇勋"满足了多数宋代书生所无法实现的英雄之梦，正因如此，"诗战"之喻才作为书斋"英雄"的心理补偿在宋代大行其道。

黄庭坚晚年曾写下"翰墨场中老伏波"的诗句，声称自己犹如文场中据鞍矍铄、老当益壮的伏波将军马援。这一自赞式的诗句，很巧妙地把"书生"和"骁将"的双重身份组合在一起，完成了"骁将"对于"书生"的暗喻，完成了宋代士大夫自我身份的定位，从而成为宋代最具代表性的英雄形象之一。

推荐阅读

- 钱锺书，《宋诗选注》，北京：生活·读书·新知三联书店，2002年。
- 张鸣选注，《宋诗选》，北京：人民文学出版社，2004年。
- 吉川幸次郎，《宋元明诗概说》，上海：复旦大学出版社，2012年。
- 浅见洋二，《距离与想象：中国诗学的唐宋转型》，上海：上海古籍出版社，2005年。
- 周裕锴，《宋代诗学通论》，上海：上海古籍出版社，2007年。
- 周裕锴，《中国古代文学阐释学十讲》，上海：复旦大学出版社，2020年。

第21章

黄庭坚与禅宗

钱志熙

吕晚村等《宋诗钞·山谷诗钞》序里有一段评价黄庭坚创作成就的话:

> 史称自黔州以后,句法尤高,实天下之奇作,自宋兴以来,一人而已,非规模唐调者所能梦见也。惟本领为禅学,不免苏门习气,是用为病耳。❶

黄诗从思想内容到表现手段都受到禅学的影响,但对于禅学之于黄诗的利弊问题,恐怕不能这样简单地加以否定。禅宗思想是黄庭坚思想的渊源之一,黄诗独特的作风当然不能说完全是受禅学影响而形成的,但禅学影响确实是重要的原因之一。

---

❶ 吴之振等选,《宋诗钞》,北京:中华书局,1986年,第889页。

超脱旷达的人生观与禅学的关系

黄庭坚不是哲学家,在思想界也没有新的创见,但他却有一套极具系统性的人生观。他在道德、伦理及政治观点方面主要接受儒家先圣先贤的思想,在处理有关自己身心与现实冲突而产生的诸种矛盾时,则更多地吸取老庄、佛禅的思想。尤其禅宗在宋代正是盛行的时期,围绕在黄庭坚的周围,如家庭、社会、师友等,有许多使他接受禅宗思想的外因,而他自己一生坎坷不平的人生经历,又成了使他接受禅宗思想的内因。

影响黄庭坚的主要是禅宗里的南宗,它创于唐而盛于宋。黄庭坚的家乡江西,更是禅宗盛行的地方,据他记载,仅洪州一郡就有几十个大禅寺。他家所在的分宁县也有十多个禅寺。黄氏说自己幼年时就常到附近的禅寺里去。他的祖母仙源县君更是一位精禅嗜佛的老太太。分宁境内有好几位大禅师,其中如慧南禅师还是黄龙宗的创始人,他跟他的弟子祖心禅师,及祖心的弟子悟新、惟清禅师,与黄庭坚有着或师或友的关系。其中有些人还很有文学才能,黄氏早岁就与他们有文字酬应,他的诗中很早就出现了禅学因素。

另外从文学师友方面来看,黄庭坚跟谢师厚、苏东坡等人交往,这都是一些嗜禅的文人,黄氏说谢师厚"以禅悦为味"。而苏东坡及苏门其他文人,更是公开谈禅说佛,交结僧道,形成了以修养身性、培植旷达人生为特征的蜀学学派,黄庭坚侧身其间,更增加了他对禅学的嗜好。可以说学禅是宋代文人的普遍风尚。而庭坚幼年即受佛教熏陶,少年更跟随禅宗人物学禅,所以他跟禅宗的关系比一般略沾禅学以点缀生活的文士们又更深一层。

但是任何思想的接受都有它的生活基础,人生观的培植虽然离不开思想原料,但跟生活更涓滴相关。黄氏这种旷达、超脱的人生观不是与生俱来的，他早岁学禅，大半还是由于对这种思想本身感兴趣，带有求知的性质，表现在诗里的禅学因素也多属于先验的思想材料，所以常常平典如道德论。及至他越来越多地接触现实，接受种种人生矛盾的冲击，世味深谙，禅宗思想也就点点滴滴地融入了他的人生观中。下面从家庭生活及现实政治两方面各举一例说明这种内因对黄氏接受禅学思想、形成超旷人生观的决定作用。

黄氏在三十四岁前两度丧偶，元丰三年（1080），正当他第二任妻子逝世的次年，庭坚由汴京移官江西太和，在放舟汴水的一个清晨，他发出了"又持三十口，去作江南梦"❶的感叹，经过泗州僧伽塔时，他索性写了一篇《发愿文》，像佛徒那样戒女色、酒肉。移官太和后，生活更加清素。苏辙当时寄给他的信中就有这样的描写："比闻鲁直吏事之余，独居而蔬食，陶然自得""今鲁直目不求色，口不求味""闻鲁直喜与禅僧语"❷。可见在当时人的印象中，黄庭坚已经是一个具有独特生活方式的人了，但人们是否能看到他的这种生活方式是由于特殊的生活造成的呢？潘安仁、元微之都只经历了一次悼亡，已是死去活来，庭坚妙年与中年两度丧偶，对其的感情打击是可以想象的。而到此时，只有付之于这种独特的生活方式以求得解脱。表面上是超脱于感情之上，实际上是将情理埋藏得更深了。使人家不易看见，也使它不至于老是扰乱自己的日常生活。这是黄氏超脱、旷达的人生观的实质。

另一个例子是属于政治生活方面的，绍圣元年（1094）黄庭坚因国史案的牵连待罪陈留，担着诬谤先帝的"弥天大罪"，纵为大丈夫，也自不免股栗，像司马迁所说的那样，老虎关在笼里也要摇尾乞怜，但黄庭坚能够据理力争，不为畏威，对答辩诬，使闻者壮之，不敢再以等闲书生视之。

---

❶ 黄庭坚，《晓放汴舟》，《黄庭坚诗集注》，第1004页。
❷ 苏辙，《答黄庭坚书》，《苏辙集》，北京：中华书局，1990年，第391—392页。

黄氏并不是想象不到面临的巨劫，但能镇定自如，听天命的安排。他当时给寓居寺院的两个阁子分别取名为"寂住阁"与"深明阁"，各以一诗记之，诗写的是佛教的思想，但却反映了此时他对所面临巨变的态度。

寂住阁

庄周梦为胡蝶，胡蝶不知庄周。
当处出生随意，急流水上不流。❶

深明阁

象踏恒河彻底，日行阎浮破冥。
若问深明宗旨，风花时度窗棂。❷

这两首诗写的是晦涩奥妙的禅理，但也是黄庭坚待罪陈留时思想状况的一份记录。第一首："寂住"有寂住以待之的意思。佛教主张以最静定的人生境界对待动态百出的外界。所以寂为根本，其极致则为涅槃圆寂之境。"庄周梦蝶"的故事是庄子用来表现齐物思想的，后世"人生如梦"的思想就出于这个故事。跟《齐物论》相近，在佛教有一种平等观，就是以不承认万物有真实相为根据，来否定万物之间的一切差别。"当处出生随意，急流水上不流"就是平等观的教义。《楞严经》云"一切浮尘诸幻化相，当处出生，随处灭尽"，急流而不流是指物体虽常动而根于寂静，用了僧肇《物不迁论》的意思。黄庭坚用这种奥涩的哲学用语来曲折地反映现实。寂住以观"化"，就是保持内心的静定，来应付世相的纷纭，这是中国古人最擅长的守内的功夫。中国人养性修身，乃至于练武都重视内在的功夫，这种

---

❶《黄庭坚诗集注》，第418页。
❷《黄庭坚诗集注》，第419页。

方式看似消极，但实际是最根本的。第二首《深明阁》也反映了这种以不变应变的思想，"象踏恒河彻底，日行阎浮破冥"都讲佛法的广大光明与深切著明。"日行阎浮破冥"，又《维摩诘经·菩萨行品》亦云："'夫日何故行阎浮提？'答曰：'欲以明照，为之除冥。'"此义诸经常见。而这里很可能还有比喻政局大变化的意味。绍圣初政治上来了一个一百八十度的逆转，其势真如日出阎浮提，泉踏恒河底，使人们一时间为之眩然。但黄庭坚很快就镇定下来了。"若问深明宗旨，风花时度窗棂"，是讲彼象踏恒河，日行阎浮为大深大明，然安用如许功夫？我的"深明宗旨"却灵妙轻约，像风花悠然飘荡在窗棂之间。这是讲一种很自足、超然的襟抱，黄氏说陶潜是："陶公白头卧，宇宙一北窗，但观窗风雨，平陆漫成江。"❶ 纳一大宇宙于小小北窗之中。陶公的胸襟如此，黄庭坚也力求达到这种襟怀。我们看到，在待罪陈留时，贬谪西南前，庭坚又一次跟佛教的平等观、庄子的《齐物论》取得了深深的契印。

我们还可再举黄庭坚在贬谪西南途中自称悟得道体的例子。原来黄氏跟死心和尚有方外之交，死心是一个作风相当乖张奇特的禅师，黄氏一次随众参谒，寒暄都没打，死心就劈头大喝："新长老（死心）死，学士死，烧作两堆灰，向甚么处相见？"弄得根器这么不凡的黄庭坚也不知所云。直到贬往黔州的途中才"悟"得，赶紧写信给死心和尚：

云岩和尚禅几：往日常蒙苦口提撕，常如醉梦，依稀在光影中，今日昭然，明日昧然，盖疑情不尽，命根不断，故望涯而退耳。谪官在黔州道中，昼卧觉来，忽然廓尔。❷

---

❶ 《卧陶轩》，《黄庭坚诗集注》，第239页。
❷ 黄庭坚，《与死心道人书三》，《山谷别集》卷二十，文渊阁《四库全书》本，第8—9页。

黄庭坚悟到什么呢？他没有讲，大概"禅"是不该说破的。但"新长老死"这几句棒喝，实际上是讲佛教的生死轮回平等观。也就是要黄庭坚放浪于形骸之外，消泯你与我、众生与万物、生与死、苦与乐之间的诸种差别相。因为在佛教看来，这些差别都只是假名的差别，是浮尘诸相的种种幻化，所以不必去执着地分别。维新志士谭嗣同诗云："死生流转不相值，天地翻时忽一逢。且喜无情成解脱，欲追前事已冥蒙。"❶就是讲这种"解脱法门"。黄庭坚在天黄日瘦的黔南道中，在"鬼门关""蛇倒退""猢孙愁""人鲊瓮"这些可怕的地名上悟到这种思想是很有道理的。黄氏旷达、超脱的人生观原来是以这种被现实社会扭曲了的禅宗思想为基础的。"疑情不尽，命根不断"，就是指没有真正从一切虚妄相中解脱出来，还有着种种生的欲情与希冀。就是没有打破生死关。

我们讲黄氏吸取庄子《齐物论》、佛家平等观、因果轮回观而形成超脱旷达的人生观，其实质却是以理性制约和排遣感情，也就是排遣现实之于他身心的诸种矛盾，但感情并没有排遣掉，而是埋藏得更深，轻易不被人看见。他虽然发誓戒女色、酒肉，但最后还是一一破戒。贬谪西南后似乎真的万缘俱空了，但赦归后仍然就国事发表议论，苦口婆心地劝说执政者不要搞门户党派之争。可见他对这种人生观坚持更多是出于现实生活的需要，是与生活曲线相应的一道思想曲线。黄诗从总体来讲，就是黄氏人生观的总记录。因此超脱旷达的人生观也影响到黄诗的内容，尤其是黄诗的抒情特色，禅学对黄庭坚诗歌创作最大的影响就在于此。

一般说黄庭坚在处理诗歌中的"情"时不同于主情诗人的任其宣泄，也不同于一般的客观描写，而是以比较超脱，或者也可以说是平等、齐物的眼光去观察，以有操持的笔法去书写，往往是经过理性的制约、洗礼后流露出来的。下面举一首咏物诗，它形象地描写了这种表达感情的方式。

---

❶ 谭嗣同，《似曾诗》，《谭嗣同全集》，天津：天津古籍出版社，2016年，第473页。

王充道送水仙花五十枝，欣然会心为之作咏

凌波仙子生尘袜，水上轻盈步微月。
是谁招此断肠魂，种作寒花寄愁绝。
含香体素欲倾城，山矾是弟梅是兄。
坐对真成被花恼，出门一笑大江横。❶

前四句着笔"水仙"二字，但不似平庸作手只泥于名物的诠诂，而是借此来写水仙花绝美的风姿使得诗人心旌摇荡，成功地渲染出了美所产生的效果。"含香"两句更以山矾花（即普陀洛花）与梅花陪衬。诗至此，都还是沉浸于情感之中，姑名之曰"入情之境"。然至"坐对"两句，如飙风一转，骤然推出了"出门一笑大江横"一境，这正象征着诗人"顿悟"般地从缠绵的情感中超脱出来的心境。诗至此，已完成了"出情之境"。从狭义来讲这只是写花，从广义来讲它象征着一种人生境界。《楞严经》中说阿难因见释迦"相好"而学佛，实未破除妄相，结果为摩登伽女所诱。山谷精熟《楞严经》，此诗实亦破除妄相之诱的意思。最后一句用禅宗的表达方式。

黄庭坚的人生经历，有人拿来跟李义山相比。钱仲联先生诗云："双井貌韩心义山。"将黄诗的真挚沉着跟李义山相比，这不是看到黄诗拗硬奇崛的外貌便以为其中无有半点感情的评家所能理解的，可以启发我们从深处认识黄诗。但我们也应看到，山谷与义山，虽同一挚情而异出，义山于情能入而鲜能出，山谷于情，能入而多能出。也因此造成两人不同的诗风，产生不同的诗美效果：义山悱恻哀怨，自有一种悲剧的美感效果；山谷诗貌佶屈而内坦荡，心地磊落澄明，其诗自有一种平衡情感、净化欲念、荡凡去俗的美感作用，更接近于理。山谷诗的这种特点，实在是其人生观的

---

❶ 《黄庭坚诗集注》，第546页。

反映。追寻其人生观的思想源头就是《齐物论》、平等观。所以说禅学对黄诗的最大影响在这里。

心灵修习，禅理诗与禅境诗

南宗禅主张"顿悟真如"，强调心的作用，这在他们叫作"心印"，《永嘉证道歌》云："直截根源佛所印，摘叶寻枝我不能。""直截根源"就是顿悟真如。黄庭坚吸取了这种方法来进行心灵修习活动，也用这种方式来治儒研经。这种思想方法还影响到黄诗的创作，体现在其禅理诗与禅境诗中。

黄氏最重人格的培植，他曾经赞美理学家周敦颐的心胸像"光风霁月"一般璀璨，这也是他理想中的心灵境界，但黄氏用以达到这个境界的方式却很像禅宗的从心底顿悟真如，也就是说他强调以本心自悟的方式来修习心灵。

晁张和答秦觏五言予亦次韵

山林与心违，日月使鬓换。儒衣相诟病，文字奉娱玩。
自古非一秦，六籍盖多难。诗书或发冢，熟念令人惋。
秦君锐本学，骥子已血汗。相期骋天衢，伯乐尝一盼。
士为欲心缚，寸勇辄尺惴。要当观此心，日照云雾散。
扶疏万物影，宇宙同璀璨。置规岂惟君，亦自警弛慢。❶

这首诗前面讲了许多儒学不振、风气不淳的事实，至"士为欲心缚"点出，使人知晓这种种败象原来都是"士为欲心缚"之故。所以只要自观

---

❶ 《黄庭坚诗集注》，第231—232页。

此心，就能驱除欲念，达到一个澄明璀璨的心境。在另一处他还说："本心如日月，利欲食之既。"❶ 这跟禅宗认为真如佛性本在人心，只是为妄念所蔽相似。

心灵修习有点像禅宗所讲的"活泼泼"的心灵顿悟，它的目的是使心活跃以应付纷纭的生活，而不是使心枯寂。黄庭坚的许多哲理诗仍充满生活情趣也是这个道理。大体讲，黄诗受禅学影响比较明显的有两类：一类是禅理诗，一类是禅境诗。

诗中直接出现佛禅思想，并且全诗目的就是阐释这种思想的，我称它们为禅理诗。成功的禅理诗不多，有些平典似道德论，有些又奥妙晦涩如偈。我们前面所引的《寂住阁》《深明阁》就是典型的禅理诗。但也有一些诗，既用了禅理、禅典，而诗中仍有自然景物或日常生活的情景，更重要的是诗中还包含有感情。这时候诗里的禅理因素就会跟形象的情感因素相融洽，产生一种特殊的艺术效果：

自巴陵略平江，临湘入通城，无日不雨，至黄龙奉谒清禅师……

山行十日雨沾衣，幕阜峰前对落晖。
野水自添田水满，晴鸠却唤雨鸠归。
灵源大士人天眼，双塔老师诸佛机。
白发苍颜重到此，问君还是昔人非。❷

"灵源大士"即清禅师，"双塔老师"指已经圆寂的慧南、祖心二禅师，"白发苍颜"是指诗人自己。"问君"即自问，语出僧肇《物不迁论》，讲王梵志出家又回家，旁人问他"昔人（即王梵志）尚存乎"？梵志回答说："吾

---

❶ 《奉和文潜赠无咎篇末多以见及以既见君子云胡不喜为韵》，《黄庭坚诗集注》，第152页。
❷ 《黄庭坚诗集注》，第586—587页。

犹昔人，非昔人也。"❶意思是说我就是过去的那个王梵志，但又不是过去的那个王梵志。山谷用这个禅典寄寓自己贬谪西南、万里赦归后物是人非的感慨。非但他人已非，就连自己也未必是以前的那个自己。诗的后半，用禅理佛机来抒发生死暌违之情。但诗并不大隔，相反，由于用了一些禅语，还增添了一种朦胧的哲理美。

再看他的两首五言：

次韵答斌老病起独游东园　　其二

主人心安乐，花竹有和气。时从物外赏，自益酒中味。
剧枯蚁改穴，扫箨笋迸地。万籁寂中生，乃知风雨至。❷

又答斌老病愈遣闷　　其一

百痾从中来，悟罢本谁病。西风将小雨，凉入居士径。
苦竹绕莲塘，自悦鱼鸟性。红妆依翠盖，不点禅心静。❸

黄斌老是一个画家，在古人那里，诗、画、禅本来便相通。张怡评髡残时说："举天下言诗，几人发自性灵？举天下言画，几人师诸天地？举天下言禅，更几人抛却故纸，摸着自家鼻孔也？"可见它们的对象虽不同，但在寻觅自我、强调颖悟这一点上是共通的。再看黄庭坚的这两首诗，虽然用了一些禅典，也含有禅理，但将它们渗透在了自然景物及人物的生活画面之中，故仍觉清空，作者巧妙地将诗人对自然的审美活动与禅人对自然的禅观活动融汇起来。在这里，"禅"也成了一种艺术性的体验，所以这

---

❶ 《黄庭坚诗集注》，第587页。
❷ 《黄庭坚诗集注》，第460页。
❸ 《黄庭坚诗集注》，第462页。

类诗在艺术上是成功的。

"禅境诗"应该说是一个很广义的概念,主要是指这样一些作品,它们没有直接表现"禅"的内容,但在意境中常常有一种类似于禅悟的特点。也就是说,黄庭坚深受禅宗的顿悟真如的思想方式影响,所以当他在对自然景物或社会生活进行观察时,眼光往往与众不同。表现出来也就别具特色,常常含有充盈的理趣,这个特点在黄诗中是比较普遍的:

发白沙口次长芦

篙师救首尾,我为制中权。挂席满风力,如推强弩弦。
晓放白沙口,长芦见炊烟。一叶托秋雨,沧江百尺船。
反观世风波,谁能保长年。念昔声利区,与世阅周旋,
大道甚闲暇,百物不废捐。谁知目力净,改观旧山川。❶

此诗写于元丰三年移官太和的路上,舟行至仪征附近的长江江面。前半描写在大风浪中,他与船夫配合的一场激战,写得颇有声色。至"反观世风波"句一转,由江路风波联想起无形的世路风波,至"大道甚闲暇"句又一转,是说世路风波甚险恶,但大道闲暇,只要直道而行。人生的路途何尝不坦荡平易呢!料不及这么一想,竟然目光一净,眼前的山川瞬间改观了,风浪也不再可怕了,景物好像都自觉地来凑合诗人这时所悟到的人生哲理。我们所说的以禅观自然、观人生,应该是指这样一种境界。佛教讲究以心力转换境界,《维摩诘经·佛国品》:"若菩萨欲得净土,当净其心,随其心净则佛土净。"此即"谁知目力净,改观旧山川"所演绎的禅理。

再看两首小诗怎样塑造类似于"禅"的意境:

---

❶ 《黄庭坚诗集注》,第1008页。

小　鸭

小鸭看从笔下生，幻化生机全得妙。

自知力小畏沧波，睡起晴沙依晚照。❶

这是一幅机趣圆融、情理透脱的画面。也不知这小鸭知足常乐、怡然自得的生机，是否还象征着诗人自己的一种人生思想？

雨中登岳阳楼望君山　　其一

投荒万死鬓毛班，生出瞿塘滟滪关。

未到江南先一笑，岳阳楼上对君山。❷

此诗写在元符三年（1100）遇赦归来途经洞庭、登临岳阳楼时，这座历史名楼在黄庭坚之前已有不少骚人墨客为之题咏。但黄氏这首小诗却能别开生面。他将一切推去，单从自身遭逢与眼前景物相凑拍的刹那写起。"未到江南先一笑，岳阳楼上对君山"极似禅境，妙在似接非接，"一笑"是笑什么呢？回答不了也用不到回答，下句推出的却是另一个境界。正如释迦在灵山法会上拈起金波罗花，大弟子迦叶微微一笑，释迦便说自己最微妙、最上等的法门已经论付给迦叶了。至于释迦拈花与迦叶微笑之间到底有什么关系呢，谁也说不出来。而诗有时也有这种类似的情形，你能给黄庭坚的"一笑"作具体的诠释吗？也许可以排比几个"笑"的原因，但那样就是迂哉高叟了。须知诗的妙处正在于以有穷纳无穷，以少少许胜多多许。黄庭坚是很知道这个奥秘的，因为他曾说过："陶公白头卧，宇宙一北窗。"知道小小北窗能容纳宇宙，确切地讲是能容纳宇宙般广大的精神。所以他

---

❶ 《黄庭坚诗集注》，第271页。
❷ 《黄庭坚诗集注》，第584页。

在表现事物时，也具有了这种"大法眼"似的特点。

当然，从究竟来讲，诗与禅是不同的。"禅"的本质是说佛法，佛法离绝言相，所以禅师们只好用一些破弃正常语言的乖张荒诞言行来表达，而深浅则随之而异。而诗，尽管也有它感性的、不能过于属实的一面，但其目的还是将某种意含传达给读者，给读者以真实的美感享受。诗、禅虽都有"虚"的特点，但诗是虚为实用，是"当其无，有之用也"？而禅则是真正的虚无。这是我们在分析黄诗与禅的关系时必须注意的。

推荐阅读

- 任渊等注，刘尚荣点校，《黄庭坚诗集注》，北京：中华书局，2003年。
- 普济，《五灯会元》，苏渊雷校点，北京：中华书局，1984年。
- 钱志熙，《黄庭坚诗学体系研究》，北京：北京大学出版社，2003年。
- 钱志熙，《活法为诗》，长春：吉林文史出版社，1997年。
- 周裕锴，《禅宗语言》，上海：复旦大学出版社，2017年。
- 张伯伟，《禅与诗学》，北京：人民文学出版社，2008年。
- 王宇根，《万卷：黄庭坚和北宋晚期诗学中的阅读与写作》，北京：生活·读书·新知三联书店，2015年。

第22章

诗词之辨
李清照、苏轼、欧阳修的诗词创作

艾朗诺（Ronald Egan）

在宋代，诗和词是并行的两种文体，本章希望能厘清这两者之间的差别。两者之中，诗是源于上古且更经典也更被尊崇的文体。而词则是后起之秀，起源于唐代的流行歌曲，在当时吸引了一些文人墨客的注意。但直到北宋，词才真正成为一种成熟的文体。南宋以降，诗和词并存发展，成为诗人自我表达的不同载体。许多诗人既写诗又作词，但他们往往会根据具体情境来选择诗或词，而且两者的写作目的和效果都有所不同。

目前，已有不少的学术著作讨论过词的早期发展，比如探讨10世纪时《花间集》的特色，它与当时蜀国宫廷的联系，以及词如何在11世纪时得以打破宫廷的局囿，步入都市的娱乐区和文人的居所。本章不想重复梳理词体发展的历史，转而希望着重研究在北宋中期词体成熟之后，和诗之间究竟表现出怎样不同的风格和表达特征。[1] 并且我个人的兴趣主要也在于考察两者作为不同体裁，究竟差异何在。当词的地位变得日益重要时，它与诗之间的差别就得以让诗人有意识地使用这种新的体裁来进行表达。随

---

[1] 近期对词的研究，参见宇文所安，《只是一首歌：中国11世纪至12世纪初的词》，北京：生活·读书·新知三联书店，2022年。

着词的写作日益广泛，它作为诗以外的另一种文体选择，甚至可能改变了人们对诗的观念和使用。

宋代诗坛的行家们已然隐约意识到诗和词之间的差别。如今学者们研究宋代诗歌时，常把诗和词割裂成两种不同的类型，把它们的历史发展和美学特征分开研究，并且研究诗和词的学者常各自为营。本章接下来的部分，希望直接通过作品来探讨诗和词的差异，阐明这两种体裁给宋人提供了哪些不同的表达范畴和选择。

我们先从李清照对诗和词的讨论开始。从李清照入手，并不是因为她是最早关注诗词差异的作者，在她之前很早就有其他人意识到两者之间的区别了。从李清照开始讨论，是因为她的作品中诗和词的分界是很明显的，而且在文学传统中，她的诗作几乎被完全忽视了。

李清照写过一些以政治和历史为主题的诗，其中最早的两首是关于大唐中兴碑的。碑上所刻著名的《中兴颂》是唐人元结在771年所作，目的是称赞朝廷成功地平复了安史之乱，达到了"中兴"。元结在碑文中，对击败叛军的将领极尽歌功颂德之能事。但李清照在诗中却批判了当时朝廷的疏忽和腐败。❶她不认为击溃叛军的胜利有任何荣耀可言，反而觉察到，是唐代官员将领的不忠，甚至是天子的愚蠢，导致了叛乱的发生。因此她认为中兴碑是唐代统治者在为自己造成的灾难开脱，反而体现了统治者的无能。

几年后，李清照又根据当时的政治形势写了另外两首诗。其中一首一共四行八句，李清照于诗题中就直接与两位即将出使金国的官员对话。当时金国侵略大宋，侵占了宋北部的疆域。❷这首诗涉及了宋人应如何与北

---

❶ 李清照，《浯溪中兴颂诗和张文潜》，徐培均笺注，《李清照集笺注》，上海：上海古籍出版社，2002年，第197—209页。

❷ 李清照，《上枢密韩公工部尚书胡公》，《李清照集笺注》，第220—238页。

部的敌人斡旋和谈这一敏感问题。和谈的局势极其复杂，徽钦二帝在金朝被扣为人质，还有许多的皇亲国戚也一同滞留在金，而新建立的南宋朝廷则急切地希望这些人质能平安归来。在诗中，李清照勇敢地建议出使金国的宋朝使臣应该态度强硬，不应再做过多的让步，比如割让土地、进贡财物等，并暗示宋的新统治者在之前和金国的交涉中显得过于软弱。她同时也警告这些使臣们要小心谨慎，因为金国很有可能会设下陷阱。

即便李清照此时已经以文采出名，这首诗的主题对于一位女性诗人来说仍是很不寻常的。尤其是作者在诗里不仅直接与使臣对话，还给出了自己的建议。李清照此时已凭借词作而闻名，但对于这样的政治主题，她却不可能用词这一文体来表达。不管是之前还是当时，没有诗人会用词来表达自己的政治观点和判断。一位以词闻名的作者，却选择诗来表达政治主张，这正显示了当时人们运用这两种文体的习惯。

值得注意的是，这两组诗的创作背景是一致的，都是李清照需要公开展示自己诗才的时候。尤其是第二组诗，因为它们是要寄给出使金国的大臣，创作时间正好是使臣出发之前。第一组关于大唐中兴碑的诗，则是李清照更年轻的时候，也许是十七八岁时所作。这两首诗的题目表明它们是对张耒诗作的和诗。张耒与李清照父亲同辈，两人很有可能相互认识。张耒的诗作也许当时已经广为人知，而李清照则通过与他唱和，尖锐地提出与张耒不同的对中兴碑的评价，从而跻身文人圈，表明自己虽为女子，也能成为才华横溢且豪气干云的诗人。在两组诗中，我们都能窥见，李清照打破了传统对闺阁女子角色的固有期待，进入了男性文人的世界并参与政治的辩论。这解释了她为何要选择诗作为表达的方式。如果转而用词，效果会大相径庭，而且她有可能会成为男性文人的笑料谈资。

下面将继续分析李清照的作品，深入到一个更具挑战性的例子。如若阅读两首主题相同的诗和词时，读者会有怎样的发现呢？不可否认的是，它们的语气和内容都会有所差别。在以下引用的诗词中，李清照处理了一个常见的诗歌主题,即闺怨和孤寂的情绪。第一首是诗作,诗前有简短的序言供读者了解创作时间和情境,第二首词则没有这些背景信息。

感 怀

宣和辛丑八月十日到莱,独坐一室,平生所见,皆不在目前。几上有《礼韵》,因信手开之,约以所开为韵作诗。偶得"子"字,因以为韵,作《感怀》诗云:

寒窗败几无书史,公路可怜合至此。
青州从事孔方君,终日纷纷喜生事。
作诗谢绝聊闭门,燕寝凝香有佳思。
静中我乃得至交,乌有先生子虚子。❶

忆秦娥

临高阁。乱山平野烟光薄。烟光薄。栖鸦归后,暮天闻角。
断香残酒情怀恶。西风催衬梧桐落。梧桐落。又还秋色,又还寂寞。❷

诗的写作背景是李清照在宣和三年(1121)搬到了莱州。她的丈夫赵明诚此时刚结束了之前约十年住在青州祖宅附近的布衣生活,被任命为莱州太守。可以想象得到,当赵明诚接受任命时,心情应该十分欢欣,于是迫不及待先出发到达了莱州。诗序中交代,同年八月李清照也跟随丈夫到了莱州。从诗里可以看出,李清照初到莱州时,新的环境让她十分失望。

诗第二行提到的"公路",是汉末军阀袁术的字。袁术的军队被曹操

---

❶ 《李清照集笺注》,第211页。
❷ 《李清照集笺注》,第51页。

击败，损失惨重，因此补给不足。有一天早餐时，袁术吩咐随从拿蜂蜜来，随从却报告说蜂蜜已经没有了。于是他大恸道："袁术至于此乎！"之后就骤然离世。❶第三行中的"青州从事"指的是《世说新语》里饮酒的典故，"孔方君"则指的是钱。从这两句可以看出，对李清照来说，酒和钱给她在莱州的生活带来无休止的烦恼，使她闷闷不乐，宁愿幽居不出。诗的最后一行指的是司马相如《子虚赋》中虚构的人物，子虚和乌有先生。

李清照的词很少有序言，哪怕是很短的，所以想要确定词的写作时间和地点是非常困难的。然而创作情境的模糊性，不仅出现于她的这首词，同时还存在于其他很多词作中，原因不仅是缺乏一篇能够交代背景的序言。词这一体裁，本身就避免给予读者太多的细节信息，因而读者无法了解作品表达情感背后的原因。在这首词的下阕，李清照写自己"情怀恶"。可原因是什么呢？她并没有给出任何解释。读者只能猜测，这种情绪源于她从高楼望见的凄凉秋色吗？她听到的角声又代表了什么？它是否是军队的号角声，就像传统词作中常出现的号角，从而暗示了战争的威胁？如果真是如此，这个威胁是否紧急，又如何作用于作者的情绪？抑或是词中提到的最后一个因素，即作者孤独的处境，才是引起失落情绪的真正原因？作者最后才提到自己孤独的处境，几乎像是事后添加上去的。如果孤独才是引发失落情绪的主要因素，那这又是怎样的一种孤独呢？跟上一首诗作中描述的孤独一样吗？在诗中，作者的孤独并不是因为缺乏譬如来自丈夫赵明诚等人的陪伴。她是有意识地选择了孤独，把自己关在房间里，不想跟外面的人接触。

诗作也有自身难以解释的部分，比如让作者感到不快的，那些参与饮酒和花钱的人究竟是谁？但是相较而言，读者还是更容易理解诗中表达的情绪和苦闷。这不只是因为诗的序言提供了信息，而且因为诗本身提供的

---

❶《三国志》卷六，第210页注三裴松之引《吴书》。

第22章 诗词之辨——李清照、苏轼、欧阳修的诗词创作 | 385

细节更具体和全面。从结构上说，诗和词形成了一个对比。诗是由诗联构成的，正如读者所期待的，每一联都有各自的使命。首联交代作者所处的情境以及她的失落之情，有一种穷途末路之感。颔联交代的信息告诉读者，作者的房间之外发生了什么。颈联中，读者可窥见作者希望摆脱失落的情绪，重新开始做一些自己喜欢的事，比如写诗、焚香、思考等。而尾联展现的是一个尖锐的反讽，因为诗人告诉读者，她需要"至交"来帮自己摆脱孤独和烦恼，可这些"至交"只是书里虚拟的人物。

相较而言，词的铺陈没有很强的逻辑性，结构上也无清晰的分工。李清照的这首词，几乎从头至尾都充斥着自然的意象，正如身处高楼的主人公所望见的。整首词只有第一句、第六句和第十句这三句描写了作者在高楼中的实际处境。和诗不同的是，词的主人公除了观察以外，几乎什么都没有做。词的情绪，由她观察到的意象建构而成。和诗不同，词的话题并不是从一句流畅地过渡到下一句，而是在很大程度上通过重复而形成效果。上下阕分别重复了"烟光薄"和"梧桐落"。词的最后两句还有另一种重复，作者从而告诉读者，这种情境和感受她之前都经历过。正是这些重复，叠加在许多凄凉的自然意象上，使这首词非常具有感染力。它并没有像上一首诗那样，在结尾处构成一个讽刺性的观察。词的情绪更像是已然存在的，词作本身只是要想办法捕捉到它们。

接下来的两首作品也是一首诗和一首词，主题都是关于主人公的游仙经历。在诗里，主人公和传说中的仙人安期生、萼绿华一同饮宴。在词中，主人公则直接与"天"进行了一个简短的对话。

晓　梦

晓梦随疏钟，飘然蹑云霞。因缘安期生，邂逅萼绿华。
秋风正无赖，吹尽玉井花。共看藕如船，同食枣如瓜。
翩翩座上客，意妙语亦佳。嘲辞斗诡辩，活火分新茶。

虽非助帝功，其乐莫可涯。人生能如此，何必归故家。
起来敛衣坐，掩耳厌喧哗。心知不可见，念念犹咨嗟。❶

渔家傲

天接云涛连晓雾，星河欲转千帆舞。仿佛梦魂归帝所，闻天语，殷勤问我归何处。

我报路长嗟日暮，学诗漫有惊人句。九万里风鹏正举，风休住，蓬舟吹取三山去。❷

关于《晓梦》这首诗有趣的一点，是仙人的宴会中既有男性也有女性。萼绿华是和安期生相对应的女性仙人。相较而言，安期生在道教传说中更广为人知。因此，把萼绿华提到与安期生相同的地位来进行平衡是十分重要的。考虑到李清照本身就是女性，这样的选择就更不是无意为之了。诗里强调了宴会上欢快的交谈，活跃的交流和有力的辩论都是如此引人入胜。这些交谈对于现实并没有任何功利的作用，"非助帝功"。实际的功用虽被短暂提起，但很快被抛掷脑后。最后几句中，作者从快乐的梦境中醒来，回到惨淡的现实。现实中只有嘈杂的人声，和梦境中与仙人们的愉快交谈形成了鲜明的对比。现实里的声音惹人憎恶，乃至于作者忍不住用手堵住了自己的耳朵，不想再听下去。诗歌的结尾处，李清照提到自己虽刚刚认识这些仙人，一旦分开却已然非常思念。

《渔家傲》和《晓梦》最大的不同，在于作者的天界之行是十分孤寂的。她遇见了拟人化的"天"，但她并不能与之平起平坐，更遑论像《晓梦》中那样，和仙人们共坐聊天。于是相比之下，《渔家傲》中的游仙经历

---

❶《李清照集笺注》，第214页。
❷《李清照集笺注》，第127页。

显得更加个人化。"天"问了作者一个问题,她的回答中饱含隐晦的意蕴,凸显了写作在她人生中的地位。当被问起人生最终的目标时,李清照很快回答说自己在写诗。这无疑显示了写作在她人生的中心位置。和其他很多诗人一样,她诉说了自己创作的苦闷,害怕自己的作品不被重视。但这种苦闷并不阻碍她认为写作才是人生终极的目的和意义。接下来几句的意义很晦涩。作者所表达的对于风的期冀,是否也正是对自己的写作冲动、灵感和成果的某种期待?读者如果这样解读的话,那么词以"三山"结尾,则显示了李清照希望自己的作品能够永恒,在身后依然不朽。

《晓梦》虽然有趣,但仍未打破游仙诗的传统。《渔家傲》则并不隶属于这样的传统,因而得以独立存在。作者和"天"的问答是非常新颖的,这种特别的问答形式和内容也使这首词在李清照所有作品中具有特殊的意义。

在其他一些诗人身上,读者也能看到诗和词的差异。传统大多认为,苏轼"以诗为词"。但显而易见的是,即便是苏轼,他的诗和词也有不同的写法。不能否认,在某些方面苏轼把诗和词这两种文体之间的距离拉近了,但两者的差异在其作品中仍非常明显。这里将选择一些主题和写作场合都相同或类似的诗和词,从而比较两者的差别。第一组诗和词是苏轼结束了黄州四年的贬谪生活,即将离开时所写的:

别黄州

病疮老马不任鞅,犹向君王得敝帷。
桑下岂无三宿恋,樽前聊与一身归。
长腰尚载撑肠米,阔领先裁盖瘿衣。
投老江湖终不失,来时莫遣故人非。❶

---

❶ 《苏轼诗集》,第1201—1202页。

满庭芳

元丰七年四月一日,余将去黄移汝,留别雪堂邻里二三君子。会李仲览自江东来别,遂书以遗之。

归去来兮,吾归何处,万里家在岷峨。百年强半,来日苦无多。坐见黄州再闰,儿童尽、楚语吴歌。山中友,鸡豚社酒,相劝老东坡。

云何。当此去,人生底事,来往如梭。待闲看秋风,洛水清波。好在堂前细柳,应念我、莫剪柔柯。仍传语,江南父老,时与晒渔蓑。❶

《别黄州》的开头,苏轼提及自己的为官生涯,并用了一个人们耳熟能详的比喻:把自己比作马,把皇帝比作马的主人。此处他想表达的是,尽管自己已年迈,不再像壮年的骏马一般能载着主人长途跋涉,但主人(皇帝)仍垂怜于这匹老马,并赠与信物来表达善意和关切。诗里的信物是一个已破旧的马鞍套,此处苏轼也许暗示,即将赴任的新官职并不是一个美差,但皇帝已显示了应有的仁慈。颔联诉说苏轼对黄州的喜爱,他在这里已经住了很长的时间。有些讽刺的是,黄州是苏轼被贬谪的地方,但他却很喜爱这里,并不舍得离开。颈联既写了与黄州相联系的美好事物,即"撑肠米",苏轼想带着米离开黄州,又提及了汝州(即今河南临汝,苏轼即将担任汝州太守)的糟糕环境。撑肠米是黄州特产的一种长米。汝州的老百姓很容易在脖子上长肉瘿,原因可能是当地的水里缺乏碘。因此苏轼提到自己要为得病做好准备,事先要裁好高领的衣服,可以挡住未来脖子上长出的肉瘿。在尾联中,苏轼向黄州的朋友承诺,退休之后一定会再回黄州。诗的最后一句有两种解读方式。第一种是,"当我退休归来,请别让

---

❶ 张志烈、马德富、周裕锴主编,《苏轼全集校注·词集》,石家庄:河北人民出版社,2010年,第459—460页。

我看到不是老朋友的人",这句话的意思是,苏轼希望黄州所有的朋友都健康长寿,所以当他再回来时,大家都还健在。第二种解读是纪昀提出的,"我希望将来朋友们不会责备我,因为我一定会实现诺言,回来探望大家"。这两种解读都说得通。

  《满庭芳》的开头引用了陶渊明著名的《归去来兮辞》。但苏轼很快就把归田的希冀转变成一个不知能否实现的疑问,因为他想到家乡是如此遥远,要归去几乎是不可能的事。尤其如今他已年迈,生命剩下的时光已经无多。紧接着苏轼提到自己在黄州度过了两次闰年,自己的儿女也已习惯了当地的生活,以至于日常对话中也夹杂着南方的口音和语调。他又叙说起黄州的朋友们带着食物来给自己饯行。词上阕最后一句中的"老"是动词,表示朋友们都希望他最终能在自己喜爱的东坡退休终老。下阕开头,苏轼诉说自己就像来往的梭,漂泊南北苦楚不堪。接着他引用了《世说新语》中张季鹰在洛水畔思念故乡的典故❶,以想象自己到达汝州之后,会如何地思念黄州。这种情绪在词的下阕也随处可见,譬如说,苏轼让朋友代为照顾雪堂附近自己亲手植的柳树。雪堂是朋友们给苏轼饯行的地方,而他也对堂边的柳树甚是喜爱。苏轼也希望饯行的朋友们能替自己问候另一些朋友,这些朋友住在长江南边,与黄州遥遥相望,之前曾和苏轼一起钓鱼。词的这几句提及柳树,谈到自己想与长江南边的朋友一起"与晒渔蓑",暗示苏轼希望自己退休后能回黄州,正如朋友们所希望的那样。

  《别黄州》和《满庭芳》各自所关联的修辞和典故显然是很不同的。《别黄州》处于官僚系统的话语框架中,体现了苏轼为统治者服务的身份。他必须依赖主上的恩宠,接受任命去一个自己并不喜欢的地方,尽管他期待有一天自己可以不用出仕。这种话语框架在诗歌的首联就被牢牢地确立,并在整首诗中得到发展。而《满庭芳》则以更个人化的口吻开头,讲述诗

---

❶ 《世说新语笺疏》,第467页。

人如何远离家乡，并从头到尾维持着这种更个人化的口气和指涉。词里提到了儿女们口音的转变，罗列了自己在黄州两个不同地区的朋友，他们带来的食物，还有他和朋友们一起参与的活动。词里还提到苏轼在黄州曾经建造的居所，和居所附近他手植的柳树。在这首词里，苏轼避免直接提到自己作为官僚的身份，也没有提到皇帝。简而言之，《满庭芳》所构建的是把黄州当作家乡的想象，因为在词的开头苏轼就提到，真正的家乡是遥不可及的。因此黄州成了新的家乡，因为这里有至交好友、有趣的休闲活动、亲手修建的居所和种植的树木，甚至连自己的孩子们都接受了当地的文化。这自然是苏轼还想再来的地方。

接下来的一组诗和词，都是苏轼于元丰元年（1078）在徐州所写的，当时他在徐州担任太守。这组作品和之前提到的作品有些不同，诗和词的主题并不一样：诗的主题是饯别，而词的灵感则来源于苏轼梦见的一位唐代女子。尽管主题不同，但两首作品的内容有许多重合的地方，因此亦能形成一个有趣的对照。

送郑户曹

水绕彭城楼，山围戏马台。古来豪杰地，千载有余哀。
隆准飞上天，重瞳亦成灰。白门下吕布，大星陨临淮。
尚想刘德舆，置酒此徘徊。尔来苦寂寞，废圃多苍苔。
河从百步响，山到九里回。山水自相激，夜声转风雷。
荡荡清河壖，黄楼我所开。秋月堕城角，春风摇酒杯。
迟君为座客，新诗出琼瑰。楼成君已去，人事固多乖。
他年君倦游，白首赋归来。登楼一长啸，使君安在哉。❶

---

❶ 《苏轼诗集》，第833页。

"郑户曹"指的是郑仅,他是彭城(徐州)本地人。这首诗是为了给即将离开家乡去大名府担任户曹的郑仅送别。首联之后是诗歌的第一部分,即从第三句到第十二句。此处苏轼罗列了和彭城有关的诸多历史人物,按顺序分别是汉高祖、项羽、吕布,以及在徐州去世的唐代将领李光弼,还有第九和第十句提到的刘宋开国皇帝刘裕,他也是彭城人。这些历史人物都是领袖和将领,因此苏轼把彭城称为"古来豪杰地"。尽管诗里提到了这些人的名字,但也提醒了读者,这些人如今都已不在了。第四句中写到,关于这些英雄豪杰的记忆已逐渐消逝,只留下无尽的哀愁。在第十一和第十二句中,长满青苔的废弃园林提醒着人们,光荣已逝,唯留一片沉默和孤寂的土地。诗歌接下来的部分把视角从过去转向了现在。乍看之下,第十三到第十六句只是简单地描述了彭城的自然景观。但实际上,通过描述那条穿过并围绕徐州的河流,这几句也预示了第十七和第十八句所提到的历史事件,即在接下来一年,黄河冲破了徐州北边的堤坝,洪水威胁着整个徐州城。作为太守,苏轼召集全徐州的人民加固土坝来抵御洪水,最后解除了威胁。洪水退去后,苏轼派人重新加固了城墙,为了纪念这一事件,在城墙上建造了可以俯瞰整个徐州城的黄楼。黄楼在1078年竣工,为此苏轼特意写了《黄楼赋》为贺,这篇文章被保存至今。诗的第十九到第二十四句转回到当下创作的瞬间,即苏轼饯别朋友郑仅的宴会。这首诗里的饯别宴会很有可能就是在黄楼举行的,或者至少也是在一个可以看见黄楼的地方。当郑仅离开徐州去大名府就职时,黄楼刚建成不久。诗歌的最后四句展望了未来。苏轼想象,未来的一天当郑仅退休回到老家彭城时,须发已经花白。那时苏轼早已不再是徐州太守,甚至也许已离开人世。那时的郑仅会登上黄楼,想起并怀念起好友苏轼。诗歌的开头和结尾在此形成了一个对照。对于未来的郑仅来说,站在苏轼建造的黄楼上怀念他的功绩,就像苏轼在诗歌的开头怀念其他英雄豪杰一般。苏轼并没有直接指出这样的联系,而只是暗示了这种对照,从而避免使自己显得过于自负。

永遇乐

彭城夜宿燕子楼,梦盼盼,因作此词。

明月如霜,好风如水,清景无限。曲港跳鱼,圆荷泻露,寂寞无人见。紞如三鼓,铿然一叶,黯黯梦云惊断。夜茫茫,重寻无处,觉来小园行遍。

天涯倦客,山中归路,望断故园心眼。燕子楼空,佳人何在,空锁楼中燕。古今如梦,何曾梦觉,但有旧欢新怨。异时对黄楼夜景,为余浩叹。❶

这首词描写的是徐州一座唐代的建筑燕子楼,而不是苏轼建造的黄楼。在词序中,苏轼提到自己曾在这里住过一晚,梦到与这座楼有关联的唐代女子盼盼,醒来后他就写了这首词。盼盼是唐代官员张愔的小妾❷,诗人白居易曾观赏过她的舞蹈,为她写下了《燕子楼三首并序》,盼盼因此闻名于世。张愔卸任徐州太守并离开后,盼盼仍在燕子楼中离群索居了十年,对张愔忠贞不渝,没有再嫁。

这首词的上阕建构了一个情境,而下阕则展示了苏轼对于梦境的遐思。上阕描绘了一个极其静谧的月夜,乃至于诗人觉得自己能听见鱼从池塘跃出、露水在荷叶上凝结的声音。午夜的鼓声过后,他听到一片叶子落在了地上,把他从梦中惊醒,于是他便起身走入了燕子楼废弃的庭院中。

词的下阕呈现了原本断断续续的思绪,从一处快速地跳跃到另一处。苏轼四处游荡,怀念着故乡,却只能徒然远望。燕子楼如今空空如也,因为盼盼芳魂已逝,唯有燕子依然如故。古今如梦,人们何曾真正地从梦中

---

❶ 《苏轼全集校注·词集》,第222—223页。
❷ 此处参考《苏轼全集校注·词集》第223—224页注解〔一〕的结论。

清醒？人生总是由记忆中的欢乐和现实中的忧愁组成。苏轼写道，在未来的某一个与今晚类似的晚上，也会有人为我的逝去而伤感，就像我如今怀念着盼盼一般。"古今如梦，何曾梦觉"看上去似乎是老生常谈，但在此处又是对实境的写照，尤其是当读者想到苏轼此时刚从梦中醒来，而在词的上阕他还详细地描述了自己如何醒来，醒来后又发生了什么。苏轼把各种思绪融入了词的下阕之中，尽管它们相互间并没有逻辑上的联系。根据自己所处的情境，他产生了许多深沉的思绪，这些思绪不仅来自已逝的唐代美人盼盼，也关于时间和永恒，关于历史、现在，甚至未来。

苏轼的这两首作品呈现了两座徐州的建筑，抒发了两种对于徐州历史住宅的怀想。诗和词的结尾都展望了未来，也想象未来的人会怀念曾在徐州任职的自己。从许多方面来说，诗和词有共同之处，但它们也展现了一些差异。最明显的差别是性别，或者说是对历史记忆的性别化。在《别郑户曹》这首诗里，历史是属于男性的，不止于此，诗里赞颂的都是极具英雄气概的男性，如勇士、朝代的开创者、军阀，甚至叛乱的领袖等。但《永遇乐》中的历史人物则是女性，她长相柔媚、歌舞曼妙，同时也是一位对丈夫忠贞不渝的小妾。但诗词中性别的差异，不只限于历史记忆中的人物。在人物身份之外，读者会发现诗词的情境也有差别，所引发的情绪也被性别化，或者说，这些情绪至少烘托了历史人物的性别差异。给郑仅饯行的宴会是一个社交场合，这样的饯别场面在苏轼同时代的男性官僚和文人生活中是很常见的。即便不完全公开，宴会仍是一个开放且欢乐的社交场合。诗的视角因此也是开放且延展开的，它以围绕着彭城的河流和群山作为开头，第十三到第十六句展现了目光可及处的风景。但词所构建的环境、情绪和视觉联想则完全不同，词的情境非常个人化、静谧无声，并且在空间上有所限制。在场的只有一个人，就是主人公苏轼。他在燕子楼中茕茕独立，陪伴他的只有自己的梦境，这个梦带着情欲的色彩。主人公的孤独处境被强调着，"寂寞无人见"，他的孤独就像深沉的夜。即使当他从梦中醒来时，他也只能在小小的庭院中漫步。

奇怪的是，尽管这首词有如此个人化的限制，但读者仍然可以反驳说，词结尾所引发的思考实际比诗作更宏大也更普世。《送郑户曹》的叙述以历史中的人物为主，这一主题在文学史中很常见，即英雄人物和他们的丰功伟绩最终都会随着时间的流逝而灰飞烟灭。但《永遇乐》展现的视野似乎更广：它不仅提到了时间摧枯拉朽的力量，也关注到生命本身。不仅是英雄人物，所有的生命都如梦似幻。因此，曾在诗人梦中栩栩如生的盼盼只是虚幻一场，而现实中的经历也同样虚幻，因为没有任何人和事能经久不衰，正如盼盼的人生一样。盼盼曾和她的爱侣共同欢乐，之后她又独居燕子楼十年。当《送郑户曹》着眼于英雄豪杰和他们的消逝时，《永遇乐》则通过一位看似微末的乐妓，体现了时间的幻灭，并推而广之来开启对全宇宙的思考。

如果我们来对比主题都是关于女性的诗和词，结果又会如何呢？两者的处理方式仍会有差异吗？如果有，又是什么样的差异呢？一个很好的例子是苏轼关于爱妾朝云的作品。他被贬惠州时，写了好几首诗给朝云。1094年苏轼被贬岭南，同行的家人除了幼子苏过外只有朝云。朝云在惠州患病，于1096年去世，当时只有三十四岁。朝云从1073年苏轼在杭州任职时开始跟随他，直至去世，她一共陪伴了苏轼二十三年。以下所引的两组作品是苏轼为朝云所写的诗和词，第一组诗词是苏轼在和朝云初至惠州时所作。

朝云诗

世谓乐天有鬻骆马放杨柳枝词，嘉其主老病，不忍去也。然梦得有诗云："春尽絮飞留不得，随风好去落谁家。"乐天亦云："病与乐天相伴住，春随樊子一时归。"则是樊素竟去也。予家有数妾，四五年相继辞去，独朝云者，随予南迁。因读乐天集，戏作此诗。朝云姓王氏，钱唐人，尝有子曰幹儿，未期而夭云。

> 不似杨枝别乐天，恰如通德伴伶玄。
> 阿奴络秀不同老，天女维摩总解禅。
> 经卷药炉新活计，舞衫歌扇旧因缘。
> 丹成逐我三山去，不作巫阳云雨仙。❶

在序中，苏轼提到了朝云和白居易的小妾樊素的差别。诗的开头提到樊素最后离开了白居易，而伶玄的妾樊通德则没有离开。正如序里所写的，苏轼的这首诗带有戏谑的口气。他并不是在开朝云的玩笑，而是嘲笑白居易的爱人离他而去，自己则很幸运，因为朝云一直相伴左右，甚至陪自己去了偏远、瘟疫丛生的南方。第三句提到了朝云和自己早夭的儿子幹儿。幹儿未满周岁即去世，所以苏轼不像络秀那样幸运，可以和自己的儿子阿奴共享天伦。第四句谈及自己和朝云都是虔诚的佛教徒。第五和第六句称赞了朝云过去和现在的精神追求。她曾是杭州的歌妓，后来苏轼给她赎了身。最后一联提及朝云和自己如今在一起炼丹，因此把朝云想象成是道家的神，而非一位浪漫的让人想入非非的女神。

殢人娇　赠朝云

> 白发苍颜，正是维摩境界。空方丈散花何碍。朱唇筯点，更髻鬟生菜。这些个，千生万生只在。
>
> 好事心肠，著人情态。闲窗下敛云凝黛。明朝端午，待学纫兰为佩。寻一首好诗，要书裙带。❷

---

❶《苏轼诗集》，第2073—2074页。
❷《苏轼全集校注·词集》，第720页。

这首词的开头把苏轼和朝云分别比作了维摩诘和天女。但接下来的几句里，重点转移到了朝云美丽的外貌。上阕的最后两句是什么意思呢？它们也许是指，在苏轼眼里朝云的美貌是永恒的。但《苏轼全集校注》则把这两句理解成苏轼对于朝云不变的情意。词的下阕转而描写朝云的性格和举止。当时端午节的习俗是佩戴兰花，所以这一阕的第四和第五句描写了朝云给苏轼编织佩带。当时端午的另一个习俗是，女子会在自己穿着的裙带上绣上自己所爱男子的诗作。因此最后两句里，朝云希望苏轼给她写一首好诗，让她可以绣在自己的裙带上。

　　到达惠州后，朝云愈加笃信佛教，以上的诗和词都提到了这一点。虽然主题类似，但是两首作品仍有很大的差别。诗的开头正如序言中所提到的，试图把朝云跟白居易的妾樊素区别开来，因为樊素最后离开了自己的丈夫。紧接着诗歌开始讨论朝云对道教的追求，想象她最后会跟着苏轼一起飞升仙界，这与她之前浪漫的美人形象形成了对比。换句话说，在诗作中苏轼着重强调的是朝云对自己深厚的情感，以及她从身为歌妓的"旧姻缘"中转变为一位追求道家艺术和佛家修行的庄严女子。南宋的评论家胡仔对此评论道："略去洞房之气味，翻为道人之家风。"❶

　　相较而言，词作则并没有刻意地为朝云建立一个新的身份。苏轼没有掩藏她的美貌和风姿，以及自己对她的柔情。读者因此可以从这首词里深切地体会到，苏轼和朝云之间亲密的互动、温馨感人的情意和对彼此的尊重。

　　接下来的这组诗词都写于朝云在惠州去世之后。尽管苏轼没有提及朝云的死因，但当时惠州疟疾流行，所以朝云极有可能死于疟疾。

悼朝云　并引

　　绍圣元年十一月，戏作《朝云诗》。三年七月五日，朝云病亡于

---

❶ 胡仔，《苕溪渔隐丛话》后集卷二十九，北京：人民文学出版社，1993年，第226页。

惠州，葬之栖禅寺松林中东南，直大圣塔。予既铭其墓，且和前诗以自解。朝云始不识字，晚忽学书，粗有楷法。盖尝从泗上比丘尼义冲学佛，亦略闻大义，且死，诵《金刚经》四句偈而绝。

苗而不秀岂其天，不使童乌与我玄。
驻景恨无千岁药，赠行惟有小乘禅。
伤心一念偿前债，弹指三生断后缘。
归卧竹根无远近，夜灯勤礼塔中仙。❶

诗首联用了《论语》和扬雄《法言》的典故，讲述自己和朝云的孩子幹儿早逝，这在之前的诗中也提到了。颔联记叙朝云去世，苏轼运用了许多佛教的语言和概念来描述她作为虔诚佛教徒的往生。第七句提到朝云被葬在了惠州的寺庙中，序言中也提到了这一点。最后一句则记述了夜晚在朝云棺木边进行的追悼仪式，苏轼旁观或直接参与了这个仪式。

西江月

梅花

玉骨那愁瘴雾，冰姿自有仙风。海仙时遣探芳丛。倒挂绿毛幺凤。
素面翻嫌粉涴，洗妆不褪唇红。高情已逐晓云空。不与梨花同梦。❷

词牌名后的小字交代，这首词是关于梅花的。那读者如何得知，苏轼其实是借梅花表达对朝云的怀念呢？首先，从外部的因素来说，和苏轼同时代的惠洪和尚非常仰慕苏轼，他指出这首词的主题是伤逝，而这种说法

---

❶ 《苏轼诗集》，第2202页。
❷ 《苏轼全集校注·词集》，第730页；《苏轼词编年校注》，北京：中华书局，2007年，第785页。

在南宋被广泛地采用和接受。❶ 其次，从词的内容来看，这首词几乎每一句都把梅花比作美人。不仅如此，词的第一句更完美地适用于朝云的情况。她为了追随苏轼，冒着感染疟疾的风险漂泊至南方。第七句中"晓云"的消逝也有双关的意思，暗指朝云的名字，进一步证实这是首关于朝云的悼亡词。巧合的是，词的最后两句至少有两种解读方法。从字面上看，这一句可以理解为朝云的"高情"，或是苏轼对朝云的"高情"，像清晨的云般消失于天空。被比作梅花的朝云，和梦中的梨花不同。换句话说，朝云比梨花更胜一筹，或者说她根本就是无与伦比的。但有一个苏轼词集的手抄本记录了作者的跋文，提及最后一句典自唐代诗人王昌龄的梅花诗。另一处资料中，苏轼引用了这几句，提到在自己的梦中，梅花最终变成了梨花。如果用这种方式解读，这一句则可理解为，"她已经不再像梨花一般走入我的梦中了"。❷ 如果手抄本上作者的注解是可信的，那么第二种解读应更符合苏轼的原意，尽管第一种解读也说得通。

《悼朝云》全诗完全讲朝云的去世，符合悼亡诗的传统。诗歌中充满了佛教的概念和术语，呼应了朝云生前的信仰。但这些诗句也可以拿来伤悼任何人的去世，适用于任何信仰佛教的人。这首诗抽象且理智，处处可见概念化的语言和指涉，譬如前债、三生、小乘、千岁药。而词则并没有一个悼亡的传统，因此苏轼的这首《西江月》相对较少受到传统的限制，可以更自由地选择表达的方式。所以这首词就更个人化，更真实地反映了朝云的形象。《西江月》比《悼朝云》更饱含深情，尤其是开头和结尾。《西江月》着重表现朝云生前的形象，一直到最后两句才提到她的去世。而在《悼朝云》中，并没有出现像《西江月》首句那样描述朝云对苏轼深情的词

---

❶ 惠洪，《冷斋夜话》，《全宋笔记》第二编，郑州：大象出版社，2006年，第9册，卷一，第31页。

❷ 这种解读方法来自《苏轼全集校注·词集》，第733页。注解中引用了苏轼对一首唐诗的评点。这首诗的作者被认为是王昌龄或是王建，宋代的资料常引用此诗的最后两句，现已不存。

句。词中对于朝云外貌的描写，在诗里并不可见。而词的最后一句表明，朝云对苏轼来说，是无与伦比也不可替代的。这种深情的流露，也没有在诗里出现。

比较这两组关于朝云的诗和词，读者会发现一些规律。诗作相对来说比较正式，更倾向于抽象的表达，而缺少对于朝云个人生活的描写。《朝云诗》的开头把朝云和白居易的小妾樊素进行比较，紧接着就描述朝云作为佛教和道教信徒对理想的追求。《悼朝云》把朝云的去世放置于关乎生死和重生的佛教信仰背景中进行叙述。而词则比较私密，突出了朝云女子和爱人的身份，也体现了苏轼和朝云这对爱侣间的情深意重。相比之下，诗不满足于只把朝云限制在这些身份之中，用更正式的语言把朝云塑造成另一种不只是爱人的形象，显得更庄重、更值得尊敬。

最后来讨论欧阳修的作品，他所处的时代比李清照和苏轼更早。欧阳修被认为是苏轼的老师。在1057年的科举中，苏轼名扬天下，而欧阳修正是那一年的主考官。李清照显然熟稔欧阳修和苏轼的诗文，并在自己的作品中对二人有所回应。有趣的是，当读者了解他们相互之间的联系，再追溯至欧阳修来审视他的诗和词时，会发现欧阳修的作品已然体现了两者之间的显著区别。实际上，本章审视的每组例子都展现了诗和词之间某种特殊的差异和互补性。因为每组例子处理的主题不同，因此各自体现的差异都是很新颖的，不过其中仍有规律可循。

欧阳修在1049年被任命为颍州太守，前后共在任三年。在此之前他先被贬滁县，然后转而担任扬州太守。欧阳修似乎特别喜爱颍州的西湖。这个西湖不是杭州的西湖，因为欧阳修生平从未到过杭州；它也不是指扬州的瘦西湖，因为在欧阳修的年代可能还未出现瘦西湖。欧阳修告诉读者，在到颍州之前他就听说过西湖。但当他亲眼见到西湖时，还是惊喜地发觉它比想象中的更加秀丽。欧阳修钟情于颍州和它周边的环境，最后选择在颍州任上退休，几年后他在这里去世。

欧阳修写过一组词，共十首，描绘颍州的西湖和此地的欢乐。这组作品的词牌名都是《采桑子》，每首的开头都是一样的结构：＿＿＿＿西湖好。开头的四个字会根据季节或当时西湖的情境而有所变化。在此引用其中的四首，来说明这一组词的氛围和表现范畴：

采桑子
第三首
画船载酒西湖好，急管繁弦。玉盏催传。稳泛平波任醉眠。
行云却在行舟下，空水澄鲜。俯仰留连。疑是湖中别有天。

第六首
清明上巳西湖好，满目繁华。争道谁家。绿柳朱轮走钿车。
游人日暮相将去，醒醉喧哗。路转堤斜。直到城头总是花。

第七首
荷花开后西湖好，载酒来时。不用旌旗。前后红幢绿盖随。
画船撑入花深处，香泛金卮。烟雨微微。一片笙歌醉里归。

第八首
天容水色西湖好，云物俱鲜。鸥鹭闲眠。应惯寻常听管弦。
风清月白偏宜夜，一片琼田。谁羡骖鸾。人在舟中便是仙。[1]

这几首词都写得十分引人入胜。它们看似简单甚至重复，但重复也是一种歌颂欢乐的手法，在中国诗歌中十分常见。读者也许会猜想，欢乐的

---

[1] 唐圭璋编，《全宋词》，北京：中华书局，1965年，第121—122页。

情绪是否最终会转为忧伤?因为词体中这样的转变十分常见。但是这些词里并没有流露出忧伤的情绪。欧阳修在这组词里构建了一个特殊的环境,不仅为自己,也为来访西湖的其他游客提供了无穷尽的欢乐。在任何情况下,西湖都是一个可以逃避现实的空间,是人们宴饮和享受的场所。这里酒香四溢,到处是游船、音乐、野鸟和其他触目可及的美景。对于寻求享乐的人来说,西湖像是一个躲避现实的乌托邦。对这种通过享乐来躲避现实的态度,词里并没有显示出任何愧疚情绪,或是试图为此辩护。在这组词里,西湖是另一个世界:"湖中别有天",它是神仙之地,因为"人在舟中便是仙"。在这里,人们根本用不着羡慕神仙。

欧阳修也为颍州西湖写了一些诗。它们都是单独写就的,不是以组诗的形式。不过这些诗的主题也是西湖以及诗人在此的欢乐,因此可以和上文这组词形成一个对照。以下是欧阳修的三首西湖诗:

初至颍州西湖种瑞莲黄杨寄淮南转运吕度支发运许主客

平湖十顷碧琉璃,四面清阴乍合时。
柳絮已将春去远,海棠应恨我来迟。
啼禽似与游人语,明月闲撑野艇随。
每到最佳堪乐处,却思君共把芳卮。❶

西湖戏作示同游者

菡萏香清画舸浮,使君宁复忆扬州。
都将二十四桥月,换得西湖十顷秋。❷

---

❶《欧阳修全集》卷十一,第188页。
❷《欧阳修全集》卷十二,第193页。

西湖泛舟呈运使学士张掞

波光柳色碧涳蒙,曲渚斜桥画舸通。
更远更佳唯恐尽,渐深渐密似无穷。
绮罗香里留佳客,弦管声来飐晚风。
半醉回舟迷向背,楼台高下夕阳中。❶

对同样描写西湖的诗和词来说,一个最明显的差别就是每首诗都有其独立的题目。题目交代了具体的创作场合,提及了这首诗是为了哪位友人所作,或是赠予谁的。而词则没有交代这些背景。读者甚至无法知晓这组词是同时写就的,还是在不同的场合创作的。

但诗和词的区别还远不止是题目的差异。词主要着重于西湖风景中直接的视觉和听觉元素,呈现的是游湖人目光所及的景象。词没有体现距离感,并未退后一步来表现眼前的风景。因此,词里很少有抽象化的叙述、修饰、论证或沉思。作者只是强调眼前的景色是如此可爱,以至于让他有进入了另一个世界(天堂)的错觉,或是有飘飘欲仙之感。

相比之下,诗中呈现出的主人公和西湖风景之间的距离就要更大一些。这种距离感体现在几个不同的方面。首先体现在,于湖边享乐时,诗人忽然想起了远方的朋友。《初至颍州西湖种瑞莲黄杨寄淮南转运吕度支发运许主客》的最后几句提到,欧阳修思念题目中提到的两位朋友。诗人也许想把西湖和扬州的水域进行比较。这种比较不仅是对颍州和扬州而言的,也是对描绘两地的诗歌作品而言,具体来说,就是自己的诗和唐代诗人杜牧的《寄扬州韩绰判官》。这种距离感也体现在诗人如何把场景中的自然元素拟人化,并把它们投射到一个时间的维度上,正如《初至颍州西湖种瑞莲黄杨寄淮南转运吕度支发运许主客》的颔联所描绘的。事实上,这几首

---

❶《欧阳修全集》卷六,第810页。

诗充满了各种修辞,出现最多的就是拟人,如"柳絮""海棠""啼禽""明月""绮罗香""弦管声"等相关表述。诗人甚至用第三人称"使君"来称呼自己,从而回忆过去,想起自己刚结束的扬州任期。

另一种表现距离感的巧妙手法体现在两首律诗中间两联的对仗。例如,当读到"更远更佳唯恐尽,渐深渐密似无穷"时,读者似乎可以感觉到,欧阳修并不是在写西湖,而是在苦心经营一个精巧的语言结构。在词中没有类似的句子能像诗的这两联般精妙对仗,呈现语言的技巧。虽说对仗是律诗的格律要求,但它们在词里的完全缺席,对于诗和词不同的表现效果产生了巨大的影响。

若要对于诗和词的差别进行一个简要的总结,我明显地观察到,在本章所审视的时代中,即从北宋中叶到南宋早期差不多一百年的时间里,诗和词之间并没有唯一且简单的差异。每一组相同或类似主题的诗词都展示了两者之间不同维度的差别,即使对同一位作者来说亦是如此。在某些例子里,诗和词最显著的差异在于作者是如何展现自我,或如何处理自己和主题之间的关系。在另一些例子中,诗和词的差别在于作者如何采用不同的手法来表现同样的主题,显示不同的身份。在上述三位诗人的作品中,没有任何一组诗和词是完全一致、彼此重复而没有差异的。

用最简单的方式概括,也许正是这些差别反映了诗和词在正式程度上的不同。诗更正式,词则反之。但这又意味着什么呢?诗更符合具有悠久历史的中国诗歌传统,很难与作者身为士人官僚的身份相割离,即使他从未做过官。因此当苏轼即将离开杭州时,他所写的诗开头和结尾都提及自己身为官员的身份。而他的词则更个人化,会谈到自己的家乡在何处,提及自己的儿女和黄州的友人。有趣的是,这种差别在本章探讨的其他诗人身上也都成立,哪怕作者是女性。相比于词,李清照的诗更明显属于一直被男性诗人构建的传统主题范畴,比如她书写苦闷和孤独,以及希望逃至仙界的幻想,尽管某些时候她的诗也显示了作为女性的身份。但即使是男性诗人的作品，他们的词作也不仅局限于某些固定的传统主题，因此更加自由和难以预测。苏轼远望徐州的风景时，他所写下的诗并未打破咏史诗的传统，即书写历史中的风云人物，一般是军事和政治领袖；但当他在徐州写词的时候，就可以转而选择与此地有密切联系的女子盼盼，甚至在结尾处把自己和盼盼进行对比。当苏轼分别用诗和词来描写自己的伴侣朝云时，他的处理方式也很不同。他的诗把朝云呈现为一位虔诚的宗教信徒，并把她的离世放在宗教概念框架中叙述；同主题的词则突出了朝云的美貌、她对自己的深情，以及二人日常的互动，从而凸显自己对朝云的爱。诗避免了这样的情感表达，而着重表现了尊重。最后，当写作主题是某个地方，比如欧阳修描绘颖州西湖时，诗作也可以表达丰富的情绪。但这种情绪表达被安置于诗人的社交网络中，比如他在游湖时思念不在场的朋友；或被安置于诗人在诗歌史的地位中，比如欧阳修把自己的诗跟唐代杜牧的诗做比较。当读者对比欧阳修的诗和词时，会发现诗相对具有更广阔的维度，而词则着重于眼前的湖光山色，无法跳脱出感官的享受。因为词的语言并不需要和诗一样精巧对仗，这就使词给人的印象更为自然和直接，即便那首词并非即兴之作。

  从北宋到南宋，诗歌得到了前所未有的发展。一种新的诗体得以发展，开启了与传统诗不同的、新颖的表达方式。毫无疑问，诗人们都被这种文体和新的可能性吸引，并对此加以利用。学界一般都认为苏轼"以诗为词"，但即使是在苏轼的作品中，词也有其独特的创作目的。当苏轼处理同样的主题时，他的诗和词仍大不相同，而这种不同主要源于两种文体的表达差异。这种差异也一致地出现于同时期其他诗人的作品中。在北宋，词作为仅次于诗的主要文体出现，成为诗以外的另一种文体选择，在中国文学史上，这是一个重要的发展，也改变了当时诗歌写作的图景。11世纪之前尚且稚嫩的词，此时已然发展成为一种成熟的文体。它的发展也改变了诗的表达方式，诗由此有了可参照和可对比的对象。这个话题值得未来更多去探讨和研究。

推荐阅读

- 徐培均笺注,《李清照集笺注》,上海:上海古籍出版社,2002年。
- 孔凡礼点校,《苏轼诗集》,北京:中华书局,1982年。
- 张志烈、马德富、周裕锴主编,《苏轼全集校注》,石家庄:河北人民出版社,2010年。
- 艾朗诺,《才女之累:李清照及其接受史》,上海:上海古籍出版社,2017年。
- 宇文所安,《只是一首歌:中国11世纪至12世纪初的词》,北京:生活·读书·新知三联书店,2022年。

第23章

游戏与娱乐
回文词概说

张宏生

回文是中国文学创作中的一种修辞手法,讲究语言的回环往复之趣。作为一种完整的艺术形式,它最早见于诗歌创作中。据朱存孝《回文类聚序》,回文"自苏伯玉妻《盘中诗》为肇端,窦滔妻作《璇玑图》而大备"❶,对这句话的前半部分,历来存有争论,至于后半部分,则大致没有异议。璇玑图的故事是说,十六国时的前秦朝,苏蕙的丈夫窦滔被苻坚派往襄阳,苏蕙没有随行。别后她非常思念丈夫,于是在锦缎上以文字绣出璇玑图,无论正读、反读、回环而读,都能成章,凡八百多句,构成二百多首诗,堪称奇观。窦滔见到此图,非常感动,于是派人将苏蕙迎到襄阳。

璇玑图所展示的回文诗,利用了汉字的表意特性,精心进行调度安排,既体现了汉语灵活多变的构造,也挑战作者掌握语言的能力。回文诗出现之后,很快就引起了文人们的兴趣,相关创作,自晋代以来,代有名

---

❶ 桑世昌辑,张之象、朱象贤补,《回文类聚》卷首,清康熙四十七年(1708)刻本(巴黎法国国家图书馆藏)。按此序不见于四库本《回文类聚》,转引自陈望道,《修辞学发凡》,上海:上海教育出版社,1997年,第195页。

家。唐代的白居易、权德舆、陆龟蒙等,都时有佳篇,至于宋代,更是盛况空前,王安石、苏轼、黄庭坚等,都在回文诗上做出了很大成就,而且,将之推到了词的领域。

回文词的产生

词是较为晚出的文体,一般认为词是在隋唐之际发端,至两宋达到高峰,而至清代复兴。词的回文,据目前所知,唐代尚未出现,至北宋中期,才得到词坛的关注。宋代回文词的最早尝试者,从目前材料看,可能是刘攽❶,但其词不存,现存者以苏轼之作为最早。苏轼是文学创作的多面手,各体皆工。他个性好奇,喜欢体验新鲜事物,因此,看到从回文诗演变而来的回文词,也很有尝试的欲望,不写则已,一写就是七首。这七首作品,在回文词的发展中,有着重要的意义。

苏轼的回文词,较多的是选择《菩萨蛮》一调。比较著名的有他在黄州时写的《四时闺怨》,如其中的《夏闺怨》:

柳庭风静人眠昼。昼眠人静风庭柳。香汗薄衫凉。凉衫薄汗香。
手红冰碗藕。藕碗冰红手。郎笑藕丝长。长丝藕笑郎。

上片写闺人昼眠,下片写醒后情思。庭院中,杨柳成荫,微风轻拂,虽是静卧,仍然汗透薄衫。午后睡起,炎热难当,于是盛一碗冰镇莲藕消暑。以"丝"谐"思",原是古乐府常见的手法,此处先写情郎之调笑,接以长

---

❶ 《苏轼文集》卷五十一《与李公择》十七首之十三:"效刘十五体,作回文《菩萨蛮》四首寄去,为一笑。不知公曾见刘十五词否?刘造此样见寄,今失之矣。"显然,苏轼是模仿刘攽而作此词。见孔凡礼点校,《苏轼文集》,北京:中华书局,1986年,第1501页。

丝（思）笑郎，正见出题目的"怨"字。这首词描写的情境非常简单，但语言精美，特别是有效地发挥了回文的功能。如"柳庭"句的"风静"，回文后另组成"人静"，从而写出了不同的层次。"手红"二句从冰镇莲藕，发展为莲藕冰手。特别是最后两句，郎之笑与藕丝之笑，构成对比，表达了闺怨的意味。这一类作品，后世作家往往视为经典，在不同的时代都有回响。

但苏轼创作的回文词，不全用《菩萨蛮》一调，也不都写闺怨。如他有《西江月·咏梅》一词："马趁香微路远，沙笼月淡烟斜。渡波清彻映妍华。倒绿枝寒风挂。　挂风寒枝绿倒，华妍映彻清波。渡斜烟淡月笼沙。远路微香趁马。"❶将上片倒过来读，构成了下片。这首词跳出闺情，写物象物态，虽然并未展开铺叙，但显示了题材的扩大，实际上也是以诗为词在一个方面的体现。另外，从形式上来说，像《菩萨蛮》这样的调式，都还是五七言句式，只要在本句中注意词序即可，但《西江月》是六言和七言交错，回文时，就必须考虑到跨句配合，相对来说，难度更大一些，但也提供了更多的挑战和趣味，吸引人们进一步去探索。

回文词在北宋由于苏轼、黄庭坚等人的创作，引起了一定的关注。至南宋，仍然有一些作家对此感兴趣。如朱熹曾写有两首《菩萨蛮》，其中的一首题为《呈秀野》：

晚红飞尽春寒浅。浅寒春尽飞红晚。尊酒绿阴繁。繁阴绿酒尊。老仙诗句好。好句诗仙老。长恨送年芳。芳年送恨长。❷

写春晚微寒，落红乱飞，繁阴渐浓，把酒兴怀，写下好诗，送春而归。这是朋友间应酬的作品，其句子结构的方式和苏轼《菩萨蛮》如出一辙，可

---

❶ 《全宋词》，第333页。
❷ 《全宋词》，第1673页。

见其影响。

总的来说，回文词一体在宋代只是浅尝辄止，元明两代，作家作品都比较少，晚明时，开始引起较大的注意，直到词学大盛的清代，由于清代作家往往善于将前人已经有所尝试但尚未来得及发展的一些形式加以发扬光大，回文也就自然成为重点关注的对象之一，因而较之前代，有了更进一步的发展。

回文词的发展轨迹

受到形式的制约，一般来说，回文词所写的内容往往比较单薄，因此，如果放在文学史发展的过程中，考察回文词的价值，形式上的特点是更值得提出来的。

回文词中，最常见的调式就是《菩萨蛮》，《回文类聚》卷四及其补遗所收回文词共五十七首，其中《菩萨蛮》就有五十三首。宋代作家写回文词固然多用《菩萨蛮》一调，可宋代以后仍然如此。这不仅是由于回文词最初呈现的作品就是苏轼创作的《菩萨蛮》，具有经典意义，同时也因为《菩萨蛮》是比较简单的五七言句式，较容易操作。在具体的创作实践中，《菩萨蛮》回文多是两句互回，从苏轼开始到明清许多作家，莫不如此。明人马朴将此类称之为"逐句回文"，见于其《菩萨蛮·小轩秋夜，逐句回文》："桂香飘处回风细。细风回处飘香桂。光月映茅堂。堂茅映月光。　夜凉新露下。下露新凉夜。清趣乐轩明。明轩乐趣清。"❶ 而清人祝尚矣则将这种写法称为"穿心回文体"，见于其《菩萨蛮·长夏客中遣兴，穿心回文体》："客中愁度空长日。日长空度愁中客。槐影密侵阶。阶

---

❶ 饶宗颐初纂、张璋总纂，《全明词》，北京：中华书局，2004年，第1230—1231页。

侵密影槐。　　友情浓似酒。酒似浓情友。吟密度浓阴。阴浓度密吟。"❶

但是，大约从明代开始，就有作家开始对此有所不满，可能是认为这样写难度不够，而且意思也显得重复。《回文类聚》补遗中有丘浚《菩萨蛮·秋思》，词序中说："予幼时尝读朱文公、刘静修文集，俱有《菩萨蛮》回文词，惜其随句倒读，不免意复，不如至尾读回为妙。"他的词这样写："纱窗碧透横斜影。月光寒处空帏冷。香炷细烧檀。沉沉正夜阑。　　更深方困睡。倦极生愁思。含情感寂寥。何处别魂销。"❷其特点，不仅如他所说，可以"至尾读回"，而且，更重要的是一定程度上处理了"意复"的问题，使得作品能够显示出更多的区别。丘氏是明代前期的人，应该对后来汤显祖通体回环的写法有影响。对此，邹祗谟指出："词有檃括体，有回文体。回文之就句回者，自东坡、晦庵始也。其通体回者，自义仍始也。"❸如果考虑到丘氏的作品，则"自义仍始"之说或许不够严密，但是，汤显祖所作显然更为出色，这就是题为《织锦回文》的二首《菩萨蛮》：

梅题远色春归得。迟乡瘴岭过愁客。孤影雁回斜。峰寒逼翠纱。窗残抛锦室。织急还催织。锦官当日情。啼断望河明。

明河望断啼情日。当官锦织催还急。织室锦抛残。窗纱翠逼寒。峰斜回雁影。孤客愁过岭。瘴乡迟得归。春色远题梅。❹

无论从词意上看，还是从语言上看，都是后来居上。如前篇明写雁之孤，暗喻客之孤，而后篇实写客之孤，却以斜峰雁影，既烘托气氛，又暗作比

---

❶ 张宏生主编，《全清词·顺康卷补编》，南京：南京大学出版社，2008年，第989页。
❷ 桑世昌著、朱存孝补遗，《回文类聚》补遗，影印文渊阁《四库全书》，第1351册，第825页。
❸ 唐圭璋编，《词话丛编》，北京：中华书局，1986年，第653页。
❹ 《全明词》，第1276页。

喻,写出了一定的变化。近人吴梅在其《词学通论》中说:"小虫机杼,义仍只工回文。"❶ 虽带贬义,也不能不承认其回文之"工"。至于晚明卓人月的《菩萨蛮·私欢迎送》:

春宵半吐蟾痕碧。斜窥愁脸如相忆。空捻两三弦。朱扉寂寂然。依期郎践约。悄步人疑鹤。小舒轻雾纱。妆袂醺红霞。

霞红醺袂妆纱雾。轻舒小鹤疑人步。悄约践郎期。依然寂寂扉。朱弦三两捻。空忆相如脸。愁窥斜碧痕。蟾吐半宵春。❷

前一首写月光清澈,春宵相思,弹琴寄意,苦苦等待,远处传来轻轻的脚步声,所思终于践约,顿时心花怒放。后一首写乍见遽别,恍惚中,脚步声仍在耳畔,犹疑所思尚在,唯门扉寂然,一片冷清。弹琴寄意,徒然想象,只见碧月西斜,倍感辜负春光。"半宵春"云云,富有暗示意味,并非简单的语词回环,还有变化。如此回文,正如其词题所言,一写迎来,一写送往,很有巧思。这说明,到了晚明,对于传统的回文词,人们已经努力要变出更多花样来。

明代作家对于回文词的探索显然被清代作家注意到了,清人林企忠在其《菩萨蛮·早春阴雨》的小序中就指出:"尝见作者多将末联倒转,以调平仄,毕竟牵强。今皆以平仄二音之字填入,庶几合调。"他以自己的创作实践,表达了对汤显祖创造性的肯定。❸ 黄埍则具体将汤显祖这种回文称

---

❶ 吴梅,《词学通论》,上海:复旦大学出版社,2005年,第108页。

❷ 《全明词》,第2904页。

❸ 清人对汤显祖的回文词多有赞赏者,如沈雄说:"义仍精思异彩,见于传奇,出其余绪以为填词。后人犹咏其回文,必指为义仍杰作也。"见沈雄,《古今词话·词评》卷下,《词话丛编》,第1029页。这个意思被冯金伯接了过来,他进一步指出,这个杰作就是"回文《菩萨蛮》"等,见冯金伯,《词苑萃编》卷七,《词话丛编》,第1922页。

为"全体回文",黄词题为《菩萨蛮·秋兴,全体回文》,如下:

> 秋山一叶红楼晓。飞云白露凝寒草。秋去落花残。霜多觉梦寒。
> 窗萝垂更绿。苔碧庭中玉。翠摇竹滴香。秋影落空塘。

回文为:

> 塘空落影秋香滴。竹摇翠玉中庭碧。苔绿更垂萝。窗寒梦觉多。
> 霜残花落去。秋草寒凝露。白云飞晓楼。红叶一山秋。❶

类似的小令还有《浣溪沙》,也是人们常写的。如董元恺的《浣溪沙·春闺回文》:

> 莺语听残春院晴。屏云倚共晚寒凝。黛痕愁入远峰青。
> 庭满落花香寂寂,声和玉漏夜清清。轻红拂梦晓来醒。

回文为:

> 醒来晓梦拂红轻。清清夜漏玉和声。寂寂香花落满庭。
> 青峰远入愁痕黛,凝寒晚共倚云屏。晴院春残听语莺。❷

这或者是从《菩萨蛮》的变化得到了启发,而希望写出另外的特色。

---

❶ 南京大学中国语言文学系《全清词》编纂研究室编,《全清词·顺康卷》,北京:中华书局,2002年,第7404—7405页。

❷ 《全清词·顺康卷》,第3243页。

虽然回文中以五七言结构为常态，但清人也会尝试打破单句结构的样式，在更为复杂的状态中，进行重新组合。如甘国基《后庭花·秋日闺情》：

> 冽风秋冷衾如铁。怯心寒彻。热魂香梦惊难别。月明情结。
> 铁如衾冷秋风冽。彻寒心怯。别离惊梦香魂热。结情明月。❶

这首词是四字句和七字句的组合。一般来说，四字句在整篇作品中，不是很容易处理，但在这首词中，其排列组合有着严格的规律性，所以下片开始，对上片的四句逐句回环，也还不是太困难的事。雍乾年间的高继祖的《七娘子·闺怨》：

> 短长亭隔人肠断。岸柳萦、舟系孤帆远。乱风吹雨，丝丝如怨。眼波横注愁深浅。
> 燕泥衔入闲空院。倩谁将、欲去春留绾。软红飞逐，梦魂消黯。敛娥双树啼莺倦。❷

里面有三字句、四字句、五字句和七字句，逐句回读，可作：

> 倦莺啼树双娥敛。黯消魂、梦逐飞红软。绾留春去，欲将谁倩。院空闲入衔泥燕。
> 浅深愁注横波眼。怨如丝、丝雨吹风乱。远帆孤系，舟萦柳岸。断肠人隔亭长短。

---

❶《全清词·顺康卷补编》，第1567页。
❷ 张宏生主编，《全清词·雍乾卷》，南京：南京大学出版社，2012年，第3217—3218页。

这显然更加复杂了，从中可以看出清人不断探索的意识，也可以看出从宋代到清代回文词有一个不断发展的历程。

部类跨越与诗词互通

清人在从事回文创作时，有时为了更多地体现出变化，也会跨越部类，安排得更加复杂。

和《菩萨蛮》一样，《虞美人》一调的回文，宋代也已经出现了，如北宋元祐时期的王齐愈有《虞美人·寄情》：

> 黄金柳嫩摇丝软。永日堂空掩。卷帘飞燕未归来。客去醉眠倚枕殢残杯。
> 眉山远拂青螺黛。整整垂双带。水沉香熨窄衫轻。莹玉碧溪春溜烟波横。❶

彭国忠认为："这种全首倒读的形式，要求应该更加严格，写起来更加困难，因为它必须充分考虑到句式的变动，如：下阕末句本为九字句，回环之后作为首句，后七字被截作七字句，'莹玉'倒成'玉莹'后与另一句组合，其他以此类推。"他还特别指出，由于它不是像倒句那样直接显示倒读文字，故若非特别标示，一般是不会注意其回文性质的。❷ 清代堵霞的《虞美人·闺情回文》就是这样的："青青柳拂轻烟袅。处处啼莺悄。绿肥红瘦映窗纱。淡月影移频上石栏斜。　　巢新语燕归来晚。却怨绡帘卷。夜

---

❶《全宋词》，第358页。
❷ 彭国忠，《元祐词坛研究》，上海：华东师范大学出版社，2002年，第179页。

深闲坐泪愁添。远望黛眉低锁暗情牵。"❶

值得提出来的是，由于《虞美人》一调正好五十六字，而且以三字、五字和七字句组成，所以也启发词人在诗词互通方面加以思考，展示出诗与词之间独特的血缘关系。这种尝试明代就已经有了，如张綖所作：

> 堤边柳色春将半。枝上莺声唤。客游晓日绮罗稠。紫陌东风弦管咽朱楼。
> 少年抚景惭虚过。终日看花坐。独愁不见玉人留。洞府空教燕子占风流。

对于这首词，张綖曾有一个说明："予尝作此调（指《虞美人》），寓律诗一首于内。词虽未工，录之于此，以备一体。"❷ 而在其《南湖诗集》中，则将之题为《变体虞美人》❸。将此词变换标点，正是一首七律：

> 堤边柳色春将半，枝上莺声唤客游。晓日绮罗稠紫陌，东风弦管咽朱楼。少年抚景惭虚过，终日看花坐独愁。不见玉人留洞府，空教燕子占风流。

或者说"以备一体"，或者说是"变体"，从目前掌握的数据看，这类作品可能正始于张綖。对此，清人敏感地注意到了，邹祇谟就指出："近代张綖以一首律诗而回作一首填词。"他所举出的律诗，正是上述"堤边柳色"一首，题为《舞春风》，❹ 只是他所说正好和张綖本人反过来。无论

---

❶ 《全清词·顺康卷》，第10896页。
❷ 张綖，《诗余图谱》卷二，《续修四库全书》，第1735册，第498页。
❸ 张綖，《南湖诗集》卷一，《四库全书存目丛书》集部，第68册，第335页。
❹ 沈雄，《古今词话·词品》卷上，《词话丛编》，第843—844页。

如何,《虞美人》和七律之间能够形成这样的变化,是没有问题的。所以,顺康年间,就引起了词人的模仿,如傅燮调《虞美人·春怀,寓七言律诗一首》三首:

莺笙呖呖吹芳树。燕剪双双度。绮栊晓日映花红。错落疏阑倚竹翠茏葱。

午眠觉后情还懒。宿雨晴来暖。乍融好景与谁同。玩赏无端春色任东风。

成群娇鸟啼高树。几缕游丝度。画栊帘卷早霞红。泛泛池涵新柳绿葱葱。

人无一事闲怀懒。时到三春暖。气融花放万山同。似锦韶华樽酒醉轻风。

催花放柳东风倦。锦树歌莺伴。冶游何处鹧鸪愁。脉脉无端蝴蝶恨悠悠。

孤城容我耽吟癖。上巳同人集。曲流祓罢更登楼。一望清溪泛泛浴轻鸥。❶

改换标点后,就是三首七律:

莺笙呖呖吹芳树,燕剪双双度绮栊。晓日映花红错落,疏阑倚竹翠茏葱。午眠觉后情还懒,宿雨晴来暖乍融。好景与谁同玩赏,无端春色任东风。

---

❶《全清词·顺康卷》,第8183页。按第三首词题为《诗词皆和周枚吉韵》。

成群娇鸟啼高树，几缕游丝度画栊。帘卷早霞红泛泛，池涵新柳绿葱葱。人无一事闲怀懒，时到三春暖气融。花放万山同似锦，韶华樽酒醉轻风。

　　催花放柳东风倦，锦树歌莺伴冶游。何处鹧鸪愁脉脉，无端蝴蝶恨悠悠。孤城容我耽吟癖，上巳同人集曲流。被罢更登楼一望，清溪泛泛浴轻鸥。

但是，严格地说，这不过是变作七律，并无"回读"，不算回文。宛敏灏先生已经注意到了张𬙊的这类作品，总结说："此种形式除选调须符合一首诗的字数外，还要注意：①同时顾及诗韵和词韵；②要做到既可称为七言，又可分合为长短句；③要注意律诗的对仗；④变动后无论是诗是词，都要能成文理。"❶我们看到，上引作品，确实能够达到这些标准。

张𬙊和傅燮诇的作品，虽然不是严格意义上的"倒读"，只是变换标点，成为七律，但这无疑启发了后人在创作上的进一步发挥。如晚清朱杏孙有一首七言律诗，就动了大心思，不仅可以倒读为一首七言律诗，而且正读、倒读都是一首《虞美人》。诗曰：

　　　　孤楼绮梦寒灯隔，细雨梧窗逼冷风。
　　　　珠露扑钗虫络索，玉环围鬓凤玲珑。
　　　　肤凝薄粉残妆悄，影对疏阑小院空。
　　　　芜绿引香浓冉冉，近黄昏月映帘红。

倒读仍为一首七律：

---

❶ 宛敏灏，《词学概论》，北京：中华书局，2009年，第70页。

红帘映月昏黄近,冉冉浓香引绿芜。空院小阑疏对影,悄妆残粉薄凝肤。珑玲凤鬓围环玉,索络虫钗扑露珠。风冷逼窗梧雨细,隔灯寒梦绮楼孤。

正读为一首《虞美人》:

孤楼绮梦寒灯隔。细雨梧窗逼。冷风珠露扑钗虫。络索玉环围鬓凤玲珑。

肤凝薄粉残妆悄。影对疏阑小。院空芜绿引香浓。冉冉近黄昏月映帘红。

倒读仍是一首《虞美人》:

红帘映月昏黄近。冉冉浓香引。绿芜空院小阑疏。对影悄妆残粉薄凝肤。

珑玲凤鬓围环玉。索络虫钗扑。露珠风冷逼窗梧。雨细隔灯寒梦倚〔绮〕楼孤。

朱杏孙是清代晚期的人,与蒋敦复同邑(宝山人,今属上海),据蒋氏记载:"同邑朱杏孙孝廉,与余弱冠定交,即以诗文相切劘。曾绘《雪窗清咏图》,余记之。饥来驱去,劳燕分飞。杏孙虽获一第,家中落,草草劳人,非复昔时豪兴。"评价其词,则说:"词钩心斗角,不喜傍人门户,于诸君子中,别调自弹。"❶蒋氏把这首《虞美人》记录在其《芬陀利室词话》中,正是为了说明朱的"不喜傍人门户""别调自弹"。而文理章

---

❶ 蒋敦复,《芬陀利室词话》卷三,《词话丛编》,第3670页。

法,也都非常通顺。心思才力,于此可见。《虞美人》正好五十六字,而句式比较整齐,其形式变化的丰富性也许有特殊的一面。从诗词发生的关联角度看,则《调笑令》一体可以提供一定的参照。《调笑令》在中唐时已经出现,后来有了一些变体,至少在北宋秦观的手里,就有了诗词合体,如其《调笑令》十首,基本上是分咏古代女子,其一《王昭君》,诗曰:"汉宫选女适单于。明妃敛袂登毡车。玉容寂寞花无主,顾影低回泣路隅。行行渐入阴山路。目送征鸿入云去。独抱琵琶恨更深,汉宫不见空回顾。"词曰:"回顾。汉宫路。杆拨檀槽鸾对舞。玉容寂寞花无主。顾影偷弹玉筯。未央宫殿知何处。目送征鸿南去。"❶ 这并没有回文,但诗词一定程度上合体的现象,也许对后来《虞美人》在诗词之间的变化,有一定的影响。

丁澎的创作成就

在清代创作回文词的作家中,丁澎可能是最花心思者之一,他不仅写了不少回文词,而且努力变换形式,特别与一般作者不同的是,他曾创作十九组回文词,不是通常的回为本调,而是回为另外一调,显然是希望在难度上下功夫。如下面两首:

卜算子 · 变减字木兰花

低幕卷绡红,暗月迷香步。偷摘双钗角枕横,腕碧缠金缕。
啼鸟唤开帘,寂寂飞香雨。小立墙东去折花,柳色凝烟暮。

---

❶《全宋词》,第464页。

减字木兰花·回前调

暮烟凝色。柳花折去东墙立。小雨香飞。寂寂帘开唤鸟啼。

缕金缠碧。腕横枕角钗双摘。偷步香迷。月暗红绡卷幕低。❶

如词题所言,这是将《卜算子》变成了《减字木兰花》,而且是以倒读也就是回文的方式完成的,其难度表现在将五、七言为主的句式,变成了以四、七言为主的句式。另外一组如下:

山花子·变三字令

横钗玉队绮罗丛。兰麝薰残试粉融。初闻歌艳人何奈,堕珠红。

魂消欲断燕楼空。屏翠分香髻影秾。留春谁倩昏黄月,透帘重。

三字令·回前调

重帘透,月黄昏。倩谁春。留秾影,髻香分。翠屏空,楼燕断,欲消魂。

红珠堕,奈何人。艳歌闻。初融粉,试残薰。麝兰丛,罗绮队,玉钗横。❷

这是将《山花子》变成《三字令》,当然《三字令》也就是《山花子》的回文。作品所显示的难度,是将七字句和三字句的结构,完全变成了三字句。

丁澎是一个富有创造性的词人,他少有隽才,性格独特,据林璐《丁药园外传》:"丁药园先生名澎,杭之仁和人也。世奉天方教,戒饮酒。而

---

❶《全清词·顺康卷》,第3197页。
❷《全清词·顺康卷》,第3198页。

药园顾嗜酒,饮至一石,貌益恭,言益谨,人咸异之。诗、赋、古文辞,自少年未达时,即名播江左。其后,仲弟景鸿、季弟溁,皆以诗名,世目之曰'三丁'。"❶ 曾以科场案谪戍尚阳堡,归来后,梁清标评其词说:"从之索新篇,则又知方肆力于词学,撰著盈帙,出以示余,浏览再四,骎骎乎踞南唐北宋之室。猗欤盛哉!益叹丁子之才,如万斛之舟,而又服其道气湛深,有大过人者,不独为词人之雄也。"❷ 与他同时代的人都对他的词的创造性众口一词。他的那些题为"回前调"的词,都见收于《词变》一卷,可见是有意之举。

丁澎将一个词调回为另一个词调,其内在的驱动力是对长短句体性的敏感,尤其是选择杂言,增强了回文的难度,也是有意识地突出词的文体特征,进而与诗有所区隔的重要方式之一。他的这种努力,将回文词的创作发展到了一个新的阶段。

顾长发及其《诗余图谱》

在清代回文词的发展过程中,还有一个特别应该提出的人物是顾长发。顾长发是清初苏州人,曾著有《围径真旨》,四库馆臣评云:"是编因圆周径古无定率,有高捷者剪纸为积,补凑方圆,得窥梗概,而不得周数。长发因以为径一者周三一二五,谓之智术。又谓甄鸾、刘徽、祖冲之、邢云路、汤若望诸人所定周径,皆未密合。"❸ 可见其甚好新异之学。他在回文词创作中的贡献是撰写了一部《诗余图谱》。这部著作沿袭明代张綖的同名

---

❶ 林璐,《岁寒堂存稿》卷三,《四库全书存目丛书》集部,第283册,第807页。
❷ 丁澎,《扶荔词》卷首,《续修四库全书》,第1724册,第599—600页。
❸ 永瑢等,《四库全书总目》卷一〇七《子部·天文算法类存目》,北京:中华书局,1965年,第913页。

之作，其独特之处，一是其性质是回文词，二是例词主要由其自己创作。

作为一部回文词的词谱，作者显然将其定义为回文词创作的样板。其中的某些内容，如将诗学中《璇玑图》的方式纳入，或者不具备很强的操作性，可视为他个人的某种试验，这里我们可以选取他自己创作的二十二调，四十四首作品，从中了解他心目中回文词创作的一般状况。

首先，从调式来看，顾氏创作的回文词都是小令，尽管他在自序中表示，这部词谱只是一个开始，今后还会涉及中调和长调的回文。但是，我们尚未发现他撰有续编。事实上，从词史的发展来看，回文词的创作，基本上就是以小令的方式出现的，顾氏的总结符合词史发展的实际情况，也说明他对词中回文一体的创作，还有促使其进一步发展的动机。这个动机虽然不一定具备可操作性，但也体现了顾氏的一种独创精神。

其次，从题材来看，这四十四首作品大多与艳情有关，这一点，也非常符合词史的一般情形。当然，清代初年的回文词创作，不少人已经努力突破了艳情的窠臼，但无疑地，艳情仍然是回文词创作的最大宗，顾氏以这种方式所做的总结，也能够起到示范的作用。

第三，既然以艳情为基本内容，则作为词谱，就必须提供一定的模式，总结出一定的规律，特别是如何选择特定的词，以及如何对这些特定词进行结构。我们看到，在这些词中，出现十九次的有"翠""晚""归""轻"，出现二十次的有"楼"，出现二十一次的有"烟""燕"，出现二十二次的有"春"，出现二十三次的有"柳"，出现二十四次的有"雨"，出现二十六次的有"飞"，出现三十次的有"愁"，出现三十五次的有"远""香"，出现三十九次的有"花"。这些统计不一定全面，但也能揭示出某种基本倾向，从中能够看出一些规律。比如，有些字搭配能力较强，比较容易和其他字进行组合。如"翠"，分别可以有形容词、名词或副词的性质，如翠山、翠烟、翠柳、山翠、绕翠、翠浮。又如，有些字具有一定的历史积淀，如"楼"，这个字尽管可以组成高楼、翠楼、香楼、小楼等，但最常出现的是"西楼"，达六次之多。"西楼"虽然只是一个含糊的方位，但由于月亮东升西落，在西面往往能看到下沉之月，在沉浸于思念之中的不眠之人看来，有着特别的感触，所以，古代作家往往选择这个意象。历史上的名篇就有李后主的《相见欢》："无言独上西楼，月如钩。寂寞梧桐深院锁清秋。　剪不断，理还乱，是离愁。别是一般滋味在心头。"晏几道的名篇《蝶恋花》："醉别西楼醒不记。春梦秋云，聚散真容易。斜月半窗还少睡，画屏闲展吴山翠。"李清照的名篇《一剪梅》："雁字回时，月满西楼。"还有，很多时候，在回文的语境中，一个字的意思大多不会有什么变化，但有时候，也会发生一定的变化。或者是强调的对象不同，如《眼儿媚·秋眺》："低云掩日雁孤飞。遥望倚楼西。衣沾泪雨，香闺空冷，怨别愁离。"下片是对上片的回文："离愁别怨冷空闺。香雨泪沾衣。西楼倚望，遥飞孤雁，日掩云低。"在"飞"这个字的处理上，原来是"孤飞"，现在变成了"遥飞"，其实都是在西楼的人眼中所看到的，只是一个强调了其情态"孤"，一个强调了其距离"遥"。或者是描写的情态不同，如上引《眼儿媚·秋眺》中"泪雨"回文后变成"香雨"，二者发生变化，但女子涂有脂粉，泪落如雨则当然就有"香"，如果理解为雨打在闺楼上，闺房可以称为香闺，如此，雨亦可香，潜在的内涵，仍可沟通。至于回文后，原来的字面意思被注入了更加隐微的内涵，变得语意双关的也有，如《诉衷情·春思》："愁红惨绿早春归。燕垒砌香泥。柔条翠浮烟柳，细雨漫楼西。　忆久别，梦初回，恼莺啼。羞花对语，自投空信，雨换云移。"回文为："移云换雨信空投，自语对花羞。啼莺恼回初梦，别久忆西楼。　漫雨细，柳烟浮。翠条柔。泥香砌垒，燕归春早，绿惨红愁。"原作末三句"羞花对语，自投空信，雨换云移"，虽然"雨换云移"也似乎有着一些言外之意，但基本上仍是一种时间的标志，但回文之后，"移云换雨信空投"，就更明显地用"巫山云雨"的典故，几乎是明示，主人公之所以"信空投"，是因为其所思者已经变心，后面的情感，都是从这一点展开，这样一来，词序的不同使得作品多了一层言外之意。

词谱主要是明代才开始真正出现的，张綖的《诗余图谱》是其中最重要的著作之一。顾长发沿用张綖著作之名，表示了他对这位前辈的致敬，同时也说明，清代初年的词学批评家已经对回文词有了充分的认识，因而希望从理论上进行总结，也说明，到了清初，回文词确实已经发展到了一个相当的高度。至于顾氏所作，其郡人陈濂湘在序中回顾回文词的历史，认为是"创始难工，新奇莫辟"，并称赞"其回文一谱，词搜各调，巧迈诸家，洵可谓手造凤楼，斧修蟾魄矣"。❶此话或有过誉，但对其独特性的说明则是如实的。

结　语

从上面论述可见，回文词从宋代发展到清代，在内容上变化不大，词调选择也以小令为主，但是用于回文的词调更多了，尤其是表现形式上，有了更多的创造，这种状况，证明了邹祗谟的论断："文人慧笔，曲生狡狯，此中故有三昧，匪徒乞灵窦家余巧也。"❷如果从道德主义的观点出发，这类作品确实意义不大，但是，文学本来就有游戏和娱乐的意味，"语言文字游戏，是一种自我娱乐活动，也是学习语言文字的一种重要的方式，它帮助我们去发现一种语言文字所潜藏着的巨大的表现能力"❸。"人对文字游戏的嗜好是天然的，普遍的。凡是艺术都带有几分游戏意味，诗歌也不例外。……就学理说，凡是真正能引起美感经验的东西都有若干艺术的

---

❶　见顾长发，《诗余图谱》，清初抄本。
❷　《词话丛编》，第653页。
❸　王希杰，《修辞学导论》，杭州：浙江教育出版社，2000年，第521—522页。

价值。巧妙的文字游戏，以及技巧的娴熟的运用，可以引起一种美感，也是不容讳言的。"❶ 不仅如此，用回文进行创作，还是文人生活的一种方式，是对他们掌握语言和韵律的能力的认定，不少作家以之进行唱和，在既友好，又带有竞争的氛围中互相交往，就是明显的例证，因而不能简单地看作是无聊的事情。这也就是《回文类聚》的编者桑世昌在其相关论述中所称赞的："情词交通，妙均造化，此文之所以无穷也。"❷ 至于朱存孝认为："回文千首，虽有巧思，终为贼道，何堪入于书籍。"❸ 那是别有认识角度，原不在一个层面上。

推荐阅读

- 丁胜源、周汉芳辑，《回文集》，北京：国家图书馆出版社，2012年。
- 余元洲编著，《历代回文诗词曲三百首》，长沙：岳麓书社，2007年。
- 周均生、皮毓云编著，《璇玑奇观》，北京：作家出版社，2007年。
- 陈望道，《修辞学发凡》，上海：上海教育出版社，1997年。
- 王希杰，《修辞学导论》，杭州：浙江教育出版社，2000年。
- 张宏生，《经典传承与体式流变：清词和清代词学研究》，南京：南京大学出版社，2019年。
- 彭国忠，《元祐词坛研究》，上海：华东师范大学出版社，2002年。
- 宛敏灏，《词学概论》，北京：中华书局，2009年。

---

❶ 朱光潜，《诗论》第二章《诗与谐隐》，载《朱光潜美学文集》，上海：上海文艺出版社，1982年，第二卷，第47页。
❷ 桑世昌，《回文集》。单宇，《菊坡丛话》卷二十二引，《四库全书存目丛书》集部，第416册，第513页。
❸ 朱存孝，《回文类聚补遗》，影印文渊阁《四库全书》，第1351册，第823页。

第24章

诗艺与启蒙
宋元以降的对偶教育及读物

张 健

在宋元以降的启蒙教育中，与诗艺密切相关的对偶教育乃是重要方面。其内容以对偶为中心，涉及平仄、押韵等。与此相关，有两类启蒙读物甚为流行、影响巨大：一是《对类》系列，一是《声律发蒙》系列。这两类书奠定了宋元以降对偶启蒙教育的基础，塑造了当时读书人的语言美感与诗艺。

宋元以降的声律启蒙教育

宋元以降，对偶已经成为启蒙教育的重要内容。北宋至和元年（1054）《京兆府小学规》中载，教授负责给学生出诗赋题目，拟出作对的诗句，由学生对句。学生分为三个等级，三等最低，一等最高。第三等的学生每天要念诗一首，第二等的学生则要"吟诗一绝，对属一联，念赋二韵"，而第一等，更要每天"吟五七言古律诗一首，三日试赋一首（或四韵），看赋一道"。从三等与诗相关的教学内容可以看出，宋人关于诗艺的教育是由读到写，由易到难。先是读诗，再到学作绝句、对对子，再到作五七言古律诗。

对偶看似仅为小学中年级的教学内容，然而第三等的学生每天念诗，已涉对偶，第一等作律诗，更要对仗。平仄与押韵自然也必然是要学习的内容。

学校教授对偶，非仅京兆府小学为然。吕希哲《吕氏杂记》卷下记载状元王灏幼时习对属出口成佳对的故事，故事主角在其他书中或为王禹偁，但无论是谁，故事本身即证明当时学校教授对偶，可与京兆府教授对属印证。苏洵《送石昌言使北引》："吾后渐长，亦稍知读书，学句读、属对、声律，未成而废。"亦可见对偶声律是始习的内容。葛立方《韵语阳秋》卷三记载苏轼赏识少年孙觌对属的故事：

> 坡曰："孺子习何艺？"孙曰："学对属。"坡曰："试对看。"徐曰："衡门稚子璠玙器。"孙应声云："翰苑仙人锦绣肠。"坡抚其背曰："真璠玙器也。"异日不凡。❶

此亦证明对偶乃幼学的内容，而同时证明在当时对属能力被视为一个人才华的重要标志。

到南宋，对偶在启蒙教育中更加普遍化。朱熹曾批评当时风气"小儿子教他做诗对"，欧阳守道称"今八岁则习声律对偶"，陈著批评当时人作诗"特儿童习对偶"，可见儿童习对偶当时已成为普遍的风气。

在元代，读书人着籍"儒人"，以读书为业。《庙学典礼》卷五记载了大德元年（1297）建康路学的课程及考试规定，小学的教学内容涉及诗及对偶，对偶有七字对、五字对及隔对（隔句对），诗则是绝句、律诗及省题诗。明道书院小学生员的教学内容也有对句。建康路的这种规定被中央政府推广到了各路。

到元仁宗时，国子学中已经有对偶课程。《元史》卷八十一"学校"

---

❶ 葛立方，《韵语阳秋》，上海：上海古籍出版社，1984年，第46—47页。

载，延祐二年（1315）规定，国子学分六斋三等，下两斋的学习内容有属对，中两斋有诗律，可见声律对偶是国子学的正式课程内容。元人吴遁斋给同侪胡炳文《纯正蒙求》作序时，说到了当时的风气，"父师所以教之者，不过对偶声律之习"。程端礼《读书分年日程》卷一："小学不得令日日作诗作对，虚费日力。今世俗之教，十五岁前不能读记《九经》正文，皆是此弊。"虽然此二人都批评当时的风气，但从中正可见当时民间启蒙教育中教习对偶的普遍性。

在明代，未见官方对学校教授对偶的规定，但上自宫廷下至民间，传习对偶的风气盛行。明刘若愚《酌中志·内板经书纪略》载，明宫廷教育内容中有对联一项。郑纪《漳州府社学记》云："近世父兄之于子弟幼小，入乡校即俾其习对偶文字之学。"陆深《海日先生行状》记王阳明父亲王华十一岁从里师钱希宠学，"初习对句，月余，习诗"。❶章世纯《治平要续·爵禄篇》曰："中产以上之家，无不教子。六岁即延师，教以对偶，取青对白，取一对二，取山对水，对仄对平，牵此扯彼，使整齐可观，高下可诵。此何为也？积之则为表联判语也，演之则时文法也。"这段话不仅显示明人对偶启蒙的普遍性，也指明对偶与科举文及应用公文的关系。

但是，对偶启蒙教育在明代有地域性的差异，南方地区传习较盛，而北方似不普遍。万历二十一年（1593）大名府（府治在今河北大名）知府涂时相在《重刻声律发蒙小引》中说，地方的乡社塾师不教授对句，由于没有对偶声律方面的启蒙教育，故北方举子所作文章缺乏铿锵的声律之美。涂时相之所以要在大名重刻《声律发蒙》，不仅用于启蒙，而且用以教育从事科举的成人；他以行政的方式推广声律教育，要使所有从事科举者都"晓畅音律"。这也印证了明代以前没有官方统一的学习对偶声律的规定，涂氏刻之，不过是地方性的措施。

---

❶ 王晓昕、赵平略点校，《王文成公全书》卷三十七，北京：中华书局，2015年，第1594页。

宋元以来的对偶教育传统在清代得以延续。由于乾隆年间的科举考试加试了诗歌，所以声律的学习较明代更为重要。乾隆间叶葆《应试诗法浅说》卷一"裁对须知"："前人教童子，于正课外，多教学对。不但启其才思，亦使之明于诗律。若不预知此法，骤令学诗，字字要工，句句要稳，未有不觉其苦难者。故作对是教初学作诗第一先路。"特别指明了对偶对于诗歌创作的重要性，大体代表了当时社会对于对偶教育的普遍认知。《红楼梦》第九回写塾师贾代儒出七言对联一句，命学生对，亦反映出当时启蒙教育中重视对偶的情形。

以上勾勒了宋元以来学校及民间教授声律对偶的传统，这一传统也成为对偶启蒙书籍产生的制度及文化基础。

《对类》：影响最大的对偶启蒙书

大概在宋末元初，出现了专门的对偶教育书，影响最大的就是《对类》。《对类》将古代诗词赋中的对语分拆开来，还原成最基本的单字，按照对偶的规则编排，形成一个有系统结构的对偶语料库。有了基本的语料与基本的组合规则，就可以作出对语。宋元以降之对偶教育中，教师之所据，学生之所依，最重要者即此书。

关于《对类》，现代学者尚未做过真正的研究。❶ 现存文献中最早提到《对类》一书的是元人程端礼的《读书分年日程》❷，程氏所见《对类》今

---

❶ 张志公《传统语文教育初探》曾提及本书，说："这本书可能是宋元之际编印的，现存明初刊本。以后有好些种都是以它为基础增删修改的。"见张志公，《传统语文教育初探》，上海：上海教育出版社，1962年，第101页。关于此书的基本情况，参见张健，《对语的生成及其规则》，《中国文学学报》第5期，香港：香港中文大学出版社，2014年，第1—19页。

❷ 该书卷一云："更令记《对类》单字，使知虚实死活字；更记类首'长天永日'字，但临放学时，面属一对便行，使略知对偶、轻重、虚实足矣。"

已不存，但现存元刊本《诗词赋通用对类赛大成》，与程氏所言有渊源关系。❶《诗词赋通用对类赛大成》为元至正二十年刻本，至正二十六年增补重刊，编者不详。根据至正刻本牌记，此书乃是在旧编《诗对大成》基础上增入《赋对珍珠囊》一书而成。《诗对大成》《赋对珍珠囊》二书均佚，然明《文渊阁书目》卷三著录《诗对赛大成》一部一册，《珍珠囊》一部四册，当即前二书，可知明初尚存。元刊本《诗词赋通用对类赛大成》与程端礼所言《对类》关联密切。程氏言及《对类》的各项内容均与《诗词赋通用对类赛大成》相合。元刊本牌记云："旧编《诗对大成》盛行久矣。"可见这类书流传已久。我们推断，程氏所谓《对类》很可能即是元刊本的前身《诗对大成》，因而由《诗词赋通用对类赛大成》可以了解宋元时代此类书的基本内容。《诗词赋通用对类赛大成》在明清时代流传极广，屡经增删重刊，版本甚多，其书名也被简化成《对类》，或改易他名。可以确定，现存刊刻年代最早的明刊本是正统十二年（1447）司礼监新刊本二十卷。❷正统本《对类》卷首有《习对发蒙格式》《习对歌》《习对定式》《切韵十六字诀》等内容。这些内容元刊本是没有的，而后来刊行的《对类》大体上与正统本相同，载有这些内容。现存宫廷刊本除了正统刻本外，还有两种明经厂刊本《对类》二十卷，均藏日本内阁文库。官刻之外，民间刊本更多，在明清两代流传极广，影响甚大。明朱载堉《乐律全书》卷十三："《五音谱类》放《对类》之书作。"小注："初学对者，须看《对类》，初学谱者，须看《谱类》。"《红楼梦》第三十七回宝钗与湘云夜拟菊花诗题，

---

❶ 原书藏美国哈佛大学哈佛燕京图书馆，本文所据为"中国古籍海外珍本丛刊"《美国哈佛大学哈佛燕京图书馆藏中文善本汇刊》影印本第30册，《诗词赋通用对类赛大成》，北京：商务印书馆；桂林：广西师范大学出版社，2003年。此书与程端礼所云《对类》关系，参见拙文《对语的生成及其规则》，第1—2页。

❷ 此本书末有"正统十二年五月初二日司礼监新刊"。全书收入《四库全书存目丛书》子部第225册。以下正统本引文皆出自此处，不再一一出注。

其中言及虚字用通用门，即是《对类》中的通用门。❶

《对类》涉及对偶的四个方面：门类、字数、平仄、虚实（虚实中又分死活）。一般要求是：门类相同或相近，字数相同，平仄相反，虚实死活的性质相同。《对类》就是根据这四个原则编排的，构成全书结构的四个层次：第一个层次是分门。启蒙对偶教育中特别强调同门类之内的对偶，如天文对、地理对等。王力先生《汉语诗律学》中把对属的分类称作"对仗的范畴"，指出："对仗的范畴差不多也就是名词的范畴。"又称："名词的范畴似乎也没有明文规定，只有科举时代某一些韵书里附载着若干门类。"❷其实宋元以后对偶门类的划分主要来自《对类》。此书分天文、地理、节令、花木、鸟兽、宫室、器用、人物、人事、身体、衣服、声色、珍宝、饮馔、文史、数目、干支、卦名、通用、巧对、连绵、叠字，共二十二门。其中关系事物类别者为前十八门，这十八门的分立一方面基于类书的知识传统，体现出传统文化中关于事物的分类观念，同时也总结了诗赋创作的对偶类别传统。《对类》将对偶用字划归于各门，如天、日、空等字在意义上皆与天文相关，属天文门。在《对类》中，对偶的范畴不仅是名词的类别，动词、形容词等也被归入各种门类，划分的依据主要是与名词的搭配关系，如高、厚、飞、吹等字可以跟天文类的名词搭配，也归入天文门。各门之间可以通用的小类，《对类》中也有特别标明，如天文门的天日类与地理的山水类可以通用，天文门的长天永日类与地理门的高山远水类可以通用等。❸各种门类皆可通用的字（主要是动词、形容词及各种虚词）则归入通用门。

第二个层次是字数。一门之内，按字数分类，一字类、二字类、三字

---

❶ 参见陈熙中，《"实字"、"虚字"与"通用门"——读红零札》，《北京大学学报》（哲学社会科学版）2010年第1期，第40—44页。

❷ 王力，《汉语诗律学》，上海：上海教育出版社，2002年，第158页。

❸ 《汉语诗律学》中归纳了邻对的类别，其实古人的规则已具于《对类》之中。

类、四字类。因为对语的基本组合方式到四字已经基本完备，故《对类》不列五字、六字以上诸类，唯巧对门则列举从二字到十九字的现成精巧对语。

第三个层次是在门类之内再按照虚实死活性质划分为若干小类。按照对偶规则，虚字、实字、死字、活字同类相对。正统本《对类》卷首《习对启蒙格式》论对偶法则云："虚字对虚，实字对实，半虚半实者亦然。最是死字不可对以活字，活字不可对以死字。此而不审，则文理谬矣。"所谓虚实，《习对启蒙格式》解释说："盖字之有形体者为实，字之无形体者为虚。"按照以上的说明，虚实是就语义所指涉的对象而言，如果所指涉的对象是有形体之物，就是所谓实字，如山、水、天、日等；如果所指涉的对象没有形体，就是虚字，如表示动作的吃、喝、走等，表示性质的大、小等。除虚实之外，还有半实半虚字，《习对启蒙格式》云："似有而无者为半虚，似无而有者为半实。"半实之似无而有者，即没有形体却可以感官感知之物，元本《诗词赋通用对类赛大成》所列半实字，有声、光、威、华、音、文、容、色、彩、片、气、晕、影、力等。半虚字之似有而无者，乃指表示抽象事物的字，这些字指涉的内容既没有形体也不可以感官感知。《诗词赋通用对类赛大成》所列半虚字，如卷一天文门"祥云瑞日十五"中所列二字语——祥云、仁风、甘霖、福星、瑞日、元气，其中祥、仁、甘、福、瑞、元表比较抽象意义的为半虚字。所谓死字、活字，根据《习对启蒙格式》的说法，"死谓其自然而然者，如高下洪纤之类是也；活谓其使然而然者，如飞潜变化之类是也"，所有的实字都是死字，虚字当中则有活有死。虚字中的死字，有的是表示性质的字，如高、层、光、长、清、微、严、柔、盈；有的是表示数目的字，如一、二、三、百、千万之类；现代语法中所谓副词、介词、连词、助词等俱属虚死字。而虚活字是表示动态或过程的，如吹、嘘、飘、遮、铺、穿、翻、飞、收、开、堆。在《对类》中，虚死字与虚活字的区分很明确，如天文门一字类中"高厚"类乃是虚死字，"吹照"类乃是虚活字。

王力归纳对偶的规则之一，是"以名词对名词，以动词对动词"，"只要词性相同，便可相对"。❶ 这种归纳看似正确，但实际上与古代的规则存在差距，古代论字的性质只分虚实死活。

第四个层次是平仄。《对类》在每一类当中，再分平仄小类，如天文门一字类中天日类，再分平仄，天是平声字的第一字，故为该类平声的代表字；日为仄声字的第一字，故为该类仄声字的代表字。

以上四个层次，就是对偶的四个法则，依照对偶法则可以组合对语。比如地理门，一字类包括地理门的基本单字，共分四小类。其中名词性的两小类：一是山、水等与自然地理相关的实字，二是州、县、都、郡等与行政地理相关的实字。第三小类是深、浅、平、危等常与本门名词搭配的、用来描述地理现象的形容词性的虚死字。第四小类是流、峙、浮、泛等意义与地理相关的动词性的虚活字。这些单字，可以规则成对，比如实字对实字，平对仄，可以山对水、山对海等。这四类字按照规则组合而成二字类、三字类、四字类的词语。如第一类自然地理名词两个平声字组合成"江山"，仄声字组合成"水石"，成为二字语；一平一仄可组合成"山水"（上平下仄）、"水泉"（上仄下平）。形容词与名词组合为"高山""远水"，名词与形容词组合为"山高""水远"，名词与动词组合为"涛奔""水抱"等。三字类如"风月塘""烟霞岛""水连天""山吐月"等，四字类如"紫陌红尘""青山绿水"等，都是以相同的法则组合而成。这些二字、三字、四字语又可以按照对偶规则组成对语，如高山对远水等。

《对类》所确立的对偶规则一直被视为对偶的基本法则。清末《对类引端》❷卷首"对联略述"云："其法乃平对仄，仄对平，实字对实字，虚字对虚字，活字对活字，半虚实字对半虚实字。"

---

❶《汉语诗律学》，第173、181页。
❷《对类引端》卷首有光绪六年（1880）蒲月砚香书屋主人志。

《对类》提供了对偶的规则以及语料，但该书并没有提供现成的对语（巧对门仅是前人巧对的示例）。后来一些学者便在《对类》的基础上，组成现成的对语。比较有代表性的是明人曾梅轩的《巧对便蒙》二卷，此书一字类列天、地、风、雨、云、雾等，二字类列乾坤、日月、风云、雨露、青天、白日等，皆是现成对语。在编排上有直接示例，适合初学儿童仿作。

《声律发蒙》：对与韵的结合

这一类启蒙书籍，就现在所知，最早为元人祝明所撰的《声律发蒙》。祝明字文卿，号素庵，博陵安平（今属河北）人，博学善属文，隐居不仕，教授乡里，《声律发蒙》即为训蒙而作。此书分上平声、下平声两卷，上、下平声各十五个韵部，共三十个韵部，每个韵部有歌三首，共九十首。其书最早的刊本现藏北京首都图书馆，《中国古籍善本总目》著录为明刻本，首都图书馆网站著录为清刊本，但根据此本的原收藏者、著名的古本鉴定家周肇祥的说法，则应为元刊本。❶ 我以为周氏的说法是可信的。此本序中言及元代朝廷于"皇猷"（朝廷的谋略）二字另起一行顶格写刻，这是礼敬当代朝廷的格式，故可为元刊本之证。退一步说，即便此本为明刻，亦当是元刊本之覆刻，否则不可能致敬于元代之"皇"而换行顶格写刻。此本卷首有元皇庆二年（1313）王伟序，据王氏序，此书为祝明门人田实所刊。序中称此书为《声律启蒙》，故此书有二名：《声律发蒙》与《声律启蒙》。王氏序说："文之骈俪者，始于魏晋，盛于唐宋，而作文者尚焉。然学者必先于对偶之书，其浩瀚多端，使童蒙卒未能得其要领。此素庵《声

---

❶ 周肇祥，浙江绍兴人，清末举人，毕业于京师大学堂。此本有周氏跋诗，其二句云："而今垂老收元椠，忧患余生泪眼枯。"

律启蒙》之所由作也。"可知，祝明之前，并无《声律启蒙》类的著作，祝明之书实为开创之作。

《声律发蒙》主要有两个方面内容：一是韵，一是对。宋以前的启蒙书中，已采用韵对的形式，如人所熟知的梁周兴嗣《千字文》。唐李翰《蒙求》云"王戎简要，裴楷清通。孔明卧龙，吕望飞熊。杨震关西，丁宽易东。谢安高洁，王导公忠"，也是对偶押韵。但两书的目的均不在教授对偶押韵，而在识字及传授知识，采用对偶、押韵的形式只是为了使内容朗朗上口，具有一美感的形式，便于记忆。宋元以降的声律启蒙书则是以教授声律对偶为目的。就韵的方面说，是要教儿童记诵韵部、韵字与平仄。就对的方面言，则是进行对偶的训练，通过这种示例式的训练，使儿童掌握对属的规律与原则。《声律发蒙》通过歌诗的形式，以韵为纲、以对从韵，将韵与对巧妙地统一起来，成为可吟诵的歌诗化的形式，这种形式非常适合儿童吟咏记诵。如"一东韵"第一首云：

云对雨，雪对风。晚照对晴空。来鸿对去燕，宿鸟对鸣虫。三尺剑，六钧弓。岭北对江东。人间清暑殿，天上广寒宫。两岸晓烟杨柳绿，一园春雨杏花红。两鬓风霜，途次早行之客；一蓑烟雨，溪边晚钓之翁。

一首当中包括一字对，二字对，三字对，五字对，七字对，隔句对（含四字、六字对），门类、虚实、死活、平仄等规则俱在具体的对语中体现，而所押为平水韵一东，诵之可记一东韵的韵字——风、空、虫等。

《声律发蒙》是面向儿童启蒙的，故不尚博尚奇，而是求常求简。从对偶言，都是较常见易解的对语；就押韵说，乃是从传统韵书的韵字中筛选出比较常用的韵字，《声律启蒙》一东出现的韵字有：风、空、虫、弓、东、宫、红、翁、同、童、穷、铜、通、融、虹，共15字。而当时的诗韵工具书如《增修诗学集成押韵渊海》，一东则收韵字165个。

《声律发蒙》在明初已经相当流行，并为宫廷图书馆收藏。明人杨士奇正统六年（1441）所编宫廷图书目录《文渊阁书目》著录了此书（卷三），明初王暹曾为此书作注。大约在元末明初，潘瑛仿照祝明的体例，续作了上、去、入三声的对歌，但潘瑛续作的单刻本已经不传。其后祝明、潘瑛二人的著作被合编在一起，在明代流传甚广。明唐居子所刊《对类正宗》卷首有《声律发蒙》一卷，就是祝、潘二人著作的合编。其中，属于潘瑛续作的部分，上声49首，去声55首，入声32首，共136首。明正德年间，刘节改写并增补了祝、潘二人的作品，重新刊刻，作为启蒙课本。刘氏的改写增补本也数次被重刊。在清代，不仅流传祝明著作的单行本，也流传祝明原作与潘瑛续作的合刻本，更流传有刘节的校补本。❶

祝明开创了声律启蒙类著作的体例，潘瑛延续了此一体例。明兰茂《声律发蒙》一卷从书名到形式俱受祝、潘二人著作的影响，❷ 明王荔《正音捃言》四卷形式上也受《声律发蒙》影响。❸ 清初李渔所撰《笠翁对韵》更是模仿祝明二卷，而旧题清车万育所撰《声律启蒙》其实就是祝明的作品。❹ "云南丛书"总纂赵藩给兰茂《声律发蒙》作序，谈及声律启蒙类著作，谓《声律发蒙》为塾师课童蒙之本，所在皆有其书"。❺ 周肇祥跋祝明《声律发蒙》云："口授当年母也劬，纺车声里一镫孤。"言其母在孤灯之下，一边纺线，一边以此书教儿时的周氏。可见此类书籍在清末流传之广、影响之大。

---

❶ 参见张健，《中国古代的声律启蒙读物：〈声律发蒙〉及其他》，《岭南学报》复刊号（第一、二辑合刊），上海：上海古籍出版社，2015年，第169—192页。
❷ 兰茂此书将分韵部归并为二十个，又增加了四字对。此书收入民国时期的"云南丛书"中。
❸ 此书分二十二部韵，《四库全书总目提要》谓其"盖乡塾属对之本"。
❹ 从文字上看，车本《声律启蒙》更接近于《对类正宗》本，在此本基础上做了若干文字修改。
❺ 赵氏此处所云"《声律发蒙》"非专指兰茂著作，而是泛指元明以来的声律启蒙类著作。

《对类》提供了对偶的语料及基本规则，成为对偶教学的工具书；《声律发蒙》呈示了现成的对语，朗朗上口，为幼学者所吟诵。此二书及其衍生出来的各种改本续书，构成了明清时代对偶声律启蒙教育的基础读物，奠定了读书人的对偶声律常识及基本诗艺，同时也塑造了大众的语言美感。

推荐阅读

- 《诗词赋通用对类赛大成》，《美国哈佛大学哈佛燕京图书馆藏中文善本汇刊》第30册，北京：商务印书馆，桂林：广西师范大学出版社，2003年。
- 《声律启蒙》，北京：中华书局，2019年。
- 《笠翁对韵》，北京：中华书局，2014年。
- 王力，《诗词格律》，北京：中华书局，2012年。
- 张健，《中国古代的声律启蒙读物：〈声律发蒙〉及其他》，《岭南学报》复刊号（第一、二辑合刊），上海：上海古籍出版社，2015年。
- 张志公，《传统语文教育教材论：暨蒙学书目与书影》，北京：中华书局，2013年。

明清

第25章

王阳明的良知说与性灵诗学

左东岭

王阳明作为明代最为显赫的心学大师，对于良知说的探求是其一生的用力之处，因而后人也大都将其作为哲学家加以研究，从而忽视了他在明代文学史尤其是诗歌史上的地位。最近关于他诗歌创作的研究已经有了改善，但对于良知学说与其诗学观念的关系尚未引起足够的重视。

良知是王阳明圣学的核心，也是其一生为学的落脚处。但其有何内涵，则没有集中的表述，根据他在不同场合的说法，大致有如下几点：一是主体之虚灵，二是自我之明觉，三是真诚恻怛之情怀。他曾说："心者身之主也，而心之虚明灵觉，即所谓本然之良知也。"❶进一步说，这种良知灵明不仅是身之主，也是天地万物之主，即所谓："我的灵明，便是天地鬼神的主宰。天没有我的灵明，谁去仰他高？地没有我的灵明，谁去俯他深？鬼神没有我的灵明，谁去辩他吉凶灾祥？天地鬼神万物离却我的灵明，便没有天地鬼神万物了。"❷因此阳明心学是典型的主体性哲学。他又说："盖良知只是一个天理，自然明觉发见处，只是一个真诚恻怛，便是他

---

❶《答顾东桥书》，吴光、钱明等编校，《王阳明全集》，上海：上海古籍出版社，1992年，第47页。
❷《传习录》三，《王阳明全集》，第124页。

本体。故致此良知之真诚恻怛，以事亲便是孝；致此良知之真诚恻怛，以从兄便是弟；致此良知之真诚恻怛，以事君便是忠：只是一个良知，一个真诚恻怛。"❶ 此处的"真诚恻怛"其实就是心学所谓的天地生生之仁在人心中的情感体现，他是一种万物一体精神的体现，是对同类的充满情感的真诚关注。体现在个体胸怀上，便是广阔无边而又不抱成见的虚怀若谷，同时又有不加思虑的是非判断之灵明。至于良知的特征则主要有两种，一是自然而具的先天性："知是心之本体，心自然会知：见父自然知孝，见兄自然知弟，见孺子入井自然知恻隐，此便是良知不假外求。"❷ 二是当下的现成性："夫良知者，即所谓'是非之心，人皆有之'，不待学而有，不待虑而得者也。"❸ 合此二点，良知便有了道德直觉的色彩，甚至具有神秘主义的特征。最后是良知的功用，阳明认为如果具备了良知，即可获得出世入世皆可自如的境界，他说："盖吾良知之体，本自聪明睿知，本自宽裕温柔，本自发强刚毅，本自斋庄中正文理密察，本自溥博渊泉而时出之，本无富贵之可慕，本无贫贱之可忧，本无得丧之可欣戚，爱憎之可取舍。"❹ 此处所言的"聪明睿知""宽裕温柔""发强刚毅""斋庄中正""溥博渊泉"，是入世的品格能力；而"无贫贱之可忧""无得丧之可欣戚""爱憎之可取舍"，则是内在超越的前提。以阳明之意，若具备了良知之体，可以入世济民，但不会流于世俗；可以超然自得，又不必绝世离俗。这便叫作世出世入而无不自得也。其实，王阳明所说的此种自得乃是一种境界，一种人格，同时也是一种心理感受。也许王阳明良知学说的哲学价值还可以进一步研究评估，但它无疑具有浓郁的诗学意味。良知说突出的主观意识、鲜明的虚灵特征、浓厚的情感色彩，以及超然的人格境界，都深深影响了

---

❶ 《答聂文蔚》，《王阳明全集》，第84页。
❷ 《传习录》一，《王阳明全集》，第6页。
❸ 《书朱守乾卷》，《王阳明全集》，第279页。
❹ 《答南元善》，《王阳明全集》，第211页。

他本人的诗学观念与诗歌创作。

良知说对其诗学观念的影响首先体现在心与物的关系上。阳明心学与朱子理学的最大区别，便是将外在之理转换成内在的自我良知，尽管它们在对伦理道德的重视与经世致用的强调上并没有太大的出入，故而可以同归于新儒学的范畴，但良知的内在化却大大突出了其主体的意识，从而使其在心与物关系中跃居主导性的地位，以致他不无夸张地说："良知是造化的精灵。这些精灵，生天生地，成鬼成帝，皆从此出，真是与物无对。"❶ "与物无对"的结果是打破了中国诗学心物相感的平衡。在宋代以前，感物是文学发生的动力，从《礼记·乐记》的"人心之动，物使之然也"，到《文心雕龙·物色》的"情以物迁，辞以情发"，物均有不容忽视的主导地位，唐代诗学最为成功的经验便是情与景均衡交融的意境构造，而这正是感物说的典型体现。中唐以来，随着见性成佛的南宗禅的流行与宋代理学的崛起，感物说逐渐发生松动。但由于禅宗的宗教特性与理学的拒斥情欲，从而使其在诗学上未能获得应有的正面效应，因而感物的诗学发生论之主导地位未能在理论上被撼动。王阳明的良知说可以说是中国诗学史上从早期的感物说向后期的性灵说转变的关键环节。在其心学体系中，物已退居到次要地位，《传习录》中曾记载他与朋友的一次对话：

> 先生游南镇，一友指岩中花树问曰："天下无心外之物，如此花树，在深山中自开自落，于我心亦何相关？"先生曰："你未看此花时，此花与汝心同归于寂。你来看此花时，则此花颜色一时明白起来。便知此花不在你的心外。"❷

---

❶《传习录》三，《王阳明全集》，第104页。
❷《传习录》三，《王阳明全集》，第107—108页。

在此，物对于心来说当然不是可有可无的，没有物，便无法证得此心的功能；然而从价值取向上讲，物的自在是毫无意义的，是人主观心灵的观照，才使得花一时"明白"起来。从诗学观念上看，心成为核心与主动的一方，只有当心灵与物相遇时，才能取得"明白"的诗意，构成诗歌的境界。从发生学的角度讲，主观心灵在心物关系中占据了绝对的主导地位。在朱熹那里，"格物"是究极物理之意，人心所具之天理与万物所具之天理如万川印月，并无主次之分；而在阳明这里，"格物"是"正不正以归于正"之意，物的意思也被规定为"意之所在"，亦即事之意。在此，人之灵明成为主宰，物则退居于次要的地位。尽管王阳明在诗学理论上没有明确提出性灵说，但在实际创作中已显示出重主观、重心灵、重自我的鲜明倾向。他有一首《中秋》诗说："去年中秋阴复晴，今年中秋阴复阴。百年好景不多遇，况乃白发相侵寻！吾心自有光明月，千古团圆永无缺。山河大地拥清辉，赏心何必中秋节！"❶作为自然之物的月亮，当然有阴晴圆缺之时，所以苏轼有"此事古难全"的感叹。然而，拥有了良知的境界，犹如心中升起一轮永恒的明月，它不仅使自身获得澄明的心灵，而且还将照亮山河大地。正由于此，中秋之月的有无变得无关紧要，而心中的明月才是具有决定意义的。王阳明的这首诗当然是用来象征良知的，但它也形象地说明了心灵在诗学中所占的决定性地位。艾布拉姆斯（M. H. Abrams）有一本著名的文学理论著作《镜与灯》，他将反映现实的文学称之为"镜"，而将浪漫主义的文学称之为"灯"，认为是心灵之光照亮了文学的世界。王阳明的良知说则将人之心灵喻之为月，同样也起到了照亮文学世界的作用。

其次，良知说对其诗学观念的影响还体现在人生境界对于诗歌创作的决定作用上。王阳明的心学是一种成圣的学说，而成圣的前提便是要发明自我的良知，而发明良知便是拥有圣人的品格与境界。拥有了良知的境界，

---

❶ 《王阳明全集》，第793页。

便会拥有澄明的心境与崇高的人格，不仅能够才思灵慧，而且趣味高雅，也就会写出美妙的诗篇。王阳明将此种良知境界称之为"洒落"，有时又叫作"乐"，它包括忘怀得失的超逸与自我实现的自足两个方面。所谓"忘怀得失"，是指既不过于追求名利爵禄，此可称之为克己；又不畏惧外在环境的毁誉，此可称之为超然，从而做到在任何环境中均能安然自在。他在正德十六年（1521）致信邹守益说："近来信得致良知三字，真圣门正法眼藏。往年尚疑未尽，今自多事以来，只此良知无不具足。譬之操舟得舵，平澜浅濑，无不如意，虽遇颠风逆浪，舵柄在手，可免没溺之患矣。"❶ 正是在此一时期，他达到了"知者不惑仁不忧"的洒落境界，拥有了"信步行来皆坦道"的自如感觉，具备了"丈夫落落掀天地"的圣者品格。此种境界也使他此时的诗歌创作达到一个高潮。阳明后学万廷言在其《阳明先生重游九华诗卷后序》中，对其良知境界与诗歌创作的关系有过透彻的论述。他认为，一般文人身处"凶竖攘功""阴构阳挤""祸且莫测"的危险境地中，都会"垂首丧气"，即使善处患难的豪杰之士，也只能"绕床叹息"而已。但阳明先生却不然，他能够"捐得失之分，齐生死之故，洞然忘怀，咏叹夷犹于山川草木之间"，写出了那么多超然自得、从容浑然的诗篇。然后他便探求其中原因说：

  盖其良知之体虚明莹澈，朗如太虚，洞视寰宇，死生利害祸福之变，真阴阳昼夜惨舒消长相代乎吾前！遇之而安，触之而应，适昭吾良知变见圆通之用，曾不足动其纤芥也。其或感触微存凝滞，念虑差有未融，则太虚无际，阴翳间生，荡以清风，照以日月，息以平旦，煦以太和，忽不觉转为轻云，化为瑞霭，郁垺之潜消，泰宇之澄霁，人反乐其为庆为祥，而不知变化消镕之妙实在咏歌夷犹之间，脱然以

---

❶《王阳明全集》，第1278、1279页。

释，融然以解，上下与天地同流矣。故观此诗而论其世，然后知先生之自乐，乃所以深致其力，伊川所谓学者学处患难，其旨信为有在，而益知先生千古人豪，后学所尚论而取法者也。❶

在万廷言看来，阳明先生的良知境界与其诗歌创作之间是互为依存的，他有了以良知为核心的大丈夫人格，所以才能在患难危机中保持一份平和的心态，依然吟咏于山川草木之间。同时，那些"感触微存凝滞，念虑差有未融"的些许不快，也在"咏歌夷犹之间"变化消融，脱然以释，最终达到"上下与天地同流"的和乐之境。可以说，良知构成了他的大丈夫人格，如此人格决定了他的诗歌体貌，而在诗歌创作中又进一步陶冶了他的心灵。而这也是后人最应该取法的。万廷言的此种论述是否合乎实情，需要验之以王阳明的创作实践。他所论的《阳明先生重游九华诗卷》今已不存，但在阳明的诗文集中还保存着游九华山的一组诗，如《游九华》《弘治壬戌尝游九华，值时阴雾，竟无所睹。至是正德庚辰复往游之，风日清朗，尽得其胜，喜而作歌》《岩头闲坐漫成》《将游九华移舟宿寺山二首》《登云峰二三子咏歌以从欣然成谣二首》《有僧坐岩中已三年诗以励吾党》《春日游齐山寺用杜牧之韵二首》《重游开先寺戏题壁》等，万氏所序作品应该就是这些诗作。在这组诗中，的确看不出作者的忧愁烦恼与畏惧委屈，反倒处处显示出闲适的心境与幽默的情趣，如"静听谷鸟迁乔木，闲看林蜂散午衙""风咏不须沂水上，碧山明月更清辉""深林之鸟何间关？我本无心云自闲"。❷尤其是那首长篇歌行《弘治壬戌尝游九华，值时阴雾，竟无所睹。至是正德庚辰复往游之，风日清朗，尽得其胜，喜而作歌》，更是

---

❶ 万廷言，《阳明先生重游九华诗卷后序》，见张昭炜点校，《万廷言集》，北京：中华书局，2015年，第192—193页。
❷ 《王阳明全集》，第774—775页。

此种心境的典型体现，其中一段写道：

> 肩舆一入青阳境，忽然白日开西岭。
> 长风拥篲扫浮阴，九十九峰如梦醒。
> 群峦踊跃争献奇，儿孙俯伏摩其顶。
> 今来始识九华面，恨无诗笔为传影。
> 层楼叠阁写未工，千朵芙蓉抽玉井。
> 怪哉造化亦安排，天下奇山此兼并。
> 揽衣登高望八荒，双阙下见日月光。
> 长江如带绕山麓，五湖七泽皆陂塘。
> 蓬瀛海上浮拳石，举足可到虹可梁。
> 仙人为我启阊阖，鸾軿鹤驾纷翱翔。
> 从兹脱屣谢尘世，飘然拂袖凌苍苍。❶

在未到九华山之前，他刚刚结束平定朱宸濠的战事，心情尚有些许牵扯，所以发感慨说："频年驱逐事兵戈，出入贼垒冲风埃。恐恐昼夜不遑息，岂复山水能徘徊。"但一旦登上九华，他就被此处的奇峰美景所吸引，随着"揽衣登高望八荒"，其精神境界也被大大陶冶与提升，从而有了"从兹脱屣谢尘世，飘然拂袖凌苍苍"的超然情怀，简直进入了一种飘飘欲仙的感觉。这便是万廷言所说的，良知的境界令其拥有了平和的心态，而游山吟诗更使之脱然以释怀。

王阳明本人在《书李白骑鲸》一文中说："李太白，狂士也。其谪夜郎，放情诗酒，不戚戚于困穷。盖其性本自豪放，非若有道之士，真能无入而不自得也。然其才华意气，足盖一时，故既没而人怜之。"❷ 这是颇值得深思

---

❶ 《王阳明全集》，第774页。
❷ 《王阳明全集》，第1025页。

的一段话。他欣赏李白身处谪居之地而依然能够"放情诗酒"的豪放性情，或者说正是由于李白的豪放性情，才使得他能够不顾环境之险恶而"放情诗酒"。然而，他又不能完全认可李白，因为他的放情诗酒仅仅取决于其狂放的气质与过人的才华，却并非真正达到了圣人"无入而不自得"的良知境界。按照阳明的思路，首先应该具备良知的境界，然后转化成豪放的性情，再加上个体的才气，才是最为理想的状态。这便是他所理解的良知说与诗歌创作的关系。这种观念深深影响了明代中后期的诗坛，由于良知说的广泛流行，造就了一大批具有圣人情结与狂放精神的文人，诸如徐渭、李贽、汤显祖、公安三袁等，并创作出了大量展现其个体超然情怀与主观性灵的诗篇。

其三，良知说对其诗学观念的影响又体现在对"乐"的功能的强调上。王阳明曾将君子之学称之为"自快其心"，因为"惟夫求以自快吾心，故凡富贵贫贱、忧戚患难之来，莫非吾所以致知求快之地"，最终也才能达到"无入而不自得"的超然境界。❶ 这种看法与其对心体或曰良知的认识直接相关，他在与黄勉之的信中，曾明确提出"乐是心之本体"，其特性为"和畅"，所谓"仁人之心，以天地万物为一体，䜣合和畅，原无间隔"。由于其"仁人之心"是良知的另一表述方式，因此也就理所当然地能推论出"良知即是乐之本体"。❷ 作为儒学大师的王阳明，当然不会放弃对诗歌教化功能的强调，但他所倡导的教化是与求乐紧密相连的。比如他论述戏曲的教化功能时说："今要民俗反朴还淳，取今之戏子，将妖淫词调俱去了，只取忠臣孝子故事，使愚俗百姓人人易晓，无意中感激他良知起来，却于风化有益。"❸ 教化是必需的，但又不能过于生硬刻板，要"无意中感激他良知起来"，这符合汉儒所言上以风化下、下以风刺上的主文谲谏的原则。

---

❶《题梦槎奇游诗卷》，《王阳明全集》，第924页。
❷《王阳明全集》，第194页。
❸《传习录》三，《王阳明全集》，第113页。

至于诗歌创作，就更要讲究感兴宣泄的功能："故凡诱之歌诗者，非但发其志意而已，亦所以泄其跳号呼啸于咏歌，宣其幽抑结滞于音节也。"❶ 正是此种求乐自快的良知属性，导致了王阳明诗歌功能观的转变，从而与当时占诗坛主导地位的复古派诗歌功能观区别开来。在李梦阳等人那里，强调抒发真性情与坚守汉唐格调始终是一对难以调和的矛盾，这不仅使其诗歌创作成为极力模仿古人的苦差事，而且格调最终也覆盖了性情，从而使作者与读者双方都很难找到愉悦性情的感觉。王阳明从良知之乐的功能出发，不再将诗歌创作视为专门的苦吟，而是作为一种陶冶性情、快适自我的生命方式。既然是求乐，当然不限于诗歌的书写，举凡谈学论道，登山临水，饮酒歌咏，均成为其不可或缺的人生情趣，诗歌也就成为其抒发人生情趣的有效方式。其《年谱》记载："滁山水佳胜，先生督马政，地僻官闲，日与门人遨游琅琊、瀼泉间。月夕则环龙潭而坐者数百人，歌声振山谷。诸生随地请正，踊跃歌舞。"❷ 在此种氛围中，他写出了许多情趣盎然、闲适冲淡的诗歌作品。《龙潭夜坐》可作为此刻诗作的代表：

> 何处花香入夜清？石林茅屋隔溪声。
> 幽人月出每孤往，栖鸟山空时一鸣。
> 草露不辞芒屦湿，松风偏与葛衣轻。
> 临流欲写猗兰意，江北江南无限情。❸

在此，暗暗花香与淙淙溪流，月下幽人与栖鸟空山，露中草鞋与风中葛衣，构成了一个空灵寂静而又悠然自得的诗境，从而使作者感到无比的快适，遂发出"临流欲写猗兰意，江北江南无限情"的感叹，表达的是圣

---

❶《传习录》二，《王阳明全集》，第88页。
❷《王阳明全集》，第1236页。
❸《王阳明全集》，第730页。

者兼隐士的情怀。"求乐"意识体现了王阳明对生命的珍惜与对生活的爱恋，并表现在注重亲情、酷爱山水、向往隐逸及谈玄论道的种种行为中，用他自己的话说，就叫："吾侪是处皆行乐，何必兰亭说旧游。"❶

关于诗歌的功能，历来就有不同的理解，且不说儒家的政教观与道家的自适观构成了中国文论的两大传统，即以诗歌艺术本身讲，也存在苦吟派与求乐派的不同。作为专业诗人，许多人都有像孟郊、贾岛那样以全部生命献身于诗歌艺术的经历。而也有将诗歌作为吟咏性情、娱悦自我的工具者，像宋代的邵雍就专门用诗的形式来谈学论道、娱悦性情。明代较早提出吟咏性情的是陈献章，他认为："大抵论诗当论性情，论性情先论风韵，无风韵则无诗矣。"❷他没有解释为什么必须要有性情风韵，但他不满于矜奇炫能的意思是很明显的，所以才会提出"诗之工，诗之衰"那样的观点来，他认为被众人所称道的唐诗其实存在着"拘声律，工对偶"的毛病，"若李杜者，雄峙其间，号称大家，然语其至则未也。"❸他对李杜的不满有两点，一是无益于世教，二是诗歌写得太辛苦，也就是缺乏性情风韵。按照陈献章所代表的白沙心学的倾向，求乐亦为重要内涵之一，但他们并没有明确提出诗歌创作的求乐观念。从思想体系上讲，阳明的致良知与白沙心学应属同一思想路径，则其对于诗歌娱情功能的强调也就是不谋而合的了。与白沙心学不同的是，王阳明的求乐意识更具有系统性，他将良知的属性、生活的情趣与诗歌的功能统合在一起，构成了明确的求乐诗学观念，在复古诗派之外另辟蹊径，并在明代中后期造成了重要的影响。

由于王阳明的诗学观念是建立在其良知说的基础之上的，必然带有浓厚的心学色彩。在心与物的关系中，主体性灵占据了压倒性的优势；在诗

---

❶ 《寻春》，《王阳明全集》，第665页。
❷ 陈献章，《与汪提举》，孙通海点校，《陈献章集》，北京：中华书局，1987年，第203页。
❸ 陈献章，《夕惕斋诗集后序》，《陈献章集》，第11页。

歌创作过程中,诗人的人格性情、思想境界成为决定诗歌优劣的重要因素;在诗歌功能上,更强调娱悦性情、快适自我的作用。由此,便可以将此种诗学概括为性灵诗学观。

这种性灵诗学观在明代中晚期曾大为流行,可以说使明代诗歌发生了明显的转向。当王阳明在世时,曾经有两位诗人因接受此种观念而改变了他们的诗学立场。第一位是前七子的重要成员徐祯卿。徐祯卿病逝于正德六年(1511),他尽管只活了三十三岁,为学却有三变,王阳明在为其所作的墓志铭中说:"早攻声词,中乃谢弃;脱淖垢浊,修形炼气;守静致虚,恍若有际。道几朝闻,遐夕先逝。"这便是所谓"昌国之学凡三变,而卒乃有志于道"。❶ 至于说变的原因,也像阳明一样,是在正德年间的朝政混乱中遭遇到空前的人生困境,即其本人所言:"遭时龃龉,良图弗遂。抱膝空林之中,栖神穷迹之境。"❷ 此时,无论是漫游山水还是诗文创作都已不能解决他的精神苦闷与生命焦虑,因而他不得不转向对良知之学的追求。在病逝的前一个月,他曾很认真地与阳明反复讨论此一问题。当时他正热衷于"服之冲举可得"的"五金八石"的道教秘术,当王阳明向他反复讲述"存心尽性,顺夫命而已"的心学理论后,他还一再追求:"冲举有诸?"王阳明的回答是:"尽鸢之性者,可以冲于天矣;尽鱼之性者,可以泳于川矣。""尽人之性者,可以知化育矣。"依阳明的良知说,此乃物各得其性之意。亦即,既要荣辱得失无系于心而超越世俗,又要尽到参赞化育的济世责任,从而达到成己成物的良知境界,由此自然也就获得了身心的愉悦。徐祯卿听后似已领会其意,说:"道果在是,而奚以外求!吾不遇子,几亡人矣。然吾疾且作,惧不足以致远,则如何?"他果然不久亡逝,未能予以深究。所以王阳明感

---

❶ 《徐昌国墓志》,《王阳明全集》,第932—933页。
❷ 徐祯卿,《重与献吉书》,范志新编年校注,《徐祯卿全集编年校注》,北京:人民文学出版社,2009年,第712页。

叹:"吾见其进,未见其至。"但由此可知,徐祯卿的确对自我生命的意义进行了认真的思索。或者说他开始由诗学转向了心学。

但是在徐祯卿的转变里,尚有两点疑问,一是他接触阳明心学一事仅见于王阳明本人的叙述,而未见其他文献记载,则其接触程度与实际效果难以验证;二是当他转向心学之后,是否已完全放弃了诗歌的写作,还是仅诗风有了明显的转变,这也因为他的迅速病逝而不能深究。但这两点疑问均可在另一位发生转向的诗人董沄的身上得到有力的验证。董沄,字复宗,一字子寿,号萝石,浙江海宁人。他在阳明弟子中颇有些传奇色彩。他原本是位嗜诗之人,与当时诗坛名流沈周、孙一元、郑善夫交游往来,赋诗唱和。六十八岁时得闻良知之学,遂大为叹服,强执弟子礼,并不顾亲友反对而自称"从吾道人"。然而,良知之学吸引董沄的强大力量到底是什么呢?根据王阳明本人的记忆,他们相见后董沄曾如此说:

> 吾见世之儒者支离琐屑,修饰边幅,为偶人之状;其下者贪饕争夺于富贵利欲之场;而尝不屑其所为,以为世岂真有所谓圣贤之学乎,直假道于是以求济其私耳!故遂笃志于诗,而放浪于山水。今吾闻夫子良知之说,而忽若大寐之得醒,然后知吾向之所为,日夜弊精劳力者,其与世之营营利禄之徒,特清浊之分,而其间不能以寸也。幸哉!吾非至于夫子之门,则几于虚此生矣。❶

从其话语中可知,良知说在他的心目中,非但超越了世俗陋儒的功利价值,同时也超越了他从前所酷爱的诗学价值。事实上,他后来跟随阳明:"探禹穴、登炉峰、陟秦望、寻兰亭之遗迹,徜徉于云门、若耶、鉴湖、剡曲。萝石日有所闻,亦充然有得,欣然乐而忘归也。"也就是说,他找到了

---

❶ 《从吾道人记》,《王阳明全集》,第248页。

人生的快乐与归宿，使自身进入了另一个生命的境界。按王阳明对其"真吾"之号的解释，那便是他所获得的人生之乐的内涵："良知之好，真吾之好也，天下之所同好也……从真吾之好，则天下之人皆好之矣，将家、国、天下，无所处而不当；富贵、贫贱、患难、夷狄，无入而不自得。斯之谓能从吾之所好也矣。"也就是向外能够有效地经世济民，向内能够无入而不自得，这便是真吾之好、良知之好。因此，董沄闻良知之说而获得新的人生境界，这应该是明显的事实。在此要进一步追问的是，董沄闻良知之学后其诗学转向如何呢？可以肯定的是，无论是王阳明还是董沄，在他们相遇之后都没有停止诗歌的创作，而只是创作的目的与方式发生了变化而已。比如王阳明的诗文集中共留下居越诗三十四首，与董沄赠答者便有六首之多，几近五分之一。这说明他既没有劝止董沄写诗，自身更向他示范了如何写诗。其中《天泉楼夜坐和萝石韵》一诗最堪注意："莫厌西楼坐夜深，几人今昔此登临？白头未是形容老，赤子依然浑沌心。隔水鸣榔闻过棹，映窗残月见疏林。看君已得忘言意，不是当年只苦吟。"❶ 阳明在此告知董沄，由于他保持了良知的赤子混沌之心，不仅拥有了忘怀物我的心灵超越，而且诗歌自身的写作也发生转向，只重视精神的愉悦而不再顾及文字的工拙，这便是"看君已得忘言意，不是当年只苦吟"的真意。这可拿董沄的原作为证："高阁凝香夜色深，四檐星斗喜登临。雪垂须发今何幸，春满乾坤见道心。冉冉光风回病草，瀼瀼灏气足青林。浴沂明日南山去，拟向炉峰试一吟。"❷ 本诗已不是单纯吟风弄月的赠答歌咏，而是充分表达了作者获得良知境界后的喜悦心情，全诗围绕"喜"字展开：喜他在晚年有幸得闻良知之学，获道后自我生命犹如春满乾坤般的充满生机，就像春风吹绿了小草，就像灏气弥漫在

---

❶ 《王阳明全集》，第790页。
❷ 董沄，《宿天泉楼》，钱明编校整理，《徐爱 钱德洪 董沄集》，南京：凤凰出版社，2007年，第364页。

树林。他找到了当年曾点追随孔子那样的快乐，于是忍不住要登上高峰纵情吟诗了。这样的诗的确是靠气势境界胜而非工巧学问胜，可以说算是标准的性灵诗篇了。当然，董沄诗学转向后所作诗篇不多，水平也赶不上王阳明，因而在明代诗歌史上也没有什么地位，但是如果从性灵诗学流派的发展上看，他所体现的特征则是比较明显的。

当时受阳明心学影响的诗人还有一些，比如顾璘与郑善夫，原本都是复古意识很强的诗人，但后来都受良知说的影响很深。王阳明的诗歌创作具有一定成就，但却不能算是明代的一流诗人。他对明代诗歌发展的最大贡献，还是其性灵诗学观念，可以说，他开辟了明代中后期的一种诗歌潮流。尽管开始时成效并不明显，凡是受其影响者也大都具有讲学议论的性理诗的倾向。但是经过王畿、唐顺之、徐渭、李贽等人的发挥推演，在晚明遂蔚为大观，产生了公安派、竟陵派那样的诗歌流派，终于展现出与复古派截然不同的诗学特征。它上接宋代以来以趣为主的诗学传统，下开近代以来的新诗源头，从而成为中国诗歌发展史中不可或缺的一环。

推荐阅读

- 吴光、钱明等编校，《王阳明全集》，上海：上海古籍出版社，1992年。
- 吴格译注，《王阳明诗文选译》，南京：凤凰出版社，2011年。
- 钱基博，《明代文学》，长沙：岳麓书社，2011年。
- 陈书录，《明代诗文的演变》，南京：江苏教育出版社，1996年。
- 左东岭，《明代心学与诗学》，北京：学苑出版社，2002年。
- 左东岭，《王学与中晚明士人心态》，北京：商务印书馆，2014年。
- 彭国翔，《良知学的展开：王龙溪与中晚明的阳明学》，北京：生活·读书·新知三联书店，2015年。
- 罗宗强，《明代文学思想史》，北京：中华书局，2013年。

第26章

袁枚与女性诗歌批评

蒋 寅

从很多方面看，袁枚的《随园诗话》都标志着清代诗话写作的一个转型，比如破而不立的诗学立场、对当代诗歌批评的侧重、鉴赏式的批评倾向、取材和评论中的市侩习气等，这些特征都深远地影响了清代中叶以后的诗话写作。本章要谈的是《随园诗话》另一个值得注意的问题，即对女性诗歌写作的表彰和倡导。袁枚平生人谓有两善：一是好为人师，一是好褒扬女子。宁楷《喜晤简斋先生话旧》诗云："惯说名流皆捧赞，喜谈才媛为开筵。"❶前句自注"先生好为人师"，后句自注"先生好奖女子"，正是其最好的写照。这不只是袁枚个人兴趣使然，也与明末以来的社会风气有关。

随着明代社会意识的变革，士大夫阶层对女性的价值观念正悄然出现变化。不仅公然标榜女性美貌的价值，"女子无才便是德"的传统观念也被抛弃，才学和文艺教养作为提升女性品味的重要因素普遍受到重视。徐增《许夫人吴冰仙诗序》云："今人称风流胜韵，辄曰佳人才子，其所谓佳人者，大率是珠翠班头，其所谓才子者，大率是文坛领袖。如是则佳人才子离而为二矣。殊不知才子不佳，不得为才；佳人无才，亦不得为佳也。必

---

❶ 宁楷，《修洁堂集略》卷九，嘉庆间家刊本。

佳如潘安,殆为才子;才如道蕴,方是佳人,断断然也。"❶美国学者曼素恩(Susan Mann)的研究也显示,进入康乾盛世后,一度处于女性文学中心位置的青楼文化一去不复返,同时士大夫家族的女性文学却活跃起来。她认为这与当时新的妇女典范的出现有关:朝廷和官僚虽强调妇女的家庭责任,却并不排斥女性的文学写作。对于许多上层家庭来说,女性的文学才能与成就不仅不与儒家的伦理规范相冲突,甚至能成为显示家族文化的标志。因此士大夫阶层一方面强调妇女的道德责任,同时又将女性的文学才能视为一个妇女典范不可或缺的部分,从而树立起一个以才、德为中心的新女性典范。她举出康乾时代士大夫对班昭、谢道韫的普遍推崇来证实这一点。❷事实上,自清初以来,主盟诗坛数十年的王渔洋就热心于表彰女诗人,在诗话和笔记中再三称赏才女的诗作,为后人所乐道。到乾隆年间,女性写作及其作品的可贵已普遍受到士大夫群体的重视。蒋士铨《石兰诗传》写道:"古人编年载诗,后人得考订以为年谱,因得详其事业游迹,尚论而思慕之,是诗即可为作者本传。学士大夫丰功伟烈,大名奇节,焕然纪诸史册者,无借乎诗;而后人寻绎其轶事,犹不能无借彼专集以为参稽。矧抱用世之才,负凌寒之质,极穷困幽忧,终其身于闺阃中,苟无一编以存之,百世之下,其怨悱结于空山风雨间者,曷其有极!"❸正是这种观念及其所形成的社会氛围,为乾隆间女性诗歌写作的繁兴提供了适宜的温度和土壤。对此,从事文学活动的女性自己也很清楚。乾隆五十九年(1794)马素贞序王琼《爱兰书屋诗钞》提到:"我朝文化之盛,无以复加,不特文人学士为能踊跃向风,即闺阁奇才,往往究心诗学。此虽山川

---

❶ 徐增,《九诰堂全集》第16册,湖北省图书馆藏清抄本。
❷ 参高彦颐,《闺塾师:明末清初江南的才女文化》,南京:江苏人民出版社,2005年;曼素恩,《缀珍录:十八世纪及其前后的中国妇女》,南京:江苏人民出版社,2005年。
❸ 蒋士铨,《忠雅堂集校笺》,邵海清校、李梦生笺,上海:上海古籍出版社,1993年,第4册,第2167页。

灵秀所钟，要亦赖有人焉提倡之耳。"❶ 经历中国历史上最漫长的王朝，一个闺秀能出此言，应该说是发自内心的，言下对女性诗歌写作的境遇不无庆幸之意，而她所感受的现实就是以袁枚为代表的士大夫群体对女性诗歌的大力表彰和提倡。

袁枚对女性诗歌写作的鼓励和倡导，体现在热衷于表彰女诗人和招收女弟子两个方面。两者本是有因果关系的，正因为他对女性诗歌显示出极大的兴趣，热衷于表彰女诗人，这才吸引了众多的女诗人争相请益，执贽于门下。在女性文学研究日益兴盛的近年，这一现象已为研究者所关注并积累了一些成果❷，使文学史上这一开风气的韵事有了较清晰的呈示。

对闺秀诗歌的表彰

袁枚招收女弟子与他对女性写作的态度有关，而他对女性写作的态度又植根于他的女性观。通过研究袁枚的传记，学者们都注意到，袁枚自幼生活在一个约束较少的女性圈子里。祖母的宠溺、母亲的呵护、姑母的教养，都使他的个性得到自由、健康的发展，思想上没有太多寻常家庭教养形成的封建观念，同时对女性有较亲近的了解，不那么重男轻女。❸

袁枚的童年是在姑母的教养下度过的，情感和观念上受姑母的影响也最大。姑母青年丧夫，依兄而居，在郁郁寡欢中消磨后半生，这直接让年

---

❶ 任兆麟辑，《吴中女士诗钞》，乾隆五十四年刊本。

❷ 可参王英志，《随园第一女弟子——常熟女诗人席佩兰论略》，《吴中学刊》1995年第3期；《随园"闺中三大知己"论略——性灵派研究之一》，《文学遗产》1995年第4期；《随园女弟子概论》，《江海学刊》1995年第6期；《随园女弟子考述》，《江南社会学院学报》2000年第4期；《关于随园女弟子的成员、生成与创作》，《井冈山师范学院学报》2002年第1期。此外，刘咏聪、沈金浩、黄仪冠、陈旻志、李德伟等学者亦有相关论述。

❸ 参看石玲，《袁枚诗论》，济南：齐鲁书社，2003年，第41—45页。

幼的袁枚体会到女性的不幸命运,他青年时代咏歌古代列女即有"美人只合一生愁"的慨叹。❶在日后长久的岁月中袁枚始终对女性的命运抱有悲悯情怀,而最终在《金纤纤女士墓志铭》中尽情倾吐:"余阅世久,每见女子有才者不祥,兼貌者更不祥,有才貌而所适与相当者尤大不祥。纤纤兼此三不祥,而欲其久居人世也不亦难乎!余三妹皆有才,皆早死。女弟子中,徐文穆公之女孙裕馨最有才,最早死。其他非寡即贫……"❷自古以来,在女性狭窄的生活空间中,写作实在是有限的娱乐方式之一,也是难得的足以发挥才智的生命活动。不难想象,如果没有那些宴集分题赋诗或联句,大观园中的女子将失去多少生活乐趣,而《红楼梦》一书又将如何黯然失色!袁枚显然是清楚这一点的,他二十六岁时便写有《上官婉儿》诗,盛称"簪花人作大宗师",且质问:"至今头白衡文者,若个聪明似女儿?"❸后来针对女子不宜为诗的世俗陋见,更在《金纤纤女士墓志铭》《听秋轩诗集序》中驳斥道:"目论者动谓诗文非闺阁所宜,不知《葛覃》《卷耳》首冠'三百篇',谁非女子所作?"❹晚年在《随园诗话》补遗中又畅述此旨,说:

  俗称女子不宜为诗,陋哉言乎!圣人以《关雎》《葛覃》《卷耳》冠三百篇之首,皆女子之诗。第恐针黹之余,不暇弄笔墨,而又无人唱和而表章之,则淹没而不宣者多矣。家龙文弟妇黄氏雅宜、香亭簉室吴氏香宜,俱有窈窕之容,仝(同)居一室,互相切磋。黄《咏灯花》云:"银釭夺月吐光华,影入窗棂透碧纱。未忍轻挑私问汝,不知何喜报吾

---

❶ 《西施》其二,《小仓山房诗集》卷二,王英志主编,《袁枚全集》,南京:江苏古籍出版社,1993年,第1册,第28页。
❷ 《小仓山房续文集》卷三十二,《袁枚全集》,第2册,第588页。
❸ 《小仓山房诗集》卷二,《袁枚全集》,第1册,第30页。
❹ 骆绮兰,《听秋轩诗集》卷首,乾隆六十年金陵龚氏刊本。

家。"吴《咏梅》云:"为爱春寒花放迟,游人偏采未开时。侬心恰爱天然好,不忍临风折一枝。"《春晴》云:"细雨连宵湿软尘,今朝晴放一窗春。柳丝低舞花添笑,都似风前得意人。"皆清妙可诵。又有淑端内史者,见二人诗而爱之,赠一绝云:"诵君佳句爱君才,未对菱花卷已开。想是瑶池曾结伴,诗仙逃下一双来。"余按荀奉倩云:"女子以色为主,而才次之。"李笠翁则云:"有色无才,断乎不可。"有句云:"蓬心不称如花貌,金屋难藏没字碑。"龙文候补粤西,家无担石,而家信来,诡云娶妾。雅宜答以诗云:"郎君新得意,志气入云骄。未置黄金屋,先谋贮阿娇。"盖挪揄之也。香宜知余采其诗入《诗话》,以诗谢云:"有志红窗学咏诗,绛帷深幸侍良师。微名也许登《诗话》,荣似儿夫及第时。"戏香亭也。雅宜名桢,香宜名蕙,淑端姓孟,名楷。❶

这段诗话不仅记载了自家女眷中的几位作者及其唱和,也表明了自己对女性写作的肯定态度。袁枚首先搬出经典的权威说法,肯定女性诗歌源远流长,为古圣贤所重视,由此确立女性写作的合法性。然后引用荀彧和李渔的说法,再次强调女性才华的可贵,并认为女性作品流传不易,如果得不到表彰,很难免于湮没不传的命运。为此他身体力行,在诗话里用很多篇幅记录闺秀的诗作,彰显其才情。由王建生《随园诗话中清代人物索引》可知,诗话共提到人物1991名,而闺秀诗人竟有近200人,提到女诗人诗作209人次。❷ 这对于闺秀诗坛而言,无疑是空前的盛事!由吴蕙(香宜)谢诗也能看出,师从袁枚学诗、作品被采入诗话,也被闺秀视为难得的幸运。男诗人招女弟子始于毛奇龄,这确实是清代文坛的新生事物;而"微名也许登《诗话》,荣似儿夫及第时",则意味着诗话的记录和表彰对女诗人来说,不仅是

---

❶ 袁枚,《随园诗话》,北京:人民文学出版社,1982年,补遗卷一,第590—591页。
❷ 王建生,《随园诗话中清代人物索引》凡例,台北:文津出版社,2005年。

使作品得以留存和传播的保证,更是获得成就感的一种极为重要的激励。

正如后人提到的,袁枚热心表彰女诗人,常被说是老来风流之举,今存袁枚论及女诗人的诗文确实都是晚境所作。除了不易确定写作年月的《随园诗话》有关条目外,最早可系年的作品是乾隆四十八年(1783)所作骈体《陈淑兰女子诗序》,后文将专门论及,这里先看乾隆五十年(1785)所作《题浣青夫人诗册》五首。浣青夫人即钱孟钿,其夫崔龙见时任富平知县,孟钿随任跋涉秦蜀,故其诗有蜀道秦岭山川的气象。袁枚题诗中有两首除称赞其才华外,还特别提到山川行旅的丰富阅历对女诗人创作的滋养:

绝妙金闺咏絮才,一生诗骨是花栽。
分明拥髻挥毫际,别有心从天外来。

尺五真疑戴皂纱,风裁不似女儿家。
也因气得江山助,簪尽秦关蜀岭花。❶

所谓"气得江山助"本自刘勰《文心雕龙·物色》论屈原语,历来引申为山水奇景能丰富诗歌的艺术表现,袁枚在此借以指旅行阅历淘洗了浣青诗风的女性色彩,遂成为后人称赞女子诗风的一个口实和欣赏女子诗歌的一个视角。❷ 袁枚题钱孟钿诗集,也并非出于偶然。孟钿父维城,号稼轩,系乾隆十年(1745)状元,官至刑部尚书,诗画均负当世盛名。曾于乾隆二十二年(1757)过访随园,袁枚有诗纪事。❸ 据《随园诗话》卷五载,袁

---

❶ 《小仓山房诗集》卷三十一,《袁枚全集》,第1册,第760页。
❷ 包兰瑛《锦霞阁诗词集》自序:"先君子见其稿,谓昔者浣青夫人得江山之助,故其诗有逸气,儿岂其后身耶?何丰神毕肖也!"宣统刊本。
❸ 《钱稼轩少司空奉命栖霞画山过访随园》,《小仓山房诗集》卷十三,《袁枚全集》,第1册,第238页。

枚与钱孟钿还别有一段因缘：

> 钱稼轩司寇之女，名孟钿，嫁崔进士龙见，为富平令。严侍读从长安归，夫人厚赠之。严问："至江南，带何物奉酬？"曰："无他求，只望寄袁太史诗集一部。"其风雅如此。因诵其五言云："啼鸟空绕树，残梦只随钟。"有《浣青集》行世。其号浣青者，欲兼浣花、青莲而一之也。夫人通音律，常在秋帆中丞座上，听客鼓琴，曰："角声多，宫声少，且多杀伐之音。何也？"问客，果从塞外军中来。余庚申夏，乘舟北上，遇稼轩南归，时未中状元也。见其手抱幼女，才周晬，今四十八年矣。在杭州见夫人，谈及此事。夫人笑云："所抱者，即年侄女也。"余故题其诗册有云："而翁南下赋归欤，值我新婚北上初。水面匆匆通数语，怀中正抱女相如。"❶

庚申为乾隆五年（1740），袁枚年方二十五岁，到题浣青诗册的乾隆五十年（1785），他已七十岁。起初为浣青题册，多半是出于世谊，但浣青从此执贽为女弟子，对他却不能不是个触动，让他预感到前辈冯班、毛奇龄、尤侗、沈大成招女弟子的韵事将要在自己身上光大。由是他越发热心地表彰才女，两年后又有《题漪香夫人采芝图》诗，这位漪香夫人是毕沅侧室周月尊。

《随园诗话》所载的女性作者，固然以豪门眷属、大家闺秀居多，但也有一定数量的普通士女。如卷二载：

> 莆田有吴荔娘者，庀人之女也。性爱洁，而能诗。豹章聘为旁妻，未二年，卒。豹章为写其《兰坡剩稿》。有《春日偶成》云："曈

---

❶ 《随园诗话》卷五，第156页。

曈晓日映窗疏，荏苒韶光一枕余。深巷卖花新雨后，开门插柳嫩寒初。莺儿有语迁乔木，燕子多情觅旧庐。那用踏青郊外去，芊芊草色上阶除。"又："深院不知春色早，忽惊墙外卖花声。"❶

此外像同卷的苕溪女子姚益鳞、竹筠，卷三的金陵徐氏女、鲁月霞，卷四的松江张氏女、桐城方筠仪，卷八的青田才女柯锦机，卷十的闺秀李金娥、湖州高氏女，卷十三的合肥才女许燕珍等，实在不少。从补遗卷七所载张瑶英谢其索诗稿句"露沾桃柳千株树，次第春风到女萝"来看，袁枚晚年显然很留意搜集女性的诗作，甚至主动去索求。因此补遗十卷中论及女作者尤其多，地域范围也更广，至卷三的湖南布政使叶佩荪一门而极其至，称"吾乡多闺秀，而莫盛于叶方伯佩荪家。其前后两夫人、两女公子、一儿妇，皆诗坛飞将也"。其中最值得注意的是对长媳陈长生的记载：

其长媳（长生），吾乡陈句山先生之女孙也。《春晓》云："翠幕沉沉不上钩，晓来怕看落花稠。纸窗一线横斜裂，又放春风入画楼。"《太真春睡图》云："秘殿春寒倚绣茵，君前底事效横陈？马嵬更有长眠处，也傍梨花一树春。"《寄外》云："弱岁成名志已违，看花人又阻春闱（两上春官，以回避不得与试）。纵教裘敝黄金尽，敢道君来不下机？""频年心事托冰纨，絮语烦君仔细看。莫道闺中儿女小，灯前也解忆长安。"《春日信笔》云："软红无数欲成泥，庭草催春绿渐齐。窗外忽闻鹦鹉说，风筝吹落画檐西。"《春园偶赋》云："卖饧声里日初长，春满闲庭花事忙。楼外软风莺梦暖，篱边疏雨蝶衣凉。碧桃重似垂头睡，红药残如半面妆。看尽韶光应不倦，题诗长倚小回廊。"其佳句，如《硖石道中》云："树远作人立，山深疑雨来。"《春夜》云：

---

❶《随园诗话》卷二，第43页。

"湿云压树暝烟重，淡月入帘花气幽。"《闻家大人旋里》云："去郡定多遮道吏，还山已是杖乡人。"❶

陈句山名兆仑，与袁枚同应乾隆元年博学鸿儒之试中式，有时文选本《陈太仆制义体要》流行于世。其孙女陈长生诗名虽不甚著，但如果我们知道她是长篇弹词《再生缘》作者陈端生的三妹，这条记载就变得格外有意义了，它将我们的想象引入另一个著名的女性文学家族，使我们理解陈端生的出现并不是孤立的，她背后交织着一个头绪繁多的亲族文学网络。这就是《随园诗话》大量记载女性作者的意义之一，它展现了清代女性诗歌写作背后的家族文学背景和社交网络。受其影响，以法式善《梧门诗话》为代表的一批嘉道间诗话，更注意记载女性文学家族的盛况，使隐然存在的女性文学场域日益清晰地凸显出来。

从后设的角度说，《随园诗话》记载的一些看似不起眼的女诗人，其实是乾嘉间非常重要的女作家。比如如皋女子熊琏，补遗卷三在记载始创剪彩贴绒花鸟的如皋闺秀石学仙事迹后，又提到"又有熊澹仙者，幼颖悟，妙解声律，适陈氏。配非其偶，郁郁不乐之意，时形诸吟咏"，并录其《见蝶》、《村女》、《红树》、《感旧》四诗及《蝶恋花·咏刺绣美人》一词。熊琏字商珍，号澹仙，又号茹雪山人，是清代女作家中不多见的诗文词及评论兼擅的全才，著有《澹仙诗钞》、《词钞》、《文集》及《澹仙诗话》四卷，当时尚未刊行，但袁枚已高度重视她的作品。补遗卷四续载：

> 熊澹仙女子，不止能诗，词赋俱佳。以所天非解事者，故《咏萤火》云："水面光初乱，风前影更轻。背灯兼背月，原不向人明。"作《广怨赋》云："文采遭伤久矣，人皆欲杀；蛾眉致妒何能，我见犹怜。"《闻笛

---

❶ 《随园诗话》补遗卷三，第635页。

赋》云："三更不寐，遥知思妇情深；十指俱寒，想见高楼独倚。"❶

这里对熊琏的关注已超出诗歌而涉及赋作，貌似很全面，但不可否认的是，这种关注细究之下，与其说是对女性文学的重视，还不如说是一种猎奇，一种因女性写作成就超出自己预期的惊讶和好奇，当时男性批评家对女性文学的关注大体都停留在这个程度上。袁枚虽然记载了许多女作者的作品，却始终吝于给予一些认真的、具体的批评，同时他还有意无意地忽略了一个著名的女诗人群体——清溪吟社。❷这都不免让人对《随园诗话》热衷于表彰女诗人的动机产生一些怀疑和揣测。钟廷瑛《阅随园诗话题后》云："词坛跌宕老袁丝，麈话翩翩亦自奇。红药含春薇晚卧，只多标榜女郎诗。"❸这里用"标榜"一词来指称袁枚对女性诗歌的表彰，很值得玩味。所谓标榜，通常都指一种并非出自诚意而仅仅是要做出一种姿态的态度和行为。钟廷瑛何以会认为袁枚多载女性诗作是出于标榜，并且他在什么意义上使用"标榜"这个词，虽然还难以断言，但相信这种看法是有一定代表性的，是当时对袁枚表彰女性诗歌多有非议的一个典型例证。

一代红妆立雪多

袁枚对女性诗歌创作的提倡和表彰，更多地体现于广招女弟子一事，其社会影响也更大。吴兰雪赠袁枚诗，特别赞叹的是两点："三朝白发题

---

❶《随园诗话》补遗卷四，第659页。
❷ 石旻，《阻隔的一时双璧——关于〈随园诗话〉忽略清溪吟社之分析》，《苏州大学学报》（哲学社会科学版）2007年第5期。
❸ 郭绍虞、钱仲联、王蘧常编，《万首论诗绝句》，北京：人民文学出版社，1991年，第2册，第577页。

襟遍，一代红妆立雪多。"❶ 上句说他经历三朝，交际广泛；下句说一时闺秀，多慕名执贽于门下。袁枚晚年声名远播，倡导性灵诗风与表彰闺秀诗歌，使他拥有极广泛的女性崇拜者，许多女诗人自幼诵习他的诗集，并通过各种渠道将自己的作品呈请给他批评，更希望执贽于门下、受业学诗。门人陈基的发妻金纤纤的拜师经过说来最为凄婉，袁枚撰《金纤纤女士墓志铭》载其事云：

> 纤纤论诗，于唐宋诸名家靡不宣究。尤酷嗜余诗，得《小仓山房集》，伏而诵之，尽四昼夜毕；寄书谆谆乞为弟子。余感其意，今春往访，则病已笃；强扶起，呼"先生"，再拜。余旋往西泠，逾月归，则纤纤死矣。临死语竹士曰："吾与先生一见，已足千秋。所悁悁而悲者，吾闻先生来即具门状，招十三女都讲作诗会于蒋园。画诺者已九人，而吾竟不得执笔为诸弟子先，此一憾也。我尚有书中疑义，欲面质先生，而今亦复不及，此二憾也。欲释此二憾，须先生怜我，肯铭我墓，则我虽死犹不死也。"余闻而泫然。❷

据《随园诗话》补遗卷七载，纤纤上袁枚书有云："此日碧云秋雁，奉一函于明月楼中；他时绛帐春风，当双拜于海棠花下。"孰料一拜遂成永诀，袁枚痛惜之余，吊以一联云："双拜花前，已偿负笈从游愿；五年灯下，未了抽簪劝学心。"他原就追慕毛奇龄、沈大成招收女弟子的流风余韵❸，鉴于

---

❶ 《随园诗话》补遗卷八，第770页。
❷ 《小仓山房续文集》卷三十二，《袁枚全集》，第2册，第587—588页。亦见《袁枚全集新编》，第7册，第662页。
❸ 袁枚，《与汪顺哉世妹》："昔汉之夏侯胜传经于长信宫中，本朝毛西河授诗于昭华女子，至今士论荣之。以古较今，于斯为盛。"《小仓山房尺牍》补遗，《袁枚全集》，第5册，第221页。又《随园诗话》卷二载："沈学子有女弟子徐瑛玉，字若冰，昆山人，嫁孔氏，能诗，早亡。与王兰泉夫人许云清，及吾乡方宜炤之女芷斋，唱和甚多。"（第53—54页）

金纤纤之故，到乾隆末在提倡"性灵"说的同时，便有了广招女弟子之举。

袁枚一改前辈诗人仅偶尔招收一两位女弟子的做法，先后在南京、苏州及原籍杭州等地招收女弟子多达五十余人，并专门选刻《随园女弟子诗选》，首开成批培养诗媛弟子的先例。❶ 不怪后人有诗道："随园老去独多情，降格徒思引后生。当日过江弦索冷，尽教红袖逞诗名。"❷ 言下不无暗示袁枚晚年欲借招收女弟子来造声势，以维持其在诗坛的影响力之意。如果留意《金纤纤女士墓志铭》的叙述，我们就不难体会，袁枚晚年招收女弟子的动因，与他对女性命运的哀悯有深刻的关系，而乾隆五十九年（1794）金纤纤的玉殒更激发了他广招女弟子的热忱。

至于现存文献中涉及女弟子的作品，首先是乾隆四十九年（1784）陈淑兰《谢随园夫子诗序》："果然含笑过新年，已得名传太史篇。侬作门生真有幸，碧桃花种彩云边。"题下注："时甲辰新正二日。"诗序即《小仓山房外集》卷七所收的骈体《陈淑兰女子诗序》，然则陈淑兰在乾隆四十九年之前已列在门墙。此后是乾隆五十年的钱孟钿，再往后是五十四年（1789）的孙云凤。袁枚《答碧梧夫人》小序云：

> 夫人名云凤，字碧梧，吾乡令宜观察之长女。余年十四，与其曾祖讳陈典者同赴己酉科试，今六十年矣。夫人自称女弟子，和余《留别杭州》诗见寄，来札云："前岁星槎回里，怅叩谒之无缘；恰喜锦句传来，幸芳尘之可步。曾和短章，恭求钧诲，窃谓先生炼金点石之才，必有启聩发蒙之赐。乃闻贮于案头，将欲登诸集上。得冒丹砂，云凤虽为一时之幸；混收鱼目，先生恐低千古之名。且崔、汪二夫人，久已联珠合璧，安敢杂以秕糠？而闺阁诸女伴，亦有碎玉遗金，

---

❶ 详参王英志，《随园女弟子考述》，《江南社会学院学报》2000年第4期。
❷ 宋翔凤，《芝生女士以诗本索题因书二绝》其一，《洞箫楼诗纪》卷二十五，道光刊本。

何堪并收瓦砾？云凤得蒙清训，已列门墙，忝在弟子之班，妄窃诗人之号。自顾弥增惭汗，问世益觉厚颜。务祈先生即加针砭，附便掷还，万勿灾诸梨枣，徒滋贻笑方家。"❶

孙云凤是袁枚六十年前旧交孙陈典的曾孙女，因通家之谊，自称女弟子，寄其和袁枚《留别杭州》诗来求正，得知袁枚拟刊入《随园女弟子诗选》，又报书以客套语逊谢。这基本上是袁枚女弟子拜师的常规。袁枚既欣然承认，也就像其他弟子一样，属其为题《随园雅集图》。集中因有《谢女弟子碧梧兰友题〈随园雅集图〉》之作，后两首写道：

> 扫眉才子两琼枝，自署门生远致辞。
> 不怕程门三尺雪，儿家情愿立多时。

> 惹得袁丝喜欲惊，千秋佳话在门庭。
> 河汾讲席公侯满，可有天边织女星？❷

前诗写孙云凤、云鹤姊妹以书来拜师，"儿家情愿立多时"拟其娇誓口吻；后诗写自己得信的惊喜，以千秋佳话自期且傲视门下多出唐开国名臣的文中子王通。袁枚显然意识到，诸多女弟子罗拜门下的韵事将流传于后，且绝不亚于自己的诗文。

与袁枚师生关系最亲近的女弟子骆绮兰，是乾隆五十六年（1791）自己通书请求列于门墙的，蒙允许后登门拜师，绮兰有《随园谒袁简斋夫子》二绝纪事。此后袁枚往来于金陵、苏州之间，道经京口皆"主其家"，由绮

---

❶ 《小仓山房诗集》卷三十二，《袁枚全集》，第1册，第783页。
❷ 《小仓山房诗集》卷三十二，《袁枚全集》，第1册，第788页。

兰司其起居饮食,"虽孝息之事其所生无以过之"。❶《随园诗话》补遗卷三载其事迹,云:

> 句容骆氏,相传为右丞之后,故大家也。有秋亭女子名绮兰者,嫁于金陵龚氏,诗才清妙。余《诗话》中录闺秀诗甚多,竟未采及,可谓国中有颜子而不知。辛亥冬,从京口执贽来,自称女弟子,以诗受业。《游西湖》云:"渺渺平湖漠漠烟,酒楼斜倚绿杨前。南屏五百西方佛,散尽天花总是莲。"《春闺》云:"春寒料峭乍晴时,睡起纱窗日影移。何处风筝吹断线?飘来落在杏花枝。"《云根山馆题壁》云:"寂寂园林日未斜,一庭红影上窗纱。主人难免花枝笑,如此开时不在家。"《对雪》云:"登楼对雪懒吟诗,闲倚栏干有所思。莫怪世人容易老,青山也有白头时。"四首一气卷舒,清机徐引,今馆阁诸公能此者,问有几人?❷

平心而论,这里选录的四首诗实在没什么出色之处,起码比起前引陈长生的作品来说,是有些逊色的。第一首比喻牵强少灵动,第二首落句造语笨拙,第三首第三句句式突兀,第四首前后两联意思不属,结体、造语都不无缺陷,而袁枚却许为"一气舒卷",甚至不惜贬低馆阁文士来抬举骆绮兰,不免让人觉得其褒贬之间明显杂有私心,失之轻率。不过这丝毫不影响其评论嘘枯吹生的魔力,一经他揄扬,骆绮兰诗名鹊起,"当代名公巨卿无不视等参苓,争收药笼",❸往来金陵的名士皆渴欲一识。至今《听秋轩赠言》所收袁枚友朋书信中,还留有为王昙、陈用光引见绮兰的介绍信。

---

❶ 见袁枚为骆绮兰《听秋轩诗集》所作序,乾隆六十年金陵龚氏刊本。
❷ 《随园诗话》补遗卷三,第643页。
❸ 《听秋轩赠言》之《三伯舅云若书》,《听秋轩诗集》附,乾隆六十年金陵龚氏刊本。

袁枚在《随园诗话》中虽未一一记述所有女弟子拜师的经过，但也记载了一个颇有戏剧性的场面。补遗卷七云："甲寅三月，余游华亭，张梦喈先生饮余古藤花下，其郎君兴载耳语曰：'家姊愿见先生。'余为愕然。已而搴帘出拜，执弟子之礼，方知《诗话》补遗第一卷中，曾载其所作《秋信》等诗故也。貌亦庄姝。其母夫人汪佛珍诗，久采入《诗话》第四卷中。始信风雅渊源，其来有自。其姑佛绣嫁姚氏，亦才女也。"甲寅是乾隆五十九年（1794），距补遗卷一记载张玉珍诗的时间不会太久，但年且八十的袁枚显然记忆已不佳，忘记自己曾写过："秋霜初下，木叶未凋，而浮萍先悴。松江张梦喈之女玉珍有句云：'梧阴尚覆阶前草，秋信先残水面花。'虽眼前景，无人道过。又《赠归燕》云：'空巢为汝殷勤护，重到休迷故主楼。'真仁人之言。（玉珍嫁太仓秀才金瑚，有孝子之称。）"既悟张玉珍诗已见前录，他记甲寅年事后没有再录她的作品，而是补充说"貌亦庄姝"——这是袁枚称道女弟子一般不会忽略的，并顺便称赞其一门风雅，录其姑佛绣《不寐》一绝及两联佳句，又一个闺秀诗人家族被记载了下来。

随着袁枚年届八十，执贽于门下的女弟子越来越多。嘉庆元年（1796）他冬游苏州、松江，竟一举收了五名女弟子，归江宁后有《昨冬下苏松喜又得女弟子五人》诗记其事："夏侯衰矣双鬓皤，桃李栽完到女萝。从古诗流高寿少，于今闺阁读书多。画眉有暇耽吟咏，问字无人共切磋。莫怪温家都监女，隔窗偷觑老东坡。"❶中两联的自我调侃，有助于我们了解他何以在晚年愈富女弟子缘：从袁枚自己这方面说，老耄可稍避男女之嫌；从女弟子一方面说，则闺秀读书普遍的独学无友是一个重要原因，由此可以窥见乾隆以降闺秀拜师成风的社会背景。末联自得复自喜，言外不无知己之感，也很值得注意。人到老境，常希求超出以往任何时候及程度的尊敬，以维持自身的存在感。而袁枚钟意于这些女弟子，似乎很大程度上就是出

---

❶《小仓山房诗集》卷三十七，《袁枚全集》，第1册，第916页。

于同这种尊敬有关的知己感。来自女性诗人的景仰及由此产生的知己感，对他来说，丝毫不亚于他在男性社会获得的成就感。《随园诗话》补遗卷八载："王孔翔秀才自都中归，有添香女史马翠燕者，托其带寄手札一函，诗词三种。不料三千里外，闺阁中犹爇随园一瓣香，尤足感也。"一如他感铭于金纤纤的爱戴，马翠燕的千里求师也让他感动不已。应该说，所有女弟子在他的心目中都是闺中知己。而其中最称心的是金纤纤、席佩兰、严蕊珠三人，被他称作闺中三大知己。《随园诗话》补遗卷十记载：

> 吴江严蕊珠女子，年才十八，而聪明绝世。典环簪为束修，受业门下。余问："曾读仓山诗否？"曰："不读不来受业也。他人诗，或有句无篇，或有篇无句。惟先生能兼之。尤爱先生骈体文字。"因朗背《于忠肃庙碑》千余言。余问："此中典故颇多，汝能知所出处乎？"曰："能知十之四五。"随即引据某书某史，历历如指掌。且曰："人但知先生之四六用典，而不知先生之诗用典乎？先生之诗，专主性灵，故运化成语，驱使百家，人习而不察。譬如盐在水中，食者但知盐味，不见有盐也。然非读破万卷且细心者，不能指其出处。"因又历指数联为证，余为骇然。因思虞仲翔云："得一知己，死可无恨。"余女弟子虽二十余人，而如蕊珠之博雅，金纤纤之领解，席佩兰之推尊本朝第一，皆闺中之三大知己也。❶

读这段文字，其师生问答让我回忆起当年博士生面试的情景，主试的周勋初老师问我，既然投考程千帆先生的博士生，先生的著作都读过吗？我列举自己阅读过的几种程先生著作，一一陈述读后感，并略呈管见所及程先生学术研究的独到之处，程先生欣然首肯。严蕊珠的回答显示，她不仅读

---

❶ 《随园诗话》补遗卷十，第835页。

过袁枚诗集，能说出其诗兼有隐秀的独擅之处，还能背诵袁枚骈文，略知典故出处，并由其骈文用典之工谈到诗中用事之浑然无迹，如盐在水之说出自杜甫的比喻，具见她学识兼备、造诣不凡。今日研究生考试，考生能如此回答，导师也该满意了吧？同卷也补记了金纤纤的"领解"，有问："当今诗人，推两大家，袁、蒋并称，何以袁诗远至海外，近至闺门，俱喜读之，而能读蒋诗者寥寥？"纤纤答："乐有八音，金、石、丝、竹、匏、土、革、木，皆正声也。然人多爱听金、石、丝、竹，而不甚喜听匏、土、革、木。子试操此意，以读两家之诗，则任、沈之是非，即邢、魏之优劣矣。"人以为知言。纤纤又语其郎君竹士云："圣人曰《诗》三百，一言以蔽之，曰思无邪。余读袁公诗，取《左传》三字以蔽之曰：'必以情。'古人云情长寿亦长，其信然耶？"这两则诗话让我们看到袁枚师生间文学交流的一个侧面，同时再度表明：随园女弟子对于袁枚来说，既是学生，同时也是一群理想读者和闺中知己。

当然，类似的深入交流在随园师弟间恐怕也是不多的。那些远道寄诗来拜师的女弟子，基本上无缘谋面，所谓受业和指授仅仅是书翰往来而已。只有那些居住在金陵、苏州、杭州一带的女弟子才有面谒请益的机会。乾隆六十年（1795），袁枚八十大寿，黄臣燮献诗有"门人坐厕闺中秀"之句，❶可知师门集会中也有女弟子列座。但这种场合不会太多，而真正属于袁枚与众女弟子的单独聚会，据金逸《随园先生来吴门招集女弟子于绣阁余因病未曾赴会率赋二律》诗来看，也是常有的事，其中有两次特别有影响的。一次就是著名的湖楼大会，《随园诗话》补遗卷一载其事："庚戌春，扫墓杭州，女弟子孙碧梧邀女士十三人，大会于湖楼，各以书画为贽。余设二席以待之。"乾隆五十五年（1790）庚戌三月，袁枚赴杭州扫墓，寓世交孙嘉乐位于西湖畔的宝石山庄。女弟子孙云凤、云鹤，就是嘉乐之女，

---

❶ 黄臣燮，《祝袁师简斋太史八十即次自寿韵》之八，《平泉诗稿》卷三，道光十四年刊本。

遂邀集随园众女弟子共十三人，于四月十三日大会于湖楼，一时传为盛事。袁枚有《庚戌春暮寓西湖孙氏宝石山庄临行赋诗纪事》之作，其四云："从游两个女云仙（云凤、云鹤），得信呼车拜榻前。多谢朝朝送清供，湘莼带露笋含烟。"其十一又云："红妆也爱鲁灵光，问字争来宝石庄。压倒三千桃李树，星娥月姊在门墙。"自注："女公子张秉彝、徐裕馨、汪妽等十三人以诗受业，大会于湖楼。"❶十三诗媛的送别诗册，后来袁枚曾嘱钱琳、戴兰英、吴琼仙题诗，均载《女弟子诗选》。

另一次是乾隆五十七年（1792）壬子春，袁枚游天台归，招女弟子七人会于西湖，孙云凤等分韵赋诗送别，孙云凤撰序，❷事见《随园诗话》补遗卷五。《随园诗话》还载，明保侍妾悟桐、袖香、月心三人已在前日执贽门下，袁枚有《到杭州》二首，其二述及此事："感旧空吟潘岳赋，传经又画伏生图。宋家姊妹多才思，争把新诗质老夫。"这次诗会虽没有庚戌之会的人数多，但有知府参与接见，声势反而更大。两年后袁枚还有《寄怀前杭州太守明希哲先生》诗，回忆了诗会的盛况。

这两次湖楼诗会，对于晚年的袁枚无疑是意义重大的，既密切了与女弟子的关系，同时也传播了随园诗弟子的影响。从此他更乐于表彰女弟子，除严蕊珠之外，孙云凤和席佩兰看来是他尤为欣赏的。乾隆五十八年（1793）作《二闺秀诗》云："扫眉才子少，吾得二贤难。鹫岭孙云凤，虞山席佩兰。天花双管舞，瑶琴九霄弹。定是嫦娥伴，风吹落广寒。"❸对这两个女弟子显然是十分得意。在随后编刻的《随园女弟子诗选》中，席佩兰排第一，孙云凤排第二，也可见两人在随园女弟子中的重要地位。另外，鉴于湖楼诗会在社会上传为韵事，他觉得有必要将之绘为图卷，使之流传

---

❶ 《小仓山房诗集》卷三十二，《袁枚全集》，第1册，第793页。
❷ 孙云凤《随园先生再游天台归招集湖楼送别分得归字》《湖楼送别序》，见袁枚辑《随园女弟子诗选》卷一；孙云鹤《随园先生再游天台归招集湖楼送别分韵得临字》，见卷三。
❸ 《小仓山房诗集》卷三十四，《袁枚全集》，第1册，第847页。

久远。于是在嘉庆元年嘱太仓画家尤诏、侨寓常州的休宁画家汪恭合绘《随园十三女弟子湖楼请业图》长卷,让孙云凤撰序。此图原作后不知下落,今传有民国十八年(1929)上海神州国光社影印本。据陈康祺《郎潜纪闻二笔》载,第二次湖楼诗会袁枚也请老友崔君补写小幅,❶王文治题签。王英志先生曾对两篇跋文加以考证,注意到其中所记湖楼诗会的年月和与会人员都与实际情况不符,认为这"只能归咎于八旬老人的记忆力出了问题"。❷但我怀疑事情没这么简单,两篇题跋乃至图卷很有可能都出于后人伪托,已非袁枚原藏图卷。而原图当年是曾流传于世的,诗家也有题咏。❸

《随园十三女弟子湖楼请业图》流传于世,当然更使湖楼诗会的韵事广为传播,为世所艳称,甚至涂上一抹香艳色彩。如李调元《雨村诗话》卷四所载:

> 墨庄弟癸丑南游,谒袁简斋于随园,始知近日于西湖收女弟子甚众,皆能诗。袁日登坛讲诗,女弟子围侍,其善解悟者,袁乃抚摸而噢咻之,众女以为荣,女悉宦家良子也,因录其诗寄余,言庚戌春暮,袁子才回杭,拜祭先茔,寓西湖孙氏宝石山庄,女公子张秉彝、徐裕馨、汪妽等十三人以诗受业,大会于湖楼。子才以《随园雅集图》遍令题之,临行赋诗纪其事。❹

袁枚生平风流好色,纳妾招妓,放浪形骸。广收女弟子,聚会于公共场所,本已悖于礼法,遭道学之士侧目,李调元添油加醋的记载使袁枚与女弟子

---

❶ 陈康祺,《郎潜纪闻二笔》卷二,北京:中华书局,1984年,下册,第341—342页。
❷ 王英志,《袁枚集外文〈十三女弟子湖楼请业图〉二跋考》,《中国典籍与文化》2008年第1期。
❸ 何焕《梅庄诗钞》卷下有题诗。
❹ 詹杭伦、沈时蓉校正,《雨村诗话校正》卷四,成都:巴蜀书社,2006年,第89页。

的关系更显暧昧，最终招致章学诚的严厉抨击，这是后话。

但袁枚终究是袁枚，世俗的非议他向来是不在乎的。垂暮之年他不仅更频繁地在诗文、诗话中表彰、推奖女弟子，更在八十岁时选刻了一部《随园女弟子诗选》，成为文学史上开风气的创举。这部六卷本《随园女弟子诗选》，作品多来自女弟子们的投赠。据刊刻者汪谷说："随园先生风雅所宗，年登大耋，行将重宴琼林矣。四方女士之闻其名者，皆钦为汉之伏生、夏侯胜一流，故所到处，皆敛衽扱地以弟子礼见。先生有教无类，就其所呈篇什，都为拔尤选胜而存之，久乃裒然成集，携过苏州，交谷付梓。"❶ 胡文楷《历代妇女著作考》著录此集"共选二十八人，惟归懋仪有目无诗"。但今传本仅存席佩兰、孙云凤、金逸、骆绮兰、王倩、廖云锦、陈长生、归懋仪、严蕊珠等人诗作，共收录诗作五百余首。

关于《随园女弟子诗选》，已有学者细致分析了它肯定男女情诗、论诗专主性情、肯定唱和题诗、诗观兼容开放的倾向，认为它"建立了一个女性文学的书写场域，呈现女性作家的创作图谱，保存女作家的生活纪录，深具建构女性文学史的意图"❷；同时，其中多收录男女情诗，也"深具反封建礼教的积极意义"❸。的确，《随园女弟子诗选》通过集中展示一批秉持共同诗歌观念的女诗人的创作，推动了女性诗歌写作的社会化。作为清代女性文学发展的一个重要契机，它在清代文学发展史上的里程碑意义是不用说的。但我觉得这部诗选最主要的意义还是展示了女性诗歌活动的一种新的形态，即不再局限于家族、闺密等传统的女性文学场域，而进入了由男诗人主导的公共场域，女性写作及其与男诗人的诗歌交往揭开了私密

---

❶ 汪谷此序，见《袁枚全集》，第7册，第1页。
❷ 李德伟，《论袁枚〈随园女弟子诗选〉呈现之诗学观及其在清代文学史上之意义》，《东华汉学》第10期，第223页。
❸ 李德伟，《论袁枚〈随园女弟子诗选〉呈现之诗学观及其在清代文学史上之意义》，《东华汉学》第10期，第199页。

性的外衣，袒陈于公众眼前，男性社会因这韵事的盛传，不得不认真面对女性写作对诗歌这原属于男性活动的传统场域的介入，由此引发种种出自道学气或变态心理的偏见，而这部诗选在诗坛的风行更直接刺激了社会对女性作品的兴趣和需求，使当代女性诗歌的编集在嘉庆以后的书籍出版中蔚为风气。

袁枚招女弟子的社会反响

正因为袁枚晚年广招女弟子甚至让女弟子列座于师门集会的张扬作风，明显带有蔑视传统礼法、违背世俗观念的反封建色彩，所以在当时社会引起很大的震动，为道学之士所侧目。更兼袁枚为人不拘行迹，往来金陵与苏、杭之间，常居停女弟子家，并作诗吟咏，这自然要招致主流社会的非议。就在袁枚游苏州、松江，又喜得五名女弟子的嘉庆元年，史学家章学诚在《丙辰札记》中写道：

> 近日号为大家闺阁，但知仰慕一纤佻不学、心术倾邪之无品文人，求其标榜题品，非礼相见，屈身称女弟子，无复男女嫌疑。不知无品文人为之夸饰矜诩，其心实大不可问。所为标榜之名，不但不足为荣，而实足为辱。❶

此言主旨虽是批评闺阁诗人，但矛头所指却在袁枚，直斥其奖誉闺秀作者动机不纯。书中另一段文字更具体地指斥袁枚及其门下女弟子败坏了江南士女的闺阁风气：

---

❶ 章学诚，《丙辰札记》，北京：中华书局，1986年，第58页。

近有无耻妄人以风流自命，蛊惑士女，大率以优伶杂剧所演才子佳人惑人。大江以南，名门大家闺阁多为所诱，征诗刻稿，标榜声名，无复男女之嫌，殆忘其身之雌矣。此等闺娃，妇学不修，岂有真才可取，而为邪人播弄，浸成风俗。人心世道，大可忧也。乃更有痴妄无知妇女，自题其诗为《浣青集》，谓兼浣花、青莲之长，则不必更问其诗，其为无知无耻之妄人不待言矣。为之夫婿，不但不知禁约，而反若喜之。呜呼！彼之所喜，正君子之忧也。❶

这里除了抨击随园女弟子"妇学不修"，师生之间"无复男女之嫌"，还举《浣青集》为例大加挞伐。《浣青集》的作者是随园女弟子钱孟钿，素以诗名，士大夫多推称之。其表字浣青合浣花、青莲为一，只能说是出于倾慕李白、杜甫，而绝不敢自诩能兼两家之长的吧？章学诚的批评明显有过于吹求之嫌。不过，袁枚再三纳妾、纵情声色的风流行迹，固已给人"从来才子多贪色，自古诗人必好名"的印象，❷再与广招女弟子扯在一起，就难免予人口实，使他好誉闺秀诗人、多收女弟子的韵事在传闻中滋生出色情的联想。

当然，袁枚招收女弟子的始末，毕竟是光明磊落的，无论其自述还是他人记载都没什么涉及狎邪轻薄的可鄙之处。因而后人对此事，终究是欣羡者多，非议者少。即便是态度有所保留的人，对章学诚的诋斥也不能无所驳议。如佚名撰《悔逸斋笔乘》即曾列举章说，谓之"偏宕急迫，非儒者气象"。在作者看来："其实随园门下诸女弟子，兼有以学著者。其苦节自贞者，更属不鲜，非纯属弄月嘲风之比也。此老所为，诚不足为训。以责随园，则咎实无可辞；一概抹煞，并谥以不贞之大恶，岂惟失实，抑且有损盛

---

❶ 《丙辰札记》，第98页。
❷ 王玮庆，《题袁子才太史集后》，《藕唐诗集》卷二，嘉庆刊本。

德。意者实斋于随园，本有夙嫌，挟义气以为阳秋，自不觉其言之太过耳。然实斋之言妇学也，以读书守礼为本，以文词技艺为末，非如守旧顽固者流，执无才是德之说，欲屏女子于学问之外者也。"❶确乎为平情之论。

姑不论袁枚在男性作家心目中究竟留下怎样的印象，在闺秀诗人间，则袁枚与随园女弟子俨然是一时的明星，其创作和批评直接激励了广大女性的写诗热情。台州闺秀项薲《夜读随园女弟子诗》有句云："年来雅有耽吟癖，翻尽随园几卷诗。"❷我们不得不承认，嘉庆以后女性诗歌创作的繁荣，与袁枚《随园诗话》对女性诗歌的奖掖、提倡有很大关系。风气所开，随园弟子也继续招女门生，且乐于表彰女性作者。宁楷即有女弟子钟睿姑，任兆麟门下有"吴中十子"，陈文述有碧城仙馆众多女弟子，皆是追慕袁枚流风余韵最有名的例子。❸

推荐阅读

- 袁枚，《随园诗话》，北京：人民文学出版社，1982年。
- 蒋寅，《清代诗学史（第二卷）》，北京：中国社会科学出版社，2019年。
- 方秀洁、魏爱莲编，《跨越闺门：明清女性作家论》，北京：北京大学出版社，2014年。
- 高彦颐，《闺塾师：明末清初江南的才女文化》，南京：江苏人民出版社，2005年。
- 曼素恩，《缀珍录：十八世纪及其前后的中国妇女》，南京：江苏人民出版社，2005年。

---

❶ 《清代野史》第七辑，成都：巴蜀书社，1988年，第148页。
❷ 黄瑞辑，《三台名媛诗辑》卷三，光绪元年周氏刊本。
❸ 钟慧玲，《陈文述与碧城仙馆女弟子的文学活动》，《东海中文学报》第13期，2001年7月，第151—181页。

第27章

晚清民初士人的诗歌生活
以《石遗室诗话》为例

胡晓明

近代是一个文人诗歌传统渐渐崩坏的时代。然而言志之"诗",并非新文化舶来品的所谓"文学",而是士人精神生活安身立命的"志"之所在。那么,诗又是如何成为"生活"的?我们可以看晚清诗人陈衍的《石遗室诗话》[1]。陈衍(1856—1937),字叔伊,号石遗老人,福建侯官(今福州)人,近代著名诗家,同光体的代表人物。其《石遗室诗话》一书,主旨是继承古代诗话的录诗传统,大量记载近代诗作。其写作时间在1912年至20世纪20年代初(《石遗室诗话续编》作于十余年之后),最初在《庸言》杂志发表,后在《东方杂志》发表,月成一卷,共刊印十八卷。正因为是以"月成一卷"的方式来实录,又是在影响力甚大的媒体上,犹如后来的文学核心期刊,更像当时的文人的信息平台,因而相当及时地记载了彼时北京、福建、上海等绅官士人诗坛的写作情况,我们通过这部诗学著作,可以探察这一时期的诗人群体及其诗歌文学生活,包括:一,诗人结社的活动内

---

[1] 《石遗室诗话》可参钱仲联编校,《陈衍诗论合集》,福州:福建人民出版社,1999年;张寅彭主编,《民国诗话丛编》,上海:上海书店出版社,2002年;郑朝宗、石文英校点,《石遗室诗话》,北京:人民文学出版社,2004年。

容。二，诗人交往的特点；三，诗人生活轶事及其所反映的诗人命运等。最后将分析此一幅图景中所包含的深一层近代诗学意蕴。

诗社之活动内容

晚清道咸以还，社会变化加剧，诗人流动增多，此似为结社活动远逾前人的原因之一。《石遗室诗话》（以下简称《诗话》）多次记录了晚清民初诗人结社情况，有的是以陈衍自己为中心的诗社，有的是其他诗社。我们可以梳理出以下几个方面：

第一，有危机感的活动内容。辛亥前，上海诗坛以南社为标志，北京则以文官的诗社为标志。因而是上海较激进，而北京较为保守。❶ 传统诗社的活动内容之一，即围绕着一个大家感兴趣的共同题目，或以古人某诗为次韵，或以某一事件为题旨，或以某一名胜为对象，大家各抒怀抱、各显其长。晚清北京诗社也不例外，但由于近代社会变迁甚剧，传统项目中也体现出一些近代特点，譬如诗人怎样面对变局，即成一问题。《诗话》卷十二记，辛亥年春，陈衍往北京仁慈寺看松，遂有温毅夫（肃）、胡漱唐（思敬）、罗瘿公（惇曧）、林畏庐（琴南）、林山腴（思进）、赵尧生（熙）、陈弢庵（宝琛）以及陈衍等参与的"春社"的活动。北京人文渊源深厚，如慈仁寺曾是顾炎武寓留之寺，后又有清李天生、何猿叟、祁春圃、张石洲、王渔洋等，于此处或游览或题诗或养病寓居。林琴南还专门画了一幅古松图，古松俨然是文化长存、诗事长青的象征。春社其他诗人们借写古松，述往事，忆人物，虽然是辛亥革命前夕，但仍可感受到由于古学沦亡、文脉衰微，诗人们以古松寄情，缅想先贤、抒发忧患，表达在变迁

---

❶ 参胡晓明、李瑞明编著，《近代上海诗学系年初编》，上海：上海教育出版社，2003年。

的时代如何立身处世的焦虑不安与守望心情。❶ 春社的诗人有一共同特点，即皆有维新思想，也极希望在文化上有所表现。他们或是旧维新党人（琴南、二陈），或光绪朝晚期有直声的文官（山腴、尧生、毅夫、瘿公），而且除一二人外，又都是在辛亥革命后仍然积极任职的士人。❷ 他们的心态，可以代表中国儒家政治与人文相互养成的知识精英的一种典型。

再以一个集体写作题目为例。《诗话》卷十记庚戌年（1910）在北京，陈仁先（曾寿）、徐思允（苕雪）、傅岳芬（治芗）、许季湘（宝蘅）、杨熊祥（仪真）等❸，共建诗社，当年社集的一个题目，就是和韩愈的《感春四首》。陈衍说："（陈）仁先服膺昌黎甚至，如'众人熙熙'二句，'我闻先圣'二句，'深衣玉几'四句，'不知有冬'二句，'清晨坐起'二句，皆善于肖韩者"。韩愈《感春四首》末首有云："今者无端读书史，智能只足劳精神。画蛇著足无处用，两鬓雪白趋埃尘。干愁漫解坐自累，与众异趣谁相亲？数杯浇肠虽暂醉，皎皎万虑醒还新。"这是传统的伤春。表明面对春天的无奈，即大自然越是生生不息，越能反衬出诗人怀才不遇的生命的无聊、无意义。今读《石遗室诗话》所选陈仁先和昌黎诗，如"众人熙熙登春台，欲往从之意忽阻"，表达虽欲向往春光，忽又顿然失意，是"与众异趣"的心态；"我闻先圣感春时，迟迟白日心伤悲"，春日美好而悲，正是贤人志士伤春的诗学传统。"深衣玉几式忧患，帘外万息潜相吹，天人当春

---

❶ 这显然异趣于南社诗人不断借助报刊发表激进文字的情况。参见杨天石、王学庄编著，《南社史长编》，北京：中国人民大学出版社，1995年。

❷ 温肃，字毅夫，时官湖北道监察御史，辛亥后任香港大学汉文讲师，著有《德宗实录》等。胡思敬，字漱唐，又作瘦唐，当时适以直言，于监察御史罢职，编有《豫章丛书》等。罗惇曧，字掞东，又号瘿公，时为邮传部郎中，辛亥后历任总统府秘书、参议等，著有《庚子国变记》《鞠部丛谈》等。林思进，字山腴，时任内阁中书，辛亥后历任四川图书馆馆长等，著有《华阳人物志》等。赵熙，字尧生，时任监察御史，著有《香宋集》等。

❸ 陈曾寿，字仁先，曾官学部郎中，时任广东道监察御史，著有《苍虬阁诗集》。许宝蘅，时任军机处章京，辛亥后历任国民政府秘书、故宫博物文献馆专员等，著有《读史随笔》等。杨熊祥，民国时任北洋政府内务部民治司司长。

悄怀抱，下土蠢蠢畴知之"，然而韩诗的伤春，毕竟更多是个人忧伤，而近代诗人敏感，则是中国社会大变将临的消息，已经超出了一般叹老伤逝的感春。以旧瓶装新酒，而具有浓重天人深忧的时代特点。从诗人的别集里，我们仅能知诗人自己的写作；而诗社的同题写作，正反映出那时士人群体的典型心态。如果不是《诗话》的记载，我们只凭文学史上的一点东西，如何能知道诗人们当时所呼吸的空气？如何可知辛亥前夕，山雨欲来风满楼，北京的绅官诗人群体写作的细节以及诗人内心复杂的情感活动？

第二，游戏化的活动及其校正。中国传统诗歌的写作与现代文学活动的区别之一，即其日常化、生活化的一种人文优势。它不是在生活之外的一种精神活动，而是在生活之中的一种人生内容。因而诗社活动的另一内容，往往是休闲生活的一部分，往往与节令礼俗文宴结合，有较为固定、经常性的活动项目，有较常去的名胜地，有较为日常生活化的形式。《诗话》卷十二记："庚戌春在都下，与赵尧生、胡瘦唐、江叔海、江逸云、曾刚甫、罗掞东、胡铁华诸人创为诗社❶，遇人日、花朝、寒食、上巳之类，世所号为良辰者，择一目前名胜之地，挈茶果饼饵集焉。晚则饮于寓斋若酒楼，分纸为即事诗，五七言古近体听之。次集则必易一地，汇缴前集之诗，互相评品为笑乐，其主人轮流为之。辛亥则益以陈弢庵、郑苏堪、冒鹤亭、林畏庐、梁仲毅、林山腴，而无江氏父子。"北京一地，多有可游玩流连的胜地，大大满足了诗社的需求。仅以卷十二所引诸诗为例，即有江亭、万柳堂、法源寺、净业寺、极乐寺、天宁寺等。上引"互相评品为笑乐"一语可见，他们的创作、批评与生活庶几融合为一。如果没有后来反

---

❶ 江瀚，字叔海，清末历任京师大学堂教授、河南布政使，民国后任京师图书馆馆长、京师大学堂代理校长等，著有《慎所立斋文集·诗集》等。江庸，字逸云，江瀚之长子，早稻田大学政经系毕业，时任大理院帮办，辛亥后历任大理院院长、司法总长等，著有《澹荡阁诗集》等。曾习经，字刚甫，清末曾官户部主事，辛亥后为遗民，著有《蛰庵诗存》等。杨增荦，字昀谷，时为四川候补知府，辛亥后历任国史馆协修、司法部秘书等，著有《昀谷丛刻》等。

传统的新文化,中国文人的诗化生活,似有更佳发展。

诗社活动与日常生活融合,又多不免流于游戏娱乐,转失严肃文学创作的意味。譬如次韵,即成为一种文字竞技活动。诗人们往往于公事闲暇、清班无聊之时,或文酒相聚,或出游赏景,或品茗观书,于是争奇斗巧,尽态极妍。《诗话》卷十六记:"自樊山、沈观、实甫诸公至都❶,而楚风大盛,争奇斗巧之作,日有所闻……亦一时之盛也。"但是次韵还是要有诗功的。最常见的文字游戏即诗钟,最无趣的集会即吃饭。《诗话》多处表明陈衍及其文学集团成立诗社的另一理由,即是对于纯粹游戏与单纯饮宴的不满。中国历代诗歌中皆有所谓文宴诗、公宴诗(《文选》诗类有公宴一体),而晚清文宴之流行,一方面表明,北京官绅阶层的风雅传统以及生活之舒适优闲;另一方面则表明,面临时代巨变之时,在一些绅官士流那里,诗歌文学已沦而为醉生梦死的高级人生消遣,可见某种文体熟极而流,已然成为具有多种功能的传统习俗与文化行为。而精英们往往不满于文学作为一种没有思想、没有性灵的游戏活动。如《诗话》卷十五云:"自诗钟盛行,结社为古今体诗者日以少,用思异也。"卷十九又云:"都下宴集多,相率为诗钟,否则剧棋也,否则徒餔啜而散也。随意清谈,能流连半日者寡矣。余最喜清谈,然往往相思命驾,而一坐未有深言;无意过从,而娓娓不能遽已。"卷十四记:"都下最盛诗钟之会,余颇苦之。因与樊山诸老谋另结一社也。"是为1915年春三月,陈衍与樊山等十人,结"春社"。樊山有一首诗,生动记录了春社的缘由:"石遗爱淡交,不数数月见。十日前谓余,景光老可恋。耆旧此数翁,栖心在琴砚。月当一再会,互出新诗看。清言美于酒,旧书熟于饭。人生贵意适,呕心非所愿。"最末四句,即不满

---

❶ 樊增祥,号樊山,时为江宁布政使,辛亥后任总统府参政院参政等,著有《樊山集》。易顺鼎,字实甫,号哭庵,时官广东钦廉道和高雷道,辛亥后曾代理印铸局局长,著有《琴志楼全书》。周树模,字少朴,号沈观,官至黑龙江巡抚,辛亥后为遗老。这三位诗人,皆为楚人。

诗钟的竞技化与饮宴之形式化的理由。瘦唐诗"陈侯晚岁游京国,笑拂诗龛作寄庐。骋说故应倾稷下,论才直欲到黄初",也生动描绘出陈衍在诗社活动时的主智形象。

诗社活动须有领袖,以收人心、广号召。《诗话》表明,嗜诗如命而又辩才无碍的陈衍确是当然的领袖。《诗话》卷一即云:"都下诗人,十余年来颇复萧寂,自余丁未(1907)入都,广雅相国入枢廷,樊山、实甫、芸子俱至,继而孴庵、右衡、病山、梅庵、确士、子言先后至,计余居都门五年,相从为五七言诗者,无虑数十人,讨论之契,无如赵尧生、陈仁先,进学之猛,无如罗掞东、梁众异、黄秋岳。"晚清旧京诗学之盛,大儒张之洞进入军机当然是重要原因,但在陈衍的叙述中也只成为背景因素了,可见他的自信。❶

第三,言志、游戏是诗社创作的重要内容,然而除此之外,诗社活动的内容在相当大的程度上是朋友相聚、游玩交流。诗可以群,这正是诗歌的重要功能。与其说大家聚在一起是为了文学创作,有时不如说是为了精神生活本身,即群居嬉戏、友朋交流的心理需求。《诗话》中大量录存"说诗社"(尤其是卷二十九、三十)、"陶社"(续编卷一)等相关作品,正是出于这样一种心理需求的写作。这也是在日常社群生活中追求个性的文学精神活动。《说诗社诗录叙》云:"若夫朋友之会合,山水之钓游,风月之吟弄,人生之甚乐,可念舍文字无以留其陈迹者,过而存之。"即此意也。

当然,尽管在日常生活中吟风弄月,陈衍还是提出了一个"雅驯"的宗旨。雅即追求不平庸,从语言到思想意境,都要求有自己的面目,这对

---

❶ 陈衍晚年居苏州,依然对昔时北京的诗友生活眷念不已。陈诗《尊瓠室诗话》云:"陈石遗先生甲戌春侨寓吴门燕子桥,予赋诗寄怀云……先生喜而赋答云:'时鱼莼菜罗吴市,燕子桃花入敝庐。肯向聿来堂下过,斜街秀野较何如?'盖先生向作宦京师,寓下斜街顾侠君小秀野堂故宅,招饮一时名士。"(《民国诗话丛编》,第2册,第118页)

传统以诗应酬、以诗作文字游戏，以及陈词滥调有摧廓之功。驯，即表达的清楚平易，不孤芳自赏。这也可以看出新文学的潜在影响。

　　第四，诗社不完全以诗歌活动为内容。有的诗社有着讲学论道、复兴儒学、拯救世道人心的宏大目标，如上海的希社。❶ 有的诗社同时也是宗教活动的组织，如北京的净名社。净名社是吴企晋（泰来）所创，净名是他的号，在京活动两年，又转到福建。其成员有叶损轩、陈芸敏、陈书、徐仲眉等。他们的社集活动又称为"降神"，即进行斋戒活动使神灵降临。他们也组织前往一些著名的风景名胜，并咏唱流连，有诗集《骖鸾倡合集》（已佚）。从社员徐仲眉的《次韵净名社》中，可看出其宗教性质。徐是一致仕旧官，他一直是"粗官不自惜，顾之等破甑"，然而"奔波卅年中，尘梦劳未醒"，有了净名社的修行，则是"谁为解天弢，猿引绝飞磴。立愿结团瓢，一几兼一凳。晨参玉版禅，暮入蒲团定。……从公得导师，庶把樨香证"，然"净名社诗，清新俊逸"（《诗话》卷十六）。总体上又是继承了朱彝尊、王士禛的路子。宗教生活与文艺生活的相通，此为一例。

　　综上所述，晚清民初诗社有以下几个问题可进一步研究：一，成员主要以19世纪六七十年代出生者为中坚力量，他们恰在人生最成熟、事业最巅峰的阶段遭遇时代巨变。他们都是王国维的同时代人，如果我们要理解王国维的时代，可能对这样一批诗人的情感心理与命运，也应多加同情的了解。换言之，由于新文化的崛起，使他们迅速变成了保守文化的代表，其实，他们的认知传统、思想旨趣，极富公共性和天下关怀。这种内在的新旧冲突，以及他们的被抛弃（由于他们赖以安身的文化传统的崩溃）和被圣贤化（由于不能已的感时忧国）的双向过程，造成了非常复杂的文化

---

❶ 希社，1912年秋，由高邕（大痴）发起于上海。旨在继承明代复社、几社的以名节风厉天下的传统。值得注意的是，希社与南社都以继承几社为职志，希社更看重传统的价值，与南社的革命目标显然不同。

悲剧命运，直到今天，在中国文学与知识人的关系史上，仍有典型意义。二，从文学风格来说，他们多为清末嗜好文史的京官或闲居旧臣，他们之间有代际的不同，譬如樊增祥与梁鸿志的诗就很不同。文学史仍然缺少对这一段诗史与士人心态史变化的历史描述。三，诗歌结社的缘由，乡缘、政缘（即政治上的出身背景）是很重要的因素。上述可见，楚籍与闽籍的诗人最多，这当然与个人在历史上的重要性有关，但也与政治与文学的互动性有关，尤其是以张之洞为中心的文学集团，仍然有待更全面的研究。

诗人之交往特点

诗社为诗友间以诗结纳的一种创作环境，会对文学家形成新的写作刺激，林琴南即为一例。《诗话》卷三记："（林）少时诗亦多作，近体为吴梅村，古体为张船山、张亨甫。识苏堪后悉弃去，除题画外，不问津此道者殆二十余年。庚戌、辛亥，同人有诗社之集，乃复稍稍为之，雅步媚行，力戒甚嚣尘上矣。"诗人之间的交往，不限于诗社，大抵还有同游、访见、书函、唱酬、赠答、评论、问学、师从、私淑等形式。❶ 即以问学为例，梁启超虚心纳交于四川诗家赵熙，亦是一佳话。

《诗话》卷九录梁启超五古长诗，题为《庚戌秋冬间，因若海纳交于赵

---

❶ 近代诗人相互之交往，及其对创作之影响，似远甚于古代诗人。仅举一例，赵元礼《藏斋诗话》记："予自十八九岁即嗜吟咏，师则张公筱云，友则严范孙、李锡三两君而已。其后办教育、办实业，交游日广，朋友日多。民国二年在营口，始所作益多，系与王维宙、邓孝先、黎仲苏、蒋伯伟、郭啸岑诸君时作倡和，一时称盛。充议员后，徐东海为之介绍柯凤老、张贞老、王晋老，请益之余，意境一变。其后城南诗社诗友益多，唱酬益夥。厥后见郑苏戡、杨昀谷两先生，意境又一变，而昀老之益我尤多。至章太炎、朱古微、陈弢庵、章一山诸公，仅瞻风采，未敢与之言诗也。且古今人之诗集，几乎日不去手，而才力孱弱，所造并不深邃。作诗岂易言哉！"赵元礼，《藏斋诗话》，见《民国诗话丛编》，第2册，第235页。

尧生侍御,从问诗古文辞,书讯往复,所以进之者良厚,顾羁海外,迄未识面,辄为长谣,以寄遐忆》,诗共一百二十句,洋洋洒洒,生动表达了对义兼师友的尧生的人品、怀抱、学识、诗才的相知,以及对他仕宦人生正直用世、"回天精卫瘏,逐恶鹰颤鸷"的颂扬,最后以"天步正艰难,民生日憔悴。衔石念海枯,入渊援日坠"的理想精神,与友人共勉。此时梁氏正亡命日本。陈衍不仅记录了此一诗坛佳话,更表彰道:"尧生问学道义,相知者无不爱敬,而任公推挹之意,实逾寻常,非虚心求益之诚,何以言之不足又长言之,长言不足又咏叹之如此。'我以古人心,纳交当世士',信非欺人语也。然尧生为谏官,视国事如己事,任公惓怀故国,气类自极相感,所谓'吾徒乘愿来,为此一大事'也。"梁赵交往,乃是1910年间事,而最晚完成于1907年的《饮冰室诗话》,不曾提及赵熙,是可以理解的。由此亦可知,仅仅看《饮冰室诗话》,是不能理解梁启超全部诗学观的。

《诗话》以极为丰富的材料,呈显了近代诗人交往的大量史实。以下主要以陈三立(字伯严,号散原)为个案,讨论其与晚清诗人们的交往情况。

陈衍第一次见陈三立。《诗话》卷一:"同年陈伯严,殁庵典试江西所得士。丙戌(1886)余在都门,己丑(1889)在长沙,闻张铁君(亨嘉)屡称其能文,见其《游庐山诗》一卷,学韩,与实甫诸人同作者……迟之又迟,始相见,君已中更患难,憔悴垂垂老矣。"陈三立赠陈衍诗有云:"过逢江汉头俱白,上薄风骚气独苍。更欲用心到圣处,坐收俊语挂奚囊。"表彰他经患难而诗风不衰,更能选《近代诗钞》,作风雅教主。陈衍答诗云:"滚滚沅湘流涕尽,栖栖江汉鬓毛苍。题襟赠缟酸寒否,待转风轮窍土囊。"一、二句对义宁陈氏湖南新政失败的悲剧情怀,深致理解同情;三、四句用陈三立诗意,表明时代之风终会转大王之雄风而为庶民之雌风,以形势变化的希望来安慰友人。我们可以看出,两位同光体诗人有很深的理解与交流,确是不同凡俗。这一年即1909年,是陈衍丧兄之年。

陈三立与张之洞。散原不喜广雅(张之洞别号)诗,广雅亦不喜散原诗，此为近代诗坛一段待发之覆。最早大约是郑孝胥为《散原精舍诗集》作序提到某"钜公"谈诗，务以清切为主，于当世诗家，"每有张茂先我所不解之喻"。然而郑氏并不加解释。陈衍不仅详述此公案，且分析其原因。《诗话》卷十一云："钜公，广雅也。其于伯严、子培及门人袁爽秋（昶）皆在所不解之列……广雅于伯严诗，尤多不解。"据陈衍分析，广雅不喜的原因是："大人先生之性情，喜广易而抑艰深，于山谷且然，况于东野、后山之伦乎。东坡之贬东野，渔洋之恶柳州，皆此例也。"陈衍将此现象，与诗人的性情联系起来，以山谷为代表的江西诗人，属于僻涩派，而以东坡为代表的诗人，则属于平易派。所以，广雅见诗风僻涩，则归咎于"江西魔派"。而陈散原之所以不喜广雅诗，也正是因为广雅所代表的大人先生诗风，有一种馆阁气、纱帽气。《诗话》卷一有："伯严（散原）论诗，最恶俗恶熟，尝评某也纱帽气，某也馆阁气。"❶陈衍虽能理解散原诗风，然而对广雅诗风为人，也抱有更多同情。他认为所谓馆阁气、所谓念念不忘在督部，正是广雅诗的长处。因为广雅是个封疆大吏，诗中有事、诗中有人，恰如其身份。对于广雅推崇的"清切"，陈衍分析说："广雅少工应试之作，长治官文书，最长于奏疏，旁皇周匝，无一罅隙，而时参活著，故一切文字力求典雅，而不尚高古奇崛，典故切，雅故清。"这与陈衍论诗反复主张的"诗贵称"，即诗贵能切合诗人真实身份，是一致的。所以，陈衍以为，虽然"伯严不甚喜广雅诗，故余语以持平之论，伯严亦以为然"。由此可见，陈衍既有自己的立场，又圆融，不持门户之见，其深孚人望，良有以也。

---

❶ 夏敬观《忍古楼诗话》亦云："百余年来，纱帽头诗，（张之洞）当首屈一指。"《民国诗话丛编》，第3册，第37页。林庚白《丽白楼诗话》则云："同光诗人什九无真感，惟二张为能自道其艰难与怀抱。二张者，之洞与謇也。……浅者讥之洞诗有纱帽气，不惟不知之洞，且不知诗矣。"《民国诗话丛编》，第6册，第134—135页。林氏这一段话的前半，流传甚广，其实是最不能懂得同光体诗的一句话，然后半仍不失为广雅知音。

陈三立与弟子们的评论。诗派内部的评论，是可以切近地看出诗学渊源的，是诗史上十分重要的材料。陈衍对散原的诗评极看重。《诗话》续编卷六云："散原阅人诗，工为短评，各如其分际。评黄晓浦云：'澹雅娴婉，气逸而味隽，诗格疑在颍滨、陵阳之间。'评黄荫亭云：'风格清逸，摅情尤多挚切语。'"又譬如《诗话》卷十五载胡朝梁《写义宁师诗竟辄书所触以呈》，诗云："大块噫气幻万千，上飞下走日月旋。诗人能事通造化，驱使万物归新篇。吾师读书善养气，胸次浩荡收百川。作诗不须故作势，却自凌厉横无前。"养气是散原诗学的一个核心内容。散原《樊山示叠韵论诗二律聊缀所触以报》有云："要挟大块阴阳气，自发孤衾瘄寐思。"吴宓《读散原精舍诗笔记》记此二句，曰："可见先生作诗之义法，可以自况。"❶由于交往的频繁，近代诗人的互评资料，远多于古代诗人。

由交往而了解诗风诗作。《诗话》卷十二记："近人赋诗之速者，樊山、实甫外，有伯严、尧生，二人诗格不相同，与樊、易尤不相同，其为速则同。尝见伯严遇有燕集，于一夕间以七言律遍赠坐客。"一般认为只有樊、易那样的唐调才会成诗较速，而陈散原那样的"生涩奥衍"之作也成诗快，表明散原诗不属于以文字为诗的苦吟诗风。陈衍极重知人论世，往往细心发现诗友的个性性情，以作谈艺之助。《诗话》由个人交往而了解诗人诗风特点，材料极为丰富，比如黄遵宪的《人境庐诗》惊才绝艳，世人以为其诗受龚自珍诗之影响，陈衍认为黄更宗仰于谢翱的《晞发集》。《诗话》卷八云："十九年前，与余集于沪上酒楼，极喜言谢皋羽。当时只见其和损轩一二诗而已。近始读其全集，则固甚似皋羽也。"

陈衍也算是戊戌变法旧人，与林旭等人有交往。故读散原感旧之作，评说真切。《诗话》续编卷六录散原晚岁诗《拨可寄示晚翠轩遗墨展诵黯

---

❶ 吴宓，《吴宓诗话》，北京：商务印书馆，2005年，第286页。

然》:"杀士之朝迹已陈,风姿曾列眼中人。此才颇系兴亡史,魂气留痕泣送春。"陈衍云:"晚翠事为吾辈所最痛心,首四字史笔,兴亡全系在此,岂但颇哉!冬郎送春句,实指唐亡于朱三。余尝戏言剧台上朱温,打扮绿面孔,殆从'明日汝塘是绿阴'来乎?晚翠大笑,晚翠常观剧也。"此条可注意有二:一,"晚翠事为吾辈所最痛心",表明近代同光体诗人有一群体认同,即国身通一,诗人与国运、诗才与国魂,乃一体而不分。二,"首四字史笔",表明近代诗学的诗史互证为一种时代特点,亦表明戊戌六君子之死,为时代之重大转折点,从此,道势相分,士阶层与统治阶层水火不容,历史也走向激进化。

由义宁陈氏而知其诗风特点。陈散原诗的另一特点是沉挚,即极真挚热切的情感,以及极厚重沉潜的表达。这一点,也可以在陈师曾的诗风中看出。陈衍与师曾为忘年交,情义甚笃。《诗话》谈到他们的交往,多次评及师曾诗作。如卷十五云:"诗其家学,然不多作,作必不俗。……《月下写怀》云:'丛竹绿到地,月明影斑斑。不照死者心,空照生人颜。'亦悼亡之作,君深于情者,故为余画《萧闲堂著书图》,题诗有云:'至情深刻骨,万事莫与偿。''万事'五字,真能写我心,可抵悠悠者千百言也。"即道出义宁诗学的共同特点。陈衍又表彰师曾弟彦通诗作,虽艳诗而有"名贵气"。这也是陈寅恪诗风的特点之一,由此可见义宁诗学,博大丰富、气脉相关,而又各具特点。

综上所述,如果说古代诗人的交往材料是吉光片羽式的,那么近代的相关材料则是繁星满天式的。而且有不少诗人交往材料是第一手的,有亲切感、现场感、细节感。总之,《诗话》以第一手的了解、多源的诗学文献、靠实的细节,为我们提供了晚清民初的诗人生活画面,仔细爬梳,往往见宝。至于围绕陈三立而形成的诗人交往圈子在近代诗学意蕴,我们将在余论里再论。

从生活轶事看近代诗学旨趣

《石遗室诗话》继承了古代诗话记事的传统,收录了包括陈衍自己在内的不少诗人的逸闻往事,从而有助于了解近人的诗歌生活。可大致分为以下几类:

第一,诗人对新媒介的重视,可见出近代诗歌传播的新特点。《诗话》是在报刊连载的,借助近代报刊媒体的优势不胫而走,大增其影响力。《诗话》卷二十六记一轶事:"久不与子培相见,今夏寓沪访之。登楼伯严先在,坐未定,子培与伯严大哗,责余近来诗话,不甚誉其诗。余曰:'誉则喜,毁则怒,虽孔子不外人情,但区区之言,果足为典要乎。'伯严又谓余誉其子师曾诗过于乃父。余曰:'此正吾辈求之不得者。'恐君词若有憾,实乃深喜之。"这并非近代诗人较古人更为好名,反而说明:录诗及时、快捷,传播更广、更远,新传播方式所产生的魅力,陈散原、沈子培也不能不为之倾倒。

又《诗话》卷十七记:"余于前编诗话,偶录李审言数诗,谓非近日诗人妙手空空者可比。审言见之,谓'石遗殆未知余论诗之说,见于《拭觚》者'……惜审言所著《拭觚》终未之见,至此诗使事雅切,仍以非妙手空空儿评之耳。"此可见李审言对于《诗话》评语十分在意,同时表明他的意见与陈衍的意见,居然可以在《诗话》上交流回应,这也是古代诗话所不具有的。

第二,因诗及人,可见出对人的命运的关心。晚清民初,社会剧变,士人命运多舛。《诗话》通过一些生活细节,真实记录了诗人文士在大变动时代如何生存处世,以及他们危疑动荡的心态。譬如同样是卖字为食,杨惺吾就与李梅清有天壤之别。同样是清代宗室诗人,宝竹坡、盛昱、杨宗

羲等人心态也各不一样。❶

对人的命运的操心,还体现在《诗话》对诗人作品背后的性情、轶事的掘发,以及所倾注的同情心。譬如诗人朱芷青,多愁善感,其诗有多憔悴忧伤之意。陈衍再三关心他的心情处境,《诗话》卷八云:"久不见芷青,去年遇于京邸酒楼,立谈良久,次是寄近诗一束……皆中年悼感时所作,芷青盛岁富读书,愿多借他题发挥,为雄深瑰奇文字,暂置哀乐,勿使伤人也。"卷九则记录了朱芷青之死,先叙述了朱的诀别书:"芷青方病,即得梦自知必死,遂为书贻仲毅,托以身后,并与诸朋好诀别。言自问平生无所长,惟富于感情,心光浩然,可自信。"接着叙述一个诗谶:"芷青没后,朋侪无不霣涕。临没语其家人,当停柩广慧寺。因忆辛亥冬间,芷青曾示一诗,题为《广慧寺视亡女祥琳遗櫘感赋》……诗味极怆痛,当时读之已觉其过哀,不虞遂成谶云云。"

此两则诗话表明:石遗老人陈衍深知诗可以"伤人",辞章可以移人性情,故而主张生活第一,不要以人殉诗,对诗艺的关心,转而为对诗人命运的关心,这显然是近代的观念。再者,朱芷青的创作特点,是太真太执,为情所伤。石遗老人对症下药,药方是"多借他题发挥,为雄深瑰奇文字",这也是一种理性化的文学观念,即从私人性中解脱出来。这也表明,文学的雄深瑰奇,不仅是某种风格,更是生命的情调,是可以撑开生命格局的形式。这又是传统文学思想的新运用。此外,石遗老人虽然不主张遗民意识,然而对于辛亥后的风衰俗怨及士人之不幸,对于真正的诗人"入世百不可"的遭遇,深表同情,说明他虽为诗家却兼具史家精神。

第三,诗化生活,可见出陈衍其人的诗人气质。陈衍提倡学人之诗与诗人之诗合一,他的中晚年多编书、写书、教书,生活形态多近于学人。黄秋岳寄诗给他,说他"书局随身亦自闲",他提出须改为"不自闲":"余

---

❶ 盛昱与维新党的关系,杨宗羲与陈寅恪、吴宓的关系,都是值得研究的近代文史典掌,可参见吴宓的《空轩诗话》。

总通志局事极忙，如列传查检出处，艺文志加提要，添纂金石志、方言志，编通纪，删并封爵各门，皆自寻烦恼者。"（《诗话》卷二十六）他的诗中也自叹"古稀老蠹鱼，一生无此忙"（《为叔通题江弢叔墨迹卷》）；他以学问为生，以读写为职业，在同时代诗人中最具近代知识人之刍型，但是他骨子里依然极推重传统式诗人，曾对沈曾植说："君博探群书，治史学，洎西北舆地，余亦喜治考据之学，其实皆为人作计，无与己事。作诗尚是自家意思，自家言说。"（《诗话》卷一）石遗老人的诗人性情，亦时常透过一些生活趣事表露出来。试举三则如下：

  自韦苏州有"对床听雨"之言，东坡与子由诗复屡及之，听雨遂为诗人一特别意境。余少居福州东城，后有废园，多花木，七八岁时，读孟浩然"夜来风雨声，花落知多少"，王摩诘"桃红复含宿雨，柳绿更带朝烟"，陆放翁"小楼一夜听春雨，深巷明朝卖杏花"诸诗，遂酷爱听雨。当时尚未知吾家简斋有"杏花消息雨声中"之句，虞道园有"杏花春雨江南"之句也。（《诗话》卷十三）

  （何梅生）《孤山独坐雪意甚足》云："山孤有客与徘徊，悄向幽亭藉绿苔。钟定声依无际水，诗成意在欲开梅。暮寒潜自湖心起，雪点疑随雨脚来。一饮恣情宜早睡，两峰待看玉成堆。"君尝以此诗书余扇头，见者无一不极赏。"钟定"一联，子培、揆东尤爱其有禅理。己酉冬月微雪，挈一仆自断桥至孤山，延伫移时，觅句不得，读此诗为我言之矣。（《诗话》卷六）

  此游先至师子窝，大风止宿，月色昏黄，窝居未及上翠微处，因未霜先雪，树叶不及丹黄，遽成焦墨色，故陈黄两诗云然。次日至秘魔崖，风止日喧，坐崖下数时许，对面诸山千百树，或丹、或赭、或紫、或深黄、浅黄，耀以斜阳，远望若丛菊盛开，罗列高高下下。（《诗话》卷五）

无论是酷爱听雨，还是看山不厌；无论是秋日的远足野宿，还是"冬月微雪，挈一仆自断桥至孤山"，谈诗至此，诗人的性情呼之欲出。所以，那些误以为陈衍只是提倡学人之诗的人，实未能真的理解他。❶ 陈衍非但没有贬抑诗人之意，而且视诗人更在学人之上。陈衍一方面十分看重学人身份，在近代文教崩溃的趋势下，身体力行地过一种智识的学人生活，因而他瞧不起没有学问素养的"妙手空空儿"，瞧不起只有美感欣趣的性灵派；另一方面，他又对诗学有极深的学养，对于中国历代相传丰富多彩的诗歌风格意境有如数家珍的知解，这种由厚实学养而来的直感，又使其对于诗歌有极亲切、极随意的感悟。其实学人之诗与诗人之诗的合一，与其说是一种理论，某种意义上，也不妨可视为石遗老人生活矛盾的一种表现：既主张成为近代知识社会的一员，走职业学者的人生路，又愿不放弃性情人生；既要担当知识人的时代使命，深知只有美感主义和辞章技巧不足以发挥诗教大用，而又时时警惕诗变成为非诗的危险。这种矛盾正是近代社会转型、传统诗人与知识人身份变化以及复杂化的一种典型。陈衍的经验一直到现在都不失为文学甚至思想的某种参照。

余　论

诗歌是变化缓慢的文化事物之一。晚清民初，无论是城市还是乡间，在文化较高的阶层里，新旧知识人写诗读诗的精神生活仍然有较大的社会活跃度。尽管新文学已蓬勃兴起，但旧诗的写作传统并未中断。这是我们从《石遗室诗话》中得到的一个直接印象。某种精神传统和文化事物的延

---

❶ 钱仲联《梦苕庵诗话》："主张合学人之诗与诗人之诗为一之陈石遗，转于亭林诗有贬词。其《题竹垞图五言五十八韵》谓亭林'诗歌少兴趣，学杜得皮相'，吾不知其为何说也。"见《民国诗话丛编》，第6册，第405页。

续，其实有其自身的动力与自足的机制，并非绝对依存于社会形态。那种认为五四以后旧诗就死亡的说法，只是教科书的偏见而已。然而如果将旧诗的写作与欣赏仅看成一种文学传统的惯性作用，则不能懂得赵熙诗中"今日长安余几个，前朝大梦已全非"所包含的文化转型的悲凉意味，尤其是帝制覆没和科举废除之后，旧知识人其实将诗看成安顿失魂落魄的生命、拯救精神价值的一块被妖魔化、破裂化、沙化的招魂幡。诗，仍然坚持传递着文化生命的重要信息。

但即使如此，它的内部仍然渐渐发生着一些不太明显的变化。例如诗歌传播的方式、诗学标准的取舍等。

诗歌写作中，权威的力量十分明显。陈衍写作诗话这一行为本身，即使自己成为一种权威，以期左右局面、形塑诗派、推进诗风、发掘传统、表彰优秀，从而成就一种文学力量。尤其是在故国文化凋敝、诗人大梦全非之时，陈衍的"一灯说法"，恰有凝聚人心的作用。而陈衍对陈三立、郑孝胥、沈曾植等大家的介绍与表彰，也正是借助诗话的力量形成诗学权威。《诗话》涉及的陈散原与其他诗人的交往便表明：近代诗学是有权威的。权威的近代诗学意蕴是：一，权威的形成，既有深厚的传统，亦有独到的表现。每一近代权威都代表着一种强大的传统美学资源，这与新文学截然不同。二，没有权威就没有标准、没有秩序，就没有发展的常道。新诗之所以后来几乎成为自己反对自己的一种不停的焦虑，一个很重要的原因是失去了常道。三，乡土、家庭与师长，成为权威的另一种资源。现代新文学将诗歌从乡缘、家庭与师长中剥离出来，向往着光秃秃的个人主义绝对化的美好新世界，看来是利弊兼有的。

换一个角度，即从近代传播的时代特点来看，又有诸多时代新变。❶《石

---

❶ 本文提出的几个指标，参丹尼尔·勒纳（D. Lerner），《传播体系与社会体系》，引自张国良主编，《二十世纪传播学经典文本》，上海：复旦大学出版社，2003年。

遗室诗话》有以下特点：一，描述性讯息多于指令性评价。指令性评价即多说诗如何写、什么是好诗，而描述性讯息则更多提供诗人交往的细节、诗社活动的内容以及诗集编定的情况等。《诗话》提供了一个相当便利的交流平台，在大众传媒还不十分普及的时代，《诗话》庶几相当于"文事近录""诗歌写作通讯"等，而较少表现为古代的一家一派的规范式语言。很多时候，他甚至大段大段地录诗，将评语减到最少的程度，几乎成为一种诗钞。这种写法，大大增加了信息量，同时大大弱化了批评性与理论体系性。陈衍虽也有论诗宗旨，整体上是要推动宋诗运动的，然而他竟给人以"广大教主"（钱仲联语）的印象，一方面来自他的打通唐宋的诗观，另一方面却与传播学所说的近代传播特点，即"描述性讯息多于指令性评价"有一定的关系。二，参与性多于独白式。《诗话》中大量提及同时代人及其作品，它的当代性、当下性，明显远逾清中叶的《随园诗话》。各地诗人纷纷投稿，可即时参与《诗话》的写作过程，而使《诗话》成为活的精神交流，成为颇具某种普适性的人文活动。这与古代诗话以独白式为主要传播写作方式不同，显然具有近代文化的形态。

"一灯说法悬明月，五夜招魂向四围。"一方面仍然保有权威与秩序，一方面又弱化了规范与独白，这正是《石遗室诗话》的近代性格。或许，近代诗学的魅力正在于此，它恰是我们超越古今新旧二元论的文学研究意识形态的极佳学域。

推荐阅读

- 陈衍，《石遗室诗话》，郑朝宗、石文英校点，北京：人民文学出版社，2004年。
- 南江涛选编，《清末民国旧体诗词结社文献汇编》，北京：国家图书馆出版社，2013年。
- 陈三立，《散原精舍诗文集》，李开军校点，上海：上海古籍出版社，2014年。
- 林志宏，《民国乃敌国也：政治文化转型下的清遗民》，北京：中华书局，2013年。

- 吴盛青、高嘉谦主编，《抒情传统与维新时代：辛亥前后的文人、文学、文化》，上海：上海文艺出版社，2012年。
- 林立，《沧海遗音：民国时期清遗民词研究》，香港：香港中文大学出版社，2012年。
- 潘静如，《民国诗学》，北京：北京联合出版公司，2017年。
- 寇志明，《微妙的革命：清末民初的"旧派"诗人》，北京：生活·读书·新知三联书店，2020年。

本书作者简介

蔡宗齐　Zong-qi Cai

香港岭南大学、美国伊利诺伊大学香槟校区中国文学和比较文学教授。研究领域为中国诗歌、比较文学、文学理论。著有《语法与诗境：汉诗艺术之破析》等多部著作，并担任哥伦比亚大学出版社"如何阅读中国文学"（How to Read Chinese Literature）和博睿"中国文本与世界"（Chinese Texts in the World）两部丛书的主编。在2021年美国现代语言学会大会上，被授予学术期刊编辑协会（Council of Editors of Learned Journals）最高荣誉"杰出编辑奖"。

李惠仪　Wai-Yee Li

哈佛大学东亚语言与文明系教授，"中央研究院"院士。主要研究领域为晚明与清代文学、先秦两汉历史著作等。著有《引幻与警幻：中国文学的情爱与梦幻》（Enchantment and Disenchantment: Love and Illusion in Chinese Literature）、《〈左传〉的书写与解读》等。另与杜润德、史嘉柏合作英译了《左传》。

宇文所安　Stephen Owen

哈佛大学James Bryant Conant荣休教授。主要研究领域是中国古典文学、抒情诗和比较诗学。主要著作包括：《只是一首歌：中国11世纪至12世纪初的词》《晚唐诗》《中国早期古典诗歌的生成》《中国"中世纪"的终结》《迷楼》《追忆》《盛唐诗》《初唐诗》等。三联书店自2003年起陆续出版"宇文所安作品系列"。

郑毓瑜

台湾大学讲座教授，中文系特聘教授。在学术领域，擅长结合中西人文思潮，为古典文学研究开拓具有前瞻性与跨领域的视野，其中关于"空间""身体""抒情传统"的论述尤为海内外瞩目。著有《六朝文气论探究》《六朝情境美学》《引譬连类：文学研究的关键词》等。

罗然　Olga Lomová

捷克布拉格查尔斯大学中国文学教授。研究领域为中国中世纪诗歌、中国文学史，以及20世纪早期西方影响下的中国思想转型。

连心达　Xinda Lian

美国密歇根大学博士，丹尼森大学中文副教授。著有《疏放与狷介：辛弃疾的自我表达》(*The Wild and Arrogant: Expression of Self in Xin Qiji's Song Lyrics*)。

钱南秀

1981—1987年任教于南京大学中国古典文学专业，现为美国莱斯大学亚洲研究系中国文学教授。主要著作有《晚清女作家薛绍徽及其戊戌诗史》(*Politics, Poetics, and Gender in Late Qing China: Xue Shaohui and the Era of Reform*）、《世说新语及其仿作研究》(*Spirit and Self in Medieval China: The Shih-shuo hsin-yü and Its Legacy*）等。

柏士隐　Alan Berkowitz

美国雪城大学苏珊利平科特现代与古典文学教授与中文教授。主要研究兴趣为六朝及唐代的诗歌与文化。著有《中国中世纪早期的隐居实践和形象塑造》(*Patterns of Disengagement: The Practice and Portrayal of Reclusion in Early Medieval China*）。

袁行霈

著名古典文学研究专家。现任北京大学中文系教授、国学院院长、国际汉学家研修基地主任，中央文史研究馆馆长等。著有《陶渊明集笺注》《陶渊明研究》《中国诗歌艺术研究》《中国文学概论》等多部专著。主编《中国文学史》《中国文学作品选注》《中华文明史》，曾获国家图书奖，北京市哲学社会科学优秀著作一等奖、特等奖，全国高等学校优秀教材一等奖。

吴妙慧　Meow Hui Goh

美国俄亥俄州立大学东亚语言与文学系副教授，主要研究领域为中国中古文学与文化研究，著有《声音与视觉：永明时代的诗歌与宫廷文化》(*Sound and Sight: Poetry and Courtier Culture in the Yongming Era*）等。

林宗正　Tsung-Cheng Lin

加拿大维多利亚大学中文教授。主要研究领域为古代诗歌的叙事传统、诗歌的侠客传统、清代诗歌与诗学。

罗曼玲

美国印第安纳大学伯明顿分校中国文学副教授。研究领域为古典中国的叙事、文人文化、传统中国文学、女性和文化研究等。著有《中国中世纪晚期的文人故事讲述》(*Literati Storytelling in Late Medieval China*)。

钟梅嘉　Maija Bell Samei

美国北卡罗来纳大学教堂山分校兼职教师，独立学者。密歇根大学中国文学博士。著有《性别化的角色和诗意的声音：中国早期词中的弃妇形象》(*Gendered Persona and Poetic Voice: The Abandoned Woman in Early Chinese Song Lyrics*)。

陈引驰

复旦大学中国文学教授，中国古代文学与诗学专家，主要关注佛道文学。主要作品有《庄学文艺观研究》《隋唐佛学与中国文学》《佛教文学》《文学传统与中古道家佛教》《无为与逍遥：庄子六章》等。

方葆珍　Paula Varsano

美国加州大学伯克利分校中国文学教授。专攻六朝与唐代的古典诗歌与诗学，尤其关注文学及其主体性、诗歌中空间描述的演变、传统诗学批评及历史，以及翻译的理论和实践。著有《寻迹谪仙：李白之诗及其批评接受史》(*Tracking the Banished Immortal: The Poetry of Li Bo and Its Critical Reception*)。

陈　威　Jack W. Chen

美国弗吉尼亚大学中国文学教授。著有《王权诗学：唐太宗论》(*The Poetics of Sovereignty: On Emperor Taizong of the Tang Dynasty*)、《轶事·网络·闲

言 · 表演：〈世说新语〉研究》(*Anecdote, Network, Gossip, Performance: Essays on the Shishuo Xinyu*)。

王 敖

美国维斯里安大学东亚学院副教授。曾获安高诗歌奖、人民文学新人奖等奖项。出版诗集《王道士的孤独之心俱乐部》《绝句与传奇诗》等，译有文论集《读诗的艺术》，以及史蒂文斯、奥登、哈特·克兰等人的诗作。

罗秉恕　Robert Ashmore

加州大学伯克利分校中国文学教授。研究领域为抒情诗、音乐表演以及自3—12世纪的古典学。著有《阅读的狂喜：陶潜世界中的文本与理解》(*The Transport of Reading: Text and Understanding in the World of Tao Qian*)。

沈松勤

杭州师范大学文学院教授。现为中国词学学会副会长、中国宋代文学学会副会长。长期从事中国古代文学教学和科研工作，在唐宋文学、中国词学等研究方向取得了显著成绩。著有《北宋文人与党争》《南宋文人与党争》《宋代政治与文学研究》《唐宋词社会文化学研究》《明清之际词坛中兴史论》等学术著作。

周裕锴

四川大学文学与新闻学院教授，中国俗文化研究所副所长，中国苏轼学会会长，中国宋代文学学会、中华诗教学会副会长。著有《中国禅宗与诗歌》《宋代诗学通论》《中国古代阐释学研究》《文字禅与宋代诗学》《禅宗语言》等学术著作。

钱志熙

北京大学中文系教授。著有《魏晋诗歌艺术原论》《魏晋南北朝诗歌史述》《陶渊明经纬》《黄庭坚诗学体系研究》等。

艾朗诺　Ronald Egan

美国斯坦福大学中国文学教授。专攻唐宋时期文学、美学和文化史，著有《美的焦虑：北宋士大夫的审美思想与追求》(*The Problem of Beauty: Aesthetic Thought and Pursuits in Northern Song Dynasty China*)、《才女之累：李清照及其接受史》(*The Burden of Female Talent: The Poet Li Qingzhao and Her History in China*)。

张宏生

南京大学中文系教授，香港浸会大学中文系讲座教授。主要从事中国文学史、古典文献学以及词学等方面的研究。著有《江湖诗派研究》《宋诗：融通与开拓》《清代词学的建构》《经典传承与体式流变：清词和清代词学研究》等。

张　健

香港中文大学中国语言及文学系教授，香港中文大学中文系副主任，新亚书院院务委员。主要研究领域为古代文论、古典诗歌。著有《宋代文学论考》《知识与抒情：宋代诗学研究》《沧浪诗话校笺》《元代诗法校考》《清代诗学研究》等。

左东岭

首都师范大学资深教授，中国《文心雕龙》学会会长，全国明代文学学会（筹）执行会长。著有《明诗一百首》《中国诗歌通史（明代卷）》《明代文学思想研究》《中国诗歌研究史（明代卷）》等。

蒋　寅

华南师范大学文学院教授。兼任中国唐代文学学会副会长、中国古代文学理论学会副会长、国际东方诗话学会副会长。出版有《王渔洋事迹征略》、《王渔洋与康熙诗坛》、《清诗话考》、《清代文学论稿》《清代诗学史》（第一、二卷）等著作。

胡晓明

华东师范大学中文系终身教授，华东师范大学图书馆馆长、中国古代文学理论学会会长。主要著作有《中国诗学之精神》《万川之月：中国山水诗的心灵境界》《灵根与情种：先秦文学思想研究》《诗与文化心灵》等。